葛飾北齋畫

大望

대망10 도쿠가와 이에야스
야마오카 소하치/박재희 옮김

도쿠가와 이에야스
대망10/차례

꽃과 악몽

오쿠보 나가야스가 이상하게도 몹시 취했다고 느낀 것은 해 질 녘이었다.

'어째서 이렇게 취했을까?'

그것은 물론 오코가 잇따라 잔을 채워 쉴 새 없이 마시게 했기 때문이리라. 아니, 오코가 아무리 권했더라도 나가야스가 그만둘 생각이었다면 그만둘 수 있었을 것이다. 그런데 오늘 나가야스에게는 술이 과한 줄 알면서도 잔을 놓을 수 없는 묘한 뭔가가 가슴에 남아 있었다.

오랜만에 교토의 흙을 밟고 고에쓰의 집으로 찾아올 때까지 나가야스는 지나치리만큼 마음에 활기가 넘치고 있었다. 사도며 이와미에서의 일이 잘되었고, 이에야스는 이미 니가야스의 수완을 더욱 인정하고 기뻐해 줄 것이며, 그대로 다음 출세로 이어져 가리라는 자부와 자신이 나가야스쯤 되는 인물을 어린애같이 들뜨게 만들어버렸던 것이다.

'그렇지, 고에쓰에게 한 번 좋은 지혜를 선물 대신 주기로 할까.'

혼다 마사노부 부자며 오쿠보 다다치카 같은 중신을 제외하면 혼아미 고에쓰는 이에야스가 가장 신임하는 이야기꾼이다. 그러한 고에쓰와 친교를 맺어두면 이에야스가 무엇을 생각하며 무엇을 하려 하는지 언제나 정확하게 타진할 수 있는 중요한 통로가 될 수 있다.

그래서 고에쓰에게 도요쿠니 신궁제에 대한 지혜를 빌려주려는 생각에서 들렀는데 거꾸로 되었다. 그런 생각은 벌써 실행에 옮겨져 있었고, 오늘 자야 시로지로에게서 들은 말은 모두 나가야스의 기분을 상하게 하는 것뿐이었다. 젊음이며 활달함에서 기죽고, 지식과 지능에서도 압도되었다.

아니, 그뿐이라면 아무 구애될 게 없다.

"과연, 자야의 후계자. 이로써 선대도 지하에서 기뻐하시겠지."

그렇게 칭찬하는 일로 끝났을 텐데 뱃속에 응어리가 크게 남았다. 요즘 오쿠보 나가야스의 가슴에 간직된 꿈 앞에 크나큰 방해자의 그림자가 막아선 듯한 기분이 들었다. 그러고 보면 자야 시로지로도, 그리고 일본에 영주할 듯한 미우라 안진도 드디어 나가야스의 적이 된 것 같은 생각이 든다.

'이대로 있으면 평생 단순한 광맥잡이로 끝나게 될지도 모르겠다……'

그의 꿈은 오사카성에서 저 거대한 황금 덩이를 보았을 때부터, 그 황금을 마음대로 이용해 화려하게 세계와 교역해 보고 싶다는 것이었다. 물론 이에야스를 설득해 일본의 운명을 걸 만한 큰일을…… 그런데 그 자본이 될 황금 발굴에 성공하고 보니 이에야스의 외국무역 상대자는 따로 정해지고 있었다. 세계의 바다를 돌아다니다 온 미우라 안진의 지식과 경험에, 젊고 날카로운 자야 시로지로의 신뢰가 합쳐지면 나가야스가 나갈 무대는 없어지게 될 것 같았다.

'이것은 결코 세상에 흔한 질시가 아니다. 나에게는 꿈이 사는 보람 아니던가……'

그렇게 생각한 순간부터 나가야스는 자야의 말에 맞장구치지 못하게 되었다. 그리고 그 결과 기억이 오락가락할 만큼 만취되었고 정신이 들었을 때는 먼저와 다른 사랑채의 한 방에서 여전히 혼자 술잔을 들고 있었다.

어떻게 이곳으로 옮겨왔을까? 땅거미 진 별채의 작은 방에서 오코가 혼자 난처한 표정으로 술을 따르고 있었다.

고에쓰네 집 사랑이라는 것을 알면서도 나가야스는 물어보았다.

"오코 님, 여기가 어디지?"

지나치게 취한 멋쩍음을 숨긴다기보다 무언가 말을 걸지 않고는 배길 수 없는 고독이 가슴에 서려 있다.

오코는 어처구니없는 듯 눈을 크게 뜨고 호들갑스레 한숨을 쉬었다.

"어머나, 기억나지 않으세요? 여기는 혼아미 고에쓰 님 댁 사랑채예요."

"처음에는 안채의 거실이었지. 자야도 와 있었는데 어떻게 되었나?"

"나가야스 님께서 돌아가라고 하셨어요."

"뭐, 내가 자야에게?"

"네, 빨리 돌아가 제례 준비나 부지런히 해라. 오래 보고 있으면 싫증 나는 얼굴이라 더 보기 싫다고 하셨어요."

"흠…… 그렇게 말했다면 어지간히 취했는데."

"네, 오빠도 오쿠보 님이 이렇게 취하신 건 처음 보았다, 노독이 나서 그렇겠지, 하면서 이리로 안내하신 거예요."

나가야스는 낙심천만이었다. 광대 주베에로 놀고 다니던 무렵에는 이따금 있었던 일이지만 오쿠보 나가야스가 된 뒤로는 처음 있는 마음의 해이였다.

"무슨 생각을 하고 계셔요. 불을 켤까요?"

"그럴 것 없소. 그보다도 내가 잠들었었나?"

오코는 갑자기 불안한 얼굴이 되었다.

"어마, 그것도 기억 못 하세요? 그럼…… 저와의 약속도 잊으셨나요? 그토록 몇 번이나 말씀해 놓고서……"

"그대와의 약속……?"

"네, 이번에 산에 데리고 가주신다는. 아니, 저만이 아니라 산에는 많은 여자가 고용되므로 사람을 모으러 오셨다고……"

그 말을 듣자 나가야스는 갑자기 새로운 불안을 느끼며 당황하여 손을 크게 내저었다.

"아냐, 아냐, 그것을 잊을 리 있나? 잊어서 될 일이 아니지."

그렇게 말했으나 사실 기억이 희미하여 한층 더 불안해졌다. 어쨌든 지나치게 취했다. 술이 지나치면 나가야스는 충동적으로 있는 말 없는 말 마구 지껄이는 버릇이 있다.

'내가 무슨 말을 했을까?'

지금 그것을 확인하여 경우에 따라서는 참말로 오코를 산에 데려가야만 할지도 몰랐다.

나가야스는 또 한 번 슬쩍 얼버무렸다.

"그……그대 일을 이, 잊을 리 있나? 오코 님, 그 밖에 내가 무슨 거슬리는 말을 하지 않았소?"

그는 목소리를 낮추고 눈치를 살폈다.

　오코는 비로소 배시시 웃었다. 자기와의 약속을 잊지 않았다는 말을 듣고 마음 놓은 모양이다.

　"여러 가지 말씀을 하셨어요. 정말 너무 취하셨나 봐요."

　"누구……누구, 남의 욕이라도 하던가요?"

　"네, 많이 하셨어요."

　"많아……라니, 먼저 누구 욕을 하던가요?"

　"네, 이 집의 고모님과 아담스 님인가 하는 이방인과 혼다 마사노부 님, 에도의 다이나곤님……."

　노래 부르듯 주워섬기자 나가야스는 깜짝 놀라 얼굴을 찡그렸다.

　"하필이면 에도의 다이나곤 히데타다 님 욕까지 했단 말이지?"

　나가야스가 귀밑머리를 긁적이며 풀 죽어 보이자 오코는 갑자기 상냥스러워졌다.

　"하지만 죄 없는 일…… 그리고 저와 고모님과 오빠 말고는 아무도 곁에 없었으니까요."

　나가야스는 다시 한번 크게 한숨 쉬고 얼굴을 찡그리며 식은 술잔을 들이켰다.

　"그대의 고모님…… 고에쓰 님의 어머님께는 뭐라고 하던가요?"

　"이 노친네는 처치 곤란한 구식 늙은이라고 말씀하셨어요."

　"그렇군…… 그리고 히데타다 님에 대한 욕은?"

　"이대(二代)째 못난이, 빡빡한 점은 이 집 노친네와 흡사하다고."

　"그 말뿐이던가?"

　"아니요, 쇼군님이 돌아가시기라도 한다면 아무도 그 못난이한테 공양 따위 하지 않는다, 그는 부처는 부처지만 섣부른 부처라 자신의 후광은 비치지 않을 거라고……."

　"이제 됐소."

　나가야스는 못마땅한 듯 얼굴을 돌렸다. 그러한 나가야스를 위로하려는 생각에서 오코는 다시 말을 덧붙였다.

　"오빠가 감탄하셨어요, 말씀하신 게 모두 들어맞는다고."

그러나 나가야스는 웃지 않았다. 웃는 대신 어깨를 으쓱거리며 차츰 어두워져 가는 방 한구석을 노려보았다.

'이건 이대로 끝날 일이 아니다……'

고에쓰의 어머니에게 독설을 퍼부은 것쯤은 애교로 보아줄 수 있는 일이지만 히데타다를 못난이라고 하다니 이 무슨 큰 실수란 말인가.

이에야스는 이미 63살. 히데요시가 세상 떠날 때의 나이이다. 따라서 머지않아 히데타다의 대가 되려는 이때 그를 못난이라고 욕했다…… 만일 이 일이 세상에 알려진다면 나가야스의 목이 몇 개가 있어도 모자라리라.

'대체 내가 무슨 생각으로 그런 경솔한 말을 입 밖에 냈을까……'

"한 가지 더 묻겠소."

이렇게 되면 나가야스는 배짱을 단단히 정하고 선후책을 강구하지 않으면 안 되었다.

"네, 무엇인데요?"

"아담스의 일인데, 그렇지, 미우라 안진이라고 이름을 갈았다는 이방인 말이오."

"그런데 무슨……"

"그 이방인에 대해 내가 뭐라고 하던가요?"

"호호호…… '내가 고생해서 파낸 황금을 아담스 따위에게 멋대로 쓰게 해서야 될 말인가. 그래서는 교역이 일본의 부를 늘리는 일이 되지 않고 모두 영국이나 네덜란드에 흡수되고 만다. 이 나가야스의 눈에 흙이 들어가기 전에는 그런 일이 없게 하겠다'라고 하셨어요."

나가야스는 스스로를 칭찬했다.

"음, 훌륭한데. 그것을 고에쓰 님도 들으셨소?"

"네, 옳은 말씀이라고……"

"됐소. 그런데 오코."

"네……네."

"이것으로 그대의 신분도 결정됐소. 취했다고는 하나 내가 그런 말을 할 때는 어지간히 그대를 믿고서 한 일……아니, 취한 눈에도 그대를 믿을 수 있는 여자로 보았다는 증거요. 알겠소, 그대는 오늘부터 내 소실이야."

그는 고자세로 딱 잘라 말하고 실눈을 떴다. 인생의 앞뒤를 꿰뚫어 보아온 나가야스로서는 정말 못 견디게 낯간지러운 속임수였다. 그러나 큰 꿈을 품은 몸이 술에 취했다고는 하나 입 밖에 내서 안 될 말을 했다면 그 말을 들은 사람들 입만은 어떻게든 봉해 두지 않으면 안 되었다.

고에쓰는 걱정할 필요 없다. 그는 기질상 누구 앞에서나 거침없이 인물 비평을 해대는 사나이. 그러므로 나가야스의 견해에 틀림없이 감탄은 할지언정 경멸은 하지 않을 사나이다. 만일 경멸당한다면 그것은 나가야스의 주정뿐. 또 한 사람, 고에쓰의 어머니 묘슈는 절대로 안전하다고 해도 과언이 아니다. 어떤 경우에도 자기 신념을 굽히지 않는 대신, 생활방식에 좋고 나쁨은 있을지라도 동정을 가질 수 있는 진짜 고생을 한 사람이었다. 그것을 알므로 나가야스도 응석 삼아 욕했고 그쪽 또한 그만한 것쯤은 충분히 알고 받아 주었으리라.

'그렇다면 문제는 오코뿐……'

호리병박에서 망아지가 나왔다는 비유처럼, 그녀는 단번에 광산 현장으로 약탈해 가서 글자 그대로 아내로 삼아 입을 봉하는 게 상책이었다.

"딴말은 시키지 않겠어. 그대도 산에 데려가 달라고 조르지 않았나?"

"어머나……"

오코는 순간 숨을 삼키는 모습으로 나가야스를 똑바로 쳐다보았다.

나가야스는 그러한 오코의 자태와 이성의 격투 같은 것을 환히 알고 있다. 산에 데려가 달라고 조르기는 했지만 나가야스의 첩이 된다는 그런 의미였을까……? 그러한 자문자답이 이 여자의 가슴속에서 야릇하게 물결치고 있음을 알았다.

"그대는 교토에 있어서는 안 될 여자야."

"네? 그건, 그건 어째서입니까?"

"구식 사고방식을 가진 묘슈 님이 걱정하고 있어. 그대는 사내를 모르는 숫처녀가 아니야. 그뿐더러 그대는 속으로 형부 고에쓰 님을 좋아하고 있어."

"어머나……"

"그대가 그것을 깨닫고 있는지 없는지는 별문제로 치더라도 묘슈 님은 그것을 꿰뚫어 보고 있어. 알겠나, 한 집안에서 자매가 한 남자를 두고 다툰대서야 말이 안 되지. 그러니 그대를 이렇게 일부러 내 곁에 두는 거야."

산으로 납치해 가려고 결심하자 나가야스의 언변은 이미 훌륭한 요술사의 그것이 되었다.

"그대도 이대로 교토에 있는 게 괴로워서 이따금 반성하며 고민하고 있지. 그런 것을 모르는 나가야스가 아니야, 알겠소. 그대 신분은 결정되었어."

"……."

"새삼스레 떨 것 없어. 그렇지, 한두 잔 더 따르고 이불을 펴도록."

오코는 눈을 크게 뜬 채 상대의 얼굴에서 가만히 시선을 돌렸다. 그 돌린 시선 쪽을 돌아보다가 나가야스는 가슴이 덜컹했다. 자기가 앉아 있는 바로 뒤에 이불이 깔리고 물병까지 놓여 있었던 것이다.

"오, 그래, 벌써 준비가 되어 있었군. 좋아, 그럼 한 잔 더 따라주오."

오코는 무엇엔가 홀린 듯 잔에 술을 따랐다. 그리고 술병을 그 자리에 살짝 놓고는 갑자기 소맷자락으로 얼굴을 가리고 울기 시작했다.

"왜 우는 거요? 그대는 이 오쿠보 나가야스를 좋아할 수 없다는 건가?"

나가야스는 이제 서두를 것 없다고 생각했다. 처녀가 아니다. 어깨에 살짝 사내 손이 닿기만 해도 의지는 어떻든 여자의 본능이 그 육체를 미치게 만든다. 그러한 난숙기에 들어 있는 오코인 것이다. 아마 오코도 틀림없이 의식하고 있으리라. 그래서 눈물을 흘리며 항의의 자세를 취하지만 실은 정복되기를 기다리는 수동적인 교태로 들어간 것이라고 그는 해석했다.

그렇게 해석하니 오코는 결코 매력 없는 수확물은 아니었다.

"자, 생각한 대로 말해 보오. 나는 여자 눈물에 약해. 그대가 슬퍼하니 힘들군."

오코는 그래도 여전히 한참 동안 울고만 있다. 울면서도 확실히 어딘가에 교태만은 더해간다.

나가야스는 가만히 잔을 내려놓고 목을 빼 여인의 귓불에 살짝 입술을 대었다.

"괜찮아, 그렇게 슬프다면 취소하지. 나는 그대를 불행하게 만들고 싶지 않아."

이쯤 되자 나가야스는 이미 쥐를 놀리는 고양이였다. 온갖 수단을 다 알고 있어 차츰 상대를 달아오르게 하는 옛날의 탕아로 돌아가 있다.

오코는 나가야스의 말을 듣고 천천히 눈물을 닦았다. 대개의 여자는 이쯤에서 결말지으려 한 번은 정열을 누르려 든다. 그러나 그것은 결국 보다 사납게 불타는 다음 불길을 부채질하는 데 지나지 않는다.

나가야스는 눈을 가늘게 뜨고 다시 잔을 들었다. 긴 목덜미에서 동그스름하고 가느다란 목의 살갗이 빨아들일 듯 희게 보였으며 온몸으로 사나이를 원하고 있는 최상품 여체로 보인다.

'어쩌면 기막힌 뜻밖의 수확인지도 모르겠군.'

그렇다면 히데타다를 욕한 것도 뜻밖에 해롭지 않은 황금광맥이었다는 게 되는데…… 그렇게 생각했을 때 오코는 무릎을 가지런히 하고 앉은 채 윗몸을 나가야스의 왼쪽 어깨에 털썩 기대어왔다.

'드디어 왔구나!'

나가야스는 생각했다. 윗몸을 기대오는 태도까지 상상한 대로다. 오른손으로 꽉 끌어안으면 그것으로 모든 게 해결되는 거라고…….

그때 비로소 오코가 입을 열었다.

"오쿠보 님은 무서운 분이세요."

"뭐, 내가 무섭다고……? 그건 당치도 않은 소리야. 나는 여자의 눈물에 약해……."

"아니요, 그런 구변에 현혹될 만큼 오코는 풋내기가 아니에요."

"허, 그러면 여자가 사내를 후리는 술책을 모조리 갖추었단 말이지."

"오쿠보 님은 저를 산에서 죽일 작정이지요."

"뭐, 죽인다고……? 하하…… 아니, 그럴지도 모르지. 나도 거기서는 훌륭한 산사나이이니 사랑하고 사랑하다 끝내는 죽여버릴지도 모르지, 오코."

오코는 몸을 발딱 일으켰다. 그리고 이번에는 정면에서 빤히 나가야스를 쳐다보기 시작했다.

"저는 들어서 안 될 말을 들어버렸어요."

"뭐……뭐……뭐라고?"

"저는 에도 다이나곤님의 험담을 들어버렸어요…… 저는 산에서 살해될 거예요."

나가야스의 얼굴에서 단번에 핏기가 가셨다. 나가야스에게도 수단이 있었지만, 오코 편에도 아마 매서운 계산이 있는 것 같다. 꼼짝없이 자기 함정에 걸려들 줄 알았던 오코가 나가야스의 속셈을 훤히 알고 있다. 그렇게 되니 나가야스와 오코의 입장은 거꾸로 되었다.

"오쿠보 님은 무서운 분이에요. 제 입을 봉하기 위해 산으로 꾀어내실 뿐 아니라 이 집에서의 제 비밀까지 꿰뚫어 보시고 입 밖에 내셨어요……."

"무슨 소리야……? 이 집에서의 그대 비밀?"

"네, 제가 형부를 남몰래 연모한다는 부끄러운 비밀까지."

나가야스는 아! 하며 순간적으로 말을 잇지 못했다. 그는 그토록 깊은 생각이 있어서 오코가 고에쓰를 사모한다고 한 것은 아니다. 그런 일도 있으리라는 가정적인 농담이라면 아무도 상처받을 리 없으리라 생각하여 흔히 하는 농담으로 했던 것이다.

한 번 입을 열자 오코는 공세를 늦추지 않았다.

"오쿠보 님은……자매가 형부를 놓고 다투어선 안 된다고 고모님이 저를 싫어한다고 하셨어요. 그게 사실이라면 저는……저는……어디로 가야 좋을까요?"

"오코 님, 그건 내 농담이오."

"아니지요. 진실을 꿰뚫어 보시고 말씀하셨을 거예요. 저도 그걸 모를 만큼 철부지는 아니에요. 현재 고모님은 저를 싫어하시는걸요."

오쿠보 나가야스는 씁쓸한 표정으로 혀를 차고 부리나케 잔을 비웠다.

"자, 내가 그대에게 한 잔 주지. 이제 그 말은 하지 마오."

그러자 오코는 다시 한 걸음 슬쩍 몸을 뺐다. 불타는 몸을 맡기기는커녕, 오코 쪽의 계산이 더 정확한 모양이다. 어지간한 나가야스도 형세를 바로잡으려고 필사적이었으나 안타까우리만큼 마음의 활동이 둔해져 있었다. 무엇보다도 이 여인에게 해서는 안 될 히데타다의 험담을 해버렸으니 그것이 견딜 수 없는 부담이 되었다.

'하필이면 히데타다를 못난이라고 하다니…….'

아니, 그보다도 산으로 유인하여 입을 봉하려는 것을 죽일 작정이라고 알고 있으니 곤란한 노릇이다.

"오코 님, 내 잔을 안 받겠다는 거요?"

그러나 오코는 무릎걸음으로 물러앉은 채 찬찬히 나가야스를 쳐다보고 있다. 분명 무서워하고 있다. 그 증거로 반쯤 벌린 조그만 입술이 바르르 떨렸다. 아니, 그 입술에서 내다보이는 자잘한 흰 이빨까지 이상하게 나가야스의 마음을 흔들었다.

나가야스는 언성을 높였다.

"오코! 내 말을 못 듣겠다는 건가?"

"용서하세요."

오코는 별안간 그 앞에 두 손을 짚고 다시금 나가야스의 가슴을 찌르는 소리를 했다.

"산에 데리고 가시는 것만은 그만둬주세요. 그 대신 저도 오늘 베풀어주신 정표는 없었던 것으로 잊어버리겠습니다."

"뭐, 나……나의 정표라고?"

"네……네, 단 한 번 사랑해 주신 대감님의 정…… 오코는 결코 입 밖에 내지 않겠습니다."

나가야스는 슬며시 뒤에 깔린 침구를 보았다. 그 말을 듣고 보니 분명히 그것은 한 번 잔 흔적을 남기고 있다. 찡하게 머리가 아파져 왔다.

'그렇다면 나는 이미 이 여자에게 손대버린 것일까……?'

그런 기억이 있는 것 같기도 하고 없는 것 같기도 하다. 아무튼 너무 취해서 기억이 끊어진 끄나풀처럼 너덜너덜 흩어져버렸다.

오코는 나가야스가 넋 잃고 있는 것을 보자 벌떡 일어나 부싯돌을 쳐서 불을 붙였다. 찰칵찰칵하는 그 소리가 먼 별세계의 일처럼 고막을 치더니 훤하게 주위가 밝아졌다.

불은 촛대가 아니라 엷은 옥색 비단을 바른 둥근 등잔에 옮겨졌다. 그 순간, 곁에 있는 오코가 물에 젖은 듯 요염하고 새침한 여인이 되었다.

'이건 사실인 것 같은데……'

본디 탕아인 나가야스는 이로써 모든 것을 알 수 있을 듯했다. 엉뚱한 계산 착오였다. 당장에라도 타오르리라 생각했던 눈앞의 여체가 이미 한 번 타버린 뒤의, 냉정함을 되찾은 여인이었을 줄이야……

'당치도 않은 엉뚱한 웃음거리다……'

마음대로 놀릴 작정이었는데 처음부터 속을 들여다보고 놀림당한 것은 나가야스 쪽이었다. 그러나저러나 어찌하여 그토록 취했던 것일까. 어쩌면 무슨 약이 들어 있었던 게 아닐까……?

그렇게 생각했을 때 오코가 피식 웃은 것 같았다.

"오코 님."

"네……네."

"지금 그대는 웃었지?"

"아니에요. 웃기는커녕 안타까워 못 견딜 지경이에요."

"음, 그러면 이건 마음 탓일까? 어쨌든 납득되지 않는데. 고에쓰를 연모하는 사람이 어찌 나에게 몸을 허락했나?"

나가야스는 자신이 증오스러웠다. 이 무슨 촌뜨기 같은 비참한 질문을 한 것일까 하고……

오코는 가만히 둘 사이로 등잔을 옮겨놓았다.

"저도 지금 막 그 생각을 하고 있습니다."

"뭐……계속 놀라게만 하는 여자구나. 그 생각을 하고 있었다니."

"네……저도 잘 모르겠어요."

"모른다고……? 그럼, 그대는 모르는 채 아무에게나 몸을 맡기는 여자인가?"

오코는 까만 눈동자를 조용히 내리깔았다.

"그렇기 때문에……없었던 일로 여기고 잊어버리겠다고……약속드렸습니다."

"닥쳐, 닥쳐! 누가 그대와 약속했나? 약속이란 둘이 동의한 뒤에 성립되는 거야. 나는 아직 동의하지 않았어. 알겠나? 그대는 나에게 몸을 맡겼다. 여자가 몸을 맡긴다는 것은 송두리째 자기 몸을 바친다는 것이겠지. 알겠어, 나는 잊지 않아. 나는 그대를 데리고 가겠어."

이제 나가야스는 갈팡질팡하였다. 수단도 체면도 모두 내던지고 가엾은 사나이의 모습을 그대로 드러냈다.

"어머, 이대로는 못 잊어주시겠다는 것인가요……?"

오코가 놀라는 태도에는 나가야스의 초조와 전혀 보조가 맞지 않는 느릿한 데가 있었다.

나가야스는 혀를 찼다. 일단 인연 맺은 남녀 사이에 이런 공기가 감도는 것은 남자의 불리한 입장을 여자에게 꿰뚫어 보인 경우에 한한다. 그러고 보니 이 승부는 처음부터 나가야스의 패배였다. 입 밖에 내어서는 안 될 말을 해버려 비밀이 샐 것을 극도로 두려워하고 있다는 건 이미 두 사람의 입장이 비슷하지 않다는 것이다. 오코는 아무래도 그것을 알고 있는 듯하다.

'역시 고에쓰의 외사촌 누이다워……'

고에쓰도 무슨 일에든 빈틈없었지만, 오코도 달콤한 연시처럼 보여놓고 속으로는 상당히 무서운 생각을 숨기고 있다.

"이대로 아무 일도 없었던 것으로……"

그 말만 부드럽게 되풀이하고 있으면 나가야스는 차츰 초조해져서 본심을 드러낼 거라고 계산하고 있는 듯한 태도가 보인다. 그렇게 되니 나가야스도 고집이 생겼다. 무슨 수를 써서라도 이 열세를 회복하지 않으면 안 된다.

'여기서 이 여자에게 속셈을 뻔히 드러내 보이고 물러나서야 하겠나……'

"그래? 그럼, 아무래도 잊어달라는 말이로군."

"네……그렇게 해주셨으면……합니다. 저는 결코 나가야스 님이 하신 말씀을 누설하지 않겠습니다."

"그래, 그대는 내가 그대를 산으로 데려가 벨 줄 알고 무서워하는 거로군. 그렇게 생각하게 한 것은 내 실책이지. 아니, 내가 그대를 믿고 만취한 것이 이미 실수. 그럼, 그대 생각대로 맡기겠소."

나가야스는 역공을 가했다. 역공의 효과가 어떠한지 훤히 알고 한 것은 말할 나위도 없다.

"좋아, 거기 있는 그 물통을 이리 갖다 주오."

도코노마 기둥 밑에 크고 작은 두 자루의 칼과 함께 놓여 있는 대나무 통을 가리켰다.

"네……네, 저, 이것 말씀입니까?"

집어 들다가 오코는 얼굴빛이 조금 달라졌다. 통은 물이 든 무게가 아니었던 것이다.

"그렇소. 그것을 정표로 남기고 가지. 아니, 정표라고 생각할 것도 없어. 모든 게 없었던 일이었으니…… 자, 알겠소, 이것을 언제든 급할 때 쓰도록 하오."

나가야스는 대나무 통 뚜껑을 열고 그것을 다다미 위에 거꾸로 세웠다. 쿵 하고 무거운 소리가 나더니, 통 밑에 눈을 쏘는 황금빛이 남았다. 지름이 3치쯤이고 높이도 거의 그것에 가깝다. 말안장에 매달거나 가마에 실으면 모르되 허리에 차고 다닐 수 없을 정도의 무게였다.

"어머나……!"

"놀랄 것 없어. 물통 밑바닥에 이렇듯 황금을 넣어두면 여행 중 물에 중독되지 않아. 그래서 이렇게 만들어두었는데 이걸 그대에게 남기고 가지."

이번에는 오코가 떨기 시작했다. 아니, 떨기 시작했다고 나가야스는 생각했다. 그렇게 생각하면서 이번에는 곁에 놓아두었던 지갑을 열었다.

"그렇지. 여기도 내가 날마다 쓰던 귀이개가 있어. 이것도 머리 장식으로 고쳐 만들어 쓰면 될 거요. 알겠소? 이게 나가야스가 그대에게 하는 사과의 표지요."

나가야스는 진지한 표정으로 젓가락만 한 귀이개를 꺼내 오코의 무릎 가까이 집어 던졌다. 오코 편이 떫은 감이라면, 나가야스는 그 떫은맛을 뽑아내는 방법쯤 알고 있다. 무슨 일이든, 독기나 떫은맛은 황금으로 뽑는 수밖에 없다고…….

"자, 남의 눈에 띄면 내가 부끄럽소. 빨리 어디다 넣어두도록 하오."

그러나 오코는 아직 눈앞에 있는 두 가지 물건에 손대려 하지 않았다.

'어때, 이쯤에서 슬슬 항복하시지.'

나가야스는 태연히 잔을 들면서, 이것으로 열세를 만회할 수 있다고 생각했다. 어쩌면 이 여인은 여기서 또 한 번 울지도 모른다. 다시 한번 운다면 그 눈물로 이번에야말로 여자의 정체를 드러낼지도 모른다. 정체를 드러내고 보면 역시 고독한 여인. 일단 몸을 허락한 사나이와 산으로 갈 생각이 들지 않을 리 없다.

처음부터 오코는 그것을 꿈꾸고 있었다. 그런데 나가야스 쪽에서 엉뚱한 탈선을 하여 완전히 상대를 겁먹게 만들어버린 데 지나지 않는다. 그렇게 생각하니 아직 황금에 손을 내밀지 못하는 오코의 모습이 가련해 보인다.

'이토록 생각해 주시는데…….'

그러한 감회로, 어떻게 감사해야 할까 하고 고민하고 있는 듯이 보인다.

"자, 어서 그것을 간직하고 한 잔만 더 따라주오. 그러고 나서 나는 자야겠소. 쇼군께 내일 등성 하기로 말씀드렸으니까."

말하다가 가슴이 철렁해진 것은, 오코가 고개를 떨군채 또 피식 웃은 것 같은 기분이 들었기 때문이었다.

"오코, 어찌 된 일이오……?"

별안간 오코는 몸을 꼬며 웃음을 터뜨렸다.

"호호호……이제 그만해 주세요. 호호호……호호호호"

순간 나가야스는 온몸에 소름이 끼쳤다. 이치로 따질 일이 아니었다. 아차! 하는 느낌이 번개처럼 가슴을 스쳤다.

"호호호……사과하겠습니다. 저는 형부하고 내기를 걸었어요."

"뭐……뭐라고? 고에쓰와 내기를 걸었어?"

"네……네, 호호호……."

"웃고만 있으면 모르지 않나? 무슨 내기를 걸었단 말이오?"

"형부는 제가 술을 권한다고 해서 나가야스 님이 추태를 부릴 분이 아니라고……."

"그런데 그것을, 그대는 추태를 부리게 해 보이겠다고 내기 걸었소?"

"호호호……형부가 너무 그럴싸하게 우기시기에."

"오코!"

"네……네."

"그대는 대체 어떻게 된 여자요……? 적어도 나는 막부의 행정관이오."

"하지만 세상에 흔히 있는 멋없는 무사는 아니십니다. 신맛 단맛 다 아시는 인간 세상의 달인."

"칭찬하지 마라! 나는 진정으로 화가 치밀고 있어."

"호호호……용서하세요. 하지만 내기는 반반이었습니다."

"뭐……뭐라고?"

"반은 이기고 반은 졌어요. 나가야스 님, 나가야스 님이 하신 험담이라든가, 그리고 저에게 손대셨다는 건 모두 거짓말! 거짓말이에요. 호호호……."

나가야스는 머릿속을 큰 갈퀴로 휘둘린 것 같아 금방 대꾸할 수 없었다.

'무슨 이런 여자가 있을까……'

이제까지의 일이 모두 거짓말이라는 것은, 나가야스쯤 되는 사나이를 보기 좋게 손아귀에 넣고 놀리면서도 때때로 하는 행동에 조금치의 거짓도 느끼게 하지 않는 비할 데 없는 수단을 지닌 여자라는 게 되지 않는가.

"그럼……내가 어느 분을 못난이라고 말한 것도 모두 거짓이란 말인가?"

"물론이지요."

오코는 태연하게 푸른 대나무 물통을 집어 들고 조금 전의 황금을 두 손으로 안아올려 그 속에 떨어뜨렸다.

"이 혼아미 가문에서는 저를 팔삭둥이라고 모두들 말한답니다."

"음."

"어릴 적부터 장난꾸러기라 장난이 심하다, 장난이 심하다고 놀려대어 참말로 그렇게 되어버렸어요. 그리고 출가했던 하이야(灰屋) 가문에서도 시아버지를 조롱한다고 해서 쫓겨났지요…… 그러니 나가야스 님이 저한테 놀림받았다 해서 마음 쓰실 것은 없어요."

그리고는 대나무 통을 나가야스의 무릎께로 확 밀어붙였다.

"아까 반은 이기고 반은 졌다고 말씀드린 그 뜻을 아시겠어요?"

그녀는 목을 움츠리며 방긋 웃었다. 어처구니없게도 나이가 아주 어려 보이고 참말로 장난꾸러기 같은 말괄량이가 되어 있다.

'마성(魔性)의 여신이란 이런 여자를 두고 하는 말이 아닐까……?'

나가야스는 차츰 무서운 기분이 들었다.

"반은 이겼다는 것은, 멋지게 나가야스 님을 취하게 만들었다는 거예요. 두꺼비침 같은 것을 잔 속에 털어 넣지는 않았어요. 형부는 앞뒤 가리지 못할 만큼 오쿠보 님이 술을 드실 리 없다고…… 아니, 아무리 드셔도 취할 분이 아니라고 했지요."

"……."

"그럴 리가 없어요. 살아 있는 인간이라면 누구나 지나치게 마시면 모두 취하고, 술이 지나치면 주정하지요. 저는 시집에서 시아버님을 비롯하여 오시는 손님마다 많이 시험해 보았기 때문에 잘 알고 있어요. 나가야스 님도 그랬습니다. 하지만 이제부터 주정 부리시리라고 생각했더니, 그만 그대로 잠들어버리셨어요. 그래서 반은 져버렸습니다."

나가야스는 이처럼 얄미운 여자를 이때까지 만난 적 없었다. 이 여자가 하는 말은, 유곽의 여자라면 누구나 알고 있다. 그러나 그것을 건실한 가정으로 끌어들여 그럴듯하게 시험해 보다니 대체 어떻게 생겨먹은 여자일까.

"그럼, 그대는 시가에서 시아버지도 시험해 보았단 말이지?"

"호호……그랬더니 시아버님은 저와 시어머니를 착각하고……."

"흠, 그러니 이혼당하지."

"네, 달리 결점은 없지만 탐색하기 좋아하는 게 옥의 티라며 쫓겨났습니다."

"알겠어. 과연, 그래서는 집에 둘 수 없겠지."

"자, 이건 나가야스 님에게 돌려드리겠어요. 그러나 이런 걸 밖에 너무 내놓지 마시도록. 나가야스 님이 산의 황금을 자기 것으로 삼았다는 소문이라도 난다면 그야말로 큰일이에요."

나가야스는 어이없어 입이 다물어지지 않았다. 한정된 인생에서 같은 시대에 태어났다는 게 벌써 크나큰 인연이라는 것은 나가야스도 알고 있다. 여기서 이렇게 오코를 만났지만 나가야스는 처음부터 이 여인이 싫지 않았다. 그러나 그녀를 놓칠 수 없다는 것을 느낀 뒤에 실은 아무 일도 없었다는 말을 듣자 한시름 놓았다기보다도 화가 났다. 더구나 마음 내키는 대로 희롱한 상대가 아무 죄책감도 느끼지 않고 태연한 표정으로 자기 앞에 앉아 있다. 이렇게 되니 인연의 좋고 나쁨까지 생각하고 있을 여유가 없었다.

'정말 아니꼬운 계집도 다 있군……'

"오코 님은 대체 몇 살이지?"

"나가야스 님 눈에는 몇 살로 보이나요?"

"내가 묻는데 순순히 대답하지 못하겠나?"

"네, 26살이에요. 나가야스 님은 몇이시지요?"

"뭐, 나 말인가……."

"네, 형부가 오쿠보 님은 젊어 보이지만 연세는 훨씬 많으실 거라고."

"무슨 소리야. 아직도 이렇듯 산을 타고 있으니 그대와 꼭 알맞은 나이지. 그런데 그대는 쫓겨온 뒤 시댁에 아무 미련도 없던가?"

그러자 오코는 목을 움츠리며 또 장난꾸러기 아이 같은 표정이 되었다.

"나가야스 님은 어째서 그런 일에 마음 쓰세요?"

"또 그런 눈을 하는군. 내가 그대에게 묻고 있지 않나?"

"호호호……그런 걸 물으셔서 뭘 하시려고요……?"

새침한 태도를 취하니, 이것 또한 생각지도 못한 농락하는 수단이 된다. 나가야스는 더욱 흥미가 일고 더욱 화가 나서 혀를 차면서도 몸을 내밀지 않을 수 없었다.

"그대는 아까 시댁이 하이야라고 했겠다?"

"네, 하이야였어요."

"하이야라면 나도 잘 아는 사이니, 만일 미련이 있다면 본대로 주선해 줄까 생각했지. 그대 같은 여자를 풀어놓는다는 건 위험한 일이야."

그러자 오코는 얌전히 고쳐앉아 두 손을 짚었다.

"친절은 고맙지만, 전남편께서 벌써 후처를 얻으셨답니다. 호호호……."

그 순간 나가야스는 얼굴을 찡그리고 대뜸 오코의 멱살을 잡았다. 잡고 나서 아차 했다. 아무래도 이렇게 될 것 같아 아까부터 혼자 속으로 남몰래 경계하고 있었는데…….

"말 많은 계집 같으니. 그만큼 나에게 대들 때는 죽을 각오를 하고 있겠지? 아니, 각오가 없더라도 이젠 용서할 수 없다. 잘도 그렇게 나를 놀려댔겠다. 이젠 용서하지 않겠다. 산으로 데려가 갈가리 찢어놓겠다."

오코는 이번에는 웃지 않았다. 눈을 동그랗게 뜨고 반은 겁내는 것 같고 반은 깔보는 듯한 태도로 나가야스의 팔 속으로 움츠러들었다.

나가야스는 다시 한번 말했다.

"아니꼬운 계집 같으니!"

세계의 바람

다음날 고에쓰는 나가야스가 후시미에 들러 이에야스에게 금광 사정에 대한 보고를 끝냈을 시간을 계산하고 집을 나섰다.

지난밤 자기 집 사랑채에서 무슨 일이 있었는지 알고 고에쓰는 씁쓸했다. 그러나 그 일에 참견하지 않을 작정이었다. 본디 오코는 본가의 가족. 솔직히 말해 이대로 본가에 있더라도 가엾고 골치 아픈 존재였다. 그런 그녀가 나가야스를 따라 금광에 가고 싶어했다.

광산은 사나이들만의 거친 돈벌이 장소이다. 그래선 안 된다며 나가야스는 이에야스의 허락을 얻어 현장에 마을을 만들고 거기서도 충분히 남녀가 살면서 살림할 수 있게 설비해야 한다고 했다. 그렇게 되면 아마 감독관 임시저택이 사도에도, 이와미에도, 이즈에도 저마다 매우 훌륭하게 지어질 것이다. 아니, 건물뿐 아니라 주부 대신 첩이 한 사람씩 배치되리라.

오코는 물론 그 계산을 하고 있다. 어쩌면 교묘하게 나가야스를 조종하여 어딘가의 광산에서 여장군이 될지도 모른다. 어쨌든 고에쓰가 자신의 주관을 떠나서 본다면 오코와 나가야스는 마음 맞는 듯한 데가 있다. 싸움이 벌어지면 크게 싸우겠지만 서로 의좋은 점도 있을 것 같다.

그래서 고에쓰는 나가야스가 행정장관 저택에서 후시미성으로 들어가 이에야스 앞에서 보고하는 데 한 시간쯤 걸릴 것으로 보고 일부러 정오가 좀 지나 후시미성문을 들어섰다.

이에야스의 명으로 오사카에 가서 요도 마님과 가타기리 형제를 만나고 온 내용을 보고해야 하므로, 이쪽이 나가야스보다 시간이 오래 걸릴 것 같았다. 다만 사카에 사건에 밝은 해결의 실마리가 보여 마음이 편했고, 이에야스도 또한 한시름 놓으리라 생각했다.

'옳지, 보고하는 김에 도요쿠니 신궁제 일도 여쭈어두자. 자야와 대감님 사이에 생각의 차이가 있어서는 안 될 테니.'

내전 객실에 들어가 살며시 물어보니 오늘도 밖에 손님이 잔뜩 기다리고 있는 모양이다. 아마도 나가야스는 이미 알현을 끝낸 것 같았지만, 아직 대여섯 명 영주 손님이 있다고 낯익은 차 시중꾼이 알려주었다.

"참으로 죄송합니다만, 손님이 계시지만 여기서 잠시 함께 기다려주십시오."

평소에 흔히 기다리던 휴식소와 가까운 객실로 안내되었다. 과연 그곳에도 먼저 온 손님이 기다리고 있었다. 거무스름한 나사 의복을 걸친 머리 빛깔이 몹시 붉은 사람이 널찍한 어깨를 보이고 앉아 있었다. 그때 그 손님이 이쪽을 돌아보았다.

"미우라 안진 님이십니다. 이분은 혼아미 고에쓰 님, 잠시 이야기라도 나누고 계시라는 대감님 말씀이십니다."

차 시중꾼은 정중히 두 사람에게 말하고 물러갔다.

고에쓰로서는 처음 만나는 윌리엄 아담스였다.

"높으신 이름은 이미 듣고 있습니다. 저는 대감님의 도검을 다루는 혼아미 고에쓰, 인사가 늦었습니다."

그러자 눈이 새파란 무사가 말했다.

"미우라 안진입니다. 잘 부탁드립니다."

또렷한 일본말로 지나치리만큼 정중하게 머리 숙였다.

'후시미성에서 푸른 눈의 홍모인을 만나다니……'

이야말로 새로운 시대의 물결이라고 고에쓰는 생각했다. 그렇지만 또렷한 일본어 발음이 훌륭하다. 이제껏 만난 신부들과는 비교도 안 될 정도다. 그리고 복장도 일본식이고, 그리 당당한 풍채는 아니지만, 자못 일본인다운 차림이 고에쓰에게 친근감을 주었다. 오른편에 격식대로 일본도를 끌어당겨 놓고 엇비스듬히 꽂은 작은 칼도 그리 어색해 보이지 않는다.

"미우라 님이 이 나라에 오신 건……?"

"예, 게이초 5년(1600)입니다."

"그럼, 세키가하라에서 싸우던 해로군요. 듣자 하니 분고 해변에 표류하셨다고요?"

안진은 고에쓰를 바라보며 딱딱하게 말했다.

"그렇습니다. 그 뒤 여러 가지로 대감님 신세를 졌습니다. 처음에 오사카성으로 끌려갔을 때 포르투갈 사람에게 참소당해 대감님이 없으셨다면 네덜란드 사람과 함께 목숨을 잃을 뻔했었지요."

그 이야기라면 고에쓰도 듣고 있다. 예수교에도 여러 종파가 있어 포르투갈, 스페인 등의 구교도는 영국, 네덜란드의 신교도와 종파가 다르고 사이도 좋지 않다. 그래서 영국인 안진이 키잡이로서 타고 온 네덜란드 배가 분고 해변에 떠밀려왔을 때 포르투갈 선교사들이 그들은 해적이니 모조리 죽이라고 상신하며 양보하지 않았다고 한다. 그것을 이에야스가 구해 주었다.

안진이 말했다.

"대감님을 처음 오사카성에서 뵌 것은 게이초 5년 3월이었지요."

여기서 함께 기다리라고 했으니 이야기해도 좋은 상대라고 그는 판단한 모양이다.

"그때까지 감옥에 갇혀 죽을 줄만 알고 있었는데 대감님이 제 말씀을 들어 주셨습니다. 포르투갈과 스페인은 구교 나라이고 영국과 네덜란드는 신교 나라지요. 그러므로 그들은 포교상 또는 무역의 이익을 꾀하려고 우리를 모함했습니다. 저희들은 결코 해적이 아니라고 저는 말씀드렸습니다."

"그런 사정이 있었습니까?"

"그 뒤 다시 얼마 동안 감옥살이……를 하고 다음에 끌려나가 뵌 것이 5월 중순……그때 대감님은 저희들이 악인이 아님을 조사하시고 제가 본선으로 돌아갈 것을 원하느냐고 물으셨지요."

"허, 그 말은 처음 듣습니다."

"물론 원한다고 말씀드렸더니 좋다, 그러면 사카이로 가라시며 풀어주셨습니다. 우리가 타고 온 리프데호(로테르담 동방무역회사의 탐색선 5척 가운데 하나인)는 그때 벌써 사카이 항구에 끌려와 있었지요. 저는 다른 동료와 서로 부둥켜안고 울었습니다……"

상대의 목소리가 떨리기 시작했으므로 고에쓰는 황급히 화제를 돌렸다.

"그런데 이번에는 무슨 일로 에도에서 후시미로 오셨습니까?"

"예, 대감님이 천문학과 기하학을 가르쳐달라고 말씀하셨습니다."

"천문학……은 알겠습니다만 기하학이란 어떤 학문입니까?"

"그……그건 수를 셈하는 것이지요."

"음."

고에쓰는 또 신음했다. 이에야스가 그러한 학문을…… 이것도 시대 탓이리라…… 이에야스의 지식욕은 보통 사람을 능가하고 있다. 한창때의 누에처럼 무언가 한 가지 의문이 생길 때마다 욕심껏 먹어치우려고 덤벼든다. 유교도 불교도 예수교도 납득될 때까지 끝내 파고든다. 자기가 쓰는 약까지 의사 손을 빌리지 않으려 했다.

'그 지식욕 때문에 미우라 안진도 마침내 뽑혔구나……'

이렇게 생각하자 우습기도 하고 머리가 숙여지기도 했다. 머잖아 손수 배를 만들어 직접 몰고 다니겠다고 할지도 모른다.

안진은 다시 말했다.

"대감님은 이상하신 분입니다. 왕이란 대개 게을러 참소하는 자, 고자질하는 자가 있으면 옳고 그름을 묻지 않고 죽입니다. 하지만 대감님은……."

아마 안진은 자기가 아직도 이에야스의 지식욕 때문에 부름을 받은 줄 모르고 호소하지 않고는 배기지 못할 감동을 지니고 있는 듯하다. 그는 띄엄띄엄 다시 이야기를 오사카성에 갇혔던 때의 일로 옮겼다.

이미 그즈음 유럽에서는 포르투갈과 스페인의 구세력과 영국 및 네덜란드의 신흥세력이 몇 번인가 전쟁을 거듭했다고 한다. 물론 종교상 문제도 뿌리 깊이 뒤얽혀 있다. 그러므로 미우라 안진이며 네덜란드 사람에 대한 일본에 있던 선교사들의 박해는 상당히 잔혹했던 것 같다.

그들은 열심히 이에야스에게 권했다.

"네덜란드는 도둑 나라입니다. 도둑질하러 온 것이지요. 그대로 내버려 두면 앞으로 일본의 큰 화근이 됩니다. 표류해 온 18명의 목을 곧 베어야 합니다. 그러면 그들은 겁내어 두 번 다시 일본에 오지 않을 겁니다."

그런데 이에야스는 직접 자세히 조사한 다음 두둔했다고 한다.

"네덜란드는 이제껏 나에게 해를 끼친 일이 없다. 우리나라 사람에게 손해를 끼친 예도 없다. 그런데 죽이는 건 불의이고 무례한 짓이다. 비록 포르투갈과 스페인 두 나라에게 네덜란드와 영국이 적국이더라도 우리 영토 안에서 우리나라 사람들에게 해가 없는데 죽이는 그런 일을 나는 결코 용서할 수 없다."

이론 정연하게 그들의 주장을 물리치고 안진을 석방해 주었을 뿐 아니라 그와 동료들을 다시 만나게 해주고 사카이에서 백성들에게 약탈당한 물건값으로 금 5만 냥을 주었다고 한다.

"지금 생각하니 백성을 선동하여 배의 짐을 뺏게 한 것도 구교 무리들, 그 잘못을 옳게 가려내 구해주셨습니다. 이처럼 합리적이고 정의로운 명군을 우리는 처음 만났습니다."

안진은 그 은혜를 갚기 위해, 이에야스를 위해서라면 힘껏 일할 작정이라고 정중한 목소리로 말했다.

고에쓰는 이것도 이에야스의 욕심 많은 지식욕이 나타난 때문이 아닐까 하고 생각했다. 무엇보다도 이에야스는 유럽 사정을 비롯해 배며 항로며 그들의 학문까지 모두 흡수하고 싶은 게 틀림없다. 짓궂게 표현한다면 안진은 그러한 이에야스의 지식욕이라는 그물에 걸린 희생자인지도 모른다.

그때 앞선 차 시중꾼이 부르러 왔다.

"오신 차례가 좀 뒤바뀝니다만 고에쓰 님부터 들어오시랍니다. 이분과의 볼일을 먼저 끝내시고 천천히 미우라 님을 뵙겠다고 하셨습니다."

차 시중꾼은 고에쓰를 먼저 들게 하는 이유를 안진에게 납득시키려는 생각인 것 같다.

안진은 '아무쪼록 먼저' 하고 다시 정중하게 양보했다. 고에쓰도 정중히 답례하고 이에야스의 거실로 갔다.

이곳은 영주들과 정식으로 접견하는 넓은 서원이 아니다. 밖에서 내전으로 통하는 긴 복도 끝에 지은 작은 서원으로 흔히 휴게실이라 부르고 있다.

"오, 고에쓰인가? 수고했네. 오사카 일은 대강 처리될 것 같다면서?"

"그 일로 누군가가 벌써 귀띔을……?"

"오늘 아침 일찍 자야 시로지로가 와서……."

말하다 말고 이에야스는 생각난 듯 물었다.

"어떻던가? 안진을 만나 무슨 이야기를 해보았나?"

"예, 대감님 은혜를 깊이 느끼고 있는 듯했습니다."

"실은 지금이 안진을 가장 쓸모 있게 부릴 때라고 자야가 말했어."

"저, 기하학인가 하는 학문 말씀입니까?"

이에야스는 웃으며 손을 저었다.

"아니, 그게 아니야. 이제부터 세계와 자유로이 무역하려면 색깔을 알아야 한다는 거지."

"색깔……이라시면?"

"하하…… 그대도 색깔이라는 말만으로는 이해할 수 없겠지. 실은 남만인을 모두 하나로 보면 안 된다더군. 유럽은 둘로 갈라져 있다. 스페인과 포르투갈의 구세력은 남만인, 영국과 네덜란드의 신흥세력은 홍모인이라고 둘로 나누어 생각해야만 되나 봐."

"음, 남만인과 홍모인……."

"그런데 내 눈에 든 미우라 안진은 영국 태생으로 네덜란드 배를 타고 있었던 분명한 홍모인이지."

"그렇습니까?"

"내가……일본의 쇼군인 내가 홍모인인 안진을 가까이하니 남만인이 좀처럼 납득하려 하지 않아. 즉 일본은 홍모인 편이라고 믿어버리면 일본배가 바다로 진출했을 때 곳곳에서 손해를 입지. 그러니 안진을 남만인의 해외 본거지인 필리핀의 루손 태수에게 사자로 보내라고 자야가 말했어."

고에쓰는 희미하게 머리 저으며 눈을 깜박거렸다. 그 젊은 자야가 진언했다는 말의 의미를 알 듯하면서도 몰랐기 때문이다.

"하하……이를테면 홍모인인 안진을 남만인의 본거지로 보내 일본은 어느 쪽 편도 아니다, 또 안진도 결코 남만인들에게 적의를 품는 자가 아니다, 아무 색깔 없으니 친밀하게 얼마든지 무역을 해보지 않겠는가, 하고 이쪽에서 먼저 사자를 보내자고 말했네. 어떤가, 자야가 꽤 재미있는 궁리를 해내지 않는가?"

고에쓰는 아직 고개를 갸웃한 채 말했다.

"과연. 그러면 일본은 어느 쪽도 아닌 무색이라는 증명이 되는 셈이군요."

"그렇지, 그래서 안진과 그 일을 상의하려고 부른 거야."

이에야스는 가볍게 말하고 오카쓰 부인이 내주는 차를 마셨다.

고에쓰도 공손히 차를 들며 무언가 몹시 어리둥절한 느낌이었다. 그는 이에야스가 고에쓰를 몹시 기다린 듯 물어올 게 틀림없으리라 상상하고 왔다.

"오사카의 과부는 어떻던가?"

그런데 이야기가 세계의 일로 비약해 좀처럼 오사카로 돌아올 것 같지 않다. 이렇게 되니 고에쓰도 이에야스가 물을 때까지 대답하고 싶지 않았다. 그렇긴 하나 이 이에야스가 안진에게 배의 짐을 뺏긴 대가로 5만 냥이라는 거금을 주었다는 것이 정말일까. 말로는 5만 냥이라고 가볍게 말하지만 1000냥들이 궤로 50개라고 생각하니 고에쓰는 오사카 이야기보다 우선 그 의문을 풀어보고 싶어졌다.

"미우라 안진 님이라면 과연 그 사자 임무를 훌륭하게 해낼 게 틀림없습니다. 어쨌든 대감님이 세계 으뜸가는 명군이라며 감동하고 있으니까요."

"그렇지. 그는 보기 드물게 신의가 두터운 사나이야."

"대감님, 저 안진 님에게 금 5만 냥을 주셨다는 이야기가 참말입니까?"

"음, 배를 수리하고 무언가 물건을 싣고 돌아가려면 그쯤 들 거로 생각해서였지."

"그러나 그건 세키가하라 싸움 직전이 아닙니까?"

"그렇지. 그리고 나서 얼마 뒤 나는 에도로 내려갔으니까."

"그럼, 무엇보다도 군비가 중요한 때인데……어떻게 그렇듯 5만 냥이라는 거금을?"

이에야스는 웃으면서 머리를 저었다.

"고에쓰도 나를 인색하다고 생각하는가? 염려 마라. 그 5만 냥은 모두 일본을 위해 크게 살아 있는 거야."

"그럼, 그만한 거금을 받았으면서 안진 일행은 어째서 아직 일본에 남아 있는 것입니까?"

"문제가 생겼지. 그 바로 뒤 세키가하라 일에 정신 뺏겨 나도 잠시 버려두었는데, 그들은 그 5만 냥의 돈을 보더니 의견이 중구난방으로 갈라졌던 모양이야."

"허……거금을 보고 말입니까?"

"그렇지. 그것을 모두 똑같이 나누어 자유롭게 행동하기로 한 모양이야. 목돈이라면 출항할 수 있었겠지만, 뿔뿔이 나눠 가지면 그럴 수 없지. 그즈음 또 병으로 죽은 사람도 있어서 13, 4명밖에 남지 않아 어떤 자는 히라도(平戶)로 가서 대포를 만들고, 어떤 자는 분고, 어떤 자는 사카이, 어떤 자는 에도에 가서 배를 만들거나 질그릇을 개량하며 결코 헛되게 쓰인 건 아니었어. 안진 자신도 나에게 여러 가지로 가르쳐주고 있으니 말이야.'

고에쓰는 저도 모르게 무릎을 탁 쳤다.

"5만 냥을 주면 그들이 일본에 머무를 거라고 대감님은 꿰뚫어 보셨군요."

이에야스는 싱긋 웃더니 슬쩍 외면해 버렸다.

'아마 그런 모양이다……'

"고에쓰."

"예."

"새로운 바람을 넣어보겠다는 자가 돈을 아껴서는 안 되는 법이야. 미쓰나리와 나의 차이는 아마 그런 게 아닐까?"

이에야스는 말하더니 무엇을 생각했는지 후후하고 웃었다. 이에야스의 기묘한 웃음소리는 깔끔한 고에쓰의 성미를 찔렀다. 5만 냥으로 안진을 비롯한 네덜란드 배 승무원들의 지식을 모두 사버리다니, 그것이 인간의 심리를 속속들이 알고 한 행위니만큼 고에쓰에게 얼마쯤 저항을 느끼게 했다. 아니, 거금을 주면 그들이 저마다 욕심내어 흩어지리라는 관찰은 그래도 좋다 하더라도 자못 자랑스레 이시다 미쓰나리의 이름을 들먹이며 뽐내는 게 불결하게 여겨졌다. 불결한 느낌이 들면 잠자코 있지 못하는 고에쓰였다.

"그러나 대감님, 미쓰나리 님도 금전에는 남달리 담백하시어 쓸데없는 금은 따위는 한 푼도 비축한 게 없다고 들었습니다만."

"그렇지. 그것이 미쓰나리와 나의 차이라고 한 거야."

"예……? 어느 쪽이나 돈을 아끼지 않는 마음가짐이란 똑같은 게 아닙니까?"

"고에쓰."

"예……예."

"미쓰나리는 한 푼 남기지 않고 몽땅 싸움에 걸었다."

"그렇습니다."

"한 푼 남김없이 싸움에 거는 것을 칭찬할 만한 일이라고 생각하나?"

"글쎄요, 한 마디로는……."

"틀렸어."

이에야스는 가볍게 손을 내저었다.

"싸움은 끝날 때가 있다. 하지만 이 세상은 끝이 없지. 빈털터리가 되어 자기만 죽으면 된다는 그러한 심보는 무책임해."

"그러면……거기까지 생각하시고 5만 냥을 내주셨다는 겁니까?"

"그렇지. 그건 일본에 남기는 내 유물의 하나……라는 마음이었어."

"유물의 하나?"

"그렇다네. 싸움이 벌어지면 나도 죽을지 몰라. 그러나 안진 일행이 남기고 가는 기술이나 학문은 남거든."

"그건 그렇군요."

"죽은 다음에도 무언가 남기려 하는 그 여유가 있느냐, 없느냐는 것이 인간 그릇의 크고 작음을 정한다고 생각되지 않나?"

고에쓰의 눈빛에 이번에는 의혹이 역력히 드러나 보였다.

"대감님……정말로 그러한 생각이 있어서 하신 일입니까?"

"없다고 생각하는 자에게는 설득할 방법이 없군. 그러나 실제로 조선기술이 눈에 띄게 진보했다고 여겨지지 않나?"

"그러면 그걸 명확히 꿰뚫어 보셨다고 대감님은……?"

"고에쓰, 인제 그만두게. 그때는 나도 싸움터에 임하던 몸이야. 살아서 돌아온다고 확신할 수 없을 때므로 유품을 나눠줄 셈이었다고 말한 거지. 이건 예측이니 계산이니 하는 문제만이 아니다. 이 세상에 대한 감사의 표시, 이것이 즉 여유라는 거야."

거기까지 말하고 이에야스는 비로소 깨달은 듯 물었다.

"참 그렇지, 오사카의 여주인 말인데. 어떻던가, 그대 눈에는……? 작은대감님과 잘해나갈 것 같은가?"

이에야스 쪽에서 화제를 바꾸자 고에쓰도 더 이상 5만 냥에 구애될 수 없었다.

"나와 그대는 말이 통해. 그래서 그만 잔소리가 많아지지. 오사카 이야기를 그대가 본 대로 솔직히 이야기해 주게."

다시 고에쓰가 지금까지의 말을 되풀이하지 않도록 이에야스는 부드럽게 연막을 쳤다.

고에쓰는 얼굴이 빨개져 머리 숙였다.

"아무래도 저는 성미가 고약합니다. 언제나 매사에 얽매이는 편이라."

"그건 오사카 말인가?"

"예, 모든 일이 다 그렇다는 건 아닙니다만 제가 들은 바에 의하면 아무래도 순조롭지 못한 것 같습니다."

"순조롭지 못한가?"

"예, 차라리 생모님과 작은대감님을 다른 성에 살도록 할 방법이 없을까 하는 게 뜻있는 사람들의 소원인 것 같았습니다."

"다른 성에……?"

"아니면 끊임없이 앞으로도 충돌을 피할 수 없을 겁니다. 사카에에 대한 일로는 아마 생모님이 양보하실 겁니다. 그러나 이것도 하나는 센히메 님에 대한 고집에서 나온 태도. 고이데 히데마사 님 등은 벌써 병을 핑계 삼아 거의 등성 하지 않는 모양입니다. 등성 해도 생모님 측근에서 모든 지시가 나오므로 작은대감님 측근은 아무 할 일도 없는 게 실정……."

"흠, 히데요리 님이 지금까지는 어렸으니까."

"이대로라면 더욱 작은대감님의 존재가 약해집니다. 그러니 생모님에게 은퇴할 성을 마련해 주지 않는다면 도요토미 가문의 법도를 세울 수 없다고 가타기리 님 형제분이 한탄했습니다."

"과연!"

그러고 나서 이에야스는 말투를 바꾸었다.

"그대는 역시 좀 고지식하게 생각하는 것 같아."

"예, 그 점은 저도 알고 있습니다."

"좋아, 좀 더 두고 보자. 사카에 문제가 처리되면 당장은 큰 걱정거리가 없을 테지. 그리고 도요쿠니 신궁제를 성대히 할 것이니, 다시 분위기가 좋아질 거야."

고에쓰는 이 말에 아무 대답도 하지 않았다. 그는 사카에 문제는 안심했지만, 오사카 전체 문제는 결코 마음 놓을 수 없었다. 아무리 히데요리가 성장하더라도 그 어머니의 간섭은 없어지지 않으리라. 그렇다면 니치렌 대사의 가르침을 인용할 것도 없이 도요토미 가문은 두 조각으로 분열될 것이다. 생모님 파와 히데요리 파, 거기에 센히메며 그 시녀들이 얽힌다면 나쁜 조건은 모두 갖추어진다.

그러니 대담하게 이쯤에서 요도 마님과 히데요리를 따로 살게 하고 히데요리에게 꿋꿋한 측근을 붙여두지 않으면 오사카성의 다음 주인은 어머니 그림자에 가려져 그늘의 넝쿨이 되기 쉽다.

그러나 이에야스는 그러한 것까지 들을 생각은 없는 모양이다.

"과연. 그대는 역시 좀 고지식하게 생각하는 것 같아."

그런 말을 들었으니 그다음 의견은 삼가야만 했다.

"참, 미우라 안진 님이 기다리십니다. 오늘은 이만 물러가겠습니다."

이에야스는 붙들지 않았다.

"그런가? 그럼, 앞으로의 일도 잘 살펴봐 주게."

고에쓰가 물러가자 이에야스는 잠시 물끄러미 장지문을 노려보며 생각에 잠겼다.

고에쓰는 언제나 날카롭다. 날카롭지만 이번의 그 예상은 이에야스로서 좀 무서운 느낌이 들었다. 왜냐하면, 그의 예상이 이에야스의 불안과 너무도 들어맞았기 때문이다.

히데요시는 히데요리를 이에야스의 평가에 따라 분수에 맞게 이끌어 달라고 거듭거듭 당부했다. 당부받지 않더라도 당연히 그렇게 되어야만 할 것이며, 인간은 그 기량 이상의 일을 할 수 없고 또 해줄 수도 없다. 일시적으로는 억지가 통할 것 같지만, 그건 매우 짧은 순간이고 역시 기량과 환경이 자연스럽게 그 인물을 감싼다.

'이것이 하늘의 뜻인데……'

그러나 고에쓰에게 명백히 그 지적을 받고 보니, 모든 게 처음부터 이에야스의 생각이었던 듯 오해받기 쉽다.

'고에쓰는 점점 소에키를 닮는 모양이다……'

두 사람 다 인간의 장단점을 판단하는 육감이 날카롭다. 그리고 판단한 다음에는 그대로 좋고 나쁜 감정으로 삼아버리는 경향이 있다.

이에야스는 쓴웃음 지으며 옆방에 대기하고 있는 혼다 마사즈미를 불러 일렀다.

"마사즈미, 안진을 오게 하라."

"알았습니다."

마사즈미가 일어나 나가자 이번에는 보쿠사이를 불러 필기 준비를 시켰다.

"안진과 내 이야기를, 특히 안진의 대답을 잘 기록해 두도록."

"알았습니다."

"보쿠사이."

"예."

"여기서 나는 한 번 젊어져야겠어."

보쿠사이는 그 뜻을 알아듣지 못해 멍한 표정으로 이에야스와 오카쓰 부인을 번갈아 본다. 이에야스는 빙그레 웃었다.

"아니, 여자들 이야기가 아니야. 여기 말이지."

이에야스는 자기 가슴을 가리켰다.

"한바탕 생각을 젊게 하여 평화로운 세상과 전국시대의 차이를 모두에게 똑똑히 보여줘야겠다는 거야."

"예, 옳으신 말씀이라고 생각합니다."

"내가 어제와 내일을 분명히 가려서 보여주지 않으면 마사즈미나 마사나리까지 낡아버린다. 인간의 낡은 옷은 알아주는 사람도 없어."

"옳으신 말씀입니다."

보쿠사이는 다시 한번 공손히 고개를 끄덕였으나 그때 벌써 이에야스는 다른 생각을 하고 있었다. 안진이 과연 이에야스의 명을 받들어 순순히 루손까지 갔다 와 줄 것인지? 만일 두 사람 사이에 진정한 '신뢰'가 뿌리내려 있지 않다면 상당한 모험이 될 것 같았다.

우선 그의 마음대로 배를 한 척 만들게 한다. 그것에 그가 원하는 상품을 가득 싣게 하여 출항시키면, 그다음은 이에야스의 손이 미치지 않는 바다의 세계. 그리하여 안진이 만일 고국에 남기고 온 처자를 그리워한다면, 배는 루손으로 가는 대신 영국의 항구로 향하게 되리라.

'내 일생에 홍모인과의 대결이 있을 줄은 꿈에도 몰랐는데…….'

과연 안진 역시 이에야스의 심복처럼 그에게 성의를 보여줄 것인가? 이 일은 큰 도박이라기보다 사람과 사람의 대결이었다.

안진이 마사즈미와 차 시중꾼에게 안내되어 오는 걸 알고 젊은 오카쓰 부인은 자리를 일어나려 했다. 아마도 은밀한 이야기에 방해되면 안 된다고 생각했을 게 틀림없다. 이에야스는 그것을 말렸다.

"오카쓰, 그대도 여기 있어라."

오카쓰 부인은 깜짝 놀랐다.

"방해되지 않을까요……?"

"괜찮아. 이제 나는 안진과 대결할 참이다. 그대도 보고 있거라."

농담인지 진담인지 알 수 없는 소리로 계속 말했다.

"오거든 그대 손으로 이 담배 그릇을 그에게 주어라."

오카쓰 부인은 알아듣고 머리 숙였으나 그 표정은 몹시 어리둥절해 보였다.

처음에 이름을 오하치라고 했던 오카쓰 부인이, 덴쇼 18년(1590)에 13살로 이에야스의 측실이 된 오타 야스스케의 딸이라는 것은 이미 쓴 바 있다. 처녀 시절부터 이에야스의 측실로 들어간 것은 그녀가 처음이었다. 재치 넘치는 재녀로 성미도 꿋꿋했다.

"누구에게나 이기려 드는 여자야."

언젠가 농담으로 이에야스가 한 말이 그대로 그녀의 이름이 되었을 정도였다. ^{(가쓰(勝)는
이긴다는 뜻)} 오카쓰 부인 역시 어린애를 하나 낳았다. 그 이치히메가 일찍 죽어버렸으므로, 지금은 오만 부인이 낳은 둘째 아들^(뒷날의 미
토요리후사)을 자기 양자로 달라고 은근히 이에야스에게 조르고 있었다. 이에야스는 대체 무슨 생각으로 그 오카쓰 부인을 굳이 옆에 앉혀놓고 안진과 만나려는 것일까……?

"대감님, 미우라 님을 모시고 왔습니다."

"오, 안진인가? 기다리게 했구먼. 이리 가까이."

안진은 입구에서 공손히 두 손을 짚고 격식 차려 인사했다.

"대감님의 존안을 우러러 뵈니 황송하기 이를 데 없습니다."

"안진, 어떤가? 역시 고향이 그립겠지?"

"예, 지금도 고향인 영국 켄트주 질링엄 마을 꿈을 꿉니다."

"그럴 테지. 나도 어렸을 때의 오카자키는 기억에 없고 꿈속에서 언제나 소년 시절을 보낸 슨푸를 헤매고 있지."

이에야스가 이야기하면서 눈짓하자, 오카쓰 부인은 긴 담뱃대를 곁들여 담배 그릇을 안진 앞으로 공손히 가져갔다.

"자, 한 대 피워보게, 안진."

"참으로 황송합니다. 고맙게 피우겠습니다."

"한 대 피우면서 이야기하게. 어떤가 안진, 이제 내가 그대에게 귀국을 허락한다면 그대는 어느 바다를 건너 고향으로 향하겠는가?"

느닷없는 물음에 안진은 푸른 눈초리의 시선을 쏘아붙이듯 이에야스에게 보내며 살며시 담뱃대를 놓았다.

"대감님이 만일……귀국을 허락해 주시면, 저는 아직 아무도 지나간 일 없는 북극 바다의 뱃길을 열어 고향으로 돌아가고 싶습니다."

이에야스는 진심으로 감탄했다.

"그런가? 아직 아무도 지나간 일 없는 뱃길을 탐험해 보고 싶은가……? 훌륭한 마음이야."

남방 항로는 이미 그로서는 쉬운 길일 것이다. 그 길로 돌아간다면 모험자, 선구자로서의 윌리엄 아담스의 긍지는 채워지지 않는다…… 그러한 자각이 말 속에 짙게 풍기는 걸 이에야스는 알 수 있다.

"실은 말이야, 안진, 나는 그대에게서 기하학도 배우고 싶지만, 그보다 먼저 이야기하고 싶은 게 많이 있어."

"황송합니다. 무엇이든지 분부해 주십시오."

"그대의 모험은 세계에 새로운 뱃길을 여는 것이라고 했지?"

"예, 그렇습니다."

"세계에 새로운 뱃길을 개척하여 그대가 좋아하는 여왕……뭐라고 했더라, 그 여왕을 위해 충성하고 싶다고……했지?"

"예, 말씀하신 대로 저희들은 엘리자베스 여왕을 위해, 영국을 위해, 그리고 후세 뱃사람들을 위해……."

"알았다. 그대의 희망은 잘 알고 있어. 그런데 이 이에야스 또한 새로운 길을 하나 개척하고 싶다."

"예."

"그 길은 바다를 개척하는 항로가 아니야. 사람들이 저마다 안심하고 살 수 있는 평화로운 세상의 길이야."

"황송합니다."

안진은 얼굴 가득히 감동을 나타내며 눈을 번쩍번쩍 빛냈다.

"대감님 뜻은 다름 아닌 하늘에 계신 아버지의 뜻, 그것입니다."

"인간이 바다 건너 무역을 한다……는 건 결코 싸움하기 위해서가 아니야."

"그렇습니다."

"싸움은 그 참 목적이 무엇인지를 상실한 어리석은 자들이 하는 짓이지."

"그렇습니다."

"현명한 사람들……마음에 길을 가진 이들……이 흉금을 터놓고 서로 이야기하면 서로 통할 수 있는 기쁨만으로도 만족하리라."

"그렇다고 생각됩니다."

"그런데 이 세상은 아직 그렇지 못해. 눈앞의 조그만 이익을 다투며 목숨을 잃고 있다. 목숨을 잃는 것이 가장 손해인 줄 아는 듯하면서도 사실은 도무지 깨닫지 못하고 있어."

안진은 몇 번이나 조그맣게 무릎을 쳤다. 이 파란 눈의 모험자에게는 어딘지 가토 기요마사를 연상시키는 성실함이 있고, 기요마사보다 더욱 뚜렷하게 얼굴빛으로 생각을 판단케 하는 정직함이 느껴진다.

"어떠냐, 안진? 그대 눈에는 남만인과 홍모인의 싸움이 어리석은 일로 보이지 않느냐?"

"어리석지요. 같은 하느님 가르침을 신교와 구교로 나누어 싸웁니다…… 사실은 새로움을 싫어하는 낡음이 일으킨 어리석은 싸움입니다만."

"그런가? 그렇다면 이야기하마. 어떠냐, 안진? 나와 그대가 사람의 도리에 맞는 크나큰 세계의 뱃길을 개척할 생각은 없는가? 싸우는 대신 서로 주고받으며 기뻐할……누군가가 언젠가 열어야만 할 세계의 길……그렇지 않으면 모처럼 그대가 여는 항로도 실은 싸움의 길이 되리라고 생각하는데, 어떤가?"

이에야스는 말하고 나서 눈길을 좁히며 안진의 표정을 살폈다.

안진의 붉은 얼굴이 한층 더 붉어졌다. 마음속에 품고 있는 불이 그대로 목에서 볼로 타올라오는 것처럼 보인다.

안진은 눈도 깜박이지 않고 다시 말했다.

"황송합니다. 본디 배는 평화로운 항해를 위해 있어야만 하는 것, 그런데 언제부터인지 싸움을 위해, 침략을 위해 사용되었지요…… 이제 이 잘못을 바로잡지 않으면 배 때문에 피가 흐르고 배 때문에 모르는 인간들이 서로 살육하지 않으면 안 되게 됩니다."

이에야스는 크게 고개를 끄덕였다.

"그럼, 그대도 나와 같은 의견으로……평화를 위해 힘을 아끼지 않겠다는 건가?"

"예, 대감님 말씀을 거역하는 것은 하늘에 계신 아버지에 대한 배신이라고 생각됩니다."

"그런가? 잘 말해 주었다."

이에야스는 차 시중꾼이 날아온 차를 안진에게 권했다.

"그럼, 내가 먼저 그대에게 약속하마. 나는 앞으로 반드시 그대의 뜻이 이루어지도록 힘을 빌려주겠다."

"앞으로라고 하시면?"

"북쪽 바다를 한 바퀴 돌아 그대의 조국으로 갈 수 있을 만한 배, 그 배를 만들려면 시간이 걸릴 테지. 그래서 앞으로라고 말한 거야."

그 말을 듣자 안진은 문득 푸른 눈을 내리깔았다.

"그대는 북쪽 바다에 숱한 빙산이 있다고 했다. 기억하고 있을 거야."

"예……예."

"그 빙산에 부딪혀도 파선되는 일이 없는 튼튼한 배가 아니면 목적이 달성되지 않는다."

"그렇습니다."

"그렇다면 우선 자리 잡고 그 배를 만들어야만 한다."

"과연……안진도 그렇게 생각하고 있습니다."

"안진, 여기까지 말하면 그대도 이제 알 거야. 새로운 배 만들기에는 초조함이 금물, 그대도 일본에서 처자를 갖고 듬직하게 자리 잡은 다음 새 항로를 개척할 배를 만드는 데 힘써주지 않겠는가?"

"처, 처자를 갖고……?"

"그렇지. 예수교도 구교에서는 일부일처, 한 번 혼인하면 이혼도 할 수 없다고 들었지만, 홍모 나라의 종파는 그 점에서 자유롭다면서? 어떤가, 만족하게 여겨질 만한 배가 완성될 때까지 일본을 제2의 고향으로 삼을 생각이 없는가?"

안진의 눈이 별안간 슬픈 수심을 띠고 깜박였다. 이에야스의 제안을 의심하기보다 이 고장과 고향 항구 사이의 먼 거리를 돌이켜보고 있으리라.

"그대는 늘 여왕에 대한 충성을 입버릇처럼 말한다."

"예……예."

"여왕을 위해 영국의 상권을 동양 여러 나라에 퍼뜨리고 해적의 오명을 깨끗이 씻은 다음 당당히 새 항로를 발견하여……돌아가려면 그만한 각오와 시간이 필요하다고 생각되지 않는가?"

드물게도 이에야스는 다그치는 말투가 되었다.

"그대에게 그만한 결의가 있다면 나도 힘껏 힘을 빌려주마. 아니, 벌써 그대에게 알맞은 여자도 사실은 마음속에 정해 두고 있지. 여기 있는 오카쓰의 여동생 되는 착한 처녀야."

오카쓰 부인은 깜짝 놀라 얼굴을 들고 세찬 눈초리로 이에야스에게 눈을 흘겼다. 오카쓰에게는 그러한 여동생이 없기 때문이었다…….

이에야스는 오카쓰 부인의 시선 따위는 전혀 개의치 않는 눈치였다.

"사나이의 생활에는 여인의 반려가 필요해. 만일 그대가 결심하고 영지인 미우라에 자리 잡고 배를 만든다면 내가 곧 그 처녀를 중매해 주지. 어때, 해볼 생각이 없나?"

안진의 눈이 다시 생기를 되찾고 신중히 오카쓰 부인에게로 향해진 것은 2, 3분 지난 뒤였다. 안진이라고 해서 늙어 시들어버린 나이는 아니다. 에도의 니혼바시에 하사받은 저택에 하녀도 몇 명 부리고 있었다. 그러나 안진은 여자 때문에 쓸데없는 싸움의 씨를 뿌릴까 염려하여 지그시 욕망을 억눌러오고 있다.

이에야스는 도이 도시카쓰에게서 그 이야기를 들어 알고 있었다. 그래서 그의 향수를 달랠 수단으로 결혼 말을 꺼낸 게 틀림없다.

그렇지만 오카쓰의 여동생이라니, 왜 그런 말을 한 것일까.

안진은 오카쓰 부인에게서 살며시 이에야스에게로 시선을 옮기더니 다시 한번 온몸으로 한숨지었다. 지금까지는 구교 신부와 마찬가지로 자중하지 않으면 목숨에 관계되는 일이라고 체념하고 있었던 이성에 대한 상념이 한꺼번에 복받쳐 오른 모양이다. 겉으로 보기에도 그것을 잘 알 수 있었다.

갑자기 안진이 힘없이 중얼거렸다.

"대감님은 무서운 분이십니다…… 저에게서 대감님의 분부를 거역할 힘을 뺏어가십니다."

"그런가? 용서해라, 안진…… 나는 여자를 미끼로 삼으려는 게 아니야. 나도 남자니까 그대의 적적함을 잘 알지. 그래서 마음을 가라앉히고 일에 몰두하려면 오카쓰 같은 여자가 있어야 한다고 생각한 거야."

"그러면……그러면 그 배가 완성되었을 때는……?"

"그 배를 시험 운전하여 우선 루손에 다녀와 주게. 남쪽 바다의 바람과 파도에 견딜 만하다면 다시 북쪽의 험한 바다로 나가는 것이지."

"저, 시험 항해는 루손으로……?"

"한 번으로 미덥지 않으면 샴까지 다시 한번 가주어도 좋아. 어쨌든 새 항로를 개척하러 가는 일이니 행방불명되면 모처럼의 고생도 물거품…… 알겠는가, 안진……? 나는 그대 마음의 조바심을 없애주려는 거야."

듣고 있는 동안 혼다 마사즈미는 웃음이 터질 듯하여 황급히 부채로 얼굴을 가렸다. 마사즈미가 듣기에는 이에야스의 말 그대로가 큰 책략이었다. 사람 좋은 표류자인 안진을 손바닥에 올려놓고 마음대로 어르는 느낌이었다. 그러나 정작 안진은 어디까지나 진지했다. 그는 이에야스 쪽에도 상당한 자기 욕심이 있는 걸 알고 오히려 마음 놓는 눈치였다.

"그럼, 제가 루손으로 가서 대감님을 위해 일한 다음 북쪽 바다로……?"

"그렇지. 그 일은 서로를 위해서…… 그 이상은 나도 그대에게 바라지 않을 거야."

"알았습니다. 그럼, 미우라 안진, 곧 얼음 바다를 건널 만한 배를 만들겠습니다."

이에야스는 가볍게 고개를 끄덕이며 오카쓰 부인을 보았다.

"오카쓰……안진에게 술을 대접해라. 나도 마시겠다."

상이 나오자 이에야스는 안진을 위해 포도주를 가져오게 하고 오카쓰에게 일부러 술시중들게 했다. 안진은 송구스러워하고 있다.

'일본인이라면 이러지 않겠지…….'

이에야스는 안진이 불쌍하고 우습기도 했다.

지금 이에야스가 안진에게 서양식 배를 만들게 하는 것은 무리한 일인 줄 잘 알고 있다. 안진은 항해술이 뛰어난 탐험가이지 배 목수는 아니다. 그러나 이에야스는 세키가하라 싸움 전부터 다행히 자신이 살아남는다면 언젠가 반드시 이 무리한 일을 안진에게 승낙시킬 작정이었다. 그 때문에 안진이 타고 온 배인 리프데호의 선장 멜히요르 판 상트폴트 역시 교묘하게 에도에 붙들어두고 있다.

윌리엄 아담스는 미우라 안진.

상트폴트는 야에스(入重洲).

두 사람 다 니혼바시에 저택이 주어져 에도 시민들은 안진의 집이 있는 쪽은 안진 거리, 상트폴트가 살고 있는 쪽은 야에스 거리라고 부르며 그들과 다정히 지내고 있다. 그런 의미에서 안진도 야에스도 완전한 이에야스의 꼭두각시였다.

일본인이라면 인정을 내세운 교활한 이용방법이라며 화내리라. 그런데 그들은 그렇지 않았다. 그들은 자기가 무언가에 이용되기 때문에 대우받고 있다는 걸 알고 오히려 안심되는 모양이다. 납득할 수 없는 우대가 가장 불안한 것 같다.

이에야스는 자신도 젓가락을 들어 보리밥을 씹으면서, 문득 생전의 히데요시와 자기의 방침이 다른 것을 떠올리며 비교해 보고 있었다. 히데요시는 힘으로 일본을 평정하자 그다음에 곧 방향을 잃고 말았다. 아니, 방향을 잃었다기보다 천성적인 활력을 주체하지 못해 무모한 조선 출병을 꾀했다.

'다이코는 일본이 평정되자 그만 다음 일에 대한 생각이 궁했던 거야……'

이에야스는 자신은 그 전철을 밟으면 안 된다고 엄격히 자기반성을 해오고 있다. 하늘은 좀처럼 두 가지 것을 주지 않는다. 싸움을 잘하는 사람이 반드시 정치를 잘한다고는 할 수 없었다. 그렇기는 하나 싸움을 잘하는 사람이 오로지 온 힘을 기울인 결과 가까스로 맞을 수 있게 된 평화다.

지금도 싸움 말고는 인간의 정열을 쏟아 넣을 줄 모른다면, 이윽고 그들은 몸에 배어버린 싸움의 싹을 일부러 찾아내어 몰두하리라. 규모가 몹시 컸지만, 히데요시가 그 좋은 본보기였다. 그래서 이에야스는 인간 정열의 또 하나의 배출 장소로서 히데요시와는 전혀 다른 구상으로 세계지도를 펼친 것이다. 세계는 아직 뭍도 바다도 끝없이 넓다. 그곳에 기존의 남만인이며 당나라 사람보다 훨씬 예의바른, 신의 있는 모험가로 진출한다…….

아니, 그 첫걸음은 무엇보다도 우선 배였다. 재래식 배는 이미 자야 시로지로를 비롯한……최초의 관허무역선 소유자들에게 명하여 계속 만들게 하고 있다. 하지만 뭐니 뭐니 해도 항해기술, 조선기술로는 나침판을 먼저 발견한 남만인에게 한 발 뒤지고 있다. 그래서 천하를 맡은 자로서 이에야스가 해야 할 일은 이 서양 지식의 소화였다.

식사하면서 내내 무언가 생각하고 있는 안진에게 이에야스는 웃으면서 말을 걸었다.

"어떤가 안진, 이제 생각이 무르익었나? 그대는 하루빨리 조국에 돌아가고 싶겠지?"

"그렇습니다."

"그런 그대에게 나는 일본에서 아내를 맞으라고 한다. 교활한 것 같지만 그렇지가 않지."

"예."

"인간은 너무 초조해하면 어딘가에 반드시 미숙한 판단이 따르는 법. 항해 또한 싸움과 마찬가지, 잘못된 판단이 있었다고 깨달을 때는 벌써 목숨이 없다. 목숨을 잃어선 모든 게 끝장, 그러므로 듬직하게 마음을 가라앉히는 것이 사실은 소망을 이루는 지름길이라고, 생각 깊은 인간이라면 깨달을 거다."

"예……예."

반은 건성으로 내답하면서 안진은 눈을 몹시 깜박이며 몸을 내밀었다.

"저는 소년 시절 조국의 템스강 강가에 자리한 라임하우스 조선소에 잠시 있었던 일이 있습니다."

"허, 반가운 말이로군."

"거기서 조선소 소장 니콜라스 디킨스의 제자로 항해사 수업을 받았는데 그때 배 만들던 광경이 눈에 선하게 떠오릅니다."

이에야스는 싱글벙글 고개를 끄덕였다.

"대감님, 저는 이즈의 이토(伊東)에 조선소를 만들겠습니다. 그 언저리는 배 목재로 알맞은 나무들이 많기 때문입니다."

"그것 좋지."

"처음에는 모형 삼아 100톤 이하의 것을 한 척 만들어 스미다강 언저리까지 몰고 와 대감님께 보여드리겠습니다."

그것은 40살의 홍모인이 소년처럼 무섭게 분발하는 모습이었다.

사람이 사람을 움직일 경우 급소는 반드시 있다. 물론 그 급소에 대한 판단을 잘못하면 움직여지는 대신 오히려 옹고집이 되든가 노하게 만든다. 그런 의미에서 인간을 잘 아는 자가 인간을 가장 잘 움직일 수 있다는 답이 나온 이에야스는 안진이 소망하는 그 급소를 스쳤던 것 같다. 그 증거로, 안진은 벌써 몸을 내밀며 가능한 한의 꿈을 펼치고 있다.

"음, 이토에서 배를 만들어 스미다강에 띄우겠단 말이지?"

"예, 그것을 시작으로 삼고 곧 두 번째 배에 착수합니다. 안진도 대감님의 신임을 얻고부터 조심성이 많아졌습니다."

"그게 좋아. 처음 만든 배로 실제 항해해 보면 여러 가지 미비한 점이며 약점 따위를 알 수 있게 되겠지."

"그렇습니다. 그런 점을 면밀히 조사하고 고쳐서 두 번째 배는 120 내지 130톤 정도의 배를 만들겠습니다."

말하고 나서 안진은 다시 볼을 조금 붉히며 덧붙였다.

"이전의 안진이라면, 처음 만든 배로 무턱대고 얼음바다를 향해 나갔을 게 틀림없습니다. 그런데 지금은 두 번째 배든, 세 번째 배든 완전한 것이 완성될 때까지 차분히 침착하게 기다릴 수 있을 듯합니다."

이에야스는 가볍게 웃었다.

"그게 좋아. 어떠냐, 안진? 그 침착한 마음이 된 원인을 알겠느냐?"

"예⋯⋯그것을 비로소 깨달은 듯한 느낌이 듭니다. 안진은 대감님으로부터 미우라에 영지를 받았습니다. 그러나 그것만으로는 아직 마음이 안 잡혔었지요. 그런데 이제 문득 침착해질 듯싶은 것은 대감님에게서⋯⋯."

"아내를 맞으라는 말을 듣고 얻을 마음이 되었기⋯⋯때문이겠지."

"예⋯⋯예, 인간도 새나 짐승과 마찬가지로 제집을 갖지 않으면 마음 붙이지 못하나 봅니다. 대감님 분부에 따라 여기서 마음을 느긋이 갖자고 생각한 순간 대번에 성질이 느긋해졌습니다."

안진은 고지식하게 말하더니 더욱 얼굴을 붉히고 오카쓰 부인 쪽을 흘긋 쳐다보았다. 오카쓰 부인은 황급히 이에야스에게로 시선을 돌렸다. 이에야스는 여전히 애매하게 미소지으며 고개를 끄덕이고 있다.

'얼마나 교활한 분인가⋯⋯.'

그러나저러나 이에야스는 정말 누군가 점찍어둔 여성이 있는 것일까? 오카쓰 부인의 여동생이라고 분명히 말했으니, 점찍어둔 사람이 있다면 그녀의 아버지와 말을 맞추어 양녀로 삼아 얼렁뚱땅 넘어갈 게 틀림없다.

"이토에는 강폭이 그리 넓지 않은 알맞은 강이 있습니다. 그 강을 이용해 도크……즉 배를 만들어 바다에 띄우기 알맞은 장소도 마련할 수 있을 것 같습니다."

"음, 이즈스케강(伊豆助川)도 이용할 생각인가?"

"예, 말씀이 있는 날이 길일, 선박감독관이신 무카이 효고(向井兵庫) 님에게 곧 배 목수들 수배를 분부해 주십시오."

오카쓰 부인은 황급히 소매로 입을 가렸다. 아내 이야기가 나오니 안진이 별안간 10살이나 15살쯤 젊어진 듯한 느낌이 들었던 것이다.

'저토록 기쁠까?'

그렇다면 그 사실을 이미 알고 있던 이에야스는 또 얼마나 얄미운 사람인가…….

내 멋대로 세상 뜻대로

　식사가 끝나자 안진은 고맙다는 인사를 되풀이하며 물러갔다. 오늘은 성안에서 하루 묵고 곧 에도로 떠날 작정인 것 같았다. 저 상태라면 에도의 안진 저택에도 오래 머물지 않고 곧 이즈로 달려가 배 만들 준비에 착수할 게 틀림없었다.

　마사즈미가 배웅하러 나갔으므로 이에야스의 거실에는 오카쓰 부인과 보쿠사이만 남았다. 근위무사들은 한 칸 건너 셋째 방에 대기하고 있다.

　오카쓰 부인의 시녀가 등불을 받쳐들고 왔다가 나가자 말괄량이인 오카쓰 부인은 못 참겠는 듯 웃음을 터뜨렸다.

　"대감님은 정말 시치미떼는 말씀을 잘하시네요. 제 여동생을 안진 님에게 중매드신다니…… 저는 나이 찬 여동생이 없는데요."

　이에야스는 팔걸이를 끌어당기고 식후의 차를 마시며 말했다.

　"그런가, 아직 그대에게 말하지 않았었군."

　웃지도 않고 찻잔을 내려놓더니 말끄러미 쳐다보았다.

　"호호……비록 말씀하시더라도 없는 건 없지요."

　"아냐, 그런데 그것이 있거든. 그대가 모르는 사이에."

　"예? 뭐라고 하셨어요?"

　"오쿠보 다다치카가 보았는데, 그대에게 벌써 여동생이 생겼어."

　"그, 그건……어느 분 따님이신가요?"

　"다다치카에게 어떤 모습을 한 여자냐고 물었더니, 글쎄, 오카쓰 부인과 얼굴이 쌍둥이 같다고 했어."

"어머나……그래서 제 여동생으로……"

"사해동포(四海同胞). 일본인은 모두 형제야. 게다가 닮았다니 양녀로 삼아도 좋지 않겠느냐."

태연히 말하고 나서 이에야스는 덧붙였다.

"에도의 감옥 관리 마고메 가게유(馬込勘解由)의 딸이야. 열성스러운 예수교 신자로, 처음에는 싫다더니 안진이 홍모인이면서도 무사 이상으로 신의가 두터운 자라는 말을 듣고 승낙했다더군."

"어머나……"

"그래서 모처럼의 신부이니 그대의 여동생이라고 비싼 값을 붙였지. 그대는 불만인가."

오카쓰 부인의 입이 딱 벌어졌다. 무엇이든 혼자 정해 버리는 것에 화났지만 한편 감탄하지 않을 수 없었다. 다케치요 님 탄생 뒤 눈이 팽팽 돌 만큼 분주한 것을 오카쓰 부인은 잘 알고 있다.

'그 눈코 뜰 새 없는 동안 이런 일까지……'

생각하자 이렇게 하지 않으면 천하를 다스릴 수 없을 거라고 자기 일처럼 자랑스러움을 느꼈다.

"보쿠사이, 안진과의 문답을 기록해 두었겠지."

"예, 요점만은 빠뜨리지 않고."

"좋아, 마사즈미가 돌아오거든 안진의 혼례와, 선박관계자, 배 목수, 대장장이, 그리고 솜씨 좋은 인부들 준비를 긴급 수배하도록……그렇지, 젊은 사람은 잊어버리기 잘하니 적어두었다가 전해 주어라."

오카쓰 부인은 다시 밝게 웃기 시작했다. 늙은이는 잊어버리기 쉽다……고 말하는 대신 젊은 사람은……하고 말한 게 오카쓰 부인은 우스웠던 것이다.

"호호……대감님 말씀은 모두 반대이네요. 호호……"

"뭐가 반대냐. 내 쪽이 옳은 거야. 그렇지, 보쿠사이?"

이에야스는 쇼군이 되고 나서 낮에는 절도있게 행동했지만, 밤이 되면 전보다 더 허물없이 지냈다.

"하지만 젊은 사람은 잊기를 잘 한다고."

"그런 법이야, 젊었을 때는⋯⋯이것저것 생각이 쏠리는 데가 많아서."

"그렇습니다, 확실히."

보쿠사이가 맞장구치자 이에야스는 다시 보쿠사이 쪽을 보았다.

"그렇지. 이것도 모두 적어두었다가 주어라, 이타쿠라 가쓰시게에게 말이야."

"다이코님 신궁제 일은 자야 시로지로에게 맡기도록⋯⋯자야에게 지시할 일은 스미노쿠라, 스에요시, 요도야, 아마가사키야로부터 사카이의 나야, 기야(木屋) 등 까지 참가시키라는 것 정도야. 교토 행정장관은 어디까지나 그날의 치안에만 힘 쓸 것. 아직도 무사들 가운데 난폭한 자가 없지 않다. 모처럼 백성들이 즐겁게 지 내는데 술에 취해 칼부림하는 자가 있다면 용서하지 말라고 써두어라."

"알았습니다."

보쿠사이가 서둘러 붓을 놀리자 오카쓰 부인이 다시 그 뒷말을 받았다.

"그러고 보니 평화스러운 시대가 되어 오히려 골칫거리인 무사들이⋯⋯."

미간을 모으며 걱정스러운 듯한 말참견에 이에야스는 흘끔 오카쓰 부인을 바 라보았다.

"그대도 그걸 아느냐."

"네, 싸움만 알던 사람들이 이제 녹봉이 떨어져 어떻게 살아갈 것인지."

"오카쓰."

"네."

"그대라면 그 떠돌이무사들을 어떻게 구제해 주겠느냐?"

오카쓰는 기질 센 사람답게 고개를 갸우뚱했다.

"무엇보다도 무사들은 서로 같은 입장, 영주들에게 포섭하도록⋯⋯."

이에야스는 손을 저었다.

"그것만으로는 안될걸. 무사는 검소함이 으뜸이라고 포섭할 여지를 남겨두긴 했으나, 그것에도 한정이 있지."

"그럼, 금화와 은화를 많이 만들어내어 새로운 일거리를 잔뜩 만드시면."

"뭐, 금화와 은화를 많이 만들어낸다고⋯⋯."

"네, 그리고 일본 안의 중요한 성이며 강둑이며 길이며 다리 따위를 만들게 합 니다."

이에야스는 별안간 시선을 허공에 못 박았다. 여자의 생각이라 말은 불완전하지만 하나의 암시를 품고 있다.

'그런가, 성 공사를 해도 괜찮을까……'

이에야스는 지난해부터 시작한 에도성 공사에 적지 않은 자책감을 가지고 있었다.

"이것은 도쿠가와 가문의 사사로운 공사가 아니다……."

통치자가 있을 성으로서 공적인 위신을 위해 충분히 필요한 일이라고 생각하면서도 왠지 좀 낯간지러움이 느껴졌다.

그런데 오카쓰 부인의 착안은 반대였다. 실직한 많은 무사들을 구제하기 위해 토목공사를 크게 일으키라고 한다. 듣고 보니 그것이 참다운 정치인지도 모른다. 어쨌든 지금 일본에는 무사들이 남아돈다. 그 가운데 떠돌이무사가 20만 명도 넘으리라……

이에야스는 새삼 오카쓰 부인을 다시 보았다.

"오카쓰는 묘한 여자로군. 다시 한번 말해 봐. 금화와 은화를 많이 만들어낸다……고 했지."

이에야스는 넌지시 물으면서 이 여자가 뭐라고 대답할 것인지 온 신경을 집중했다. 아직 통화와 경제의 관계를 생각하는 자가 있더라도 확실한 정설(定說)이나 예상을 갖지 못한 시대이니 무리한 일도 아니다.

오카쓰 부인은 머뭇거림 없이 대답했다.

"네, 말했습니다. 금화와 은화가 많이 있었으면 다이코님도 조선 출병 따위는 생각하지 않았을 거라고 말씀하시는 분도 있어요."

오만 부인이나 오카메 부인은 이처럼 대담한 태도를 보이지 못할 것이다. 역시 13살부터 한 사람만 섬겨온 여자의 응석이리라.

"뭐, 다이코님이……."

이에야스는 그 한 마디에 좀 얽매이면서 말했다.

"금화와 은화를 많이 만들어내면 그만큼 금은과 구리가 줄어들지, 오카쓰……."

"아닙니다. 줄어든다고 생각하시는 건 대감님 잘못인 줄 압니다."

"허, 예사로 들어넘길 수 없는 말이군. 그럼, 무엇으로 금화를 주조하느냐."

"대감님 금광에 있는 황금으로 만들지요."

"그렇다면 역시 줄어들 텐데……."

"아니요, 황금이나 돈을 버리는 자는 아무도 없지요. 모두 소중히 간직할 것이므로 있는 장소만 다르다고 생각됩니다."

"흠, 그러면 내 광에서 다른 사람의 광으로 옮겨가는……것뿐이라는 건가."

"네, 대감님 금광에 쌓아두면 단지 황금. 하지만 그것이 금화가 되면 천하의 보물이 됩니다."

"흠, 돈을 통보(通寶)라고도 하니까."

"그렇지요. 금화와 은화는 사람을 일하게 할 것입니다. 서투른 무사들에게 일을 열심히 하라……는 등 일일이 가르치기보다 금화와 은화로 무언중에 알리는 거지요…… 그편이 훨씬 효과 있습니다."

오카쓰 부인은 좀 우쭐한 듯 몸을 내밀었다.

"금화를 일본 전국의 집마다 10냥씩 여축하게 한다면 황금이 얼마나 들까요?"

"한 집에 10냥씩……."

"그렇게 되면 그 집은 결코 가난하지 않지요. 있는 금화를 줄이지 않고 늘리고 싶어 할 것이므로 모두 부지런히 금화에 대신할 수 있는 물건을 만들어냅니다. 그것이 세상 뜻대로가 아닌가 하고……."

갑자기 이에야스의 목소리가 날카로워졌다.

"오카쓰! 그대는 그 말을 누구에게서 들었나. 이건 그대 생각에서 나온 지혜가 아니야."

"호호……대감님도 결코 손해 없지요. 광에서 내보낸 만큼 다른 것을 광에 넣어두면 되니까요."

"오카쓰……."

이에야스가 다시 가로막았지만 오카쓰 부인의 입은 아직 멈추지 않았다.

"다이코님은 황금을 황금인 채로 썩혀두셨어요. 덴쇼 금화로는 아직 세상 살림의 보탬이 안되지요. 세상에 보탬 되지 않는다는 것을 몰랐던 분이라 그만 조선 출병 같은……출병하지 않으면 재물이 늘지 않는다고 착각하셨던 겁니다. 호호……과연 이건 제 지혜가 아니에요. 어떤 분이 그렇게 말씀하셨어요."

이에야스는 저도 모르게 숨을 삼켰다. 통화와 부(富)의 문제를 결코 지금까지 생각하지 않았던 것은 아니다. 그러나 일본 전국의 집마다 10냥씩이라고 한 말이 이상하게도 마음에 생생하게 울렸다.

지금까지 그러한 기준으로 통화문제를 생각해 본 적은 없었다. 인간세계에는 아직 물물교환이 뿌리 깊은 관습으로 남아 있고, 통화 또한 에이라쿠 통보(永樂通寶)처럼 일부 사람들 손안에 은닉되어 그 가치를 잃고 있다. 그러한 느낌이 어딘가에 있어, 차츰 늘어가는 금광의 황금을 금화로 만들어 내놓을 경우 그만큼 사라져버리고 말 듯한 느낌이 들었던 것이다. 그런데 곰곰이 생각해 보니 거기에 큰 잘못이 있었는지도 모른다. 통화가 너무 나돌면 물건값이 오르고 통화의 가치는 내려가리라…… 너무 내보내선 안 된다……고 경계하면서도, 금화와 은화가 사라져가는 건 그게 너무 부족한 탓이라고 의심해 본 적은 없었던 것이다.

'과연 부족할 거야. 신기한 것이라 어딘가에 감추는지도 모르지……'

그런데 오카쓰 부인의 말대로 집마다 10냥씩 있다면, 금화는 완전히 다른 유통력으로 사람들을 열심히 일하게 할지도 모른다.

"오카쓰, 누구냐? 그대에게 그 같은 지혜를 귀띔한 자는?"

이에야스는 숨을 가라앉히고 잠시 사이를 두었다.

"돈이 인간의 엉덩이를 채찍질……하게 되면 무사도 같은 것은 산산조각이 나지. 무엄하기 짝이 없는 생각이라고 여기지 않느냐."

"호호……."

오카쓰 부인은 다시 웃었다. 이런 질문이 나올 것을 아무래도 예측하고 있었던 모양이다.

"그건 낡은 생각이라고 여겨집니다. 대감님이 세상 살림을 위해 일부러 내놓으신 금화와 은화……라면 당연히 위엄이 따르지요. 위엄만으로라도 충분히……."

거기까지 말하고 오카쓰 부인은 느닷없이 사람 이름을 대었다.

"고토 쇼자부로(後藤庄三郎) 님과 하세가와 후지히로(長谷川藤廣) 님 말씀이었어요. 대감님이 밖에서 들어오시기를 기다리는 동안 두 분께서 이야기하는 걸 들은 겁니다."

"뭐, 쇼자부로와 후지히로의 이야기라고……."

이에야스는 가볍게 혀를 차고 다시 보쿠사이에게 말을 걸었다.

"보쿠사이, 들었느냐. 아무래도 괘씸한 지혜라고 생각했더니 역시 그랬었군."

쇼자부로는 처음에 어용 포목상인으로 출입하다가 지금은 에도와 후시미에서 긴자(銀座 ; 은화주조소)를 맡아보는 파격적인 신망을 얻고 있는 인물이고, 후지히로는 측실 오나쓰 부인의 친오빠로 나가사키 감독관에 등용되어 있다. 이를테면 둘 다 평화 시대를 맞기 위해 이에야스가 특별히 등용한 새 시대의 새 측근들이었다.

"그런가, 금화와 은화가 모자란다고 하던가."

"대감님……."

"뭐야, 또 남에게서 배운 지혜냐……."

"고토 님을 곧 부르시어 금화와 은화를 늘리라고 하명하시는 게."

"바보 같으니. 나서지 말고 미숫가루라도 가져오너라."

이에야스는 일부러 퉁명스럽게 쏘아붙이고 마음속으로는 오카쓰가 입에 올린 '세상 뜻대로'라는 기묘한 말을 되씹고 있었다.

'내 멋대로, 세상 뜻대로라……..'

곰곰이 되씹어 보느라니 나무아미타불이라고 할 만큼 기묘한 맛을 품은 말이었다. 인간이 살아가는 데는 어쩌면 이 두 가지밖에 없는지도 모른다.

내 멋대로 사느냐?

세상 뜻대로 사느냐?

아니, 구태여 내 멋대로 산다고 하지 않더라도 인간은 내버려 두면 모두 내 멋대로 살게 되는 동물이다. 그러나 세상 뜻대로란 그리 쉽사리 되는 게 아니다. 아무리 세상을 위해 산다고 자부하더라도 인간인 이상 모르는 곳에서 남을 괴롭히고 깨닫지 못하는 곳에서 죄를 지으며 살게 된다. 따라서 아무리 '세상 뜻대로' 살려고 마음먹더라도, 이만하면 됐다……고 하는 경지는 결코 있을 수 없다. 실제로 이에야스 자신도 평화를 위해서라고 다짐하며 숱한 사람을 죽였고 숱한 원한의 과녁이 되어 있다. 그러한 사람들에게 사과할 길 없는 죄책감을 품으면서 지고 만다면 그의 일생도 노부나가며 히데요시의 생애도 그대로 무의미한 물거품이 되고 만다. 그러므로 어디까지나 '세상 뜻대로' 살아가려 다짐하면서, 오로지 한결같이 평화의 지속에 목숨 바쳐 일해야 하는 것이다. 생각해 보면 이에야스의 입장 또는 어쩔 수 없는 슬픔을 간직하고 있다.

"내 죄악을 용서해 주소서."

많은 사람들에게 비는 대신 '나무아미타불'을 뇌며 그 슬픔을 털끝만치도 겉으로 내비치지 못하는 입장이다. 오만하게 가슴을 펴고 자신만만해 보이지 않으면, 다이코의 말로처럼 세상의 소란을 초래하리라. 믿어서 의지가 될 만 하다는 입장과 누구보다도 강하다는 협박의 자세를 적당히 섞어 망설임 없이 세상 뜻대로 살아나가는 길을 추구한다…….

이에야스의 분부로 오카쓰 부인이 미숫가루와 설탕 그릇을 가져왔을 때 혼다 마사즈미와 나루세 마사나리가 함께 나타났다.

나루세 마사나리는 사카이 행정관으로 임명되어 역시 새로운 시대 건설의 중심에 세워져 있다.

"오, 마사나리도 왔나. 무슨 급한 일인가."

말하고 나서 이에야스는 덧붙였다.

"어떤가, 그대는 내 멋대로 사는가, 세상 뜻대로 사는가."

마사나리는 깜짝 놀란 듯 얼굴을 들고 마사즈미에게서 오카쓰 부인, 보쿠사이의 차례로 시선을 옮겨갔다.

"그게 대체 무슨 뜻입니까. 저는 도요쿠니 신궁제에 관해 은밀히 의논드릴 일이 있어서 왔습니다."

"뭐라고, 신궁제에는 사카이의 나야며 기야도 참가하기로 되어 있을 터인데……."

"예……그 일이 아닙니다. 실은 근위장수들 가운데 도요쿠니 신궁제를 여는 일은 언어도단이라고 말하는 자가 있어서……."

"뭐, 언어도단이라고……."

"예, 도요토미 가문은 결코 우리들 편이 아니다. 간토 8주로 옮겨졌을 때의 분함을 잊었는가. 신궁제 날 신위를 모신 가마에 달려들 것은 물론이요. 이 기회에 도요쿠니 신사도 때려 부수자는 등 버려둘 수 없는 불온한 공기가 일부에 있으므로……."

이에야스는 손을 들어 가로막으며 거듭 말했다.

"마사나리, 그대는 내 멋대로 사는가, 아니면 세상 뜻대로 사는가 아직 내 물음에 대답하지 않았어."

마사나리는 순간 멍해졌다. 하찮은 농담으로 흥겨워할 때가 아니다, 그보다 훨씬 중대한 용건……을 꺼낸 말허리를 대수롭지 않은 듯 이에야스가 잘라버린 것이다.

얼마 뒤 마사나리는 대답했다.

"물론 저는 세상 뜻대로 살고 있지요. 내 멋대로라니, 그것은 아직 생각할 겨를도 없습니다."

정말 그러한 생각을 으뜸으로 무슨 일이든 해온 마사나리였다.

이에야스는 가볍게 고개를 끄덕였다.

"그런가, 그건 좋은 일이야. 그렇다면 그 상대, 즉 울리는 쪽은 그대에게 부탁하마."

"예, 상대라고요……?"

"그렇지. 모든 일은 늘 하나가 아니다. 내 가문 쪽에 그러한 불온한 움직임이 있다……는 것은, 도요토미 가문 쪽에도 반드시 무언가 있다는 거야. 세상 뜻대로 살아가는 그대라면 물론 그것을 깨닫고 있을 테지."

마사나리는 또 황급히 두세 번 눈을 깜박였다.

"그러면……대감님은 이쪽에 그런 불온한 움직임이 있다는 건 오사카 쪽에도 이것을 도발하는 무언가가 있다……고 말씀하시는 겁니까?"

"그렇지, 세상이란 그런 거니까. 나는 내 편의 지각없는 자를 꾸짖는……그런 일은 못 하게 하겠다. 그대는 도요토미 쪽 사람들이 떠들지 못하도록 손쓰고 왔겠지. 저쪽 편의 지각없는 자는 누구였나. 이쪽만 억눌러봐야 저쪽이 떠들면 소동을 막을 수 없어."

넌지시 되묻자 마사나리는 흠칫했다. 요즘 이에야스는 마사나리며 안도 나오쓰구 등 젊은이들에게 대해 특히 짓궂었다. 그렇다 해도 한편의 불온한 움직임을 알려온 마사나리에게 오사카 편의 지각없는 자는 누구였느냐고 묻다니, 이 얼마나 심술궂은 비약일까. 물론 마사나리는 그런 것까지는 생각한 일도 없거니와 손쓸 까닭도 없었다.

다만 근위장수들 가운데 이 후시미성 경호대로 따라와 있는 미즈노, 가네마쓰(兼松), 도다(戶田), 오쿠보 같은 일족 중에 신궁제가 열리면 싸워도 좋다. 차라리 그때 마음껏 때려 부수자. 지금 세상에 도요쿠니 신사 따위를 놔두는 것은 눈엣가시라며 로쿠조(六條)의 유곽에 모여 의논하고 있는 것을 사카이의 기야 야소자에몬(木屋彌三左衛門)이 엿듣고 와서 마사나리에게 살그머니 귀띔해 주었던 것이다.

혼다 사쿠자에몬 이래 근위장수들 사이에 히데요시에 대한 혐오가 아직 뿌리 깊게 남아 있다.

'정말로 할지도 모른다……'

그리하여 허둥지둥 달려온 마사나리였다. 이에야스는 마사나리가 입을 다문 것을 보자 다시 가볍게 놀렸다.

"좋아, 저편의 이름을 들 건 없어. 누가 장본인이냐……는 따위의 일은 그리 큰 문제가 아니야. 중요한 건 소동을 일으키지 않게 하는 거지. 아니, 일일이 이름을 대지 않는 데 그대의 갸륵한 마음씨가 있어."

마사나리의 눈썹이 단숨에 곤두섰다. 전혀 손쓰지 않았다는 것을 환히 알면서 칭찬하니 오히려 민망했다.

"대감님!"

"뭐지?"

"저편 인물이 저로선 도무지 짐작되지 않습니다. 가르쳐주십시오."

마사노리로서는 드물게 보는 반박이었다. 이상야릇한 방법으로 조롱당한 데 몹시 비위가 상한 모양이었다. 마사즈미까지 깜짝 놀라 마사나리를 바라보았다.

"도무지 짐작할 수 없으므로 물론 손쓰지 못했습니다. 이쪽을 도발하는 저쪽 인물이 대체 누구입니까?"

다시 한번 딱딱한 말투로 물으며 어깨를 들먹이자 이에야스는 가볍게 피해 버렸다.

"내 멋대로군."

"예……? 뭐……뭐라고 하셨습니까?"

"그게 다름 아닌 내 멋대로지. 그러나 그렇게 깨닫고 있지는 않을 테지. 모두 저마다 나름대로는 도요토미 가문이며 도쿠가와 가문의 대충신이라고 자부하고 있을 거야. 마사나리, 참다운 충신이란 도요토미 가문이나 도쿠가와 가문의 충신을 가리키는 게 아니다."

"옛?"

"진짜 충신이란 하늘의 충신을 말하지. 이 이에야스도 하늘(진리)의 충신이므로 지금 천하를 맡고 있다. 하지만 내가 나아가는 길이 만일 내 멋대로의 빗나간 길로 바뀔 때는 하늘이 곧 쇼군직을 뺏고 말 거야. 그대는 아까 내 멋대로 살아가는 일 따위는 생각하고 있을 겨를도 없다고 했지."

"예, 그렇게 말씀드렸습니다."

"그렇다면 좋아. 반드시 무언가 좋은 수를 쓸 수 있을 테지. 어떤 경우든 소동이며 싸움에는 상대가 있다. 손쓸 경우 그것을 잊는다면, 세상에서 흔히 말하는 편파적인 일이 돼."

마사나리는 다시 한번 멍한 얼굴이 되어 어리둥절한 듯 모두들을 돌아보았다. 이에야스의 말을 알 것 같기도 했지만, 아직 목구멍에 걸려 있다.

마사즈미가 구원의 손길을 보내왔다.

"황송할 따름입니다. 덕은 외롭지 않다. 반드시 이웃이 있다…… 마찬가지로 싸움에도 또한 상대가 있다. 사람은 자칫 그걸 잊고 이미 납득한 듯 있기 쉽다는 거지요. 그렇잖은가, 마사나리."

마사나리는 아직 무릎을 치지 않았다. 이것이 이에야스의 선(禪) 문답식 교육 방법인 줄은 알고 있지만, 무엇을 하라는 것인지 아직 확실히 납득되지 않는다. 납득하지 못하면 그냥 넘어갈 수 없는 곧이곧대로인 성격이었다.

이에야스는 그만 창을 거두었다. 이쯤에서 마사나리로 하여금 생각하게 할 작정인 게 틀림없다.

얼마 뒤 마사나리는 못마땅한 듯 머리를 조아렸다.

"대감님……근위장수 가운데 난폭한 자들은 대감님이 훈계하신다는 건 알겠습니다만, 이 마사나리는 어떻게 하면 좋을지 도무지 알 수 없습니다."

"가만히 있으면 돼."

"예……?"

"모르는 것은 해보았자 헛일이지. 알 때까지 아무것도 하지 마라."

"그렇다면 지시하실 게 없으십니까?"

"뭐, 지시라고……."

"예."

"바보 같으니…… 지시는 벌써 했어. 그대가 모를 뿐이지."

이에야스는 저마다 앞에 나누어진 미숫가루에 설탕을 넣고 그 그릇을 잠자코 마사나리 앞으로 돌리도록 했다.

이 얼마나 심술궂은 노인이란 말인가. 마사나리의 얼굴이 붉으락푸르락해졌다. 그는 어떻든 지금 이에야스의 측근에서 다섯 손가락 안에 꼽히는 수재의 한 사람이었다. 아니, 그 자신만의 자부심이 아니고 세상에서 그렇게 보고 있다.

지난날의 사카이, 사카키바라, 이이, 혼다 같은 네 용장과 대대로 내려오는 노신들은 모두 저마다 영주로서 측근을 물러나든가 히데요시 측근으로 가서, 지금 고참으로는 나가이 나오카쓰와 이타쿠라 가쓰시게 정도였으며 혼다 마사즈미, 나루세 마사나리, 안도 나오쓰구, 안도 시게노부(安藤重信), 아오야마 나리시게(青山成重), 다케코시 마사노부(竹腰正信) 등의 시대로 들어서고 있다.

더욱이 마사나리는 나가사키 행정관인 하세가와 후지히로, 오쓰 지방관인 스에요시 간베에(末吉勘兵衛), 긴자를 맡은 고토 쇼자부로, 교토 상인 우두머리 자야 시로지로, 아마가사키 지방관 다케베 나가노리(建部壽德), 그리고 떠오르는 해처럼 출세하여 지금 나라(奈良)의 지방관을 맡고 있는 오쿠보 나가야스와 더불어 새로운 평화 시대 일꾼으로 사카이 행정관에 등용되어 있을 정도였다.

그 마사나리가 이에야스에게 지시받고도 그 의미를 못 알아차렸다……고 한다면 부끄럽기 짝이 없다.

그는 설탕 그릇이 돌아오자 떨리는 손으로 한 숟갈 뜬 다음 마사즈미 쪽으로 밀어주고 생각에 잠겼다.

'오사카에도 이번에 무언가 소동을 일으키려는 자가 있을 게 틀림없다. 그러므로 오사카로 가서 손쓰라는 모양인데……'

하지만 오사카로 가서 누구를 만나 뭐라고 말하는 게 이 경우 가장 유효적절한 조치일까……라기보다, 이에야스가 누구를 만나 무슨 말을 하게 하려는지 그 것을 헤아려야 했다.

오사카의 책임자는 가타기리 가쓰모토. 그러한 징조가 있다면 누구에게 무슨 말을 듣지 않더라도 스스로 나서서 이를 누르려고 하리라.

'그러면 히데요리 측근보다도 오사카성의 또 다른 주인인 요도 마님의 측근을 만나라는 것일까……?'

요도 마님 측근이라면 오노 하루나가일 테지만, 섣불리 말하면 잠자는 아이를 흔들어 깨우는 게 될지도 모른다. 그렇다면 누가 소동을 일으키려 하는지 스스로 탐지해 직접 부딪쳐가야 한다는 것인데……라고 생각했을 때, 이에야스는 다시 마사즈미와 전혀 다른 이야기를 하기 시작했다.

"마사즈미, 소텔로라는 선교사가 에도에 가고 싶다고 했다면서?"

"예, 에도에서 포교를 허락해 주시면 병원인가 하는 시약원(施藥院)을 세워 가난한 자들을 치료해 도움 되어 드리겠다고……"

"그 선교사의 종파는 조사했나?"

"예, 스페인인으로 산 프란시스칸파라고 합니다."

"그 선교사는 의사인가?"

"아닙니다. 자신도 의학 지식이 있지만, 따로 전문의를 데려오겠다고 했습니다."

"허, 의사를 따로 데려온다고?"

"예, 불기리오라든가 불기라리오라고 하는 혀가 돌돌 말리는 이름이었습니다."

"흥, 그 의사를 초청하면 따로 예배당을 시주하라는 건가."

이야기가 완전히 다른 방향으로 빗나가고 말았으므로 마사나리는 더욱 초조해졌다. 그러나 이 얼마나 분주하고 폭넓은 이에야스의 일상생활인 것일까……

예전에는 밤이면 이야기꾼도 함께 자리해 거의 반드시 무용담이며 저마다의 공훈담을 들었다. 어느 싸움에서 누가 어떻게 싸웠으며 그 승리 원인은 무엇이었는지……

그런데 요즘은 화제가 완전히 바뀌었다. 불기리오라는 혓바닥이라도 깨물 만큼 어려운 발음의 의사 이름이 나오는가 하면, 미우라 안진 같은 빨강머리 무사가 기하학인지 뭔지 하는 학문을 가르칠 정도이므로 측근의 변화 또한 예전과 엄청난 차이가 느껴졌다.

마사즈미가 말했다.

"그 소텔로라는 사나이는 지금까지의 선교사와 매우 다른 듯싶습니다. 내 편에서 예배당 시주 이야기를 꺼냈더니 그런 염려는 일체 사양한다고 했습니다."

"뭐, 예배당이 필요 없다고 하던가."

"아닙니다. 필요한 것은 자기 손으로 세우겠다는 의미였습니다."

"허, 그럼, 그 시약원……병원이라 했던가, 그것도 자기 손으로 지으려는 건가."

"그런 것 같습니다. 예수교라 해도 온갖 종파가 있으며, 각 종파 간의 경쟁이 매우 심한 것 같더군요."

"그건 알고 있어. 특히 스페인, 포르투칼 등의 종파와 영국, 네덜란드의 종파는 서로 원수처럼 미워하지. 그럼, 그 소텔로는 내가 안진을 가까이하므로 그와 경쟁할 셈인지도 모르겠는걸."

"예, 거기에 목적이 있는 것 같습니다."

마사즈미는 무슨 생각이 떠올랐는지 오카쓰 부인 쪽을 흘끗 바라보며 웃었다.

"뭐냐, 뭘 생각했느냐. 소텔로가 또 우스운 말을 했느냐?"

"예⋯⋯예, 그와 같은 이상한 소리를 하는 선교사는 아직 본 적 없습니다. 일본으로 말한다면 파계승이라고 하겠지요."

"허, 뭐라고 했느냐, 모두에게 이야기해 주어라."

웃으면서 마사즈미는 다시 한번 오카쓰 부인을 쳐다보았다.

"그것이⋯⋯저⋯⋯에도의 다이나곤님은 남만의 미녀를 좋아하지 않느냐고 물었습니다."

"뭐⋯⋯뭐⋯⋯뭐라고? 남만 여자라니, 그건 또 무슨 말이냐."

"예⋯⋯매우 진지한 얼굴로, 만일 좋아하신다면 일본의 귀인과 결혼하고 싶어 하는 여자가 있어 후궁으로 한 사람 바치고 싶으니 받아주시겠는지 물어달라고 했습니다."

이에야스는 넋을 잃고 웃기 시작했다.

"하하⋯⋯그대는 어째서 그렇듯 중요한 일을 지금까지 나에게 말하지 않았느냐."

"이것 참, 황송합니다. 그런 말을 했다가는 이 마사즈미, 에도의 마님 앞에 나갈 수 없게 됩니다. 그런데 그 뒤 세밀히 조사해 보니 소텔로는 오사카성에서도 그런 말을 했다더군요. 남만인의 선전은 아마도 그의 버릇인 것 같습니다."

"뭐, 히데요리 님에게도 선전했다고?"

이야기가 오사카성으로 건너뛰었으므로 마사나리도 몸을 내밀었다. 에도의 히데타다에게 남만 미녀를 헌상하겠다면 웃음거리 이야기로 끝난다.

저 고지식한 히데타다는 다쓰 부인을 어려워하여 아직 한 사람의 측실도 두지 않았으므로 상상만 해도 웃음이 치밀어오른다. 하지만 아직 어린 히데요리라면 웃어넘길 수 없게 된다. 소년은 색다른 장난감을 좋아한다. 그렇지 않아도 지금 사카에인 오미쓰 사건이 가까스로 끝나려 하고 있지 않은가.

그 히데요리 곁에 눈이 파란 미녀 따위를 접근시켜 만일 총애받게 된다면 어떻게 될 것인가.

"흠, 그건 위험한 일이군. 그런데 히데요리 님은 뭐라고 했는지 못 들었나?"

이에야스가 몸을 내밀고 묻자 마사즈미는 다시 싱글벙글 웃기 시작했다.

"웃을 일이 아니야. 그 미녀란 대체 몇 살쯤 되는 여자인가?"

"하하……그게 글쎄, 오사카에 들이대려던 것은 미녀가 아니었습니다."

"뭐……뭐……뭐라고. 미녀가 아니면 추녀였나?"

"아닙니다. 여인이 아니라 남자……즉 소년이었지요."

거기서 마사즈미는 꺼리듯 오카쓰 부인을 바라보았다.

"오카쓰에게는 사양하지 마라. 분명히 말해 봐. 소년이라면 남만인을 시동으로 히데요리 님에게 권했단 말인가."

"아니, 그것이 잘못 생각……히데요리 님이 아니라 생모님에게 권한 거지요. 그 때 남만의 싱싱한 포도를 한 송이 따시지 않겠느냐고 말했답니다."

오카쓰 부인은 웃음을 터뜨렸고 이에야스의 표정은 시무룩하게 일그러졌다.

"흠, 히데요리 님이 아니었나."

"예, 어지간한 생모님도 이 말에는 깜짝 놀라신 듯 곧 오노 하루나가를 불러 그런 자는 이제 다시 안 만나겠다고 하셨답니다."

이에야스는 다시 한번 나직이 신음했다. 소텔로의 마음을 이해하지 못하는 게 아니다. 그는 영국이며 네덜란드에게 포교 권리를 뺏기지 않으려 초조해하고 있다. 아니, 그 일로 오사카에서 실패하여 이번에는 에도의 포교를 계획했는지도 모른다.

참된 신부는 히데요시가 신기해하며 연신 추파를 던졌을 때 명백히 입교(入敎)를 거절했었다.

"전하는 부인을 한 사람만 두셔야지 세례받을 수 있습니다."

그때 만일 소텔로처럼 융통성 있는 선교사가 곁에 있어 히데요시를 신자로 삼았다면 일본인들은 모두 예수교인이 되었을지도 모른다.

"그런가, 그렇다면 나도 소텔로라는 사나이를 한 번 만나볼까."

그러자 오카쓰 부인이 또 웃었다.

"뭐가 우스우냐, 오카쓰?"

"호호……대감님도 눈빛과 살빛이 다른 장난감이 좋으신가 보군요."

"못난 것, 소텔로를 에도로 보내는 편이 좋을지도 모른다……고 생각한 거야."

이에야스는 말하며 정말로 볼을 붉히면서 겸연쩍어했다.

소텔로는 방심할 수 없는 자인지도 모른다……고 이에야스는 생각했다. 선교 사이면서 미녀니 미소년이니 하며 인간의 약점에 파고드는 재주를 갖고 있다. 실제로 이에야스도 마사즈미의 이야기를 듣고 우스꽝스럽다고 여기면서도 새로운 영상을 눈 속에 그리고 있다.

'남만의 미녀란 어떠할까……'

고약한 일이지만 인간이란 그런 것이다. 그걸 잘 알고서 요도 부인에게 색다른 미소년을 권하다니……그런 뻔뻔스러운 일을 할 수 있는 자는 소텔로 말고 다시 없으리라.

권고받은 요도 부인도 자기와 마찬가지로 호기심과 혐오감을 동시에 느꼈을 게 틀림없다…….

'그런 위험천만한 사나이를 에도에 보내도 괜찮을지……'

요도 부인의 경우는 설마 그럴 염려 없겠지만 히데요리의 경우는 책략을 꾸민 끝에 만나게 해주면 '저것이 탐난다……'고 말하기 쉬운 위험한 나이이다.

"마사즈미, 이건 그냥 웃어넘길 문제가 아닌 것 같은데."

"그러시면……?"

"그 소텔로를 오사카성 안으로 데려가 요도 마님과 만나게 한 자가 누구냐."

"그것이 저……."

말하려다가 마사즈미는 문득 볼을 굳혔다.

"아마도 아카시 가몬(明石掃部)의 안내라고 들었습니다만."

"가몬이라면 열성적인 예수교인이지."

"그렇습니다."

"어떠냐, 마사나리? 그대는 이 일에서 무언가 느낀 게 없나?"

별안간 질문받고 마사나리는 다시 흠칫했다.

"지금까지 들은 바로 소텔로라는 사나이……는 좀처럼 방심할 수 없는 자라고 여겨집니다만."

"그럼, 그대라면 어떻게 하겠는가."

"그가 희망하는 대로 에도에 보내는 것은 좀 고려해야 할 일인 듯 싶습니다."

"그럼……어떻게 할까. 이대로 버려둘까."

"이 기회에 차라리 퇴거시키는 것이."

"어떤 이유로 퇴거시키겠는가. 설마 요도 마님에게 그런 말을 하여 그냥 둘 수 없다고 할 수는 없겠지."

"이 일을 다른 종파 사람에게 고발하도록 하는 것이……."

"하지만 뭐라고 고발하게 하겠나."

"일부일처는 구교의 엄한 계율일 터인데, 그것을 어기고 예수교 가르침을 더럽히는 괘씸한 자라고 한다면."

이에야스는 무릎을 쳤다.

"결정했다!"

마사나리는 당연히 자기 의견이 채택된 줄 알았다. 그런데 이에야스의 생각은 전혀 달랐다.

"에도에 가도록 허락해 주자, 소텔로에게. 그리하여 에도에서 다이나곤이 그 동태를 감시하도록 하는 거야. 마사나리가 말하듯 다른 종파 사람에게 고발하게 하면 이에야스가 종파에 참견한 셈이 된다. 그렇다면 신앙은 저마다의 자유라고 말한 내 주장에 어긋나니까."

마사나리는 놀란 얼굴로 이에야스를 다시 보았다. 몹시 부끄러웠다.

"그대 의견도 나쁘지 않지만 그렇게 한다면 너무 옹졸해."

"예."

"예수교 선교사에게 예수교 가르침을 어겼으니 퇴거를 명한다……면 일단은 도리에 맞는 것 같지만 실은 독으로 독을 없애는 어린아이 수법이지."

마사나리는 머리를 긁적이며 송구해했다.

"황송합니다. 확실히 얕은 꾀였습니다."

"그렇게 깨달은 듯 말하지만 진실로 납득한 건 아닐 테지……어떤가, 마사즈미, 그대는 알았는가."

밤의 모임은 이처럼 언제 자신에게 화살이 날아올지 모르므로, 마사즈미는 이미 자신의 대답을 찾아놓고 있었다.

"예, 대감님이 늘 말씀하시듯 자기 의사를 굽히는 일 없이 상대 또한 멋대로 하게 내버려 둔다……그렇지 않으면 안 된다고 생각합니다."

"하하……."

이에야스는 웃으면서 시선을 마사나리에게로 옮겼다가 다시 마사즈미에게 옮졌다.

"그럼, 마사즈미에게 명할까, 마사나리?"

"예……."

"마사즈미, 알겠느냐, 소텔로가 에도로 가는 것은 내가 허락한다. 그대는 에도의 다이나곤에게 소텔로에 대한 일을 적어 보내도록. 그런데, 뭐라고 써 보낼 테냐?"

마사즈미는 당황해 마사나리와 얼굴을 마주 보았다. 이미 마사즈미는 측근에서 그러한 임무를 맡고 있다. 여기에 제대로 대답하지 못한다면 실책이 되고 만다.

"저, 이렇게 덧붙여 도이 도시카쓰 님에게 알립니다. 소텔로는 우리 주군에게……."

"소텔로는 우리 주군에게……."

"눈이 파란 미녀를 헌상하려는 자입니다. 그 점 충분히 감안하시어 병원 설립을 허가하실 것이며, 그 업적과 성과를 지켜보시도록……."

"흥, 과연 내용이 간추려져 있군, 마사나리."

"예, 옛"

마사나리는 잔뜩 긴장된 채 대답했다.

"혼다 마사즈미 님은 대감님 뜻을 잘 헤아리고 있습니다."

"그런데 커다란 잘못이 하나 있어."

마사즈미가 황급히 한무릎 다가앉았다.

"예……? 무엇이……무엇이 못마땅하십니까?"

"내용은 좋아. 글귀는 그것으로 좋은데, 받는 사람에 대한 생각이 모자란 것 같아."

"아……그 점이라면"

"깨달았나. 도시카쓰는 아직 그 뜻을 잘못 해석할 염려가 있다. 그는 젊고 아직 난봉기가 있지. 그러므로 소텔로를 재미있는 녀석이라고 생각할지도 몰라."

"과연."

"하지만 그대의 아버지 마사노부라면 그렇게 생각하지 않는다. 그는 여자 따위에게는 이미 흥미가 없지. 그러므로 같은 내용이라도 받는 느낌이 전혀 다르단 말이야. 방심할 수 없는 놈이라고 느낄 테지. 어떤가, 같은 내용이지만 사람에 따라, 나이에 따라, 환경에 따라 모두 느낌이 다른 것을 알겠느냐……."

마사즈미와 마사나리는 얼굴을 마주 보며 한숨지었다. 어떤 점에든 불평은 따르기 마련이라는 감회와 과연 그렇구나 하는 감탄이 반반이었다.

"마사즈미, 그대는 어째서 그대 아버지에게 전하지 않고 도시카쓰에게 적어 보내려고 했나."

마사즈미는 생각했다.

'똑바로 찔러오는군!'

이러한 교육방법에 그는 결코 반감이 있는 것은 아니었다. 하지만 이렇듯 같은 일을 두 번 세 번 끈질기게 물고 늘어져 오면 귀찮은 느낌이 드는 것 또한 사실이었다.

'얼마나 짓궂은 집념인 것일까……'

"하하, 모르는 모양이로군. 그럼, 알려주마. 그대는 또 한 가지 중요한 생각을 빠뜨리고 있어."

"그럴……까요."

"그렇지. 그것을 깨닫지 못하는군. 그 점이 깊은 생각, 얕은 생각의 갈림길이지."

"예……가르침을 받겠습니다."

"알겠나. 마사나리도 마음에 새겨두어라. 이 일은 마사노부에게도, 도시카쓰에게도 적어 보낼 일이 아니다. 실은 히데타다에게 보내야 할 문제야."

"그건 과연 그렇습니다."

"그렇다면 또 한 가지, 누구를 시켜 말하게 하는 편이 히데타다에게 도움 될지, 그걸 먼저 고려해야만 한다."

"아……그것입니까."

"이제 깨달은 모양이로군. 도시카쓰가 말한다면 히데타다는 가볍게 듣는다. 그러나 내가 딸려준 나이든 마사노부로부터 들으면 심각하게 듣겠지."

"알았습니다! 황송할 따름입니다."

마사즈미는 감탄한 듯 두 손을 짚고 머리를 숙였다.

이에야스는 싱글벙글하면서 다시 덧붙였다.

"거짓말마라, 마사즈미……"

"예……?"

"그대가 그처럼 내 의견에 감탄할 리 없지."

"그럴 리 있겠습니까. 분명 거기까지 생각해야만 될 일……이라고 진심으로 황송해하고 있습니다."

"거짓말이야. 그렇듯 집요하게 말하지 않아도 될 텐데, 이 늙은이 같으니! 점점 잔소리가 많아졌어…… 그러나 그런 기색을 보이면 더욱 엉뚱한 이론을 내세울 테니 여기선 그저 잘 알았습니다, 하고 슬쩍 몸을 피하는 게 상책이라고 생각하고 있다. 어떠냐, 정통으로 맞혔지."

그러자 오카쓰 부인이 옆에서 대답했다.

"맞히셨어요. 그것이 틀림없다……고 대답하세요. 요즘 대감님은 짓궂게 물으시는 게 취미인 것 같아. 모처럼 즐기시려는 것이니 못 이기는 척 그렇게 대답하세요."

이에야스는 쓸쓸한 표정이 되어 혀를 찼다.

"오카쓰는 말이 지나쳐. 다른 여자라면 용서 못 할 말이야."

"그렇게 말씀하시지만, 마음속으로는 재미있어하시지요. 그쯤은 오가쓰도 알고 있어요."

"흥, 어떠냐, 보쿠사이? 이 여자를 내버려 둬도 괜찮다고 생각하나……."

보쿠사이는 당황해 더듬거렸다.

"예……예……옛, 그……그……그 점이라면."

이에야스는 눈을 가늘게 뜨고 즐거운 듯 웃었다. 이것이 이에야스의 밤의 교육이었으며 즐거움이기도 했다.

젊은 사람들을 대할 때 이에야스는 확실히 짓궂을 만큼 사물을 뒤집곤 했다.

"사물에는 늘 안과 밖의 두 가지 면이 있다. 표면만 보고 판단한다면 잘못은 아니더라도 완전한 게 못돼."

전에는 그러한 이면론(二面論)적인 교육이었으나 요즘은 삼면론, 사면론으로 바뀌고 있다. 마사즈미며 마사나리며 나오쓰구는 이따금 그것에 울화통이 터질 경우가 있다.

"짓궂은 분이시다."

그러면 이에야스는 놀랄 만큼 정확하게 그 분통까지 지적해 오는 것이었다.

"역시 늙으신 탓일 거야. 저처럼 정통으로 찌르면 대개 가르침 받았다고 생각하기보다 짓궂게 놀림 받았다고 여기지. 전에는 그런 일이 없었는데."

마사즈미가 교토 행정장관 이타쿠라 가쓰시게 앞에서 말하자, 나이가 위인 가쓰시게는 당치도 않은 소리라는 듯한 표정으로 부정했다.

"터무니없는 말씀. 대감님 생각이 더욱 깊어지신 증거……그렇듯 생각하면 그대에게 큰 손해가 되리다."

가쓰시게의 말에 의하면 이에야스의 끈질긴 추궁은 이에야스의 인간 관념이 넓어지고 깊어진 탓이라고 한다.

"대감님은 이미 자신의 수명에 대한 깊은 상념을 숨기고 계시오. 그러므로 한 마디 한 마디가 유언이시며, 선물로 말씀하시는 거요. 애당초 인간이란 두 겹, 세 겹으로 꿰뚫어 보일 만큼 단순한 게 아니오. 경건하게 들어두시는 게 좋으리다."

듣고 보니 마사즈미도 잘 알 수 있었다.

'과연 인간은 그처럼 단순한 게 아니다…… 그 복잡하기 짝이 없는 인간이 엮어내는 온갖 일들이니 너무 파고든다……는 따위의 말은 할 수 없을지도 모른다.'

한편으로 납득하면서도, 이따금 옴짝달싹 못 하게 추궁당하면 숨도 쉴 수 없을 것 같았다. 그러한 경우 숨 쉴 여지를 만들어주는 것은 언제나 오카쓰 부인이었다.

다른 측실이라면 도저히 엄두를 못낼 때도 오카쓰 부인은 태연히 참견했다. 그러면 이에야스 또한 그리 개의치 않는 듯 쓴웃음 지으며 오카쓰 부인에게 양보했다.

오늘도 마사즈미는 사실 놀랐다. 듣기에 따라서는 확실히 지나치다……고 느껴지는 참견이었다.

"보쿠사이, 그 점이라면 어떻다는 거냐. 오카쓰는 마사즈미가 공박 당하면 언제나 기를 쓰고 참견한다…… 그대에게도 그렇게 생각되지 않나."

"그……그건 당치도 않으신……."

마사즈미는 더욱 당황했다. 그리고 보면 오카쓰 부인에게 구원의 도움을 얻는 일이 마사즈미의 경우 가장 많다. 그것을 노골적으로 지적당하자 당황하는 게 당연했다.

"어쩌면 오카쓰는 마사즈미에게 반하고 있는지도 몰라. 보쿠사이, 그렇게 생각지 않나."

"아니오, 그런……저는 도무지."

"그럴까. 이건 오카쓰에게 묻는 편이 좋을지도 모르겠는걸. 오카쓰, 어떠냐. 그대는 마사즈미에게 반한 게 아니냐."

좌중에 이상야릇한 긴장감이 뚜렷하게 감돌았다. 적어도 오카쓰 부인은 애첩 가운데 애첩이다. 그 애첩이 역시 곁을 떠나지 않는 마사즈미를 연모하고 있다……는 말을 듣게 되면 누구나 놀랄 것이었다.

늙은이의 질투만큼 무서운 것은 없고, 그 의미로 지난날의 이에야스도 결코 질투심이 없는 편은 아니었다. 그러므로 얼마쯤 무시무시한 순간의 정적이었다. 그런데 오카쓰 부인은 아무 거리낌 없이 이에야스를 보았다.

"대감님만 한 분이 그처럼 한 면만 보시면 안 되지요."

"뭐라고, 이 못된 것 같으니, 깜찍한 말로 반박하는구나. 그래, 어떤 면으로 봐야 하느냐."

"네, 어리석은 자식일수록 사랑스러운 부모 마음도 있습니다."

이번에는 이에야스가 깜짝 놀라 마사즈미를 바라보았다. 사람에 따라서는 이 비유를 최대의 모욕으로 받아들일 무(武)만 아는 무뚝뚝한 자도 없지 않다.

오카쓰 부인은 밝게 웃었다.

"호호……이렇게 우선 넋을 빼놓고 제3, 제4의 관점(觀點)도 말씀드리고 싶습니다."

"음."

"마사즈미 님은 대감님 말씀이라면 억지로라도 감탄해야 한다고 곧이곧대로 생각하십니다. 그리고 그러한 성품에 이따금 스스로 화내시고 있습니다."

"과연 그럴지도."

"대감님은 짓궂으시니, 화난 순간 느닷없이 한마디 하시지요. 그러면 마사즈미 님은 자신에게 화냈는지 대감님 말씀에 화냈는지 순간 어리둥절해 하시지요."

"들었느냐, 마사나리, 보쿠사이. 내버려 두면 무슨 소리를 지껄일지 모르는 여자다. 이렇게 내 생각마저 휘저어놓을 생각이겠지만 그 수단에 안 넘어가지. 어떠냐, 오카쓰, 나는 벌써 늙어서 시들어버려 아무리 생각해도 길지 못하다. 차라리 그대를 마사즈미에게 줄까 싶은데, 어떠냐."

마사즈미는 반쯤 놀라고 반쯤 한숨 돌렸다. 어쩐지 공격의 화살이 오카쓰 부인에게로 돌아간 모양이다.

오카쓰 부인은 다시 한번 소리 내 웃었다.

"늙어서 시들어버렸다니 당치도 않은 말씀이에요. 그 마음의 활동은 아직 20대 젊은이 못지않으신걸요. 그러나……."

"그러나……."

"대감님의 분부라면 거역할 수 없지요."

"그럼, 가고 싶다는 건가."

"네, 대감님의 33회째 제사를 무사히 끝내고 출가하고 싶습니다."

좌중에 웃음이 터졌다. 오카쓰의 멋진 승리였다.

이에야스는 눈을 크게 치뜨고 마사나리를 향해 고쳐앉았다.

"마사나리, 나는 다이코가 돌아가시기 4, 5일 전에 요도 마님을 내려주겠다는 말을 듣고 몹시 난처했었지. 오카쓰처럼 재치가 없어서 말이야. 그대도 긴장만 하지 말고 한 번 요도 마님을 찾아가 물어보아라. 이번 제례는 온 일본의 제례로 하고 싶다. 이제껏 그 예를 찾아볼 수 없었을 만큼 성대하게. 그러므로 좋은 생각, 좋은 지혜가 있으시면 빌리고 싶다고……그렇게 되면 이상야릇한 감정의 응어리 같은 건 안에서 녹아버릴지도 모르지."

마사나리는 놀라며 슬며시 마사즈미 쪽을 보았다.

오카쓰 부인은 벌써 시치미떼고 차 솥 앞에 앉아 있었다.

뭍의 파도

　나루세 마사나리는 이튿날 일찍 시치미뗀 얼굴로 30석짜리 배의 손님이 되었다. 좀 더 기다리면 자야의 배도 떠나고 스미노쿠라의 배도 떠난다. 그러나 그는 아무도 아는 사람 없는 30석짜리 배를 일부러 골랐다.

　종자는 젊은 하인 한 사람. 손님은 거의 장사꾼인 듯 배가 떠나기 전부터 한가롭게 세상 이야기를 시작하고 있다. 그러한 분위기 속에서 마사나리는 다시 한번 이에야스의 존재를 음미해 보고 싶었던 것이다.

　마사나리는 이에야스가 새삼 무서웠다. 이에야스의 눈은 언제나 자신의 마음 속속들이 미치고 있다. 무슨 생각을 하는지, 어떤 불평을 품고 있는지, 무엇에 감탄하는지까지 거의 정확하게 꿰뚫어 본다. 부담 없이 무엇을 말해도 좋을 정도라고 생각하게 하지만 사실은 그 반대이다.

　'대감님 앞에서는 꼼짝할 수 없다……'

　암시에 걸려 있는 것처럼 굳어지기만 한다. 생각해 보면 자기도 이제는 사카이 행정장관이다. 사카이 행정관이라면 교토 행정장관과 더불어 교토, 오사카 방면의 요직 가운데 요직이었으며, 세상에 나가면 마사나리도 제법 능력 있는 인물로 통한다. 그런데도 무슨 말을 들을 때마다 벌벌 떨리는 느낌이니 안타까웠다.

　'어째서 이렇게 두려운 것일까……?'

　새삼 되물어보면 반드시 두려워하고만 있는 것도 아닌 듯했다. 마음속 어딘가에는 늘 자랑스러움이 있었다.

"나는 이에야스의 심복이다."

잠시 만나지 못하면 무턱대고 그리워지는 것도 기묘했다. 만일 누군가 이에야스를 욕하기라도 하면 아마 용서할 수 없는 심정이 되리라.

'기묘해. 정말 기묘한 관계야……'

그래서 그는 이 서민적인 객선에서 이에야스의 인기……라고도 할 수 있는 것에 부딪혀보고 싶었는지도 모른다.

마사나리가 배에 오르자 뱃고물 쪽에 타고 있던 한 여인이 숫기 좋게 자기 옆자리를 내주었다.

"무사님, 여기 좋은 자리가 있어요."

"고맙소."

"수행원은 한 사람인가요?"

"그렇소. 거기 있어도 좋아."

젊은 하인에게 손짓하고 여자 옆에 앉자 여자는 생긋 웃으며 작은 소리로 말했다.

"은밀한 여행이시군요."

그제야 보니 여자는 몹시 요염하다. 25, 6살쯤 되었을까. 당연히 치아를 물들이고 있을 또래인데, 눈썹도 그대로이고 이빨도 새하얗다.

"바쁘실 테지요, 드디어 다가온 도요쿠니 신궁제 준비로."

마사나리는 놀라며 여자를 다시 보았다. 아는 사람은 아니다. 낯익은 데는 전혀 없었다.

마사나리는 넌지시 말을 건넸다.

"그대도 제례 물건을 사러 가는 길이오?"

"아니오, 저는 잠시 오사카에 들렀다가 사카이까지 갑니다. 먼 길을 떠나게 되어 그 전에 친척 집을 찾는 거지요."

"허, 여행길이 멀겠군."

"네, 어쩌면 귀신쯤 나올 곳인지도 모르지요. 준토쿠인(順德院) 님이 귀양 가신 사도섬으로 가니까요."

"사도섬……."

"네, 귀신이 나올지도 모르지만, 지금은 황금도 마구 쏟아진다더군요."

여자는 혼아미 고에쓰의 외사촌 누이 오코였다.

"사도섬의 금광이라면 나도 듣고 있소. 여인의 몸으로 사도섬까지라니 매우 묘한 곳에 가시는군."

마사나리는 새삼스레 여자에게로 시선을 돌렸다.

"저 자신도 놀라고 있어요. 용케도 그런 곳에 갈 생각이 들었다고."

"누군가 가족이 그곳에 부임하시나?"

"호호……."

여자는 비로소 소매로 입을 가리며 얼굴이 빨개졌다.

"그렇지, 거기 있는 관리한테 출가하는 게로군."

"그렇게 보이시나요? 실은 그렇습니다만."

"그것참, 경사스러운 일이구려. 지금 그곳은 꽤 번창하는 모양이니 그리 적적하지 않으리다."

그때 배는 벌써 8할쯤 사람을 태우고 움직이기 시작했다. 아직 이른 아침이라 여자는 양산을 무릎 곁에 놓아두고 있었는데, 바로 얼마 전 유행하기 시작한 남만 비단으로 만든 귀중한 물건으로 사카이에 친척이라도 없다면 좀처럼 손에 넣을 수 없는 것이었다.

"사카이의 친척이란 누구시오?"

"네, 나야 쇼안……아니, 지금은 대가 바뀌어 야노자에몬(彌之左衛門) 님……하지만 그밖에도 한 군데 더 볼일이 있습니다."

"허, 그렇소."

"무사님은 사카이도 잘 아시나요?"

"그렇소. 오사카에 볼일이 좀 있어 이 배를 탔지만, 실은 사카이에 살고 있지요."

여자는 다시 한번 요염하게 웃어 보였다.

"그러면 지금 그곳의 행정관님을 알고 계시는지요?"

마사나리는 다시 놀라며 상대를 살폈다. 알면서 시치미떼는 얼굴은 아니다. 정말 자기인 줄 모르고 물어온 것이다.

"그야……알고 있는……정도가 아닐지도 모르오."

"그렇다면 혹시 사카이 관청의 관리님……?"

"어떻든 행정관에게 무슨 볼일이 있어서 가시오?"

"남편의……편지를 갖고 가지요."

"남편……그럼, 그대 남편은 뭐라시는 분이오?"

"네, 아시고 계시는지 모르나 오쿠보 나가야스라고 합니다."

"오쿠보 님……."

"알고 계시는가요?"

"아, 그 이름이라면 자주 듣고 있소. 허허, 그대가 오쿠보 님의……."

"어머나, 그렇게 보시면 부끄러워요. 그런데 행정관님은 상냥하신 분인지 모르 겠군요."

"글쎄요, 상냥한 편일 거요."

"그렇다면 안심이에요. 그분에게 부탁드려 여러 가지로 마련할 게 있거든요. 그 동안 저는 다시 교토로 돌아가 이제 마지막이 될지도 모르는 도요쿠니 신궁제를 마음껏 구경할 작정이에요."

다행히 화제가 바뀌었으므로 마사나리는 한숨 돌렸다. 마사나리는 상대가 자 기를 찾아올 날이 있다는 것을 생각하니 우습기도 하고 조심스럽기도 하며 동시 에 흥미도 느껴진다.

"그렇소…… 그 도요쿠니 신궁제 말인데……교토에서는 이번 제례에 너 나 할 것 없이 모두들 관심이 많은 것 같더군요."

이 여인은 대체 누구의 딸일까. 아니, 그보다도 오쿠보 나가야스가 어떤 연분 으로 이러한 여인에게 손을 뻗쳐갔을까? 어쨌든 정실부인이 아닌 것은 뻔하다. 그의 부인은 다케다의 유신(遺臣) 출신으로 하치오지(八王子)의 진막에 있다. 그녀 또한 젊으며 아마도 아이를 갓 낳았다고 듣고 있다. 젊어 보이지만 나가야스의 나이도 이제 60살에 가까울 것이다. 그런데 여색을 몹시 좋아하는 것은 젊을 때 그 방면의 욕망을 억눌러온 탓일 거라고, 간토 지방관 이나 다다쓰구(伊奈忠次)에 게 말한 적 있다고 한다…….

아무튼 세상의 쓴맛 단맛을 속속들이 알고 난 나가야스가 사도섬으로 데려 가려는 마누라라면 녹록지 않은 여자일 게 틀림없다. 그는 광산 개척의 이익금도 할당받고 있는데, 어쨌든 광산을 개발하려면 두 가지 방법밖에 없다고 늘 말했 다. 그 하나는 도둑과 노름꾼 등의 죄인을 강제로 활용하는 것이고, 다른 하나는 '여자'라고 했다.

본디 시가지 형성에는 성 아랫거리, 사찰 앞거리, 항구거리의 세 가지가 있다. 거기에 여자가 있는 광산거리가 형성되지 않으면 평화로운 시대의 번영이 있을 수 없으며 그 건설은 사업 관계상 자기가 이룰 수밖에 없다고 큰소리쳤다. 따라서 나가야스가 그곳에 데려갈 아내로 이 여인을 고른 것이라면 아마 거리를 형성하는 하나의 주춧돌로 삼을 속셈이리라.

여자는 그러한 마사나리의 관찰 앞에서 자못 세련된 교태를 보이며 별안간 화제를 이에야스에게로 돌렸다.

"모든 게 쇼군님 힘이지요. 쇼군님이 만일 속좁은 분이라면 도요쿠니 신궁제는 어림도 없다고, 교토 시민들은 새삼 쇼군님의 은혜와 도량을 우러러보고 있습니다."

"그런가요."

"아무튼 세상에는 엉뚱한 소문도 있으니까요."

"엉뚱한……소문이라니?"

"오사카의 생모님이 황금을 주체하지 못하여 여러 신궁과 사찰에 시주하신다는 소문이지요."

"그 소문이라면 반대의 말도 있는 것 같던데…… 쇼군님께서 오사카의 황금에 눈독 들여 자꾸만 쓰게 하신다든가."

그러자 여자는 웃으며 말했다.

"호호……그런 일이라면 교토 사람들은 걱정도 안 하지요. 교토에서 걱정하는 것은 오사카의 생모님이 쇼군님을 저주하여 멸망케 해주십사고 온갖 신불에게 축원하신다……는 소문이지요. 만일 그런 일이 있다면 그야말로 또……."

여자는 제법 유식한 체하며 거기까지 말하고 다시 생긋 웃어 보였다.

"하지만 그러한 소문도 불안도 곧 사라지겠지요. 쇼군님은 교토 행정장관님이며 시민들에게 번창하라고 격려하시니까요."

마치 이에야스와 친근한 것처럼 말하므로 마사나리도 그만 웃음을 터뜨리고 말았다.

배는 아침 바람 속에 차츰 속력을 내고 있다.

'아무래도 이 여자는 간토 편인가 보다…….'

생각하며 마사나리는 쓴웃음 지었다. 나가야스가 눈독 들인 여자, 하긴 그런 여자가 오사카 편일 리 없지 않은가……

햇볕이 차츰 따가워졌으므로 여자는 비단양산을 펼쳤다. 배 안이 갑자기 환해지며 모든 눈길이 오코에게로 쏠렸다.

마사나리가 입을 다물자 이번에는 왼쪽 옆의 직공차림 사나이가 오코에게 말을 걸었다.

"그러나 아직도 험한 소문이 깨끗이 사라지지는 않은 것 같던데요."

"어머나, 험한 소문……이라시면?"

"이를테면 쇼군님이 지나치게 인기정책을 쓰신다고 화내는 사람이 오사카에 있다는 이야기지요."

오코는 또 굴리듯 웃었다.

"호호……그런 사람은 어느 세상에나 있지요."

"설마 그럴 리야 없겠지만, 제례 행렬 속에 뛰어들어 난동부리는 일이라도 있으면 큰일인데……"

"걱정하는 사람도 있나요?"

"전혀 없다고는 할 수 없지요."

"호호……안심하세요. 그런 걸 모르실 분이 아니니까요, 교토 행정장관님은."

"한편에서는 그렇게도 말합니다만."

"비록 그러한 난동자가 나온다 해도 교토 행정장관님에게는 그 이상의 대비가 있을 거예요."

그 무렵부터 마사나리는 화제에서 빠져나와 눈을 감았다.

'이 여인은 교토 행정장관 이타쿠라 가쓰시게를 알고 있는지도 모른다.'

그렇다면 더 이상 잡담을 주고받을 경우 이름을 밝혀야 할 우려가 있다.

'이쯤 해두자. 어차피 사카이에서 얼굴을 보게 될 테니……'

눈을 감자 그의 생각은 이제부터 가려는 오사카성으로 곧 날아갔다. 예의를 차려 가타기리 형제에게 면회를 알선해 달라고 할 필요도 없겠지. 차라리 세키가하라 진중에서 사귄 오노 하루나가를 찾아가 생모님에게 문안 인사를 드릴 수 있도록 알선을 부탁할까…… 아니, 그것도 좀 꺼림칙하다. 왜냐하면, 요즘 요도 마님과 하루나가를 둘러싼 염문이 너무 노골적으로 퍼져 있기 때문이었다. 이쪽에 그럴 생각이 없다 해도 하루나가나 요도 마님에게, 마사나리가 두 사람 사이의 소문이 참인지 거짓인지 탐지하러 왔다……고 보인다면 그야말로 긁어 부스럼…….

그렇다 해서 센히메 측근을 통한다면 더욱 거북할 것 같고, 히데요리에게 문안 인사를 왔다고 하면 너무 속이 들여다 보인다.

'그렇다. 우라쿠 님이 좋다. 이분을 통하는 게 제례에 대해 가장 말하기 쉬울 거야…….'

오다 우라쿠는 생모님의 외숙. 그러면 풍류를 구실로 사카이에 자주 오고 있다. 이 사람에게 제례에 대한 지혜를 빌리러 왔습니다……라고 말하며 겸사겸사 생모님 문안도 드리고 말을 꺼내자.

"생모님께서도 무언가 좋은 지혜를."

그러면 조금도 어색할 게 없다. 그렇다, 우라쿠를 찾아가자…….

배 안에서는 아직도 잡담이 한창 이어지고 있다. 행선지가 결정되자 마사나리는 어느덧 꾸벅꾸벅 졸기 시작했다.

배가 도착하자 마사나리는 오코에게 가벼운 목례를 남기고 성큼 배에서 내렸다. 오코 쪽에서도 특별히 마사나리에게 관심 따위 보이시 않고 줄곧 하녀를 재촉하고 있다.

"그렇지, 가마를 부탁할까."

마사나리는 하인에게 이르고 아직 정오도 되지 않은 해를 올려다보며 가마에 올랐다.

오다 우라쿠는 지금 서쪽 싱 한 모퉁이에 자택을 하사받아 다인(茶人) 못지않은 한가한 신세였다. 부르지 않으면 히데요리나 요도 마님한테도 좀처럼 얼굴을 내밀지 않는다고 그는 말했었다.

"지금 가면 마침 낮잠 시간인지도 모르겠는걸."

오사카 편에서는 늘 도쿠가와 가문을 염두에 두며 잔뜩 긴장하고 있다. 그러나 우라쿠는 벌써 그것을 초월하고 있다. 숱한 인생 경험이 어느새 그를 '하루하루가 곧 좋은 날'이라는 식의 무사안일을 즐기는 은자로 만들어버렸는지도 모른다. 그러므로 세상 보는 눈이 공평했고, 또한 냉철하기도 했다.

사카이의 소쿤이 베푼 다회에서 만났을 때 그는 남의 일처럼 마사나리에게 말한 일이 있다.

"내 생애에 잘못된 일이 두 가지 있지. 그 하나는 자차히메 님 뒷바라지를 다이코님에게 맡긴 것. 그리고 또 하나는 자차히메 님이 과부가 되었을 때 주저 없이 내대신(이에야스)에게 보내도록 정해 버리지 않은 일."

마사나리는 그 술회의 의미를 알 것도 같고 모를 것도 같았다. 그래서 일부러 시치미떼고 캐물었더니 우라쿠는 마사나리의 넋이 빠질 듯한 소리를 했다. 실인즉 우라쿠는 조카딸 요도 부인이 사랑스러워 견딜 수 없었다고.

"외삼촌과 조카 사이……그 때문에 사양하며 우물쭈물하는 사이 다이코에게 선수를 뺏기고 말았지. 그것이 애당초 잘못이었어……."

이 잘못……이라는 말의 뜻은 아직도 잘 알 수가 없다. 하지만 다음 말은 마사나리에게 숨 막힐 듯한 놀라움을 안겨주었다.

"다이코의 유언대로 혹 달린 채 내대신에게 떠맡기는 게 좋겠다고 여겨 정말은 내가 권해서 서쪽 성으로 몰래 들여보냈지."

"옛? 몰래 들여보내다니 누구를……?"

"요도 마님이지."

우라쿠는 태연한 얼굴로, 서쪽 성에 있을 무렵 이에야스는 틀림없이 한 번 요도 마님에게 손댔다고 했다.

그즈음 이에야스에게는 총애하는 새로운 측실 오카메 부인이 있어 요도 마님을 그리 반갑게 여기지는 않았으며, 어쨌든 한 번만으로 이야기는 그대로 없는 게 되고 말았다. 이것이 우라쿠는 두고두고 후회되는 일이라고 한다…….

"내대신 쪽에서 맛보고서 싫다고 한 것인지 요도 마님이 그런 남자는 싫다고 했는지, 그것까지는 말할 필요도 알 필요도 없지. 다만 그 일이 골치 아픈 알력의 근원이 되었단 말일세."

우라쿠는 그런 다음 한 번 관계한 남녀 사이만큼 다루기 힘든 일도 없다고 덧붙였다. 즉 한 번만의 관계로 끝난 것이 그 뒤 요도 마님의 보란 듯한 난행의 원인이 되었다고 여기는 모양이었다.

그 서쪽 성문 앞에 가마가 이르렀다. 여기서 내리자 마사나리는 이제 문지기들에게도 충분히 낯익은 사카이의 이름난 행정관이었다.

마사나리의 방문에 우라쿠는 아직 낮잠 자기 전이라면서 곧 거실로 맞아주었다. 들어가자마자 담배 재떨이를 밀어주고 우라쿠는 노려보는 듯한 눈초리가 되며 웃었다.

"무슨 일이 생겼나? 요즘 오사카의 신경이 예민해질 소문만 나서 말이지."

"그렇습니까. 저는 오히려 그 반대로 생각하고 왔습니다만."

"첫째, 어린애가 어린애를 만들었다면서?"

"아, 그것은……그러나 후시미에서는 아무렇지도 않게 생각하는 것 같더군요."

"의심암귀란 남의 마음에 살고 있는 게 아니라 자기 마음속에 살고 있는 것이지. 둘째로는 에도에 아들이 태어났다면서?"

"대감님도 몹시 기뻐하고 계십니다."

"그 일은 오사카의 나쁜 추억을 떠올리게 해."

"나쁜 추억……?"

"그렇지. 도련님이 태어나고부터 다이코는 앞서 한 결정을 뒤엎으며 무자비한 사람으로 변했었지. 간파쿠를 모함하여 죽게 한 일 말이야. 그 일을 보고 인간은 핏줄 때문에 그토록 이성을 잃는 것일까 하고 요도 마님의 인생관도 바뀌고 말았지. 그런 눈으로 볼 때 에도의 도련님 탄생은 히데타다 님이며 쇼군님을 미치게 할 만한 사건으로 생각되오."

"과연 그렇군요."

"게다가 이번의 도요쿠니 신궁제. 이것이 남만 선교사들을 이상야릇한 불안 속에 몰아넣고 있지."

"남만 선교사를……?"

우라쿠는 담배 그릇을 당겨 한 대 피워물었다.

"그렇지. 쇼군님 측근에는 홍모인(紅毛人) 쪽의 아담스인가 하는 놈이 붙어 있잖소. 그를 그대로 내버려 두면 남만 쪽이 일본에서 쫓겨날 위험이 있다고 여기기 시작한 거야. 그 경우 히데요리 님을 내세워 홍모 세력과 싸우자……고까지는 아니더라도 이곳을 근거지로 삼아 에도를 견제할 지혜가 되어보자고 생각하게 된 거지. 그렇게 되면 도요쿠니 신궁제는 천하의 눈을 속이기 위한 모략이나 다름없게 되고 말아. 그런 소문을 신자들에게 은밀히 퍼뜨리면, 지금의 오사카성은 그 것을 정말로 믿을 만큼 아녀자들뿐인 성이 되어서 말이야."

마사나리는 눈을 빛내며 감탄했다. 이것은 언젠가의, 하룻밤뿐인 사건이 아니다. 그 꼬리는 홍모와 남만의 속임수에 뿌리박고 있는 것이다.

"무슨 일에든 생각 깊은 쇼군님이오. 그래서 우선 도요쿠니 신궁제로 천하에 인심을 쓴 다음 쇼군의 후계자는 히데타다, 히데타다 다음은 이번에 태어나신 다케치요 님……그리하여 명백히 천하를 내 가문의 것으로 뚜렷이 해놓을 속셈. 그것을 모르고 도요쿠니 신궁제를 죽은 남편, 죽은 아버지의 제례라고 믿는 생모님과 작은대감도 가엾지……."

"우라쿠 님."

"뭐요?"

"오사카의 공기가 정말 그토록 험해져 있습니까?"

우라쿠는 웃었다.

"하하……그렇게 되면 큰일이라는 거요. 그런데 그러한 싹이 엿보이고 있거든. 반쯤……까지는 아니지만, 남만 선교사들의 생각이 지하수처럼 아녀자들 사이에……."

마사나리는 물끄러미 우라쿠를 쳐다보았다. 그 말이 정말이라면, 여기서 마사나리가 요도 마님 앞으로 나가 얼굴을 보이는 일은 오히려 역효과가 되기 쉽다. 그러나 이에야스는 그편이 좋다고 여겨 넌지시 마사나리에게 명했던 것이다.

"나만 지껄였구먼. 그대의 용건을 들읍시다."

마사나리는 잠자코 담뱃대에 담배를 채우기 시작했다.

"왜 그러나. 말하기 거북할 만큼 골치 아픈 볼일이라면 이 우라쿠는 도움되지 않을지도 몰라."

"그럼, 솔직히 말하겠습니다."

"도움 될 만한 용건……이라고 판단된다면."

"예, 실은 이번 제례에 대해 꺼림칙한 일이 한 가지 있습니다."

"그럴 테지."

"아까 하신 말씀처럼 오사카 쪽에 자격지심이 있어 제렛날 방해할 자가 있답니다."

"있을지도 모르지."

"그러면 기다리고 있다가 한꺼번에 모두 잡아 죽이고 겸해서 도요쿠니 신사까지 때려부수려는 자들이……실은 도쿠가와 가문 내부에 생길지도 몰라서."

우라쿠는 엷게 미소 띤 채 고개를 끄덕였다.

"어떻소, 도쿠가와 가문에는 교토에서 제례를 벌이게 하고 그사이 단숨에 오사카까지 쳐들어와 여지없이 도요토미 가문을 때려 부술 만한 결단을 가진 인물이 없을까."

"뭐……뭐라고 하셨습니까?"

"나는 재주는 떨어지지만 노부나가 공의 아우요. 생각만은 할 수 있지. 아니, 형님이라면 반드시 그렇게 할 것이 틀림없소. 그러면 일본은 단숨에 다스려질 거요. 난세의 씨앗이 뿌리뽑힐 테니까."

"농담이 아닙니다! 그런 난폭한 짓을……."

"할 수 없다면 화근이 남지. 화근이 남으면 야금야금 말려 죽이는 것…… 그때마다 여기저기서 풍파가 생겨도 어쩔 수 없겠지."

마사나리는 당황해 손을 들어 가로막았다.

"아직 이 사람의 의논이 남았습니다."

"아, 이것 참, 실례했소. 그럼, 제례 중에 오사카 습격을 단념하고 어떻게 할 것이오?"

"어떻게 할 것이라니요……그것을 우라쿠 님에게 여쭈어보고 싶소."

"흥, 나라면 내버려 두오."

우라쿠는 내던지듯 말하고 차갑게 웃으며 다시 말했다.

"어떻게 하면 좋은지……알면서도 하지 않는……것이 인내인 줄 쇼군님은 알고 계시지. 아니, 그것이 인정(仁政)이라고 여기는지도 몰라. 그렇게 되면 어질 인(仁)……따위와는 인연이 먼 우리 같은 범인(凡人)들은 될 대로 되었을 때 버둥거리는……수밖에 달리 방법이 없소."

마사나리는 비로소 오다 우라쿠라는 인물의 본심을 엿본 느낌이 들었다.

'의논하러 올 인물이 아니었다…….'

이 사람의 마음속에는 냉랭한 허무밖에 없는 듯하다고 생각했을 때 우라쿠는 말했다.

"어떻소. 차라리 지금의 그 말을 요도 마님에게 그대로 해보는 것이?"

마사나리는 다시 눈을 둥그렇게 뜨고 우라쿠를 보았다.

'허무에는 허무의 좋은 점이 있구나.'

이쪽에서 요도 마님의 비위를 맞출 속셈으로 왔으므로 생각이 막히고 말았는데, 차라리 진실을 털어놓고 부딪쳐가면 전혀 다른 장면이 펼쳐질지도 알 수 없는 것이다.

"그대의 걱정을 깨끗이 없애줄 두 분이 있소……."

"……."

"한 분은 요도 마님……그리고 또 한 분은 쇼군님 자신이지."

"……."

"거짓말도 하나의 방편, 나라면 쇼군님의 밀사라고 하며 요도 마님을 만나겠네."

"거짓말도 방편……."

"그렇지. 지금 세상에 능숙한 거짓말 하나 못한다면 살아가기 어렵지."

"그럼, 생모님을 뵙고."

"쇼군님이 직접 말했다고……아니, 조그만 거짓말을 덤으로 하나 더 붙이는 거요, 아녀자가 기뻐할 거짓말을."

"그건……어떤 거짓말입니까?"

"즉 쇼군님은 생모님을 사모하고 있다……고 넌지시 풍기는 거지. 여자란 사모받고 있다면 상대가 고양이여도 좋아하는 법이오."

"음."

"쇼군님은 사모하고 계시지만 만일 일이 험악해져 요도 마님 신변에 누가 미치면 큰일이라 여겨 은밀히 저를 보내셨습니다. 도쿠가와 가문 가신들은 쇼군님이 강력히 억누르겠으니 오사카 편은 생모님이 눌러주시오…… 훗훗훗, 생각하면 길이 열리는 법이지. 그렇잖소, 행정관님……."

마사나리는 반쯤 놀라고 반쯤 감탄하며 우라쿠를 다시 보았다.

"어떻소, 내게 과연 노부나가 공의 아우 자격이 있겠지. 지혜가 나오지 않았는가."

"그렇지만 저로서는 그런 거짓말을 능란하게 할 수가 없습니다."

"그럼, 지혜를 빌려준 나에게 그 말까지 시킬 셈인가, 그대는."

"저는 따라가 자못 그럴듯하게 앉아 있겠습니다."

"이거 참, 대단한 연극배우로군. 그럼, 나도 조건을 하나 붙이겠소."

"조건이 있습니까?"

"그렇지. 이 지혜를 빌려준 탓으로 오다 우라쿠는 귀하 앞에서 체면이 깎이고 있으니까."

"지당하신 말씀입니다."

"우라쿠는 제법 점잖은 풍류인인 체하면서 실은 고약한 지혜를 가진 비뚤어진 인간이라는 경멸감이 그대의 가슴속에서 평생 떠나지 않을 거야."

"그렇습니다……."

"이것 봐, 너무 솔직히 맞장구치는 게 아니야. 조금은 거짓말을 해야지."

"아닙니다, 그러나 틀림없이 감탄하고는 있지요."

"벌써 늦었어. 알겠소, 조건이란 그대가 쇼군에게서 선물 받은 조지로 찻잔을 나에게 준다면 같이 가주겠네. 시간이 흐를수록 명품으로 보이는 좋은 찻잔이거든."

마사나리는 낚시를 물듯 얼른 대답했다.

"드리고말고요…… 대신 생모님 앞에서는……아무쪼록."

작은 요도(淀) 수레

오다 우라쿠의 사고방식은 나루세 마사나리가 결코 감탄할 만한 것은 못되었다. 어딘지 믿을 수 없는 허무한 냄새가 짙게 풍긴다. 그렇지만 이 경우 그에게 매달리지 않고는 이에야스의 의사를 요도 마님에게 전할 방도가 달리 있을 것 같지 않았다.

'저토록 사람을 얕보는 우라쿠이니, 어떻게든 잘 해주겠지……'

만일의 경우 마사나리는 그 나름대로 자신의 특성인 의리와 성실로 진실 된 이야기를 해도 좋다고 생각했다.

"그럼, 낮잠은 그만두고 조지로 찻잔이나 하나 벌기로 할까."

우라쿠는 어디까지가 농담이고 진심인지 알 수 없는 장난스러운 태도로 옷을 갈아입었다. 화려한 어깨걸이에 그즈음 유행하는 다인들이 입는 짧게 만들어진 푸른 비단 하카마 차림이었다. 나루세 마사나리는 말없이 그의 뒤를 따라갔다.

본성 내전은 여전히 요도 마님과 센히메의 두 구역으로 나뉘어 있다. 센히메 쪽은 조용했지만, 요도 마님 쪽에서는 피리 소리가 들려온다. 누군가 연습하고 있는지 두 개의 피리가 같은 음률을 맞추고 있다.

"안내를 청하지 않아도 됩니까?"

"나는 특별하지."

우라쿠는 거침없이 안쪽으로 복도를 걸어가 요도 마님의 거실 앞에 멈춰 섰다.

"여봐라, 아무도 없느냐. 우라쿠가 왔다고 전하여라."

옆방에서 깨끗이 몸단장한 젊은 무사가 나왔다.

"예."

그 젊은 무사에게 우라쿠는 눈짓으로 전갈을 일러놓고 마사나리를 돌아보았다.

"과부란 좋은 것이야. 다이코가 살아계실 때는 이 언저리에 남자가 얼씬거리면 당장 목이 날아갔는데 지금은 사내와 계집의 구별도 없거든."

그리고는 성큼성큼 거실문 앞으로 다가가 안에서 문이 열리기를 기다렸다.

"이렇듯 후덥지근한데 문을 닫고 있는 것을 보니 여기도 낮잠 자나 보군. 그러나 즐겁고 마음 편한 낮잠도 있지만 괴로운 낮잠도 있지. 마음속에 업을 품은 채 잔다면 좋은 꿈을 못 꾸거든."

마지막 말끝이 문득 서글픈 투가 되어 마사나리의 마음을 찔렀다.

안쪽에서 문이 열렸다. 문이 열리자 정원 쪽 입구에서 시원한 바람이 흘러들어 왔다.

"마침 낮잠 시간인 줄 알지만 후시미에서 직접 보내신 밀사가 왔으므로 함께 왔소. 사람을 물리치도록……."

요도 마님은 과연 잠들려던 참이었는지 흰 모시 위에 파랗게 비치는 엷은 옷을 입고 있었다. 옷자락에 꽃무늬가 새겨진 화려한 차림이었는데, 눈까풀이 얼마쯤 나른하게 무거워 보였다.

"오, 나루세 님……그렇지요?"

"예, 사카이 행정관 나루세 마사나리입니다."

"쇼군께서 직접 보내시다니 무슨 일일까. 자, 이리 가까이 들어오오."

그 전에 먼저 우라쿠는 요도 마님 앞으로 가서 거침없이 앉았다.

"자, 딱딱한 이야기도 아니니 이쪽으로 오시오, 마사나리 님."

시키는 대로 마사나리가 한무릎 다가앉으려 했을 때, 우라쿠는 벌써 넉살 좋은 겉치레 말을 늘어놓았다.

"쇼군께서는 후시미에서 하루에 한 번씩은 정해 놓고 요도 마님 말씀을 하신다더군. 역시 마음에 두고 계시는 탓이겠지."

"어머나, 하루에 한 번……어떤 이야기일까."

"그건 물을 것까지도 없겠지. 남자들 화제란 그런 것이니까."

그리고 마사나리에게로 눈길을 옮겼다.

"마사나리 님, 내밀한 이야기도 이야기지만 보는 바와 같이 요도 마님은 점점 더 건강하시오. 거기에 대해서는 안심하시도록 말씀드려 주시오…… 그런데 쇼군 님으로부터의 은밀한 말씀인데."

"우라쿠 님, 잠깐 기다리세요."

"아니, 왜 그러지요?"

"우라쿠 님은 사자가 아니시잖아요? 마사나리 님 말씀에 방해되겠어요."

"하하……꾸중 들었구려. 아니, 옳은 말씀, 사자는 우라쿠가 아니라 나루세 님 이지. 그러나 나루세 님은 이것저것 걱정되시어 이쪽 사정을 이 늙은이에게 은밀 히 물었소. 그래서 이 몸이 용건의 내용과 쇼군이 걱정하고 계시는 사정을 모두 알게 되어버렸지요."

"가만히 계세요."

우라쿠는 천연덕스럽게 머리를 숙여 보였다.

"예, 그러시면 나루세 님에게 직접 들으시지요. 즉 쇼군은 오사카 쪽 젊은 무사 들 가운데 도요쿠니 신궁제를 은밀히 방해하려 꾀하는 자가 있다는 말을 들으 시고 특히 마음 아파하신다는 말씀이었소."

나루세 마사나리는 놀림당한다기보다도 어이가 없었다. 점잖게 '예'라고 대답 하면서도 우라쿠는 역시 생각하는 대로 혼자서 지껄인다.

마사나리는 젊은 시절의 우라쿠를 잘 모른다. 어쨌든 사람을 얕보는 듯한 우 라쿠의 이런 태도는 어디서 생겨나는 것일까……?

'상대는 고작해야 여인이다……'

그러한 요도 마님에 대한 멸시일까, 무시일까. 아니면, 반대로 조카딸인 요도 마님에게 되도록 말실수를 시키지 않으려는 마음에서일까…….

요도 마님의 눈썹이 곤두섰다. 마님 눈에는 한순간 마사나리의 표정이 우라쿠 의 말참견을 싫어하고 있는 것으로 비쳤는지도 모른다.

"무례하군요, 우라쿠 님. 나는 마사나리 님 말을 듣고 싶어요."

그 말을 듣자 마사나리도 더 잠자코 있을 수 없었다.

"우라쿠 님의 말씀대로 엉뚱한 소문을 들으시고 대감께서 몹시 걱정하고 계십 니다."

요도 마님은 흘끗 우라쿠를 바라본 다음 마사나리에게 웃어 보였다.

"그 소문이라면 나도 듣고 있어요."

"그럼, 성안에도 그런 소문이……."

"날 법도 하지요."

그렇게 말하고 다시 요염한 눈빛이 되었다.

"그 소문을 낸 장본인이 여기 있으니."

"옛? 그 장본인이……."

"그래요, 장본인인 오다 우라쿠 님 말예요…… 마사나리 님은 그것도 모르고 맨 먼저 그분에게 의논하신 거예요, 호호호……."

마사나리는 이번에야말로 놀랐다. 놀라서 우라쿠를 돌아보니 그는 줄곧 자기 귀를 긁적이고 있었다.

"우라쿠 님, 뭐라고 말씀하세요. 마사나리 님이 놀라고 있는데."

그러자 우라쿠는 호호호 하고 웃었다.

"이러니 오사카의 요도 마님은 다루기 어렵단 말이야. 그 엉뚱한 소문을 낸 것은 다른 사람 아닌 요도 마님 자신인데."

고개를 흔들며 말하고는 귀에서 손을 뗐다.

"그래서 내가 말했잖소. 이 소동을 멈추게 할 분은 요도 마님을 두고 달리 없다고."

마사나리는 얼떨떨하여 두 사람의 얼굴을 번갈아 보았다. 그리고 두 사람 다 야릇하게 엷은 웃음을 띤 것을 보고 쑥스러워져 묻지 않을 수 없었다.

"그게 사실입니까, 마님."

요도 마님은 다시 소리 내 웃었다.

"호호호……우라쿠 님은 제멋대로야. 입장이 불리해지면 곧 나에게 밀어대거든."

"그럼, 그 소문을 낸 장본인은 대체……?"

"글쎄요, 나라고 생각하고 싶다면 그래도 좋고, 우라쿠 님이라 생각하고 싶으면 그래도 좋아요."

"이것 참, 놀랐습니다. 그렇다면 일시적인 농담…… 대감께서 걱정하실 것까지는 없겠군요."

"마사나리 님!"

"예, 예."

"걱정하실 것까지는 없다고 누가 말했나요?"

"하오나 그건 일시적인……."

"농담이 아니에요. 이것이야말로 내가 생각다 못해 낸 소문이에요."

"예……?"

"쇼군님께서 다이코님 7주기를 해주신다, 의리 있는 분이다, 정의가 두터운 분이다……라고 이 성안에서는 센히메의 시녀들을 비롯해 작은대감 거처에까지 구석구석 평판이 나 있어요."

"……."

"그래서 내가 말한 거예요. 그처럼 사물의 한 면만 보고 판단하면 세상의 웃음거리가 될 거라고요. 그것은 쇼군께서 여기를 아녀자의 성으로 보고 세상을 홀리는 수단인지도 모른다, 우선 세상에 쇼군이 얼마나 의리굳고 정의가 두터운 분인지 보여놓고 그 뒤의 속임수를 숨길 작정인지도 모르지 않느냐고…… 이것은 물론 농담이었어요. 그런데 글쎄 내가 그런 농담을 했더니, 그렇다! 우리가 너무 어수룩했다며 이번 제례 때 쳐들어가자는 자까지 나온 거예요."

마사나리는 눈도 깜박이지 않고 요도 마님을 바라보았다. 요도 마님의 말에도 우라쿠 이상으로 야릇한 분위기가 감돌고 있다. 이쪽에서 정면으로 맞서면 '농담……'이라며 슬쩍 피할 것 같고, 농으로 여기기에는 너무나 가시 돋힌 말이었다.

"알겠어요, 마사나리 님. 일은 농담으로 시작되었지만, 그 농이 당장이라도 불을 뿜는 진실이 될지도 모르는 일. 그것은 히데요리 님이 16살이 되어 돌아가신 다이코님 뒤를 이을 때까지 부득이한 일이라고 나는 생각해요. 그러니 두 가문의 가신은 그걸 단단히 가슴에 새겨두고 일을 처리해야 할 거예요. 그렇지요, 우라쿠 님."

그러나 우라쿠는 줄곧 귀를 만지작거리면서 못 들은 척했다. 마사나리는 보기 좋게 속임수에 넘어갔다고 생각했다.

그가 염려하여 찾아온 제례 당일의 싸움 걱정을 요도 마님도 우라쿠도 미리부터 알고 있었던 것은 이제 의심할 여지도 없다. 게다가 우라쿠는 뻔뻔스럽게도 조지로의 찻잔을 달라는 둥 시치미떼며 자신을 요도 마님 앞으로 데려갔다. 그리고 너무 잔소리가 많다고 여겼더니 모든 게 요도 마님에게 하고 싶은 말을 시키기 위한 속셈이었던 듯하다.

'그런 배짱이라면 내게도 생각이 있다.'

소동이란 애당초 한쪽에서만 일어나는 게 아니다. 반드시 상대가 있는 법이다.

"그것참, 큰일 났군요. 이쪽에서는 가볍게 생각하시는 모양이지만 그 소문을 듣고 도쿠가와 가문 직속 무장들이 격분하여, 그렇다면 차라리 오사카로 쳐들어가자……고 떠들어대고 있으니까요."

이렇게 말하면 우라쿠도 요도 마님도 파랗게 질리리라……고 생각했을 때, 우라쿠가 귀를 후비던 손을 멈추고 마사나리에게로 돌아앉았다.

"들으셨지요, 나루세 님? 이 점이 성가시기 짝이 없는 점이오."

"이 점이라니요?"

"날마다 할 일이 없거든. 이 성안 사람은 요도 마님도, 작은대감님도, 가타기리도, 오노도, 나도 아무 할 일이 없어 쓸데없는 망상을 그리며 거기에 살을 붙이고 있소. 왜 속담에도 있잖소. 소인은 한가하면 나쁜 짓을 한다고. 하하……그런 상황임을 잘 명심해 주어야겠소."

마사나리는 한마디 하려다가 다시 말문이 막히고 말았다. 그러자 잇따라 요도 마님이 서슴없이 교태부리며 말을 이었다. 요즈음 요도 마님은 태도와 웃음 하나하나가 야릇하게 착 달라붙는 듯한 요염함을 발산하고 있었다.

"마사나리 님, 이제 그대를 괴롭히는 일은 그만두겠어요. 아니, 그대의 인품이 성실하다는 것을 잘 알므로 둘이서 그렇게 말해 본 것뿐이에요. 용서하오."

"아니, 뭐……별로, 그런."

"안심하시도록 쇼군께 말씀드려 주오. 실은 젊은이들 가운데 소동을 일으키려는 자가 전혀 없었던 것은 아니에요. 그러나 내가 엄하게 말렸소. 그렇지요, 우라쿠 님."

그러자 우라쿠는 가볍게 웃었다.

"그리 쉽게 믿어선 안 되오, 마사나리 님."

마사나리보다도 요도 마님이 따지고 들었다.

"어머, 무슨 말씀이셔요, 우라쿠 님."

우라쿠는 잠시 미간을 찌푸렸다.

"섭섭한 일이지만, 요도 마님은 스스로의 마음을 모르고 있소. 마음이 차분할 때는 부덕을 갖춘 슬기로운 부인…… 그러나 신경이 곤두서 망상의 세계로 뛰어들면 손댈 수 없는 악귀가 되지요. 그 두 경우 모두 요도 마님…… 이것을 놓치고 간단하게 좋은 분이라고 이해해 버리면 큰 실수의 원인이 되지. 아니, 인생의 어려움이란 이런 데 있는 거겠지. 그렇잖소, 나루세 님."

이쯤 되자 마사나리는 완전히 생각할 길을 봉쇄당한 느낌이었다.

우라쿠가 예사로운 인물이 아닌 것은 알고 있었다. 그러나 이 사람은 노부나가의 친동생이라는 야릇한 무거운 짐 때문에 비뚤어져 염세적인 허무의 세계로 뛰어들고 말았다……고 해석했는데, 아마 그러한 마사나리의 척도만으로는 헤아릴 수 없는 인물인 듯하다. 마사나리에 대해서도 무척 대담한 말을 했지만, 요도 마님에게도 아첨 따위는 전혀 하려 하지 않는다.

우라쿠는 될 대로 되라는 투로 다시 말을 이었다.

"아무튼 과부의 세계와 천하를 다스리는 자의 세계는 아주 큰 차이가 있소. 한쪽은 어째서 태평세월의 고마움을 모르는가……하고 애태우는데, 한쪽은 내 남편은 왜 일찍 죽었을까……하며 독수공방을 원망하고 있거든."

"우라쿠 님!"

"마, 말리지 마오, 요도 마님. 나오는 소리는 다 해버리지 않으면 몸에 해롭소. 그러니 쇼군의 측근에게는 어지간히 조심하지 않으면 안 되오…… 알겠소, 만일 오사카에서 일이 일어날 경우 쇼군이나 천하의 일과는 관계없는 데서 일어날 거요."

"관계없는 데서……."

마사나리는 이미 진지하게 우라쿠의 말을 들을 마음이 되어 있었다. 농담조로 슬쩍 피해 가면서도 우라쿠는 나름대로 무언가와 격투를 하고 있는 듯했다.

"그렇지, 관계없는 데서…… 지금 쇼군께서 고심하는 건, 태평세월의 고마움을 어떻게 온 나라에 침투시킬까 하는 것이지. 그 때문에 유교를 전파하려 하고 계시오. 즉 살인밖에 모르는 온 일본의 인간들을 모조리 성인으로 개조해 전란의 싹을 뿌리째 뽑으려는 것이니 굉장한 공상가지."

"음."

"인간이 과연 모두 성현의 길을 받드는 성인이 될 수 있을 것인지…… 하하…… 나는 결코 비웃는 게 아니오. 꿈이 없으면 새로운 세상을 만들 수 없는 것. 나의 형 노부나가는 어떻게든 천하포무를 하고자 염원했었소. 다이코는 그 뒤를 이어 어떤 일이 있어도 일본을 통일하려고 고심하셨지. 이 두 사람의 마무리를 해야 할 자로서 쇼군의 꿈은 당연한 것인지도 모르오. 그런데 실제로는 평화를 기뻐하는 자만이 있는 게 아니거든. 대부분 기뻐하지만 기뻐하지 않는 자도 얼마쯤 있단 말이야."

"평화를 기뻐하지 않는 자가……."

"그렇소…… 모처럼 천하에 야심을 펴려고 군사를 길러 어쨌든 몇 개의 성을 소유하는 데까지 부지런히 인생을 살아왔는데 쇼군이 그 앞에 가로막으며 이제 더 이상 커질 수 없다고 야심과 소망을 봉해버렸소. 핫핫……동쪽에는 다테, 우에스기, 서쪽에는 모리, 구로다, 시마즈 등……어쩔 수 없어 머리 숙이고 있지만, 속으로 원하는 것은 천하대란, 싸움을 바라는 거지. 그래서 에도와 오사카……라기보다는 쇼군과 과부라는 편이 낫겠지만, 이 사이가 미묘해지고 있는 거지. 일본인을 송두리째 성현으로 만들려는 분이 아녀자를 죽인다면 말대까지의 웃음거리. 하하……안 그렇소, 마사나리 님?"

마사나리는 가슴에 비수가 찔린 듯한 기분이었다. 과연 우라쿠의 말대로였다. 유교로 국민교육의 길을 바로잡으려는 이에야스가 부녀자의 성을 습격하여 학살한다면 노부나가와 히데요시 두 사람의 공적을 짓밟은 폭장(暴將)이었다고 역사에 기록될 것이다.

'이 산전수전 다 겪은 염세가는 어떻게 하라고 말하려는 것일까……?'

마사나리의 눈이 번들번들 빛나기 시작했다.

"즉 쇼군과 요도 마님 사이에 천하대란을 바라는 이리떼들이 끼어들어 있고, 따라서 쇼군은 요도 마님에게 노할 수 없다……고 마님 편에서 쉽게 생각한다면 그야말로 큰일이지."

우라쿠는 요도 마님을 흘끗 노려보았다. 마사나리가 섬뜩할 만큼 날카로운 말투였으나 마님은 눈을 내리깔고 아무 말도 하지 않았다.

'이 분도 진지하게 듣고 있다…….'

마사나리는 저도 모르게 가슴이 화끈해졌다.

"알겠소, 마사나리 님……마님 편에서 그것을 눈치채고 쉽게 생각하지 않는다고 하더라도 쇼군의 고심과 마님의 고충은 그 성질이 다르지. 한쪽은 큰 꿈, 한쪽은 하찮은 신변의 일…… 여기에 만일 측근이며 직속무장들의 오해가 끼어들면, 아까 말한 이리떼들이 그 틈새에 당장 뛰어들 거요. 그러므로 나는 이렇게 했으면 좋겠소. 무슨 일이 있으면 쇼군과 요도 마님이 곧바로 직접 만나 이야기할 수 있도록 주선해 주었으면……그러면 쇼군께서도 본디 요도 마님을 좋아했으니…… 결코 큰 파멸의 상처는 되지 않을 거요."

우라쿠는 거기까지 말하고 다시 말투를 홱 바꾸었다.

"……따라서 이번 도요쿠니 신궁제에는 온갖 꿈과 생각이 섞여 있겠지만 쇼군께서 요도 마님을 기쁘게 해주려는 마음도 있다고……마사나리 님이 알리러 온 거요. 물론 분개하고 있는 도쿠가와 가문 직속무장들은 그쪽에서 충분히 눌러주겠지. 그렇지요, 나루세 님."

마사나리는 이제 더 할 말이 없었다. 우라쿠가 이토록 진지하게, 더욱이 양쪽의 입장을 잘 헤아려 주선해 주리라고는 생각지도 못했던 것이다.

"옳은 말씀, 정녕 그……그렇습니다."

그러자 우라쿠는 또다시 말을 바꾸었다.

"어떻소, 역시 조지로 찻잔 한 개쯤의 값어치는 되었지요."

마사나리는 당황하여 마님 쪽을 쳐다보았다. 그런데 요도 마님은 살그머니 옆을 보며 눈두덩에 손가락을 대고 있다. 마님 마음에도 무언가 곰곰이 스미는 게 있었던 것 같다.

마사나리는 부리나케 무릎으로 시선을 떨어뜨리고는 다시 한번 가슴에 복받쳐 오르는 듯한 가엾음을 느끼며 온몸을 굳혔다.

'이분도 불행한 분이다……'.

"알고 있어요. 마사나리 님…… 그렇지, 모처럼 그대가 찾아와 주었으니 술대접을 해야지. 우라쿠 님, 작은대감도 오시도록 해주오……"

그리고 온몸으로 안도의 한숨을 내쉬며 웃어 보였다.

우라쿠가 말한 대로 요도 마님과 이에야스 사이에 어떤 선을 넘어선 교접이 있었는지 어떤지는 마사나리로서 확인할 도리가 없는 일이었다. 그러나 지금 눈앞에서 눈물을 보이는 요염한 여인이, 이에야스를 미워하거나 저주하고 있지 않다는 것만은 확인할 수 있었다. 그럼에도 불구하고 마사나리의 마음이 개운치 못한 것은 대체 무엇 때문일까……?

요도 마님이 농담으로 돌려 살짝 내비친 '작은대감이 16살 되었을 때……'라는 한 마디 때문인지도 모른다.

'요도 마님은 히데요리가 16살이 되면 천하가 도요토미 가문으로 정말 다시 돌아올 줄 알고 있는 것일까……?'

이토록 앞을 내다볼 줄 아는 우라쿠가 곁에 있는데 그런 착각을 그대로 내버려 둘 리 없다. 히데요시는 공경의 전례를 밟아 간파쿠 다조 대신으로 정치했었지만, 이에야스는 세이타이쇼군으로서 무가정치(武家政治)로 바꿔놓았다. 조정의 이름으로 그것이 허락된 일은, 말하자면 세키가하라 싸움 뒤 정체(政體)에 대혁신이 있었으며 도요토미 가문은 무사가 아닌 섭정 간파쿠 가문인 공경이 되어 있는 것이다. 그렇게 하지 않으면 우라쿠 말대로 지금껏 야심을 버리지 못한 전국의 이리떼들을 누를 수 없으며, 동시에 도요토미 가문의 평안 또한 기약할 수 없다.

만일 일본이 다시 난세가 된다고 하더라도 화살 앞에 서게 되는 것은 도쿠가와 가문이지 도요토미 가문은 아니다. 도요토미 가문은 일본에 공경이 존재하는 한 전쟁의 테두리 밖에서 황실과 함께 존속할 수 있도록 배려되어 있다. 그것을 마사나리는 두 영웅이 '신분에 어울리고, 체면이 서도록' 이에야스와 히데요시 사이에 주고받은 약속에 이에야스가 바친 성의라고 믿고 있다.

'그렇다, 두 가문의 가신들은 명심하여 이 성의가 서로 통하도록 노력해야 한다…….'

그때 히데요리를 부르러 갔던 우라쿠가 술상을 날라온 시녀들과 함께 돌아왔다.

"작은대감은 지금 승마 연습 중이오."

언제나 곁을 떠나지 않던 오쿠라 부인과 아에바 부인은 왠지 모습을 보이지 않고 모두 마사나리에게 낯선 시녀들뿐이었다.

"작은대감에게는 내가 나중에 적절히 말씀드리도록 하지. 어쨌든 이로써 말썽 없이 도요쿠니 신궁제를 거행하게 되었으니 경사로운 일이야."

우라쿠는 거침없이 요도 마님과 마사나리 사이에 앉아 마사나리에게 술잔을 주도록 재촉했다.

"요도 마님, 잔을."

"부디 잘 부탁하오. 마사나리 님, 수고 많았소."

"예, 감사합니다. 그럼, 한 잔 들겠습니다."

흐려진 감정을 날려버리듯 잔을 집어 들었을 때였다. 복도에 부산스러운 발소리가 나더니 날카로운 목소리가 마사나리의 어깨너머로 울려왔다.

"어머님! 우라쿠도! 후시미에서 온 사자를 어째서 나와 만나게 하지 않느냐."

히데요리가 틀림없다. 마사나리는 돌아앉으려 생각했지만, 시녀가 아직 술을 따르는 중이었다. 그런데 우라쿠가 절반쯤 익살맞은 말투로 나무랐다.

"무슨 말씀을. 승마 중이시라 들었으므로 사양했던 것인데."

"누……누가 그런 거짓말을."

우라쿠가 되물었다.

"거짓말……? 그러면 사카에 부인이 무슨 착각을 했던 것일까요. 우라쿠는 부인에게 들었습니다만……."

사카에 부인이라는 말이 나왔으므로 마사나리는 눈길을 올려보며 잔을 내려놓았다. 사카에 부인은 자야 시로지로의 조언에 따라 히데요리 곁에서 종사하게 된 오미쓰임을 마사나리도 알고 있다. 히데요리는 잠시 뜻밖으로 여기는 듯했다.

"뭐, 사카에가 그렇게 말했다고?"

"그렇습니다."

"흠, 그래? 사카에라면 괜찮아."

선선히 고개를 끄덕이며 성큼성큼 들어왔다.

요도 마님은 못마땅한 표정으로 자기 왼편에 보료와 팔걸이를 나란히 놓게 했다. 아마 모자 사이는 아직 서로 뾰족한 감정을 버리지 못하고 있는 모양이다.

마사나리는 부리나케 자세를 가다듬으며 히데요리에게 인사했다.

"나루세 마사나리, 문안드리러 왔다가 이렇듯 술대접받고 있습니다."

그 뒤를 재빨리 오다 우라쿠가 가로맡았다.

"작은대감, 이번 기일에는 전대미문의 규모로 도요쿠니 신궁제를 거행한다고 합니다."

"뭐, 도요쿠니 신궁제……그래, 공양주는 누구인가. 어머님이냐, 아니면 히데요리냐?"

"무슨 말씀입니까. 이번 제례는 돌아가신 전하의 은덕으로 태평성대가 찾아왔다고 기뻐 날뛰는 상인들……공양주 같은 것은 없습니다."

"그런가, 나는 또 여러 사찰의 수리 때처럼 이 히데요리가 공양주인 줄 알았지. 그렇다면 귀찮다. 세상에서 히데요리가 간토를 저주하는 속마음이 있어 덮어놓고 여러 사찰에 기부한다는 둥……."

"핫핫핫……."

참다못해 압도하는 듯한 웃음으로 뒷말을 가로막으면서 이때만은 무서운 눈빛으로 우라쿠의 눈이 요도 마님과 마사나리의 얼굴 위를 오갔다.

"그렇잖소, 나루세 님. 그런 소문이 비록 있었다 하더라도 이번 제례로 사라져버릴 거요. 이번 제례는 그런 유치한 게 아니오. 오사카, 교토의 상인 몇십만 명을 중심으로 무사도, 공경도, 백성도, 직공도, 승려도, 예수교인도 없소. 우리나라 역사가 시작된 이래 처음인 대제례니 말이오."

"예, 말씀대로 남만인으로부터 검둥이들까지 모두 편히 구경할 수 있는 평화스러운 제례로 만들겠다고 교토 행정장관 등도 야단들입니다."

"그런가, 그렇다면 됐어. 좋다. 히데요리도 사자에게 잔을 내리마. 그래? 그토록 요란스러운 상인들의 제례인가……."

히데요리는 잔을 끌어당기며 비로소 소년다운 얼굴로 돌아갔다. 아마 그 자신도 그 제례를 보고 싶어진 것이리라.

마사나리는 한숨 놓았다. 요도 마님이 여전히 히데요리에게 말을 걸지 않는 게 마음에 걸렸으나 이 모자는 각별히 이에야스를 저주하거나 깊이 원망하는 것 같지 않았다. 그렇다면 도요쿠니 신궁제는 반드시 양쪽의 마음을 가깝게 만들 것이다.

'이제 됐어…… 이만하면 훌륭한 제전이 되겠지.'

"자, 가까이 와서 이 잔을……."

"옛, 감사하게 받겠습니다……."

무릎걸음으로 다가가 히데요리의 잔을 받으면서 마사나리는 다시 한번 시선 한구석으로 요도 마님의 얼굴빛을 엿보았다.

요도 마님의 얼굴에도 어느덧 부드러운 미소가 서서히 떠오르기 시작하고 있었다…….

외눈박이 용

여기는 아사쿠사 궁문 밖 스미다강 강가에 자리한 드넓은 마쓰다이라 다다테루 저택이었다.

이 저택은 본디 오쿠보 나가야스가 터를 골라 세운 것으로, 그 구조며 저택 안 건물이 처음보다 세 배 이상 늘어나 있다. 아사쿠사 궁문 안에는 할당되는 땅이 좁다. 게다가 이곳은 간토 8주의 연공미(年貢米)가 배에 실려 모여드는 강변이어서 지금에 와서는 지리상 및 교통의 편리함으로 과연 나가야스의 안목이 높았다고 여러 영주들이 선망하는 가장 좋은 장소가 되었다. 그 저택에 다다테루의 집정 오쿠보 나가야스가 사흘 전부터 찾아와 있었다.

요즘 나가야스는 눈코 뜰 새 없이 바빴다. 이와미 광산에서 나라의 감옥으로 돌아 다시 신슈에 있는 다다테루의 영지에서 공사 중인 제방에 대해 지시하고 하치오지 진지에서 에도로 나왔다.

나가야스가 에도에 오니 이에야스는 이미 후시미를 떠나 돌아와 있었다. 나가야스는 이번에 다다테루가 다테 마사무네의 큰딸을 맞는 혼담을 확정 짓고, 거기에 따르는 여러 가지 행사를 마친 다음 사도섬으로 떠날 예정이었다.

이틀 전 그가 이 저택에 오고 나서부터 교토에서 기묘한 행렬이 잇달아 떼지어 들어왔다. 그가 사도섬으로 데려갈 여자들 행렬이었다. 이 여자들은 아마도 교토에서 해 입었을 굉장히 화려한 차림으로 이 고장 사람들을 깜짝 놀라게 했다.

사람들은 처음에 이것을 보고 다다테루의 신부가 벌써 온 게 아닌가 하고 수군거렸다. 그러나 오슈와 반대 방향에서 온 것을 알자 이번에는 교토에서 인기 있는 여자 가극 배우들을 부른 거라는 소문이 퍼졌다.

　나가야스는 자신의 거처도 빈틈없이 지어놓아 60명 가까운 여자들을 이 저택 안에 묵게 했다. 그 여인들의 감독은 물론 오코였지만, 여기서는 그녀를 아내라고 하지 않았다. 주인 다다테루에게는 광산으로 일하러 가는 불쌍한 기녀들이라고만 말해 두었다.

　아무튼 나가야스는 앞으로 이틀 안에 혼수를 갖추어 사흘 만에 마쓰다이라 가문을 대표해 다테 가문에 보내야 한다. 나가야스는 오늘도 아침부터 흰 명주며 비단능직이며 피륙이 쌓인 큰방 안을 이리저리 왔다 갔다 하면서 포장에 대한 지시를 하고 있었다.

　거기에 신슈의 영지에서 와 있는 중신 하나이 요시나리(花井吉成)가 들어와 나가야스의 귀에 무언가 속삭였다. 하나이는 자아 부인이 전남편과의 사이에 낳은 딸의 남편이었다.

　나가야스는 상대의 태도와는 정반대로 당황하여 소리 질렀다.

　"뭐, 다테 님이 오셨다고!"

　"예, 비밀행차이시니 은밀히 해달라고."

　"다테 님이 어째서 또 그런 경솔한 일을?"

　"소텔로라는 신부가 세운 병원을 구경하러 오신 길이라더군요."

　"어쨌든 경솔하시군. 하는 수 없지. 내가 마중 나가야겠어."

　곤혹스러운 얼굴로 나가야스는 황급히 현관으로 나갔다.

　현관으로 나가자 나가야스는 갑자기 달라진 태도로 웃음 지으며 아직도 밖에 서서 언저리를 둘러보고 있는 마사무네에게 머리를 숙였다.

　"어서 오십시오, 다테 님……."

　"쉿."

　마사무네는 그의 입을 가로막으며 다시 서너 걸음 현관에서 물러났다. 비밀행차이니 이름을 부르지 말라는 의미일 것이다. 그러고 보니 수행원도 세 사람뿐, 얼마쯤 떨어져 무릎도 꿇지 않고 서 있다.

　나가야스는 알아차리고 말소리를 낮추었다.

"아무튼 잠시 들어가시기 바랍니다."

"방해되지 않을까?"

"너무 뜻밖이라 놀랐지만, 일부러 오셨는데 잠시 쉬어가지 않으시면 도리어 제 실책이 됩니다."

"그런가. 그럼, 나라는 말은 하지 말고."

"예, 알고 있습니다."

나가야스는 앞장서 현관으로 들어갔다. 아마도 가마는 문밖에 두고 온 듯 마사무네는 두건 속에서 세 가신에게 기다리라는 눈짓을 하고 나가야스의 뒤를 따랐다.

"하나이의 말로는, 소텔로의 아사쿠사 병원을 구경하러 오셨다고요?"

"바로 그렇네, 나가야스, 자식이란 사랑스러운 존재란 말이야."

"예……예."

객실에 마주 앉으니 과연 다테 마사무네에게는 사람을 압도하는 야릇한 중량감이 있었다. 아니, 중량감만이 아니라 두건 아래에서 번들거리는 외눈이 이쪽의 가슴을 찔러오는 듯한 요기조차 풍긴다.

"실은 이번에 마쓰다이라 가문으로 올 이로하히메는 열성적인 예수교 신자이네."

"그 말씀은 쇼군님에게 들어서 알고 있습니다."

"쇼군께서는 신앙에 대해 깊이 이해하시므로 그리 걱정하지 않지만, 이따금 이로하히메가 가신들에게 부탁하여 교리 설교를 청하는 일이 있지나 않을까 해서 말이지."

"아, 그래서 소텔로의 인품을 보러 오신 거군요."

"그렇다네. 아무튼 신랑이 쇼군님 아드님이니 이 저택에 아무나 출입시킬 수 없거든."

"소텔로라는 자는 마음에 드셨습니까?"

"그게 말일세……."

마사무네는 잠시 말을 멈추고 나직이 웃었다.

"그대도 알다시피 이 마사무네는 애꾸눈이야."

"당치도 않으신 농담 말씀을…… 그 한 눈빛만으로도 일본의 절반을 벌벌 떨게 하고 계시잖습니까."

"아니, 농담이 아니네. 일본사람이라면 내 안목이 통용되지만, 상대는 눈빛과 털빛이 다른 남만인이거든."

"그렇기는 합니다만······."

"그대가 소텔로를 한 번 만나 시험해 주었으면 하네. 나로서는 그를 헤아려볼 수가 없어."

그때 시동이 차를 날라와 두 사람의 이야기는 잠시 끊어졌다. 그러나 용건은 이미 뚜렷해졌다. 소텔로를 마사무네의 맏딸인 이로하히메에게 접근시켜도 좋을 것인지 살펴봐 달라는 의논이었으니까.

그런데 시동이 물러가자 마사무네는 이상한 말을 꺼냈다.

"그들에게는 그런 관습이 있는 모양인지, 소텔로는 나에게 금발미녀를 바치겠다고 했어."

"뭐라고요! 소텔로가 금발미녀를 바치려 한다고요?"

되묻고 나서 나가야스는 히죽 웃었다. 소텔로라면 그 정도 짓은 하리라고 생각했기 때문이다.

"그렇지. 여느 상인의 입에서 나온 말이라면 놀랄 것도 없겠지. 그러나 소텔로는 적어도 성직에 있는 자가 아닌가. 그런데 미녀를······ 그러니 그 속셈을 알 수 없어. 이 마사무네가 그토록 호색가로 보이나?"

나가야스는 거침없이 소리 내 웃었다.

"하하하······그건 다테 님 해석이 잘못되었습니다."

"그렇겠지. 나도 무엇에 홀린 것 같은 기분이 들어서, 그 일에 대해서는 나중에 가신을 보내 회답을 주겠다며 말을 피했지."

나가야스는 여전히 웃어댔다.

"하하하······다테 님 별명은 용이십니다."

"말을 얼버무리지 말게. 용은 용이나 애꾸눈인 외눈박이 용이야."

"아닙니다. 남만인은 동양의 신비스러운 영물로 용을 무척 두렵게 생각하고 있습니다."

"그건 그럴지도 모르지······."

"용은 그 영특한 힘으로 상대의 마음을 구석구석까지 꿰뚫어 봅니다."

"옳지."

"그래서 소텔로도 초대면부터 법복 따위는 벗어던지고 자신의 벌거숭이 모습을 보여드렸다……고 받아들여야 할 일 아니겠습니까."

나가야스의 말을 듣고 마사무네의 외눈이 바쁘게 깜박였다. 마음에 무언가 짐작되는지 이번에는 갑자기 화제를 바꾸었다.

"교토, 오사카의 도요쿠니 신궁제에도 그대의 지혜가 곁들여졌다지."

"다테 님, 말씀을 돌리지 마십시오."

"아니, 돌린 게 아니야. 성대한 도요쿠니 신궁제를 구경하고 나서 소텔로가 일본 천하도 이로써 결말났다……고 은근히 말하고 있었기 때문이라네."

"그렇다면 알겠습니다. 소텔로는 아사쿠사 병원을 세울 때, 대감께서 주신 기부를 사양했다고 들었습니다."

"음."

"결코 쇼군님에게 폐를 끼쳐서는 안 된다, 어디까지나 스스로의 힘으로 병원을 경영하며 쇼군님 손이 미치지 않는 가난한 자들을 치료하여 선정을 돕겠다……그것이 신에게 봉사하는 자의 의무라고 했답니다."

"그 이야기는 나도 들었네."

"대감님에게 한 이 말, 참으로 성자 중의 성자로 신과 같은 마음씨……라고 생각합니다. 그 소텔로가 다테 님에게 미녀를 바치겠다니, 하하하, 어떻습니까. 이만하면 소텔로도 아마 훌륭한 영물인 것 같습니다."

마사무네는 외눈을 번들거리며 나직이 쓴웃음 지었다.

"소텔로는 나에게 매달릴 작정으로 수수께끼를 내건 것일까?"

"예, 굉장히 의지하고 싶은 모양이지요. 이대로 있다가는 미우라 안진에게 당한다, 안진의 고국인 영국이나 네덜란드에 지고 만다, 그래서 누구에게 추파를 던져 쇼군을 움직일까……하고 그 영물도 이제 필사적이 아닌가 생각됩니다만."

나가야스의 말도 날카로웠지만 받아들이는 마사무네도 민감했다. 나가야스의 말이 끝나기 무섭게 마사무네는 아랫배를 흔들며 웃어젖혔다.

"으핫핫흐……나가야스, 그대도 훌륭한 영물 같구려."

"황송합니다."

"그래? 소텔로의 적이 미우라 안진인가."

"예, 그리고 그 배후인 영국과 네덜란드, 곧 남만인과 홍모인의 싸움이 에도에서도 서서히 시작된 듯합니다."

"그대가 만일 쇼군님이라면 이 문제를 어떻게 다루겠나."

"다테 님, 무서운 비유일랑 삼가십시오. 이 나가야스가 쇼군이라니…… 아무리 가정이라 할지라도 너무 황송합니다."

"그 점이 영물이라는 게지. 소텔로 쪽에서 성직의 법복을 벗어 던지고 수수께끼를 걸어오는데, 이쪽은 허식을 걸치고 있다면 지는 게 되잖나."

"하하……지당한 말씀. 그러시면 제 의견을 말씀드리지요."

"그렇게 나와야지. 그대는 언제나 내일을 내다보는 사나이니까."

"다테 님, 이 일본은 남만인이며 홍모인의 눈에 불가사의한 나라로 보이는 것 같습니다."

"음."

"그러고 보니 가마쿠라 시대 끝 무렵 원나라에 왔던 마르코 폴로라는 남만인이 자기 나라로 돌아가 일본을 널리 선전했다더군요."

"마르코 폴로라는 자가?"

"예, 그가 쓴 글 가운데 동방의 황금나라 지팡구……라고 씌어 있는 것이 바로 일본이라고 합니다."

"지팡구……지팡구……무슨 개구리 울음소리 같군."

"아니, 문제는 황금의 나라라는 데 있습니다. 그들은 일본 어디엔가 황금으로 된 섬이 있다고 굳게 믿고 있답니다."

"그대는 누구한테 들었지?"

"소텔로는 아닙니다. 다른 예수교 신자로부터."

"그렇다면 그게 사도섬이라는 말인가?"

나가야스는 내뱉듯 말했다.

"천만의 말씀, 그런 섬 같은 건 없습니다. 이것이 그들의 능숙한 포교 솜씨입니다. 저는 그 마르코 폴로라는 자가 훌륭한 성직자나 임금님 부탁을 받고 아마 거짓말한 게 아닌가 생각됩니다."

"허, 틀림없는 영물이로군."

"즉 미개지로 포교사를 보내 종교를 펼치려면 우선 배를 타고 그 땅으로 건너가는 자가 많아야 합니다."

"확실히……그렇지."

"그래서 황금섬이 있다고 퍼뜨리면 혈기왕성한 욕심쟁이들이 서로 그 섬을 손에 넣으려고 잇따라 밀려들게 되지요."

"과연 묘한 착안이로군."

"그렇게 되면 성직자는 종교를 펼칠 발판을 얻게 되고, 왕은 영토를 넓히는 계기로 이용할 수 있습니다. 이 거짓이 퍼져 있는 한 일본은 점점 더 성가셔지겠지요. 그래서 오쿠보 나가야스는 그들의 허점을 찌를 작정입니다."

마사무네가 갑자기 크게 웃음을 터뜨렸다. 상대 앞에서 웃음을 터뜨리는 것은 무척 예의에 벗어난 일이었으나 오쿠보 나가야스는 노하지 않았다.

마사무네 역시 실컷 웃고 나서 말했다.

"그렇게 말할 줄 알았네. 오쿠보 나가야스의 본성은 뿌리 깊은 반골이라, 반드시 허점을 찌르고 싶겠지."

나가야스는 그 말을 듣고 오히려 안심한 듯 한무릎 다가앉았다.

"그건 다테 님 자신을 가리켜서 하시는 말씀 같은데요. 그건 그렇고 남만인과 홍모인들이 황금섬을 노리고 올 경우 그런 섬이 없다고 정직하게 털어놓는다면 마르코 폴로에게 미안하지요."

"그렇지, 바로 그래."

"모처럼 그가 뿌린 먹이에 물고기떼가 모여든다면 이것을 낚는 어부가 있다 해서 나쁠 것도 없겠지요……"

"흠, 오쿠보 나가야스라는 어부는 어떤 낚싯대를 준비하려는가?"

"다테 님, 성급하게 앞지르지 마십시오. 모처럼의 좋은 어장을 다테 님에게 뺏기게 될 것 같군요."

마사무네는 또 윗몸을 뒤흔들며 웃었다.

"오쿠보 영물님, 생각보다 신경은 섬세한 것 같군. 좋아, 잠자코 그대 말을 듣기로 하지."

"그렇게 말씀하시니 쑥스럽게 숨길 수도 없군요. 그래서 저는 사도섬을 그 황금섬으로 만들까 합니다."

"역시 그렇구먼."

"이제부터 거기로 두 종류의 사람들을 보내놓고 남만에 선전하는 거지요."

"허, 두 종류를."

"예, 하나는 꼭 없어선 안 될 선녀들…… 다른 하나는 흉악범들입니다."

그리고 나가야스는 무슨 생각을 했는지 이마에 세로 주름을 새겼다.

"이런 계획을 세웠다 해서 나가야스를 잔인한 놈이라고는 생각지 말아주십시오. 죄인들 중에는 여러 종류가 있으므로……"

마사무네는 고개 저으며 말을 가로막았다.

"변명하지 않아도 좋아. 그런 외딴섬에 보내진다면 아무리 악인이라도 체념하고 일하게 되지."

"그렇게 생각하시는 게 큰 잘못입니다. 악인이란 결코 그런 일로 쉽게 체념하지 않습니다. 악에 홀린 증거로서……반드시 섬을 탈출하려고 잇따라 소동을 일으킬 겁니다. 그 소동으로 결국은 세계에 그 이름이 알려지게 되겠지요……"

"이건 여느 선인(善人)을 초월한 생각이군. 그러나 그것뿐만이 아니겠지. 그렇듯 세계에 선전한 다음에는 어떻게 할 건가?"

"하하하……다테 님은 역시 서두르시는군요. 황금섬의 황금은 무진장……그 무진장한 황금을 자본으로 세계와 교역……이라기보다 온 세계 뱃사람들이며 상인들을 황금섬의 위력으로 얼러서 재조직하는 게 어떨는지요."

"흠."

마사무네는 이번에는 진심으로 신음했다.

"다테 님, 홍모인은 동인도회사(東印度會社)라는 것으로 천축에서 이곳으로 착착 손을 뻗고 있다 합니다. 일본인이 그것에 뒤떨어져 좋을 건 없겠지요."

마사무네는 몸이 부르르 떨리는 것을 느꼈다. 소년 시절부터 싸움터를 오가며 가끔 느꼈던 그런 떨림과는 전혀 다른 전율이었다. 어쩌면 이 연약한 광대 출신 사나이에게 압도당한 '사나이의 공포'인지도 모른다.

세상에는 여러 가지 인간이 있다. 그 가운데 그의 투지를 가장 돋아준 상대는 도요토미 다이코였다. 다이코는 마사무네를 애송이 취급하여 늘 그를 압박하려고 들었다. 그러나 다이코의 언동도 그는 진심으로 무섭다고 느낀 일이 없었다. 어떤 반발이 늘 마음속에 있었다.

'이 허풍선이 같으니……'

이에야스는 그 반대였다.

'얼마나 교활한 인간일까!'

그러나 만나는 동안 어느덧 그 반감과 투지는 사라지고 이런 기분이 들었다.

'가짜 성자(聖者)인지도 모른다.'

따라서 아직 마사무네는 다이코건 이에야스건 진심으로 두려워한 일이 없고 심복한 기억도 없었다.

'빈틈이 없으므로 치지 못하는 것뿐이다.'

지금이라도 빈틈이 보이면 치고 싶으며, 그것이 나쁜 일이거나 악이라고 생각하지 않았다. 마사무네에게 빈틈을 보일 상대라면 언젠가 누구에게 망할지 모른다. 누군가에게 당할 자를 마사무네가 쳐서 안 될 이유는 없다. 따라서 아직 천하를 손아귀에 넣지 못했을 뿐 자신이 집권자보다 기량이 떨어진다고 생각해 본 적 없는 마사무네였다.

다이코도 이에야스도 오십보백보.

'인간의 크기란 뻔한 것……'

늘 그렇게 생각하며 마음을 터놓는 근신에게 드러내어 말하는 마사무네였으나, 오늘 오쿠보 나가야스에게서 들은 이야기의 규모는 완전히 그를 압도했다.

처음에 그는 나가야스의 기량 따위 그리 인정하지 않았다. 이에야스가 거침없이 그를 등용하는 것을 보고, 이에야스도 아첨꾼을 가까이하게 되었다며 속으로 그 늙음을 비웃었다.

'노련한 무인은 마음에 드는 말만 하지 않을 테니까……'

그런데 그렇지 않았던 모양이다. 오쿠보 나가야스는 터무니없는 큰 꿈을 품고 있었다. 유럽에 유포되는 황금섬 전설을 이용하여 세계 무역을 단번에 지배하려는……이런 꿈을 그리는 자는 아마 없으리라.

이에야스도 마사무네도 한껏 크게 생각하여 그 대상이 '천하'라는 일본의 영역을 넘지 못했다.

'그렇건만 나가야스는……'

아니, 그 나가야스의 기량과 생각을 모조리 꿰뚫어 알고 부리는 이에야스라면 자기와는 어른과 아이만 한 기량의 차이가 난다…… 그것이 외눈박이 용 다테 마사무네가 떨게 된 원인이었다.

마사무네는 다시 한번 같은 신음을 되풀이했다.

"흠, 과연! 이제 그대의 꿈은 알았네. 그러나 그 이야기를 착실한 쇼군님께서 과연 들어주실 것인지."

마사무네가 정신을 가다듬고 속을 떠보자 나가야스는 온몸으로 웃었다. 그야말로 절정에 이른 득의만면함이라고나 할 천진스러운 표정이었다.

"다테 님, 좋은 일을 하는 데 쓸데없는 사양은 필요 없습니다. 첫째, 교역이 실질적이지 못하다……는 생각은 잘못입니다. 물론 남만인과 홍모인들을 상대로 싸우려는 것이니 대감께서도 찬성하지 않으시겠지요. 그러나 대감님은 교역으로 나라의 부를 늘린다……고 방침을 정하고 계십니다. 그러므로 제가 그 방침에 따라 10리 총을 쌓겠다는 거지요."

"그렇다면 이미 절차를 정했단 말인가."

"하하……이미 양쪽 다."

"그렇다면 죄수들도……."

"예, 쇼군님도, 다다테루 님도……아니, 다이나곤님도 이의 없으십니다."

"그대가 하는 일이니 그렇다면 선녀들도 벌써 섬으로 보냈겠군."

"하하하……역시 바로 맞히시는군요. 그 선녀들은 지금 이 저택에 묵고 있습니다. 원하시면 보여드려도 좋습니다만."

마사무네는 또 감탄의 소리를 질렀다.

"흠, 그렇다면 그대의 꿈은 이미 착착 실행에 옮겨지고 있는 셈이군."

"에, 대감님 지시로 배도 벌써 만들고 있습니다."

"500석짜리인가, 1000석짜리인가?"

"다테 님……그렇게 말씀하시면 시대에 뒤떨어지십니다."

"뭐……뭣이 뒤떨어진다는 말인가."

"500석짜리, 1000석짜리……그건 일본에나 있는 것. 세계의 바다로 진출하는 배는 톤이라고 합니다. 예를 들어 500톤이라든가 700톤이라고 부르지요. 돛대 수나 돛을 펴는 방법도 남만과 홍모의 배가 지닌 장점을 따서 새로운 일본형을 완성하지 않으면 세계의 바다를 제압할 수 없습니다."

"그러면……그 선박준비도 하고 있단 말인가?"

"예, 벌써."

"장소는?"

"그건 말씀드릴 수 없습니다. 머잖아 완성되면 이 아사쿠사 강으로 들어오게 해서 대감님이 보실 테니 그때……."

오쿠보 나가야스의 얼굴 표정이 갑자기 바뀌었다. 무언가 대단한 것을 생각한 모양이다. 눈알을 흘끔 크게 치뜨더니 마사무네의 외눈에 시선을 딱 멈추었다.

"왜 그러나, 나가야스?"

"다테 님……!"

"무엇이 목에 걸렸는가?"

"걸렸습니다. 이건 중대한 일입니다."

"마음에 걸리는군. 말해 보라."

"그렇지, 다테 님은 소중한 다다테루 님의 장인님이십니다. 과감하게 말씀드리지요. 만약 귀하께서도 그 새로운 배가 갖고 싶으시다면 소텔로가 헌상한다는 미녀를 받으시지 않겠습니까. 아니, 목적은 미녀가 아닙니다. 배 목수입니다. 소텔로에게 분부하여 배 목수를 손에 넣는 것입니다…… 그렇지, 안진 외에 그 일을 할 수 있는 자는 소텔로뿐입니다!"

"뭐, 소텔로에게 서양배를 만들게 한다고……?"

마사무네의 표정도 순식간에 굳어졌다. 그러나 눈 깜짝할 순간……앞서보다 한층 더 알지 못할 그 나름의 요기 서린 무표정으로 되돌아가 있었다.

나가야스는 아직 그 한순간의 변화를 깨닫지 못했다. 그만큼 그는 자기 생각에 도취해 있었다.

"아닙니다. 소텔로는 배를 만들지 못합니다. 그러나 필요하면 모을 힘이 그에게는 있습니다. 의사건 미녀건 배목수건……."

"음."

"아마 그는 일본 예수교 구교의 운명을 어깨에 짊어지고 와 있는 게 틀림없습니다. 좀 더 범위를 넓혀 말씀드린다면 스페인 왕도, 멕시코, 필리핀 총독도……아니, 로마 교황까지도 움직일 힘이 있는지 모릅니다!"

마사무네는 비로소 상대에게 냉수를 끼얹는 듯한 날카로운 말투로 가로막았다.

"나가야스 님! 나는 그대를 잘못 보았어."

"옛? 그……그게 무슨 말씀입니까. 소중한 다다테루 님의 장인님이시므로 저는……."

"또 그러는군……그대는 이 마사무네에게 함정을 파고 있어. 이 마사무네는 그대의 꾐에 넘어갈 만큼 엉뚱한 야심은 지니지 않았다."

"그게 무슨 말씀입니까?"

"시치미떼지 마라. 지금 그대는 뭐라고 말했나. 소텔로를 움직여 배를 만들라고…… 내가 섣불리 그 수에 빠진다면 어떻게 되겠나. 쇼군께서는 이쪽도 저쪽도 아닌 입장에서 신교국(新敎國) 쪽의 미우라 안진을 의논 상대로 택하고 계시다…… 그런 때 안진에게 적의를 품은 소텔로를 내가 가까이하여 구교국(舊敎國)과 손잡고 배를 만들기 시작한다면 쇼군님과의 사이가 대체 어떻게 되겠는가."

"아……."

"다테 마사무네는 아직 나와 겨룰 작정으로 있다, 당치도 않은 자와 혼사를 맺었다며 나아가 이로하히메에게도……."

거기까지 말하고 마사무네는 외눈을 크게 확 부릅떴다.

"나가야스!"

"예……옛"

"그대는 어떤 좋지 못한 자의 명령을 받고 쇼군과 나 사이를 갈라놓으려 꾀하는구나."

나가야스의 얼굴에서 단번에 핏기가 가셨다.

"나는 이로하히메가 소텔로를 가까이해도 괜찮을지 염려되어 그대와 상의하러 일부러 들른 거야. 그런데 그대는 나를 모함하려 했다…… 아니, 누구에게 부탁받았느냐는 것은 물을 필요도 없어. 일부러 들른 게 잘못이었다. 그러나 이것은 결코 작은 일이 아니다. 쇼군님 가슴속에 만일 오해라도 생긴다면 그야말로 태평성세에 지장이 생기리라. 그러니 그대가 오늘 나에게 한 말을 그대로 쇼군님께 전해 두겠네. 실례했네."

그리고 벌떡 일어나 거친 걸음으로 복도로 나갔다.

나가야스는 어이없어 금방 일어날 수 없었다. 아니, 일어나 말릴 생각도 떠오르지 못할 만큼…… 마사무네의 태도는 뜻밖이고 갑작스러웠다.

하나이 요시나리가 황급히 객실로 달려 들어와 다급하게 물었다.

"오쿠보 님, 어찌 된 일입니까, 다테 님께서 얼굴빛이 달라져 돌아가셨는데요……이야기가 길어지실 것 같아……술상준비를 시키고 있었습니다만."

나가야스는 아직 어리둥절하여 대답도 못 할 지경이었다.

"그렇듯 돌아가시게 해서 괜찮을까요. 대체 무슨 일로 기분 상하셨는지요."

"……."

"멧돼지……그렇지, 상처입은 멧돼지처럼 눈 깜짝할 새 현관으로 나가셨습니다……."

나가야스는 갑자기 튕기듯 웃음을 터뜨렸다.

"왓핫핫하……그래? 이제 알았어."

"뭐……뭣을 알았다는 겁니까?"

"하하……과연 외눈박이 용이야. 역시 눈이 하나 모자라."

하나이는 어이없는 듯 혀를 차며 앉아 있었으나 나가야스는 여전히 거리낌 없이 웃어댔다.

"이 나가야스를 어린아이 취급하다니 속 좁은 용이야. 아니, 어떤 때에도 벌거숭이가 될 수 없는 그는 역시 광대에 지나지 않아."

"오쿠보 님……괜찮겠습니까, 내버려 둬도."

"와하하……내버려 둬서 곤란한 것은 그쪽이야. 마사무네가 그대로 쇼군님 앞으로 나가 그 이야기를 한다면 인물됨의 가치가 오르는 것은 내 쪽…… 대감님께서는 쓴웃음 지으실 뿐이겠지…… 그러나 버려둘 수는 없겠는걸."

"그……그러시겠지요."

"이 바쁜 참에 일부러 그를 찾아가야 한단 말인가. 성가신 외눈박이 용이군."

"대체 무슨 이야기로 그렇듯……."

"이 댁으로 출가해 오시는 이로하히메 님에게 선교사 소텔로를 가까이하게 해도 좋으냐는 상의였는데…… 그렇게 해도 상관없다면서 소텔로의 정체를 털어놓았더니 깜짝 놀라시며 공연히 자기 쪽에서 달아나셨을 뿐이야."

하나이는 고개를 갸웃하며 생각했으나 그 이상 참견하지 않았다.

"좋아, 선물 준비를 좀 해주게. 그렇군, 사카이에서 보내온 비누가 좋겠어. 그것으로 세수하고 세상을 좀 달리 보시도록 만들어야지."

"그럼, 곧 준비시키겠습니다."

"그렇게 해주게."

하나이가 급히 나가자 나가야스는 허공을 응시하며 생각에 잠겼다. 마사무네의 급변한 태도에 처음에는 무척 놀랐다. 그러나 생각해 보면, 자기가 좀 지나치게 탈선된 이야기를 했는지도 모른다. 마사무네로서 가장 두려운 것은 이에야스에게 의심받는 일이다. 그것을 알면서 소텔로를 이용하여 배를 만들라고 한 것은, 농담으로 받아들이지 않는다면 얼마든지 경계할 수 있는 말인지도 모른다.

'저 외눈박이 녀석, 나를 첩자로 아는 모양이지.'

그렇다면 이 오해는 역시 풀어두어야만 한다. 나가야스는 쓴웃음 지으며 자리에서 일어났다.

지금까지 나가야스는 싸움만을 입신출세의 호기로 생각하는 무장들의 고루함을 시대에 뒤떨어진 우스꽝스러운 일로 생각해 왔다. 따라서 그는 다테 마사무네에게 그런 생각이 있다 해도 문제삼지 않을 것이었다.

무장과 영주들이 걸핏하면 입에 올리는 '연공미' 따위는 머지않아 경제의 중심에서 떨어져 나가리라. 다이코 전성시대의 연공미 양은 200만5719석. 이에야스는 다이코에 비해 훨씬 많았다. 분로쿠 2년(1593)의 기록이 240만2000석이다. 만일 240만 석이 그 뒤의 새로운 농지 개발에 의해 280만 석으로 늘어 정확하게 4, 6제로 들어온다 해도 실수입은 112만 석에 지나지 않는다. 이것을 황금으로 환산하면 겨우 6, 7만 냥이다. 이것으로 한 나라의 재정을 다스릴 수는 없다. 10만 석이나 15만 석 영주 등은 논밭을 갈 줄밖에 모른다면 애당초 백성을 양성할 능력이 없는 금치산자(禁治産者)라 해도 과언이 아니다.

다이코의 부와 권력을 버티어낸 것은 광산 수입이었다. 게이초 3년(1598) 다이코가 죽은 해 도요토미의 광산 수입은 전국 20개소로부터 황금 3만 3978냥 1돈 1푼 6리. 한 냥에 39돈중 은화 7만9415냥이다.

그 광산 가운데 이와미, 다지마, 사도, 에치고 등 네 곳은 지금 쇼군의 소유가 되어 나가야스가 관리하고 있다. 그 네 군데 외에 이즈의 나와지(繩地) 광산을 보태면 다이코의 장부에 기록된 것의 세 배는 충분히 넘는다. 나가야스는 이것을 5배, 10배로 늘리고 전국 여러 곳의 지하자원을 더욱 찾아내 거기에 교역 이익을 더하여 일본 전체의 발전을 기하려 하고 있다. 이미 다테 마사무네 따위는 꿈에도 알지 못할 큰 광산 마을을 이즈의 나와지에 만들었다.

물론 아직 증축 중이지만 백성들은 '나와지 8000동(棟)'이라고 부르며 인부들이 살 거리의 번화함에 놀라고 있는 터였다. 광부들이 살 8000동의 공동주택에는 지금 한 동에 10명 넘게 묵고 있으니 인구만도 10만을 넘으며, 그 중앙에 오쿠보 나가야스의 저택이 웅장하게 세워져 사방을 내려다보고 있다.

에치고 우에다(上田) 마을 옛 우에스기 가문의 은광산도 지금 인구가 3만 가까이 늘어났고, 이와미와 다지마 역시 10만에 가깝다.

게다가 이번에 사도섬의 아이카와(相川)에 광산촌을 만들려고 한다. 인구는 30만. 만일 지팡구 섬 전설에 홀려 은밀히 배를 몰고 오는 자가 있다면 그들의 간을 녹여줄 만큼 훌륭한 거리를 만들려 생각하고 있다.

"오, 여기야말로 황금섬!"

그것이 기껏해야 1만5000이나 2만의 무사를 거느리고 으쓱거리는 싸움패 등에게 휘둘린 채 내버려 두어서는 안 될 일이었다.

"이렇게 된 바에는 다테 님에게 내가 하는 일의 규모를 알려줘야겠다."

그는 선물을 갖추어 마사무네가 집으로 돌아갈 즈음 히비야(日比谷) 문밖의 다테 저택으로 갔다.

다테 저택은 그리 호화롭지 못했다. 도도 다카토라와 다테 마사무네가 에도에 영주 저택을 하사해 달라고 청원했으나 이에야스는 처음에 이것을 물리쳤다.

"오사카에 저마다 저택이 있지 않은가. 그런데 에도에 또 저택을 갖는 것은 낭비라고 여기는데."

물론 이것은 이에야스의 조심성에서였다. 그것을 잘 아는 두 사람은 거듭 탄원하는 형식으로 허락받았다. 대체로 지금의 소토사쿠라다(外櫻田)에서 유라쿠 거리(有樂町), 야에스 거리(八重洲町), 에이라쿠 거리(永樂町)에 알맞은 대지를 할당받았으며 가토 기요마사, 구로다 나가마사 등의 저택이 크고 화려한 데 비해 청원한 당사자였던 다테 마사무네는 얼마쯤 남의 눈을 꺼려 검소하게 지었다.

가토 기요마사 등은 소토사쿠라다의 벤케이보리(辨慶堀)와 구이치가이몬(喰違門) 두 곳에 자리 잡았다. 구이치가이몬 저택에는 다다미가 1000장 깔리는 거실 안을 상중하의 셋으로 나누어 금박을 붙이고, 통풍문 난간에 도라지 모양 조각, 장지문 손잡이는 칠보로 만든 도라지꽃, 중방은 삼중으로 만들어……보는 이의 넋이 빠질 듯한 구조였다. 이것은 물론 자기는 도요토미의 가신이며 무장으로서 쇼군의 지배 아래 있지만, 도쿠가와 가문 가신은 아니라는 위풍을 나타내기 위해서였다.

오쿠보 나가야스는 이 영주 저택들이 있는 한 곳에 마쓰다이라 다다테루의 저택 대지를 확보해 두었다. 아직 착공하지는 않고 있다. 영주 저택들이 모두 완성된 것을 본 뒤 그들이 모두 깜짝 놀랄 건물을 지을 작정인 것이다. 어쨌든 전쟁 뒤 몇 해 만에 평화가 오더니 훌륭한 건물들이 늘어났다.

'다테 저택은 너무 초라한데……'

히비야 문밖의 다테 저택 지붕을 올려다보면서 나가야스는 한가로운 얼굴로 큰 현관을 들어섰다.

"마쓰다이라 다다테루의 가신 오쿠보 나가야스, 다테 님께 문안 인사 왔습니다. 안내를 바라오."

대기실에 나타난 젊은 무사는 물어보지도 않고 공손하게 머리 숙였다.

"어서 오십시오."

아마 나가야스가 찾아올 것을 짐작하고 마사무네가 지시해 둔 것 같다.

나가야스는 웃으며 객실로 들어갔다. 한 수행원이 선물인 비누를 받쳐들고 따라왔다.

"남만에서 가져온 비누라는 것입니다. 요즘은 남자들도 겨 주머니 대신 이것으로 세수하므로 다테 님에게 헌상하려 합니다."

비누를 상 위에 올려놓자 안내해 온 젊은이는 다시 공손하게 대답했다.

"감사합니다…… 주인님께 곧 알리겠으니 직접 말씀하시도록."

그리고 가볍게 손뼉을 두 번 쳤다. 그러자 안으로 통하는 문이 활짝 열리고 거기에 이미 주안상이 차려져 있었다.

마사무네는 정면에 무뚝뚝하게 앉아 술을 마시고 있었다.

"나가야스, 생각보다 늦었군. 자, 술상이 마련되어 있네. 한 잔 나누세."

마사무네는 자신의 솜씨를 보여줄 속셈이었겠지만 나가야스에게는 그야말로 어린 아이스러운 유치한 도전으로 여겨졌다.

"실은 이렇듯 찾아뵐 생각이 없었습니다만 저희 주인 건축 대지에 잠시 볼일이 있어서."

"어쨌든 좋아, 서로 바쁜 몸이니 한 잔 들면서 이야기하세."

"예, 그럼 실례하겠습니다."

"아까는 내가 언성을 너무 높였던 것 같아. 그건 벌써 잊었겠지."

나가야스는 웃으며 잔을 들고 시중들러온 시녀의 생김새를 쓰다듬듯 훑어보았다.

"어차피 본심이 아니신 것을 알므로 놀란 척하고 있었지요."

"그럴 테지. 그 점에 있어 그대는 연기자니까."

"아니지요. 주역이신 귀하에 비하면 저는 언제나 조연……주연을 살려드리는 일이 힘들군요."

"그럴 테지. 나는 외눈이지만 용이거든."

"그리고 두 눈을 가진 용의 장인님 되십니다."

"뭐, 사위가 두 눈을 가진 용이라고!"

"아직 모르시는 모양이지요."

"흥, 사위는 아무래도 좋아. 다만 쇼군님 아드님이면 되지. 그만한 것은 그대도 알고 있을 텐데."

"천만의 말씀. 저는 그런 일은 도무지 알지 못합니다. 다만 제가 아는 것은 귀하의 성품뿐이지요."

이번에는 마사무네가 빙그레 웃었다.

"그런가, 내 성품을 꿰뚫어 보고 있는가."

"예, 다이코도 대단치 않게……여기는 분이 어찌 쇼군께 심복하겠습니까. 세태를 원망하고 계시겠지요."

"흥, 그걸 안단 말이지……그대가 안다면 좀 더 조심해야겠는걸."

"예, 그럼, 한 잔 더 들겠습니다. 저도 한숨 놓았습니다. 비록 연극이었다 할지라도 이로하히메 님과의 혼사에 영향이 미칠 말씀을 하신다면 조연의 입장이 난처해집니다."

"나가야스."

"뭡니까, 다테 님."

"그대는 다케다, 호조, 오다, 도요토미 등 온갖 사람들의 흥망성쇠를 보아온 사나이다. 어떤가, 이 외눈박이 용의 운명은?"

"그보다도 나가야스는 이로하히메 님에게 소텔로를 접근시켜도 좋을지 그것부터 먼저 정하셨으면 합니다."

"음, 그 결정에 따라 운명이 바뀐다는 말이로군."

"다테 님, 사람에게는 그 나름대로의 장난감이 필요합니다."

"음."

"그려진 용을 보십시오. 모두 구슬을 거머쥐고 있지요. 이것을 거머쥐게 하지 않으면 고약한 장난을 합니다. 황송한 말씀입니다만 지금 외눈박이 용 님은 그 구슬을 손에서 놓치신 것 같습니다…… 무언가 새로운 좋은 구슬을 잡지 않으시면 마음이 갈팡질팡해집니다."

나가야스가 진지하게 말하자 마사무네는 뱃속 깊은 곳에서 울려 나오는 야릇한 목소리로 소리죽여 웃었다.

마사무네의 눈으로 볼 때 오쿠보 나가야스 또한 여 간아닌 고약한 장난꾸러기 용으로 보였다. 이 용은 전국난세시대에는 힘이 모자라 날뛰지 못했다. 그가 하늘에서 혜택받은 것은 '무력'이 아닌 이질적인 재능인 듯하다. 그런데 태평세월이 되어 갑자기 내 세상의 봄을 만난 거라고 여겨도 좋으리라.

다만 이 장난꾸러기 용이 아무래도 다테 마사무네의 성품을 속속들이 꿰뚫어보는 듯하여 방심할 수 없었다. 아니, 그 안력(眼力) 뿐이라면 그리 문제 삼을 것 없으리라. 그런데 그는 마사무네가 이에야스에게 심복할 사나이가 아니라고 예사로 단언했다. 이런 말을 예사로 내뱉을 수 있는 인물은 마사무네가 아는 한 구로다 간베에 정도였으며, 그 뒤로는 아직 없었다.

'대담한 배짱을 가졌다.'

마사무네는 괘씸한 생각도 들고 한층 믿음직스럽게도 느껴졌다.

"나가야스, 나는 딸의 혼사로 그대와 사귀게 된 것을 기쁘게 생각하네."

"하하……그런 말씀을 들을 수 있기에 저도 이렇듯 기뻐하기도 하고 걱정도 하는 거지요."

"놀라운걸. 걱정도 하다니…… 무슨 소리인가."

"아까 말씀드렸지요. 구슬을 쥐어놓지 않으면, 이 용은 쇼군 가문에 검은 구름을 불러올지도 모르니까요."

"나가야스, 그대를 꾸짖지는 않겠다."

"그렇게 믿으므로 말씀드릴 수 있는 겁니다."

"꾸짖지는 않겠지만 다른 데서는 술김에라도 결코 그런 말 하지 말게."

나가야스는 목을 빼고 손으로 칼 모양을 만들어 목덜미를 탁 쳐보였다.

"소중한 주군의 장인어른, 나가야스에게도 엄격한 근성은 있습니다."

"그런가……그럴 테지. 그렇지 않고는 나도 이로하히메를 보낼 수 없어. 나가야스, 그대가 만일 나에게 잡게 한다면 어떤 구슬을 택하겠나."

나가야스는 벌써 넉 잔째 술을 마시고 있었다. 마시면 취하고……취하면 거칠어진다. 그것을 충분히 알면서 마시고 있다. 그것은 마사무네와 진검(眞劍)승부를 한 번 겨룰 작정이기 때문이었다. 나가야스의 진검승부는 칼로 하는 게 아니다. 술을 마시고 내 몸을 거짓 없이 발가벗겨 상대의 가슴에 부딪혀가는 것이다. 씨름판에서 하는 씨름이라면 단번에 승부가 나리라. 그와 마찬가지로 벌거숭이 마음과 마음을 서로 부딪쳐 상대를 알고 나를 알게 한다……는 게 나가야스식 진검승부인 것이다.

"실은 일부러 묻지 않으시더라도 오늘 말씀드릴 작정이었습니다."

"허, 그렇다면 내 노리갯감으로 쥐여줄 구슬까지 그대는 벌써 준비해 두었다는 말인가."

"쇼군께서는 지금 오른편도 왼편도, 신교도 구교도 없는……모두 일시동인(一視同仁)인 경지에서 교역에 나서려 하고 계십니다."

"그렇겠지."

나가야스는 서서히 득의만면하여 지껄여대기 시작했다.

"그런데 쇼군님 곁에 있는 것은 미우라 안진뿐입니다."

마사무네의 외눈이 저도 모르게 처절한 빛을 띠어갔다.

'좀 취한 것 같다.'

일부러 취하는 게 나가야스식 비결인 줄 마사무네는 아직 눈치채지 못했다.

"쇼군께서 아무리 일시동인 정책을 펼치려 하셔도 측근에 미우라 안진 한 사람뿐이면 구교, 즉 남만인 쪽은 마음 놓을 수 없습니다."

"과연."

"즉 쇼군께서도 구슬을 쥐고 계시지만 그 구슬은 하나뿐이지요."

"허."

"그래서 또 하나의 구슬을 저는 다테 님에게 쥐어드리고 싶은 겁니다."

"잠깐, 나가야스. 그대는 또 온당치 못한 말을 하는군. 두 용이 구슬을 두고 다투면 천하의 대란이 되지 않겠느냐?"

"하하……그렇게 생각하신다면 얼굴빛을 바꾸시고 왜 또 일어나시지 않습니까?"

"못난 것, 여기는 내 집이야."

"다테 님, 구슬이 둘이고 용이 둘……두 용이 구슬을 두고 다투게 된다고 어찌 그렇듯 단정 내리십니까?"

"또 시작되는군, 그대의 궤변이."

"그렇습니다. 궤변이라면 궤변이지만 신주(神酒)를 마셔 신의 뜻이 솟아난다……고도 할 수 있겠지요. 무릇 세상은 음양 두 구슬의 조화로 성립되고 있습니다."

"음."

"해와 달은 결코 싸우지 않습니다. 쇼군께서는 영국과 네덜란드 등 홍모 구슬을 거머쥐시고, 다테 님은 스페인과 포르투갈 등 남만 구슬을 거머쥐신다…… 그리하여 두 용이 의좋게 안쪽에서 단단히 손잡아야 진정 세계의 바다를 정복할 수 있다……고 생각지 않으십니까?"

마사무네는 당황하여 손을 들었다.

"잠깐, 나가야스! 그대의 말이 얼마쯤 이해되네."

"하하……그러시겠지요. 저는 싸움 계략은 모르지만, 태평성세에 돛을 다는 방법은 알고 있다고 자부합니다."

"쇼군님과 잘 타협해 소텔로를 가까이하라는 말이겠지."

"여부가 있겠습니까. 즉 두 용이 저마다 구슬을 거머쥐고 부지런히 나라의 부를 쌓을 수 있다는 거지요. 세상에서는 걸핏하면 싸움만 생각하기 쉽지만 두 용이 다투지 않고 서로 화목하면 두 곱, 세 곱의 힘이 납니다. 이것이 새로운 세상의 견해인가 합니다."

마사무네는 나직이 신음했다. 각별히 감탄한 것은 아니다. 그러나 나가야스의 말에서 삶에 대한 하나의 큰 암시를 얻은 것만은 사실이었다. 지금 마사무네는 무력으로 이에야스에게 대항할 힘이 없다. 그러나 이에야스와 잘 타협하는 형식으로 세계 두 세력의 한쪽을 단단히 잡아 교역권을 얻을 수 있을지도 모른다. 거기에 나가야스의 호언장담이 다시 시원스럽게 날아왔다.

"어떻습니까, 쇼군의 아드님이신 다다테루 님 장인님이 쇼군과 굳게 손잡고 남만 쪽을 억누른다면……다테 마사무네 님은 누구의 눈에나 천하의 부장군으로 비치지 않겠습니까. 흐흐……."

마사무네는 나가야스의 호기로운 말을 가볍게 받아들였다.

"알았네, 이제 잘 알았어."

"아시겠습니까?"

"나가야스, 그대는 범상한 인물이 아니야. 쇼군께서 잡무책임자로 선택하시어 온 일본의 금광을 맡기신 이유를 이제 알았네."

"황송합니다. 그렇게 칭찬해 주시니 얼굴이 붉어집니다."

"그렇지 않네. 오늘날 그대만 한 기량을 지닌 자도 흔하지 않으리라. 사위님은 좋은 집정을 가졌어."

마사무네는 성큼 일어나 손수 술병을 들고 나가야스에게 다가갔다.

나가야스는 또 웃었다.

"흐흐흐……."

그의 신경은 이렇듯 속 들여다보이게 부추기는 것을 모를 만큼 흐려져 있지 않았다. 마사무네 역시 사람 마음의 그런 움직임을 모를 만큼 둔하지 않았다.

"나가야스, 그대는 내가 속 들여다보이게 비위 맞추고 있는 줄 아는가."

"처……천만에요. 손수 술을 따라주셔서, 오쿠보 나가야스 평생의 추억이 되겠습니다."

나가야스가 시치미떼며 잔을 받자, 마사무네는 작은 소리로 시녀들을 물리쳤다.

"물러가 있어라. 나가야스, 나는 구원받았네."

"허……."

"그대는 잘 꿰뚫어 보고 있어. 나는 조금 전까지만 해도 이 세상에 너무 늦게 태어났다고 분명 생각했었다."

"하하하……그렇지 않으셨다면 다이코며 노부나가 님과 천하를 두고 다투었을 거라고……."

"그렇지. 그런데 쇼군 밑에서 헛되이 평생을 바쳐야 하는가 하고."

역시 마사무네 편이 연기에 더 능란한 것 같다. 마사무네의 목소리는 깊숙한 침착성을 지니고 나가야스의 가슴을 찔러오는 것 같았다.

"그러한 나에게 그대는 구슬을 하나 던져주었네."

"그……그 말씀을 진심으로 하시는 겁니까?"

"아니, 어떻게 해석하든 그대 자유일세. 다만 내 기쁨만 말하면 되니까. 나는 기쁘다! 내 삶……지루하지 않을 나의 삶을 그대 말로 잡은 듯하네."

나가야스는 눈을 둥그렇게 뜨고 마사무네를 쳐다보았다. 마사무네쯤 되는 인물이 이렇듯 은근하게 술회하리라고는 꿈에도 생각지 못했던 것이다.

"나는 지금 이상한 기분이 드네. 이로하히메는 눈에 넣어도 아프지 않을 만큼 사랑스러운 내 자식이야. 그 애를 쇼군의 아들에게 출가시키라는 말이 나왔을 때 애처로움과 분함으로 가슴이 메었지. 허, 마사무네 역시 사랑하는 자식을 볼모로 보내놓고 살아야 할 만큼 힘없이 평생을 마쳐야 하나 하고……그런데 오늘 그대의 말로 위치가 확 뒤바뀌었네. 시국은 이미 싸워서 영토를 뺏는 때가 아니다…… 그대 말대로 세계로 눈을 크게 떠서 나라의 부를 쌓아가야 할 때야…… 그 절반을 내가 맡을 수 있다…… 이로하히메의 혼담은 그 길잡이인 것이야……"

나가야스는 갑자기 잔을 내려놓고 마사무네 앞에 두 손을 짚더니 눈물을 뚝뚝 떨어뜨렸다. 자기가 한 말에 스스로 감동하여 울음을 터뜨린 것이었다.

사도(佐渡)섬의 꿈

나가야스가 무엇을 하고 있는지? 오코는 대강 알 수 있을 것 같았다. 그녀는 지금 다다테루의 에도 저택 한 방에서 눈앞에 그림지도를 한 장 펼쳐 놓고 눈과 손가락으로 열심히 그것을 좇고 있다.

그러나 마음속으로 나가야스의 행선지가 다테 저택인 것을 잘 알고 있었으며, 거기서 술대접받아 기분 내며 큰소리치고 있는 것도 상상되었다. 나가야스에게 몸을 맡기고부터 오코는 뚜렷이 생각하게 되었다.

'이 사람이 나를 위한 이성(異性)이다.'

유별나게 엄숙한 '부부'로 여겨지거나 타오르는 연정에 몸을 불태우는 건 아니다. 그런 의미에서 오코의 생각은 명쾌했다. 신불이 세상에 남자와 여자를 만들었으니, 마치 조개껍질 맞추기 놀이처럼 어딘가에 가장 잘 맞는 상대가 준비되어 있을 게 틀림없다. 그 조개껍질 맞추기 놀이의 한쪽은 오코이고 한쪽은 나가야스라고 생각하고 있다. 나가야스는 여느 사나이와 달리 잠시도 가만히 있지 못하는 장난꾸러기 괴짜였고, 오코도 그에 못지않은 '별난 여자'였다.

오코는 하이야(灰屋)에게 한 번 출가했었으나 그 '남편'은 어쩐지 미덥지 못한 어린아이 같았다. 어린아이란 귀여워하면 기어오르고, 버려두면 울며, 자기 의지가 통하지 않으면 혀짧은 소리로 시아버지와 시어머니에게 무언가 일러바친다.

'뭐야, 시집가는 게 겨우 유모 노릇을 하는 것이었던가.'

그렇듯 이해하며 어쨌든 참아보려 했으나, 얼마 안 되어 저쪽에서 나가 달라고 해왔다. 그래서 오코는 물론 유모 신세에서 구원되었는데, 나가야스의 경우는 좀 달랐다.

나가야스는 무엇보다도 방심할 수 없는 장난꾸러기 기질을 갖고 있다. 유달리 뛰어나게 지혜와 덕이 있다고는 생각되지 않지만, 어쨌든 지루하지 않다. 나가야스와 동침하고 나서 오코는 비로소 남녀 교정(交情)의 미묘한 신의 뜻을 터득했다. 정말 조개껍질처럼 빈틈없이 교합(交合)되었다. 게다가 성품도 기질도 어울린다면 더 이상 무엇이 필요하겠는가…….

부부든 남녀든 명칭은 문제가 아니다. 신불이 만나게 해주려던 사람끼리 만나게 되었으니, 그 만남 속에서 울기도 웃기도 싸우기도 해보고 싶은 심정이었다.

'지금쯤 술에 취해 다테 님을 애먹이고 있을 테지.'

생각하면서 오코는 이제부터 가게 될 사도섬과 성대하기 그지없었던 교토의 도요쿠니 신궁제 추억을 머릿속으로 요령 있게 나누어 생각하고 있었다.

나가야스는 사도섬을 마르코 폴로가 말한 지팡구의 황금섬으로 만들겠다고 한다. 그러려면 황금섬에 어울리는 미녀들이 있어야 한다. 이 섬은 본디 예로부터 많은 귀족이 유배되어 자리 잡은 섬이므로 미인 광맥은 풍부했으나, 아무튼 멀리 떨어진 외딴섬이므로 그 뒤의 제련이 제대로 되어 있지 않다. 그러므로 교토에서 제련사인 한 무리의 미녀를 데려가 제련한다……는 것이 나가야스의 주장이었으나, 오코는 물론 그 말을 그대로 믿을 숙맥이 아니다.

오코는 처음부터 나가야스의 정숙한 처첩이 될 생각은 없었다. 다만 그의 꿈에 편승하여 자기도 사도섬에 꿈을 펼치러 가고 싶을 뿐이다. 오코가 나가야스를 조개껍질의 한쪽으로 생각하는 것처럼 나가야스 쪽에서도 오코를 놓아줄 수 없는 존재로 생각하는지 어떤지?

어쨌든 나가야스는 여러 곳을 둘러보러 다녀야 하므로 1년에 한두 번밖에 사도섬에 오지 못한다.

오코는 생각하고 있다.

'그것이 좋은 거야…….'

사도섬은 에치고의 거친 바다 아득히 먼 곳에 자리하여 본토와의 뱃길이 그림지도 위에 붉은 점선으로 세 가닥 그어져 있다. 가장 북쪽의 것은 시나노강(信濃川) 어귀에 자리한 니가타(新潟) 포구에 이어지고, 중앙의 점선은 이즈모자키(出

雲崎), 그리고 남쪽의 점선은 가가 끄트머리의 노토에 이어져 있다. 그림지도가 정확하다면 이즈모자키가 가장 가깝고 노토가 가장 먼데, 그 먼 노토에 오코는 손톱자국을 내었다.

오코는 조금 떨어진 곳에서 심심한 듯 가와치 태생 하녀와 실뜨기 놀이를 하고 있는 기녀에게 말을 걸었다.

"이봐, 노토노카미(能登守), 그대 고향에서 교토까지 얼마나 멀더냐."

"네, 자세한 것은 모르지만 가가에서 에치젠으로 나와 산길을 타고 오미 쪽으로 빠지면 열흘길……이라고 들었습니다."

"어머, 열흘이나……?"

노토노카미라고 불린 여인은 오코 옆에 다가와 그림지도 위로 고개를 늘여 뜨렸다.

"그런 걸 왜 물으세요?"

"호호……아무에게도 말하지 않는다면 들려줘도 좋지."

"오코 님은 여주인, 누설하다니요."

"호호……그럼, 들려줄까. 나는 사도섬에 가면 큰 배를 만들게 하여 이따금 교토로 돌아가볼 작정이야."

"어머, 교토에……."

"쉿, 나가야스 님은 사도섬에 오래 계시지 않아. 나가야스 님이 길 떠나시면 배웅하고 나서 다른 길로 몰래 교토에 돌아가는 거야. 호호……그리고 나가야스 님이 교토에 오셨을 때 오코와 닮은 여자가 기다리고 있는 거지. 어떠냐, 재미있겠지?"

"어머나!"

노토노카미는 깜짝 놀라며 숨을 삼켰다.

"그럴 때마다 그대들도 누군가 데려가 줄게. 오랜 섬 생활은 지루할 테니까."

"그럼, 교토에서의 나가야스 님 행동을 이것저것 감시하시는 겁니까?"

"그런……하찮은 질투와는 달라. 교토에서 나리를 깜짝 놀라게 하고는 다시 시치미떼고 사도섬으로 돌아가 맞는 거야. 말하자면 한 사람의 나가야스 님을 두 사람이나 세 사람으로 대해 주는 거지."

노토노카미는 목을 움츠리고 혓바닥을 날름거리더니 별안간 웃기 시작했다.

"호호……그럼, 교토에서 만나실 때는 다른 분으로 만나시겠네요…… 재미있어요."

그러나 오코는 그때 이미 시무룩한 표정으로 사도섬의 광산거리, 아이카와(相川)에서 남쪽 끝의 오기(小木) 포구까지 손톱자국을 내고 있었다.

그곳에 오쿠보 나가야스가 얼근한 기분으로 돌아왔다.

"오코, 뭘 보고 있는 거냐?"

나가야스는 몸을 내던지듯 앉으며 팔걸이 너머로 오코 앞을 기웃거렸으나, 그녀는 그림지도에서 눈길을 떼지 않았다.

"좋은 것을……."

"그건 사도섬 그림지도가 아닌가?"

"얼핏 보면 그렇게 보이지요."

"얼핏 보지 않아도 사도섬이야."

"배는 이즈모자키에서 떠난다고 하셨지요?"

"그렇지. 그보다 오코, 재미있게 되었어."

"저도 점점 재미있어졌어요."

"글쎄, 이쪽을 좀 봐. 다테 마사무네 님이 내 계략에 홀딱 넘어갔어."

"마치 저처럼……."

"그렇지…… 지금 아사쿠사 말 터에 남만 병원을 짓고 있는 소텔로라는 선교사로부터 금모구미(金毛九尾) 미인을 헌상받기로 결정했지."

오코는 비로소 그림지도에서 눈을 떼었다.

"그건 대체 무슨 뜻인가요?"

"눈빛, 살빛이 다른 미인을, 표면상으로는 시녀지만 어쨌든 총애하도록 바치겠다고 말해온 거야."

"흥!"

오코는 흥미 없는 듯 시선을 돌리려 했다. 그러면 나가야스가 오히려 몸달아 하는 것을 잘 알고서 하는 교태였다.

"뭐야, 조금도 놀라지 않는군. 어쨌든 아사노 님도 유키 님도 부지런히 유곽에 드나들어 모두 남만창에 걸렸었지. 가토 기요마사 님까지 그런 것 같다는 소문이 있어. 아무튼 전쟁이 없어졌으므로 공훈을 세울 상대가 달라졌거든. 이것이 시대의 흐름이야. 그런데 아직 금발벽안(金髮碧眼)의 애첩을 가지신 분은 유감스럽지만, 일본에 없어."

"진심이실까요, 다테 님은?"

"그 점이야! 다테 일족은 무슨 일에서든 사치를 좋아하는 광대 배우까지 흉내 내거든. 이 첫번째로 창을 내지를 공훈은 다테 님에게 주어야만 해. 하지만 문제는 그다음이지, 으흣흣……."

"그다음……에 어떻게 될까요?"

"이 이야기를 들으시고 쇼군님이 깜짝 놀라실걸…… 어쩌면 쇼군님께서도 갖고 싶어 하실지 모르지."

오코는 쌀쌀하게 나가야스를 쏘아보며 고개를 저었다.

"아니, 인간은 모두 마찬가지야. 날마다 같은 진수성찬이라면 싫증 나지. 하지만 먹고서 중독……되는 일도 없지 않겠지만."

"중독되면 어떻게 될까요?"

"그때부터 소텔로와 다테 님의 너구리 싸움이 시작되는 거지. 아니, 그전에 다테 님이 소텔로와 어떻게 사귀게 되었는지 그 자초지종을 쇼군님에게 말씀드릴 때가 볼 만할 거야."

"어째서지요?"

"소텔로는 남만 계통 구교 선교사, 쇼군님이 총애하는 안진은 홍모 계통 신교도. 조국이 서로 원수처럼 싸우고 있는 것을 쇼군님도 잘 알고 계시니까."

그러자 오코는 씹어뱉듯 말했다.

"그런 일이라면 뭐 대단한 것도 아니네요. 첫째 너구리 싸움도 안 될 거예요. 지혜의 정도가 너무 차이나거든요."

나가야스는 이제야 오코가 이야기 속에 휘말려 들어온 것으로 보고 목소리를 높였다.

"지혜 정도가 너무 차이난다…… 어떻게 다른가. 소텔로의 지혜로는 다테 님을 홀릴 수 없다고 그대는 보는가?"

"아니오, 낚싯밥이 나쁘다는 거예요. 눈빛과 살빛이 다른 미녀……라면 사람 눈에 너무 잘 띄어 어떻든 소텔로는 다테 님을 홀리기 어렵겠지요."

나가야스는 술내음을 풍기면서 웃었다.

"하하……오코의 지혜도 바닥이 보이는구나. 그 예측은 아주 잘못되었어. 소텔로가 남만 미인을 다테 님에게 떠맡기면……."

"그거라면 벌써 들었어요."

"그 남만 미인이 심한 울화병을 앓아서—"

"어머, 저쪽 여자들에게도 울화병이 있나요?"

"만일 있다고 한다면……아무튼 남만의 울화병이라 일본 약으로는 듣지 않아. 그렇게 되면 어쩔 수 없이 소텔로의 병원에 도움을 청하러 갈 테지. 그러면 소텔로는 남만의사 불기리오인가 하는 자를 데리고 한밤중에도 찾아갈 수 있게 된다. 어떠냐? 한밤중에 울화병으로 괴로워하는 남만 미녀, 그녀를 둘러싸고 소곤거리는 사람들……이야기가 재미있어질 것 아닌가."

오코는 비로소 진지한 얼굴이 되어 나가야스를 돌아보았다. 나가야스는 무슨 생각을 하고 있을까? 그것을 모를 만큼 둔감한 오코는 아니다. 오코는 나가야스의 장난이 무서운 방향으로 빗나갈 것만 같은 예감이 들었다. 아마도 나가야스는 이에야스가 윌리엄 아담스인 미우라 안진을 가까이하여 유럽의 지식을 굶주린 듯 흡수하려는 사실을 본받아 다테 마사무네를 선동하고 왔을 게 틀림없다.

"쇼군님이 영국사람을 가까이한다면 다테 님은 스페인과 손잡으시오. 그리고 쌍방의 지혜를 말끔히 흡수하여 일본의 발전을 도모하는 게 나라를 위한 길……."

그런 소리를 하면서 그 쌍방의 수확을 자신이 이용할 속셈으로 있다. 그러므로 들어오자마자 그만 저도 모르게 자랑스레 말했을 게 틀림없다.

"다테 마사무네 님이 내 계략에 홀딱 넘어갔어."

그러나 그것은 위험한 불장난이었다. 고종사촌 오빠 고에쓰도 곧잘 말하고 있었다. 마사무네는 예사로운 모장(謀將)이 아니라고. 따라서 나가야스가 방심하여 너무 접근하면 그 술책에 넘어가 함정에 빠질 것 같아 염려스러웠다.

"나가야스 님, 나가야스 님이 벌써 홀리고 있다……고는 생각되지 않습니까?"

"뭐, 내가……하하……소텔로에게 말이냐?"

"아니오, 다테 님에게."

"농담하지 마라. 홀리고 온 것은 내 쪽이야. 아무튼 나는 이제부터 이로하히메를 맡게 되는 유리한 입장에 놓였어. 같은 신통력이라면 내 쪽의 조건이 훨씬 좋단 말이다."

어디까지나 콧대높게 큰소리로 지껄여대는 나가야스를 보고, 오코는 골똘한 표정이 되어 무언가 말하려다가 당황하며 얼른 입을 다물었다. 어느덧 주위의 기녀들이 귀를 곤두세우고 있었기 때문이다.

여자의 감정이란 미묘했다. 바로 조금 전까지 오코는 자못 자랑스러운 듯 자신의 지혜를 뽐내는 나가야스에게 호되게 퍼부어줄 작정이었다. 그런데 나가야스가 자기 힘도 잘 계산하지 못하고 다테 마사무네에게 야유의 손길을 뻗친 것을 알자 별안간 생각이 바뀌었다.

'두 사람의 승부에서는 나가야스가 당하지 못하리라…….'

그러자 나가야스가 애처로워져 두둔해 주고 싶은 심정이 되었다.

'이 사람은 호랑이 수염을 건드리고 있다.'

놀리는 편은 기분 좋겠지만 호랑이가 성을 낼지도 모른다. 으흥 하고 덤벼들면 그때 나가야스는 생명을 잃게 된다.

"자, 이야기는 그쯤 하시고 침실로 가서요. 나가야스 님의 목소리가 커서 모두들 놀라고 있습니다."

"기다려. 아직 재미있는 이야기가 있어."

"그 말씀이라면 침실에서……."

오코가 강제로 손을 잡아 일으키자 나가야스는 비틀거리며 복도로 끌려나 갔다.

"으핫핫핫……오코가 질투하는군. 모두들 잘 봐두어라. 오코는 나를 그대들 속에 놔두고 싶지 않은 거야."

침실은 거기서 두 칸 안쪽의 복도 끝에 있다. 저택 안은 벌써 괴괴하게 잠들었고 파헤쳐놓은 정원의 흙냄새가 코를 찔렀다.

"나가야스 님."

"뭐냐, 어째서 나를 그 자리에서 억지로 끌고 나왔느냐?"

"내일 소텔로를 찾아가실 작정이시지요?"

"허, 그걸 눈치채고 있다니, 오코 여우도 방심하지 못하겠는걸."

"찾아가지 말라……고는 하지 않겠어요. 하지만 조심하세요."

"하하……염려 마라. 나는 소텔로에게 언질을 주기 위해 가는 게 아니야. 내 편에서 이용하러 가는 거지."

"그것 보세요, 그 이용한다는 것……이 위태로운 일이지요. 세상에는 이용하려다 이용당하는 일이 얼마든지 있어요."

침실로 고꾸라지듯 들어가자 오코는 억지로 나가야스의 옷을 벗겼다. 바짓가랑이 여기저기에 술 자국이 묻어 있다.

"정신 차리세요."

중심을 잡지 못하는 취한 몸에 명주 잠옷을 걸쳐주면서 오코는 더욱 자기 자신을 알 수 없게 되었다. 상대가 정신없이 취할수록 어머니 같은 애정인지 책임감인지 알 수 없는 감정으로 가슴이 뿌듯해졌다.

"소텔로는 미우라 안진과 대결할 속셈으로 에도에 왔다는 소문이에요."

"으핫핫핫……염려 말라고 했잖아. 미인뿐 아니라 불기리오라는 의사까지 데리고 온 소텔로이니 혹시 광맥잡이도 데려오지 않았을까 그걸 탐지하러 가는 것뿐이야."

"자, 이 소매에 팔을 꿰세요."

"그대는 몰라. 그대는 모르지만, 멕시코에는 수은(水銀) 제련법이라는 게 있다더군. 나는 그것이 알고 싶어! 그걸 알면 지금의 세 곱절 다섯 곱절의 은을 얻게 돼."

잠옷을 팔에 꿰어주자 나가야스는 그대로 침구에 쓰러졌다. 나가야스는 곧 코를 골기 시작했다. 두 팔을 잠옷 소매에 꿴 채 허수아비처럼 발을 쭉 뻗고 입을 멍하니 벌린 나가야스의 잠든 모습은 온종일 놀이에 지쳐 곤하게 잠든 개구쟁이 그대로였다. 싸움터를 오간 무사나 점잖은 상점 주인에게서는 찾아보기 힘든 아주 버릇없는 모습이었지만, 기묘하게도 대담해 보이는 안심감이 넘치고 있다.

'나만큼 쓸모있는 인간을 누가 해치려 할 것인가…….'

온몸으로 선언하고 있는 듯싶은 자신에 넘친 모습이었다. 오코는 한동안 잠자코 물끄러미 바라보다가 이윽고 손을 뻗어 그 볼을 꼬집었다. 멋 부리는 사람이라 깨끗이 면도 되어 있다. 볼의 살을 꼬집으니 모양 좋은 입술이 이상하게 일그러져 갯장어를 연상시켰다. 얼굴가죽은 아마도 그 이상으로 두터울 거라고 오코는 생각하면서 가죽의 두께를 손끝으로 쿡쿡 찔러봤다. 마음을 푹 놓은 모양인지 그래도 코고는 소리는 일정했다. 오코는 손을 떼고 이번에는 그 옆에 몸을 눕혀 볼을 비벼댔다.

'죽이려면 언제든지 찌를 수 있다.'

아니, 독살하거나 모살(謀殺)하려고 계획해도 나가야스는 마음 푹 놓고 오코 곁에서 잠들 게 틀림없다.

솔직히 말해 오코도 처음에는 가슴 아픈 때가 있었다.

'나만이 아닐 거야……'

그는 어느 여자에게도 배신당하지 않으리라는 건방진 자신감에 넘쳐 있다……는 느낌이 들었는데, 그렇다면 오코의 패배라고 깨달았다. 아무리 꼭 맞게 만들어진 조개껍질 맞추기 놀이의 조개껍질이라도 떨어졌을 때는 하나가 아니다. 저쪽에서 이쪽을 찾도록 할 만한 여자의 지혜를 갖고 싶다.

오코는 볼을 다가 댄 채 이번에는 상대의 커다란 오른쪽 귀를 더듬기 시작했다. 반은 부드럽고 반은 딱딱한 귀라는 버섯을 인간은 어째서 얼굴에 달고 있는 것일까.

'아마 자기에게 형편좋은 말만 듣고 기억해 두기 위해서겠지……'

만일 그렇다면 여기서부터 오코의 존재를 상대의 몸 구석구석까지 불어 넣어 두는 편이 좋을지 모른다. 오코는 몸을 일으켜 나가야스의 귀로 입을 가져갔다. 그리고 뜨거운 입김을 그곳으로 세게 후 하고 불어넣었다.

"아, 아……"

나가야스는 몸을 비틀고 귀를 긁으며 작은 목소리로 잠꼬대처럼 속삭였다.

"오코냐, 알고 있다."

그리고는 다리를 감고 다시 잠들었다.

오코는 혼자서 소리죽여 웃기 시작했다. 나가야스 쪽에서는 오코를 알맞은 장난감으로 여기고 있으리라. 그런데 오코로서는 장난치고 장난쳐도 싫증 나지 않는 온갖 육체의 기복을 갖춘 장난감이었다. 이렇듯 이곳저곳 장난치다가 이윽고 오코는 잠들었다.

두 사람 사이에 그 이상의 행위가 이루어지는 것은 나가야스의 술과 잠이 깨고 나서였다.

나가야스가 오코를 사도섬으로 데려가는 것은 나가야스다운 꿈이 있어서였다. 나가야스는 그가 아니면 파낼 수 없는 그 섬의 금은을 파내 섬 전체를 이 세상에 둘도 없는 극락섬으로 만들어 온 세계사람들을 깜짝 놀라게 해주고 싶었다.

　그즈음 광산은 청부제였다. 1000냥을 발굴하면 800냥을 상납하고 나머지 200냥은 경비로 쓰든가, 750냥을 상납하고 250냥을 경비로 쓰든가…… 물론 금은 함유량이며 그때까지의 산출액을 바탕으로 이 비율이 정해지며, 그 기준이 되는 것은 과거의 실적이었다.

　따라서 발굴방법이며 제련기술에 혁신적인 진보가 있으면, 나가야스가 자유롭게 쓸 수 있는 금은의 액수 또한 획기적으로 늘어난다. 지금까지 은 선광법은 납을 이용한 배소법(焙燒法)뿐이었으나, 나가야스는 거기에 고슈 식을 더하고 다시 아말감법을 멕시코에서 배워 이용하려고 한다. 이것은 흔히 '수은법'이라 일컬으며, 수은을 사용한 혼강법(混羌法)으로 물에 씻어 광분(鑛粉)을 제거하고 아말감을 남겨 증류하는 방법이었다.

　이 일이 성공되면 일본 으뜸가는 금은 소유자는 쇼군 이에야스가 아니라 오쿠보 나가야스일지도 모른다. 막부에 상납하는 금은은 국내수요에 충당되는 데 비해, 앞으로의 산출량 총액은 아무도 계산할 수 없고 그 양의 2할에서 2. 5할까지 자유롭게 사용할 수 있게 되는 것이다. 이를테면 1000냥 치 산출액을 10배인 1만 냥으로 증가시켜 800냥의 상납 액수를 3000냥으로 늘려준다면, 이에야스의 수입은 2200냥이 늘어나고 나가야스의 수입은 7000냥으로 늘어난다.

　나가야스는 결코 악인은 아니다. 따라서 이 같은 방대한 비율로 사사로이 배를 채우려 생각한 적은 없지만, 만일 그렇게 되면 그 보물산 사도섬을 금은으로 모조리 꾸밀 수 있는 것쯤은 쉬운 노릇이었다.

　무엇보다도 사도가 육지가 아닌 거친 바다 저 멀리 떨어진 섬이라는 데 매력이 있다. 만일 나가야스의 이상을 이해하지 못하고 누군가 맹렬하게 그의 잘못을 공격하는 일이 있다면, 나가야스는 주저 없이 이 섬에서 농성하며 황금으로 자위군(自衛軍)을 가지면 되는 것이다…….

　그러한 꿈을 품은 것을 오코도 잘 알고 있다. 잘 알고 있다기보다 취해서 때때로 입에 올리는 나가야스의 큰소리를 들어서 싫어도 알게 되었던 것이다. 오코가 여느 여자였다면 이 꿈은 전혀 이해되지 않은 채 끝나든가, 아니면 소스라치게 놀라 떨어져 나가든가 둘 가운데 하나겠으나, 오코는 그 반대였다. 나가야스의 꿈에 오코 나름대로 큰 꿈을 걸었다. 즉 나가야스를 귀여운 일벌로 만들어 사도섬에 군림하며 여왕벌처럼 거친 사나이들을 부리고 싶어 하는 것이니, 이 꿈도 결코 작은 게 아니었다.

'여왕벌은 일벌에게 반하면 안 된다.'

그리고 기를 죽여서도 안 된다. 즉 조개껍질 맞추기 놀이의 한쪽 조개껍질인 것을 상대의 마음과 몸에 깊이 스며들게 해주어야만 하므로 오코의 동침도 그 심리가 단순하지는 않았다.

나가야스의 꿈과 오코의 꿈은 날이 차츰 밝아올 무렵이 되자 장엄한 포옹으로 들어갔다. 물론 나가야스는 정복자 마음이었고, 오코는 일벌을 위로해 주려는 속셈이었다.

나가야스는 과거에 1000명의 여성을 정복해 왔다고 큰소리치는 일이 있었으나, 오코 앞에서는 전혀 맥을 못 추는 한 마리 수벌이었다. 꿀벌에서 수벌이 일벌을 겸하는 일은 없다. 따라서 식량이 모자랄 때는 수벌이 맨 먼저 여왕벌 곁에서 쫓겨나거나 굶어 죽게 된다. 그런데 인간의 경우는 좋은 일벌이 그대로 좋은 수벌로 통하므로 재미있다……고 오코는 생각했다.

나가야스에게 말하게 하면, 이러한 오코 같은 여성이 나타나게 된 것은 노부나가의 상경 뒤 교토에 평화의 뿌리가 내려지고부터이며 그 공적은 오로지 다이코와 이에야스 덕분이니 감사해야만 한다는 이치였다. 그러나 오코로서는 그런 일은 아무래도 좋았다. 어쨌든 인간에게는 기묘한 속박에서 자신을 벗어나게 하여 좀 더 자유롭게 행동할 수 있는 힘이 주어졌을 것이었다. 그런 의미에서 나가야스는 비교적 진보적이다. 그렇다 해서 그에게 정복되어 그 발 밑에 꿇어엎드려 봉사해야 할 이유는 조금도 없다.

'일벌은 일을 시켜야만 한다……'

일을 시키려면 늘 대등함 이상으로……나가야스 쪽에서 바라본 오코는 세상에 진귀한 신선한 향기를 내뿜는 아리따운 빛깔의 꽃이어야 했다.

그래서 꽃은 생각한다…… 나가야스가 임지인 사도섬에서 출발하면 오코 또한 주저 없이 사도섬을 떠나 교토로 돌아간다. 그러려면 당장 준비해야 할 것은 배였다. 나가야스는 지금 서양식 범선에 흥미 느끼고 있지만, 오코 생각은 그렇지 않았다. 바다가 두렵고 배가 두렵게 여겨지는 것은 무엇 때문일까, 바다가 성내면 배를 삼켜버리기 때문이 아닌가. 이 가라앉는 것을 전제로 처음부터 가라앉아도 달릴 수 있는 배를 만들어두면 어떨까.

물론 바다가 잔잔할 때는 돛대나 노로 달려도 좋지만, 일단 폭풍우를 만나면 스스로 몸을 가라앉혀 항해한다…… 그러한 절대로 안전한 배를 만들어 교토로 돌아가, 나가야스가 다른 여인과 동침하고 있을 때 그 여인과 재빨리 바꿔치기하여 들어가 보인다. 잠이 깨면 나가야스는 그야말로 꿈속에서 또 꿈을 꾸는 심정일 것이다. 그리고 당황해 사도섬에 가보면 그곳에도 오코가 요염하게 웃음짓고 있다.

만일 도중에 발각된다면 이 배야말로 금은을 결코 바닷속에 버리는 일 없도록, 여왕벌의 지혜로 만들어둔 내조(內助)의 배라고 뽐내준다. 바꾸어 말하면 오코는 늘 나가야스보다 한발 앞서 나아가는 것이다…….

오코는 그러한 꿈을 나가야스의 애무에 얽히게 하면서 다시 두 번째의 깊은 잠에 빠져들었는데, 꿈에는 또 하나 다른 꿈이 있는 것 같았다.

다름 아닌 사도섬 자체의 꿈이었다.

사도섬은 신대기(神代紀)의 오야시마(大八洲)가 생성될 즈음 사도노시마(佐渡洲)라고 기재되어 있었으나, 속기(續紀)에 의하면 덴표(天平) 15년(743)에 사도국으로 바뀌었다.

덴쇼(天正) 시대 토지 측량으로는 1만2000석. 하모치군(羽茂郡), 사와타군(雜太郡), 가모군(賀茂郡)의 셋으로 나뉘어 문제의 금광은 중앙의 사와타군에 자리하며 기타자와강(北澤川)과 더불어 긴포쿠산맥(金北山脈) 남쪽 끄트머리 바다 쪽에 바짝 붙어 있다.

이 광산 거리는 그때부터 이미 아이카와라고 불리며 우에스기 가문에서 금을 캐내기 시작했으나 그즈음 산출량은 그리 대단치 않았다…… 그런데 세키가하라 싸움 뒤 우에스기 가문의 녹봉이 깎이며 이에야스의 손에 들어갔다. 그와 동시에 산출량이 부쩍 늘어나 세상에서는 떠들어대고 있다.

"하늘도 쇼군의 덕을 칭송하여 이 해 '게이초 6년(1601)'부터 황금이 많이 나온다."

그런 말을 퍼뜨린 것은 물론 나가야스일 게 틀림없다.

사도섬은 지금도 가난하다. 아무튼 겨우 1만2000석 남짓한 논밭밖에 없는 유형지였던 곳에 나가야스가 광부며 인부를 줄곧 들여보내니 당연한 일이었다. 바닷가 주민은 가난한 반농반어(半農半漁) 살림살이로, 그중에서 광부로 자꾸만 뽑혀나가므로 사면이 바다이면서도 생선마저 부족해 곤란 겪고 있다 한다.

나가야스는 아이카와와 기타에비스(北狄) 사이의 히메즈(姬津) 언저리인 이와미에서 어민 이주를 추진하고 있었다. 요컨대 나가야스는 동해의 거친 파도 속에서 조용한 고독을 즐기고 있던 사도섬을 두들겨 깨워 그 허리통에 구멍뚫어 황금을 토해내게 하고 있다. 따라서 섬사람들이 그리 달가워하지 않는 게 당연했다.

밖에서 온갖 인간이 들어오면 우선 남녀 수의 균형을 잃게 된다. 에도도 그 일로 곤란 겪고 있지만, 요즘의 사도섬은 에도보다 심각했다. 아이카와의 인부가 하시게 가까이 여자를 물색하러 나갔다가, 농부 아낙을 납치하여 살해했다는 끔찍한 사건도 여기저기에서 발생했다. 나가야스는 그러한 일을 오코에게 결코 들려주지 않았다. 황금 낙원에 여자들이 부족해 사나이들에게 얼마나 환영받는지, 그의 장기인 과장된 허풍으로 말할 수 없이 달콤한 꿈으로 만들고 있다.

"알겠느냐, 광부들이 놀러 오면 그들이 벗어던지고 돌아가는 헌 짚신⋯⋯을 소중히 하도록. 조심스럽게 씻으면 그것만으로도 1년 동안에 사금 주머니가 하나씩 늘지."

사도섬 터줏대감이 그 말을 듣는다면 과연 뭐라고 할까. 아마 이러한 말을 할지도 모른다.

"오기만 해봐, 계집년들. 거친 바다 한가운데 외떨어진 섬이 얼마나 험악한 곳인지 똑똑히 보여주마."

그 의미로 사도섬과 나가야스의 싸움은 이미 시작되었으나, 오코와 그곳에 함께 갈 기녀들의 싸움은 이제부터였다.

오코는 아직도 두 번째의 깊은 잠에서 깨어나려 하지 않았다.

새로운 에도의 동맥이 된 오카와(大川)강에서는 아침 안개를 헤치며 벌써 움직이기 시작한 배가 있다. 얼마 안 있으면 오코 옆에서 나가야스도 잠을 깨리라. 눈을 뜨면 곧 부산한 그의 하루가 시작된다.

그는 어쩌면 여기서 기녀들을 부하에게 맡기고 한 발 먼저 사도섬으로 떠날지도 모른다. 그에게는 다다테루의 혼수 외에 또 할 일이 생겼기 때문이다. 다른 일이 아니다. 에도에 들어와 부랑자와 걸인 마을 속에서 빈 절을 발견하여 재빠르게 빈민치료를 해주면서 병원과 예배당 설계에 착수하고 있는 소텔로라는 인물을 만나볼 필요를 절감했기 때문이었다.

나가야스는 사도섬에서 돌아온 뒤 소텔로와 만날 작정이었다. 그런데 소텔로는 아무래도 그가 상상한 이상의 수단꾼인 모양이다. 아니, 그가 상상하는 이상으로 구교도 세력확장에 초조감을 느끼고 있는지도 모른다.

구교는 포르투갈의 에스이타파, 스페인의 프란시스칸파, 도미니카파 등으로 나뉘어 지금까지 그들 사이에 작은 충돌이 벌어지고 있었으나 미우라 안진인 윌리엄 아담스가 이에야스의 측근이 되자 급속히 단결하여 신교의 진출을 단호히 막아내려고 생각한 모양이었다.

나가야스가 보기에 구교파의 이러한 염려는 겨냥을 벗어난 것으로 여겨졌다. 영국인 안진은 그들이 경계할 만큼 종교적 색채가 짙은 인물이 아니며, 오히려 그가 태어난 영국 질림엄이라는 해변 마을의 풍습대로 일종의 모험가이며 탐험가라 할 만한 인물인 듯싶었다.

그러나 그 안진이 붙잡은 도쿠가와 이에야스는 구교 사람들 눈에 결코 놓칠 수 없는 큰 고래로 보였으리라. 다이코를 대신해 일본의 지배자가 된 이 거대한 고래를 안진 혼자 차지하게 할 수 있느냐……는 생각인 것 같다.

만일 안진이 영국이며 네덜란드 배를 일본으로 자꾸 불러들이는 사태가 된다면, 일본에서의 자비에르(Francisco de Xavier, 일본에 처음으로 온 예수교 수도사, 1506~1552) 이래 남만 세력이 순식간에 뒤엎일 염려가 있다. 따라서 불안을 느낀 남만 세력을 대표하여 일본에 뿌리박게 하려는 전사(戰士)로서 소텔로가 나타난 게 아닐까.

'소텔로는 과연 참된 신앙인일까……?'

어쩌면 신앙인을 가장한 대음모가인지도 모른다고 생각된다.

'다이코 시절, 명나라와의 화친교섭을 엉망으로 만들어버린 괴이한 명나라 사람 심유경 같은 인물이라면……!'

그렇다 해도 나가야스는 결코 놀라지 않을 작정이었다. 그의 꿈은 좀 더 규모가 크다. 소텔로가 야심가일수록 이용가치도 크다고 생각한다. 그는 잠이 깨면 아마도 곧 아사쿠사의 소텔로에게로 달려갈 게 틀림없으리라…….

오코가 깨어났을 때, 아니나 다를까 나가야스는 이불 속에 없었다. 오코는 그러한 일에 익숙해져 있다. 인간 수벌은 잠을 깬 순간부터 일벌이 되어야만 한다고 생각하고 있다.

오코가 아침 화장을 끝내고 기녀들 방으로 나가려는데, 나가야스의 부하 혼마 도쿠지로(本間德治郎)가 점잔뺀 얼굴로 들어왔다.

"오코 님, 아침 화장을 마치셨나요? 감독관님이 소인에게 오코 님을 모시고 오늘 이곳을 떠나라고 하셨습니다. 뭔가 또 새로운 볼일이 생기셨다나요."

"알고 있어요. 소텔로라는 남만인한테 가셨지요."

도쿠지로의 눈이 휘둥그레졌다.

"허! 오코 님에게는 벌써 말씀이 있었군요."

"말씀 안 하셔도 알고 있어요."

"과연 일심동체, 마음을 속속들이 꿰뚫어 보시는군요."

"그래요, 나는 여왕벌이니까."

"예……?"

"아니, 아무 말도 아니에요. 그럼, 서둘러 준비시키겠어요."

"그렇게 하십시오. 3, 4일 안으로 감독관님도 따라오시겠답니다. 아무튼 200명 가까운 사나이들이 따르고 있으니 도중의 걱정은 하지 마십시오."

도쿠지로가 나가려 하자 무엇을 생각했는지 오코가 불렀다.

"도쿠지로 님, 그대는 사도섬 태생이라지요?"

"예, 오래된 혼마 일족의 자손, 몇백 년을 두고 살아왔지요."

"도쿠지로 님 눈에는 내가 데려온 기녀들이 어떤가요? 마음에 드시나요?"

도쿠지로는 황급히 눈을 내리깔고 공허하게 웃으며 말했다.

"그야, 교토 물을 먹어 때빠진 여인들이라."

"그럼, 그 가운데 그대 마음에 드는 여자도 있겠군요?"

"그……그야, 있더라도 그런 일은……."

"괜찮아요. 이름이 무엇인지 알아보세요. 오늘부터 당신 옆에서 자도록 할 테니. 그 대신—"

"그 대신……?"

"다른 사람들은 기녀들에게 얼씬도 못 하게 해요. 잠잘 장소를 따로 마련하여 도중에 시끄럽지 않게."

"예……옛, 그건 염려하지 않으셔도 됩니다. 그런 일이 있으면 감독관님에게 제목이 달아납니다."

"호호……그리고 이건 그대에게 은밀히 묻는 것인데, 사도섬에 솜씨 좋은 배 만드는 목수가 있겠지요?"

"예, 섬이란 배가 없으면 마을과 마을의 왕래도, 그날그날의 생계도 잇지 못하는 곳이라 튼튼한 배 만드는 사람이 있습니다."

"그래요. 그것을 묻고 싶었어요. 그럼, 준비하겠어요."

아무래도 오코의 꿈은 배 목수의 존재를 확인하는 것으로 사도섬에서 교토로, 교토에서 인생으로 연결되는 모양이었다.

이리하여 오코가 거느린 기녀들 행렬은 나가야스보다 한발 먼저 에도를 떠났다.

오사카(大坂)의 꿈

요도 마님은 그날도 늦게 일어났다. 젊을 때는 해 질 녘부터 졸음이 왔고 창문이 훤해질 무렵이면 상쾌하게 잠에서 깨어나는 체질이었는데 요즘은 반대로 되어 있었다.

밤에 좀처럼 잠이 오지 않아 대개 엎치락뒤치락하며 이불 속에서 첫닭 우는 소리를 듣게 되었다. 그 때문인지 다른 사람들이 일어날 즈음에야 깊은 잠에 빠져든다. 따라서 깨어날 때면 일어나 있는 사람들이 부스럭대는 소리 때문에 무척 짜증스러웠다.

"좀 더 조용히 못 할까."

큰소리로 꾸짖다가 혼자 쓴웃음 짓곤 한다. 해는 이미 높이 떠올라 오전 10시 가까이 되어 있다. 그런 시각에 숨죽이고 움직이라니 자기 쪽이 무리한 요구를 하고 있음을 알기 때문이다.

그날 아침에도 오노 하루나가의 어머니 오쿠라 부인은 침구 곁에 세면 그릇과 화장도구를 펼쳐 놓고 꽤 오래 앉아 기다린 것 같았다.

눈을 가늘게 뜨자 몸을 굽히듯 하여 작은 소리로 물었다.

"잠이 깨셨습니까. 가타기리 가쓰모토 님이 교토에서 돌아오셔서 일어나시기를 기다리고 계십니다."

그러나 요도 마님은 대답하지 않았다.

입에 올릴 수 없는 꺼림칙한 꿈의 여운으로 온몸에 땀이 흥건히 배어 있다.

'어째서 그런 꿈을 꾸었을까······?'

꿈속의 상대는 하필이면 자기 자식인 히데요리였다. 히데요리는 요즘 키가 부쩍 자랐다. 그 자라는 모습이 예사롭지 않아 이미 6척 가까이 되어 잠들기 전에 그 걱정을 하고 있었다. 아버지 다이코는 누구나 다 아는 작은 키였다. 그런데 그의 아들 히데요리는 마치 어린 대나무마냥 쭉쭉 뻗어나고 있다. 그러잖아도 작은 대감님은 과연 다이코의 자식일까, 하는 소문이 나 있음을 알므로 야릇하게 신경에 거슬린다.

그 히데요리가 하필이면 꿈속에서 한 이성으로서 자신에게 덤벼들었다. 아니, 그 도전을 물리쳤다면 이토록 불쾌한 기분은 남지 않을 것이다. 그런데 요도 부인은 그것을 물리치지 않았다.

'어미와 자식 아닌가······축생도(畜生道)란 이런 걸 말하겠지.'

그런 자책감을 느끼면서 이상하게 초조한 마음으로 진흙탕 속을 마구 기어다녔다.

오쿠라 부인은 한 번 눈을 뜬 요도 마님이 다시 눈을 감아버렸으므로 다시 잠잠히 기다리고 있다. 아마 오쿠라 부인도 이 불쾌한 꿈속의 비밀 따위는 상상도 못 할 것이다.

'이것은 모두 내 몸속에 깃든 음탕한 생각 때문이다······.'

여인은 본디 뱀이라던가. 어쨌든 꿈속에까지 내 자식을 불러들이다니 이 무슨 한심스러운 노릇인가.

그러한 마음을 가라앉히기 위해 요도 마님은 가끔 오쿠라 부인의 아들 하루나가를 규방으로 불러들인다. 사람들은 그것을 사랑이라 부르고 총애라 하며 선망했지만, 요도 부인의 가슴속은 그리 간단하지 않았다. 자기 자식까지 꿈속에서 불러들이려는 한심스러운 뱀에게 바치는 희생물로 여겼다.

"생모님, 가타기리 님이 기다리고 계십니다."

깨닫고 보니 요도 마님은 눈을 또렷하게 뜨고 천장을 응시하고 있었다.

요도 부인은 일어났다. 가슴속에서 입 속으로 가득히 차오는 불쾌함을 침 그릇에 내뱉고는 그대로 말없이 아침 몸단장을 하기 시작했다.

가타기리 가쓰모토는 요도 마님의 뜻을 받들어 교토 행정장관 이타쿠라 가쓰시게를 방문하고 돌아왔다. 그것은 온 일본사람들이 놀랄 만큼 성대하게 도요쿠니 신궁제를 치르고 나자, 한 소문이 교토에서 긴키 지방으로 퍼지기 시작했기 때문이었다. 다름 아닌 이에야스가 은퇴한다는 소문이었다.

이에야스는 올해 63살. 63살이면 다이코가 세상 떠난 나이다. 이에야스도 그 나이를 잘 기억하고 있어 지금 비록 건강하지만, 쇼군직에서 물러나 그 자리를 젊은 세대에게 물려줄 생각인 듯하다는 소문이었다.

"인간이란 노소가 따로 없다. 다이코의 교훈을 잘 명심하여 나 없는 뒤에도 천하가 꿈쩍하지 않도록 젊은이에게 무거운 짐을 지워 길들여 놓아야만 한다."

이에야스가 했다는 말까지 그럴듯하게 유포되었다. 요도 마님은 처음에 예사로 흘려들었다. 다이코가 간파쿠직을 히데쓰구에게 물려주었을 때도 그랬지만, 옹고집 늙은이란 자극과 변화를 구하여 때로 전혀 뜻밖의 엉뚱한 말도 꺼내는 법이니까.

'이에야스도 그렇겠지.'

쇼군직에 취임한 지 겨우 2년이 될까 말까 하므로 은퇴할 리 없다고 가볍게 생각했는데, 소문이 꼬리를 이어 퍼져나갔다.

"결심이 굳은 모양이야. 그 성대한 도요쿠니 신궁제도 첫째는 자기 치세를 장식할 추억의 뜻이 있었던 것 같다. 예를 들어 다이코가 한 다이고의 꽃놀이처럼……."

그러자 마음에 크게 걸리기 시작했다. 만일 그 소문이 진실이라면 이에야스의 가슴속에는 이미 후계자 문제에 관한 구상이 완전히 이루어져 있을 게 아닌가…… 그래서 가타기리 가쓰모토에게 그 취지를 살피러 교토로 가서 사정을 염탐해 보도록 했다. 교토 행정장관 이타쿠라 가쓰시게는 이에야스의 심복 중에서도 특히 사려 깊은 인물로 각별한 신뢰를 받고 있다. 가쓰시게는 틀림없이 이에야스의 본심을 알고 있으리라고 추측했기 때문이었다.

화장을 끝내자 요도 부인은 거실로 나가 기다리게 한 가쓰모토를 부르러 보냈다.

가쓰모토는 꽤 오래 기다렸는데도 뜻밖에 밝은 표정으로 하루나가와 함께 들어왔다.

"오래 기다리게 했군. 그래, 교토 소식은?"

"예, 잘 아시는 혼아미 고에쓰의 주선으로 그의 다실에서 단둘이 여러 가지로 이야기할 기회를 얻고 돌아왔습니다."

"잘됐군요. 그래, 이타쿠라 님도 숨김없이……?"

"예, 언젠가 표면화될 것이므로 자기가 아는 한은 숨길 필요가 없다면서 거침 없이 말씀하셨습니다."

"그럼, 쇼군님 은퇴설은 사실인가?"

"다이코님이 돌아가신 때의 나이, 공연히 운명만 믿고 있어서는 안 된다고 직접 말씀하셨답니다."

"그래, 그 은퇴 시기는?"

"내년 봄으로 이미 확정된 것 같습니다."

요도 부인은 저도 모르게 한무릎 다가앉았다. 요도 부인은 일부러 히데요리의 이름도 히데타다의 이름도 입에 올리지 않고 조용히 물었다.

"내년 봄에 은퇴……한다면 다음 쇼군직도 결정되었겠군."

만일 히데요리를 세우고 히데타다가 후견인이 된다면 가쓰모토는 지체하지 않고 그 말을 꺼낼 것이다.

'그럴 리 없다…… 내년 봄이면 히데요리 님은 아직 너무 어리다.'

실망하지 않으려고 경계하면서 눈치를 살피니 가쓰모토는 뜻밖에도 태평스러 운 표정으로 하루나가와 얼굴을 마주 보고 미소지으며 단언했다.

"물론 정해져 있습니다. 더욱이 생모님, 아마 이로써 도요토미 가문의 안태도 내다볼 수 있을 것 같습니다."

"도요토미 가문의 안태를 내다볼 수 있게 되었다고?"

"예, 이타쿠라 가쓰시게는 일시적인 거짓말 따위를 할 경박한 인물이 아닙니다. 여러 가지 장래의 일에 대해 저에게도 참고될 거라며 모조리 털어놓고 이야기해 주었습니다."

"그래. 그럼, 다이코님과 약속한 대로 작은대감님이 16살이 되면 쇼군직을 물려 주실 생각으로 계신단 말이지."

이것도 마음속으로 그렇게 믿고서 한 말은 아니었다. 언제부터인가 요도 부인 은 이 소망이 이루어질 수 없는 꿈 같은 기분이 들기 시작했다. 왜 그런가? 어째 서 그렇게 생각하느냐고 묻는다면 대답할 말이 없지만…….

가쓰모토는 하루나가와 다시 얼굴을 마주 보고 나서도 미소지었다. 아마 그들은 그 일에 대해 벌써 이야기를 끝내고, 두 사람 다 기뻐하고 있다는 의사표시인 듯했다.

"생모님, 쇼군님 생각은 과연 탁월하시어 저희들은 도저히 상상도 미치지 못하는 데 있었습니다."

"그렇다면 다이코님과의 약속은 그대로 실행하지 않는다는 말이로군."

"예……그 약속은 벌써 미쓰나리의 경거망동에 의해 파기된 거나 다름없습니다. 황실로부터, 히데요리 님으로부터 치하받으면서 아이즈 정벌에 나선 쇼군님의 부재를 틈타 이시다 미쓰나리와 오타니 요시쓰구가 자진하여 후시미를 공격하기 시작했던 겁니다."

요도 부인은 그 뒷말을 듣는 것이 안타까웠다.

"좋아요. 알고 있어요. 그때 쇼군에게 적의가 있었다면 오쓰에서 하루나가를 일부러 나한테 보내지 않았을 거야. 나와 작은대감님은 알지 못하는 일이라면서 용서해 주신 날로부터 사정은 확 바뀌었어. 그렇지 않은가. 하루나가도 그렇게 말하고 싶은 게지."

하루나가는 예―하고 짧게 대답하고 허리를 굽히며 덧붙였다.

"우선 가타기리 님 말씀을 찬찬히 들으시기 바랍니다."

"듣고말고. 두 사람이 웃는 것을 보니 반드시 좋은 일이겠지."

가쓰모토는 생각하면서 천천히 말을 이었다.

"그렇습니다. 저희들도 진심으로 마음 놓고 있습니다. 쇼군께서는 도요토미 가문을 영원히 존속시키기 위해 세이이타이쇼군 직을 히데타다 공에게 물려주실 때 도련님을 내대신에서 우대신으로 천거하시겠다고 했습니다."

"뭐, 쇼군직을 히데타다 님에게 물리는 대신 내대신인 히데요리를 우대신으로 천거한다……니, 그게 대체 어떤 뜻을 갖는 거지?"

요도 부인은 가쓰모토의 말뜻을 정말 알지 못했다.

'하루나가도 기뻐하고 있으니 나쁜 일은 아닌 것 같다…….'

생각하지만 그것이 도요토미 가문에 직접 어떤 이익이 된다는 건가……? 가쓰모토는 미소지으며 고개를 끄덕였다.

"쇼군님 생각은 참으로 탁월하시어 저희들은 미치지 못합니다. 우대신은 노부나가 공의 마지막 관위, 13살에 우대신님으로 임명된다는 건 머지않아 간파쿠며 다조 대신으로도 통하는 길, 그렇게 되면 도련님은 돌아가신 전하의 뒤를 훌륭하게 이을 수 있습니다."

"그렇겠군."

"더욱이 앞으로 싸움에 관계되는 책임은 일체 면하게 됩니다. 세이이타이쇼군 지배 아래 있는 무장들과는 관련 없고 황실의 울타리로서 공경들 우두머리……즉 일본 조정이 존속하는 한 멸망할 우려 없는 가문이 되는 겁니다."

요도 부인은 눈을 크게 뜨고 잠시 동안 믿을 수 없다는 표정이었다.

"어머나, 조정이 존속하는 한 우리 가문은 멸망하지 않는다고!"

"그렇습니다."

"아사이 가문도……시바타 가문도 지금은 없어…… 그런데 그 핏줄로 태어난 내 자식은 조정이 존속하는 한 멸망하는 일 없다니……."

"처음 들었을 때 저는 좀 화냈습니다. 말이 너무 쉽게 나와서였지요. 그래서 이 타쿠라 님에게 말했습니다…… 이타쿠라 님, 쇼군께서는 도요토미 가문을 겨우 2000석에 그치는 근위가문, 관위뿐인 다섯 섭정 가문처럼 봉할 작정이냐고……."

"아, 그럴 수도 있군요, 가쓰모토 님."

"그런데 그렇지 않았습니다. 어째서 그런 짓을 하겠는가, 영주이면서 언젠가 섭정 간파쿠로 오를 수 있는 사람이 하나 있어 그가 조정을 수호한다면 막부도 마음 놓고 행정 임무를 다할 수 있다, 더욱이 도요토미 가문과 도쿠가와 가문은 남이 아니다, 전하와 쇼군께서 힘을 합쳐 태평시대를 이루었을 뿐 아니라 히데요리 님은 요도 마님의 아들이고 다케치요 님은 그 동생의 아들로 히데요리의 처남이며 이종사촌인 데다 그 한쪽은 간파쿠이고 한쪽은 무사 가문 우두머리……그 두 날개로 조정을 보좌한다면 흔들림 없는 일본이 완성된다, 그것이 실은 쇼군님의 건국 구상이라고 자세하게 설명 듣고 이 가쓰모토는 쥐구멍이라도 찾고 싶은 심정이었습니다."

"그렇다면 내 핏줄과 다쓰 님 핏줄로 이 일본을 굳건히……."

"쇼군께서 돌아가신 전하에게 하는 새로운 형태의 약속이행이라고 이타쿠라 가쓰시게는 눈물을 머금고 저에게 털어놓았습니다. 함께 들은 증인은 혼아미 고에쓰…… 그 완고한 고에쓰가 목놓아 울었습니다. 나는 비로소 살아 있는 신을 만났다…… 쇼군은 살아 있는 신이다, 살아 있는 부처님이라며 소리 내……."

깨닫고 보니 가쓰모토도 울고 있고, 요도 마님의 눈도 하루나가의 눈도 벌겋게 젖어 있었다.

요도 마님은 허공으로 시선을 돌린 채 진지한 얼굴로 말했다.

"그래요, 그랬군요…… 나도 이제 이해됐어요. 가쓰모토, 어떤 말이 있든 간토에 대한 일은 그대에게 맡기겠소. 수고했어요. 이로써 나도 살아난 것 같아. 불당에 불을 켜다오."

가쓰모토는 온몸을 굳히고 말했다.

"이제 도요토미 가문은 만만세라고……저는 남몰래 제 스스로에게 타이르며 돌아왔습니다."

요도 마님은 몇 번이나 고개를 끄덕이며 일어났다.

"작은대감님을 불당으로 불러와요. 이 일은 작은대감님에게 잘 알려줘야 해요. 가쓰모토, 그대는 그렇게 생각지 않나요? 소중한 일을 작은대감님에게 알려놓지 않는다면 뒤에 오해의 원인이 될지 몰라요."

하루나가도 따라 일어섰다.

"옳은 말씀이십니다. 제가 작은대감님을 모셔오지요."

가쓰모토는 그 자리에 꿇어엎드린 채 어깨를 심하게 들먹이고 있다.

요도 마님은 거실을 나와 본성과 아랫성 사이의 작은 서원으로 걸음을 서둘렀다.

여기는 다이코가 즐겨 쓰던 작은 방으로 그가 죽은 뒤 요도 부인이 불단을 들여놓았으며, 불당이라기보다 어떤 의미에서 그녀의 넋두리 장소가 되어 있었다.

"부처님, 이야기 들으셨습니까?"

요도 마님이 그 방으로 들어가자 시녀는 곧 등불에 불을 켰다.

"좋아, 물러가 있거라. 작은대감님이 오실 테니까."

시녀가 물러가자 그녀는 갑자기 괴상한 소리를 내며 울기 시작했다.

"대감님, 이제 우리 가문도 평화롭게 되었습니다. 작은대감님도……작은대감님도……."

히데요리가 아카시 가몬을 데리고 들어온 것은, 요도 마님이 눈물을 미처 닦기 전이었다.

"어머님, 부르셨습니까."

부르러 갔던 하루나가의 모습은 보이지 않고, 문 앞에 장승처럼 서서 어머니를 부르는 히데요리는 온몸에 심한 반항을 드러내고 있었다.

"작은대감님, 자, 이리로."

"무슨 일이십니까. 지금은 제가 말 터로 갈 시간일 줄 알고 계실 텐데."

요도 부인은 상대의 흥분상태를 비로소 알아차렸다.

"다른 일과는 비교도 안 되는 중대사이므로 오게 한 거요. 자, 어서 이리로."

히데요리는 다시 어깨를 으쓱했다.

"흥, 나쁜 버릇이십니다. 어머님……어머님이 불단 앞에서 부르실 때의 용무를 저는 이미 훤히 알고 있습니다. 저도 언제까지나 철없는 아이가 아닙니다."

"무슨 소리요…… 오늘은 그런 일이 아니오."

"어머님은 비겁하십니다. 이 히데요리를 꾸짖고 싶으시면 아버님 이름을 들추지 마시고 당당히 꾸짖으십시오. 그런데 언제나 아버님 핑계를 대고…… 이제 저는 질색입니다."

아마 크게 오해하고 있는 것 같다…… 그 오해와 노여움이 심하여 부르러 갔던 하루나가가 되돌아오지 못하는지도 모른다.

요도 부인은 웃었다.

"호호……작은대감은 무슨 생각을 하는 게요…… 어미가 불러 보낸 것은 교토에 갔던 가쓰모토가 큰 길보를 갖고 돌아왔기 때문이오. 자, 여기 앉아 그 길보를 아버님께 전해 드립시다."

"싫습니다."

히데요리는 계속 소리 지르며 다다미를 박차고 나가려 했다. 나직하나마 매서운 가쓰모토의 질타가 그것을 가로막았다.

"작은대감님! 어른이면 어른답게 행동하십시오. 무슨 짓입니까. 내대신쯤 되시는 분이 선 채로 어머님에게 무례한 말씀을 하시다니……만일 그런 언동이 외부로 새나간다면 어쩌시렵니까?"

"흥, 히데요리는 못난 자식이고 다이코 전하는 훌륭하다고 말하고 싶은 게지…… 알고 있어, 어머님이나 가쓰모토가 하려는 말을."

히데요리는 가쓰모토의 손을 뿌리치고 나갈 배짱은 아직 없었다. 마지못해 어머니 앞에 앉았다.

"말씀하십시오, 듣겠습니다."

요도 부인은 모자 단둘이 이야기하려고 불렀는데 이렇게 되니 아카시도 가쓰모토도 자리를 뜨게 할 수 없었다.

"가쓰모토 님, 그대가 오늘 일을 전해 드려요. 작은대감은 내 말 같은 건 듣고 싶지 않다니까."

"가쓰모토, 빨리 말하라!"

히데요리에게 재촉받고 가쓰모토는 다시 갑자기 심하게 흐느끼기 시작했다.

"말씀드리겠습니다. 말씀드리겠으니 잘 들으십시오."

히데요리는 뿌루퉁하게 볼을 부풀린 채 불단을 노려보고 있다.

"저는 생모님 분부로 교토의 이타쿠라 가쓰시게 님을 찾아뵙고 왔습니다."

가쓰모토가 조용히 말을 꺼내자 히데요리는 어깨를 크게 들먹이며 숨을 쉬었다. 이제 체념하고 들을 마음이 된 것 같다.

"가쓰시게한테 무슨 일로 갔었느냐."

"요즈음 나도는 뜬소문의 진위를 알아보러 간 것입니다. 뜬소문이라는 말에 짐작되시는 게 없으십니까?"

"뜬소문……히데요리가 제멋대로 한다는 소문 말인가."

"아닙니다. 도련님 소문이 아니라 쇼군의 은퇴설에 대한 소문입니다."

"뭐, 쇼군이 은퇴한다고……?"

"예, 그렇게 되면 다음 쇼군……."

"잠깐, 가쓰모토!"

히데요리는 갑자기 한무릎 다가앉았다.

"그렇다면 길보란……다, 다음 쇼군이 이 히데요리란 말인가?"

가쓰모토는 저도 모르게 입술을 깨물었다. 말의 순서가 서툴렀다. 쇼군 계승에 대한 일보다 우대신 승진 이야기를 먼저 해야 되었다.

"아니, 그게 아닙니다. 다음 쇼군직은 히데타다 님, 하오나 도련님께서도 그 쇼군직이 공표되기 전에 우대신으로 승진되실 겁니다."

"우대신……그럴 줄 알았어. 그것이 어째서 길보라는 건가."

"무슨 말씀을…… 세이이타이쇼군이란 어디까지나 군직…… 유사시에는 온 일본을 상대로 싸워야 하는 소임…… 그런 소임은 가문을 위해서 하지 않는 게 좋습니다."

상대가 소년이 아니라면 가쓰모토는 분명하게 말하고 싶었다.

"그런 힘은 이 가문에 이미 없습니다."

그러나 잔혹한 생각이 들어 차마 말할 수 없었다.

"뭐, 내가 쇼군이 되기 싫어한다고 가쓰모토는 말했나?"

"예, 잘 생각해 보십시오…… 세키가하라 때도 온 일본 영주들 7할이 쇼군께 편들었습니다. 천하를 다스릴 수 있는 이는 현재 도쿠가와 가문 외에 없습니다."

"내가 아버님보다 못하기 때문인가?"

"그런 말씀은 삼가십시오…… 도쿠가와 가문과 이 댁은 끊으려야 끊을 수 없는 친척…… 그러므로 힘이 갖추어진 친척이 싸움을 맡아주는 겁니다. 그 대신 도요토미 가문은 아버님 생전과 마찬가지로 새로운 섭정 간파쿠 가문으로서 공경들 위에 서서 조정 수호를 맡도록…… 이것이 중요한 점입니다. 아시겠습니까. 종래의 예를 보아도 무사 가문이 명맥을 길게 유지한 적은 없습니다. 다이라 씨의 덧없는 일장춘몽, 그 뒤의 미나모토 씨는 그대로 멸망하고, 호조 씨 또한 추방되었으며, 이어서 아시카가 씨가 나왔지만 역시 싸움으로 지새다 쇼군 자신 열 번 가까이 낙향했고……그 말로가 참으로 비참했습니다."

"……"

"그로부터 오다 가문, 도요토미 가문……힘의 균형이 무너질 때마다 세상에서 사라져가는 데 비해 어쨌든 공경들은 남아 있습니다. 황실이 있는 한 멸망하지 않은 게 무엇보다도 산 증거…… 도련님은 아직 젊습니다…… 그러므로 가장 안전한 곳에 두어 무사하기를 도모하자……는 게 쇼군님 계획입니다."

가쓰모토의 설명을 들으면서 히데요리는 얼굴빛을 그리 바꾸지 않았다. 히데요리에게는 이 이야기가 아직 무리인 듯했다. 아니, 히데요리뿐 아니라 이런 이야기를 그대로 이해할 수 있는 영주가 그즈음 일본에 몇 사람이나 있을 것인가. 무력으로서 정권 자리에 나타난 자는 그가 지닌 무력으로 역사에서 사라져버렸고, 권력 자리에서 떠난 황실과 공경 가문은 남아 있다…….

'그게 대체 무엇을 의미하는 것일까……?'

이 수수께끼를 간단히 풀 수 있었다면 인간은 애초부터 공연한 투쟁 따위 하지 않았을 것이다…….

"아시겠지요, 작은대감님. 쇼군께서는 돌아가신 다이코 전하와 굳게 약속하고 계십니다…… 다이코 전하는 작은대감님을 간곡히 부탁하시고 돌아가셨습니다. 어떻게든 히데요리를 입신 출세시켜 달라고…… 그래서 쇼군께서 생각하신 이 일이 작은대감님을 위한 가장 좋은 길이 되는 겁니다."

히데요리는 가쓰모토가 하는 이야기의 내용보다도 그 이야기의 길이가 문제인 것 같았다. 그는 듣는 도중에 바르르 입술을 떨었다. 그리고 가쓰모토의 말이 끝나자마자 어머니 쪽으로 돌아앉았다.

"가쓰모토의 이야기와 어머님의 불평은 같은 겁니까?"

"무슨 소리를! 가쓰모토가 한 말이 이해되었나요."

"알아들었습니다. 제가 영주들을 누를 힘이 없으니 센히메의 아버지에게 쇼군 직을 물려준다는 거지요. 에도 할아버지까지 한 무리가 되어 나를 웃음거리로 삼고 있다……는 이야기 아닙니까?"

이번에는 가쓰모토의 얼굴빛이 달라졌다.

"작은대감님!"

"뭔가? 나는 순순히 그대 말을 들어주었어."

"무슨 그런 말씀을 하십니까. 이 가쓰모토는 그저 순순히 들어주십사고 말씀드린 게 아닙니다. 이야기의 뜻을 잘 이해하시도록 바라면서 말씀드린 겁니다."

"흥, 그대는 이 히데요리가 그것을 이해하지 못하는 줄 아느냐?"

"그럼, 쇼군님 호의를 아신다는 겁니까?"

"오, 알다마다. 나도 이젠 철없는 아이가 아니야. 에도 할아버지가 무엇을 생각하는가쯤은 여기 있는 아카시한테 들어서 알고 있다."

가쓰모토는 깜짝 놀라 아카시를 돌아보았다. 그는 당황하여 머리 숙이고 몸이 굳어져 앉아 있다.

"작은대감님은 쇼군께서 아버님과의 약속을 얼마나 엄격히 지키고 계시는지 알고 계십니까?"

"알다 뿐인가. 자기 멋대로 행동해 왔지. 아니, 그것이 세상일이라고 모두들 말하더군."

참다못해 가쓰모토의 언성이 높아졌다.

"작은대감님! 그러시다면 저도 말씀드려야겠습니다. 쇼군님이 대체 무슨 잘못을······ 멋대로의 행동을 했습니까. 자, 그것을 들어보십시다. 그러지 않으면 이건 도요토미 가문의 중대사가 됩니다.”

가쓰모토의 언성이 높아지자 히데요리의 반항하는 자세도 당연히 커졌다.

“가쓰모토는 도요토미 가문 가신인가 아니면 에도의 가신인가.”

“한심스러운 말씀을 하십니다. 저는 다이코님이 길러주신 가신, 그러므로 입신출세의 꿈도 버리고 이렇듯 형제 부자 모두 측근에서 계속 봉사해 오고 있는 것을······.”

“그렇다면 에도 할아버지 편 같은 말투는 쓰지 마라.”

“무슨 말씀을. 에도 할아버지 편······이라고 하시면, 작은대감님은 쇼군을 적으로 알고 계십니까?”

“그렇다, 적이다. 주위에 있는 것은 모두 내 적이 아닌가.”

가쓰모토는 울고 싶어졌다. 이 한 마디는, 키는 컸지만 아직 떼쓰는 어린아이의 고집이었다.

“하하하······그렇게 보채신다면 이야기가 안 됩니다. 쇼군께서는 도련님의 적이기는커녕 더없이 의지할 수 있는 현명한 보호자입니다.”

“그렇다면 좋아. 나는 이제 가도 되겠지. 이 불단의 향냄새가 못 견디게 싫어져서 그런다.”

“작은대감님, 아시겠습니까. 이 불단에는 아버님 혼백이 안치되어 있습니다. 그 아버님의 끝없는 애정이 쇼군님과 굳은 약속이 되고, 그 약속을 쇼군님이 엄하게 지켜주시므로 작은대감님 몸이 이렇듯 무사하신 겁니다.”

“그럼, 아버님께 인사드리고 나가면 되겠지?”

“그렇습니다······ 진심으로 아버님 애정을 마음에 새기고 합장하십시오. 그렇게 하시면 쇼군님 은혜도 절로 아시게 되겠지요.”

가쓰모토의 어조가 다시 본대대로 돌아가자 히데요리 또한 감정이 부드러워졌는지 뜻밖에 유순한 얼굴이 되어 불단 앞에서 합장했다.

가쓰모토는 합장하는 히데요리를 보자 갑자기 눈물이 주르르 쏟아져 건잡을 수 없게 되었다.

‘오늘은 더 이상 아무 말도 하지 말자······ 앞으로 3, 4년 안에 히데요리의 기량도 인격도 결정되겠지······.’

이 소년에게 우대신에서 다이코가 밟아나간 간파쿠 다조 대신으로서의 길을 걷게 하려 생각하고 있는 이에야스의 꿈이 지나치게 너그러운 게 아닐까. 어려서 부터 여인들에 둘러싸여 안방에서만 자란 히데요리에게, 난세에서 자라온 난폭한 영주들을 제압할 힘은 도저히 기대할 수 없다.

'……이래가지고 과연 간파쿠직을 감당할 수 있을까……?'

그 불안 또한 결코 작지 않았다. 어떤 의미로는 다이코 다음으로 이에야스가 히데요리에게 가장 큰 꿈을 걸고 있는 건 아닐지…… 그러한 이에야스를 '적'이라고 부르며 세키가하라 이후의 자기 울분을 풀어가려는 감정적인 분위기가 이 오사카성 안에 아직 야릇하게 떠돌고 있는 것 같다.

갑자기 히데요리가 가쓰모토에게 물었다.

"가쓰모토, 아버님은 진정으로 이 히데요리를 사랑하고 계셨을까?"

히데요리의 물음이 너무나 갑작스러웠으므로 가쓰모토보다도 먼저 요도 부인이 되물었다.

"대감께서 작은대감을……?"

"어머님께 물은 게 아니오, 가쓰모토에게 묻고 있습니다. 아버님은……."

다시 같은 말을 하는 히데요리 앞에서 가쓰모토는 우선 요도 마님부터 제지했다.

"무리한 일도 아니지요. 다이코 전하께서 세상 떠나실 무렵 도련님은 6살……똑똑히 기억나지 않으시는 것도 무리가 아닙니다."

"그렇더라도 아버님이 진정으로 사랑하셨느냐고 묻다니……."

요도 마님의 넋두리를 그대로 흘려듣고 가쓰모토는 히데요리를 향해 고쳐 앉았다.

"도련님, 말씀드리기조차 황송할 만큼 귀여워하셨습니다."

"그런가? 그대 말이라면 틀림없겠지."

"이런 이야기가 있습니다. 탄생하셨을 때 건강하게 자라도록 바라시어 히로이 (주원
혼아이)라고 불러라, 히로이 님이라고 결코 존칭을 붙이지 말라고."

"그렇다면 미워하신 게 아니었나?"

"천만의 말씀. 너무 소중히 여기면 마귀가 깃든다시면서 그것을 두려워하신 거지요…… 귀여워하신 증거로 모두에게 분부하신 그 말씀을 잊으시고 1년도 채 되지 않아 도련님, 도련님하고 자신부터 그렇게 부르셨답니다."

"음."

"눈에 넣어도 아프지 않다는 말은 정말이지 그런 걸 두고 이르는 말이겠지요. 아무리 바쁘셔도 한 번 안으시면 좀처럼 내려놓지 않으셨습니다. 외람된 말씀이오나 전하의 무릎에 작은대감님이 오줌을 몇 번이나 싸셨는지 모릅니다."

"내가 아버님 무릎에 오줌을?"

"예, 그 오줌을 조금도 꺼리지 않고 만지시면서 그 손으로 과자를 집으시고 저희들에게 술잔을 주시므로 저희들은 모두 질색이었지요."

히데요리는 열심히 귀 기울이고 있었다. 가쓰모토는 이때라고 생각했다.

"돌아가시기 전에도 다섯 대로들을 부르셔서 하신 말씀은 단 하나……히데요리를 부탁한다……히로이를 부탁한다고……물론 그것을 쇼군에게도 되풀이, 되풀이 말씀하셨습니다. 센히메 님을 며느리로 달라고 말씀하신 것도 전하였으며, 도요토미 가문이 반드시 이어지도록……부탁하신 것도 전하이셨습니다……쇼군은 그 전하와의 약속을 오늘날까지 하나하나 엄하게 지키고 계십니다. 첫째 약속은 세키가하라 때……전하의 말씀이 없었던들 그때 간토 군은 이 성에서 작은대감님도 생모님도 모리를 따라 아키로 피신하시는 걸 말리지 않았을 겁니다. 그때 아키로 떠나셨다면 황송한 말씀이오나 오늘의 작은대감님도 오사카성도 없습니다. 이것들은 모두 전하께서 필사적으로 쇼군께 부탁해 두셨기 때문입니다. 그러한 아버님 애정을 의심하시다니, 당치도 않은 말씀."

"그런가. 그럼, 히데요리는 아버님보다 박정한 사람일까?"

또다시 뜻하지 않은 말에 가쓰모토는 깜짝 놀랐다.

"지금 뭐라고 하셨습니까?"

가쓰모토가 자기 귀를 의심하며 되묻자 히데요리는 진지한 표정으로 고개를 갸우뚱했다.

"나는 아버님보다 박정한 사람이냐고 물었다."

"그게 대체 무슨 말씀입니까?"

"나도 오줌 벼락을 맞았었지. 그러나 아버님처럼 하지 못했다. 나는 그저 더러운 생각이 들어 그 자리에 그만 내던져버렸단 말이야."

요도 마님이 가냘프게 소리 질렀다.

"아……!"

요도 마님은 히데요리가 무슨 말을 하는지 알 것 같았다. 이틀 전 사카에가 낳은 갓난아기……를 처음 안았을 때의 일을 말하는 모양이다. 그러나 가쓰모토는 교토에 가 있느라 아직 그 말을 듣지 못했던 것이다.

"도련님이……어느 분을 더럽다고……생각하셨는지요?"

"내 자식을 그렇게 생각했었지."

"작은대감님의 아기님을……."

"그래, 딸이라더군. 그러나 그처럼 못생긴 여자아이를 나는 아직 본 일이 없어. 그래서 오줌을 싸기에 더러운 생각이 들어 내던져버렸지."

"그……그럼, 사카에 님이 순산하셨습니까?"

"가쓰모토, 난 아버님보다 몰인정한 것일까?"

너무도 어처구니없는 일에 가쓰모토는 어리둥절하여 대답할 바를 몰랐다. 사카에가 언젠가 아이를 낳으리라는 것은 예기하고 있었다. 그러나 히데요리가 이런 데서 아이에 대한 자기 애정과 다이코의 애정을 비교할 줄은 생각지도 못했다…….

'이쪽은 진지하게 도요토미 가문의 입장을 이해시키려 이야기하고 있는데, 히데요리와 가쓰모토의 의사가 아직은 서로 제대로 통할 리 없다…….'

가쓰모토는 다시 안타까운 생각이 들었다.

'아직 어린아이다…… 아니, 어린아이인 채로 아버지가 되어버렸다…….'

"왜 대답하지 않나, 가쓰모토. 아버님께서는 그토록 이 히데요리를 사랑해 주셨는데, 히데요리는 더럽게 여기며 밉다고도 생각했어. 어쩌면 내 자식이 아니지 않을까 하고……."

"작은대감님, 그런 생각은 마십시오. 갓난아기는 모두 못생겼습니다…… 그러나 얼마 안 되어 그 아기가 사랑스러워 못 견디게 되실 겁니다."

"그렇다면 내가 몰인정한 게 아니란 말인가?"

"예, 예, 그렇습니다…… 결코 몰인정하시지 않습니다. 인정이 많으시므로 처음부터 아름답기를 바라신 거지요…… 그렇잖습니까, 생모님?"

그러나 요도 마님은 그 말에 대답하지 않았다. 요도 마님은 아직 사카에에 대한 감정을 버리지 못한 것 같다…….

'그렇군, 출산했구나…….'

가쓰모토는 그 일에 대해 그 아이를 어떤 신분으로 어디서 길러야 하는지 곧 정하지 않으면 안 되었다.

히데요리는 한시름 놓은 듯 바지 주름을 바로잡으며 일어섰다.

그를 아는 자

히데타다의 아들 다케치요가 비로소 에도의 산노(山王) 신사를 참배한 것은 게이초 9년(1604) 11월 8일. 교토에서 도요쿠니 신궁제가 성대하게 열린 지 석 달쯤 뒤의 일이었다. 이로써 분메이(文明 ; ₁₄₈₇⁻) 시대에 오타 도칸(太田道灌 ; 시와 학문에 뛰어났고 15세기 첫무렵의 무장)의 청에 따라 세워진 산노 신사는 에도성을 지키는 신궁으로 정해졌다.

산노 신사는 그즈음 한조문(半藏門)밖 가이즈카(貝塚)에 있었는데, 다케치요는 가스가 부인(春日局)이라고 이름을 바꾼 사이토 후쿠코(齋藤福子)에게 안겨 사부 아오야마 다다토시(靑山忠俊), 나이토 기요쓰구, 미즈노 시게이에, 가와무라 시게히사(川村重久), 오쿠사 구마쓰구(大草公繼), 나이토 마사시게(內藤正重) 등을 거느리고 참배를 끝낸 다음 귀로에는 일부러 길을 돌아 다이묘 소로(大名小路)에 있는 아오야마 다다나리(靑山忠成)의 저택에 들렀다. 말할 것도 없이 아들의 출생을 영주의 가족이며 백성들에게 넌지시 과시하기 위해서였다.

그 일이 끝나자 이번에는 이에야스의 생모 덴즈인의 장례가 역시 성대하게 거행되었다. 도요쿠니 신궁제와는 물론 비교도 안 되었으나, 그 전해부터의 시가지 건설로 에도도 이제는 세이타이쇼군 거주지로 오사카에 겨룰 만한 구조와 내용을 갖추었다 해도 좋았다.

성곽 및 그 밖의 설계는 도도 다카토라, 에도성 수호 신궁 결정은 그즈음 무사시 가와고에(川越)의 기타인(喜多院)에 있던 덴카이의 권유에 의해 이루어진 듯했다.

이로써 이에야스가 쇼군으로서 해야 할 첫 번째 일들은 겉으로 보기에 일단 완료되었다 해도 좋았다.

해가 바뀌면 게이초 10년(1605)…… 이에야스는 64살이 된다.

'다이코가 돌아가신 63살을 넘고 있다.'

이에야스로서는 한시도 잊어선 안 될 일이었다. 인간에게는 수명이 있다. 그것을 깨닫지 못하고 죽은 뒤의 대비를 잊으면 곧바로 천벌이 내린다……고 이에야스는 굳게 믿고 있다.

사흘 뒤로 다가온 신년을 맞이하려고 에도 본성 여기저기에서 부산하게 대청소가 벌어지고 있다.

이에야스는 조용한 서쪽 성의 서원으로 피하여 가와고에서 찾아온 덴카이며 다카토라와 셋이서 차를 즐겼다.

서쪽 성은 아직 나무 향기가 그윽했으며 여기저기 번쩍거리고 있다.

"올해는 바빴지만 좋은 해였어. 이제 안심하고 내년부터는 이 서쪽 성의 주인이 되겠지."

이에야스가 겨울치고는 드문 푸른 하늘의 처마 끝을 스쳐 날아가는 갈매기를 쳐다보며 중얼거리자 덴카이가 곧 의아스러운 듯 물었다.

"그럼, 쇼군님은 여기를 거처로 삼으실 작정입니까?"

"그렇지. 도도가 이처럼 훌륭하게 지어주어 은퇴한 사람이 살기에는 좀 아까울 정도지만……."

"그럼, 역시 은퇴하실 뜻은 굽히시지 않는단 말씀입니까."

"그렇지, 인간에게는 마음속의 맹세가 있으므로. 나는 다이코님이 돌아가셨을 때, 다이코님이 돌아가신 나이가 될 때까지 이 이에야스가 반드시 평화의 기초를 닦겠다고 맹세했어. 그동안 7년이 걸렸어. 도요쿠니 신궁제로 그 맹세를 이룰 곳까지 다다랐다는 것을 혼백에게 보여주었지. 그러므로 깨끗이 물러나 죽은 뒤의 준비를 해야 하겠지……."

이에야스의 말이 끝나기도 전에 덴카이는 다카토라를 돌아보며 말했다.

"아직 1년이 빠릅니다! 다카토라 님도 물론 같은 의견이겠지만 아직 1년은 더 하셔야 한다고 소승은 생각합니다."

이에야스는 가볍게 웃었다.

"허허, 어째서 그렇소. 인간이 수명을 생각하고 준비하는 데 너무 빠르다는 건 없다고 생각하는데."

"대감님이 펴신 사·농·공·상의 길은 과연 이루어졌지요. 사람들은 안심하고 그 길을 걷기 시작한 듯 보입니다. 하지만 세키가하라로부터 겨우 4년, 그 싸움에 패배한 자들의 망집이 아직 여기저기 우글우글합니다. 쇼군님이 되신 지 겨우 2년밖에 안 되잖습니까. 돌 위도 3년(³년 동안 앉아 있으면 따뜻해진다는
뜻으로 참으면 이룰 수 있다는 뜻)이라고 합니다."

"재미있군. 스님에게는 내 뜻이 통하지 않는 모양이야. 실은 그 망집을 가라앉히고 혼백을 공양하기 위해 1년 앞당겨 은퇴하는 거요."

이에야스는 차를 깨끗이 다 마시고 다시 웃었다.

"사실은 다이코가 1년 늦어서 지금도 내 귓전에……이에야스, 늦지 말게, 늦지 말게 하고 귀띔해 주고 있소. 다이코가 1년만 빨리 조선에서 전군 철수를 결심하여 돌아가시던 해 봄 꽃놀이 때 모든 장수를 초대했었다면 사정이 전혀 달라졌을지도 몰라."

다카토라가 끼어들었다.

"하긴! 그 1년 전 조선에서 철수를 끝냈다면 미쓰나리와 일곱 장수의 싸움은 없었을지도 모르지요."

이에야스는 태연하게 찻잔을 내려놓았다.

"그 말이오. 그런데 다이코의 조그만 방심으로 세키가하라 싸움의 불씨를 남기고 말았지. 이 교훈을 살려야만 되리라. 나는 봄이 되기를 기다려 상경하여 쇼군직 사임 청원을 조정에 제출할 작정이오."

덴카이는 가볍게 혀를 찼다.

"대감님 심정을 전혀 모르는 것은 아닙니다. 그러나 아직 대감님과 다이나곤 히데타다 님은 그 무게가 다릅니다."

"그건 나도 알고 있소. 그러나 수명을 무시할 수는 없잖소."

"대감님, 만일 천하의 망나니 영주들이 그 수명을 반대로 생각한다면 어떻게 되겠습니까?"

"반대로……라면?"

"그렇다, 인간에게는 수명이 있었다……고 거기까지는 그들도 같은 생각을 합니다. 그런데 그 뒤의 생각이 반대로 되겠지요. 그런가, 대감님도 오래 살 수 있는 불노불사의 분은 아니었구나, 이제 다이코가 돌아가실 연세이니 어차피 눈감으시겠지, 그때까지의 인내다, 그때까지 얌전하게 비위 맞추다 돌아가시기를 기다려 일을 일으키자……고 생각하는 자가 나타난다면 그야말로 용을 그리고도 눈을 그리지 않은 것과 마찬가지, 도리어 새로운 정사의 밑바닥에 엉큼한 야심의 싹을 키우는 결과가 됩니다."

"과연."

이번에도 먼저 맞장구친 건 다카토라였다. 다카토라는 두 가지 의견이 있을 때 반드시 쌍방에게 자못 감탄한 것처럼 맞장구친 다음 자기 의견을 말하는 버릇이 있었다.

앞선 두 사람의 주장을 인정하고 내놓는 제3의 의견에 그만큼 무게가 보태진다고 여기기 때문이었다.

"과연, 오히려 야심을 키우게 하는 경우도 없지 않겠군요."

다카토라는 자못 감탄한 듯 고개를 갸웃하며 이에야스를 쳐다보았지만, 이에야스는 다카토라에게 굳이 의견을 청하지 않았다. 여전히 미소를 머금고 팔걸이를 당기며 말했다.

"스님은 1년만 더 하라고 말씀하셨소."

"그렇습니다. 1년만 더……."

"그럼, 그 1년 동안에 뭘 하라는 거요?"

"모처럼 그려놓은 용에 눈을 그리시라는 말씀입니다."

"어떻게 하면 용의 눈을 그려 넣을 수 있다는 거요?"

덴카이는 눈썹 하나 까딱하지 않고 거침없이 말했다.

"좀 따끔한 수술이긴 하지만 새로운 정치를 이해하지 못하는 망나니 영주들을 두서넛 없애버리십시오. 대감님 불교는 아직 엄하지 못한 데가 있습니다. 부처에는 제석천(帝釋天)도 있지만, 비사문천(毘沙門天)도 있지요. 진정으로 천하의 평화를 원한다면, 가르침을 받들지 않고 난리를 좋아하며 출세를 꿈꾸는 무리들이 난을 일으키기 전에 추방할 용기와 자비가 없으면 안 됩니다. 대감님에게는 아직 그것이 없는 듯합니다."

다카토라의 눈이 분주하게 돌아갔다. 아무래도 그 점에서는 그도 덴카이와 의견이 같은 모양이다.

이에야스는 크게 숨을 내쉬었다.

"그렇다면 정치란 어느 면에서는 무자비한 악이로군."

"그렇습니다…… 이 세상에 숨어 있는 악에 대해서는 악이지요. 하지만 없어서는 안 될 필요악입니다."

이에야스는 별안간 나직이 웃었다.

"허허……그 점이라면 이에야스가 가장 깊이 생각한 점이었소."

"그러시면 모든 것을 이미 생각하셨다는 말씀입니까."

이에야스는 고개를 끄덕였다.

"다만 이에야스는 그것이 표면에 나타날 때까지는 손대지 않소. 이것을 마음가짐의 으뜸으로 삼아야 한다고 엄하게 자기반성을 하고 있소."

"허……."

"지금 평화를 반기지 않는 자, 낙심해 있는 자의 수는 결코 적지 않소. 아비를 배반하고 형을 죽여서라도 창 하나로 성을 차지하여 영주가 되는 세상…… 그 세상이 종말을 고했소. 그래서 안절부절못하는 난폭자의 수효와 그 이름을 일일이 들라면 못할 것도 없지…… 그러나 그러한 자들에게도 시대는 바뀌었소. 알겠소? 그 생각은 잘못이라고 간곡히 설득해 가는 일이……다른 사람이라면 몰라도 부처님을 섬기는 내 의무로 생각하고 있소. 대사도 알아주실 거요. 내가 내년 봄 은퇴할 마음이 든 것은 결코 달아나거나 물러서려는 게 아니오. 오히려 그 반대로 전진하기 위해서지. 내가 수명을 생각하여 은퇴하는 일로 말미암아 다른 생각을 하는 자가 있더라도, 그 야심이 표면화되기까지는 손대지 않겠소. 하지만 만에 하나라도 표면으로 폭발될 것 같을 때는 내가 아니라 히데타다로 하여금 쉽사리 평정시켜 보이겠소. 그편이 언제까지나 쇼군직에 앉아 있는 것보다 평화로운 세상을 초래하는 길이라고 생각하는데, 어떻소?"

이에야스가 웃으며 말하자 무엇을 생각했는지 덴카이는 불문에 든 사람답지 않게 호탕하게 소리 내 웃었다.

"왜 웃으시오, 대사는……."

이에야스는 덴카이의 무례함을 나무라기는커녕 웃을 걸 예기하고 있었던 것처럼 침착한 태도로 되물었다.

"이에야스의 생각에 어딘지 아직 부족한 점이 있다는 거요?"

한참 웃고 나서 덴카이는 옷깃을 여미며 말했다.

"아니, 없습니다, 없습니다. 소승이 웃은 건 대감님이 아니라 이 사람의 쓸데없는 노파심 때문입니다. 거기까지 생각하신 뒤의 결심이라면 결코 말리지 않겠습니다. 대감님은 확실히 한 걸음 진전하셨습니다."

이에야스는 거기에는 대답하지 않고 말했다.

"이 이에야스와 다이코가 끝내 뜻이 맞지 않았다…… 고 해석하고 있는 자가 우리 가문 안에도, 오사카성 안팎에도 많이 있지요."

"그렇습니다. 연작(燕雀)이 어찌 홍곡(鴻鵠)의 뜻을 알 것인가…… 영웅이 아니면 영웅의 마음을 모르는 것이니까요."

"처음엔 나도 다이코를 경계했었소. 노부나가 공의 뜻을 더럽히는 게 아닐까 하고…… 그래서 이시카와 가즈마사를 은밀히 다이코 곁으로 보내 안과 밖에서 다이코의 절도와 지조를 떠보았지요. 그런데 다이코는 결코 그러한 분이 아니셨소."

거기까지 듣자 덴카이는 생각난 듯이 물었다.

"그러고 보니 지금 말씀하신 가즈마사 님은 그 뒤 어떻게 되었습니까?"

그러자 다카토라가 미소지으며 이에야스 대신 대답했다.

"가즈마사 님은 두 번 돌아가셨지요."

"허, 한 인간이 두 번 죽다니."

"그렇습니다. 분로쿠 끝 무렵, 천하는 대감님 손에 건네질 거라고 예측하며 교토에서 한 번 돌아가셨고, 그 뒤 게이초 8년(1603)에 대감님이 진실로 천하의 주인이 되신 걸 보고 후카시성(深志城)에서 다시 한번 돌아가셨습니다."

덴카이는 뚫어질 듯 두 사람의 얼굴을 번갈아 보고 비로소 납득한 눈치였다.

"과연! 그래서 두 번 죽은 셈이 되는군."

이시카와 가즈마사의 신슈 후카시성 10만 석은, 표면상으로는 그가 히데요시의 꾐에 넘어가 이에야스를 배신하여 오카자키 성주대리 지위를 버리고 히데요시한테 달아난 대가로 얻은 것이었다. 물론 이에야스와 암암리에 묵계한 뒤의 일이었으나, 미카와 무사들은 액면 그대로의 배신이라고 여겨 줄곧 증오감을 불태우고 있었다.

그러므로 이에야스의 천하가 되면 무사히 넘어가지 않을 거로 생각했으리라.

가즈마사는 분로쿠 3년(1594) 8월에 교토 저택에서 자기 관을 내가게 했다.

이것도 어쩌면 이에야스와 의논한 일이었는지도 모른다. 그리고 지금 증오도 원망도 아지랑이처럼 사라져 그 아들 야스나가가 상속하여 영토가 그대로 무사히 대물림되어오고 있다.

아마 두 번째로 죽었다는 것은 수명을 다하여 세상 떠났다는 뜻이리라.

덴카이가 그 이야기를 납득하자 이에야스는 다이코에 대한 추억담을 다시 꺼냈다.

"다이코는 역시 영웅이었어. 우리들이 도저히 미치지 못하는 능력을 지니고 태어나신 분…… 그 첫째는 활달무애(豁達無碍)한 명랑성, 참으로 태양의 아들이라고 하기에 알맞았지."

이에야스가 다이코를 칭찬하자 다카토라는 눈부신 듯 눈을 깜박였다.

본디 다이코의 동생 히데나가의 가신이던 다카토라는 다이코보다 이에야스에게 심취했으며 그 일로 출세해 온 사람이므로 무리도 아니다.

"참으로 다이코님에게는 누구나 친밀감을 느끼기 쉬운 점이 있었지요. 하지만 언동에 경박한 허세가 보이는 게 결점이었습니다."

"그렇지 않아. 그 허세 같고 큰소리 같아 보이는 말 이면에서 아이처럼 열심히 스스로 책임을 지려 하셨다. 그것이 노부나가 공의 유업을 훌륭히 계승할 수 있었던 원인인 거야."

"대감님은 무슨 일에나 겸허하십니다."

"아냐, 나는 솔직히 회상하고 있는 거야. 나를 오사카로 불러내기 위해 그 효성스러운 아드님이 어머니까지 인질로 내놓았지…… 하늘을 상대할 만한 사람이 아니면 못할 일이야……."

"그 보답을 대감님도 훌륭히 하셨습니다. 세키가하라 때 요도 마님의 죄도 히데요리 님 죄도 불문에 부치셨지요."

"무슨 소리인가, 다카토라는……사실 아녀자는 책임 없는 일 아닌가. 내가 만일 다이코의 은혜에 보답한다……는 일이 있다면, 그건 오로지 앞으로의 마음가짐에 달린 거지."

덴카이는 다시 몸을 앞으로 내밀었다.

"재미있습니다! 앞선 말은 이 덴카이의 노파심이라 하더라도 이제부터 도요토미 가문의 어린 유자를 대감님은 어떻게 하실 작정인지 꼭 여쭙고 싶습니다."

"나는 내년 봄 교토에 올라가 그 모든 것을 확고부동하게 정해 놓고 올 작정이오."

"허, 확고부동하게……."

"그렇소. 히데타다는 다음 쇼군으로서 부끄럽지 않을 채비를 갖추어 천자님을 배알케 하고, 그 전에 히데요리를 우대신으로 추천하려 하오."

"히데타다 님은 아직 다이나곤, 쇼군이 되더라도 내대신이겠지요."

"히데요리를 우대신으로 승진시킨 다음 히데타다의 쇼군직 임명 칙명을 기다려 히데요리를 교토로 부르겠소."

"허……그럼, 두 사람 나란히 천자님께 감사의 입궐을 하도록……시키겠다는 뜻이군요."

"그렇소. 스님은 과연 날카롭소. 그러면 13살인 히데요리도 우대신이 얼마나 존귀한 자리인지 알 터이니 그런 다음 간곡히 타일러줄 작정이오."

"무엇을……이라고 물으려 했습니다만, 깨달았습니다! 그러면 도쿠가와 가문은 무사 우두머리, 도요토미 가문은 공경 우두머리, 이 두 기둥으로 새로운 정치를 영원히 이어나갈 대비시군요."

이에야스는 매사에 앞지르는 덴카이가 좀 다루기 어려운 듯 쓴웃음을 지었다.

"어떻소, 이것은? 생각이 모자라는 데가 있소?"

덴카이는 자못 감탄한 표정으로 무릎을 쳤다.

"과연, 그로써 도요토미 가문은 말대에 이르기까지 황실과 더불어 확고부동해지겠군요…… 그러나 오사카에서 히데요리 님을 불러내는……방법에 한 가지 문제가 있을 것 같군요."

"허, 불러내는 방법에?"

"그렇습니다. 그것은 관직 문제가 아니라 세상에 반영되는 정치문제…… 어디까지나 새로운 쇼군에게 인사 오게……해야만 되겠지요. 그래야만 비로소 천하대란을 원하는 난폭자들도 시대의 변화를 깨달을 테니까요……."

"히데요리를 히데타다에게 인사시킨다……?"

그것은 이에야스가 아직 생각지 못한 일이었다. 히데요리를 교토로 불러낼 구실은 두 가지 있었다. 하나는 오래전부터 고다이사를 세우고 싶다고 이에야스에게 청해온 기타노만도코로 고다이인이 부르게 하는 것이었다.

히데요리는 격식으로 말하면 고다이인의 아들이다. 그러므로 요도 마님은 어디까지나 생모일 뿐 '어머님'인 고다이인의 모권이 한 단계 위였다. 고다이인은 히데요리 탄생 때 자신의 이름으로 이세 신궁에 정식으로 사자를 보내 안산 축원을 드린 바 있었으며, 사자를 보내 그 감사 참배도 했다. 그러한 '어머님'이 오랜만에 만나고 싶다고 한다면 히데요리는 상경하지 않을 수 없는 의리가 있다.

또 하나는 이에야스 자신이 초청하는 것이었다. 이에야스는 에도 할아버지로서 지금은 히데요리보다 관직이 위다. 그러므로 이에야스가 만나고 싶다고 제의한다면 연로하신 어른 대접으로 거절할 수 없다.

그런데 덴카이는 지금 그러한 호출보다 차라리 새로운 쇼군 히데타다에게 인사차 상경하도록 명령해야 옳다고 한다.

"그렇게까지 할 필요가 있을까요, 스님?"

"모든 게 시대의 추이를 천하에 뚜렷이 알려주기 위해서입니다."

"그쯤 해둡시다. 그 문제는 우리들이 상경한 다음에 정해도 좋으니…… 그런데 어떻소, 이로써 다이코도 성불하리라 생각하시오?"

이에야스가 웃음을 거두고 되묻자 덴카이는 야릇하게 웃었다.

"다이코는 안심하고 눈을 감을 게 틀림없습니다만, 살아 있는 망자들이 대감님께서 천하를 교묘하게 속였다고 퍼뜨릴지 모르겠군요."

"역시 그렇게 생각하오?"

"그들 망자들은 대감님처럼 생각이 깊지 못합니다. 그러므로 2대 쇼군직을 히데타다 님에게 물려주신 일에만 눈을 번뜩이며, 무엇 때문에 히데요리 님이 우대신이 되었는지는 깨닫지 못하겠지요."

"그 점이 안타깝소. 나는 오늘날이 있을 것을 생각하고 게이초 8년(1603) 2월 12일 세이이타이쇼군 임명을 받을 때 우대신직을 극력 사퇴했던 거요. 아니, 그때는 허락되지 않았으나 10월 16일 대궐에 다시 말씀드려 면직 받았소. 그것이 모두 히데요리 님에게 우대신을 드리도록 청하기 위한 준비였는데 난폭자들에게는 이 사실이 보이지 않을까."

"황송하오나 그들은 오사카의 눈을 속이기 위한 행동으로밖에 받아들이지 못하는 능력만 가진 게 아닐지요."

"흠, 노부나가 공의 마지막 관직, 그리고 이 이에야스가 쇼군직에 취임한 62살 때의 관직, 그 존귀한 관직을 13살 어린아이에게 하사하는데도……"

"그토록 난장판이 계속된 난세의 뒤입니다. 그러므로 엄하게 할 곳은 엄하게 다스리지 않으면 그들은 새로운 정치를 얕봅니다. 불교에서도 교화를 위한 엄격함은 결코 무정, 무자비로 보지 않습니다."

"흠, 이건 경청해야 할 일일지도 모르겠군."

"대감님, 그보다도 드디어 쇼군직을 은퇴하신다면, 대감님에게 여쭈어볼 일본의 또 한 가지 큰일이 있습니다."

말하는 덴카이의 눈이 번쩍 빛났다.

"일본의 큰일……"

이에야스는 다그치며 덴카이를 향해 고쳐앉았다.

"나는 더 이상 누락된 게 없도록 곰곰이 궁리했다고 여겼는데, 또 다른 큰일이 있단 말씀이오?"

"있습니다. 대감님이 은퇴하신 뒤 만일 한 무리의 폭도가 오사카성에 웅거하여 교토를 향해 진격할 때는 어떻게 하시겠습니까?"

"거참, 과격한 상상이시군. 그때는 사와 산에서 곧 이이 군을 출동시켜 막지요. 그 때문에 그곳에 이이를 두고 동시에 근위장수들 총대장도 시키고 있는데, 그것으로는 부족하다는 말씀이신지?"

"아니, 일에는 뜻밖의 계산 착오도 있을 수 있으니까요."

"허!"

"만일 오사카성에 웅거한 폭도가 그러한 대감님의 작전을 훤히 꿰뚫어 군사를 일으킴과 동시에 대궐에서 오사카로 천자님을 옮기게 한다면 어쩌시렵니까?"

"뭐, 천자를 오사카의 인질로 삼는다고……"

"예, 그러지 않으면 대의명분이 서지 않습니다. 우선 천자님을 빼앗어 칙명을 사칭하면 달려온 이이 군도 대감님도 역적 이름을 듣습니다."

이에야스는 웃었다. 그러나 그 질문은 웃어넘길 문제가 아니었다.

"그 옛날 겐페이(源平 ; 미나모토(源) 씨 와 다이라(平) 씨)가 격렬하게 싸웠던 무렵, 요리토모 공이 가장 두려워한 게 그 일이었지."

"그렇습니다. 그러나 요리토모 공이 두려워한 건 상황(上皇)의 변심…… 대감님이 경계해야 하실 일은 그것과 전혀 다른 내용이 될 줄로."

"허, 어떤 내용?"

"그 옛날 사람들과 전국시대라는 하극상의 난세를 거쳐온 지금 사람들 사이에는 대궐에 대한 생각에 큰 차이가 있지요."

"흠!"

"그러므로 일단 천자를 받들어 군사를 일으키더라도 방해되면 무슨 짓을 저지를지 모릅니다. 만일 그 때문에 황실의 핏줄이 끊어지는 일이라도 생긴다면, 대감님은 그야말로 영원히 일본인의 원한을 사게 되겠지요."

이에야스는 어느덧 눈을 감고 있었다. 이처럼 대담무쌍한 말을 할 수 있는 자는 덴카이 외에 달리 없으리라.

"그런 무례한 인용은 황공하기 이를 데 없는 일."

꾸짖어 입을 다물게 하는 건 쉬웠으나, 그러한 불안이 결코 없다고는 단언할 수 없다.

이이 가문은 현재 나오마사의 아들 나오타카(直孝)가 계승하고 있다. 나오타카는 그 가문에 전하는 근황정신이며 무용에 있어 결코 아버지에게 뒤진다고 여겨지지 않는다.

그러나 급변을 듣고 그가 교토로 달려가기 전에, 대궐을 침범하는 짓을 꾀하는 자가 전혀 없으리라고도 할 수 없다…….

덴카이는 다시 거침없이 말했다.

"만일 그가 천자님 일족을 탈취하면 대감님이나 다음 쇼군님에게 어떤 교섭을 하더라도 유리한 입장에 설 수 있다……고 생각한다면 어떻게 될까요. 여기에 난리를 일으킬 하나의 씨가 구르고 있다……고 생각되지 않습니까. 이것은 이시다 미쓰나리가 히데요리 님을 업고 군사를 일으킨 것과는 문제가 다른 일본의 큰일입니다."

이에야스는 눈을 감은 채 한숨지었다.

"스님은 짓궂은 말씀을 하시는군. 이이 가문만의 대비로는 모자란다. 난리의 씨가 되는 것은 미리 없애버려야 한다……는 거요, 스님은?"

덴카이는 오히려 즐거운 듯 가볍게 대꾸했다.

"그렇습니다. 문단속을 게을리하면서 도둑만 미워하는 게 가장 어리석은 짓이라고 생각합니다."

"그 문단속 말인데, 그 문단속으로 히데요리 님을 영주인 채 공경으로 두고 싶다는 거요."

"그렇다면 오사카성에 그대로 두실 생각입니까?"

"아니, 오사카성이 아니오."

"그러실 테지요. 오사카에 두신다면 히데요리 님이 맨 먼저 폭도의 주목을 받습니다. 도요토미 히데요리가 조정을 받들어 군사를 일으킨다…… 우매한 자들이 음모를 꾸미는 데 더할 데 없는 의지가 되겠지요."

"음."

"대감님도 그 점을 깨닫고 계실 것입니다. 그런데 히데요리 님은 오사카 아닌 어느 곳에?"

"예, 그러나 교토에서 멀리 떨어지면 공경 직책도, 경호 직책도 하기 어렵소. 그러므로 야마토가 어떨까 싶어 일부러 다른 사람에게 내주지 않고 지금 오쿠보 나가야스를 지방관으로 삼아 준비하고 있는데……."

"대감님! 거기까지 생각하고 계신다면 한층 더 굳은 결의가 중요하지 않겠습니까?"

"음."

"오사카성을 빨리 손에 넣으시고 그런 다음 만일의 경우에 대비해 친왕(親王) 한 분을 에도로 모시는 것입니다. 그것만은 끝내시고 은퇴하시는 게 순서가 아니겠습니까?"

"뭐, 친왕 한 분을……."

"예."

"그건 안되오. 그런 짓은 안 돼. 그렇잖아도 이에야스는 에도 저택을 준다며 인질을 요구한다는 말이……."

"대감님!"

"안 돼. 만일 그따위 말을 하면 이에야스는 조정에서조차 인질을 받으려 하는 역사상 예가 없는 엉큼한 놈이라는 평을 받으리다. 스님, 사람 사는 세상은 신뢰를 잃으면 어떠한 제도도 문단속도 쓸모없게 되는 거요. 그 말만은 다시 하지 마시오."

그러자 덴카이는 안하무인격으로 웃음을 터뜨렸다.

"으하하하······말하지 말라시면 하지 않겠습니다. 소승은 또 대감님이 좀 뛰어나신 분인 줄 알았지요."

"뭐······뭐라고, 스님?"

"역시 세이이타이쇼군쯤 되면 스스로를 아끼지요. 그래서 세상 눈치를 보는 겁니다. 그렇다면 모처럼의 새로운 정치도 앞이 뻔하지요. 이제 두 번 다시 말씀드리지 않겠습니다."

이에야스는 커다란 눈을 덴카이에게 뚫어지게 못박은 채 얼어붙은 듯 꼼짝하지 않았다. 살집이 두툼한 얼굴이므로 떠오른 심줄도 새끼손가락처럼 굵게 꿈틀거리고 있다.

다카토라가 보다못해 작은 목소리로 끼어들었다.

"눈이 올 것 같군요. 갈매기 울음소리가 시끄러워졌습니다······."

다카토라의 참견도 이에야스의 감정을 막아낼 수는 없었다.

"스님! 스님은 이 이에야스를 성나게 하려 하고 있소."

"무슨 말씀. 대감님을 노하시게 하여 무슨 소용 있겠습니까. 다만 노하신다고 해도 겁내지는 않습니다. 겁낸다면 대감님의 신임을 배반하는 게 되지요······그렇게 알고서 말씀드리는 것뿐입니다."

"음."

이에야스는 다시 한번 신음했다.

'오늘날 내 앞에서 이처럼 무엄한 말을 하는 사람은 달리 없을 것이다.'

그러므로 하고 싶은 대로 허심탄회하게 말하도록 내버려 두어야 한다······고 알므로 더욱 화가 치밀었다. 덴카이 역시 그것을 잘 알고서 하는 말인 듯하다. 여유만만하게 정원으로 시선을 던지고 상대가 어떻게 나오든 충분히 반박할 작정인 것 같았다.

"그런가. 스님은 이 이에야스가 대궐에까지 인질을 내게 했다······는 말을 듣더라도 각오하고 일을 진행시키라는 거로군."

"말대꾸 같지만, 인질을 내게 하라······는 말은 하지 않았습니다."

"그러나 친왕을 간토로 모신다······면 사람들 입을 막을 수 없을 텐데?"

"황송하오나 덴카이는 대감에게 거기까지 신중한 대비가 있는지 어떤지 여쭈어본 것뿐입니다. 그런데 대감님은 안된다고 하셨습니다."

"스님, 나는 대궐에까지 인질을 내게 했다……는 말을 듣는 게 염려스러워서가 아니라, 내가 구상하는 새로운 세상 건설에 씻을 수 없는 오점이 찍히기 때문에 말한 거요."

"그 정도 일이라면 덴카이도 충분히 생각하고 있지요. 대감님의 시대건설은 유교를 대들보로 삼으신 흔구정토(欣求淨土), 다시 말해 인간을 모두 극락의 성인으로 만드시려는 욕심 많은 의도라고 여깁니다만."

"무슨 말이오…… 그래서는 안 된다고 스님은 생각하시오? 인간에게는 저마다 어쩔 수 없는 약점과 결점이 있게 마련. 극락을, 성인군자를 목표로 삼아 행동하더라도 그 열 가지 바람 가운데 하나도 이루기 어려운 법……이라는 관점 위에 서지 않는다면 이 세상은 곧 지옥 세계로 타락하고 마오…… 학문이든 법이든 도(道)란 모두 이 이치를 고려하여 지상 세계를 신불의 나라로 접근시키려는 것, 그밖에는 아무것도 아니라고 나는 믿소."

"덴카이도 그렇다고 믿습니다. 아니, 그것이 우리 일본의 상태지요. 사람은 본디 우주의 신이 창조한 것, 그것이 어쩌다 악귀나찰로 타락했을망정 한시 빨리 본디 자리로 돌아가야 합니다……그 진보생성하는 크나큰 우주의 뜻을 잃지 않게 하려고 신이 황실을 이 지상에 옮겨 만세일계(萬世一系)의 왕을 만든 게 우리 일본…… 그러므로 이 황실을 잃지 않기 위한 각별하신 염려는 대감님의 이상에 조금도 어긋나는 게 아니지요. 그래서 그 준비가 있는지 없는지 여쭤본 것뿐입니다."

덴카이는 거기까지 말하고 다카토라를 돌아보며 가볍게 웃음을 터뜨렸다.

"그런데 그만 노여워지셨군. 하하……성급한 분이야, 대감님은."

이에야스는 다시 눈을 감고 곧 대답하지 않았다. 노여움을 스스로 억누른 것이리라. 이마의 심줄은 가라앉았지만 둥근 목이 한결 짧아진 느낌이었다.

덴카이는 목소리를 떨어뜨렸다.

"대감님……대감님은 인간의 장점과 약점을 다 잘 아시는 분입니다. 이상에 눌리게 되면 인간이라는 괴물을 다스리지 못합니다. 그러면 대감님이 짓눌리고 말지요. 대감님이 짓눌릴 정도라면 뒷사람들 손에 다스려질 리 없습니다. 그러니 친왕 한 분을 간토에 모셔 만에 하나라도 황실의 핏줄이 끊기지 않도록 반석 같은 대비를 해놓으십시오."

"……."

"비록 인질……이라고 말하는 자가 있더라도 개의해서는 안 됩니다. 아니, 인질이 아니지요…… 하코네로부터 동쪽으로, 지난날 친왕님을 오시게 했던 신사 불각의 선례(先例)가 없는지 조사하시어 그곳으로 오시도록 청하는 겁니다."

"……."

"소승에게 두세 가지 생각이 있으니 그 점에 대해서는 어떻든 명백히 하도록 해주십시오. 그리고 그 친왕님 거처를 에도에 마련하여 여느 때는 거기 계시게 한다면 어떤 때라도 지켜드릴 수 있습니다."

"흠"

"이것은 단지 만일을 위한 조심……일 뿐 아니라 그 이상의 효과도 있지요. 대감님의 조심성이 거기까지 미치고 있는 줄 안다면, 서쪽에서 불순한 음모를 꿈꾸는 자도 없어질 겁니다. 소중한 곳의 열쇠는 단단히 잠가두는 게 도둑들을 구원하는 길입니다."

이에야스는 아직 대답하지 않았다. 그러나 덴카이는 자기 말이 벌써 이에야스의 가슴을 찰싹찰싹 치기 시작한 것을 잘 알고 있다. 그러므로 더욱 넌지시 이야기를 이어나갔다.

"인간은 정을 버려서도, 정에 져서도 안 됩니다. 이상을 가지되 현실을 떠나서는 아무것도 할 수 없는 것과 마찬가지……대감님만 한 분이 은퇴를 서둘러서는 안 됩니다. 아니, 대감님은 달아나려는 게 아니라 한시라도 빨리 다음 대를 짊어질 자를 키워내려는 게 참뜻……이므로 말씀드리는 겁니다. 내년 봄의 상경 때, 대감님 행렬은 어떻든 히데타다 님 행렬은 호화스럽게 마련하실 것. 보는 자로 하여금 한결같이 이 세력에는 도저히 못 당하겠다……고 여기게 할 만한 대단한 행렬이 아니면 오히려 죄를 짓게 될 테지요. 그리고 교토에 도착하시면 센히메 님의 아버님이시니 장인이 사위를 만나고 싶다며 히데요리 님을 교토로 불러 대면하실 것, 그때 대감님이 직접 관직 중에서 쇼군직은 히데타다 님, 공경인 우대신은 히데요리 님에게 저마다 나누어 대감님 뒤를 잇게 하는 거라고 간곡히 타일러두실 것, 그리고 지금 말씀드렸듯 친왕 한 분이 간토로 오시도록 청하실 것…… 이 정도 준비를 하시지 않고는 대감님도 안심하지 못하실 터…… 그런 다음에 은퇴하시든 세계의 바다로 진출하시든 좋으리라 여깁니다만"

이에야스는 다만 묵묵히 들을 뿐이었다.

"대감님쯤 되시는 분이 표면적인 세평에 얽매여 손쓰셔야 할 점을 허술히 하신다……면 뒷날에 이르기까지 웃음거리가 되겠지요."

덴카이의 말투는 다시 차츰 열을 띠어갔다.

"그렇잖습니까. 다이코는 돌아가실 때 누구에게 의지하셨다고 생각하십니까. 대감님 말고는 사람이 없다고 자주 말씀하셨지요. 이것은 뜻있는 자라면 모두 한결같이 인정하고 있습니다. 그런데도 대감님은 대체 누구에게 사양하고 계신 건지."

이에야스는 돌부처처럼 입을 꽉 다물고 듣기만 한다.

"만일 그것이 다이코에 대한 사양이시라면, 오히려 이처럼 다이코를 욕되게 하고 깔보는 일은 없을 것입니다."

"뭐, 다이코를 욕되게 한다고……?"

"그렇습니다. 다이코는 돌아가시기 직전 망령을 좀 부리셨으나, 그 웅대한 기상과 활달하신 성미는 참으로 불세출의 영걸이었습니다. 그런데 대감님은 그 다이코의 기대에 보답하지 못하고 계십니다…… 대감님이 그 기대에 보답하지 못하신다면 다이코 쪽에도 누가 미칠 것입니다. 다이코는 역시 쩨쩨한 분이었어, 어쩌면 이시다 미쓰나리에게 세키가하라의 소동을 일으키게 한 것도 실은 다이코의 지시였을지 모른다……."

"잠깐만 스님, 스님은 대체 무슨 필요가 있어 이 자리에서 다이코 이름을 들먹이는 거요?"

"이거 참, 알 수 없는 말씀. 다이코는 대감님을 천하를 맡길 만한 분으로 보고 계셨습니다. 그 신임과 기대에 보답해야만 영웅을 아는 자는 영웅이다……라는 격언에 맞는다고 말하는 거지요."

"그러면 다이코의 뜻은……."

"아녀자에게 계승시킬 만큼 쩨쩨한 뜻일 리 없겠지요."

덴카이가 여지없이 말문을 막자 이에야스는 다시 한번 신음했다.

"흠, 그러면 세상에 대한 사양은 오히려 다이코를 욕되게 한다는 거요?"

"그렇습니다."

대답하고 덴카이는 다다미를 두들겼다.

"그 같은 사양은 히데요리 님을 이용하려는 발칙한 자들을 날뛰게 만듭니다. 날뛰게 만들면 언젠가는 쳐야 하지요. 그러나 그때 친다면 대감님의 참뜻을 세상이 알아주지 않습니다."

"어째서요?"

"도요토미 가문과 도쿠가와 가문이 사사로이 천하를 다투는 야심과 야심의 싸움이라고 해석됩니다. 그렇게 되면 다이코는 자식을 귀여워한 나머지 초지(初志)를 망각한 옹졸한 인물, 대감님은 도요토미 가문의 유자를 무참히 죽인 무자비한 야심가…… 그래도 좋으시다면 뜻대로 하십시오."

이에야스의 이마에 다시 힘줄이 꿈틀 떠올랐다. 그러나 그것은 전보다 길게 계속되지 않고 이윽고 한숨으로 바뀌었다.

"스님, 하시는 말씀이 하나하나 모두 이치에 맞소."

"이치에는 맞지만, 정으로는 받아들일 수 없다는 겁니까?"

"그렇다 해서 스님의 설교를 하나도 듣지 않겠다는 건 아니오. 들을 점도 있고 들을 수 없는 점도 있소. 다이코의 기대에 어긋나지 않도록 한껏 노력은 해 볼 작정이오. 이것으로 용서하구려."

이에야스는 반쯤 울먹이는 얼굴이 되어 다카토라에게 시선을 던졌다.

쇼군(將軍) 상경

　이에야스가 세이이타이쇼군에서 물러난다는 소문은 온 일본에 갖가지 파문을 그리며 전해졌다. 어떤 자는 건강에 자신을 잃었기 때문일 거라고 평했고, 어떤 자는 이것이야말로 도요토미 가문 천하의 급소를 찌르는 일이라고 퍼뜨렸다.

　여기서 히데타다를 쇼군으로 천거하면 천하는 대대손손 도쿠가와 가문의 것으로 완전히 정해져 버린다. 따라서 히데타다가 쇼군직 칙명을 받으러 상경하면, 오사카 쪽에서 니조 저택을 습격하여 결코 살려서 돌려보내지 않으리라는 불온한 뜬소문도 나돌았다.

　"어째서 그런 위험을 무릅쓰면서까지 굳이 은퇴하려는 것일까요?"

　"물론 히데요리 님이 16살이 되기 전에 천하의 일을 정해 두려는 거겠지."

　"그거라면 16살이 될 때까지 기다려도 늦지 않을걸. 이제 겨우 쇼군이 된 지 2년도 안 되잖는가."

　"그게 이에야스의 교활한 점이지. 체력에 자신 있는 동안 히데타다 님에게 천하를 넘겨주어 어떻게 되는지 형세를 살피다가 오사카 편에서 궐기하는 자가 있으면 다시 한번 세키가하라 싸움을 할 작정인 거야."

　소문이란 때로 진실보다 정곡을 찌르지만, 때로는 진상과 전혀 다르게 퍼지는 경우도 있다. 이번 경우는 뒤 경우에 가까웠으며, 전혀 다른 입장에서 보는 도쿠가와 가신 중에서도 찬반이 반반씩이었다.

　"아직 은퇴하실 때가 아니야. 이제 도요토미 가문에는 천하를 잡을 만한 실력이 없으니 히데요리 님에게 그 사실을 잘 납득시키고 나서 은퇴하시는 게 좋지 않을까."

"아니, 대감님은 국내 일을 하루 속히 히데타다 님에게 맡기고 세계에 진출하실 작정이셔. 그렇지 않으면 세계진출에 뒤처진다……고 미우라 안진인 윌리엄 아담스라는 인물이 대감께 깨우쳐 드렸어."

"미우라 안진이 곤란한 존재야. 그를 미워하는 자가 오사카 쪽에 많다던데. 지금 은퇴하셔서 안진과 함께 일하신다면 그들을 점점 더 자극하여 쓸데없는 소동의 원인이 되겠지. 그러니 대감께서 잠시 의연하게 계셔주시지 않으면 난처해."

그 쑥덕공론 가운데 공통되는 것은, 도쿠가와 가문과 도요토미 가문이 처음부터 대립하고 있었던 듯 여기는 점이었다. 이 오해는 이에야스에게 있어 몹시 뜻밖의 일이었다. 이에야스의 생각은 어떻게든 두 가문이 영원히 다투지 않도록 이끌어나가려는 데 있었다.

이에야스가 드디어 결심하고 상경하기 위해 에도를 출발한 것은 게이초 10년(1605) 1월 9일. 히데타다며 그 측근들과의 사이에 이미 상경 행렬에 대한 협의가 상세하게 이루어져 있었다. 그 협의 사항에는 덴카이와 도도 다카토라의 의견이 충분히 참작되었다.

이에야스는 도중 하코네에서 온천에 들러 2월 5일 슨푸성에 도착했다. 여기서 잠시 쉬면서 세평과 인심의 동향을 살피다가 2월 19일에 유유히 후시미성으로 들어갔다. 여기서 보내는 통지에 따라 히데타다는 협의해 둔 행렬의 규모를 정하여 에도를 출발하기로 되어 있었다.

이에야스가 상경하는 도중 보아온 인심의 동향은 반드시 낙관적인 것만은 아니었다.

'덴카이의 예측이 옳았는지도 모르겠다……'

어디서 그런 소문이 튀어나오는지 참으로 기괴한 일이지만, 지난해 도요쿠니 신궁제에 대한 평판마저도 굉장한 곡해를 받고 있었다. 그 제례 때는 교토의 온 거리가 기쁨에 들떠 평화의 서기(瑞氣)가 항간에 넘쳐흘렀을 뿐 아니라 고요제이 천황까지 누각에서 궁녀들과 함께 평민들 춤을 보시고 기뻐했을 만큼 상하 구별 없는 성전(盛典)이었다.

그런데―

이에야스와 다이코 사이 우정의 깊이를 나타내려 한 그 성전이 이제는 전혀 반대의 평판으로 떠밀려가고 있었다. 아직 다이코의 인기가 땅에 떨어지지 않았으니 이 정도라면 도요토미 가문이 천하를 잡는 일도 꿈이 아니라고 수군대며 그 뒤부터 서쪽 지역 영주들의 오사카 방문이 부쩍 늘어난 것이다.

이에야스는 아연실색했다. 정치의 어려움을 잘 알고 있다고 자부했지만, 민중들에게 지식이 없으면 호의가 오히려 엉뚱한 야심을 부채질하는 결과가 되어 버린다…….

히데타다의 행렬도 과연 다시 생각하지 않으면 안 되었다. 3000명이나 5000명의 인원수라면 '지금이야말로 쳐야 할 때!'라며 실제로 소동을 유발할 착각을 하게 만들지도 모른다.

이에야스의 행렬은 여전히 1만 석짜리 작은 영주에도 미치지 못할 만큼 검소했지만, 다음 쇼군이 되어 에도로 돌아가는 히데타다의 행렬은 덴카이의 말대로 보기만 해도 적의도 반역심도 날려버릴 만한 것이어야 된다고 생각했다. 이에야스는 하코네에서 급히 사자를 보내 타협해 두었던 수행원 수를 '제3'의 인원수로 하도록 명했다.

'이제 히데요리를 우대신으로 천거할 때 또 무슨 소리들을 할지…….'

차라리 히데요리를 여러 영주들과 함께 후시미성으로 불러내어 히데타다에게 축하 인사를 시키는 게 나을지도 모른다…… 히데요리를 우대신으로 삼으면 이에야스의 배려를 알지 못하는 이들은 잘못 해석하여 더욱 멋대로 야심과 오해를 키워가리라.

"황실에서도 역시 히데요리 님을 각별히 총애하신다."

'그래, 히데요리를 후시미로 부르자…….'

그러나 신하의 예를 갖추게 할 수는 없다. 히데타다가 쇼군직 칙명을 받았다고는 하나 내대신, 히데요리는 그보다 위인 우대신이다. 그렇다면 후시미성에서 이 사위와 장인을 함께 윗자리에 앉히고 여러 영주들의 축하를 받게 한다…… 하나는 공경, 하나는 쇼군으로서 두 가문이 더욱 협력하여 태평성세를 안정시키기로 정했다고 히데타다의 입으로 말하게 한다면 모두들 승복할 것이다…….

그러려면 상경 때의 수행원 수는 어디까지나 당당한 무사 가문 우두머리의 위엄을 갖추게 해야 한다. 이 '제3'의 수행원 수는 모두 16만 명에 이르며, 그 옛날

미나모토 요리토모가 상경하던 때를 본뜬 것이었다. 직속무장 8만 기에 다테, 우에스기, 사타케 이하 간토 이북의 총군사들을 합하여 16만……의 행렬을 보인다면 쇼군에게 힘으로 대항하려는 따위의 헛된 꿈은 단번에 날아가 버릴 터였다.

되도록 검소하고 간소하게 일을 진행하고 싶었지만, 그 점에서 세상의 모멸을 받게 된다면 전혀 다른 계산을 하지 않으면 안 된다. 죽이고 빼앗는 것이 무사의 관습이라는 식의 실력주의, 폭력주의 속에서 살아온 무장과 영주들이다. 그들에게 있어 태평이란 꿈의 상실이며 적이기도 할 것이었다.

"나에게 힘이 있다."

이렇게 생각하면 그들은 언제든 다시 목숨을 건 모험을 시도하려 하리라.

그러한 생각을 버리게 하려고 그토록 조심스럽게 연구해서 한 '도요쿠니 신궁제'까지 반대결과를 가져왔다.

'나는 너무 낙관적으로 생각하는지도 모르겠다……'

태평성세는 모든 일본사람들의 염원이지만, 그 속에 얼마쯤 이단자가 섞여 있다. 칼과 창에 의한 공명수훈으로 출세한 자들의 불구자나 다름없는 집념과 야심이다. 그런 야심을 지닌 자의 눈으로 보면, 이에야스는 바로 그 야심의 거대한 우두머리로 보일지 몰랐다.

'얼마 안 되는 이단자들 때문에 하는 낭비는 아깝지만……'

히데타다에게 16만 명의 수행원을 거느리고 에도를 출발하도록 지시하고 이에야스는 곧 삼본기 저택으로 고다이인을 맞으러 보냈다.

"히데타다 님이 상경하시므로 도이 도시카쓰에게 감독을 명하여 희망하신 고다이사 건립에 대한 일을 진행하도록 결정해 두고 싶습니다. 구체적인 협의를 위해 후시미성까지 와주시기를……"

이에야스는 일부러 이타쿠라 가쓰시게를 사자로 하여 서면과 구두 양쪽으로 청을 드렸다. 용건은 물론 그것뿐만이 아니다. 히데타다에게 쇼군직 칙명이 내린 뒤 오사카에서 히데요리를 상경시키고 싶은데, 거기에 대해 의견이 있으면 들으려 한다는 암시도 전했다.

고다이인으로부터 곧 승낙한다는 답이 있었으며, 가쓰시게가 갖추어준 수행원을 거느리고 고다이인이 후시미성에 온 것은 16만 명의 히데타다 행렬이 이미 에도를 떠나 교토로 오고 있던 2월 28일의 일이었다. 이날은 국교가 원만하지 못했던 조선에서도 오랜만에 수교의 사자가 와닿아 호코쿠사에 묵은 날로, 접대관인 쇼타이로부터 그 보고를 듣고 있던 때였다.

"그런가, 고다이인이 오셨나. 그럼, 여기서 바로 뵙도록 하지."

일부러 큰방을 피하고 거실로 안내하여 편한 분위기에서 대담했다.

그 자리에 이에야스 쪽 사람은 혼다 마사즈미와 오카쓰 부인뿐. 고다이인에게는 게이준니 단 한 사람뿐이었다. 수행해 온 이타쿠라 가쓰시게도 사양하여 함께 자리하지 않았다.

"건강하신 모습을 뵈니 무엇보다 반갑습니다. 자, 어서 이리 들어오십시오."

"쇼군님이야말로 더욱 건강하시어 반갑습니다."

둘 사이에는 아무 거리낌도 격의도 없다. 여인이지만 이 사람만은 천하 대사의 순서를 알기 때문이었다.

"쇼군께서 드디어 히데타다 님에게 쇼군직을 물려주시고 은퇴하신다고 들었습니다만."

"예, 나이가 벌써 다이코님이 서거하신 63살을 넘게 되었으니."

"참, 다이코 전하는 정월 태생이고 쇼군께서는 섣달생이셨지요."

"아니, 내 생일까지 기억하십니까?"

이에야스는 말하면서 손가락을 꼽았다.

"나는 섣달 26일에 태어난 연말 생이라, 올 7월이 다이코님이 작고하신 때에 해당하지요. 그때까지 슬슬 인생의 뒤처리나 해둘까 합니다. 해두지 않으면 무엇을 하고 있느냐고 다이코님에게 야단맞겠지요."

"63살이 되셨다곤 하지만 다이코 전하보다 아직 젊으십니다."

"고다이인 님은 기억하시겠지요. 다이코님의 다이고 꽃놀이를?"

"어찌 잊겠습니까. 그것이 전하의 마지막 꽃놀이였는데."

"바로 그것입니다. 이 이에야스가 지금 그 다이고 꽃놀이 시기에 해당하지요."

그러자 고다이인도 손을 꼽았다.

"정말 꼭 같은 때로군요."

"고다이인 님, 나는 이제야 다이코님이 어째서 그런 꽃놀이를 하셨는지, 비로소 납득됩니다. 나도 그와 비슷한 놀이를 해야 할까 봅니다."

"놀이……? 쇼군님이?"

"예, 풍류를 모르므로 내 놀이는 에도에서 16만 명의 행렬을 교토로 보내 사람들에게 보이는 것이지요. 뜻있는 사람들 눈에 과연 이 일이 어떻게 비칠는지."

순간 고다이인은 불안한 눈초리가 되어 이에야스를 쳐다보았다.

"누군가……저, 모반이라도?"

"아니, 그런 일은 꾸며봤자 한낱 헛수고라고 위협 주는 겁니다."

고다이인은 입을 다물었다. 그것이 곧바로 오사카를 공격할 군사는 아닌 줄 생각된 모양이다.

"그것도 훌륭한 꽃놀이지요…… 어찌 멋이 없겠습니까. 역시 보여둬야 할 중요한 꽃놀이라고 생각됩니다."

"그렇게 보아주시겠습니까?"

"쇼군님께 여쭈어볼 일이 있습니다."

"오사카 일이겠지요, 히데요리 님의?"

"네, 쇼군님이 보실 때 히데요리 님은 어느 정도 그릇이라고 여기시는지."

이에야스는 명랑하게 웃었다.

"하하하……."

'이 사람이라면 내 생각을 칭찬해 주겠지.'

"히데타다가 쇼군직 칙명을 받기 전에 히데요리 님을 우대신으로 천거할까 합니다."

"우대신……이라면 노부나가 공의……."

"예, 이 이에야스가 쇼군직 칙명을 받았을 때 실은 반환해 두었던 거지요."

"그렇다면 히데타다 님은……?"

"하나 아래인 내대신 세이타이쇼군……거기 대해 고다이인 님께 소청이 있습니다. 히데요리 님을 상경케 하여 니조 저택이나 후시미성에서 히데타다와 함께 여러 영주들의 축하 인사를 받게 하고 싶습니다."

"……."

"갑작스럽게 말씀드려 납득되지 않으시겠지요. 즉 히데타다는 무력으로 무장들 위에 서는 세이타이쇼군, 히데요리 님은 13살의 나이로 우대신이니 머잖아 다이코님이 걸으신 간파쿠……즉 공경으로서, 두 가문이 안팎이 되어 나라를 다스리고 싶은데 어떻겠습니까?"

고다이인은 눈을 크게 뜨고 다시 찬찬히 이에야스를 쳐다보기 시작했다. 아직 아무도 고다이인에게 이에야스의 생각을 들려주지 않았는지도 모른다. 하나는 공경들을 지배하고, 다른 하나는 무사를 지배한다…… 그렇게 말하면 당장에라도 무릎 치며 찬성해 주리라 여겼는데 고다이인의 표정은 도리어 흐려졌다.

이에야스는 당황하여 설명을 덧붙였다. 현재 도요토미 가문의 영지와 수입은 물론 그대로이고, 만일 쇼군의 정치에 실수가 있을 때는 하나 위인 도요토미 가문의 주인이 나무랄 수 있도록 과감하게 새로운 궤도를 만들 작정이라고.

그러나 한 번 흐려진 고다이인의 미간은 얼른 밝아지지 않았다.

"아직 무언가 미심쩍은 데가 있습니까?"

이런 설명으로는 여인인 고다이인에게 이해되지 않는 것일까 하고 이에야스는 적잖이 초조했다.

"이것은 다이코님의 기대를 살리기 위해 이 이에야스가 생각해낸 일입니다. 이해가 안 되시면 생각나는 대로 물어주십시오……."

고다이인은 그래도 잠시 머뭇거린 다음 결심한 듯 입을 열었다.

"그러시다면 쇼군께서는 히데요리 님 기량이 히데타다 님보다 떨어지지 않는다고 보시는 것인지요."

"고다이인 님, 나는 지금 두 사람의 기량을 견주어보려 하지 않습니다. 다만 도요토미 가문에 온 일본의 영주들을 무력으로 누를 만한 힘이……."

거기까지 말하자 고다이인은 손을 들어 가로막았다.

"그렇다면 말씀드리겠습니다. 공경들을 지배하려면 실제로 영주들을 지배하는 이상의 기량이 없으면 당해내지 못한다는 것을 저는 경험으로 알고 있습니다."

"히데타다 이상의 기량이 없어서는……."

"할 수 있는 일이 아니지요."

고다이인은 분명히 말하고 고개를 저었다.

"다이코 전하도 못 했던 일을 히데요리 님이 할 수 있다고는 생각되지 않습니다."

"다이코님도 못했던 일……."

"모르셨습니까. 전하가 간파쿠 직에 오르실 무렵, 기쿠테이 경과 여러 가지로 절충하신 일을…… 아시다시피 하시바나 기노시타라는 성으로는 공경이 될 수 없으므로 전하는 후지와라(藤原)로 성을 바꾸려 하셨습니다. 그런데 겉으로는 어떻든 뒤에서 공경들이 굉장히 반대하여 굳이 행하다가는 반역자라는 누명을 쓰게 되리라 여겨 도요토미라는 성을 쓰게 된 겁니다."

"흠, 그 일이라면……."

"아주 모르시는 일도 아니겠지요. 이번에도 반드시 심한 반대가 일어날 겁니다. 그것을 눌러 납득시키려면 예사 기량으로는 할 수 없는 일입니다."

"흠, 그 일을 걱정하셔서……."

"다른 일과 다릅니다. 싸움의 소용돌이 속에서 만일 역적이라는 말을 듣게 된다면 그야말로 끔찍한 일이 되겠지요."

이에야스는 갑자기 따귀라도 얻어맞은 것처럼 제대로 말을 잇지 못했다. 덴카이에게서도 한 대 맞았다. 그러나 생각하기에 따라 이것은 그 이상의 문제를 포함하고 있다.

'역시 내가 너무 낙관적으로 생각한 것일까?'

고다이인은 미간을 모은 채 물끄러미 이에야스를 지켜보고 있다. 몇천 년이나 황실에 종사해 오고 있는 공경들이 그리 쉽게 자기들의 기득권을 자수성가한 자에게 내줄 리 없다고 고다이인은 보고 있는 것 같다.

듣고 보니 확실히 일리가 있었다. 그 지위를 한 번 확보한 듯 보였던 다이라 집안도 역적이라는 이름 아래 멸망되었고, 요리토모, 그 뒤의 아시카가 미나모토 씨도 어느덧 세상에서 사라졌건만 그러한 흥망의 자국을 이에야스는 낱낱이 알고 있다고 자부했었다. 일부러 교토와 떨어진 에도 땅에 막부를 두려고 결심한 것도, 실은 요리토모의 옛일을 본받아 공경들의 책동이며 음흉한 승려 정치의 폐단을 피하기 위한 경계였다.

그러한 이에야스도 히데야스의 유족에게 보답하려고 불가능한 일을 생각하고 있었던 것일까……?

이에야스는 고쳐 생각했다.

'아니, 불가능한 일이 아니다…….'

문제는 막부의 실력에 달려 있다. 일본의 무력을 굳건히 하나로 묶어 장악하는 한, 공경들 가운데 어떤 술책을 부리는 자가 나온다고 하더라도 맞서올 수 없을 것이다. 일찍이 난세가 초래된 것은 무력이 늘 두 갈래 세 갈래로 갈려져 있을 때였다.

"고다이인 님, 이에야스는 좋은 말씀을 들었습니다."

"그러시면 히데요리 님에 대한 일은……."

"그 일은 이 이에야스에게 맡기시고 고다이인 님은 히데요리 님이 어떻게든 상경하시도록 지시해 주십시오."

"하지만 공경들이 반드시 이 계획에 반대하리라 생각됩니다만……."

"부딪쳐 보십시다, 고다이인 님."

이에야스는 비로소 웃는 얼굴이 되어 빠른 말투로 덧붙였다.

"무슨 일이든 하면 된다고 여깁니다. 결코 모두들을 불리하게 만들기 위해서 하는 게 아닙니다."

고다이인은 가볍게 한숨 쉬었다. 이에야스가 그토록 자신을 갖고 하는 일이라면……그녀도 굳이 반대할 마음은 없는 듯했다.

"쇼군님께서 그렇듯 말씀하시니 제가 반대할 수는 없습니다만……."

"고다이인 님, 이에야스는 히데타다와 히데요리 님이 다정하게 나란히 앉은 모습을 온 일본 영주들에게 보여주고 싶습니다."

"그로써 영주들의 의심을 해소할 수 있겠지요."

"영주들이 에도와 오사카를 동등한 존재로 이해하는 세상이 된다면 공경들의 책모는 결코 무르익지 못할 것입니다. 아니, 공경들이 어떤 태도로 나올지 그것도 조용히 지켜봅시다. 그런 의미에서 아주 좋은 의견을 들었습니다."

고다이인온 다시 한번 크게 숨을 내쉬었다.

"히데요리 님의 상경을 주선하고 나면 저도 이제 이 세상에서 할 일은 다 하는 것입니다……."

"히데타다를 따라 도이 도시카쓰가 나옵니다. 도시카쓰와 이타쿠라 가쓰시게에게 일러 고다이사 공사를 단숨에 진행토록 하겠으니 그 뒤부터는 마음껏 다이코님 공양을 하십시오……."

이에야스는 곁에서 가만히 이야기를 듣고 있는 오카쓰 부인과 혼다 마사즈미를 돌아보고 슬그머니 화제를 다른 데로 옮기며 웃었다.

"오카쓰는 밥상을……마사즈미는 가쓰시게를 불러오도록 하라. 가쓰시게는 벌써 고다이사 건립 계획을 세우고 있는지도 모르겠다."

가쓰시게가 불려오자 그 자리의 화제는 오로지 고다이사 건립에 대한 일로 옮겨갔다. 다이나곤인 히데타다가 16만 명의 수행원을 거느리고 상경해 오면, 그 행렬과 함께 오는 사카이 다다요와 도이 도시카쓰 두 사람이 최고 책임자가 되고, 공사감독관은 교토 행정장관 이타쿠라 가쓰시게가 맡기로 결정되었다.

건립 장소는 가쓰시게가 이미 수배를 끝낸 상태였다. 고다이사 건립이 완성되면 고다이인의 어머니를 위해 지었던 데라 거리의 고토쿠 사도 여기로 옮겨 고다이사의 분원으로 삼아 고다이사 400석, 고도쿠 100석, 합계 500석의 토지로 영원히 존속시키기로 했다.

"500석……."

고다이인의 소청이 너무 적으므로 이에야스가 고개를 갸웃하며 되묻자 그 이상은 사양할 듯이 고다이인은 말했다.

"그것으로 충분합니다. 절의 수명 역시 가늘고 길기를 바랍니다."

그렇게 되자 이에야스는 오히려 말하지 않고 가만히 있을 수 없게 되었다.

"나도 지시하겠지만 이 후시미며 오사카성 안에서도 고다이인과 다이코님의 추억이 될 만한 건물은 고스란히 경내로 옮겨드리도록."

가쓰시게는 그 점도 충분히 고려하고 있다고 대답했다.

가벼운 식사를 끝내자, 가쓰시게에게 삼본기 저택까지 고다이인을 배웅케 하고 이에야스는 기다리게 했던 호코사의 쇼타이를 다시 불렀다.

고다이인이 한 말이 역시 마음에 몹시 걸리는 듯하다.

"그대는 어떻게 생각하나. 도요토미 가문을 공경 우두머리로 삼는 데 방해되는 자가 있을 것 같은가?"

공경들 쪽과도 깊은 교분이 있는 쇼타이는 그러나 모호하게 말을 흐리며 명확한 의견을 말하지 않았다. 그것으로 이에야스는 충분히 이해했다.

'이 일은 좀 더 생각해야 할 것 같군.'

거기서 이야기는 조선에서 온 사절인 손문혹(孫文彧)과 승려 유정(惟政)을 대면할 날에 대한 협의로 옮아갔다. 조선 쪽에서도 지금은 이에야스의 정책을 이해하고 접근해 오려 한다. 거기에 히데타다 행렬이 도착하여 그 위풍을 보여준다면 결코 경멸하는 감정은 품지 않을 것이다. 지난해 도요쿠니 신궁제도 그러했지만 올해의 히데타다 상경 또한 대내적 의미만이 아니라 국제적인 의미를 충분히 갖고 있는 것이다.

"쇼타이, 히데타다의 쇼군직 칙명행사가 무사히 끝나는 대로 나는 새로운 정치가 무엇을 지향하는지 똑똑히 나타내기 위해 영주들 가운데에서 골라 서양으로 건너갈 관허무역선 허가를 내줄까 하는데, 어떻겠는가?"

도요토미 가문의 거취에 대해 말을 흐리던 쇼타이는 두말없이 찬성의 뜻을 나타냈다.

"그건 소승도 대찬성입니다. 새 쇼군님이 국내에서 조그만 상처를 보듬는 듯한 인상을 준다면 모처럼의 새 정치가 어두워질 것입니다. 서양으로 건너가는 관허무역선은 참으로 탁월하신 견식, 대찬성입니다."

쇼타이는 지금 말하자면 막부의 외교담당. 대상인들에게 주는 관허무역선이 모두 쇼타이의 손을 거쳐 나가므로 교역을 바라는 영주들이 반드시 그에게 얼마쯤 아첨하고 있는 것을 알고서 묻는 이에야스였다.

"그런가. 그대도 찬성이라면 곧 새 쇼군의 첫 일거리로 무역선 허가를 내주도록 하지. 그러나 어쨌든 영주들은 무력을 지니고 있어. 자신의 부족함을 무력사용으로 처리하려는 자가 있어서는 일을 망칠 테니, 우선 처음에는 누가 좋을까?"

"글쎄요…… 역시 서부 지방에 자리하여 당나라 사람과 남만인들의 인정에 이미 익숙한 자여야 한다고 생각합니다만."

"그렇다면?"

"예, 역시 마쓰우라(松浦), 아리마, 그리고 나베시마, 고토(五島)들에게 무역선을 내리시는 게 무난하리라고 봅니다."

이에야스는 좀 우스워졌다. 쇼타이가 말한 인물들은 이미 은밀히 모두 교역을 하고 있다…… 그러나 그것으로 좋다고 이에야스는 고개를 끄덕였다.

쇼군이 바뀌면 어떤 경우에나 총신이며 권신(權臣)이 바뀌는 법이다. 그 때문에 자칫하면 혼란이 따른다. 명백하게 '해외 진출'이라는 밝은 목표를 제시하여 그것이 새 정치의 기둥임을 깨닫게 하여 그 목표 아래 일본인의 힘을 집결시킬 수 있다면 주춧돌은 굳건해진다.

'됐다, 이로써 이에야스의 은퇴 구상은 완성되었다. 반항하는 영주들을 누르는 방법도, 도요토미 가문에 대한 문제도, 그리고 통일국가로서의 일본의 목표도……'

쇼타이에게 조선 사절의 접대와 서양으로 건너가는 무역선에 대한 일을 일러 돌려보내자 이제 히데타다의 후시미 도착을 기다리는 일만 남았다.

아니, 그 사이에 빠뜨릴 수 없는 은퇴 준비가 두 가지 더 이루어지고 있었다. 그 하나는 가마쿠라 막부 창업 기록으로 이에야스의 애독서이기도 한 《아즈마카가미》 활자본 간행 촉진과, 후지와라 세이카가 추천한 하야시 도슌(林道春)을 회견하는 일이었다. 앞에 것은 무엇 때문에 세이이타이쇼군이 군림할 필요가 있는지를 여러 영주들에게 알리기 위해 없어서는 안 될 치국 방침 '지침서'였고, 뒤에 것은 교학의 담당자가 될 인물을 평가하여 한시 빨리 엄격한 도덕을 지닌 교학의 뿌리를 널리 펼칠 필요성 때문이었다.

그만한 준비가 갖추어지지 못한다면 히데요시가 서거한 나이에 스스로 물러나는 자의 마음가짐이 너무 빈약했다. 노부나가는 이에야스보다 결단력이 뛰어났고, 히데요시는 이에야스보다 활달한 지모가 뛰어났다. 이에야스가 그 두 사람의 장점을 취하여 합리적인 기둥을 여기에 박아가지 않으면 의미가 없는 것이다.

이리하여 이에야스가 숙고한 구상의 일익을 담당한 16만 대행렬을 이끈 히데타다가 구경나온 사람들을 놀라게 하며 후시미성에 들어온 것은 3월 21일. 실로 다이고의 꽃놀이 이상 가는 엄청난 장관으로, 히데타다가 입궐한 것은 3월 29일, 이에야스가 히데타다에게 쇼군직을 물려주도록 주청한 것은 4월 7일.

그리고 후시미성에서 니조 저택으로 간 이에야스가 4월 10일에 입궐하여 12일에 도요토미 히데요리는 우대신으로 천거되고, 그로부터 나흘 뒤인 4월 16일에는 도쿠가와 히데타다에게 쇼군직 칙명이 내려져 이에야스의 구상은 글자 그대로 순풍에 돛을 단 느낌이었다……

빛나는 물결 그늘진 물결

이에야스가 쇼군에서 물러난 게이초 10년(1605) 4월 16일은 이에야스가 태어난 덴분 11년(1542) 12월 26일에서 세어 62년 110여 일에 해당한다.

히데요시가 전설대로 1월 1일 태생이라고 한다면, 63살 된 해의 8월 18일에 숨진 그의 생애는 62년 260일 남짓⋯⋯즉 두 사람의 차이는 약 150일⋯⋯ 히데요시가 사망한 날에 늦을세라 이에야스가 쇼군을 물려준 마음 밑바닥에는 무엇이 있었는지⋯⋯.

그 뒤 이에야스는 오고쇼(大御所 ; _{친왕·쇼군·대신 등의 거처}
또는 그들에 대한 높임말)로서 당분간 쇠약함을 보이지 않았지만, 이것은 그 자신도 계산할 수 없는 천명으로 이를테면 이에야스의 여생이었다. 그 여생을 송두리째 바쳐 그는 자신이 시작한 '새로운 질서'에 의한 생활을 실천하여 시범을 보이려 하고 있었다. 그러나 이에야스의 신변에서 불기 시작한 그 바람이 세상에 어떤 소용돌이를 불러일으켰을까.

인간 세상이란 늘 이해관계의 대립 속에 승리와 패배와 행운과 불운이 섞인 윤회의 세계이다. 그러므로 큰 강은 힘차게 흐르는 듯 보이지만 갈라진 물줄기가 그 주위에서 거꾸로 흐르기도 하고 넘치기도 한다.

그 가장 큰 물결을 만난 것은 다름 아닌 오사카였다. 성안뿐만이 아니다. 16만이나 되는 히데타다의 행렬이 오와리에 들어설 무렵부터 거리에 벌써 피난민들이 나오기 시작했다. 16만이라는 대행렬을, 아직 평화에 익숙하지 못한 그들은 전투를 위한 군사로밖에 생각할 수 없었던 것일까⋯⋯?

물론 그런 점도 있었지만, 그렇지 않은 유언비어의 근거도 세 가지 들 수 있었다.

그 하나는 물론 실직한 떠돌이무사들이었다. 그들은 저마다 '전쟁'에 의해 다시 한번 내 세상의 봄을 만나고 싶다는 꿈을 간직하고 있다. 그 희망과 꿈이 얼크러져 엉뚱한 말을 퍼뜨리게 했다.

"드디어 오사카 공격을 결심하고 쳐들어오는 거야. 그렇지 않고서야 그런 대군이 왜 필요하겠나."

그들의 말에 의하면 하코네에서 미쓰이(三井寺) 사에 걸쳐 진을 친 동군이 오사카로 쇄도해 오는 것은 5월 첫 무렵이 되리라고 했다.

또 하나의 근거는 남만계 예수교 신자들이었다. 누가 퍼뜨렸는지 그들도 이 대행렬을 '전쟁'에 결부시켜 요란스레 선전했다.

"드디어 미우라 안진의 음모가 표면화되었군. 정신을 바짝 차리지 않으면 일본 땅에서 구교가 추방될 거야."

다시 말해 유럽의 신흥국이며 신교국인 영국 태생 윌리엄 아담스가 이에야스에게 아첨하여 스페인과 포르투갈 등 구교계 여러 나라의 권익을 일본에서 송두리째 추방하려는 일의 시작이라는 것이었다. 그렇게 되면 그들은 어떤 일이 있어도 오사카를 도와 이곳을 신앙의 성채로 삼아야 한다는 결론이 나온다.

또 하나는 성 안팎 부녀자들의 공포였다. 그즈음 에도에서는 여자가 모자라 곤란 겪고 있었다. 그러므로 계집 사냥이 전개될 거라는 얼토당토않은 소문이었다.

그 소문에 겁먹은 요도 마님이 오노 하루나가를 부른 것은 4월 17일이었다.

그때 이미 히데요리는 우대신에 오르고, 히데타다에게는 쇼군 칙명이 내렸지만, 요도 마님은 아직 쇼군 칙명에 대해 잘 모르고 있었다.

"하루나가 님, 참말일까? 전쟁이 된다는 소문이……."

그 자리에는 하루나가의 어머니 오쿠라 부인만 함께 자리하고 있었으므로 그는 거리낌 없이 웃어젖혔다.

"어리석기 짝이 없는 소리지요. 그런 일이 있을 리 없습니다."

"어째서 그렇게 단언하지. 아카시 님이 왔었는데 아주 근심스러운 표정이었소."

"하하……아카시 님 걱정은 다른 데 원인이 있습니다. 그는 미우라 안진이 쇼군을 교묘히 설복하여 자기네 구교를 박해하지 않을까 걱정하고 있는 겁니다."

"그러나 시중에서 피난민이 우왕좌왕하고 있잖소."

"그래서 가타기리 님이 열심히 진정시키고 있습니다. 머지않아 웃으며 조용해지겠지요."

"그렇다면 오죽 좋겠소만…… 뭐니해도 지금의 도요토미 집안 힘으로는."

"생모님, 그런 말씀 마십시오. 이에야스 공의 낯가죽이 아무리 두껍더라도 작은대감님을 우대신으로 천거해 놓고 그 입의 침도 마르기 전에 오사카를 공격하다니요. 그런 갓난아기 팔 비틀기 같은 짓을 한다면 천하의 웃음거리가 되겠지요."

"뭣이, 갓난아기 팔 비틀기 같은 짓이라고……."

"예, 오늘날의 오사카는 7인조를 총동원한다 해도 16만의 1할도 되지 못합니다."

"하루나가 님, 그대는 무참한 말을 하는구려."

"무참한 말……이라고요?"

"그렇지, 바로 얼마 전까지도 도쿠가와 님은 우리 가신이나 다름없는 신분이었소. 그런데 갓난아기 팔 비틀기 같으니 어쩌니……."

"하하, 황송합니다. 아니, 이제는 걱정하지 않으셔도 된다고 말씀드리려던 것이었습니다."

"됐소, 알고 있소. 그래……벌써 갓난아기 팔이 되었군, 도요토미 가문은."

그때 와타나베 구라노스케의 어머니 쇼에이니가 가타기리 가쓰모토의 등성을 알려왔다.

아마 오노 하루나가와의 이야기가 이토록 우울해지지 않았다면 요도 마님은 가쓰모토를 피했을지도 모른다. 그러나 이야기가 너무 혼란스러워졌으므로 구원받은 듯 말하고 말았다.

"그래? 만나지, 이리 들라고 해요."

여느 때 요도 마님은 하루나가와 가쓰모토가 함께 자리하는 것을 그리 좋아하지 않았었다. 하루나가가 가쓰모토 앞에서 걸핏하면 함부로 말하기 때문인지도 몰랐다.

"가쓰모토 님, 시중의 동태는 잠잠해졌나요?"

가쓰모토는 지나치리만큼 정중하게 절하고 나서 말했다.

"예. 싸움이 될 리 없다, 도요토미 가문은 쇼군의 주선으로 이번에 우대신이 되셨다, 아무리 많은 인원수로 오더라도 그건 싸우기 위해서가 아니다, 첫째로 쇼군이 무엇 때문에 구태여 갓난아기 팔 비틀기 같은 짓을 할 필요가 있겠느냐고 간곡히 설득하고 있는 중입니다."

여기서도 또 갓난아기라는 말을 듣고 요도 마님은 미간을 찌푸리며 얼굴을 돌렸다. 입가에 험악한 선이 그려지며 파르르 떨렸다.

마음을 풀어줄 셈으로 하루나가는 웃었다.

"하하……보십시오. 가쓰모토도 저와 같은 의견입니다. 이 댁에 적의를 품고 한 상경이 아닙니다."

"그렇다면 무엇 때문에 한 상경이오?"

"말씀드릴 것까지도 없이 쇼군님의 위광을 세상에 알리기 위해, 요리토모 공의 전례를 따른 거지요."

요도 마님은 경련하듯 웃었다.

"히데요리 님은 좋은 가신들을 가졌군. 도쿠가와 가문의 위광을 하루나가도 가쓰모토도 고맙게 받들고 있으니, 대감께서 보셨다면 훌륭한 중신들이라고 칭찬하셨겠지."

가쓰모토 역시 웃는 낯으로 손을 내저었다.

"원, 당치도 않은 말씀을……다이코님께서 살아계실 때 도쿠가와와 도요토미는 한 집안이라는 묘수를 써놓으셨습니다. 그런데 이제 와서 새삼스럽게 남이니 남의 집이니 생각하신다는 것은 부자연스럽습니다."

"허, 어째서 부자연스러운지 한 번 들어볼까요."

"하하……첫째로 이번에 새로 쇼군이 되신 히데타다 님은 다이코님의 누이동생이신 아사히히메 님 양자이므로 셋째 아드님이면서도 도쿠가와 가문의 세자가 되신 겁니다. 그러므로 다이코님의 히데(秀)자를 이름으로 받으셨지만 전 쇼군이며 아버님이신 이에야스 님으로부터는 이름자조차 받지 않았습니다."

"그런 핏줄도 통하지 않은 연고가 무슨 소용 있소?"

"그렇지만 생모님과 새 쇼군님 마님은 피를 나누신 자매 사이…… 그리고 그 두 자제분이 지금 부부로 이 오사카성에 계십니다."

"……"

"다이코님은 살아계실 때 곧잘 말씀하셨습니다. 히데요리와 센히메 사이에 아이가 태어나면 내 손자이며 이에야스의 증손자가 된다…… 이로써 도쿠가와와 도요토미는 완전히 한집안이 된다고……."

가쓰모토의 도움을 얻어 하루나가도 다시 말을 꺼냈다.

"생모님, 생모님은 안심하시고 화조풍월이나 감상하십시오. 지난해 도요쿠니 신궁제에서 보셔서 아시듯 두 가문 사이에는 이제 거리끼실 문제가 없습니다. 아니, 있었던 적의도 이제 깨끗이 소멸하여 버렸습니다."

하루나가의 말이 채 끝나기도 전에 요도 마님의 심한 질타가 터져 나왔다.

"하루나가 님! 그 말버릇이 뭐요, 다이코님도 그런 허튼 말씀은 하지 않으셨어."

"죄송합니다. 다만 마음 아파하시는 게 안타까워 말씀드렸을 뿐입니다."

요도 마님은 그 말에는 대답하지 않고 물었다.

"가쓰모토 님은 무슨 특별한 용무라도 있어서 왔나요?"

"예……예."

"말해 보오, 들어봅시다."

"실은……."

가쓰모토는 좌중을 흘끗 둘러보았다. 몹시 기분 상한 요도 마님의 태도에 기죽은 듯했지만, 마음을 가다듬고 입을 열었다.

"실은 교토에 계신 고다이인 님으로부터 사자가 와 있습니다."

불쾌한 때 고다이인은 결코 요도 마님이 기꺼워하는 이름이 아니었다. 아니나 다를까 마님은 고개를 돌렸다.

"무슨 심부름으로 왔나요."

"실은 6월 첫 무렵 후시미성에서 새 쇼군이 영주들의 축하 인사를 받는다고 합니다."

"그게 나와 무슨 관계 있지요?"

"생모님과는 물론 아무 관계가 없습니다만, 그때 히데요리 님께서 꼭 상경하시도록 하라는 고다이인 님의 전갈이었습니다."

가쓰모토는 이제 시선을 돌리지 않았다. 그에게 고다이인 외에 이타쿠라 가쓰시게로부터도 상세한 사정을 전하는 연락이 있었던 것이다.

'아무리 기분 나빠하더라도 이것은 전해 두어야 한다…….'

그렇게 생각하고 히데요리에게는 이미 말하고 온 터였다.

"그렇다면 고다이인은 히데요리를 상경하게 해서 새 쇼군에게 인사시키려는 건가요."

"아닙니다. 인사라기보다 장인과 사위가 함께 영주들의 축하를 받고 싶다는 뜻으로 생각합니다."

"가쓰모토 님."

"예."

"히데타다 님이 새 쇼군이 된 게 히데요리 님에게 경사스러운 일일까."

"무슨 말씀을. 히데요리 님도 우대신으로 승진되셨습니다. 그 축하를 받는게 조금도 이상할 것 없지 않습니까?"

"가쓰모토 님, 그대는 히데타다에게 쇼군직을 빼앗긴 데 대해 조금도 불만이 없는 모양이군요. 나는 우대신 따위 당장에라도 되돌려주고 싶소."

"무슨 말씀을, 우대신은 돌아가신 노부나가 공의 마지막 관위입니다. 그리고 이에야스 공이 쇼군직에 임명되었을 때의 관직으로 결코 가벼운 게 아닙니다. 13살에 우대신이 되셨으니 앞으로 아버님처럼 간파쿠를 약속받은 참으로 경사스러운 승진이라고 생각합니다."

말하면서 가쓰모토는 한무릎 다가앉았다.

"그 일은 히데요리 님도 물론 잘 알고 계시며, 우라쿠 님도 이제 도요토미 가문의 자리는 정해졌다, 만만세다고 하시며 기뻐하셨지요."

"그렇다면 히데요리 님 대답도 이미 들었단 말이오?"

"예, 이 일이 있을 줄 미리 짐작하고 이에야스 공이 상경하시자 3월 19일에 가토 기요사마 님께서 곧바로 후시미로 가서 조금도 실수 없도록 경호에 대한 준비를 해두었다는 말씀을 드렸더니, 나도 에도 할아버지가 보고 싶다고 하셨습니다."

"그럼, 가쓰모토 님은 기요마사 님과 상의하여 우라쿠 님에게 알리고, 히데요리 님을 손에 넣은 뒤 내게 말하는 셈이군요?"

"예, 상경하시게 되면 실수 없도록 충분히 손써둘 필요가 있으므로."

"하루나가 님."

"예."

"그대도 가쓰모토 님에게서 이 말을 들었겠지요?"

"예, 고다이인 님으로부터 이야기가 있었다는 건 알고 있습니다."

"그런데 어째서 곧 알려주지 않고 지금까지 잠자코 있었나요?"

거기까지는 아직 부드러웠으나 곧 신경질적인 소리로 바뀌었다.

"안 돼! 누가 뭐라든 히데요리 님을 상경시키지 않겠소."

요도 마님의 신경질적인 고성(高聲)은 요즘 와서 그리 드문 일이 아니었다. 사람들은 뒤에서 이것을 '과부의 고성'이라 부르고 있었다. 거기에는 경멸도 담겼지만, 동정과 연민도 포함되어 있었다.

요도 마님은 참으로 동정받을 만한 욕구불만의 길만 걸어온 여인이었다. 고다이인과 히데요시 사이에는 모든 것을 다 바쳐 교접했던 젊은 날의 다정함이 있었지만, 마님에게는 그것이 없었다. 처음부터 나이 차이를 생각하지 않으려는 정복당한 자의 입장이었으며, 그것을 겨우 극복했을 때는 인생의 고갯길을 오르는 자와 내려가는 자 사이의 큰 차이가 있었다. 이것은 히데요시로서도 큰 부담이었지만 요도 마님으로서도 못 견디게 큰 불만이었다.

그리고 그 불만의 결정(結晶)으로 눈앞에 막아선 것이 지금의 히데요리였다. 처음에는 히데요리를 맹목적으로 사랑함으로써 온갖 불만을 잊으려 했으나, 히데요리는 그러한 어머니의 소망을 전혀 이루어주지 않고 제멋대로인 고집쟁이 사나이가 되고 말았다.

'나는 대체 무엇 때문에 살아왔는가……'

동생 다쓰는 히데타다를 완전히 손아귀에 넣어 많은 자식을 낳았고, 끝내 3대 쇼군이 될 다케치요까지 낳았다. 그런데 요도 부인은 단지 하나뿐인 히데요리와도 차츰 멀어져 지금에 와서는 어머니의 의사 따위 아랑곳없이 큰일을 혼자 정하게 되어버린 것이다.

이 고독감은 가쓰모토도 하루나가도 잘 알고 있었다. 가쓰모토는 요도 마님의 고성이 폭발하자 하루나가 쪽을 흘끗 쳐다보며 입을 다물었다.

'뒷일을 부탁하네, 하루나가……'

그 시선은 이런 의미였다. 요도 마님의 고성은 결코 마님의 이성에서 우러나오는 게 아니다. 마님 자신도 어쩔 수 없는 육체 속의 불만이 반역하여 지르는 소리인 것이다. 그러한 불만을 다스릴 힘을 가진 자는 지금 오노 하루나가뿐이었다. 하루나가가 위로하며 달래면 그의 품에 얼굴을 파묻고 우는 요도 마님은 이보다 더 가련하고 온순한 사람이 있을까 여겨질 만큼 약하디약한 여인으로 돌아간다.

"기분 언짢으시면 이 자리에서 바로 정할 것까지는 없다고 생각합니다."

"그……그……그게 무슨 뜻이오."

"히데요리 님 상경은 5월 첫 무렵이라고 가쓰모토 님은 말했습니다. 날짜가 아직 있습니다."

"안 돼!"

"그러나 히데요리 님이 상경하시겠다면 막을 길 없다고 생각합니다. 게다가 고다이인 님이 말씀하셨으니, 정식으로는 고다이인 님이 작은대감님 어머님이십니다."

하루나가는 익숙한 듯 말꼬리에 한층 힘을 주었다. 요도 마님의 고성을 진정시키는 데는 두 가지가 있었다. 하루나가는 그것을 잘 알고 있다. 하나는 달콤하게 다룰 것, 그리고 또 하나는 냉엄하게 뿌리쳐 이론으로 상대의 저항을 막아나갈 것. 아마도 하루나가는 오늘의 고성을 꽤 신경질적인 것으로 짐작하고 뒤 경우를 적용할 작정인 듯하다.

사실 요도 마님이 오사카성에서 이런저런 정치문제에 참견하거나 가신들에게 지시하는 건 주제넘은 일이었다. 그녀의 신분이 대체 뭐란 말인가……? 고다이인은 종1품 품계를 가진 조정에서 인정한 히데요시의 정실부인이지만, 요도 마님은 수많은 측실 가운데 하나에 지나지 않는다. 따라서 정실인 고다이인이 성에서 살고, 요도 마님이야말로 어딘가에서 머리를 내리고 은거하라는 말을 들어도 어쩔 수 없는 입장이었다. 아니, 그보다도 가쓰모토나 고이데 히데마사가 좀 더 똑똑했던들 요도 마님에게 정치에 대한 참견 따위는 처음부터 허락지 않았을 것이다. 그런 의미에서 하루나가는 가쓰모토에게 불만을 느끼고 있었다.

다만 그 자신의 경우는 좀 사정이 달랐다. 그는 결코 요도 마님의 가신이 아니다. 그런데도 불구하고 그는 처음에 좀 착각하여 주군에게 명령받은 것과 똑같은 심정으로 규방의 수청을 들고 말았다.

'이것은 어디까지나 정상적인 남녀관계가 아니다…….'

시녀가 영주에게 동침을 분부받고 거역하지 못하는 것과 마찬가지로 그 또한 거절해서는 안 되는 일로 착각했다. 그리고 그 착각이 그대로 꼬리를 이어 명목상으로는 도요토미 가문의 가신이면서 육체적으로는 요도 마님의 하인이라는 기묘한 인정의 이중관계로 빠져들고 말았다.

그러나 이번 경우는 그런 관계에 구애되어 우물쭈물해서 될 일이 아닌 듯했다. 어쨌든 전 쇼군인 이에야스가 상경했고, 히데타다가 16만 대군을 이끌고 와서 새 쇼군의 칙명을 받았다. 그런 때 만일 히데요리가 후시미로 가는 일을 거절한다면, 공경으로 쇼군인 내대신보다 위인 우대신이지만 무장으로서 정권을 위임받은 막부에 반기를 드는 게 된다.

'그렇게 되면 싸움이 일어날 수밖에 없지 않은가…….'

세키가하라 때 이에야스가 오쓰에서 일부러 하루나가를 보내 요도 마님에게 맨 먼저 안전보장을 전하게 한 그 호의는 어떻게 되는가…….

"생모님, 일에는 크고 작은 게 있습니다. 히데요리 님의 정식 어머님, 종1품 기타노만도코로이신 고다이인 님이 히데요리 님에게 상경을 재촉하고 계십니다. 신하의 예를 갖추라는 게 아닙니다. 새 쇼군과 함께 영주들의 축하를 받게 하려는 것인데, 그 일을 생모님은 거절할 입장이 아닙니다. 만약 거절하려면 여러 가신들과 협의하신 다음 히데요리 님이 직접 결정하시어 고다이인 님에게 정식으로 사자를 보내셔야 합니다. 그 뒤 고다이인 님께서 다시 한번 생각해 보라고 하시면 이 일을 백지로 돌려야 한다는 것은 생모님께서도 잘 아시겠지요. 안 그렇습니까, 생모님?"

그 매서운 말에 요도 마님은 부들부들 떨기 시작했다. 눈은 새빨갛게 핏발이 서 있다.

하루나가는 다시 말을 이어나갔다.

"이 일은 도요토미 가문의 흥망에 관계되는 중대사이니 이유 없이 거절하면 첫째 히데요리 님이 불효하시는 게 될 것입니다."

가쓰모토는 윗몸을 꼿꼿이 곧추세운 채 눈을 감고 있었고, 시녀들은 긴장하여 고개 숙이고 있다.

"생각해 보십시오. 히데타다 공이 무엇 때문에 16만이나 되는 인원을 거느리고 상경했는지……단지 요리토모 공의 전례를 밟은 것만이 아닙니다. 이로써 천하의 영주들을 굴복시키려는 것입니다. 이것이 쇼군의 실력이다, 불칙한 짓을 꾀할 자는 해봐라, 당장에 멸망시켜 버리겠다고…… 이것은 에도 쪽에서 생각이 좀 모자란 일이었는지도 모르지요. 도요토미 가문이 설마 그 앞에 막아서서 방해하리라는 생각은 하지도 않았을 겁니다. 그런데 도요토미 가문이 16만 대군을 거느리고 상경한 새 쇼군 히데타다 님 앞에 활개를 펴고 막아선다면……후시미 같은 데로 누가 가느냐, 할 말이 있으면 새 쇼군이 직접 찾아와라, 도요토미 가문은 쇼군의 지배 따위 받지 않겠다고 호령하시는 게 됩니다. 이것은 실로 하늘에 해가 둘 있는 형국이므로 일단 쇼군의 위엄에 겁먹은 자들이 다시 혼란을 느껴 동요할 겁니다. 아니, 영주들이 과연 동요할지는 별문제이더라도 이래서는 이에야스 부자의 체면이 서지 않습니다…… 센히메까지 볼모나 다름없이 오사카에 주었는데 쇼군에게 이런 치욕을 주다니 무슨 짓이냐고…… 인간은 신불이 아닙니다. 물러설 때 물러설 수 없는 고집이 있습니다. 세상의 눈도 있습니다. 그렇게 되면 에도를 떠날 때는 한편으로 믿으며 전혀 생각도 하지 않은 일이었지만, 시비를 넘어서 오사카를 공격하지 않으면 안 될 판국이 될지도 모릅니다. 만일 그렇게 된다면 어떻게 합니까……? 도요토미 가문에 싸움 준비 같은 건 전혀 없습니다. 16만 명에게 성을 포위당하여 담판하게 된다면 어쩌실 생각입니까?"

거기까지 말하자 요도 마님은 목놓아 울었다.

'이 울음소리 역시 심상치 않다……'

하루나가는 마음을 강하게 먹으려고 결심했다. 이치로 따져서 상대의 저항을 막으려 할 때 위로나 사양은 도리어 반대결과를 초래한다. 말하자면 이것은 요도 마님의 내부에 숨어 있는 병마와의 다툼이라고 생각했다.

"실컷 우십시오. 그러나 새삼 말씀드릴 것까지도 없이 생모님의 눈물에 져서 도요토미 가문을 망친다는 건 당치도 않은 일입니다…… 마음껏 우시고 나서 고다이인 님의 소청에 순순히 찬동해 주셔야겠습니다. 고다이인 님은 모두 이 집안을 위해 말씀하셨을 뿐입니다."

갑자기 울음소리가 멈추었다.

'가까스로 이성이 감정을 이긴 모양이다……'

하루나가는 견딜 수 없이 마음아팠다. 정상적인 남녀관계는 아니지만 요도 마님의 몸속에 조그맣게 움츠려 살고 있는 가련한 여성을 그는 잘 알고 있다. 그리고 그것은 언제부터인지 하루나가의 마음에 가련한 덩굴을 감아올리고 있었다.

"하루나가 님, 내가 잘못했소……"

다시 한바탕 울고 나서 요도 마님은 갑자기 몸을 일으켰다. 눈 가장자리도, 볼도, 동그스름한 턱도 눈물에 젖어 있었다.

하루나가는 한숨 놓았다. 가쓰모토도 마음 놓은 것 같았다. 보기에 딱하다는 눈초리로 가쓰모토는 하루나가와 마주친 시선을 황급히 내리깔았다. 하루나가는 가쓰모토가 다시 미워졌다. 자기에게만 계속 말 시켜 일을 끝낼 작정인 것 같다.

"가쓰모토 님, 말씀 좀 하십시오. 생모님도 이해하신 모양이오."

이번에는 요도 마님이 불렀다.

"가쓰모토 님. 작은대감님을 모셔오오."

"작은대감님을······?"

"그래요, 작은대감님 앞에서 분명히······."

잘되었다고 여기며 하루나가는 그 말을 받았다.

"그게 좋겠습니다. 그것으로 모든 게 결정되겠지요. 그렇지, 우라쿠 님도 동석하시는 게 좋겠소."

가쓰모토는 얼떨떨하여 요도 마님을 보고 또 하루나가를 보았다. 하루나가는 이 기회를 놓칠세라 모든 것을 정해 버린 모양이다.

가쓰모토는 순간 마음을 정하고 일어섰다.

"알겠습니다."

이때 눈물로 축축이 젖은 요도 마님의 창백한 떨림 속에 무엇이 숨겨져 있는지 하루나가도 가쓰모토도 미처 알아차리지 못하고 말았다.

잠시 뒤 가쓰모토가 히데요리를 데리고 돌아왔다.

"우라쿠 님에게는 사동을 보냈습니다."

히데요리는 이상한 어머니의 모습을 보고 깜짝 놀라는 모양이었다. 성큼성큼 다가가 그 어깨에 손을 얹었다.

"어머님, 웬일입니까, 이 눈물은."

말하는 것과 어머니가 매달리듯 안겨든 게 동시였다.

오쿠라 부인이 찢어질 듯한 소리를 질렀다.

"아! 생모님 손에 단도가······."

하루나가도 가쓰모토도 정신없이 무릎을 일으켰다.

"움직이지 말아요."

요도 마님은 다시 얼마 전의 고성으로 돌아가 있었다.

"움직이면 이대로 작은대감을 찌르고 나도 죽겠소…… 움직이지 마오!"

상황이 완전히 바뀌었다. 요도 마님은 히데요리의 어깨에 돌린 오른손으로 단도 끝을 옆구리에 바짝 대고 있다.

두 사람은 당황하여 주저앉았다.

"어머님, 왜 그러십니까!"

"호호호……."

눈도 아까보다 신경질적으로 치켜 뜨여져 악마처럼 번들거리고 있다.

"작은대감, 잘 듣소. 모두 하나같이 나와 작은대감에게 창피를 주려 하고 있어요."

"그럴 리가……."

하루나가가 헤엄치듯 손을 저으며 말하려 하자 요도 마님은 매섭게 억눌렀다.

"하루나가는 잠자코 있어!"

그리고 다시 히데요리의 귓가에 소곤거린다.

"모두들 다이코님의 외아들을 후시미성으로 일부러 끌어내어 온 일본의 영주들 앞에서 히데타다 님에게 인사시키려는 거요. 이제 히데요리는 도쿠가와의 가신입니다……라고 말하게 하려는 거지……."

하루나가도 가쓰모토도 완전히 의표를 찔린 꼴이 되었다. 그들은 요도 마님이 광기어린 흥분을 가라앉히고 이성을 되찾은 줄로만 알았었다. 어쩌면 순간적으로 일단 진정되었었는지도 모른다. 그런데 히데요리의 모습을 본 순간 다시 울컥 흥분하게 된 것인지도 몰랐다.

그러나 무엇보다도 그들을 당황하게 한 것은 요도 마님의 광기가 이미 정상을 벗어나 병적인 게 되어가고 있는 사실이었다. 미치광이에게 칼이 쥐어져 있는 셈이다. 요도 마님의 단도가 히데요리의 옆구리에 단단히 겨누어져 있으니 함부로 말할 수도 없다.

'이 이상 흥분시키면 무슨 짓을 할지 모르는 분…….'

두 중신 사이에 안타까운 시선이 오갔다. 이런 경우 역시 가쓰모토보다는 하루나가가 말하기 쉽다. 하루나가는 배짱을 정하고 한무릎 다가앉았다.

"생모님, 생모님이 이토록까지 말씀하신다면 반대만 할 수 없겠지요. 그렇지, 그 일에 대해 작은대감님 의견도 들어보기로 하십시다. 우선 작은대감님을 놓으십시오……"

요도 마님이 꽥 소리 질렀다.

"안 돼! 작은대감, 하루나가의 말 따위 들어서는 안 되오. 모두들 우리 모자를 욕보이려는 거요. 모두 우리에게서 떠나 에도와 내통하고 있어."

히데요리의 얼굴빛도 차츰 핼쑥해졌다. 어머니의 흥분이 무시무시하게 그의 심장을 때렸기 때문이었다.

"어머님, 어머님이 가지 말라시면 히데요리는 가지 않겠습니다. 숨이 차니 손을 놓아주십시오."

"아직 놓을 수 없어요. 고다이인의 소청을 거절하겠다고 모두들 맹세할 때까지는 이 손을 못 놓겠어요."

"생모님……"

"하루나가 님은 가만있소. 나는 작은대감에게 말하고 있소. 알겠어요, 작은대감……쇼군은 작은대감이 16살이 되면 천하를 넘겨주겠다고 돌아가신 아버님께 맹세했소. 그 맹세를 짓밟고 16살이 되기 전에 천하를 히데타다 님에게 물려주다니…… 그렇지, 그에 앞서 작은대감을 우대신으로 천거한 것은 우리를 속이려는 수단인 거요."

"아, 숨차. 우리를 속이려는 수단이라니요?"

"뻔한 일이지. 후시미성으로 불러내어 독살하든가 암살하든가…… 그런데 가쓰모토도 하루나가도 가라고 하다니…… 아니, 이 어미는 못 보내오. 굳이 가라고 한다면 이대로 찔러 죽이고 나도 죽고 말겠다."

히데요리는 부들부들 떨기 시작했다. 그에게 어머니의 말을 자세히 분석해 볼 만한 분별력은 아직 없었다.

"어머님……이제 알았습니다, 어째서 어머님이 노하고 계신지를. 그것을 알았습니다…… 숨이 막히니 우선 이 손을."

요도 마님이 갑자기 날카롭게 웃기 시작했다. 마님의 비틀어진 신경이 이제 이겼다고 힘차게 홰를 치는 듯했다…….

하루나가도 가쓰모토도 온몸의 힘이 빠졌다. 이렇게 되면 이미 그들의 상식으로는 도저히 누를 길 없는 다른 세계의 일이 되어 버린다.

"히데요리 님도 잘 알았나요?"

"잘 알았습니다."

"아녀자라 얕보고 모두들 우리 모자를 에도에 팔아넘길 작정인 거야."

"누가 팔려갑니까. 저는 어……어머님 편입니다."

"그렇고말고. 들었소, 하루나가도 가쓰모토도?"

"그런 일은 없습니다."

이번에는 가쓰모토가 입을 열었으나 그 또한 심하게 제지당했다.

"닥쳐요, 가쓰모토 님! 작은대감은 본디부터 이에야스와 내통하고 있는 고다이인의 말 따위는 듣지 않겠다고 했소. 아니, 굳이 따르게 한다면 이 어미와 자결하겠다고 했소. 그대들은 우리 모자가 죽는 꼴을 가만히 보고만 있을 작정인가요."

하루나가는 이제 혀를 찰 기분도 나지 않았다. 잘못 생각했다. 압박하면 이성이 돌아오리라 여겼지, 설마 이토록 심하게 탈선할 줄 생각지 못했다.

"우선 작은대감님을 놓으십시오."

"그럼, 말을 듣겠다는 거요?"

"듣지 않고 어쩌겠습니까. 저희들은 도요토미 가문 가신입니다."

"뭐, 도요토미 가문 가신, 호호……그렇다면 이 자리에서 똑똑히 나에게 맹세해요."

"무엇을 맹세하면 됩니까?"

"히데요리 님 상경은 당치도 않은 일, 도쿠가와 가문은 본디 도요토미 가문의 가신이니 이에야스건 히데타다건 용무가 있으면 찾아오도록 하라……아니, 그 정도로는 안 돼요. 어째서 오사카에 인사하러 오지 않느냐고 엄격하게 책망해 줘요."

"그것을 맹세하라는 겁니까……."

하루나가는 구원을 청하듯 다시 가쓰모토를 바라보았지만 거기에 이미 가쓰모토의 시선은 없었다. 가쓰모토는 머리를 푹 숙이고 무릎 위에 눈물을 뚝뚝 떨어뜨리고 있다.

하루나가는 이제 더 손쓸 길 없어 한숨을 쉬었다.

"그럼, 맹세하지요. 히데요리 님 상경은 말씀대로 따를 수 없다고 고다이인 님에게 회답드리겠습니다."

"그것만으로는 안되오. 저쪽에서 인사하러 오라고 해요."

"고다이인 님에게 어찌 그런……."

"아니, 안 돼, 고다이인은 이미 도요토미 가문 사람이 아니오. 개야, 에도의 개!"

"그런 황송한 말씀을……."

"하루나가 님, 무엇이 황송한가요. 스스로 성을 버리고 나간 사람, 종1품 기타노만도코로…… 호호……그 미천한 태생의 여자에게는 다이코님 성의 천수각이 너무 무거워 숨 막힐 지경이라 도망간 거야. 그런 사람의 말을 무엇 때문에 들어야 하겠어요."

"생모님……."

"나에게 굳게 맹세하겠소?"

"예……옛."

"좋아요. 히데요리 님도 들었지요? 하루나가 님도 가쓰모토 님도 내 명령에 따라 저쪽에서 인사하러 오도록 전하겠답니다."

요도 마님은 히데요리에게서 비로소 손을 떼고 웃어댔다.

"호호……."

히데요리는 황급히 어머니와 거리를 두고 한숨 놓은 듯 가쓰모토 쪽으로 돌아앉았다.

"가쓰모토, 지금 어머님께서 하신 말씀을 알아들었겠지?"

가쓰모토는 당황하여 눈물을 닦고 얼굴을 들었다.

요도 마님은 어쩔 수 없더라도 히데요리는 그들의 고충을 어느 정도 알아줄지 모른다 싶어 애원하는 시선을 보냈으나 이것은 처음부터 지나친 기대인 듯했다.

"그대들, 어머님 말씀에 불만 없겠지. 나도 아까 말했던 것을 분명히 취소한다. 후시미까지 일부러 가서 죽는 것은 싫다. 알겠나?"

"예, 알았습니다."

"알았으면 어째서 우는 거냐. 에도 할아버지에게 꾸중듣는 게 두려운가?"

"작은대감님……."

"그것 봐, 또 눈물을 흘리고 있어."

"가타기리 가쓰모토는 에도의 가신이 아닙니다. 어릴 때부터 다이코님 곁에서 자라난 이 댁 가신입니다."

"그렇다면……."

말하려다 히데요리는 불안한 듯 어머니를 쳐다보았다.

"어머님, 이것으로 될까요? 가쓰모토 할아범과 하루나가가 분명히 거절할 작정일까요?"

"호호……."

요도 마님은 다시 한번 만족스럽게 웃고 비로소 단도를 칼집에 꽂았다.

"그 일이라면 걱정 없어요. 고다이인을 통하여 있었던 이야기이니 내가 고다이인에게 직접 사자를 보내도록 하지요."

"어머님이 거절해 주시겠습니까?"

"그래요, 오쿠라 부인이 좋겠군. 여봐요, 오쿠라 부인."

"네."

어찌 될 것인지 긴장하여 움츠리고 있던 오쿠라 부인은 자기 아들 하루나가를 흘끗 쳐다보고는 두 손을 짚었다.

"그대는 이야기를 낱낱이 들었겠지?"

"네……네."

"그대가 고다이인한테 가서 작은대감님 상경에 대해 더 이상 참견한다면 우리 모자는 죽어버리려 한다고 전하오."

"그러나 그 사자로는……."

어머니에게 무리한 일이라고 느꼈던지 곁에서 하루나가가 입을 열었으나 이 역시 매서운 목소리로 물리쳐졌다.

"참견하지 말아요, 하루나가……오쿠라 부인이 이 심부름을 못 한다면 내쫓아 버리겠어. 오쿠라 부인, 어떻소, 가겠소?"

"네……네."

오쿠라 부인은 이럴 때면 요도 마님에게 압도되어 언제나 입을 열지 못했다. 어떤 의미로는 그런 주위 사람들의 사양과 조심성이 요도 마님의 병세를 더욱 깊게 했는지도 모른다.

"호호……이제 됐어. 뭐, 가쓰모토 님이나 하루나가 님 손은 빌리지 않아도 돼. 오쿠라 부인, 고다이인을 만나거든 말해 주오. 절을 세우기 위해 이에야스의 비위를 맞추는 것은 자유지만 아첨하기 위해 작은대감님을 끌어들이는 것은 난처하기 이를 데 없다, 작은대감님은 다이코님의 단 하나뿐인 세자라고."

오쿠라 부인은 머리 숙였지만 이번에는 대답하지 않았다.

하루나가와 가쓰모토는 이제 눈짓할 기운조차 없어 저마다 고개를 떨구고 있을 따름이었다.

이단과 정통

히데요리의 상경을 거절하기로 결정했으니 전 쇼군의 양해를 얻도록 잘 주선해 달라고 오사카에서 고다이인에게 알려온 것은 오다 우라쿠의 편지였다. 우라쿠는 자신도 애써보았지만 히데요리 모자로 하여금 승낙하게 할 수 없었다고 씌어 있었다. 가타기리 가쓰모토도 오노 하루나가도 같은 의견으로, 요도 마님의 분노가 굉장하여 만일 강제로 상경하게 하면 모자가 함께 자결하겠다고 하여 모두 입을 다물 수밖에 도리없게 되었다는 것이다. 상세한 내용은 가쓰모토나 하루나가가 가지 않으면 자신이 가서 설명할 작정이었지만 그것도 할 수 없게 되었다. 왜냐하면 요도 마님이 모자가 함께 자결하겠다고 말하고부터 오사카성 안에 이상한 감상이 넘실대기 시작하여 섣불리 입도 열 수 없게 되었기 때문이다.

"얼마나 애처로운 일인가. 작은대감님도 생모님도 그런 각오라면 우리도 함께……"

측근의 7인조를 비롯하여 시녀며 잔심부름하는 사동에 이르기까지 모두 같은 소리를 입에 올리게 되어 섣불리 반대는커녕 나무랄 수도 없는 야릇한 분위기가 되고 말았다.

요도 마님은 오쿠라 부인을 사자로 보낼 작정이었다. 그러나 가쓰모토며 하루나가가 찬성하지 않는 것을 잘 알므로 그녀는 병을 핑계 삼아 사양했다. 따라서 쇼에이니를 정식 사자로 보내려 하니 그녀를 만나주기 바란다.

무엇보다도 우라쿠 자신이 걱정하는 것은 성안 공기가 밖에 전해져 일단 잠잠해졌던 피난민이 다시 우왕좌왕하기 시작한 일이다. 만일 불온한 자가 나타나 어디선가 소란이라도 일으킨다면 진압하기 위해 교토 행정장관과 사카이 행정관의 부하들이 출동하지 않을 수 없으리라. 그것이 실마리가 되고 쌍방의 구실도 되어 어떤 큰 소동으로 번지게 될지 모른다. 그런 점을 충분히 고려하여 다시 한번 히데요리 님을 위하여 수고해 주기를 부탁했다.

"정말이지 뜻밖의 큰일이 되어 다만 놀랄 따름입니다."

우라쿠의 버릇대로 염세가다운 냉정한 견해가 곳곳에 엿보였지만, 그런 만큼 으슬으슬함이 몸에 바짝바짝 다가오는 느낌의 내용이었다. 결국 가쓰모토도 하루나가도 우라쿠도 오해받을까 겁나서 성을 나올 수 없다. 그만큼 이상야릇하게도 감상적인 분위기가 지배적이니 서신으로 대신하는 것을 용서해 달라는 뜻인 듯싶었다.

고다이인은 너무도 놀라웠다. 고다이인은 도요토미 가문을 위해 나름대로 한껏 애쓴 셈이었지만 혈육을 나눈 모자 사이가 아니라는 큰 벽 때문에 히데요리에게 통하지 않은 것이다.

"기요마사 님을 불러다오. 내가 급히 할 말이 있다고."

게이준니를 불러 명하고 고다이인은 펼쳐 놓았던 히데요시의 편지 등을 황급히 문갑에 넣었다.

가토 기요마사에게 이에야스와 전후하여 후시미로 오도록 명한 것도 다름 아닌 고다이인이었다. 기요마사는 히데요리의 상경에 대비하여 경호 일로 옛 신하들 사이를 은밀히 돌아다니고 있다. 히데요리가 오지 않는다면 무엇보다도 먼저 기요마사에게 알려주어야 되었다.

기요마사가 후시미 저택에서 말을 달려 삼본기에 나타난 것은 해 질 녘이 가까워서였다. 기요마사도 어렴풋이 오사카의 공기를 알고 있었으므로 그렇지 않아도 한 번 가볼 작정이었다고 게이준니에게 말했다고 한다. 기요마사는 에도의 여러 영주를 위압할 만한 어마어마한 저택을 장만하고는 자랑하는 수염을 더욱 위엄있게 비틀어 올리고 늘 긴 창을 들고 6자나 되는 터무니없이 거대한 말을 타고 거리를 다녀 시민들의 눈을 놀라게 하고 있다는 소문이었다. 모든 게 히데요리에게 바치는 기요마사의 허세일 거라고 고다이인은 뼈저리게 잘 알고 있었다.

기요마사는 요즘 그 거구의 가슴을 병마에 좀먹히기 시작했다. 이야기할 때의 가벼운 기침만으로도 어릴 때부터 키워낸 고다이인은 능히 짐작되었다. 위엄있는 볼수염은 아마 그 병으로 수척해진 모습을 감추려는 위장이며, 말도 창도 도요토미 가문의 옛 신하 가토 기요마사가 아직 눈이 시퍼렇게 살아 있다는 건재함을 과시하기 위해서리라. 그것만으로도 도쿠가와 가문 사람들이 히데요리를 얕보지 못하게 하는 데 충분히 도움 된다. 어린아이 같다고 할 수도 있지만 어쨌든 성의에 털끝만큼도 표리가 없는 기요마사였다.

그 기요마사가 고다이인 앞에 나타나더니 선 채로 고함치듯 내뱉었다.

"히데요리 님은 상경하시지 않는다면서요."

그리고 혀를 세게 차며 앉았다.

"우리들 성의도 물거품…… 고다이인 님, 이 기요마사를 오사카로 보내주십시오."

고다이인은 잠시 물끄러미 기요마사를 지켜보았다. 게이준니를 부르러 보낼 때는 그녀 또한 그럴 작정이었다. 그러나 잘 생각해 보니 섣불리 다녀오도록 해서 좋을 일이 못 되었다.

"기요마사 님, 그만두세요."

"그렇다면 이대로 내버려 두어도……."

"내버려 두지 않고 그대 같은 사람이 가서……승낙한다면 좋지만 그래도 거절한다는 말을 들을 때는 어떻게 되겠어요?"

"그렇지만 이대로는 쇼군 부자의 체면이 서지 않습니다."

고다이인은 천천히 고개를 저었다. 가볍게 웃어 보이고 싶었지만 그 여유가 마음에 없었다.

"히고 태수 가토 기요마사까지 다녀왔는데도 거절당한다면 이에야스 님과 히데타다 님 체면이 더욱 서지 않을 테지요."

"허……."

"그러므로 조용히, 조용히."

"조용히……만으로 되겠습니까, 고다이인 님?"

"되고 안 되고는 나중 일, 우리들은 가볍게 생각합시다. 그대는 모른 척하며 작은대감님은 감기 기운이 좀 있어 교토에 못 오시는 모양이라고 경호를 부탁한 사람들에게 전해 주세요."

"그럼, 쇼군 부자에게는 고다이인 님이……?"

"그렇지요. 도요토미 가문이 사느냐 죽느냐의 갈림길입니다. 이 여승도 일생일 대의 배우가 되겠어요."

"허!"

"이에야스 님을 직접 찾아뵙고, 오사카의 자식놈은 회충약을 지나치게 먹어 꼼짝 못 하게 되었다더라고 말하며 웃어줘야겠어요. 호호……"

기요마사는 고다이인의 말뜻을 선뜻 알아듣지 못한 듯했다. 일부러 가볍게 웃어보이는 상대의 얼굴을 찌르듯 응시한 채 이윽고 뚝뚝 눈물을 흘렸다.

"왜 그러세요, 기요마사 님! 내가 직접 이에야스 님을 찾아뵙고 회충약을 먹은 뒤의 설사가 멎지 않는다고 말씀드리면 이에야스 님도 사정을 눈치채시고 용서해 줄 거예요. 걱정하지 마세요."

그러나 기요마사의 눈물은 멈추지 않았다.

"저는 가쓰모토를 원망합니다."

"가쓰모토 님에게 무슨 실수라도 있다는 말인가요?"

"예……가쓰모토는 측근에 늘 있으면서 어째서 그런 결정을 하도록 했는지. 이로써 기요마사도, 마사노리도, 아사노도 도쿠가와 가문에 머리를 못 들 약점이 또 하나 늘었습니다."

"그대들이 이에야스 님에게 머리 숙이는 건 모두 작은대감님 몸에 찬바람이 닥치지 않도록 하려는 정성이거늘."

"고다이인 님! 이제 과연 도요토미 가문이 버티어나갈 수 있겠습니까?"

"그건……아니, 왜 그런 불길한 말을."

"실은 기요마사는 이에야스 님에게서 볼수염을 깎으라는 농담 말씀을 들었습니다."

"허, 그 자랑거리 수염을……"

"깎을 수 없다고 저는 말했습니다. 이것은 일본은 물론 조선에까지 알려진 악귀장수 가토 기요마사의 상징……이라고 말씀드렸더니 이에야스 님은 쓴웃음 지으시며 시대에 뒤떨어진다고 하셨습니다……"

"뭐, 시대에 뒤떨어진다고?"

"예, 시대에 뒤진다…… 이를테면 평화스러운 시대에 그런 것을 달고 있는 건 달리 무언가 위협할 게 있기 때문일 거라고 말씀하셨습니다."

"정말로 그런 말씀을……?"

"일본에는 그대가 위협해야 할 만한 호랑이는 없다, 그러니 오해받을 염려가 있다면서……."

"무슨 오해일까요. 마음에 걸리는 말이군요."

"즉 기요마사는 병으로 볼이 핼쑥해졌다, 이제 오래 살지 못하리라 깨닫고 약해진 마음을 숨기기 위한 수염이라고 모두들이 생각하면 도리어 손해가 아니냐며 웃으셨습니다. 기요마사의 마음을 속속들이 꿰뚫어 보는 무서운 분이십니다."

고다이인은 일부러 소리 내 웃었다.

"그것 봐요, 그처럼 생각도 눈치도 빠르신 분이라 이쪽은 오히려 마음편하지요. 어쨌든 내가 빌어보겠어요. 그대는 더 이상 쌍방에 어색한 일이 없도록 조심해 주어야겠어요."

"말씀하지 않으셔도 잘 알고 있습니다……."

기요마사는 겨우 눈물을 거두었다.

"그럼, 기요마사는 오사카에 갈 필요가 없습니까?"

"맡겨주세요, 이 여승에게."

기요마사는 고개를 끄덕이고 곧 일어서려 했다.

"쓸데없는 소문이 나기 전에 모두에게 이야기해야겠습니다."

이 무렵 오사카성 안에는 전혀 다른 소문이 떠돌고 있었다. 도요토미 가문에 연고 있는 영주들이 요도 마님과 함께 히데요리의 상경을 절대 반대했기 때문에 일이 무산된 거라고…….

기요마사가 물러가자 고다이인은 곧 나들이 준비를 했다.

기요마사 앞에서 자못 자신만만해 보인 고다이인이었지만 마음속의 동요가 컸다. 이대로 감정에 치우친 억지를 부려댄다면 이에야스는 이윽고 오사카를 저버리게 되리라.

이시다 미쓰나리가 그 좋은 본보기였다. 이에야스에게 그토록 줄곧 적대했지만 일곱 장수에게 쫓겨 품 안으로 도망왔을 때 결코 죽이지 않았다. 훌륭하게 감싸 사와 산성으로 보내주었다. 그러나 사실은 그때 마음속으로 명백히 미쓰나리를 버리기로 결심했다고 보아야만 되었다.

헛된 인내를 하는 대신 '천하의 무용지물!'이라고 믿을 때의 계산은 무서우리만큼 냉정한 이에야스였다. 그러므로 아무리 간곡히 고다이인이 빈다고 하더라도 그 판단이 바뀔 이에야스는 아니었다.

그에 비하면 오사카는 얼마나 철없는 떼를 쓰는 것일까. 만일 히데요시였다면 단지 혼자 성큼 나타나 이에야스며 이에야스의 중신들을 오히려 깜짝 놀라게 했을 것이다. 그런 점이 이를테면 사나이와 사나이의 배짱 놀음……그것에 따르지 못하는 정신력의 소유자는 여지없이 낙오 된다.

'최소한 나만이라도 도요토미 가문의 긍지를 지켜가지 않는다면……'

오사카에서는 히데요리를 이에야스나 히데타다 앞에 내놓으면 긍지에 흠이 가는 줄 착각하고 있다. 만일 고다이인을 믿고 히데요리를 보내준다면 고다이인은 천하의 영주들이 늘어앉은 앞에서 히데요리로 하여금 이렇게 말하게 할 작정이었다.

"에도 할아버지도 장인도 잘하셨소. 이제 천하는 만만세군요."

그렇게 되면 성의 크고 작음, 영지의 넓고 좁은 것 따위는 문제가 아니다.

"과연 다이코 전하의 세자님……."

기량이 남보다 뛰어나다고 도요토미 가문의 옛 신하뿐 아니라 영주들 대부분이 눈물 흘리며 기뻐할 것이었다. 실제로 조정의 높은 지위가 그 좋은 예가 아닌가…….

하지만 지금은 그 꿈도 산산조각이 났다. 이렇게 되면 최소한 고다이인만이라도 이에야스에게 역시 다이코의 미망인이라 다르다고 내심 혀를 내두르게 하지 않으면 오사카의 운명이 그만큼 짧아지리라.

준비를 끝내자 고다이인은 게이준니와 둘이서 나란히 가마를 타고 후시미성으로 향했다.

히데타다는 지금 니조 저택에서 히데요리의 상경을 기다리고 있다. 히데요리가 상경하면 함께 후시미로 가서 그곳에서 이에야스와 한자리에 앉은 다음 영주들 인사를 받기로 계획되어 있었다.

후시미성에 도착하자 고다이인은 잠시 객실에서 기다려야 되었다. 이에야스는 지금 양녀 하나를 야마노우치 다다요시(山內忠義)에게 출가시키려고 의논 중이라고 했다.

나타난 것은 놀랍게도 혼다 마사노부였다.

"다름 아닌 고다이인 님을 이렇듯 기다리시게 하여 죄송합니다. 실례지만 거실로 모시도록 하라는 오고쇼님 말씀입니다."

그리고 마사노부는 웃으며 덧붙였다.

"참, 고다이인 님에게 아직 말씀드리지 않았더군요. 새 쇼군의 칙명이 계셨으므로 앞으로는 대감님을 오고쇼님……이라고 부르시게 되었습니다. 아무쪼록 기억해 주시기 바랍니다."

고다이인은 볼이 긴장될 것 같아 애가 탔다. 자기 쪽에 떳떳하지 못한 점이 있다고 생각하는 건 이처럼 쓰라린 일일까.

'나잇값을 해야지…….'

다이코의 얼굴을 떠올리며 웃으려 했지만 역시 웃는 낯이 안되었던 모양으로 들어가자마자 이에야스가 곧 말했다.

"아니, 감기라도 드셨습니까…… 얼굴빛이 좋지 않으십니다. 몸조심하십시오. 다음 달 안으로 고다이사가 완성된답니다."

그 말에는 사돈 간이며 시누의 남편인 관계를 넌지시 풍기는 자연스러운 위로가 깃들어 있다. 이렇게 되자 고다이인은 한층 더 안타까웠다.

"실은 히데요리 님에게 탈이 생겼습니다."

"옛, 상경할 수 없다는 말씀입니까?"

"네……회충약을 잘못 먹어 설사가 그치지 않는다고 하여……."

웃으려고 했다. 얼굴만은 웃음의 주름이 잡혔을 게 틀림없다. 그런데도 어찌된 일인지 눈물로 주위가 뿌옇게 되었다…….

"그렇습니까, 상경하지 못하게 되었습니까……."

"용서해 주십시오…… 오고쇼님, 저는 오고쇼님을 뵐 낯이 없습니다."

이에야스는 그뿐, 말이 없었다. 고다이인이 흘리는 눈물의 의미를 잠자코 생각하고 있을 게 틀림없다. 고다이인은 몸이 움츠러드는 것 같았다.

"그렇습니까, 오지 못하게 되었습니까!"

"오고쇼님, 무척 불쾌하시겠지요."

"불쾌하지 않다는 겉치레 말은 하지 않겠습니다."

"모두 이 여승의 평소 마음가짐이 부족한 탓입니다."

"……."

"얼굴을 너무 내밀면 요도 마님이 귀찮아할까 봐 자주 뵙지 못했습니다. 이것은 어디까지나 이 여승의 잘못입니다."

살며시 눈물을 닦고 보니 이에야스는 천장을 응시한 채 눈도 깜박이지 않고 있다. 언제나의 사나이 계산, 사나이 궁리가 가슴속에서 격렬하게 되풀이되고 있으리라.

"오고쇼님, 틈을 보아 오사카에 한 번 다녀올까 합니다…… 은둔한답시고 불문에 너무 의지했습니다. 히데요리는 제 자식, 이대로라면 죽은 남편에게도 미안한 일이라고 자신을 나무라고 있습니다."

이에야스는 별안간 웃기 시작했다.

"핫하하……고다이인 님, 그만하십시오. 고다이인 님께서 눈물을 보이시니 이에야스조차 아녀자의 감상에 휘말릴 것 같습니다…… 하하하……."

그러고 나서 이에야스는 곁의 마사노부를 돌아보았다.

"무슨 일이든 첫 번째 안이 잘 진행되지 않는다고 해서 모든 게 끝났다고 생각하는 건 아이들 생각이야. 첫 번째 안이 이루어지지 않으면 두 번째 안, 두 번째 안이 안되면 세 번째 안……어른의 생각이란 끊임없이 이어져야 하는 거야."

"예……예."

"좋아, 다쓰치요가 왔을 거야. 이리로 불러라. 아니, 벌써 12살이니 다쓰치요가 아니군. 마쓰다이라 다다테루야. 하하……다다테루를 고다이인 님에게 인사시켜 드려야지. 이리로 불러라."

고다이인은 무엇 때문에 이에야스가 웃고, 무엇 때문에 여섯째 아들 다다테루를 부르려 하는지 아직 모르는 채 다시 한번 얼굴을 숙이고 눈꼬리에 맺힌 눈물을 살며시 눌렀다.

마사노부가 이에야스의 여섯째 아들 다다테루를 데리고 나타났을 때, 고다이인은 저도 모르게 눈을 의심했다. 은은하게 물들인 의복 색깔도 훌륭했지만, 그곳에는 고다이인이 젊었을 때 몇 번이고 넋 잃으며 보았던 아름답고 늠름한 젊은이가 서 있다. 누구였을까 하고 생각할 것까지도 없었다. 노부나가가 총애하여 마지않던 모리 산자에몬의 아들, 란마루의 모습 그대로였다.

"어머나, 이분이 다다테루 님……!"

"그렇지요. 12살이며 히데요리보다 한 해 늦게 태어난 여섯째 녀석이지요. 다다테루, 고다이인 님이시다. 인사 올려라."

"옛, 다다테루입니다. 처음 뵙겠습니다."

대답하는 말씨도 또박또박했다. 키는 히데요리보다 좀 작을지 모른다. 아니, 고다이인은 요즈음 히데요리를 못 보았으므로 다다테루 쪽이 훨씬 숙성해 보였다. 어깨 근육도 알맞고, 크게 뜨여진 눈에 발랄한 생기가 있었다. 무예도 상당히 연습하고 있는 듯 손목 굵기며 무릎에 놓은 손도 늠름했다.

"요즈음 아이들은 모두 부모보다 숙성하지요. 히데요리 님도 벌써 키가 6척은 실히 되었다더군요."

"정말 훌륭합니다. 다다테루 님은 훌륭한 대장부가 되시겠지요."

"평화시대가 되어 먹는 게 달라진 까닭인지도 모릅니다. 저나 다이코님이 자랄 무렵에는 말린 밥과 된장뿐이었는데."

"참으로 훌륭하신……."

고다이인은 이에야스가 무엇 때문에 다다테루를 불렀는지 아직 알아차리지 못하고 곁에 앉은 다다테루를 쓰다듬듯 다시 한번 황홀하게 바라보았다.

"다다테루."

"예."

"실은 그대가 쇼군 가문의 대리로 오사카까지 심부름을 가주어야겠다."

"오사카성에……쇼군 대리로 말입니까?"

"그렇지. 예사 사자가 아니야. 마음을 단단히 먹고 해야만 될 일이야."

"알겠습니다. 전하실 용건은?"

"실은 이번에 히데요리 님이 상경하셔서 쇼군과 함께 영주들 인사를 받기로 되어 있었는데……."

이에야스는 거기까지 말하고 고다이인을 흘끗 보며 웃었다. 고다이인은 다시 온몸을 긴장하며 숨죽이고 있었다. 무엇 때문에 다다테루를 불렀는지 확실히 알았기 때문이었다.

"막 떠나려 할 때 히데요리 님은 가벼운 병환이 나신 모양이야. 상경은 중지되었지. 그래서 그대는 그 병문안 사자로 가는 거야."

"예."

"전갈을 말해 주마. 알겠느냐, 따로 서면 같은 건 가져가지 않으니 단단히 명심하여 소임을 다하라."

"알겠습니다."

"이번 병환을 쇼군께서 몹시 염려하시어 몸소 병문안 드릴 마음이 간절하나 여러 가지로 분주해 제가 대신 오게 되었습니다. 충분히 치료하시어 하루빨리 회복되시기 바랍니다…… 알았나, 정중하게 말해야만 된다."

듣고 있는 동안 고다이인은 다시금 사방이 뿌옇게 보였다. 히데요리가 상경하지 않는다고 들었을 때 이에야스는 확실히 노여워하고 있었다. 그것은 고다이인도 잘 알았다. 아마도 생각에 생각을 거듭한 내 의견을 거스르려는 거냐고 마음속으로 건방지게 여기며 이를 갈았을 게 틀림없다.

그 이에야스가 고다이인의 눈물을 보고 그 노여움을 버렸다. 겉으로는 어떻든 이 짧은 동안에 무한한 반성이 있었으리라.

'그렇지만 왜 한 마디쯤 히데요리를 나무라지 않을까…….'

고다이인은 이에야스의 너그러움이 동시에 어떤 차가움으로 느껴졌다. 아니, 나무라는 대신 다다테루를 병문안 보내 이쪽에서 격의 없는 인사로 한 집안의 친교를 가르쳐준다……면 고다이인은 눈물을 흘리지 않을 수 없다. 그렇지만 결코 이에야스의 너그러움에 감동만 한 눈물은 아니었다.

'부끄럽다!'

이 부끄러움은 다이코 생전에는 느껴보지 못한 것이었다. 기질이 드세다기보다 부끄러움을 아는 사람의 분한 눈물이 섞여 있었다.

이에야스는 다시 살며시 눈물을 닦는 고다이인은 보려 하지 않고 다다테루에게 다짐했다.

"알았을 테지. 그대는 쇼군의 동생이야. 동생이 형님의 사자가 된 것이니……실수가 있으면 형님의 면목이 없게 된다."

"알고 있습니다."

"됐다, 마사노부."

이에야스는 이번에는 사뭇 무표정한 모습으로 곁에 대기해 있는 마사노부에게 말을 걸었다.

"여차여차해서 다다테루를 오사카성에 보낸다고 니조 저택의 쇼군께 연락해라.

그리고 다다테루를 수행할 이들은……그대가 알아서 고르도록."

그러자 마사노부보다 먼저 다다테루가 웃었다. 고다이인은 깜짝 놀라 다다테루를 쳐다보았다.

"다다테루, 방금 웃었느냐?"

"옛, 웃었습니다."

"뭣이 우스우냐? 난 우스갯소리를 하지 않았어."

"아버님, 다다테루는 형님의 사자이지요?"

"그건 그렇다만 이제 와서 무슨 말이냐?"

"하하……그런데도 지시는 모두 아버님에게서 받았습니다. 그것이 좀 우스웠던 겁니다."

이에야스는 낮게 신음했다. 멋지게 한 대 얻어맞은 꼴이다. 히데타다에게 쇼군직을 물려주었으면서도 지시는 모두 이에야스가 한다. 그러면 형님의 입장이 뭐냐는 다다테루의 항의이며 의견인 듯싶다.

이에야스는 정색하며 말했다.

"마사노부, 내 말만으로는 다다테루가 불만인 모양이야. 듣고 보니 일리가 있다. 그대는 다다테루와 함께 니조 저택까지 가서 쇼군으로부터 다시 명을 받고 떠나도록 하라."

마사노부는 웃으며 두 손을 짚었다.

"분부대로 하겠습니다."

"그럼, 다다테루, 마사노부와 니조 저택으로 가도록 해라."

"알았습니다."

고다이인은 가슴 뿌듯한 부러움을 느끼며 거실을 나가는 다다테루를 바라보았다.

그들이 물러가자 이에야스는 고다이인 쪽으로 몸을 돌렸다.

"고다이인 님, 이만하면 되겠지요. 오사카의 일을 고다이인께 전하도록 한 것은 내 잘못……고다이인은 불문에 드신 분이었습니다. 자, 이 일은 잊고 고다이사 이야기나 합시다."

고다이인은 애써 웃는 얼굴이 되려고 했다.

"오고쇼님, 히데요리는 게으른 자라고 한 마디 역정 내주셨으면 했습니다."

"그건 또 무슨 말씀이신지. 남자와 여자의 세계는 다른 것입니다."

"이 여승은 다만 히데요리 님이 가엾습니다. 다다테루 님처럼 사나이답게 지도해 주는 자가 측근에 한 사람도 없습니다."

"하하……모르시는 말씀. 다다테루에게는 그 나름대로 방심할 수 없는 위험한 데가 있지요. 잠시 전 이치에 어긋난다면서 따지고 드는 것을 보셨을 겁니다."

"그러므로 믿음직하게 생각했습니다."

이에야스는 손을 저으며 가로막았다.

"낡았습니다, 낡았어요. 다다테루의 눈초리를 보셨겠지요. 아직 전국시대의 눈입니다. 틈만 있으면 물고 늘어지려 하는 수풀 속에서 먹이를 노리는 독사의 눈이지요."

"어머나, 무참한 말씀을……!"

"하하……평화 시대의 사나이 눈은 마사노부처럼 가늘어집니다. 잠자는 듯하면서 깨어 있고 아무것도 보지 않는 듯하면서 모든 것을 보지요…… 하긴 다다테루나 히데요리 님에게 지금부터 그렇게 되라는 건 욕심이 좀 지나칩니다. 다다테루가 나를 비웃는 것도, 히데요리가 상경을 거절하는 것도 같은 뿌리에서 연유하는 젊음의 반항…… 글쎄, 천천히 지켜봅시다."

고다이인은 숨을 크게 내쉬며 가까스로 웃는 얼굴을 되찾았다.

"아무쪼록 히데요리 님을……."

"긴 안목으로 아끼며 돌보아주는 사이 커가는 겁니다. 사람이 사람을 키우는 면도 확실히 있지요. 그러나 신불이 키우는 면은 훨씬 큰 것이지요."

"그럼, 오고쇼님에게 부탁하는 대신 신불에게 부탁하라는 말씀입니까?"

"하하……그런 것이겠지. 특히 고다이인 님께서는 그렇게 하실 심정으로 불문에 들어가시지 않으셨던가요."

두 사람은 소리를 모아 웃었다.

'이에야스 님은 더욱 크게 변하셨다…….'

히데요시는 이러한 이에야스를 모르고 죽었지만, 여기까지 이르렀다면 히데요리를 자기 자식과 차별 없이 품어주리라. 고다이인은 히데요리의 얼굴을 다시 한 번 새삼스럽게 눈 속에 그려보면서 합장했다.

"그러고 보니 도시카쓰 님이 현장에서 줄곧 감독해 주시어 고다이사 공사가 뜻밖에도 빠르게 진척되었습니다."

"그렇습니다. 쇼군도 에도를 그리 오래 비워둘 수 없을 테니까요."

"그렇겠지요."

"나는 그걸 잘 알므로 도시카쓰를 현장감독으로 보낸 겁니다. 그도 역시 쇼군과 함께 에도로 돌아갈 사람. 싫어도 공사가 빠르게 진행되겠지요."

"호호호……"

고다이인은 여기서 한 마디 비꼬아주고 싶었다. 그것도 전국시대의 전략에 연결되는 낡은 사고방식의 하나가 아니냐고……

그러나 말하지 않았다. 히데요리와 도요토미 가문을 위해 이에야스에게는 크게 양보해야만 된다고 고다이인은 스스로 자신의 기질 센 성품을 억눌렀다.

시조(四條) 강물

　게이초 8년(1603) 이래 일찍이 없었던 백성들의 안도감을 바탕으로 교토는 계속 번영하고 있었다. 지난해 도요쿠니 신궁제를 계기로 한층 안정된 느낌이더니 올해 게이초 10년(1605) 여름이 되자 전란은 이미 먼 옛일인 듯 변화함을 보이기 시작했다.

　도중에 얼마쯤 차질을 보였던 히데타다의 상경은 오히려 백성들의 불안감을 송두리째 뽑아버린 결과가 되었다.

　히데타다가 16만 군사를 이끌고 상경하여 제2대 쇼군이 된다는 소문이 나돌았을 때는, 오사카뿐 아니라 교토에서도 피난처를 찾는 사람이 나올 정도였다. 그러나 교토 행정장관 이타쿠라 가쓰시게를 비롯한 자야 시로지로, 혼아미 고에쓰, 스미노쿠라 요이치 등의 꾸준한 설득으로 그리 큰 소동 없이 그쳤고, 그것이 아무 일 없이 가라앉을 무렵에는 고다이사 낙성식이 성대하게 거행되었다.

　뜻있는 사람들은 교토와 오사카 방면 영주들과 요도 마님의 반대로 히데요리의 상경이 중지되었다고 들었을 때 적잖이 눈살을 모았었다. 그러나 이에야스가 그 일에 대해 아무 거리낌도 보이지 않았을 뿐 아니라 오히려 여섯째아들 다다테루를 히데타다의 대리로 오사카성에 병문안 보냈으며 아무 탈없이 행사를 끝내고 에도로 돌아갔다는 이야기를 듣고 진심으로 안도의 숨을 내쉬었다.

　"이로써 천하는 이제 결정되었다."

　히데타다가 교토를 떠난 것은 6월 4일.

혼아미 고에쓰도 그날 팥밥을 지어 집안사람들과 함께 축하했다.

"오고쇼께서 건재하시는 한, 일본은 끄떡없다."

다이코 시대에는 그래도 한 가닥의 불안을 씻어내지 못했던 고에쓰도 그날은 친척을 모두 모아놓고 자못 흥겨운 모습으로 술잔을 거듭했다.

"새로운 교토의 생일이라고 생각해도 좋다."

사실 히데타다가 돌아간 지 24일 만에 고다이인이 정식으로 고다이사로 거처를 옮기자 교토 안팎의 인심은 곧바로 달라져 버렸다.

인심이 안정된 증거로 요즈음 기타노 덴만 신궁 경내와 시조 강변에 가설극장이 늘어서 뙤약볕이 내리쬐는데도 사람들 왕래가 놀랄 만큼 많아졌다. 물론 교토 시민들만이 아니고 곳곳에서 모여든 참배인, 태평세월을 칭송하는 구경꾼들이 마음을 터놓고 모여들기 때문이었다.

어느 날 고에쓰는 시조 강가의 여극단 극장 앞에서 손아래 친구인 스미노쿠라 요이치를 우연히 만났다. 요이치 역시 젊은 자야 시로지로와 어깨를 겨루는 이름난 새 사업가로 마음속으로 남몰래 무역 확장의 비책을 궁리하고 있는 듯했다.

'이제 두고 봐라.'

그 요이치가 관허무역선을 한 척 더 늘릴 욕심으로 허가업무를 맡고 있는 쇼타이에게 알선을 부탁하고 오는 길이었다.

"마침 잘 만났습니다. 근처에서 차라도 한 잔……."

요이치는 상대의 의사는 아랑곳없이 강변 가까이에 있는 갈대 발을 드리운 찻집으로 고에쓰를 끌고 들어갔다.

"고에쓰 님은 자야 님의 큰 후원자이시지요. 그러니 이 요이치를 모르는 척하신다면 정말 섭섭합니다. 저는 어떻게 해서든 통킹만(지금의 하노
이 앞바다)을 왕래하는 관허무역선 한 척이 꼭 더 있어야겠습니다."

"알고 있어, 알고 있어. 그건 내가 이미 오고쇼께 말씀드렸다네."

서늘한 강바람이 불어오는 마루에 걸터앉은 고에쓰는 깜짝 놀랐다. 먼저 와 있는 손님이 낯익었던 것이다.

'가만있자, 누구였더라?'

요이치의 말을 적당히 들어넘기며 고에쓰는 갈대밭 사이로 비치는 옆자리 손님의 얼굴을 기억해 내려 애썼다. 두건을 쓴 50살 안팎 된 품위 있는 손님의 상대는 몸차림이 훌륭한 무사였다.

"잘 알았어. 안심하게. 꼭 허가가 내릴 테니까."

다시 한번 요이치에게 대답하던 고에쓰는 불현듯 무릎을 탁 쳤다.

"그렇다! 다카야마 우콘이다."

"예? 뭐라고 하셨습니까?"

"쉿!"

어리둥절해 되묻는 요이치를 눈짓으로 누르고, 평상마루를 칸막이한 갈대 발에 등을 찰싹 붙이고 앉았다.

요이치도 짐작하고 자리를 옮겨 앉으며 작은 목소리로 물었다.

"누구입니까, 옆 손님은?"

"일본을 예수교 나라로 만들려다 끝내 다이코의 역정을 불러일으켰던 다카야마 우콘이네."

"오라, 가가에서 마에다 가문에 몸을 의지하고 있는 다도의……?"

"그렇지. 처음에는 미나미 남보, 요즈음은 아마 도하쿠(等伯) 님이라고 불리는가 보더군. 다도로는 소에키 이하 7철(七哲) 가운데 한 사람으로 지목받아 그 가운데 으뜸가는 제자로 칭찬받던 분이지."

"허, 오래간만에 가가에서 강산풍월을 찾아 나들이 나오신 모양이군요."

"쉿!"

고에쓰는 다시 가로막았다. 왜냐하면 우콘과 함께 앉아 있는 무사가 마쓰다이라 다다테루라고 말한 것 같았기 때문이었다.

다다테루는 얼마 전 쇼군 히데타다의 대리로 오사카성에 사자로 다녀온 뒤 갑자기 교토의 화제가 된 인물…… 아니, 고에쓰가 특히 그 이름에 관심을 갖는 이유는 다른 데 있었다. 자신의 사촌누이 오코가 그 다다테루의 집정으로 있는 오쿠보 나가야스의 측실이 되었고, 며칠 전 사도섬에서 교토로 와 있다는 소문을 들었기 때문이었다.

잠시 귀 기울이자 우콘의 목소리가 강물 소리를 헤집고 똑똑히 고에쓰의 귀에 들려왔다.

"그래요? 그러면 그 다다테루 님이라는 분은 제법 기량 있는 인물이라는 말씀입니까?"

시조 읊기로 단련된 목소리여서 그런 것 같다.

"그렇습니다. 저도 히데요리 님 측근에서 그 말씀을 들어보았습니다만, 이에야스 님 자제분 중에서 유키 히데야스 님보다 나을지언정, 조금도 뒤지지 않는 기품 있는 분으로 보였습니다."

"음, 그래요."

"그분은 미간이며 눈 등에 반발심이 뚜렷이 드러나 보였습니다. 재미있는 이야기 아닙니까?"

동행인 무사는 말하며 나직이 웃었다. 우콘도 충분히 흥미를 느끼는 듯했다.

"형제가 여럿이면 뜻밖의 반역아도 나오는 법. 그렇지만 그것만으로는 아무것도 안 될 터."

"물론 그것만으로는 어쩔 도리 없습니다. 그러나 구교 쪽의 적인 영국사람 미우라 안진을 그대로 이에야스 님 옆에 놓아두는 것은 위험천만한 일. 그의 모략으로 우리 교파 동지들이 언제 일본에서 쫓겨나게 될지 알 수 없습니다. 신부들의 불안이 이만저만 아닙니다."

"흠, 그렇다면 그 다다테루 님을 이용하여 한 번 쐐기를 박겠다는 말씀이구려."

바로 그때였다. 요이치가 얼굴을 가까이 대고 소곤거렸다.

"아, 옆자리의 무사는 아카시 가몬 님이군요."

고에쓰는 어쩐지 덜컥 가슴의 충격을 느꼈다. 아카시 가몬이 일본을 예수교 나라로 만들려고 영지 주민에게까지 종교를 강요하던 나머지 끝내 다이코를 펄펄 뛰게 했던 우콘과 함께 시조 강바람을 받으며 만나고 있다. 이것은 결코 우연이라고 생각할 수 없었다. 가몬 또한 열성적인 예수교 신자로, 요도 마님과 히데요리를 신자로 만들려 기회 노리고 있는 인물인 것이다.

'어쩌면 가몬이 가가에서 우콘을 불러냈는지도 모른다……'

그렇게 생각하자 두 사람의 대화에 가볍게 흘려버릴 수 없는 의미가 있는 듯 여겨졌다.

바로 등 뒤에서 고에쓰가 귀 기울여 엿듣고 있는 줄도 모르고 우콘은 다시 중얼거렸다.

"그래? 다다테루라는 사람이 그렇단 말이지. 그분은 지금 분명 시나노에 영지를 갖고 있겠지……?"

"그렇습니다. 지금은 가와나카지마…… 그러나 대부분 에도 저택에 머물며 영지로 가는 일은 거의 없습니다."

"그럼, 그분한테 접근할 방법이라도 있다는 말인가?"

"있다고 단언할 수는 없습니다만 연줄이란 구해서 만들어야 하는 것이니…… 없지도 않다는 결론이 되겠습니다."

"흠, 그분과 가장 막역하게 지내는 영주는?"

"장인 다테 마사무네 님 아닙니까."

"뭐, 다테 님 따님이……."

"게다가 그 혼담을 맨 처음 꺼내신 분도 도하쿠 님과 친한 사카이의 소쿤입니다."

우콘은 다시 한번 나직이 신음했다.

"그래서 에도에 박애병원을 개설한 소텔로가 가까스로 그 다테 님과 연락을 갖게 되어……."

"그렇겠군!"

"다행스럽게도 다테 님의 따님, 곧 다다테루 님의 정실이 된 여인이 우리들과 같은 구교 신자…… 동지입니다."

고에쓰는 목이 바싹 말랐다. 얼른 차를 입으로 가져가면서 요이치에게 눈짓을 보내며 더욱 긴장했다.

"아, 제법 바람이 부는군. 땀을 식히는 동안 스르르 졸음이 오는걸."

지금까지 들은 옆자리의 이야기를 요약하면, 정말이지 이만저만한 의미의 대화가 아닌 것 같다. 다다테루의 정실이 구교 신자므로 그것을 발판삼아 다다테루를 움직이고 동시에 그 장인 다테 마사무네를 끌어들여 구교—즉 포르투갈의 에스이타파, 스페인의 프란시스칸파, 도미니카파 등의 안전을 도모하려는 생각인 것 같았다.

그들을 그런 책동으로 유인한 직접적인 원인은 말할 것도 없이 이에야스의 세계지식 고문이라고도 할 수 있는 미우라 안진이 영국사람이라는 데 있는 듯했다. 영국과 네덜란드는 요즘 부쩍 국력이 신장한 유럽의 신흥세력으로 지금 곳곳에서 스페인 등 구세력과 맞서고 있었다. 양쪽 배가 바다 위에서 맞부딪치면 반드시 해전이 벌어지므로 쌍방이 모두 군함의 호위를 받으며 항해한다고 했다.

그런데 오늘 뜻하지 않은 다카야마 우콘과 아카시 가몬의 밀회이고 보니 고에쓰의 가슴이 덜컥 내려앉는 것도 무리가 아니었다.

가몬이 말했다.

"소텔로가 에도에 박애병원을 세우고 간호사 하나를 마사무네에게 바쳤다더군요."

"그리 잘한 일은 못 되는군."

본디 지나치게 결백한 우콘은 그 이야기가 매우 못마땅한 듯 혀를 찼다. 가몬은 일부러 그것을 무시하고 그가 말하는 책략 쪽에 중점을 두는 것 같다.

"여기서는 어느 정도 불쾌한 일은 눈감아두기로 하고, 그 간호사가 이따금 다테 저택 안에서 병이 난다고 합니다."

"음."

"그러면 한밤중에도 박애병원 의사 불기리오를 불러들입니다. 그러면 불기리오와 함께 소텔로도 다테 저택에 들어가 마사무네 님과 만날 수 있지요…… 거기까지는 성공한 모양입니다."

우콘은 침묵을 지키고 있다. 종교는 다르지만 니치렌 신자이며 결벽스러운 고에쓰로서는 우콘의 침묵이 이해되었다. 아무리 구교의 사활이 걸린 중요한 경우라 할지라도 빈민구제를 위해 세운 박애병원의 간호사를 바친다든가, 또 그것을 가짜환자로 꾸며 연락을 취한다는 것은 종교가로서 있을 수 없는 더러운 책모가 아닐 수 없다.

"그래서 따로 연락의 길을 하나 더 터놓을 수 없을까 하는 게 소텔로의 소망입니다."

"또 한 가지……라면?"

"다다테루, 그 사람과 소텔로가 직접 만날 기회……그것을 만들어줄 수 있는 인물을 모르겠느냐고."

"그런 일이라면 다테 님이나 다다테루 님 중신 나가야스가 좋을 게 아닌가?"

"양쪽에서 이미 모두 사절했답니다."

"뭐, 양쪽에서 모두 사절했다고……?"

"네, 나가야스는 소텔로를 직접 만나 우리 주군은 아직 어리시므로 안 된다…… 그리고 다테 님은 사위한테까지 종교를 강요하는 결과가 되기 때문에 사절한다고……."

"흠, 모두들 소텔로를 음모자로 꿰뚫어 보았을 테니까."

"그렇다고 뒷짐 지고 구경만 하는 동안 안진이 영국 배라도 불러들이면 모두 허사가 되어버립니다."

"아카시 님, 잠깐만. 나는 그 소텔로의 속셈을 잘 모르겠소. 소텔로는 다다테루 님을 직접 만나 뭘 하려는 거요?"

"물론 해적 나라 영국의 본성을 충분히 주입시키려는 속셈일 겁니다."

"그렇지만 다다테루 님은 한낱 시나노의 영주, 아무 권력도 없는 분이 아닌가……?"

그러자 가몬은 고에쓰가 갑자기 벌떡 일어나 어쩔 줄 몰라 할 만큼 무서운 말을 지껄여버렸다.

"도하쿠 님, 다다테루 님은 새 쇼군을 능가할 만한 반발적인 분이라고 나는 말씀드렸습니다."

"그건 들었지만……."

"그렇다면 그분을 오사카와 손잡게 해서 만약의 경우 스페인에서 군함을 불러와서라도 모처럼 여기까지 펼쳐 놓은 이 나라 안의 교권을 지켜나가야 하지 않겠습니까?"

"그럼, 다다테루 님에게 모반을……."

"쉿, 그 준비……가 있다면 얼마나 좋겠습니까. 오고쇼는 이미 노경에 접어들었습니다."

우콘도 깜짝 놀란 듯 한동안 대답이 없다…….

고에쓰는 얼른 일어서면서 요이치의 옷소매를 잡아당겼다. 이야기가 이토록 무서운 지경으로까지 번져나갈 줄은 정말 생각지 못했다. 당자인 우콘도 지금까지는 이렇게 될 줄 모르고 마음 놓고 이야기한 모양이나, 이제 어쩔 수 없이 주위에 대해 신경 쓸 게 틀림없다. 그러면 갈대 발 바로 옆에서 귀 기울이고 있는 고에쓰며 요이치의 모습을 눈치채지 않을 리 없었다.

"그렇군. 오랜만에 소문난 여극단이라도 구경할까. 주인장, 여기 찻값 놓고 갑니다."

고에쓰는 그대로 허둥지둥 강변으로 내려섰다. 아직도 두근두근 가슴이 뛴다.

국태민안의 밝은 전망이 섰다고 가까스로 마음 놓을 만하자 엉뚱한 곳에 아직 소란의 뿌리가 남아 있었다. 더욱이 이것은 고에쓰가 가장 근심하던 '사나운 영주들'과는 전혀 질이 다른 복병이었다.

'여차하면 펠리페 대왕의 군함이라도 불러들일 눈치이니!'

고에쓰는 조급한 걸음으로 앞서가다가 강둑에 가까운 찻집 앞에 이르러 다시 한번 가슴을 두들기며 걸터앉았다.

"요이치 님, 들었소, 지금 이야기?"

그러나 요이치는 고에쓰만큼 놀라고 있지 않았다.

"들었습니다. 이 한낮에 엄청난 꿈을 그리는 놈들도 다 있군요."

"꿈은 꿈이지만, 마음 놓을 수 없는 꿈인걸."

요이치는 우스운 듯 웃었다.

"하하……뭘, 이쪽도 맨손은 아니니까요. 스페인, 포르투갈이 대군을 몰고 밀어닥친다고 하더라도 그리 근심할 것 없습니다."

"그럴까."

"이쪽도 선원뿐 아니라 배 위에서 싸울 군사 걱정은 안 해도 좋을 겁니다. 그보다도 유럽이 두 세력으로 갈라져 버린 걸 저는 일본을 위해 기뻐하고 있습니다."

"음……."

"만일 그들 신교국과 구교국이 한 덩어리가 되어 밀려온다면 어쩔 뻔했습니까?"

고에쓰는 대답하지 않았다.

'젊은 사람이라 역시 활기찬 생각을 하는군……'

그것도 일리가 있을지 모른다…… 그렇다 해도 역시 두려운 생각은 가슴에서 떠나지 않았다.

겨우 난리가 자취를 감추려는 때 다이코는 대륙출병을 생각했다. 그때도 눈앞이 캄캄해진 것 같아 고에쓰는 지나치리만큼 물불을 헤아리지 않고 반대했었다. 그리고 결과는 그가 짐작한 대로 다이코의 한평생에 고민과 실패라는 낙인만이 찍혔다.

그런 뒤 이에야스가 여기까지 시대를 태평의 방향으로 이끌어온 게 아닌가…… 그런데 그 태평의 고마움을 깨닫지 못하는 사람들이 아직 여기저기 숨어 있다…….

고에쓰는 이상할 정도로 흥분된 목소리로 말했다.

"요이치······나는 반대요! 저런 무리들이 횡행하다니······ 나는 가만히 보고 있을 수 없소······."

스미노쿠라 요이치는 고에쓰의 불안을 알 수 없었다. 그는 자신이 존경하는 선배를 위로해 주려는 심정이 더 강했다.

"그따위 꿈은 걱정하실 것 없습니다. 만약의 경우에는 영국이며 네덜란드가 있으니까요. 그러잖아도 그들은 세계의 바다 여기저기서 서로 싸우고 있답니다······."

"그것이 패권 다툼이지. 싸움처럼 죄업 깊은 악은 없어. 그것이 비록 영국과 스페인의 싸움이더라도 말리는 게 인간의 본분이야."

"하하······꾸지람들었습니다그려."

요이치는 웃으면서 머리를 긁적거리고 이야기를 무역선으로 돌렸다. 유럽의 구교국과 신교국이 서로 앞다투어 아시아 바다로 진출하고 있다. 그러므로 일본도 한 척이라도 더 많이 바다로 내보내 그들과의 경쟁에 뒤져서는 안 된다고 열성적으로 이야기를 계속했다.

고에쓰도 이런 요이치며 자야 시로지로처럼 혈기 넘치는 젊은 의견에 결코 찬성하지 않는 것은 아니다. 그러나 만일 일본 안에서, 지난날의 농민내란처럼 신교도와 구교도가 대립하고 저마다 그 배후에서 무기를 공급하는 나라가 나타난다면 어떻게 될 것인가 하는 불안은 사라지지 않았다.

일본이 둘로 분열한다면 당연히 한편은 오사카, 한편은 에도의 형태로 난세가 된다. 그렇게 되면 실직 무사들이 오뉴월 파리 떼처럼 날뛰기 시작할 게 틀림없다······.

'그때 백성들은 어떻게 되는가······.'

고에쓰는 강변에서 요이치와 헤어져 혼아미 골목의 자기 집까지 어떻게 왔는지 기억이 없었다. 이런 경우의 마음가짐을 가르쳐주는 구절이 법화경 속에 없던가 하고, 머릿속으로 니치렌 대사의 모습을 그리며 걸어왔다.

"이제 돌아오는구나. 얼굴빛이 왜 그러니."

집 앞에 다다르자 물통을 든 어머니 묘슈가 염려스러운 얼굴로 물었다.

"어머님은 이 뙤약볕에 왜 또······."

"뙤약볕이니 물을 뿌리지…… 그것도 눈에 띄지 않는 걸 보니 제정신이 아닌가 보구나."

그리고 묘슈는 턱으로 안쪽을 가리키며 생긋 웃었다.

"들어가 봐, 네가 가장 싫어하는 손님이 기다리고 있으니까."

고에쓰는 아직 머릿속이 정리되지 않았다.

'이것은 역시 내버려 둘 일이 아니다. 모두들 정신을 바짝 차려 미리 막을 준비를 게을리하지 말아야 한다……'

토방 안은 서늘했다. 바람기가 그리 없는 것 같았지만 그늘에 들어서니 밖에서 안으로 희미하게 공기가 움직이고 있다.

안방 앞까지 가서 고에쓰는 놀라 걸음을 멈추었다.

"아……!"

안에서 엷은 속옷 바람으로 띠를 풀어헤친 채 거의 알몸으로 이쪽을 향해 앞을 벌리고 앉아 있던 여인이 당황해 등을 보이며 획 돌아앉았다. 터질 것처럼 팽팽한 알몸이 보라는 듯 그대로 드러나 보인다.

"아이, 깜짝이야! 기척도 없이 들어오니 그렇잖아요."

사도에서 교토로 와 있다고 소문만 들었던 사촌누이 오코였다. 오코는 아마 더위를 이기지 못해 목물한 뒤인 것 같았다.

"역시 와 있었구나……"

고에쓰는 당황해 눈길을 돌린 자신에게 화내고 있었다. 다시 오코를 노려보는 자세로 토방에 버티고 선 채 말했다.

"오쿠보 님한테 쫓겨난 모양이군."

오코는 어린 계집애 같은 목소리로 웃었다.

"호호……그런 곳에 서 있지 말고 들어오세요. 여긴 오빠 집이잖아요."

"언제 사도를 떠나왔느냐?"

"그건 비밀, 말할 수 없어요. 그렇지만 쫓겨난 건 아니니 안심하세요."

"한심한 여자로구나. 마치 창녀나 광대 같은 차림으로."

고에쓰는 말하면서 뒤돌아 신발을 얌전히 벗어놓고 방으로 들어갔다. 오코도 그때 이미 띠를 졸라매고, 무릎 위에 부채를 펴고는 비스듬히 앉아 있었다.

"교토에서 오쿠보 나가야스 님과 만나지 않으셨나요?"

"오쿠보 님과 함께 왔느냐?"

"아니오, 놀려주려고 몰래……."

"그럼, 오쿠보 님이 교토에 와 있는지 없는지……."

고에쓰는 말을 꺼내다 말고 갑자기 오코를 향해 앉았다. 아까부터 생각해 오던 다카야마 우콘과 아카시 가몬의 이야기를 바탕으로 오쿠보 나가야스의 얼굴이 커다랗게 떠올라왔기 때문이었다.

"오코, 오쿠보 님은 요전에 다다테루 님을 모시고 함께 오지 않았는데, 무슨 다른 볼일이라도 있었던 거냐?"

"이즈 금광에 갔었겠지요. 4월 끝 무렵에 사도섬을 떠났으니까요."

"오코"

"왜 그러세요, 그런 무서운 얼굴로."

"오쿠보 님은 네……네가……마음에 드는 모양인가?"

"추측에 맡기겠습니다……."

"자신 있는 모양이군. 하긴 너와 오쿠보 님이라면 어울릴 테니까."

"그렇다면 그런 무서운 얼굴로 물어보지 말아요."

오코는 풍만한 가슴을 부채로 가리고 무슨 생각을 하는지 소리죽여 웃었다.

"무엇이 우스우냐? 그렇지, 너 오쿠보 님한테서 다테 마사무네 님 이야기며 소텔로라는 선교사 이야기를 듣지 못했느냐?"

"호호……그 일이라면 둘 다 재미있는 이야기를 들었지요."

"그래? 들었단 말이지. 어……어떤 이야기였느냐?"

고에쓰는 또 다급해지려다가 좀 겸연쩍어져 다시 말했다.

"네가 들은 이야기라면 뭐 하찮은 이야기일 테지."

"호호……그럼, 교토까지 그 이야기가 소문난 것 같군요."

"그 이야기……?"

"네. 다테 님이 오쿠보 님에게 서양 여자를 붙여주려고 했던 이야기."

"뭐, 다테 님이 남만인을……?"

"그런데 깨끗이 거절했대요. 호호……서양 여자는 정말 엄청난 호색녀여서 다테 님도 소텔로한테서 진상 받았지만 견디어낼 수 없었다는 이야기. 그런데 오빠가 그런 이야기에 흥미를 갖다니 놀랍네요. 혹시 남만 계집이 욕심나신다면 오코가 다리 놓아 드려도 좋아요."

오코는 아주 진지한 표정으로 고에쓰에게 농을 걸었다. 근엄한 고에쓰는 오코의 따귀를 갈겨주고 싶을 만큼 울화가 치밀었다. 그러나 생각해 보면 근엄하기 때문에 그것도 할 수 없다. 지금 오코는 어쨌든 오쿠보 나가야스의 측실이 아닌가.

"호호……."

오코는 다시 웃었다. 오랜만에 교토로 나와 매우 들뜬 기색이었다.

"일본 영주들 가운데 서양 여자를 측실로 삼은 것은 다테 님뿐, 그래서 요즈음 호색적인 사람을 '다테' 나라라고도 부른다잖아요."

"네가 들은 건 그따위 이야기란 말이냐?"

"이렇듯 진기한 이야기는 다른 곳에서 들을 수 없을 거예요. 글쎄, 총애를 베풀지 않으면 그 여자는 당장 병이 난다지 뭐예요. 그렇게 되면 한밤중에라도 심부름꾼을 보내 아사쿠사 병원에서 남만인 의사를 불러와야 한다는군요. 남만 여자의 감기에는 일본 의약이 도무지 듣지 않는다니까."

"그런 말을 오쿠보 님이 했단 말이냐?"

"하고말고요. 그분은 나에게 어떤 일도 숨기지 않는걸요. 그래서 다루기 벅차니 나가야스 님이 맡아주지 않겠느냐고 다테 님이 말씀하셨대요."

고에쓰는 다시 허공을 노려보았다. 이 우습지도 않은 이야기 이면에도 소텔로와 마사무네의 접근이 느껴진다. 그렇지만 다이코마저도 방심할 수 없는 사나이로 경계했던 다테 마사무네가 어째서 그런 계집 선물을 소텔로로부터 받아들였을까?

"세간에서는 다테 님이 먼저 계집을 소망했다는 소문이 나돌고 있어요. 아 참, 다테 님은 그 여자와 함께 빵이라는 것도 받았대요. 아니, 빵이 탐나서 여자를 받았다는 소문도 있다나 봐요."

"뭐, 그 빵이라는 게 뭔데?"

"사람 이름이 아니에요. 한 번 구워 놓으면 상하는 일 없는 식량…… 싸움터나 사냥에 아주 알맞은 음식이라더군요."

"그럼, 그것이 탐나 계집을 얻었단 말이냐?"

"그 계집이 빵 만드는 법을 알고 있었던 거지요. 아무튼 다테 님은 욕심쟁이라고 나가야스 님이 웃으셨어요."

고에쓰는 그 욕심 또한 마음에 걸렸다. 요이치도 자야도 마찬가지지만 젊음이 그대로 욕심으로 통해버린다. 어떤 의미에서는 그것이 진보의 바탕이 되겠지만 상대에게 무슨 계교가 있을 때는 그대로 함정으로 바뀌는 수도 있으니까.

'소텔로는 협잡꾼인 모양이다……'

그러나 먹느냐 먹히느냐 하는 상대이니만큼 제멋대로 계획을 변경할 수도 없는 입장일 것이다.

"오코, 실은."

"네, 말씀하세요."

"내가 너한테 한 가지 부탁할 일이 있다."

"아유, 희한해라. 오빠는 오코 따위는 상대도 하지 않는 돌부처님인 줄 생각하고 있었는데."

고에쓰는 눈살을 찌푸리면서 혀를 찼다.

"대사님 명령으로 여기고 너 한 번 첩자 노릇을 해주지 않겠느냐?"

"어머나, 니치렌님도 첩자 같은 걸 쓰시나요?"

"그렇다, 일본을 위해서라면……다름 아니라 오쿠보 댁에 출입하는 사람 가운데 에도와 오사카의 불화며 알력에 관한 이야기를 하는 사람이 있으면 꼭 기억해 두었다가 알려주지 않겠느냐."

순간 오코는 이상한 긴장을 눈에 담고 고에쓰를 바라보았다. 고에쓰 입에서 이토록 진지한 말은 들은 적 없었기 때문일 것이다.

"다시 한번 말해 주세요. 오코는 덜렁이라 만약 잘못 듣는 점이 있다면 큰일이니까요."

"좋다, 말하지."

고에쓰는 한층 굳어진 표정이 되어 가만히 주위를 둘러보았다.

"너에게……오쿠보 댁에 출입하는 사람들을 충분히 주의해 보아달라고 부탁한 거다."

"그렇게 하면 오빠에게 어떤 이득이 있나요……?"

"오코, 이것은 이 고에쓰 개인의 손실이나 이득에 관한 일이 아니다. 나는 일본에서 전란의 근심을 없애 대사님의 정의를 세우고 싶은 거야."

"그럼, 그것이 입정안국(立政安國)과 연결된다는 말씀인가요?"

"그렇지, 입정안국. 입정안국, 그 심정이야…… 왜냐하면 왠지 수상쩍은 전운의 냄새가 풍겨오는 듯한 기분이 들어서 말이다."

오코는 고에쓰를 지켜본 채 어깨를 움츠렸다.

"전쟁……? 아이, 지겨워!"

"명심해 잘 듣거라. 지금 일본에 싸움이 일어난다면……세 가지 큰 대립의 씨가 있다. 전마(戰魔)는 반드시 여기서 스며 나올 것이다."

"그 한 가지는?"

"말할 것도 없이 에도와 오사카의 반목이지. 물론 이것은 오고쇼며 쇼군과 히데요리 님 사이가 좋지 않아서가 아니야. 그러나 오사카성 안에는 히데요리 님을 천하의 주인으로 받들고 한몫 보려는 불평불만에 찬 사람이 많다. 에도 역시 마찬가지지. 근위 8만 기 대부분은 간토로 영지 이동된 뒤로 줄곧 쌓여온 도요토미 문중에 대한 반감이 뿌리 깊다."

"그런 것쯤은 오코도 알고 있어요. 그럼, 둘째는? 둘째는 뭐지요."

"그 둘째는, 남만인과 홍모인의 대립이지."

"호호……홍모인은 일본에 미우라 안진 단 한 사람뿐이잖아요. 그가 싸움으로까지 연결된다고 여긴다면 지나친 걱정……."

고에쓰는 목소리를 낮추면서 가로막았다.

"그렇지 않아. 너는 잘 모르고 있어. 남만인과 홍모인에게는 예수교 교리상 대립이 있는 모양이더군. 이를테면 남만인이 히에이산의 천태종이라면, 홍모인은 혼간사의 잇코종 같은 것…… 만일 이제부터 일본에 이 양쪽 배가 잇따라 들어오게라도 된다면 어떤 분쟁이 싹틀지 모른다……."

"호호호……알 것도 같군요, 다른 사람 아닌 오빠의 걱정이니 그것도 있다 셈치고, 셋째는?"

"셋째는……."

고에쓰는 말하다 말고 다시 한번 다짐했다.

"이것을 결코 입 밖에 내어선 안 된다. 이것은 대사님의 경문이 남몰래 나에게 깨우쳐준 암시야…… 셋째는 도쿠가와 문중 내부의 대립…… 쇼군 댁과 그 동생 사이에 말이지…… 그러나 너는 이것도 없다고 할 테지. 그래, 지금은 아직 땅 위로 싹이 움튼 게 아니니까. 그러나 땅속에서 그 싹이 부쩍부쩍 자라고 있는 것 같아."

오코는 이번에는 웃지 않았다. 웃는 대신 그녀도 한층 목소리를 낮추어 물었다.

"그 쇼군댁 동생이란⋯⋯마쓰다이라 다다테루 님인가요?"

"그렇지."

고에쓰는 목구멍에 걸린 가래침을 한꺼번에 뱉어버리듯 말하고 잇따라 고개를 끄덕였다.

"사실은 오늘 다다테루 님은 예사 기량을 지닌 분이 아니라고 수군거리는 사람이 있었다."

"그 이야기라면⋯⋯."

오코도 목소리가 잠기면서 살며시 사방을 돌아보았다.

"나가야스 님도 늘 이야기하더군요. 돌아가신 적자였던 노부야스 님 말고는 지금 장성하신 아드님들 가운데 다다테루 님이 가장 영특하시다고요."

"역시 그런 말을 했단 말이지?"

"그래요. 쇼군님보다 기량이 위이므로 먼저 태어나셨다면 우리들은 혼다 마사노부 부자나 도이 도시카쓰 같은 이들에게 저렇듯 일본을 마음대로 휘두르게 내버려 두지 않았을 거라고 했지요."

"그래! 바로 그거야."

고에쓰는 다급하게 이야기를 꺼내다가 갑자기 또 입을 다물었다. 그가 지금까지 생각하던 것보다 더 큰 불안에 맞닥뜨린 것이다.

"오코!"

"네."

"그 쇼군님보다도 에치젠의 유키 님보다도 우수하고 총명한 동생을 일본에서 으뜸가는 야심가가 사위로 삼았다면 어떻게 되리라고 생각하느냐?"

"일본에서 으뜸가는 야심가⋯⋯?"

"그래. 다이코 같은 분께서도 마음 놓을 수 없는 놈이라고 신변에 감찰까지 붙여놓았을 정도의 야심가지."

"혹시 다테 님 말씀인가요?"

고에쓰는 그 말에는 직접 대답하지 않고 말을 이었다.

"만일 네가 그 장인이라면 어떻게 생각할 테냐? 내 사위도 똑같은 오고쇼의 아드님, 이 기량 있는 사위를 천하의 주인 자리에 앉히고 싶다……고 생각하지 않을까?"

오코는 숨죽인 채 고에쓰를 보았다.

"그 야심가 장인이 만일 조금 전에 말한 첫째와 둘째의 대립을 눈치채게 된다면 무엇을 계획하려 할까?"

"……."

"에도와 오사카의 반목, 남만인과 홍모인의 대립…… 이것을 교묘하게 이용…… 하려는 몽상을 하지 않겠느냐."

오코는 고에쓰에게 얼른 부채질을 해주었다. 자신도 그렇지만 고에쓰의 이마에 비지땀이 번들번들 내배기 시작했기 때문이다.

"이 문제는 여기서 일단 접어두자. 그보다 소텔로와 다테, 오쿠보 님과 다테, 소텔로와 오쿠보……이렇게 생각해 나가면, 너는 마음이 조마조마해지지 않느냐?"

오코는 비로소 미간을 찌푸리며 한숨 쉬었다.

"참말이에요. 그 심정이 짐작될 것 같군요."

"오코, 아직 땅 위에 보이지 않는 세 번째 싹이 돋아난다면 첫째와 둘째의 원인이 곧 이에 얽혀들어 수습할 수 없는 사태가 벌어질 듯한 생각이 나는 든다."

이때 물을 뿌리고 난 묘슈가 물통을 들고 들어왔다.

"오늘은 또 어쩐 일이지? 말다툼도 하지 않고 오순도순 이야기가 재미있는 것 같으니."

묘슈는 흐뭇한 모양이었다. 고에쓰와 성미가 맞지 않는다지만, 오코는 묘슈에게 있어 혈육인 조카딸이다.

"사도섬이라는 곳의 풍토가 아마 오코의 성미에 맞는 모양이구나. 참, 오랜만에 왔으니 좋아하는 생선찜이라도 만들어줄까."

묘슈는 우물가로 가려다가 두서너 걸음 되돌아왔다.

"오코는 오늘 저녁 너희 집에서 자겠니, 우리 집에서 자겠니?"

그러나 오코는 대답이 없었다. 고에쓰와의 중요한 이야기가 아직 끝나지 않았다. 이야기에 따라서는 사카이의 지모리(乳守) 궁 언저리에서 놀고 있을 나가야스에게 가지 않으면 안 될 것 같았다.

"왜들 그러냐? 오라, 역시 잘 맞지 않는 모양이구나."

묘슈는 쓴웃음 지으며 나갔다.

"그럼, 오빠는 오코에게 그분을 감시하라는 말씀인가요?"

"감시……라고 하면 모나지. 그러나 일본이 다시 전란에 휩싸인다면 모든 사람의 생활이 엉망이 되지 않겠느냐."

"그거야 말할 나위도 없지요. 전쟁이란 사내들보다 여자들의 적…… 그렇지만 그분만은 다테 님 같은 분에게 이용당할 분이……."

고에쓰는 그것도 잘 알고 있다. 나가야스는 이용당하기보다 늘 이용하는 인물이다. 그런 의미에서 그도 결코 다테 마사무네보다 뒤떨어지는 인물이 아니다. 문제는 바로 그 점에 있다. 이런 강한 성격을 지닌 두 사람이 서로 이용하고 이용당하는 게 두 사람 이익이라고 생각했을 때 과연 그 결과는 어떤 형태를 나타낼 것인가!

"오코, 내가 두려워하는 것은 오쿠보 님이 다테 님과 맺어지는 게 이익이고 다테 님 또한 오쿠보 님을 이용하는 편이 내 몸을 위한 거라고 서로 생각했을 때란 말이다."

"그렇지만 그것이 이 세상 모습이 아닐까요. 여자는 남자에 의해 살고, 남자는 여자에 의해 살아간다…… 이용가치가 없는 것은 살 의미를 지니지 못하는 거라고…… 그것이 오빠의 교훈이었어요……."

"잠깐, 그것은 선의와 선의가 만났을 때의 이야기지. 그렇지만 악의와 악의가 서로 가까워질 때는 그 반대가 되지 않겠느냐."

고에쓰는 여기까지 이야기하고 안타까운 듯 혀를 찼다.

"잘 들어, 다테 님은 어떻게 해서든 천하를 뒤집어엎을 틈바구니가 없을지 노리고 있다."

"아이, 무서워……."

"게다가 무슨 일이 있어도 자신이 모시는 다다테루 님에게 쇼군직을 계승시키고 싶다……고 오쿠보 님이 여긴다면 어떻게 될까? 이 두 생각이 맞부딪치기 전에는 모두 다 허무한 꿈에 지나지 않지. 그러나 서로 맞닥뜨리면 그야말로 천하를 뒤집어엎으려는 어마어마한 음모로 번져나갈 수 있어."

"……"

"알겠느냐. 이것은 어디까지나 가정이지만 여기에 만일 소텔로가 끼어들고, 소텔로의 배후 남만국이 덤벼들고, 다시 예수교 신자 영주들과 숱하게 많은 신도들이 참가하고, 떠돌이무사들이 몰려들고, 오사카성 주인이 참가한다면 어떻게 되겠느냐……"

"그만 해요! 이제 싫어요, 싫어……"

오코는 별안간 두 귀를 막고 눈을 감았다.

공포의 기억

　오코는 정말로 부들부들 몸을 떨었다. 온몸의 땀이 한꺼번에 식어버리고 혀가 바싹 말라 있었다. 그것은 세키가하라 싸움 전인 후시미 공격 때의 어느 날 기억이 오코에게 되살아났기 때문이었다.

　그날 오코는 후시미 양조장으로 어린 시절 친구를 찾아갔었다.

　그곳에 미쓰나리 쪽 군사들이 들이닥쳤다. 포위한 것은 성만이 아니었다. 양조장이던 그 집에 병졸들이 번갈아 드나들면서 심부름하는 여인들을 차례로 능욕하고 술을 퍼마시고 나갔다. 아래로는 12, 3살 난 어린 계집종으로부터 60살 가까운 늙은 하녀까지 여러 사람들이 보는 앞에서 능욕당하는 동안 오코는 고하기(小萩)라는 그 집 딸과 함께 술광 한구석에 숨어 있었다.

　두 사람을 거기에 숨겨준 것은 16, 7살쯤 되어 보이는 몸종이었는데, 조금 뒤 바깥 형편을 보고 오겠다고 나가더니 다시 돌아오지 않았다. 오코도 고하기도 불안해 얼마 뒤 고하기가 다시 몰래 동정을 살피러 나갔다.

　그것이 이 세상에서 고하기와 오코의 영원한 이별이었다. 그러는 동안 어디선가 불이 난 듯 오코가 숨어 있는 술광 문 밑으로 검은 연기가 슬금슬금 기어들기 시작했다. 연기에 숨이 막혀 오코는 정신없이 뛰쳐나갔다. 지금도 아주 피곤할 때면 그때 꿈을 곧잘 꾸곤 한다.

　오코가 본 '전쟁'은 대포나 총을 서로 쏘아대는 것도 아니고 격렬한 칼싸움도 아니었다. 커다란 술통들이 주위에 빙 둘러 놓인 그 사이사이에 살해되어 내던져져 있는 숱한 여인들의 비참한 시체였다. 전마(戰魔)는 술을 퍼마시고 여자들을 능욕하는 것만으로 만족하지 않고, 무참하리만큼 희롱한 끝에 군사감독이며 병마감찰의 이목이 두려워 모두 죽인 다음 불을 질렀던 것이다.

도망치던 오코는 고하기의 시체를 보았다. 고하기는 먼저 나간 몸종과 서로 껴안은 자세로 산돼지 사냥 때 쓰는 창이 아랫도리에 참혹하게 꽂힌 채 피투성이가 되어 나자빠져 있었다. 오코는 그때 모처럼 대접받은 감주를 웩웩 토하면서 정신없이 연기 속을 달아났었다.

그 뒤 전쟁이라는 말을 들으면 오코의 머릿속에 그날 목격한 고하기의 살해된 모습이 으레 떠올랐다. 오코는 세차게 몸을 떨었다.

"이제 그만……모두 알았으니 어떻게 하라고 똑똑하게 지시만 해줘요. 전쟁이 일어나지 않도록 하는 일이라면 오코는 무엇이든 할 테니까요."

오코의 반응이 너무나 크므로 고에쓰는 도리어 깜짝 놀라는 듯했다.

"그러냐, 알아들었단 말이지. 그럼, 명심해서 알아두어라. 다테 님과 오쿠보 님 사이에 혹시 전쟁에 관련될 만한 이야기가 나오면 내게 자세히 알려다오."

오코는 아무 주저 없이 세차게 고개를 끄덕였다.

"그럼, 오코는 지금 당장 그분을 찾아가겠어요. 아니, 사실은 나도 그분이 뭘 하고 있는지 알고 싶어요."

고에쓰가 오코의 행동에 다른 의견을 내세울 리 없었다. 사도섬에서 어디를 거쳐 교토로 왔는지도 물어보지 않고, 나가야스와 어떻게 연락을 취할 것인지도 따지지 않았다. 그런 일은 실수 없이 해나갈……거라고 안심하는 까닭도 있지만, 자기가 원하는 정보에 관한 일만 되풀이 다짐했다.

에도와 천하의 정세─이 두 가지 일이 되면 고에쓰의 눈빛이 달라진다. 아니, 그것은 두 가지가 아니라 입정안국이라는 선으로 하나가 되고, 그것을 떠난 곳에 혼아미 고에쓰는 없는 듯싶었다.

'다이코나 쇼군님보다도 진실하게 오로지 한마음으로 나라를 생각하는 사람은 오빠가 아닐까……!'

어떤 하나의 일에 정열을 기울이는 인간은 훌륭하다. 사나이의 경우 그것이 야심이든, 기예(技藝)든, 병법이든, 한눈팔지 않고 하나의 목표를 추종해 마지않는 모습에 오코는 견딜 수 없는 매력을 느꼈다. 고에쓰가 추구하는 이상은 크다. 입으로는 일부러 거역해 보기도 하지만, 그것은 이를테면 찬미의 소리를 뒤집어놓은 것에 지나지 않는다.

'오빠는 훌륭한 사람이다!'

오코는 이번에도 진심으로 감탄해 마지않았다. 그 감탄은 상대가 언니의 남편만 아니었다면 그대로 곧장 사랑으로 변해 버릴 수도 없지 않았지만 그런 탈선을 억눌러준 것은 나가야스의 존재였다. 오코는 다시 생각해 볼 것도 없이 고에쓰 다음으로 나가야스를 좋아하고 있었다. 물론 나가야스를 좋아하게 된 원인은 남자와 여자로서의 생활의 축적이 그렇게 만든 것임도 잘 알고 있었다. 아무튼 자기가 좋아하는 한 남자로부터 좋아하는 또 다른 남자의 감시를 부탁받는다는 것은 얼마나 신선한 자극인가!

고에쓰의 집을 나서자 오코는 네거리 맞은편의 자기 집으로 돌아갔다. 고에쓰가 본댁이라고 부르는 묘슈의 남동생 집이며, 오코의 부모 가게이다.

오코를 보자 올케가 말했다.

"아씨, 하인들이 돌아와 기다리고 있어요."

이 올케는 고에쓰의 친누이 동생이므로 혼아미 문중과 한집안이나 다름없었다.

"아, 그래요, 고맙습니다."

오코는 이미 제정신이 아니었다. 지금부터 나가야스 앞에 불쑥 나타나 우선 그를 깜짝 놀라게 한 뒤 고에쓰가 염려하는 일을 염탐해 본다……는 꿈으로 가득 차 있었다.

그녀는 긴 토방을 빠져나가 뒷마당을 아담하게 둘러싼 외딴 채 문턱에 이르자 미닫이를 열며 불렀다.

"우스이."

"예, 우스이 사부로베에(臼井三郎兵衛), 기다리고 있었습니다."

우스이 사부로베에는 나가야스의 영지에서 오사카로 수송되어 오는 연공미를 관리하는 서기로 교토 태생이었다.

"그래, 대감님 숙소가 어딘지 알아냈느냐."

"예, 야마토에서 볼일을 끝내시고 지금 사카이 행정관이신 나루세 마사나리 님 별장에 계십니다."

"그래! 역시 사카이…… 그렇다면 지모리 유곽에서 기녀들과 어울리고 계시겠군. 내가 교토에 온 것은 아직 말하지 않았겠지?"

오코는 그래도 측실로서의 체면을 지키려고 고에쓰 앞에 있을 때와는 비교도 안 되게 오만하고 점잖았다.

"예, 여부가 있겠습니까. 모처럼의 취흥을 깨뜨려서는 안 될 것 같아 매우 조심하고 있습니다."

"호호……그래? 좋아. 그럼, 오늘 밤 곧 떠날 테니 배를 마련해 줘……."

사부로베에는 깜짝 놀랐다.

"예? 오늘 저녁에…… 그렇지만 오늘 밤은 이곳에서 주무실 줄 알고 이 댁에서 그 준비를……."

오코는 재미있는 듯 다시 까르르 웃었다.

"호호호……그렇지만 가만히 있을 수 없도록 대감님이 보고 싶어졌어."

"오코 님……."

"왜? 배 준비가 잘 안된다는 말인가."

"아닙니다, 배 문제가 아닙니다. 이렇듯 갑작스럽게 아씨를 사카이로 인도해 드리면 나리의 문책이 있을 경우……."

"아, 그 걱정?"

"예, 실은 노토에서 모시고 온 이들도 모두 그것을 두려워하는 형편이라."

"호호……그 일이라면 걱정할 것 없어. 나는 사도섬에서 나올 때 내가 탈 배를 만들어 가지고 올 작정이었어."

"예……."

"그런데 그럴 필요가 없어졌지. 벌목 인부들의 식량을 실어나르는 배가 노토와 사도 사이를 얼마든지 오가고 있거든. 내가 마음 내키는 대로 그 배에 편승하여 그리운 대감을 만나려고 교토까지 왔으니……칭찬받을지언정 꾸지람들을 이유는 없지 않겠나. 만일 깜짝 놀라 노하시는 일이 있더라도 그때는 내가 잘 말씀드릴 테니 아무 걱정하지 말게."

"그렇지만……괜찮을까요?"

"호호……그대는 내가 질투하는 나머지 대감님을 원망하러 가는 줄 아나 보군. 오코는 이래 봬도 교토에서 자란 여자야. 자, 곧 배 준비나 해줘."

사부로베에는 한동안 오코를 지켜보더니 피식 웃었다.

"그러면 그 점에 대해서는 부디 알아서 해주십시오."

"아무렴, 그대들에게 폐 되는 일은 하지 않아."

사부로베에도 이전에 나가야스와 함께 순회공연까지 한 경력을 지니고 있었다. 그러므로 세상살이의 안팎을 속속들이 알고 있는 40대 사나이였다.

"그럼, 곧 그렇게 준비하겠습니다."

사부로베에가 몸에 밴 인사치레를 마치고 저물어가는 거리로 나가버리자, 오코는 손뼉 치며 사도에서 데려온 두 시녀의 이름을 불렀다.

"스기, 구라, 이리 오너라."

그러자 그녀의 올케가 다시 부리나케 모습을 나타냈다.

"시녀들은 아씨가 안 계시는 동안 무용에 쓸 부채를 사러 나갔어요."

"둘이 함께……? 알겠어요. 그럼, 여기 남겨두고 가야겠군요. 언니, 나는 지금 곧 사카이에 다녀와야겠어요."

생각나면 가랑잎에 불붙듯 서두르는 오코였다.

오쿠보 나가야스는 지모리 유곽에서 불러온 기녀들에게 둘러싸여 이미 거나하게 취해 있었다. 장소는 요도야 거리 해변 쪽에 자리한 사카이 행정관의 별장으로, 행정관과 신분이 같거나 그 이상 되는 손님을 접대하기 위해 마련되어 있었다.

예부터의 관습으로 이 숙소의 경비는 행정관 휘하 무사들이 맡고 있었으나, 안에서는 손님이 마음대로 놀 수 있도록 요즘의 요정 그대로 자유를 허용하고 있었다. 기녀나 예능인을 자유롭게 부를 수 있고, 미리 신청하면 상인들과의 장사 이야기도 자유롭게 할 수 있었다.

나가야스는 그 자유로움을 가장 적절하게 활용할 줄 아는 한 사람으로, 그는 교토나 오사카로부터 나라에 올 일이 있으면 반드시 여기서 한숨 돌리고는 했다. 사방팔방으로 통하는 배편 외에 이와미나 사가미 등으로의 해상왕래도 편리했고 하카타, 히라도, 나가사키 같은 고장 소식도 손바닥을 들여다보듯 알 수 있기 때문이었다.

"자, 오늘 밤은 곤드레가 되도록 마음껏 마시고 놀아라, 내일 나는 이미 사카이에 없을 것이다."

지모리 유곽에서 불러온 지토세(千歲)라는 기녀의 무릎에 비스듬히 몸을 기대고 누운 나가야스는 이따금 저도 모르게 깜빡 잠들곤 했다.

사카이 행정관 나루세 마사나리는 그가 어제 이곳에 도착했을 때 잠시 나타나 몇 가지 의논하고 간 다음 모습을 보이지 않았고, 좌석에 어울린 것은 포교 한 사람과 나가야스의 서기와 이와미에서 데려온 광맥잡이 등 세 사람 외에 큰북, 작은북, 월금, 피리 부는 사람 등 남자 예능인 및 10여 명의 기녀들이었다.

"한바탕 신나게 놀아보란 말이다. 왜 이렇듯 맥이 풀려 있는 거야. 모두들 신나게 놀아보지 않고 왜들 이 꼴인가."

날이 어두워진 지 얼마 안 되는 시간이었다. 창밖을 내다보면 초저녁 바다에는 고기잡이배의 불빛과 정박 중인 선박들의 등불과 등댓불 등으로 활기넘치는 한 때가 펼쳐지고 있을 것이다.

그때 심부름하는 중년 여인이 들어오더니 기녀들과 한창 술잔을 주고받는 포교에게 무언가 귓속말하고 나갔다. 포교는 고개를 끄덕이고 나가야스 앞으로 비틀비틀 가서 반은 진정이고 반은 농담조인 취한 투로 말을 걸었다.

"총감독관님께 아룁니다."

"뭐, 총감독관님······하하······오늘 저녁은 장자(長者)님이라고 불러라. 만석꾼이라고 말야. 장자는 지금 이와미와 사도에서 쏟아져나오는 금은 때문에 환장할 지경이다. 알겠느냐, 몸에 밴 금은의 독을 이따금 씻어버리지 않으면 중독을 일으킬 것 같아."

"예, 그러시다면 장자님."

"뭐냐, 할 말이?"

"나가사키 행정관 하세가와 후지히로 님 소개장을 가지고, 전에 아카시 가몬님 가신이었다는 분이 찾아오셨는데 어떻게 할까요······?"

"뭐, 나가사키 행정관의 소개장······?"

"예, 그렇습니다."

"무슨 소리야. 나가사키 행정관이라면 오고쇼의 애첩 오나쓰 님의 오빠가 아니신가?"

나가야스는 연극배우 같은 몸짓으로 지토세의 무릎에서 몸을 일으키며 호들갑스럽게 눈을 부릅떴다.

본디 놀기 좋아하는 나가야스였다. 그런데 요즈음 금은 생산량이 그의 예상보다 훨씬 많아져 그의 주머니에 들어오는 배당이 엄청난 액수에 이르고 있었다. 그래서 곧잘 농담으로 주저하는 기색도 없이 기녀들 앞에서 떠벌여댔다.

"쇼군님과 오사카성의 작은대감님 말고는 내가 지금 일본 으뜸가는 부자일지도 모르겠는걸."

그 나가야스가 대낮부터의 술타령도 차츰 싫증 나는 참에 색다른 손님이 찾아왔다는 소리를 들었으니 당장 그것을 안주로 삼을 생각이 들었다.

"먼 데서 오신 손님이라면 소홀하게 대접해서 안 된다. 공손히 모셔오너라."

"알았습니다."

포교가 비틀걸음으로 나가자 나가야스는 호탕하게 웃어젖혔다.

"핫핫하……이제 좀 잠이 달아나는군. 오고쇼의 애첩과 친척 되는 손님이라면 기녀를 따로 불러 모시게 해야겠는걸. 여봐라, 게 누구 없느냐……."

역시 연극 대사를 읽듯 서기가 대답했다.

"예잇, 여기 대령했습니다."

"오, 그래. 재색을 겸비한 기녀를 한 사람 구해오너라."

"알아 모시겠습니다."

서기는 공손하게 절하고 무릎걸음으로 뒷걸음질 쳐 물러 나갔다.

"왓핫핫하……이제 좀 재미있겠는걸. 그건 그렇고, 지토세."

"네, 말씀하세요."

"나는 예로부터 아주 총명한 영주였는데 지금 왔다는 손님 이름을 그만 멍하게 잊어버렸구나. 손님 이름이 뭐라고 했더라?"

"호호……나리께서는 아직 손님 성함을 듣지 않으셨어요."

"어쩐지 생각나지 않는다고 했더니. 그 듣지 못한 이름을 그대가 생각해내지 못할까?"

이렇게 말했을 때였다.

"네, 그 이름, 이 몸이 생각해냈습니다."

옆방의 장지문이 열리며 한 여자가 방 안으로 들어왔다. 나가야스는 그쪽을 흘끔 보았으나 공교롭게도 일렁거리는 촛불 때문에 취한 눈으로는 똑똑히 바라볼 수 없었다.

"흥, 제법 재치있는 년이 있었군. 그래, 그 이름이 뭐겠냐?"

"오코라고 합니다."

"뭐, 오코……어디서 들은 듯한 이름인데."

중얼거리다가 다시 말했다.

"아니, 손님이 남자인 줄 알았는데. 그러면 일부러 재색을 겸비한 여자를 사카이까지 구하러 보낼 필요가 없는 것 아니냐. 그런데 지토세."

"예, 무슨 분부이신지, 장자님."

"그 손님은 확실히 나가사키에서 왔다고 했겠다?"

"나가사키에서 오셨다고 똑똑히 말하지는 않았어요."

"그럼, 대체 어디서 왔단 말이냐?"

"글쎄요……아마 천국에서 오신 게 아닐까요."

"뭐, 천국…… 그건 안 돼. 천국의 손님은 가끔 빨강머리에 푸른 눈을 한 여자들을 선물로 가져와 억지로 떠맡기려 든단 말이다. 그건 못쓰지, 못쓴다니까."

아마도 나가야스는 다테 마사무네의 눈이 파란 측실을 생각한 모양이었다. 갑자기 목을 움츠리고 부들부들 떠는 시늉을 해 보였다.

바로 그때 포교의 안내로 손님이 들어왔다.

"손님을 모시고 왔습니다."

포교가 말했을 때, 나가야스의 눈은 어느 정도 제정신으로 되돌아와 있는 것 같아 보였다. 기녀의 대답이 다테 마사무네와 소텔로의 관계를 떠올리게 하는 바람에 좀 조심스러워진 모양이었다. 손님을 위에서부터 아래로 훑어보는 눈길이 산전수전 다 겪은 여느 때의 나가야스로 되돌아와 있었다.

"하세가와 님 소개로 오셨다고 들었소만……?"

"네, 여기 서한을 가져왔습니다……."

상대는 이제 25, 6살 되어 보이는 매우 얌전하고 공손한 장사꾼 차림의 잘생긴 사나이였다.

"듣자니 아카시 가몬 아래에서 벼슬을 하셨다던가……?"

"예……예, 벼슬을 했습니다만 무술로 모신 게 아니라 주로 사카이에서 나가사키까지의 선박을 주선하는 일 같은 걸 맡아보았습니다."

"하하……그럼, 그대도 나와 같은 풋내기 무사였구려. 평화로울 때는 소용 있으나 전쟁 때는 쓸모없는……"

"예……예, 아마 그런 부류인가 봅니다."

나가야스는 포교의 손을 거쳐 받은 소개장을 읽으며 가볍게 중얼거렸다.

"그대는 아마도 예수교인인가 보군그래?"

그러고 나서 그 반응에 온 신경을 모았다.

상대는 자못 깜짝 놀란 듯 물었다.

"그것을 어떻게 아셨습니까?"

"어찌 모르겠나. 가슴에 십자가를 단 사람을 보면 나도 가슴이 뜨끔한걸."

"그러시다면 총감독관님도 같은 신앙을?"

"아니, 그렇지 않소. 그렇지만 예수교인들은 대개 인생을 생각하는 방법이 진지하니까."

"황송합니다. 그 서면에도 쓰여 있겠지만 저는 구와타 요헤이(桑田與平)라고 합니다."

"여기 씌어 있군. 성명은 있지만 용건은 언급되어 있지 않군. 술을 권하기 전에 그 이야기를 먼저 들어볼까."

"감사합니다."

상대는 좀 긴장한 얼굴로 다시 한번 머리를 숙인 뒤 말했다.

"실은 저도 무역 할당……저, 면사 수입권을 얻어보려고 합니다."

"허, 그건 이야기가 다른걸. 나는 금광밖에 관계하지 않는데."

"네……그것은 잘 압니다만."

"그렇다면 면사 이야기를 꺼내도 별도리 없잖은가."

"그렇지 않습니다. 실은 그 권리를 얻은 분들을 보니 모두 예수교 신자가 아니더군요."

"허……그것은 금시초문, 오고쇼께서도 쇼군님도 신앙은 저마다의 자유라며 다이코와 달리 이 점만은 확실한 태도이실 텐데?"

"그러나 그렇지 않습니다. 혹시 오고쇼 측근에 예수교를 싫어하는……특히 에스이타파, 프란시스칸파, 도미니카파 같은 신도들을 싫어하는 분이 계시는지도."

나가야스는 간단하게 고개를 저었다. 고개를 저으면서 한층 더 경계하고 있었다.

'그들은 역시 미우라 안진을 꺼리고 있다.'

"그런 일은 없다고 분명히 말할 수 있네. 그런데 왜 그것을 염려하는지 나로선 도무지 알 수 없는 일이군……"

상대는 나가야스가 정말 모르는 것으로 생각한 모양이다. 어깨에서 힘을 좀 풀고 한숨짓더니 근엄한 표정으로 한무릎 다가앉았다.

"특별히 비밀스러운 일은 아닙니다. 사실을 말씀드리면 예수교 나라에는 두 가지가 있습니다."

"흠, 금시초문인걸."

"처음에는 같은 예수교였으나 퓨리턴(청교도)이라는 새로운 교리의 나라가 생기면서, 이 신구 두 종교가 유럽에서 격렬하게 계속 전쟁을 하고 있는 것 같습니다."

"그대는 매우 자세히 알고 있군그래?"

"예, 그런데 일본은 천주교……즉 구교였습니다. 그런데 신교 나라 선박이 게이초 5년(1600)에 처음으로 들어와……"

나가야스는 짐짓 시치미떼고 되물었다.

"뭐라고 하는 배였나……?"

"예, 미우라 안진이 타고 온 리프데호가 바로 그 배입니다."

"허, 미우라 안진이라면 아주 모르는 사이도 아닌데. 그러나 그 사람은 오고쇼의 뜻을 받들어 유럽의 싸움을 일본으로 결코 끌어들이지는 않지…… 이 일을 굳게 맹세했고, 또 결코 그런 잘못을 저지를 인물도 아니야. 일본사람보다 더 완고한 옛 무사형 사나이므로 아무 염려할 것 없다고 생각되네만……"

"총감독관께서는 정말 그렇게 생각하십니까?"

"하세가와 님은 그렇지 않다고 하던가?"

"아닙니다, 나가사키 행정관님도 같은 말씀을 하시더군요."

"그렇다면 모두들 그렇게 믿고 있는데 그대들은 믿을 수 없다는 건가?"

상대는 잠시 말문이 막혔다. 거기서 나가야스는 비로소 잔을 권했다.

"하하……그럼, 당신들은 미우라 안진이 오고쇼 옆에 있기 때문에 면사 할당 상권을 얻을 수 없다……고 생각하는 거로군?"

상대는 술을 한 모금 마시더니 눈길을 들고 고개를 저었다.

"아니, 그것만이 아닙니다. 자칫 잘못하면 나가사키 항구가 쇠퇴할지도 모른다……고 하세가와 님께서도 감독관님께 상의해 보는 게 좋겠다고 말씀하셨기 때문에."

"뭐, 나가사키 항구가 쇠퇴할지도 모른다고……?"

"예, 바다는 넓습니다. 그리고 총감독님 앞에서 이런 말씀을 드리기는 뭣합니다만 몰래 하는 교역도 있습니다."

"그렇다면 대체 어떻게 된다는 이야기인가?"

"즉 영주들의 밀무역이 성행하게 될 겁니다. 물론 발각되면 처벌받습니다만 감시를 철저하게 할 수는 없으니까…… 그러므로 일본의 교역은 구교국을 상대하도록 결정하시는 게 좋지 않을지…… 그렇지 않은 경우 일본 근해에서 두 나라의 해전이 되풀이될 뿐 아니라, 그 여파로 일본 무역선도 침몰당할 염려가 다분히 있지 않을까요?"

"흠, 그래서 이 나가야스더러 어떻게 하라는 건가?"

"그에 대한 전망을 여쭈어보고 싶습니다. 오고쇼께서는 그러한 사태가 일어난다고 하더라도 신구 양교국과 교역하실 생각이실까요?"

나가야스는 부르르 몸을 떨었다. 굉장히 날카로운 나가야스의 두뇌였지만 예수교는 예수교, 교역은 교역…… 다시 말해 신교와 경제를 분리한다는 이에야스의 방침이 이런 데서 벌써 커다란 소용돌이가 되고 있을 줄은 미처 생각하지 못했다.

"그럼, 그대는 일본의 교역이 구교 쪽 한 방향으로 나아가는 게 이익이라고 생각한단 말이지?"

요헤이는 다시 앞으로 한무릎 다가앉았다.

"그렇지 않으면 유럽의 분쟁을 그대로 일본 안으로 맞아들이는 결과가 되지 않을까 염려됩니다."

"그대는 조금 전에 바다는 넓으므로 밀무역을 방지할 수 없다고 했겠다?"

"그렇습니다."

"예를 들어 나가사키나 사카이가 아니라면 어디서 거래한다는 건가? 히라도나 하카타를 말하는 건가?"

"죄송하오나, 히라도나 하카타 정도라면 충분히 감시할 수 있겠지요…… 그러나 이키(壹岐)며 쓰시마가 되고, 다시 류큐(琉球)며 다카사고섬(타이완)이 된다면……."

"알았네, 알았어. 멀리 떨어진 섬은 숱하게 많으니까. 그런 데까지 나가서 거래한다면 나가사키 행정관도 도리 없겠군. 그래서 구교국하고만 교역하라고…… 그 구교국을 지정한 것은 그대가 구교 신자이기 때문인가?"

이 질문은 부드러웠지만 요헤이의 가슴을 예리하게 찌른 모양이다.

"물론 그것도 없다고는 말씀드리지 않겠습니다. 그러나 그것만으로 단정해 버리신다면 정말 뜻밖입니다."

"허, 어떻게 뜻밖인가?"

"저희들이 여러 가지로 조사해 본 결과, 이 신구 양국의 국력에는 아직 큰 격차가 있고, 일본 가까운 곳에 좋은 근거지를 가지고 있는 것은 모두 이 구교국이기 때문입니다."

"과연 그렇겠군."

"마카오는 포르투갈, 루손섬(필리핀)은 스페인, 그리고 더 저쪽에 멕시코가 있고, 다시 유럽의 본국과 구교 대본산 로마가 있습니다. 신교국도 인도에서 자바와 샴(태국)에 손을 뻗치고 있습니다만 아직 두 세력의 차이가 큽니다. 큰 세력과 손잡는 게 일본의 장래를 위하는 길이라고 생각되므로."

"알았네, 알았어."

나가야스는 고개를 끄덕이면서 다시 잔을 권했다.

"나는 며칠 안으로 오고쇼를 뵙게 되네. 그때 여러 가지로 말씀드리겠네. 그런데 여보게, 구와타 요헤이."

"예."

"그대에게 한 가지 물어볼 일이 있네. 이것은 가정이네만 만일 안진에게 신교국과 손잡고 구교 세력을 일본에게 쫓아내려는 속셈이 있다면 어떻게 되겠는가?"

"죄송하오나 구교 선교사도 그것을 경계하고 있습니다."

"흥, 그럼, 안진은 아직 손톱을 내놓지 않고 있지만 언젠가 그럴 것으로 믿는단 말이지. 그래, 그럴 때는 어떻게 할 작정인가?"

"그때는……."

내친 기세로 말하려다가 요헤이는 씨익 웃으며 입을 다물었다. 동석한 사람들을 경계하는 모양이었다. 나가야스는 고개를 끄덕였다.

'이건 내 생각보다 훨씬 복잡한 일 같군.'

나가야스는 구와타 요헤이라는 사나이가 차츰 커다랗게 보이기 시작했다.

"그때는……."

이렇게 말을 꺼내다가 입을 다물고 미소를 띠는 모습이 그때는 그때대로 충분히 유효적절한 대비책을 가지고 있는 듯한 위협감을 느끼게 했다.

"그래! 그대의 용건은 대충 알았네. 오늘은 지기를 얻은 뜻에서 실컷 마시게."

나가야스는 자진해서 몇 번이고 크게 고개를 끄덕이면서 들고 있던 잔을 단숨에 비우고 오른쪽 기녀 앞으로 내밀었다. 따르라고 명하듯 기녀의 턱 밑으로 술잔을 내밀면서도 관심이 요헤이에게 집중되어 시선은 다른 곳을 향하고 있었다.

여자는 소리죽여 웃으면서 술을 따랐다. 나가야스는 그래도 여자의 얼굴을 보려고 하지 않는다. 요헤이가 어떤 연줄을 구하기 위해 온 것일까, 하는 관심에 그의 마음은 못 박혀 있었다.

"자, 한 잔 더 드세요."

나가야스의 오른쪽에는 언제 왔는지 지토세 아닌 다른 기녀가 몸을 찰싹 붙이듯 하고 앉아 있었다.

나가야스는 묵묵히 다시 잔을 내밀면서 고개를 갸우뚱거렸다.

"어? 너는 못 보던 계집이구나. 이름이 뭐냐?"

"오코라고 합니다."

"오코……흠, 어디서 듣던 이름인데……."

나가야스는 왼쪽의 지토세에게로 돌아앉으며 물었다.

"너희 집 여자냐?"

"네."

지토세는 시치미뗀 표정으로 젓가락으로 안주를 집어 나가야스의 입에 넣어주었다. 그때 부르러 보냈던 기녀들이 떠들썩하게 들이닥쳤다. 그러자 주색을 즐기는 나가야스의 버릇이 천장이 얕다는 듯 치솟았다.

"하나, 둘, 셋, 넷……넷이 왔구나. 자, 내 앞에 죽 늘어앉아 어느 꽃이 으뜸인지 선을 보이거라."

"어머나, 장자님은 이 지토세를 차버리실 작정인가요?"

"차다니 당나귀 발길인가 망아지 뒷발인가…… 좀 가만히 있지 못할까. 그렇게 움직이면 누가 예쁜지 가려낼 수 없잖으냐."

짐짓 한쪽 눈을 찡긋 감아 보이며 나가야스는 말했다.

"자, 손님. 이 가운데 마음에 드는 이를 한 사람 고르게. 두 사람 골라도 좋고."

요헤이는 얼마쯤 긴장하며 대답했다.

"호의는 고맙습니다만 저는 마음에 십자가를 간직하고 있으므로……"

"아내 이외의 여자는 손대지 않는단 말이지. 아하하하……그 점은 나도 같은걸. 바라보기는 해도 범하지는 않지. 천당으로 가고 싶으니까."

그리고 다시 오른쪽 여자에게 술잔을 내밀었다. 이쯤 되면 나가야스의 주량은 바닥이 없게 된다.

"가만있자 너는 처음 보는 얼굴이구나. 이름이 뭐냐?"

"오코라고 합니다."

"뭐, 오코……어디서 들은 이름 같기도 한데."

이것으로 세 번, 오코의 눈썹이 움찔움찔 움직이기 시작했다.

사도에 있어야 할 오코가 기녀 차림으로 나타난다……면 물론 나가야스가 그것을 단번에 눈치챌 까닭이 없었다. 이것은 오코로서도 이미 계산한 바였다. 그렇게 해서 놀려주려는 게 그녀의 즐거운 목적이기도 했다. 그런데 오코라는 이름을 세 번이나 듣고도 사도섬에 남겨두고 온 귀여운 측실의 이름인 줄 나가야스는 아직 깨닫지 못하고 있으니 오코의 마음이 편할 리 없었다.

"여보세요, 장자님."

"뭐냐, 잔을 달라고……?"

"혹시 장자님께서는 자야 시로지로 님을 아시는지?"

"오, 자야의 3대 주인 말이냐……알고 있지. 그 사람에게 형이 있었는데, 그렇지 그 사람이 2대 자야였지. 그런데 20살을 넘자 그만 죽어버렸어."

나가야스는 오코가 꺼낸 자야에 대한 이야기를 그대로 손님 요헤이에게 들려줄 셈인 모양이다.

"그렇게 되자 자야 집안에서—거 왜, 저분을 나한테 소개한 나가사키 행정관 하세가와 후지히로 댁에 양자로 보냈던 마타시로를 오고쇼의 분부로 다시 불러다 자야 3대를 계승시켰던 거야. 이 사람이 나이는 젊지만 제법 기량 있는 인물이지."

"여보세요, 장자님."

오코는 자기가 무시당한 것만 같아 이번에는 나가야스의 얼굴을 자기 쪽으로 돌려놓았다.

"그 제법 기량 있는 자야 시로지로 님이 지금 어디 계시는지 아세요?"

"어찌 모르겠나. 지금 나가사키에서……실은 나가사키 행정관보다 소중한 소임을 맡고 있지."

"그 소중한 임무란 뭐지요?"

"하하……너는 자야와 좋았던 적이 있는 모양이구나. 자야 시로지로는, 오고쇼의 분부로 나가사키 행정관 직속이 되었다. 예전에는 양아버지였지만 지금은 자야 쪽이 오고쇼께서 직영하시는 상관(商館)의 책임자이지."

"장자님!"

"뭐냐, 젊은 사내들 이야기만 물어대구."

"그 나가사키 행정관이 관허무역선 때문에 오신 손님을 어째서 같은 나가사키에 있는 자야 님에게 소개하지 않고 장자님한테 소개했을까요? 장자님은 무역선 일을 관장하는 분이 아닌데. 금광 총책임자예요, 그렇지요?"

나가야스는 잠시 고개를 갸웃했으나 오코의 말뜻을 얼른 알아듣지 못한 모양이다. 만일 알아들었다면 정신이 번쩍 들어 오코를 다시 보았을 것이다. 오코의 말대로 관허무역선 문제라면 나가사키 행정관은 금광 책임자를 소개하기보다 같은 나가사키에 와 있는 이에야스의 무역담당관 자야 시로지로에게 말하는 편이 훨씬 해결이 빠를 게 아닌가.

"장자님, 술이 좀 지나치신 것 같군요."

오코는 나가야스의 얼굴을 다시 자기 쪽으로 돌려놓았다. 바로 그 순간, 나가야스는 한눈을 지그시 감으며 오코에게 속삭였다.

"어때, 너 오늘 저녁 나하고 자지 않을 테냐. 금화 2닢 줄 테니……."

오코의 눈썹이 이번에야말로 쭈뼛 곤두섰다.

'아직도 내가 누군지 알아보지 못하는구나…….'

그보다도 색다른 계집만 보면 유혹하려 덤비는 나가야스의 비열한 꼴이 참을 수 없는 모욕을 느끼게 했다.

"2닢으로는 안 된다는 말이냐. 그럼, 3닢 주지. 하하……그 이상은 안 돼. 그 이상은……."

값어치가 없다는 뜻인 듯 오코를 바라보면서 한눈을 찡긋하더니 빙글빙글 웃으며 고개를 저었다. 바로 그때였다.

"나가야스 님, 그 여자를 저한테 양보해 주십시오."

그때까지 가슴에 십자가를 걸고 있다는 둥 거만한 태도로 여자를 사양하던 요헤이가 진지한 표정으로 앞으로 나앉았다.

"뭐라고? 손님도 예수교 계명을 깨뜨리고 놀아보겠다는 건가?"

"그건……저도 장가는 들었습니다만 상처하여……부끄럽습니다만 지금 홀아비 신세입니다."

"하하……그래! 홀아비가 드디어 마음에 드는 여자를 만났단 말이지."

"네……죽은 아내와 똑같이 생긴 여자와 처음 만난 터라……."

"좋아!"

나가야스는 오코의 손목을 난폭하게 움켜잡더니 요헤이 쪽으로 던지듯 끌어다 주었다.

"자, 금화 2닢짜리는 손님 것이 되어버렸으니 나는 저기……저게 좋구나. 오너라, 아가야."

나중에 우르르 들이닥친 기녀들 가운데 하나를 허겁지겁 손짓해 불렀다.

오코는 화끈 달아올랐다. 남에게 지기 싫어하고 활달한 오코, 장난 좋아하고 고집 센 오코였지만 이 경우에는 어쩔 도리가 없었다.

"호호호……."

지토세가 갑자기 높은 소리로 웃으며 벌떡 일어나더니 나가야스가 손짓해 부른 기녀의 손목을 끌어당겨 자기가 앉았던 자리에 앉혔다.

"지모리의 지토세가 오늘 저녁은 깨끗이 소박당했네요. 소박당한 밤은 독수공방에 비오듯 쏟아지는 눈물이어라…… 호호……그 대신 장자님, 그 아가씨나 끔찍이 귀여워해 주셔요."

말투도 몸짓도 호들갑스러워 오코는 말참견할 여지가 없었다. 아니, 그보다도 더 놀라운 것은 오코가 소스라치게 놀랐을 때는 이미 요헤이의 오른손이 오코의 어깨를 힘껏 움켜잡고 있었다.

"이름이 오코라고 했지?"

"네……네……네."

"그대는 내가 맡겠다. 아 참, 그대가 아까 뭐라고 했더라. 자야 님 3대 상속자를 잘 안다고 그랬겠다?"

다그치는 듯한 물음에 오코는 비로소 움찔했다.

'이 사나이는 나한테 급소를 찔린 모양이다.'

그래서 오코가 나가야스에게 무슨 소리를 더 지껄일지 꺼리는 모양이었다.

'그렇다면 이 사나이의 정체는 대체 무엇이란 말인가……?'

머리가 한 번 움직이기 시작하면 오코도 평범한 여자는 아니었다.

오코는 몸을 떨면서도 똑똑하게 대답했다.

"네, 3대 상속자 자야 님은 제 단골이에요."

요헤이는 오코의 귀에 대고 속삭였다.

"뭐, 자야 님 단골이라니 반갑군. 오늘 밤은 정말 재수 좋은걸."

오코는 더욱 당황했다. 자야 시로지로를 알고 있다고 말하면 이 사나이는 깜짝 놀라 꽁무니 뺄 거로 생각했던 것이다.

"아이, 답답해요. 이 어깨 좀 놔주세요."

사나이의 품 안에서 가까스로 빠져나온 오코는 어쩔 수 없이 다시 한번 나가야스 쪽을 바라보지 않을 수 없었다. 나가야스라는 사람은 예사로운 인물이 아니다. 만약 오코 이상으로 짓궂은 장난을 할 생각으로 이렇듯 시치미떼고 있는 거라면 오코의 입장은 어떻게 되는가. 그야말로 벗어날 길 없는 억울한 누명을 쓰게 되는 게 아닐까.

"허, 이거 너무 쌀쌀한걸!"

요헤이는 또다시 오코에게 감겨들었다.

"저것 봐, 나가야스 님도 아가씨 무릎을 베개삼아 누우셨군그래. 우리도 그만 다른 방으로 자리를 옮기지."

"조금……기다려주세요."

오코는 다급해지면 혼자라도 이 자리를 빠져나갈 작정이었지만, 그러나 거기까지는 아직 결심하지 못하고 있었다. 왜냐하면 요헤이라는 사나이의 정체가 갈수록 수상해졌기 때문이었다.

'어떤 속셈이 있어서 이렇게까지 나가야스에게 접근하려는 것일까……?'

나가야스를 위해서도, 고에쓰를 위해서도 그것을 확실하게 밝혀내고 싶었다.

"아 참, 그렇지. 아직 손님 술을 한 잔도 받아 마시지 않았군요. 자, 여기서 한 잔 따라주세요."

오코가 잔을 내밀자 엉거주춤하던 그는 다시 주저앉으며 술병을 들었다.

"그렇다면 따라주지. 인연을 굳히는 술이야."

"호호……아직은 이르지요."

"왜, 어째서……나가야스 님께서 직접 분부를 내리셨는데……."

오코는 단숨에 잔을 비운 다음 이번에는 요헤이에게 억지로 떠맡기고 나서 노래부르기 시작했다.

> 7살 난 여자아이가
> 깜찍한 소리를 했다지.
> 사내가 그립다 노래했다네
> 아니, 세상에
> 뉘 집 자식이기에…….

노래하면서 상대의 잔에 몇 번이고 술을 따랐다. 머릿속으로 이 사나이를 어떻게 다루어야 할지 곰곰이 궁리하면서…….

"저것 보게, 나가야스 님은 벌써 코까지 골기 시작하셨군그래. 우리도 그만 다른 방으로 가자니까."

오코는 노래를 웅얼거리며 일어섰다.

> 마삭나무마냥 이별이 서러워
> 헤어짐이 서러우니
> 나룻배에 태워
> 데려다줘야겠군,
> 간자키(神崎)로, 간자키로.

나가야스는 기녀의 무릎 위에서 정말로 잠들어버렸다. 이렇게 되고 보면 오코도 이대로 잠자코 물러갈 여자가 아니다. 요헤이의 손을 일부러 한 차례 야멸차게 뿌리치고는, 다시 덤벼드는 것을 보자 그녀도 술 취한 것을 핑계 삼아 이번에는 달콤하게 사나이 품 안으로 파고드는 시늉을 해주었다.

"아직 술이 모자라. 자기 전에 좀 더 마셔야겠어요. 호호……."

오코는 요헤이와 다른 방으로 물러가 다시 술을 퍼먹였다. 요헤이도 술이 제법 센 편이었으나 오코의 능란한 솜씨에 걸려들자 나가야스보다 훨씬 다루기 쉬운 어린 토끼 같은 존재였다.

"자, 이젠 우리 두 사람뿐이에요. 탁 털어놓고 말하셔요. 당신은 왜 갑작스레 나를 이곳으로 끌고 왔지요?"

"아, 그건 나가야스 님께서……."

"무슨 말씀을, 호호호……처음부터 여자 따위는 안중에도 없던 분이 자야 님 이야기가 시작되자 별안간 달라지더군요. 내게 묻고 싶은 게 있지요?"

그러면서 요헤이의 입에 또 술잔을 갖다 댔다.

"당신은 나가사키에서 오셨다고 했지만 난 속지 않아요. 아카시 가몬이나 다카야마 우콘의 첩자…… 호호……지모리의 기녀는 소경이 아니에요."

크게 엄포놓자 단번에 반응이 왔다…….

"그런 건 비록 눈치챘다 하더라도 입 밖에 내는 게 아니야. 우리는 나가야스 님이 어떤 인품의 사람인지 알아볼 생각으로 이렇게 인사드린 거니까."

그리고 다급하게 금화 3닢을 꺼내 오코의 품 안에 밀어 넣었다. 그런 뒤에는 마치 어린애를 달래 이야기를 꺼내게 하는 것과도 같았다.

"저도 본디 예수교인이었어요……."

슬쩍 말을 비추자 상대는 열심히 신의 은총을 이야기하고 그들의 불안을 호소해 왔다. 역시 오고쇼가 된 이에야스 옆에 신교국 사람인 미우라 안진이 붙어 있는 게 불안스러워 못 견딜 지경인 것이다.

"오고쇼는 공평한 분이지만 연세가 많으시니 언제 돌아가실지 알 수 없지 않은가. 그때 만일 안진이 쇼군님을 부추겨 구교를 금지하는 명을 내리게 된다면 어떻게 되는가. 그야말로 일본은 또다시 싸움판이 되지."

듣고 있으려니 오코는 졸음이 몰려왔다. 고에쓰에게서 들었을 때의 자극은 벌써 없어져 버렸고 이제는 오히려 나가야스가 마음에 걸렸다. 나가야스도 지금쯤은 이미 침실로 끌려들어 갔을 것이다. 아직 한동안은 술기운으로 곤한 잠에 떨어져 있을 테지만 잠이 깨고 나면 위험하다.

오코는 요헤이 편을 드는 척하고 연거푸 술을 따르면서, 나가야스의 방사(房事)에 대한 광경을 이리저리 망상해 보았다. 어서 빨리 이 요헤이가 정신을 못 차리도록 취하게 해야 한다. 그래서 그녀는 이 유곽을 빠져나가면 천주의 자식이 되겠다고, 안진이 혼자서 날뛰지 못하도록 나가야스며 사카이 행정관의 속셈을 여러 가지로 낱낱이 탐지해 주겠다고 말하기도 했다.

그러나 그 계산은 단 하나 가장 중요한 곳에서 착오가 생겼다. 차츰 취기가 깊어진 상대는 어쩔 수 없이 악마의 포로가 되어 오코와 정을 나눌 생각이 굳어져 버린 모양이다.

"나는 정말로 그대가 좋아졌으니 어떻게 하면 좋을까?"

오코의 목에 팔을 돌려 세차게 죄면서 귀동냥으로 배운 노래를 웅얼거리기 시작했다.

재미있는 사카이 거리
가는 곳도 사카이, 돌아오는 곳도 사카이
마음에 남는 곳도 사카이.

삶의 증거

요즈음 나가야스는 아무리 취해서 잠들어도 꿈을 꾸었다.

'꿈은 오장이 피로한 때문…….'

이렇게 단정하여 평소에 제법 건강에 주의하여 지나치게 피로하다는 느낌이 그리 없었는데 잠만 들면 이상하게 곧 꿈속을 거닐었다. 그 꿈도 젊을 때처럼 정체 모르는 것에게 쫓겨 다니거나 깊은 연못 밑바닥 같은 곳으로 끌려들어 가는 따위의 불쾌한 게 아니라 정말 황홀한 행복감을 느끼는 꿈이니 참으로 이상했다.

그 꿈속에서 그는 이 세상에 없는 커다란 자신의 궁전을 갖고 있었다. 그 궁전은 거의 금과 은으로 만들어지고 높은 누각 아래에는 맑은 호수가 펼쳐져 앉은 채로 갖가지 물고기를 낚아올릴 수 있었다.

'지난날 한 번도 본 적 없는 것들이 꿈속에 나타날 수 있단 말인가.'

그 찬란한 궁전에서 헤아릴 수 없이 많은 아름다운 여인들의 시중을 받으며 뜻하는 대로 잉어며 도미를 낚아올리고 있는 행복한 자신의 모습이 도무지 알 수 없어 처음에는 이모저모로 궁리하며 생각한 적도 있었다.

'아, 어쩌면 노부나가 공의 청으로 탈춤을 보여주었던 아즈치 성인지도 모른다…….'

요즈음 나가야스는 잠들면 곧바로 그 궁전으로 가게 되었다. 즉 깨어 있는 나가야스가 현실에 하나의 생활을 가진 것과 마찬가지로 잠든 뒤의 나가야스 또한 아주 다른 또 하나의 생활을 지녀 그곳으로 곧장 가게 되는 것이다.

깨어 있는 동안의 나가야스에게는 물론 즐거움도 있지만 인생의 불쾌함이며 슬픔도 없지 않았다. 그런데 꿈속의 나가야스에게는 불쾌함이며 비탄 따위는 전혀 없이 행복한 충족감만 있을 뿐이므로 잠이 깨면 오히려 불안해졌다.

'죽을 날이 가까워졌다는 영혼의 가르침이 아닐까……'

꿈속에서는 그가 욕구하는 게 거의 다 갖춰져 있었다. 욕구한다기보다도 꿈속의 그는 깨어 있을 때의 그처럼 욕심꾸러기가 아닌지도 모른다. 궁전에서 내려다보는 풍경의 아름다움에 황홀해지고, 금은보화에 황홀해지고, 맛있는 술이며 여인의 아름다움에도 만족한다…… 만일 인간의 마음속에 열반이며 서방정토라는 경지가 있다고 한다면, 십중팔구 그 꿈속의 자신이 바로 그렇지 않을는지……? 그러므로 잠드는 게 매우 즐겁고, 깨어난 순간은 이상하리만큼 적막하고 쓸쓸했다.

나가야스는 오늘 밤도 그 꿈의 궁전 높은 누각에서 낚싯줄을 늘어뜨리고 있었는데 그 줄이 헝클어졌으므로 스스로 생각했다.

'오라, 꿈이 깰 때가 온 거로구나…… 가만있자, 나는 어제저녁에 무엇을 했던가……?'

그렇지, 사카이 행정관 별장에서 지모리의 기녀들을 불러다 떠들썩하게 지냈다…… 어째서 그런 공허한 소란이 피우고 싶어졌을까. 꿈속의 자신과 현실의 자기 사이에 벌어져 있는 틈바구니를 메우려고 노는 방식이 차츰 화려해지는 게 아닐까……?

그렇게 생각했을 때, 한 이불 속에서 자고 있던 여인의 팔이 나가야스의 목덜미 밑에서 부드럽게 움직이기 시작했다.

나가야스는 그래도 움직이려고 하지 않았다. 꿈속에서 이미 반쯤 떠나 현실로 돌아오고 있는 도중이었다. 현실로 돌아와 보니 꿈속에서는 느끼지 못한 갈증이 먼저 마음속에 되살아난다. 그것은 정말로 물을 마시고 싶은 갈증이기도 했고, 여인의 육체가 생각나는 육욕의 갈증이기도 했으며, 뭔가 먹지 않으면 지쳐버릴 거라는 피로에 대한 걱정이기도 했다. 아무튼 인간에게 갈증이 있다는 것은 살아 있는 증거이며, 동시에 여러 가지 불안의 싹이 되기도 했다.

'나는 이대로 이렇듯 사업과 방탕 사이를 오가다가, 이윽고 늙어 죽어버리고 말 것인가……'

그렇다면 인생이란 하찮은 꿈만도 못한 얼마나 덧없는 것인가……!

나가야스 옆에서 여인이 다시 움직였다. 이번에는 충분히 상대가 촉감을 의식하고 다리를 감아왔으며 또 한쪽 팔을 등 뒤로 돌려왔다.

이렇게 되면 나가야스도 섬뜩해진다. 생각해도 어쩔 수 없다. 잠에서 깨어난 뒤의 공허감을 메워주기 위해 여자의 육체가 있는 듯한 느낌이다.

'인간이란 여자를 사랑할 수 없게 된다면 끝장인 거야……'

그러한 사고방식에 대단한 실감 따위가 있을 리 없다. 그런데도 불구하고 그렇게 규정짓고 나서도 똑같은 짓을 다시 되풀이하는 그 '습관'이 어쩌면 인생의 실체일지도 모른다.

그는 다시 지난밤의 일로부터 기억의 실마리를 풀어보기 시작했다.

손님이 찾아왔다. 이름은 구와타 요헤이…… 그는 관허무역선이니 할당이니 하고 떠벌였다.

나가야스는 그 사나이를 핑계 삼아 기녀들을 더 불러오게 했다. 지토세라는 기녀의 육체에 어느덧 싫증을 느끼고 좀 더 신선한 것을 차지하려는 욕심에서였을 게 틀림없다. 그리하여 그 가운데서 한 사람 '이만하면' 하고 직접 골라잡았다.

'그랬어. 조그마한 꽃이 옹기종기 달린 비에 젖은 패랭이꽃 같은, 이상하게도 딱딱한 느낌의 기녀를 골랐었지……'

거기까지 생각해내자 역시 욕심이 동하는 걸 느꼈다.

'대체 누가 이처럼 만들었을까……'

상대를 애무한다는 게 같은 실망과 뉘우침을 다시 한번 되풀이하는 데 지나지 않는 줄 알면서도 여전히 잇따라 건드리고 또 뉘우침을 거듭하는……식으로 인간의 육체가 만들어졌다는 게 안타깝기만 하다.

'그렇다 해서 달리 무슨 방법이 있단 말인가……'

나가야스는 살금살금 상대의 몸을 더듬기 시작했다. 나가야스는 조그만 소리로 말했다.

"별다른 것 없어. 어디고…… 이만한 몸이라면 나는 전에 숱하게 경험한 바 있지. 정말 똑같아, 따분해."

말이 그대로 탄식으로 변한 모양이다.

"실망하셨어요?"

"그렇다."

작은 소리로 대답한 순간 느닷없이 볼에 세찬 따귀가 날아왔다. 옆에 누운 여자가 어느 틈에 오코로 바뀌어 있었던 것이다······.

"아······!"

나가야스는 볼을 만지며 몸을 움츠렸다. 그러면서도 마음속으로는 오히려 안도의 숨을 내쉬고 있었다.

'모르는 여자가 아니다······.'

칼로 찌를까 죽여버릴까 하는 위험한 적의가 아니라 달짝지근한 아양이 곁든 투기의 노여움임을 알 수 있다.

나가야스는 말했다.

"무, 무, 무슨 짓이냐? 내가 잠든 사이 몰래 바뀌었군."

"내가 누군지 아세요?"

오코는 핏발선 눈으로 역시 적잖이 당황하고 있었다. 이렇다면 모처럼 그리고 있던 꿈과 멀다.

"모를 줄 알고. 나는 말이야, 그런 줄 알고 있었지."

"이름을 똑똑히 대보세요, 내 이름을."

나가야스는 볼을 만졌다.

"암, 대고말고. 지토세지. 뺨이 화끈거리잖느냐?"

순간 상대는 호되게 얻어맞은 것처럼 어깨를 축 늘어뜨렸다. 등잔불이 희미했고 게다가 불빛을 등지고 있어 얼굴을 살필 수 없었다. 하지만 그 순간 나가야스도 오싹 온몸이 떨렸다.

'이건 지토세가 아니다!'

반사적으로 깨닫고, 깨닫는 것과 동시에 공포가 온몸을 스치고 지나갔다.

'살해될지도 모른다······.'

이번에야말로 뚜렷하게 살기등등해지는 공기의 변화를 깨달았던 것이다.

여자는 잠시 잠자코 있었다. 아마도 증오를 담고 나가야스를 응시하고 있을 게 틀림없다.

'누구일까, 이 여자는······?'

생각해낼 수 있다면 좋으련만, 그러면 곧 여자의 마음에서 살기의 원인을 없앨 수 있을 것이다. 그런데 아무래도 그 정체를 알 수 없었다.

얼마 뒤 여자는 말했다.

"나리는……내가 어째서 여기까지 나리를 쫓아왔는지 모르고 있어요."

이건 오코로서 예기치 못한 양보였다. 아니, 이것이 여자의 약함이리라. 상대가 아직 알아차리지 못하는 것을 알자 별안간 불안과 외로움이 커졌다.

'내 딴에는 손아귀에 꽉 쥐고 있는 줄 알았는데, 나가야스는 나 따위 염두에도 없었던 거야.'

만일 그렇다면 오코는 대체 어떻게 하면 좋을까? 정말 2푼이나 1냥에 몸을 파는 여자와 같은 취급을 받는다면…….

"저는 나리가 걱정되어 견딜 수 없었어요. 나리 앞에 커다란 함정이 가로놓여 있지요. 그것도 모르고 나리는……그래서 일부러 뒤쫓아왔는데."

'아!'

나가야스는 마음속으로 부르짖었다. 일부러 뒤쫓아왔다…… 는 한 마디가 비로소 안개를 거두어주었다. 안개가 걷히자 나가야스는 곧 다시 마음의 대비를 했다.

"모를 줄 알고, 이 내가. 그대가 오코인 줄 벌써 알고 있었으므로……."

놀린 거라고는 차마 말하지 못하고 살며시 다시 눈앞의 그림자와 곡선의 반응을 살폈다.

"나리는 아무것도 몰라."

오코는 이제 필사적이었다. 여자의 자위본능인지도 모른다.

"나리는 지금 일본 곳곳에서 주목받고 있는지도 모르고 거나한 기분이 되어 놀기만 하는군요."

"……"

"나리는 소텔로가 어떤 꿈을 품고 에도로 내려갔는지 아세요? 아니, 다테 님이……무슨 꿍꿍이속으로 자기 따님을 다다테루 님과 혼인시켰는지 그 야심의 그물을 깨닫고 계시나요?"

나가야스는 이미 그것이 누구인 줄 생각해 볼 필요가 없었다.

'역시 오코였구나…….'

그렇긴 하나 오코가 어째서 이런 말을 시작했을까?

"나리는……지금 일본에서 남만인과 홍모인이 예수교 가르침을 둘러싸고 불꽃 튀는 싸움을 하고 있는 줄 모르시나요. 한편은 일부러 미우라 안진을 오고쇼님 가까이에 접근시켜 남만인을 일본에서 몰아내려 책략을 꾸미고, 한편은 그 수단을 봉쇄시켜 남만인 세상으로 만들려고 온갖 꾀를 다 짜고 있지요…… 오사카성을 좀 보세요. 새로 고용되는 자는 모두 남만 계통 예수교 신자예요. 그들은 오고쇼님이 만일 홍모인을 편드는 줄 알면 오사카에 웅거하여 쓰러뜨릴 셈인 거예요."

"……"

"아니, 그것만으로는 아직 오사카 편에 승산이 없지요. 그래서 서쪽의 예수교 영주뿐 아니라 다테 님도, 그리고 나리도 모두 한편으로 끌어들이려 온갖 유혹의 손길을 뻗고 있어요."

나가야스는 저도 모르게 숨을 죽였다.

그런 움직임이 있다는 것은 나가야스는 잘 알고 있었으나, 오코는 어디서 들은 것일까……?

'이상한걸……'

상대가 잠자코 있으므로 오코는 더욱 매끄럽게 혀를 놀렸다.

"지금 남만 편에서 노리는 것은 첫째로 오사카성의 주인, 둘째로는 다테 님…… 아니, 어쩌면 가가 님일지도 모르지요. 저 다카야마 우콘 님이며 나이토 조안 님을 숨겨주고 있는 마에다 도시나가 님은 벌써 오래전에 남만 편이 되어 있는지도 몰라요. 그리고 네 번째가 나리……그리고 오고쇼님은 홍모인 편을 들지 않으신다고 해도 벌써 노인, 그렇다면 지금 쇼군님의 동생으로서 다테 님 사위이신 다다테루 님을 한편으로 삼은 쪽이 천하의 주인이 될 것은 뻔한 일이지요. 그 다다테루 님을 마음대로 움직일 수 있는 게 또한 나리예요. 나리는 지금 일본의 천하뿐 아니라 남만이냐 홍모냐 하는 세계의 열쇠까지 쥐고 계셔요. 그런 분이 이처럼 정신없이 술과 계집에 넋 잃고 계시다니…… 만일 다테 님이, 오쿠보 나가야스의 일이라면 나에게 맡겨라……하고 말한다면 어떻게 하실 작정인가요?"

나가야스는 차츰 몸이 굳어졌다. 새벽녘의 썰렁한 공기 탓만은 아니었다. 그러고 보니 그는 그가 생각하는 이상으로 큰 태풍의 중심에 내세워져 있는지도 몰랐다.

오사카의 히데요리에게 다테와 마에다 두 영주가 가담한다면, 본디부터 도쿠가와 가문에 강한 반감을 품고 있는 주고쿠의 모리, 규슈의 시마즈…… 아니, 거기에 쇼군의 동생이 가담한다면 어떻게 될까……?

나가야스는 지레 눈을 꽉 내리감았다. 오코의 말에는 몇 가지 잘못과 몇 가지 독단이 포함되어 있다. 이를테면 신교국인 영국이나 네덜란드가 미우라 안진을 일부러 이에야스의 측근으로 집어넣었다는 건 이만저만한 억측이 아니었다. 안진은 아무것도 모르고 분고 해변에 표류해 왔을 뿐이며, 다테 가문과 이에야스의 여섯째아들 다다테루의 혼인도 마찬가지였다. 이에야스 쪽에 다테 마사무네와 손잡으려는 의사가 있었고, 마사무네에게는 이에야스의 비위를 맞추려는 타산이 있었지만, 처음부터 다다테루를 사위로 삼은 다음 한바탕 소동을 일으키려는 속셈이 있었을 리 없다.

그런데도 오코의 말은 그냥 들어넘길 수 없는 진실을 많이 내포하고 있었다. 소텔로가 안진과 이에야스를 이간시키려고 일부러 에도에 나타난 것은 움직일 수 없는 사실이며, 무슨 생각에서인지 마사무네가 그 소텔로에게 그만 접근하고만 것도 사실이었다. 나가야스는 그것을 남만 너구리와 일본 너구리의 싸움이라 보고 있다. 그런데 이 두 너구리가 만일 흉금을 털어놓고 손잡는다면 어떻게 될까……? 그야말로 신구 양교의 세계 분열 파도 속에 그대로 일본을 끌고 들어가 두 쪽으로 갈라놓는 것도 결코 불가능한 일이 아니다.

도쿠가와 가문에 좋지 않은 감정을 품은 영주는 오코가 지적한 것보다 훨씬 많다. 그것이 남만이라는 외국세력과 손잡고 오사카의 히데요리를 맹주로 내세워 들고 일어난다면 막부와 충분히 맞설 수 있는 대세력이 될 수 있으리라. 그렇게 되면 다다테루의 집정이며 일본의 황금 지배자이기도 한 나가야스의 거취는 참으로 그 두 세력의 승패를 결정짓는 열쇠라고도 할 수 있지 않은가……,

'이상한 소리를 하는 여자로구나, 오코는……,'

나가야스의 가슴은 이상야릇한 긴장으로 얼어붙을 것 같았으며, 이윽고 온몸이 부들부들 떨려왔다.

오코는 다시 노여움과 잔소리를, 원망과 한탄을 그대로 상대에게 퍼부어댔다.

"나리는 이 나라를 난리로 이끄느냐 평화로 이끄느냐의 갈림길에 서 계세요…… 나리가 흔들리지만 않는다면 평화롭지요. 하지만 이처럼 정신 차리지 못하는 하루하루를 지낸다면 머잖아 다테 님에게 몰려 꼼짝 못 할 궁지에 빠지고 말 거예요."

"좀 기다려, 오코."

나가야스는 비로소 오코를 달래기 시작했다.

"글쎄, 그대가 하는 말, 반은 알아듣겠지만 반은 알아들을 수 없어. 다테 님이 무슨 까닭으로 이 나가야스를 궁지에 몰아넣겠느냐."

"뻔한 일이지요. 오쿠보 나가야스는 다다테루 님을 업고 오사카에 편들 것이다…… 그렇게 결정되었다고 소문을 퍼뜨린다면 어떻게 하시겠어요?"

나가야스는 다시금 가슴에 커다란 못이 박혀 움찔했다.

'다테 마사무네라면 능히 그럴 수 있다…….'

우선 소문을 퍼뜨린 다음 다른 영주들의 반응을 살피는…… 그런 일이 즐겁기만 할 마사무네의 성품이다.

"알겠어요, 나리? 소문을 퍼뜨린 다테 님은 일이 탄로되었다고 여기면 시치미떼고 모른 척할 테지요. 하지만 나리에게 씌워진 혐의는 어떻게 하실 건가요."

오코는 어느덧 나가야스의 잠옷 옷깃을 두 손으로 움켜쥐어 흔들고 있었다.

한 번 으슬으슬해졌던 나가야스의 몸이 훈훈하게 타오르기 시작했다. 어느새 야릇한 모성으로 돌아가 오코의 몸이 나가야스를 감쌌기 때문만은 아니다. 나가야스의 가슴속에서 또 하나의 타산이 크게 눈을 뜬 탓이기도 했다.

"이건 해 볼 만한 일인지도 모르겠는걸!"

나가야스가 이제껏 몸을 돌보지 않고 부지런히 충성을 바쳐온 것은 무엇 때문이었던가. 4만 석의 총감독관…… 단지 그만한 소망 때문에 거친 바다를 몇 번이고 건너 사도섬으로 갔으며, 이와미와 이즈의 산속에서 살모사들과 싸워온 것일까.

그렇지 않다. 오사카성에서 그 거대한 황금 저울추를 본 날부터 나가야스에게는 아직 어느 누구도 생각지 못한 큰 꿈이 있었다. 그것은 땅속에서 잠자는 일본의 모든 황금을 활용하여 세계의 바다를 정복하고 싶다는 무역왕의 꿈이 아니었던가…….

나가야스는 처음에 그 꿈을 이에야스 밑에서 이룰 작정이었다. 그런데 현실은 좀처럼 마음먹은 대로 되어주지 않았다. 조선(造船)과 직접무역에서는 그보다 적임자로 자야 시로지로와 이에야스의 측실 가운데 하나인 오나쓰 부인의 오빠 하세가와 후지히로가 나타나, 둘 다 나가사키에서 활약하고 있다. 해외지식 고문으로는 나가야스보다도 남만과 홍모의 사정에 밝은 영국인 미우라 안진이 등용되어 나가야스는 부지런히 황금만 캐내 줄 뿐 그걸 마음껏 쓰는 것은 자야며 하세가와며 이에야스며 안진이었다.

'이제 알겠다……'

어느새 오코의 유방 위에 단단히 안겨 아직도 길게 무언가 호소하고 있는 오코의 자장가를 들으면서 나가야스는 숨죽이고 스스로에게 중얼거렸다.

"나는 내 인생의 앞길이 막혔다고 지레짐작하며 낙담하고 있었나 보다."

그래서 주량이 늘고 방탕도 심해졌다. 그런데 그렇지 않은 모양이다. 그에게 또 하나, 그 자신도 모르는 동안 전개된 새로운 기회가 마련되어 있었던 것이다. 아니, 그 일로 세계를 떠들썩하게 하거나 일본에 전란을 불러일으키려는 건 아니다. 그 반대로 자야도 하세가와도 이에야스도 안진도 히데요리도 다다테루도 오쿠보 나가야스의 존재를 무시할 수 없는 삶의 가치를 보여줄 장소가 열려온 것이다…… 다름 아니다. 다테 마사무네며 소텔로를 교묘하게 조종하여 그들과 더불어 스릴을 맛보며 일본을 위해 그들의 야심을 봉쇄시켜 가는 길이었다.

'그렇구나. 그렇게 생각하니 다테도 소텔로도 즐거운 장난감이 되겠는걸.'

남녀의 정담을 하는 데도 때가 있다.

"잘못했어, 오코."

이쯤에서 오코를 애무해 주지 않으면 속마음을 엿보일 우려가 있다.

"나는 착한 사람이 되겠다. 오코, 그대 충고로 잠이 깨었어…… 나는, 나는 일본을 위해 좀 더 진지하게 살아갈 테다. 그렇지, 오코……"

말하면서 등으로 거칠게 손을 돌리자 오코는 훌쩍훌쩍 울기 시작했다. 오코는 나가야스가 그제야 자기를 인정하고 애무하는 마음으로 돌아온 줄 안 모양이다. 그런데 나가야스는 전혀 다른 희망에 불붙어 오코에게 덤벼들고 있다. 그로써 두 사람 다 '삶의 증거'에 부딪친 셈이 되는 것이니, 인간은 역시 죄 없는 꼭두각시였다.

오코는 말했다.

"이제 오코를 잊지 않겠지요?"

"어찌 잊겠느냐. 나는 그대 덕분에 되살아났어."

나가야스는 말하면서 다다테루의 얼굴을 상기했고, 그런 다음 이로하히메의 얼굴을 떠올려 비교해 보고 있었다. 둘 다 쇼군과 그 정실 마님이라고 하기에 조금도 손색없는 인품이었다.

"오고쇼님은 뭐니 뭐니 해도 연세가 많다."

마음속으로 그렇게 말해 보았을 때 그의 눈꺼풀 속 영상은 벌써 그 녹록지 않은 다테 마사무네의 외눈박이 얼굴로 바뀌고 있다.

"다이코님이 돌아가신 게 63살, 그보다 훨씬 몸을 혹사해 오신 오고쇼님…… 오고쇼님은 세키가하라 직전에 벌써 가벼운 뇌일혈 증세를 보이셨다…… 그러므로 오래 사신다고 해도 앞으로 겨우 5년이나 7년쯤이 아닐까."

거기까지 중얼대다가 나가야스는 체면도 부끄러움도 없게 된 오코에게 문득 연민을 느꼈다.

'여자란 얼마나 힘없는 존재인가…….'

나가야스는 마사무네에게 말했었다.

"그런데 오고쇼님이 세상 떠나신 뒤 쇼군님은 과연 오고쇼님 생각대로 남만인도 홍모인도 한입에 삼킬 기백으로 세계를 상대로 무역을 계속할 만한 그릇이 될지……."

그러자 애꾸눈 마사무네는 거만스럽게 히죽 웃었다.

"하하……알고 계실 거요. 일본을 위해서도 도쿠가와 가문을 위해서도 오고쇼님의 뜻을 이을 만한 분을 키워놓아야만 하리다……아니, 그 그릇이 될 만한 분이 누구라고 내가 가리킬 필요는 없을 거요. 그래서 이렇게 하고 있는 것이지."

나가야스는 자기와 오코의 몸이 지금 어떤 모양으로 서로 끌어안고 있는지 깨끗이 잊고 있었다. 그토록 남자의 생활에서는 야심의 꿈이 더 강력한 것일까……?

반드시 그렇다고 할 수만은 없을 것이다. 나가야스는 지금 남녀관계의 황홀감까지 꿈속에 끌어들이려는 욕심 많은 자가 되어 있는지도 모른다.

"미우라 안진이 측근에 있으므로 홍모인들은 언제든 문호를 넓힐 수 있을 거요. 고로 여기서는 남만인과의 무역을 우리들이 단단히 붙잡아 두어야 하오. 그러려면 당연히 소텔로도 다테 님 힘을 등에 업으려고 필사적으로……그것을……."

이쯤 말하면 다테 마사무네는 무언가 눈치챌 것이다. 이를테면 그것이 2대 쇼군의 암살이든 오사카를 선동해 전쟁을 일으키는 일이든……하고 거기까지 꿈꾸었을 때, 오코가 느닷없이 나가야스의 어깨를 꽉 물었다.

"아아, 아야……!"

이때만은 나가야스도 순간적으로 꿈을 내던졌다.

나가야스는 자기가 다시 젊어진 느낌이 들었다. 완전히 정복된 오코의 모습이 한층 더 그를 격앙된 생기 속으로 내모는 힘이 되어주었는지도 모른다.

이런 방침으로 나가면 마사무네도 커다란 야심의 꼬리를 나가야스에게만은 드러내 보일 게 틀림없다. 자기 사위를 쇼군으로 떠받들어 그 사위와 오쿠보 나가야스라는 보기 드문 재주꾼을 두 팔에 품고 세계 무역을 지배한다……면 아무리 큰 야심의 그릇이라도 가득 채워질 게 틀림없다.

아니, 비록 그가 걸려들지 않는 경우가 있더라도 나가야스는 조금도 겁낼 필요가 없었다. 왜냐하면 나가야스는 그의 귀여운 사위의 집정이므로 일이 탄로될 때는 사위도 딸도 마사무네도 나가야스도 같은 운명…… 따라서 마사무네의 입에서 이 일이 결코 누설되지는 않을 것이다.

'그 반대의 경우는 어떻게 될까……?'

즉 마사무네가 이 이야기에 너무 깊숙이 들어왔을 경우이다. 그렇게 되면 나가야스는 일본의 산에서 금은을 파내는 일을 잠시 멈춰도 좋고, 파낸 것을 그대로 어딘가에 파묻어버려도 된다.

무역에서는 금은이 없으면 목이 없는 것과 마찬가지다. 온 세계사람들이 일본에 기대하는 것은 오로지 마르코 폴로가 써서 남긴 황금섬 지팡구의 꿈이 아니었던가.

"그것은 좀 지나친 일, 나가야스는 동의할 수 없습니다."

따끔하게 한마디 하기만 해도 마사무네는 결코 나가야스를 무시하지 못하리라.

'마사무네뿐만이 아니로군.'

나가야스가 다시 한번 깜짝 놀라 주위를 돌아보았을 때 조그만 요부 오코는 벌써 소록소록 흐뭇한 잠에 떨어진 숨소리를 내고 있었다.

나가야스는 벌떡 일어나 이리저리 걸어 다니고 싶은 충동에 사로잡혔다. 그러나 삼가는 편이 좋을 것 같았다. 오코의 두뇌도 여인으로서는 뛰어나게 날카로운 감수성을 갖고 있다. 완전무결하게 구상이 무르익을 때까지 섣불리 마음속을 엿보여선 안 되었다.

'그렇다. 쇼군뿐만 아니라 이 수법은 마음만 먹으면 오고쇼에게도 쓸 수 있는 수법이었어…….'

"금은 산출이 적어졌습니다. 광맥을 잘못 짚은 것 같습니다."

그 황금 줄기를 꽉 움켜잡고 지배할 수 있을 뿐 아니라 이에야스의 아들 다다테루와 다테 마사무네의 딸을 손아귀에 쥐고 있다.

다다테루의 어머니 자아 부인은 지금도 이에야스의 측근에 있어 마사무네가 움직인다면 다른 영주들도 모두 동요시킬 만한 힘을 지녔다.

'그리고 그 영주들 배후에 오사카성이 우뚝 솟아 있다…….'

나가야스는 별안간 와들와들 떨기 시작했다.

결코 모반이 아니다!

결코 배신이 아니다!

자신이 놓인 위치는 그 어느 쪽이라도 할 수 있는…… 그만큼 거대한 봉우리 위에 세워져 있는 것이었다.

나가야스는 숨이 답답해져 허둥지둥 오코를 흔들어 깨웠다. 이번에는 자기 꿈에서 벗어나기 위한 애무였다.

거목(巨木)의 생각

　이에야스는 자신의 마음을 헤아리지 못하는 자들이 주위에서 불온한 공기를 조성하고 있는 것을 미처 깨닫지 못했다.

　싸움에 직접 관련되는 성질의 불온함이었다면 그는 피부로 느꼈을 게 틀림없다. 그러나 태평성대의 밑바닥에서 생겨나는 불온의 새싹은 그로서도 경험한 적이 없었다. 얼마쯤 마음에 걸리는 게 있다면 히데타다가 상경했을 때 히데요리가 인사하러 오는 것을 거절한 일이었는데, 그것도 모두 때가 지나면 저절로 해결될 거라고 가볍게 여겼다.

　그러고 보니 전부터 오사카 쪽에 얼마쯤 설쳐대는 듯한 느낌이 없지 않았다. 이에야스가 에도성 증축을 명하자 오사카에서도 갑자기 접견실을 개축하여 다다미 1000장을 깔 수 있는 방으로 만들었다. 그때까지는 다이코가 다다미 1000장 넓이라고 말해도 800장 남짓밖에 되지 않았다.

　그러나 생각하기에 따라서는 그것도 어린아이 같은 경쟁심이라고 해도 좋았다. 다다미 1000장 넓이라면 반드시 1000장을 깔아야 한다고 어린 히데요리가 어쩌면 우겼는지도 모른다.

　형 히데타다의 대리로 오사카에 갔던 다다테루가 사명을 완수하고 후시미로 돌아왔을 때, 이에야스는 히데요리를 관찰한 소감을 다다테루에게 슬쩍 물어본 적이 있었다.

　"어떻더냐, 히데요리 님은?"

그때 히데요리보다 한 살 아래인 다다테루는 잠시 고개를 갸우뚱하고 생각하는 눈치이더니 말했다.

"좀 약해 보이더군요."

그리고는 부리나케 고쳐 말했다.

"키는 저보다 컸습니다. 그 정도라면 6척 장신의 대장부가 되겠던데요. 다이코 전하는 그렇듯 키가 큰 분이셨던가요?"

"아니, 다이코 전하는 그리 큰 분이 아니셨다. 너도 나보다 훨씬 키가 크지 않느냐. 난리 없는 세상에서 아무 걱정 없이 무럭무럭 자란 때문이겠지."

웃으며 대답했는데, 아마도 다다테루 눈에 비친 히데요리는 그 기질에 있어 얼마쯤 가볍게 보인 듯했다. 그래서 이에야스는 두 사람의 관직 차이에 대해 넌지시 말해 주었다. 우대신이라면 다다테루의 현재 관직인 좌근위소장(左近衞少將)과는 비교도 안 되는 차이가 있다. 그러므로 고위층 사람을 대하는 예의를 어디까지나 잃지 않도록 하라고…….

그 뒤 이에야스는 다다미 1000장 넓이의 방에 앉아 기를 쓰고 있는 후리후리한 소년을 상상하며 저도 모르게 혼자 미소를 머금곤 했다.

그 히데요리가 이번에는 다이고의 삼보사에 인왕문(仁王門)을 기부한다고 한다. 삼보사는 다이코가 사치를 다 하여 마지막 꽃놀이를 했던 유서 깊은 곳이다.

"아버님을 잊지 않는 갸륵한 마음씨……."

칭찬하면서도, 이 역시 경쟁심의 발로일까? 문득 그렇게 생각되지 않는 점도 있었다. 그것은 한 달 전 고다이사가 준공되어 기타노만도코로의 정숙함이 교토의 화제가 되어 있었기 때문이었다. 그러나 지금의 이에야스에게 그 일들은 마음속을 스쳐 지나가는 태평성대의 봄바람에 지나지 않았다…….

지금 이에야스의 최대 관심사는, 후지와라 세이카가 추천한 하야시 도슌이라는 젊고 깔끔한 유학자의 이야기를 듣는 것과 교역 확장이었다.

하야시 도슌은 세이카가 추천한 만큼 산뜻한 품격을 보여주며 이에야스가 한 질문의 초점을 잘못 판단하는 일이 결코 없었다. 애당초 교육이란 인간을 만물의 영장으로 인정하는 데 바탕한 것이므로 새로운 세상을 개척하려는 이는 인간 존중의 경건함을 모든 마음가짐에 앞서 지녀야 한다고, 20대이면서 64살 난 이에야스를 가차 없이 가르치는 말투였다.

"그 점이라면 알고 있소. 나는 인간이란 모두 부처님 같은 마음을 지녔다고 젊을 때부터 생각하고 있었소."

이에야스의 말에 그는 다시 뜻밖의 이야기를 꺼냈다. 지금까지 길을 잃고 전란의 황야에서 피묻은 칼을 들고 방황하던 사람들을 모조리 성인으로 고쳐 만들어낼 만한 결심이 있는지 없는지 주저 없이 따져 든 것이다.

"그렇게 하지 않으면 태평성대는 계속될 수 없으니까요."

이에야스는 쓴웃음 지을 수밖에 없었다. 말하려는 핵심은 잘 알겠으나 이 세상 인간들이 모두 성인이 될 수 있는 것도 아니고, 또 만들 수도 없음을 알기 때문이었다. 인간에게 선악과 더불어 분별과 재치를 점지한 것은 어떤 경우에도 살아남을 수 있게 하려는 하늘의 배려로, 선이라 믿고 악을 행하는 자도 있고 악이라고 두려워하면서 선을 행하는 자도 있다. 이것은 자신의 지혜만으로 어떠한 혼돈에도 견디어나가게 하려는 깊은 자비심일 것이다. 따라서 이것만이 옳다며 완고한 결정을 억지로 강요하는 것은 하늘을 두려워하지 않는 일…… 그러므로 학문에도 온갖 유파가 나타날 것……이라는 의미의 말을 할 때면, 도슌은 얼굴을 붉히며 항변했다. 아니, 항변이라기보다 미숙한 제자를 꾸짖는 말투였다.

"그러한 결심으로 무슨 일이 되겠습니까? 인간은……"

도슌은 거기까지 말하고 딱하다는 듯이 혀를 찼다.

"모두 성인으로 고치고 싶어도 기껏해야 몇 사람의 의사(義士)밖에 만들지 못합니다…… 그런데 처음부터 비관적으로 시작해서야 어떻게 되겠습니까. 그래서는 교학에 대한 정열 따위 조금도 솟아오르지 않을 겁니다. 정열이 따르지 않는 교육은 썩은 생선과 같아 중독을 일으킬지언정 아무 영양도 되지 않습니다."

이에야스는 그 젊은 정열을 귀하게 생각했다. 확실히 그의 말대로이리라. 시대를 바로잡으려는 인물이라면 그릇됨이 없도록 먼저 선택을 엄격히 해야 한다. 이만하면 되었다고 여길 때 모든 사람들에게 시행할 만한 결심 없이는 시대가 바로잡아지지 않을 것이다.

"좋아, 그렇게 하지. 일본인을 모두 성인으로 만들어버리자."

이에야스의 말에 그는 비로소 긴장을 풀었다.

"그러면 이 하야시 도슌도 도카이도 지방에 성인(聖人)들의 나라를 만들기 위해 대감님께 일생을 바치겠습니다. 대감께서도 먼저 성인의 길로 나아가주시기를……."

그래서 성인 이에야스는 지금 교역이라는 돈벌이에 온통 마음을 쏟고 있는 터였다. 태평성세의 생활방법…… 그것은 창끝으로 버는 방법밖에 모르는 이들에게 먼저 다른 생활방법이 있다는 점부터 실제로 보여주는 길밖에 달리 도리가 없었다…….

그러나 하야시 도슌은 이에야스의 그러한 교역 제일주의를 그리 존중하지 않았다.

"황송하오나 다이코님 생전의 시책 가운데 무엇이 가장 결여 되었던지를 충분히 반성해 주시기 바랍니다."

그 말을 듣자 이에야스도 흥미가 생겨 되묻지 않을 수 없었다.

"선생은 무엇이 결여 되었다고 생각하오? 이건 꼭 듣고 싶은 일 가운데 하나요."

그러자 젊은 도슌은 당당하게 말했다.

"예(禮)입니다."

"허, 예라고……!"

"다이코 전하께서도 대감님 못지않은 열성으로 일본의 통일과 평화를 염원하셨습니다. 그러나 화(和)는 언제나 더불어 있지 않으면 뿌리를 굳건히 내리지 못하는 법……그것을 모르셨다고 생각합니다."

"음……."

"쇼토쿠(聖德) 태자가 말씀하신, 화를 소중히 여기라고 한 뜻을 그대로 고립된 것으로 생각하신다면 큰 잘못…… 그것은 예가 화를 유지하는 데 없어서는 안 된다는 사실을 분명히 가르쳐주고 있습니다."

"하긴 난세에 자라난 난폭한 사람들을 성인으로 만들기 위해서는 먼저 예절부터 가르쳐나가야 하겠지…… 그러나 선생, 그 전에 또 하나 소중한 게 있는 것 같은데? 다름 아니라 의식이 넉넉해져야 비로소 예절을 알게 된다는 거요."

"황송하오나 그 역시 같은 것이라고 생각합니다. 마음속에 예절이 없다면, 의식이 충족해도 넉넉함을 모릅니다…… 인간의 욕망에는 끝이 없으므로 소인(小人)이 구슬을 품은 게 죄가 되는 식으로 다이코 전하가 키운 장수들이, 다이코 서거 뒤 그 결속이 무너진 사실도 있습니다."

이에야스는 이것도 들어둘 만한 의견이라고 생각했다.

"그렇다면 선생은 나의 부국정책에 이의가 있다는 말이오?"

"예, 크게 이의가 있습니다. 교역을 왕성하게 하여 국민을 부유하게 한다는 그 자체는 훌륭한 선정(善政)입니다……."

"그러나 그것만으로는 안된다는 건가요?"

"예, 의식이 충분하면서도 나라가 어지러워진 예는 얼마든지 있습니다. 그러므로 의식이 부족하더라도 예를 잃지 않는……교학의 규범을 설정하지 않으면, 부가 오히려 욕망과 야심을 퍼뜨려 세상을 소란으로 이끄는 원인이 될지도 모릅니다. 그러므로 대감께서 먼저 예를 바로 하시어 예절 있는 자가 부를 더불어 얻을 수 있게 도모하시는 게 긴요한 줄 압니다."

이에야스는 도슌이 무엇을 말하려 하는지 잘 알 수 있었다.

'다이코는 확실히 그 점에서 실패했다…….'

다이코가 베풀기를 좋아했던 버릇은 세상이 다 아는 일이었다. 누구 어깨든 치며 이야기를 나누었고 걸핏하면 상을 내렸다. 그것은 확실히 훌륭한 새로운 풍조였으나 사람들이 반드시 감복하지는 않았다. 생생한 패기의 밑바닥에 방종한 낭비벽과 대담성을 아울러 길러내어 다이코가 죽고 나자 격렬한 반감을 드러내어 서로 다투기 시작했다.

도슌이 염려하는 '예절'의 결핍에 그 원인이 있다는 것을 이에야스도 오래전부터 꿰뚫어 보고 있었다.

"선생의 가르침을 마음에 단단히 새겨두기로 하지. 잘 살게 만드는 것과 예절을 병행시키지 않으면 제대로 된 부가 되지 않는다는 말이겠지……."

"부가 사람을 행복하게 만들지 않고 오히려 방종으로 몰아쳐 질서를 문란케 한다면, 이것은 대감님 본의가 아니시겠지요."

젊은 도슌은 끈질기게 다짐해 두었다. 요컨대 '예절'이 질서의 초점이므로 진실로 평화스러운 나라를 만들려면, 무엇보다도 먼저 도덕의 쐐기를 튼튼하게 박아 선과 악의 구별을 무사들에게 인식시켜, 이것을 엄숙하게 실천하도록 하지 않으면 안 된다는 것이었다.

"이것은 대감님의 마음가짐과는 다른 겁니다. 대감 스스로 선이라 여기실지라도 천하 사람들이 모두 악이라고 주장할 때는 솔직하게 개량하실 마음가짐이 긴요하다는 건 말씀드릴 것까지도 없습니다."

"그럴 테지. 선과 악이란 때로 판별하기 어려운 경우도 있으니까."

"그러나 교학 방침에 그런 망설임이 있어서는 질서가 유지되지 않습니다. 그러므로 한편에서는 시비를 옳게 가려 누구 앞에서라도 이치는 이치, 잘못은 잘못이라고 단정하지 않으면 안 됩니다."

"알았소. 사물의 표리지, 그것은. 마음가짐으로서는 앞에 것, 이것을 실행할 때는 뒤에 것. 그리고 모든 사람을 차별 없이 사랑하는 게 곧 지성(至誠)이겠지."

도슌은 그 대답을 듣고 가까스로 만족하는 것 같았다. 그리고 이에야스에게 자신이 일본이라는 성당(聖堂)의 주인임을 잊지 말고 행동해 주면 좋겠다고 말했다. 교장은 어디까지나 이에야스이고, 하야시 도슌은 교감에 지나지 않는다. 교장이 엄하게 도를 닦을 마음이 없다면 도슌이 아무리 애써도 교학의 질서는 서지 않는다는 것이다.

이에야스는 웃으며 몇 번이고 고개를 끄덕였다.

"잘 알아들었소. 주인 된 자는 언제나 물새는 배를 타고, 불타는 지붕 밑에서 잠자는 마음가짐이 긴요한 것이겠지. 이 이에야스가 설마 선생을 배반하는 일은 없을 거요. 나도 60여 년, 이것저것 많은 생각을 해왔으니까."

그리고 이에야스는 자신의 감회를 이렇게 표현했다.

"이 몸의 도리를 이야기하면 천지에 가득하고, 천지의 도리를 축소하면 내 한 몸에 안을 수 있다."

사람과 천지는 본디 하나, 그것을 깨달아 어리석은 자나 가난한 자나 모두 내 몸처럼 여기며 살아가는 게 이에야스의 신조이며 깨달음이라고 말하자 도슌은 눈을 빛내며 감동했다.

"참으로 놀랍습니다. 바로 그렇습니다. 대감께서는 진실로 인간 거목이십니다. 거목은 한쪽으로 치우치면 안 됩니다. 치우치면 무성해지지 못하므로 널찍하게 가지와 잎을 뻗쳐 거목으로 자라야 합니다…… 하야시 도슌은 그 거목 밑에서 기꺼이 지성의 길을 넓히겠습니다."

그 뒤 이에야스는 근위무사의 눈에 얼마쯤 거만해 보이는 자세가 되었다. 도슌도 젊은이다운 정열을 불태우고 있지만, 공을 이루어 이름을 떨친 이에야스에게도 아직 소년 같은 데가 남아 있었다.

9월 3일, 스미노쿠라 요이치에게 통킹만으로 건너갈 무역선 허가증을 줄 때 이에야스는 엄숙한 얼굴로 말했다.

"알겠느냐, 예의 바르게 하라. 외국의 수모를 받는 것도 존경받는 것도 모두 예절이 근본이다."

이에야스가 '예절'에 관해 깊은 관심을 보이기 시작한 것은 확실히 하야시 도순의 영향인 것 같았다.

그때까지 이에야스는 격의 없이 사람을 대하던 히데요시에게 어떤 동경을 품고 있었던 듯했다. 자연스럽게 누구의 어깨나 툭툭 치며 흉금을 털어놓는…… 그런 대인관계를 히데요시는 할 수 있어도 이에야스는 하지 못했다. 그러므로 선망을 느꼈는지도 모른다.

그런데 그것은 오히려 인간을 경박하게 만들어 합리적인 선에서 이탈시키기 쉽다고 반성한 모양이다. 따라서 밤에 잡담할 때도 설교하는 버릇에 어떤 중후함이 더해졌다. 그렇게 되자 자기 자랑을 섞은 그 설교가 이상하게도 어떤 장엄한 경문처럼 들리곤 했다.

혼다 마사즈미는 곧잘 농담 비슷이 말했다.

"대감께서는 드디어 살아계신 조사(祖師)님이 되신 것 같습니다."

젊은 다케고시 마사노부(竹腰正信)는 요즈음 이에야스에게 불려 그 앞으로 나가게 되면, 위광에 눌려 몸이 저절로 마비된다고 했다. 아니, 다케고시만이 아니라 무역선 허가를 내주고 외국과의 왕복문서 업무를 맡아보는 쇼타이도 이에야스가 '이렇다'라고 말하면 혀가 굳어져 말이 제대로 나오지 않는다고 했다.

"오고쇼님 생각이 역시 이치에 맞기 때문이겠지."

아무튼 이에야스가 한 나라의 정치에 개인의 성격을 초월한 '예절'이 없으면 안 된다고 생각하게 된 것은 사실이었다. 새로이 군령 13개 조목을 결정하고 동시에 쇼군 가문 안에서의 법칙 8개 조목을 정하여 여러 영주들에게 엄격히 지키도록 명령한 것도 그 무렵이었다.

이 일은 사람들에게 의지할 기준을 줌과 동시에 하나의 속박감을 주어 예전에 동료였던 영주들 사이에 험담이 오가는 것도 피할 수 없었다.

"오고쇼도 드디어 으스대기 시작하는군."

"그렇지, 이제 아무도 두려운 자가 없으니. 누가 뭐라 해도 마음대로지."

스미노쿠라 요이치에게 통킹과의 교역을 허가한 뒤 이어서 루손에도 해마다 상선 4척의 취항을 허가하고 일본 근해에서 그 안전을 보증한다는 답서를 주었다. 말할 나위도 없이 소텔로며 구교 사람들의 불안에 답한 것으로, 이에야스가 종교와 교역을 분명히 분리하여 생각하고 있다는 증거였다.

요즈음 소텔로는 다테 마사무네의 알선으로 쇼군 히데타다를 배알했다. 아사쿠사의 병원은 이미 준공되었고, 마사무네의 딸과 다다테루의 혼례날도 얼마 남지 않았다.

이에야스는 국내의 예절을 바로잡으면서 해외발전에 더욱 열의를 보였고 그것이 차츰 결실을 맺어갔다. 캄보디아 국왕이 서한과 공물을 바쳐왔고, 안남에서도 국서(國書)가 와닿았다······.

이에야스의 무역확대 정책이 백성들 사이에 태평시대 정착의 안정감을 준 것과 때를 같이 하여, 오사카 쪽의 여러 사찰에 대한 조영(造營) 수리 작업 또한 이 무렵의 큰 특징이라 할 만했다.

히데요리의 이름으로 다이고 삼보사의 인왕문 건조가 끝나자, 곧이어 쇼코쿠사 법당 종각을 조영하여 기증했다. 그 공사가 끝나기도 전에 다시 다이고의 서쪽 문을 건조하고 기즈키 신사를 세우기도 했다. 이렇듯 오사카 쪽에서도 뭔가에 홀린 듯 불사(佛事)를 계속했다. 그동안 다이고사에서 불이 나 관세음보살당, 오대당(五大堂), 신령당이 타버렸다. 이 또한 재건해야 할 판국이니 얄궂다면 참으로 얄궂기 이를 데 없는 일이었다.

세상에서는 여기에 대해 당연히 온갖 소문이 떠돌았다.

"오사카 쪽에는 인물이 없어. 다이코 전하께서 모처럼 모아놓은 막대한 군자금을 여러 사찰 건축에 몽땅 써버리겠는걸."

이런 말도 있고, 그것과 전혀 반대인 소문도 퍼졌다.

"히데요리 님 생모님은 일본 전국의 사찰에 도쿠가와 가문의 멸망을 비는 저주기도를 드리게 하는 모양이야."

이에야스는 그동안 하야시 도슌을 독려하여 부지런히 경서 간행을 진행하면서 안남과 루손에서 새로이 중국무역 부활을 위해 손쓰고 있었다.

일본인들 사이에서는 걸핏하면 에도와 오사카를 대립한 것으로 보는 전란적인 시야밖에 갖지 못한 자가 많았지만, 유럽인 선교사들 눈에는 그즈음의 일본이 매우 다르게 비쳤던 모양이다.

일본 서교사(西敎史)에 이렇게 기록되어 있다.

    이에야스는 성실하고 진실한 군주로 보였으며, 또 자신의 손자사위 히데요리를 보호하는 성실함을 나타내기 위해 히데요리의 사부이며 오사카 행정관인 두 영주(가타기리 가쓰모토/고이데 히데마사)에게 명령하여 혹시 히데요리를 독살하려는 자가 있을까 두려우니 세심하게 경계하고 주의하도록 했다. 그리고 오사카의 약국 및 의원에 대해 결코 독약을 매매하지 못하도록 명했다……

    그들이 볼 때 이에야스는 진실로 나무랄 데 없는 히데요리의 보호자였으며, 이제 일본은 이에야스에 의해 급속하게 통일된 국가형태를 갖추어나가고 있다고 본 것이다.

사실 도순은 기회 있을 때마다 이에야스에게 성인도(聖人道) 실천을 강요했고 이에야스도 그 철저한 보급에 온갖 노력을 아끼지 않으려고 했다. 먼저 서적 간행에 힘썼다. 오사카 쪽의 여러 사찰 공사도 한 단계 높은 데서 바라본다면 이에야스가 수립하려는 새 질서에 요도 마님과 히데요리가 열심히 협력하는 것으로 볼 수 있었다.

그런 어느 날—

혼아미 고에쓰가 후시미성으로 불려왔다. 안남 왕에게 증정하기 위해 이에야스가 명해 두었던 장검 장식을 가져오라는 독촉을 받고 그것이 아직 완성되지 않아 고에쓰는 변명하러 온 셈이 되었는데……

고에쓰는 다케고시의 안내를 받아 옆방으로 인도되었다. 그날도 이에야스는 거실인 작은 서원에서 우스우리만큼 진지한 표정으로 도순의 논어 강의를 듣고 있었다.

고에쓰는 도순의 강의가 한 대목 끝날 때까지 옆방에서 기다리고 있었다. 생각하면 우습기도 하고 또 이상하게 장엄한 느낌이 들기도 했다. 이미 70살이 가까운 일본의 노 권력자가 자세를 바로 하고 20대 청년 유학자에게 강의를 듣고 있다.

'돌아가신 다이코 전하였다면 어떠했을까……'

도순 쪽에서 어려워 강의 같은 건 할 수도 없었겠지만, 만일 그런 용기가 있었다 하더라도 다이코는 겸연쩍어 들으려 하지 않았을 게 틀림없다.

그런 의미로 이에야스는 아주 능청스러운 인물이었다. 아니, 능청스럽다기보다 속을 알 수 없는 시골뜨기인지도 모른다. 글자 그대로 아침에 학문을 익혀 저녁에 죽어도 후회하지 않겠다는 진지한 표정으로 한 마디 한 마디에 온몸으로 수긍해 보이고 있다.

강의가 끝났다. 도슌도 눈치가 빨라 강의가 끝나자 곧 썩 물러가 꿇어엎드려 스승에서 단번에 가신의 위치로 돌아갔다.

도슌은 두 칸 남짓 물러앉자 비로소 세상이야기를 시작했다.

"실은 항간에 이상한 소문이 떠돌고 있다 합니다."

"이상한 소문이라니……?"

"세이카 스승이 저를 천거하신 것은, 대감님께 불만이 있었기 때문이라는 소문입니다."

"허, 그건 또 왜 그랬을까?"

"언젠가 히데요리 님을 없애버리려는 속셈이 대감님에게 있다고 스승님이 눈치채셨기 때문에 자신은 교묘히 빠져나가고 저를 대신 천거했다는 소문입니다."

"흠, 꽤 우회적인 소문이군그래."

"저도 감탄했습니다. 그 소문 밑바닥에 뭔가 일이 벌어지기를 바라는 난세 인간들의 검은 그림자가 느껴집니다."

"괜찮다, 나는 성인이다. 성인은 뜬소문에 현혹되지 않는 법이니까."

고에쓰는 저도 모르게 웃음이 터질 듯하여 황급히 엄숙한 얼굴을 지었다.

'웃으면 안 된다……'

"그럼, 물러가 쉬도록. 나는 고에쓰와 할 이야기가 있으니."

도슌이 공손히 물러가자 고에쓰는 이에야스 앞으로 불려나갔다.

"가까이 오게, 고에쓰. 어때, 물건은 다 되었나?"

"예, 한 2, 3일만 더 여유를 주셨으면 합니다."

"그래, 일본의 수치가 되지 않도록 정성껏 만들어다오. 나나 그대는 머지않아 이 세상에서 사라지겠지만 공예품은 안남 왕가에, 일본인이 만든 가보로 오래오래 후세에까지 살아남는다. 조잡한 물건을 남겨놓으면 뒷날의 일본인이 불쌍하다."

"명심하고 있습니다."

"그리고 고에쓰, 나는 곧 슨푸에 성 공사를 시작하겠다. 은거할 성이지. 그러나 은거한 자에게도 역시 이런저런 손님 출입은 있을 게 아닌가. 그때 쓸 선물용 칼로, 우리 집 문장(紋章)을 알맞게 넣어 새로운 시대에 어울리도록 생각해 만들어 주지 않겠나?"

고에쓰는 문득 미간을 찌푸렸다.

"그럼, 벌써 슨푸로……."

"못마땅한 모양이지, 고에쓰?"

이에야스는 눈치빠르게 고에쓰의 얼굴빛을 살피고 미소지었다.

"은거도 좋지만 은퇴는 아직 이르다……고 설마 말하지는 않겠지?"

고에쓰는 공손하게 머리 숙였다.

"대감께서 훤히 알고 계시니 숨길 도리가 없습니다. 지금 말씀하신 대로 은퇴하시기에는 좀 시기가 이른 것 같습니다."

이에야스는 고에쓰의 말에 구애됨 없이 말을 이었다.

"나는 슨푸의 은거성 공사에도 공식 부역을 징발할 작정이야."

"아, 과연……."

고에쓰는 그 말에 깜짝 놀란 듯했다. 은퇴하더라도 이에야스는 결코 '한 개인'이 될 생각은 아닌 것으로 받아들여졌다.

"500석에 한 사람씩 인부를 부역시킬 작정인데 너무 과중할까, 고에쓰?"

"500석에 한 사람이면 5만 석에 100명, 50만 석에 1000명……아닙니다, 결코 과중하게 생각되지 않습니다. 대감님 거성이라면 그 곱절이라도 모두들 기꺼이 내놓을 겁니다."

"그런가. 그럼, 또 하나 묻겠는데, 이 부역을 오사카에도 그대로 명령내릴 생각인데 어떨까?"

이에야스는 천연덕스레 말하고 고에쓰의 반응을 기다렸다. 이에야스는 고에쓰의 비평을 가장 공평한 백성들의 소리로 생각하기 때문이었다.

고에쓰는 눈이 둥그레졌다.

"대감님, 그 일 말씀입니다만."

"오사카는 별도로 하라는 말인가?"

"아닙니다. 대감께서 그 결단을 내리시지 않아 커다란 불안의 뿌리를 세상에 남겨놓고 있는 겁니다."

"허, 그러면 그대는 부과하는 데 찬성한다는 말인가?"

"대감님! 도요토미 가문과 도쿠가와 가문의 관계는 사사로운 일입니다. 그러나 쇼군님과 오사카의 관계를 사사로운 것과 혼동해서는 안 됩니다. 오사카의 작은 대감님이 아무리 귀여우시더라도 공과(公課)를 면제해 주시는 공과 사의 그런 혼동이 세상을 얼마나 혼란하게 만드는지, 저는 늘 조마조마해 하고 있던 참입니다."

이에야스는 눈을 치뜨고 지그시 고에쓰를 지켜본 채 한동안 말이 없었다.

"대감님, 이런 일을 확실히 판단하여 행하시는 게 오사카의 작은대감에 대한 진정한 애정이 아니겠습니까. 오사카의 작은대감님은 지체 높은 공경이면서 쇼군님 지배 아래 있는 한 영주이기도 합니다. 영주라면 다른 영주들과 마찬가지로 대하지 않으면 일본의 질서가 서지 않습니다. 500석에 한 사람씩의 부과는 지당한 일로 여깁니다."

이에야스는 휴우 한숨을 내쉬었다.

"사사로운 인정은 일절 허용하지 않는다는 말이지…… 서글프군, 나의 여생도."

"그것이 신불에게 선택된 대감님의 부역─그런 뜻에서 진실한 부과는 공평한 것인 줄 압니다."

"좋아, 그대가 그렇게 말한다면 나도 결심하지. 그리고 또 하나, 나는 슨푸로 옮길 때 오사카성에 있는 예능인들을 모두 데려갈 작정인데, 어떻게 생각하나?"

이번에는 고에쓰도 신중하게 고개를 갸웃거렸다. 예능인들을 슨푸로 데려가는 일까지는 그도 아직 생각해 본 적이 없었기 때문이다.

예능인들은 히데요시가 천하의 영주들을 위로해 주기 위해 오사카성 안에 둔 것이었다. 물론 지배자의 측근에만 있어야 할 예능인들이라고 규정된 것도 아니고 우연히 그렇게 된 데 지나지 않았으나 사람들은 그렇게 해석하고 생각했다. 그래서 이에야스는 이들을 슨푸로 옮겨 접대역으로 충당하려 한다……고 고에쓰는 받아들였다.

그렇게 생각하자 고에쓰는 더욱 간단하게 대답할 수 없었다. 고에쓰는 어디까지나 냉엄한 이론가로 자처하고 있다. 그러므로 다른 무장 영주들처럼 히데요리한테 일정한 부역을 명하는 것은 공과 사를 명백히 한다는 점에서 분명 이치에 맞는다. 그러나 법제와 아무 관계없는 연극 관계자들 일이 되면 문제가 달라진다. 이것은 개인의 취미에서 생긴 일에 지나지 않는다.

'그들을 히데요리에게서 일부러 빼앗내 무슨 이익이 있다는 건가……?'

고에쓰는 조심스럽게 고개를 갸웃거렸다.

"황송하오나 그 일은 3, 4년쯤 뒤에 하시는 게 어떻습니까. 부역을 명하시고 또 예능인들까지 데려가신다면, 오사카의 작은대감은 혹시 대감께서 자기를 미워하시는 줄 오해하실지도 모릅니다."

그 말을 듣자 이에야스는 갑자기 웃음을 터뜨렸다.

"하하……이제 마음 놓였다. 그대 말대로 하지. 그런데 고에쓰……"

"예……예."

"그대만 한 자도 어쩔 수 없이 내 함정에 걸려든다는 사실을 알았어."

"대감님 함정에……?"

"그렇지, 나는 그대에게 물어보고 싶었던 거야. 고에쓰, 그대는 이 이에야스가 몇 살까지나 살 수 있을 것 같으냐고……"

"예……"

"그런데 그대로 묻는다면 그대는 결코 앞으로 1년이나 2년이라고는 말하지 않을 테지. 그래서 예능인들 이야기를 꺼내 넌지시 그대에게 탐색해 본 거야. 그랬더니 그대는 앞으로 3, 4년 기다리라고 말했다. 어떤가, 그대 눈으로 봐서 나는 아직 3, 4년은 문제없이 더 살 수 있다는 게 되었어."

어지간한 고에쓰도 머리를 긁적이며 우물쭈물했다.

"원, 별말씀을…… 대감님이 그러실 줄은 정말 몰랐습니다."

"그런데 고에쓰."

"예."

"3, 4년 문제없다면, 나는 결코 예능 따위 즐기지 않는다. 일본 전국 요소요소의 성채를 견고히 하여 세계에 진출할 나라의 기틀을 바로잡도록 하겠다."

"그러시면 또 다른 곳의 성 공사를……"

"아무렴. 그러나 영주들이 제 나름대로 자신을 꾸며 보이기 위한 성 공사가 아니야. 그것을 허락하면 반란의 원인이 될지도 모른다…… 어디까지나 일본을 위해, 천하를 맡은 자의 마음가짐으로 만일 외국과 일을 벌이게 될 때의 대비책으로지. 그것을 하지 않으면 안심하고 자자손손까지 교역할 수 없을 게다. 어떤가, 이에 대한 그대 생각은? 사물을 생각하는 데는 두 가지가 있다는 것을 나는 바로 최근에 와서 깨달았다. 그건 다른 게 아니야. 내가 일본의 장래를 염려해 백성들이 바라는 평화가 흔들리지 않도록 이루어 나가면 그럴수록 우리 집안도 안정되어 나가지."

이에야스가 이상한 말을 하기 시작했으므로 고에쓰는 긴장하여 몸을 내밀었다.

"과연 그렇습니다."

"아니, 집안의 번영도 나라의 번영도 결국은 하나……라는 내 멋대로의 생각을 단지 말하려는 게 아니다. 좀 더 깊은 감동이지. 나는 히데타다에게 이미 사내자식은 점지 되지 않으리라 단념하고 있었다. 그런데 다케치요가 태어나고 이어 구니마쓰(國松)가 또 태어났다……즉 이건 인간의 슬기로는 계산할 수 없는 일이지. 좀 면구스러운 일이지만 나는 나이 들어 고로타 아래로 잇따라 세 아이가 태어났을 때 세상에 대해 좀 미안한 생각이 들더군. 설마하니 내 아들로 태어난 놈들에게 2만 석이나 3만 석 정도의 녹봉을 물려줄 수는 없는 일 아닌가. 그렇다면 저 늙은이가 제 자식만 생각한다고 말하는 자가 나타나더라도 변명하지 못할 것 같은 심정이 들었다. 제 자식이 귀여운 나머지 이에야스 정도의 위인도 사사로운 마음이 된다……면 도슌 선생의 성인도에 흠이 갈 게 아닌가……."

"그러나 그것은……."

"잠깐 기다리게. 실은 나잇값도 못 하고 고민했다네. 그런데 요즘 와서 그건 큰 잘못이라고 깨달았지…… 이 세상에 태어나는 것은 내 자식이건 남의 자식이건 모두 사람의 슬기를 초월한 신불의 점지라는 것을 깨달았어."

고에쓰는 빙긋 웃으며 고개를 끄덕였다. 탐낸다고 자식이 점지 된다면 노후의 히데요시가 그토록 초조해하지는 않았을 것이다. 아니, 대륙출병도 세키가하라 싸움도 없이 역사는 아주 달라졌을 게 틀림없다. 이에야스 정도의 인물이 그런 일을 요즈음 와서야 비로소 깨달았다는 게 이상할 정도였다.

"그래서 대감님께서는 어떻게 생각을 바꾸셨는지요?"

"고에쓰, 인간 마음의 성장에는 크게 세 단계가 있는 모양이야."

"세 단계……뿐일까요?"

"아니, 세세히 따지면 숱하게 많을 테지만. 우선 맨 먼저 인간은 자신을 위해 일한다."

"그렇습니다. 대개의 인간은 한평생 그 일로 버둥거리다 끝나지요."

"다음에는 어떻게 해서 사사로운 마음을 털어버릴까 고심하지. 사사로운 마음이나 욕심으로 살아나가는 한심스러움이 마음에 걸려 못 견디는 시절이 계속되는 법이야."

"지당한 말씀입니다."

"입으로는 천하를 위하고 가신을 위한다면서 실은 내 자신의 욕심뿐…… 그렇게 생각하니 신불 앞에 차마 얼굴을 들 수 없는 심정이 들었지. 그런데 그 시기가 지나고 나면 또 한 가지 커다란 것을 깨닫게 돼. 실은 이 세상과 나 개인이 결코 다른 게 아니라는 거야. 알겠나? 이 몸의 도리를 알면 천지에 가득하고, 천지의 도리를 줄여가면 이 몸속으로 숨어버린다. 즉 갈고 닦은 사사로운 마음은 그대로 천지의 도리인 것일세."

이에야스는 말을 멈추고 지그시 고에쓰를 쳐다보았다. 고에쓰는 온 신경을 귀로 모아 그 말을 마음에 새기기 위해 숨을 모았다.

"다시 한번 말씀해 주십시오, 대감님. 이 몸의 도리를 알면 천지에 가득하고……."

이에야스는 고에쓰에게 엄숙하게 시선을 집중시킨 채 다시 한번 같은 말을 되풀이했다.

"이 몸의 도리를 알면 천지에 가득하고 천지의 도리를 줄여가면 내 몸속으로 숨어버린단 말일세."

"그러시면 사람과 천지는 일체……라고 말씀하시는 겁니까."

"그렇지. 사람의 자식은 부모의 의지나 희망만으로 태어나는 게 아니야. 이 부모의 행위에 천지의 크나큰 뜻이 더해져 태어나는 거지. 그러므로 사람은 인간의 자식이면서 또 천지의 자식이란 말이야, 고에쓰……."

"과연…… 거기까지 생각하시면 사사로운 마음은 곧 천지의 마음, 공적인 마음 또한 천지의 마음—둘 사이에 차별은 없다……는 겁니까."

"나는 어릴 때 슨푸의 린자이 사에서 셋사이 선사로부터 곧잘 그 말씀을 들었다. 한 톨의 쌀 속에도 우주가 그대로 깃들어 있다고…… 그것을 도중에 그만 잊어버리고 사사로운 마음을 완전히 떠나지 않으면 위인이 될 수 없다고 잘못 생각했다……."

고에쓰는 이에야스의 말을 그대로 자기 입장으로 바꿔놓고 생각하다가 잠시 얼굴이 붉어졌다. 지금 고에쓰의 수양은 마침 거기에 있는 것 같다. 무엇인가에 대해 줄곧 화내며 자신을 학대하는 것이다.

'아마 이에야스는 그 앞의 경지에 대해 말하는 모양이다.'

"고에쓰, 갈고닦은 사사로운 마음은 그대로 우주의 마음이 될 수 있어. 그 뒤부터 나는 훨씬 편해졌다. 그렇다고 방심하는 건 아니야. 내 자식일지라도 진지하게 키워 기량 있는 부하를 딸려 요소요소에 맡겨놓는다면 훌륭하게 소용되는 거야. 아니, 내 자식 남의 자식이라고 구별할 필요는 조금도 없다. 본디 모두 천하의 자식이니까……."

고에쓰는 비로소 무릎을 탁 쳤다. 깨달으면 당장 그렇게 하는 게 고에쓰의 버릇이었지만, 이때 벌써 고에쓰의 생각은 다음 세계로 뻗어 나가고 있다.

"알겠습니다. 대감께서는 이제 어느 누구에게도 거리낌 없이 일본의 요지라 생각되시는 곳이라면 얼마든지 견고한 성을 쌓으시겠다는……."

여기까지 말하고 고에쓰는 껄껄 웃었다. 이상하게 우스운 생각이 치밀어 무례한 줄 알면서도 금방 멈춰지지 않았다.

"우스우냐, 고에쓰?"

"예……예, 대감님 정도의 어른이 그토록 세상 이목에 대해 신경 쓰셨던가 생각하니, 하하하……."

"고약한 자로군. 나를 웃음거리로 삼다니……."

"대감님, 그렇게 하여 다다테루 님도 요시나오(고로타 마루) 님도 큰 성에 넣어준다…… 그로써 아버님이신 대감님도 흐뭇해지시고, 일본의 장래에도 도움 된다…… 사사로운 마음은 바로 공적인 마음, 공적인 마음은 사사로운 마음……이라는 것이겠지요?"

이에야스는 얼굴을 조금 붉혔다.

"그 대신 내 마음을 연마해 나간다. 그 갈고닦는 손길을 늦추지 않을 작정이야."

고에쓰는 웃고 난 뒤 이번에는 가슴이 미어질 듯하고 콧잔등이 시큰해졌다.

'생각하면 무엇이든 안될 일이 없을 터인데…….'

마지막까지 싸울 상대를 자신 속에서 찾고 있다. 정직한 어린이같이……

"대감님, 저도 대감님 말씀을 듣고 조금 눈이 뜨여진 것 같습니다. 내 자식과 남의 자식 구별 따위는 있을 수 없지요. 오직 힘껏 연마해 나가 분수에 따라 활용해야 한다고 절실히 깨달았습니다."

이에야스의 눈이 다시 엄숙해졌다.

"고에쓰, 단지 그것만으로는 좀 부족해."

"예……?"

"그렇지 않은가? 내 자식 남 자식의 구별이 없다……고 볼 수 있는 것은 공평한 하늘의 눈이다."

"과연."

"인간이 모두 한결같이 하늘의 눈을 가질 수 있다……고 생각한다는 것은 교만의 극치. 그러므로 하늘이 어째서 그 자식을 부모에게 맡겼느냐……더욱이 아버지나 어머니 한 사람만이 아닌 아버지와 어머니 두 사람에게 왜 자식을 맡겼는가……하는 이 점에 무한한 뜻이 감춰져 있지. 알겠느냐, 부모란 결코 자식을 미워하지 않는다……는 형태로 만들어 맡기셨다…… 그러니 내 자식은 남의 자식보다 좀 더 사랑해도 좋은 거야."

"예……."

고에쓰는 저도 모르게 자기 귀에 손을 갖다 댔다. 앞선 말과 정반대로 들렸기 때문이다.

"괴상한 얼굴 하지 마라, 고에쓰. 내가 말한 것은 내 자식이라 해서 사양할 것 없다, 하늘이 점지하셨으니 마음껏 사랑하도록 하라. 그러나 사랑하는 나머지 치우쳐서는 안 된다는 거지. 하늘이 볼 때는 내 자식이나 남의 자식이나 똑같이 귀여운 거야. 이 점에 사물의 표리와 깨달음이 있어. 사람은 본디 일체─어리석은 자, 천한 자일지라도 업신여기지 말라……는 게 되겠지."

"예……."

"거목의 가지는 사면팔방으로 치우치는 일 없이 무성해지는 것만으로도 거목이 될 수 있다고 말해도 좋다. 아니, 좀 더 요약해 말한다면 모든 사람을 구별 없이 사랑한다는 이것이 실은 하늘이 정하신 지성의 도라는 말이다……."

이에야스는 다시 웃는 얼굴이 되었다.

"또 나의 나쁜 버릇이 튀어나왔군. 내 말만 하고 그대 말은 들으려 하지 않아. 모든 사람에게 이야기하도록 하여 훌륭한 것을 가려내어 채택하는 게 실은 참다운 지혜자이지. 지혜자 따위가 특별히 따로 있는 게 아니야. 자, 뭔가 좋은 세상 이야기라도 들려주지 않겠나."

"황송합니다."

고에쓰는 크게 한숨을 내쉬며 다시 이에야스를 쳐다보았다.

"지혜자란 남의 훌륭한 이야기를 듣고 채택하는 자…… 과연 그것이 틀림없겠습니다."

"그렇지, 그러므로 그대는 우선 이에야스 지혜의 근원일세."

고에쓰는 오코의 얼굴을 생각하면서 입을 열었다.

"그렇게 말씀하시니 그만 우쭐해지는 것 같습니다. 실은 저도 대감님께 여쭐 말씀이 있습니다."

"그래? 그럴 테지. 자, 들어보세."

이에야스는 점잖게 팔걸이를 고쳐놓고 몸을 앞으로 내밀었다.

고에쓰는 말했다.

"실은 제 친척 가운데 오코라는 여자가 있습니다."

"오코……."

"예, 본디 여자답지 않게 성정이 드센 여자로 오쿠보 나가야스 님 눈에 들어 그 측근에 있습니다."

"허, 그 일이로구먼. 사도섬에 교토 여자들을 데려다 놓았다는 것이."

"그렇습니다."

"좋아, 나쁜 일은 아니야. 여자가 없으면 살벌해져서 안 되니."

"그 오코가 제게 좀 꺼림칙한 말을 들려주었습니다."

"사도섬에서 무슨 말이 전해져 왔나?"

"아니, 그 애가 교토로 다니러 왔을 때의 일입니다."

"허, 뭐라고 하던가?"

"오쿠보 님을 예수교 신자들이 노리고 있다는 겁니다."

"예수교 신자들이 나가야스를……?"

"예, 그들은 대감님 측근에 홍모인 미우라 안진 님이 붙어 있는 게 몹시 못마땅한 모양입니다."

"그 일 말인가. 그거라면 훨씬 전부터의 일이지. 선교사들은 그가 분고 해변으로 표류해 왔을 때부터 네덜란드인, 영국인은 모두 해적이니 베어버리라고 담판해 왔을 정도였으니까."

"실은 그 불길이 아직 꺼지지 않은 모양입니다."

"그리 쉽게 꺼지지 않겠지. 안진의 말로는 네덜란드, 영국, 스페인, 포르투갈은 서로 곧잘 싸운다더군. 교리의 차이 같은 것도 있어서 말이지."

"바로 그것입니다. 그 교리의 차이, 그 원한이 아주 뿌리 깊은 듯합니다."

"허……"

"일본에 있는 예수교는 남만 계통입니다. 그러므로 안진 님이 대감님 총애를 기화로 남만계 예수교를 금지하게 하여 전에 다이코 전하 때처럼 되지 않을까, 그 일을 몹시 두려워하는 것 같습니다."

"그런 일도 있을지 모르겠군."

"그래서 오쿠보 님이 주목받고 있다……고 오코가 말하는 겁니다."

"음, 그런 말을 하던가."

"예, 오쿠보 님을 통해 대감님께 호소하여 남만계가 무사하도록 도모하려 안간힘쓰고 있다……고 오코는 말하고 있습니다."

여기까지 말해도 이에야스의 얼굴에 그리 불안스러운 기색이 보이지 않으므로 고에쓰는 말에 한층 더 힘을 주었다.

"즉 이 예수교인들이 만일 잇코종도 폭동 같은……괴상한 형태를 취할 우려는 없을까, 그 소용돌이 속에 오쿠보 님이 휩쓸려 들면 어쩌나 염려되어 오코는 저에게 통사정해온 것입니다."

여기까지 말하자 이에야스는 웃으며 고개를 끄덕였다.

"바로 그거야, 고에쓰. 거목의 가지가 치우치지 않는다는 것은. 나로서는 남만과 홍모의 구별 없이 그 둘과 모두 의좋게 교역해 나갈 작정이다. 걱정하지 마라, 내게 그만한 준비는 충분히 있으니."

고에쓰는 다음 말을 못 하게 입을 봉해진 꼴이 되어 더 말하기가 매우 어색해졌다.

"대감님께 받고 싶은 교훈이 한두 가지 있는데 허락해 주시겠습니까?"

고에쓰는 가슴에 아직 커다란 불안이 남아 있었다. 이에야스는 남만과 홍모의 종교상 대립을 잘 아는 모양이다. 그러나 모르는 게 두 가지쯤 있는 것 같았다. 그 하나는 다테 마사무네의 성격, 또 하나는 오쿠보 나가야스라는 인간에 관해서였다.

이에야스만큼 온갖 종류, 온갖 처지의 인간에 대해 눈길이 잘 미치는 사람도 드물다. 그러면서도 사람에게는 몇 가지 맹점이 있게 마련이다.

이를테면 노부나가에게는 새로운 것을 좋아하며 얼마쯤 색다른 활동가가 아니면 곧 싫증 내는 버릇이 있었다. 그 때문에 아라키 무라시게(荒木村重)를 배반하게 만들고, 사쿠마와 하야시 등 옛 신하들을 추방했으며, 아케치에게 배반당하기도 했다.

히데요시에게도 그런 점이 있었다. 소에키를 할복하게 한 늘그막에 이르러 특히 심해져 아첨꾼들에게 속아 간언이 귀에 들어오지 않는 오만불손한 지옥으로 떨어져 갔다. 히데요시 자신 진심으로 노부나가에게 심복하지 않고 아첨과 재치와 요령으로 꾸려왔었다. 늘그막이 되어 그것이 성격 속에 스며 나오게 된 듯한 기분이 고에쓰에게는 든다.

이에야스는 그들에 비해 결점은 적었다. 인간에게 더 이상 빈틈이 없는 완전무결함을 바라는 것은 무리한 일일지도 모른다……고 생각하면서도 역시 조그마한 맹점이라고 여겨지는 게 남아 있다.

"오, 사양할 것 없어, 말해 봐라."

대범한 표정으로 말하자 고에쓰는 잠시 긴장했다. 그러나 긴장할수록 그 말을 하지 않고는 배길 수 없는 게 고에쓰의 버릇이었다.

"다른 일로는 말씀드릴 것 없습니다…… 그러나 단 한 가지, 이 고에쓰의 마음에 걸리는 것은 교리에 대한 대감님의 태도입니다."

"뭐, 교리…… 고에쓰, 그대는 나에게 개종하라는 말은 아닐 테지."

"아니, 개종하셔야 할 만큼 대감님 신앙이 얕다고는 생각하지 않습니다. 그러나……."

말끝을 흐리면서 고에쓰는 한동안 망설이다가 대담하게 말해 버렸다.

"즉 다른 종교에 너무 관대하십니다. 반대로 말씀드리면 이 심정은 신앙에 대해 아직 너무 후하신 게 아닌가……하고 제 마음에 걸리는 겁니다."

"허……."

이에야스는 괴상한 이야기를 한다는 표정으로 한동안 말이 없었다.

"대감님, 어떤 교파와도 다투지 않고 어떤 종교와도 평등하게 교역한다는 태도는 너무 후하신 게 아닌가…… 제게는 생각됩니다만, 어떠신지요?"

"음."

"아니, 대감님께 니치렌 종파가 되어주십사는 것은 결코 아닙니다. 같은 예수교 가운데 남만과 홍모의 두 파가 맹렬하게 서로 겨루는 사실 앞에서……대감께서는 그 교리를 저마다 잘 검토하셔서 겉으로는 어떻든 속으로는 그 다툼이 만일 우리나라에 미칠 때 어느 쪽을 택하고 어느 쪽을 버릴지…… 분명히 결정지어 두실 필요가 있지 않을까요."

고에쓰는 말하는 동안 차츰 흥분되어 이마에 땀이 내배기 시작했다.

이에야스는 잠시 묵묵히 생각에 잠겼다.

"고에쓰, 사람에게는 저마다의 기질이 있다고 그대는 곧잘 말했지."

"예, 그 일과 교리를 같은 것으로 논할 건 못 된다고 생각합니다만."

"아, 잠깐. 그것이 심한 폐단이 따르는 사교(邪敎)라면 문제가 다르다. 그러나 이 우주와 연결되는 인간의 생명을 소중한 것으로 여겨 자비와 사랑과 정의와 조화를 설법하는……큰 뜻에 맞는 신앙을 하는 자는 신앙이 전혀 없는 자보다 우리들과 훨씬 가까운 셈이지."

"대감님, 고루한 말씀 같지만 사람에 따라서는 그것이 두렵습니다…… 그것이 고삐 풀린 말이 되고, 비방하는 무리가 되고, 돌팔이 종교 무리가 된다면 신앙이 없는 것보다 한층 더 처치 곤란한 형편이 될지도 모릅니다."

"그대 말에 일리가 없는 것은 아니다. 자신은 깨달은 줄 알지만 마귀처럼 되는 인간도 결코 적지 않겠지. 그렇다고 이것을 믿어라, 저것은 믿지 말라고 해 본들 무리한 이야기야. 사람들은 저마다 기질도 생김새도 다르다. 생김새의 차이 그대로 마음의 작용도 다른 법이다. 그러므로 어떤 종파든 우선 믿을 만한 자는 믿어보자……는 데 내 출발이 있어."

"대감님! 이 고에쓰는 거기에 아무래도 마음에 걸리는 일이 있습니다. 대감님은 지금 마귀라고 하셨습니다. 아니, 결코 대감님이 그렇다는 것은 아닙니다. 그러나 대감님 손톱의 때만큼도 신앙을 지니지 못했으면서 팔종(八宗)의 효능을 주워섬

기고 신(神), 유(儒), 불(佛)을 두루 지껄여대며 학자라고 자칭하는 자가 세상에는
수두룩합니다."

"없지 않을 테지. 즉 그것이 소천마(小天魔)라는 거야."

"예, 그 소천마라도 좋습니다. 그 사람들은 알기는 하지만 믿음이 없습니다. 그
러므로 어떤 흐름에든 맥없이 휩쓸려 흘러가 버리는, 말하자면 강물에 걸린 나무
토막입니다."

"과연……."

"비가 와서 물이 불어나면 한꺼번에 떠내려갑니다…… 저는……."

고에쓰는 어느덧 자제할 수 없는 순수성을 드러내어 그 눈을 번들번들 빛내고
있었다.

"대감님에게 개종하시라고는 말씀드리지 않겠습니다만, 이런 나무토막들은 거
리낌 없이 다가와 부딪칩니다. 이런 나무 토막들에게 모처럼 쌓아 올린 소중한
둑을 파손당한다면 하류 사람들은 못 견디게 될 것입니다. 그러므로 이 소천마
에 대해 각별히 조심하시라고 말씀드리는 겁니다."

거기까지 듣자 이에야스는 별안간 크게 고개를 끄덕였다.

"그런가, 알 수 있을 것 같기도 하군."

그리고 나서 잠시 사이를 두고 덧붙였다.

"고에쓰, 그대는 오쿠보 나가야스를 그리 좋아하지 않는 모양이군?"

고에쓰는 깜짝 놀랐다. 놀라기는 했지만 후회는 하지 않았다. 그가 소천마라
는 말을 썼을 때 속으로 뚜렷이 연상한 것이 실은 나가야스의 얼굴이었기 때문
이다. 나가야스에게는 진지한 신앙 대신 새로운 지식만 잡다하게 차 있다. 그리고
그는 그것에 몸을 의지해 거만하게 살아가고 있다…… 아니, 살아가는 것으로 생
각하고 있다.

뱃속을 들여다보듯 이에야스는 불쑥 한마디 말했다.

"어떤가, 고에쓰는 다테 마사무네를 좋아하는가."

이렇듯 똑바로 질문받으니 어지간한 고에쓰도 당장 대답이 나오지 않았다. 다
테 마사무네를 저어 해서가 아니다. 그의 가슴속에 커다랗게 살아 있는 니치렌
대사를 저어 하는 것이다.

사람이 사람을 미워해 좋을 리 없지만, 지혜에 의지하고 무력을 악용해 농간부

리며 야심을 펴려는 자에게 고에쓰는 결코 너그러울 수 없었다. 그런 뜻에서 나가야스와 마사무네는 이질적이라고 생각한다. 둘 다 탐욕스럽다. 나가야스한테는 허풍선 같은 경향은 있으나 살기는 없다. 그런데 마사무네는 그 반대로 태연해 보이면서 그 신변에 난세 이래의 야릇한 살기가 감돌고 있다. 이에야스도 그것을 느끼므로 일부러 다다테루와의 혼인을 생각했던 게 아닐까. 그러나 지금 고에쓰가 또렷이 입 밖에 내어 비난할 수 있을 만큼 확고한 증거가 있는 것도 아니었다.

"내가 잘못 말했군. 인간이 자신의 기호나 좋고 궂은 감정 따위를 아무리 말해 봤자 별수 있는 것도 아니지."

"아니, 대감님께서 그렇게 말씀하시니 저도 말씀드리지 않을 수 없습니다. 저는 다테 님이 무서운 분으로 보입니다. 무시무시해 보인다 해서 탐탁하지 않다……고 말씀드려서는 안 된다……고 가슴속에 살아 계신 존귀한 분이 속삭입니다. 그러므로 섣불리 대답을 못 드렸던 겁니다."

"알았네, 알았어. 그 가슴속에 사는 분을 소중히 모시도록 해라."

이에야스는 여기서 한숨 돌리고 다시 말을 이었다.

"그러나 염려 마라. 나는 방심하고 있지 않다. 쇼군에게도 늘 그 말을 하고 있어. 대장 되는 자는 물새는 배를 타고, 불타는 지붕 아래 드러누운 마음가짐으로 있으라고 말이지…… 그대의 말로 나는 그 배의 물이 샐 만한 곳을 한두 군데 발견한 것 같구나."

고에쓰는 다시 더 할 말이 없었다. 무력을 지니게 해서 무서운 자도 있고, 권력을 주어서 처치 곤란한 자도 있다. 그러나 참다운 인간은 벌거숭이 그대로 무섭고, 벌거숭이 그대로 그립다.

고에쓰가 히데요시를 무섭다고 생각한 것은 그가 자신의 권력을 내둘러 간파쿠 히데쓰구와 그의 처첩을 죽인 때였다. 지금 이에야스가 무섭게 여겨지는 것은 이에야스의 가슴속에 자신의 벌거숭이 모습이 그대로 반영되고 있다는 것을 깨달은 공포감이었다. 이 공포감에는 그리움 또한 곁들여져 있다.

"그래? 종파의 대립이란 내가 생각하는 것보다 끈덕진 것인지도 모르겠는걸."

"죄송합니다."

"그러나 나도 상당히 끈덕지지. 무엇에도 움직이지 않는 태평성세……를 이룩

하면 우리 가문이 평화로워진다. 그래서 이에야스는 내 가문을 위해서만 도모했다……는 말을 듣게 되지나 않을까 걱정했었는데 이제 그 미망에서 벗어났다."

"그렇게 되지 않고는 명도(名刀)를 만들지 못하리라 생각합니다."

"그럼, 그 안남 왕에게 증정할 칼 장식을 정성을 다해 만들어다오."

"명예롭게 생각합니다. 일본을 대표하는 기풍과 아름다움, 대감님의 풍요로우신 마음씨를 반드시 나타내보겠습니다."

"부탁한다, 고에쓰."

공손하게 머리 숙인 다음 고에쓰는 자리에서 일어났다.

거미의 재치

　오사카성의 히데요리도 500석에 한 사람씩 슨푸성의 공사인부를 내놓으라⋯⋯ 는 말을 교토 행정장관 이타쿠라 가쓰시게가 알려왔을 때 가타기리 가쓰모토는 오히려 한시름 놓았다.

　'이제 됐어. 이렇게 되는 게 좋은 거야.'

　히데타다 상경시 히데요리가 문안 인사를 거절했을 때 가쓰모토는 몸이 오싹했었다. 솔직히 말해 이에야스가 어떤 분노를 터뜨려 올지 조마조마해하고 있었다. 그런데 이에야스는 조금도 노한 기색을 보이지 않고 오히려 쇼군 대리로 다다테루를 오사카성으로 병문안 보냈다⋯⋯ 이때의 꺼림칙했던 느낌은 앞선 경우와 비교도 될 수 없을 만큼 컸다.

　누가 생각해도 오사카 쪽에 잘한 점은 없었다. 장인 히데타다가 막부의 주인으로 세이이타이쇼군이 되었는데 사위 히데요리가 인사를 거부하는 것은 일종의 도전이었다. 도전할 만한 실력도 없는 자가 영주들의 주시 속에서 감히 감행했으니 그야말로 무례하기 짝이 없는 노릇이었다.

　'그런데 조금도 노여워하지 않는다⋯⋯.'

　이는 결코 있을 수 없는 일로, 음울한 분노의 뿌리가 이에야스와 히데타다의 가슴에 씻기 어려운 모욕으로 남아 있을 게 틀림없다⋯⋯고 가쓰모토는 생각했다. 그것을 감히 들추지 않은 건 센히메라는 인질이 오사카에 있기 때문이며, 이 거리낌만은 언젠가 물에 씻어버려야 한다고 남몰래 생각하고 있었다.

그러므로 이번의 부역은 한시름 놓게 했다. 그렇게 되어야 하는 일이었고, 또 서먹서먹해하는 오사카의 비위를 맞춘다는 느낌이 없었기 때문이기도 했다.

"알았습니다. 아마 작은대감님도 그 이상의 협력을 분부하실 게 틀림없습니다."

그 뒤로도 오사카는 여러 사찰과 신궁에 줄곧 시주해 오고 있다. 그러한 지출에 비하면 이번의 부역 따위는 아무것도 아니다. 가쓰시게에게 쾌히 승낙의 뜻을 나타내고 돌아오며 가쓰모토는 이것저것 선물할 물건에 대해서까지 생각했을 정도였다.

그런데 히데요리도 순순히 승낙하고 요도 마님도 그리 이의가 없었으나 뜻하지 않은 곳에서 반대의견이 나왔다. 요도 마님의 측근에 있는 여인들이 불씨였다. 말을 꺼낸 것은 와타나베 구라노스케의 어머니 쇼에이니인지 아에바 부인인지 알 수 없었다. 어쨌든 그 소리가 가쓰모토의 귀에 들어왔을 때, 오쿠라 부인도 반대였고 그녀의 아들 오노 하루나가까지 분명 가쓰모토를 나무라는 말투였다.

"어려운 시기에 좋지 않은 일을 맡으셨군요."

"어려운 시기……라니 무슨 뜻입니까?"

내전에 무언가 문제가 생겼느냐고 가쓰모토는 곧 되물어보았으나, 하루나가는 말꼬리를 흐리며 설명을 피했다. 어쨌든 주인뻘인 도요토미 가문을 다른 영주와 같이 다루어 부역을 떠맡기다니 언어도단, 이건 곧 가타기리 님이 거절해야 할 일이다. 아니면 앞으로 두고두고 나쁜 본보기를 남기게 되리라……는 것이었다.

"참으로 터무니없는 말씀…… 부역이라는 말이 마땅치 않다면 좀 도와준다고 생각해도 될 것을……."

가쓰모토는 다시 본성으로 히데요리를 찾아갔다.

히데요리는 요즈음 온갖 예능인을 성으로 불러들이고 있었다. 광대들이 가르쳐준 것일까, 이따금 교토에서 여자 광대까지 불러오는 일이 있었다. 그 일에 대해 오다 쓰네마사가 충고하자 히데요리는 오히려 덤벼들었다.

"어머님은 어떻게 하고 계시지. 거기에도 말하고 왔느냐?"

쓰네마사는 두말 못 하고 물러나 우라쿠에게 한탄했다던가. 우라쿠는 가쓰모토에게 말했다.

"미움받는 역할을 그대에게 부탁할까."

그것은 우라쿠의 힘으로 어쩔 수 없다는 뜻도 되었고, 할 말을 좀 더 서슴없이 해도 좋다……는 비꼬움으로도 들렸다.

다행히 오늘은 그런 자들이 와 있지 않았다. 대신 사카에 부인이 침울한 얼굴로 대기해 있고, 히데요리는 시동들과 바둑두고 있었다.

사카에 부인과 무언가 말다툼한 듯 히데요리는 성난 목소리로 꾸짖었다.

"차를 가져와, 차를……."

"작은대감님, 좀 복잡한 이야기가 있습니다. 측근을 물리쳐주십시오."

가쓰모토가 말을 채 끝내기도 전에 바둑판의 바둑돌이 내던져지듯 흐트러졌다.

"모두들 물러가라."

시동들은 물러갔으나 사카에 부인과 또 한 사람 하야미즈가 서원에 남았다. 가쓰모토는 두 사람에게도 손을 내저었다. 여기서는 부역에 대해 반대한 자가 누구인지 좀 엄격하게 히데요리한테 따져볼 작정이었다.

"가쓰모토, 빨리 용건을 말해."

"심기가 불편한 무슨 일이라도?"

"그렇소, 지금 사카에가 시시한 소리를 해서."

"시시한 말씀이라니요?"

"나에게 어머니한테 가선 안 된다, 그리고 이곳으로 예능인들을 불러도 안된다, 함부로 시동들과 희롱해도 안 된다…… 안 된다고만 할 뿐이니, 어떻게 하면 좋으냐고 꾸짖고 있던 참이야."

"안된다고 할 뿐이었습니까?"

"그렇지, 에도 할아버지는 나를 염려해 오사카에서 독약 파는 것을 금지했다면서. 그런데 그 독약보다 무서운 것이 지금 항간에 유행되고 있다는 거야. 가쓰모토, 그것이 참말인가."

"독약보다 무서운 것이라고요……?"

"마마야. 그것에 걸리면 10명 가운데 7, 8명은 죽는대. 낫더라도 심한 곰보가 되니 섣불리 어머니 곁에 가지 않는 게 좋다는 거야."

가쓰모토는 쓴웃음 지으며 고개를 끄덕였다.

"그래서 사카에 부인을 나무라셨습니까?"

"그렇지, 어머니가 마마귀신일 리 없다, 네가 그런 소리를 하므로 무슨 일이 있을 적마다 어머니와 사이가 벌어진다, 말을 삼가라고 꾸짖었어."

"그건 안 됩니다. 생모님께는 성 밖에서 드나드는 자가 많지요. 그러니 나쁜 병을 옮기는 자가 있을까 염려되어 경계한 말, 칭찬해 주셔야 합니다."

그러자 히데요리는 물끄러미 가쓰모토를 쏘아보았다.

"그리고 보면 그대도 병의 씨앗을 갖고 왔군. 얼굴이 쭈글쭈글해 보여."

소년기에서 청년기로 들어가는 어떤 시기의 변화에는 정해진 코스가 있는 모양이다. 우선 까닭 없이 반항하는 사춘기이고, 그것이 지나면 몹시 허세를 부리게 된다. 자못 어른스러운 듯 버티며 반감이라고까지는 할 수 없더라도 지식과 야유를 줄곧 자랑한다. 물론 어느 것이나 모두 속이 얕은 자기주장이며 사려분별과는 거리가 멀다.

지금 히데요리가 가쓰모토에게 사뭇 어른 같은 비꼬는 말로 대꾸한 것은, 그만큼 그가 가쓰모토를 따르고 인정하기 때문이었다. 자기 쪽에서 인정해 줄 테니 그쪽에서도 자신을 인정해 달라는 것이리라. 가쓰모토는 요즘에 와서 겨우 그것을 알게 되었다. 알고 보니 히데요리가 한결 애처로웠다.

'이 나이 또래에 다이코와 나는 무엇을 하고 있었던가……'

아마 히데요리와는 비교도 할 수 없는 자유로운 세계를 뛰어다니고 있었을 것이다. 다이코는 하치스카 히코에몬에게 얹혀 지내며 밤낮으로 모험을 즐기고 있던 무렵일 테고, 가쓰모토는 히데요시의 용맹스러운 시동들 속에 섞여 이번 싸움에는 몇 명을 찔러 쓰러뜨리고 목을 몇 개 벨 수 있을까 하며 창을 휘두르고 말을 달리며 날뛰고 있었다.

그런데 히데요리는 이 거대한 성벽 안에 갇혀 무언가 하려고 할 때마다 간섭받으며 숨통을 짓눌리고 있다.

"그건 안 됩니다."

다이코의 소년 시절은 가난하여 아무것에도 구속되는 일 없는 자유와 행복을 마음껏 누렸는데, 히데요리는 태어날 때부터 재물과 이름에 억눌린 죄수의 몸이었다.

"저는 이미 시들건 움츠러들건 상관없습니다. 그러나 작은대감님은 그렇지 않습니다. 나쁜 병 같은 걸 가까이해선 안 됩니다."

"가쓰모토, 그대는 내가 비꼬는 말뜻을 모르나 보군. 병이 가까이 오는 게 두려워서 그대도 오지 말라고 한 거야. 그대도 성 밖으로 나다니지 않는가."

"이거 참, 따끔하신 말씀을."

가쓰모토는 그리 놀라지도 황송해하지도 않았다.

"저는 작은대감님께 온갖 것을 아뢰어야 할 직무가 있습니다."

"그럴 테지. 내 얼굴만 보면 언제나 그렇게 말하니까."

"작은대감님, 작은대감님은 슨푸에 성을 쌓고 은퇴하시는 오고쇼님을 어떻게 보십니까?"

"어떻게 보느냐고…… 늙었다고 생각하지."

"농담 말씀은 어지간히 하십시오. 적이라고 생각하십니까, 한편이라고 여기십니까…… 아니, 싫은지 좋은지 묻고 있는 겁니다."

"가쓰모토, 인간이란 그리 쉽게 생각되는 게 아니야. 같은 사람도 좋은 점과 나쁜 점이 있지. 나를 너무 어린아이 취급하지 마."

"예, 그러면 어떤 점이 좋고 싫으신지 여쭈어보겠습니다."

"그건 들어서 뭣하지? 쓸데없는 문답은 하고 싶지 않아."

언성과 달리 히데요리는 차츰 기분이 좋아졌다.

"갈수록 따끔하신 말씀만."

언제부터인지 가쓰모토는 히데요리와의 대화가 즐거웠다.

"이 가쓰모토가 쓸데없는 말을 여쭐 리 있겠습니까. 중요한 일이니 의견을 들려주십시오."

"그런가. 그럼, 말해 주지. 에도 할아버지도 돌아가신 아버님도 세상에 좀처럼 나타나기 어려운 거물이야."

"그러므로 좋으시다는 말씀입니까?"

"좋아한다기보다 존경해야 할 분이라고 여기고 있지. 그런데 이 오사카성 안에는 오고쇼의 훌륭함을 모르는 자가 너무 많아."

가쓰모토는 자기 귀를 의심했다. 스스로 어른인 체하는 말이었으나 이런 말을 들을 줄은 생각지도 못했다.

"과연 그렇다고……저 역시 생각합니다. 작은대감님, 지난번에 저는 500석에 한 사람씩 부역을 내놓으라는 일에 대해 승낙을 받았습니다만."

"나도 그 뒤 생각해 보았는데, 거절하는 편이 좋을 것 같아."

"그럼, 작은대감님 생각이 도중에 바뀌셨습니까?"

히데요리는 고개를 끄덕였다.

"성안에 반발이 너무 많아. 듣고 보니 그것도 일리가 있어."

"그 일리 있는 말을……들려주십시오."

"7인조에게서 들은 이야기인데, 우리는 지금 여러 사찰 신궁의 수리며 건립에 숱한 돈을 들이고 있으므로 다른 일은 거절하는 게 좋다는 거야."

"허허……."

"우리 가문은 여느 영주가 아니다, 그러므로 이 양쪽 짐을 다 짊어지면 스스로 목을 죄는 것과 같다더군."

"짐이 무겁다……는 겁니까?"

"그래. 그래서 나는 시주를 그만두려고 했어. 나에게 그걸 권유한 자의 의견도 마찬가지였지. 어째서 미신 같은 일에 큰돈을 버리느냐고……. 그래서 시주를 그만둘 생각이었는데, 여자들이 신벌과 불벌이 한꺼번에 닥친다며 반대하지 않겠나. 가쓰모토, 여자들의 미신이란 골치 아파."

가쓰모토는 새삼 히데요리를 다시 보았다.

'그런 곳에도 원인이 있었구나…….'

즉 여러 사찰과 신사의 수리를 중지시키지 않으려고 슨푸성 부역에 반대한다…… 듣고 보니 과연 그녀들이 생각할 만한 일……이라고 여겨졌을 때 히데요리는 또 이상한 말을 했다.

"예수교에도 일본 고래의 여러 사찰과 신궁에서와 같은 축원이 있으면 좋겠는데, 그게 없다지?"

"예? 예수교에 축원을?"

"그렇지. 그것이 있다면 여자들은 돈 드는 사찰과 신궁의 수리보다 예수교로 신앙을 바꾸어도 좋다고 하는데, 그것이 없으므로 선뜻 마음을 정하지 못하고 있어. 어느 것이나 나를 위해 빌고 축원하지 않으면 견딜 수 없는 진심에서 나온 미신이지. 가엾어. 그렇지 않나, 가쓰모토?"

가쓰모토는 저도 모르게 무릎을 움켜잡으며 몸을 내밀었다.

"작은대감님, 그럼, 여인네들의 반대는 예수교로 신앙을 바꿀 수 없으므로 슨푸성 공사에 반대한다……는 참으로 이해하기 어려운 대답이 되는 것 같습니다만."

가쓰모토가 한 마디 한 마디 알아듣기 쉽게 되묻자, 히데요리는 고개를 갸웃했다.

"그렇게 되는가?"

"즉 돈이 안 드는 예수교로 만일 작은대감님의 무사하심을 축원할 수 있다면……어떻게 될까요?"

"만약 그렇다면 사찰과 신사에 대한 지출이 적어지겠지…… 지출이 적어지면 슨푸성 공사에 반대할 이유도 없어질 거야……."

히데요리는 하나하나 마음에 새기듯 손가락을 꼽더니 가쓰모토의 얼굴을 보며 진지하게 말했다.

"그런가. 그럼, 내가 예수교인이 되어도 내 몸은 안녕……아니, 내 몸은 무사하다고 해줄까. 그러면 여자들이 반대할 이유가 없어질 테니까."

가쓰모토는 세차게 고개를 저었다.

"우스운 일입니다. 이야기 줄거리가 이상하게 꼬여 있습니다."

"그렇지, 나도 그렇게 생각해. 나는 오고쇼를 위해 기꺼이 무언가 해드리고 싶어. 알고 있어. 많은 애를 쓴 노인이지."

"작은대감님, 대체 반대를 시작한 자가 누구입니까?"

"아에바 부인이야."

"그러면 또 한 사람, 여러 사찰과 신사에의 시주 따위는 중지하라고 말한 7인조의 한 사람은 누구입니까?"

"그건 하야미즈."

"하야미즈는 예수교인, 하야미즈와 아에바 부인은 평소에 사이 나쁩니까?"

"아니, 그렇지 않아. 두 사람은 특히 친한 것 같아."

거기까지 말하고 히데요리는 다시 고개를 갸우뚱했다.

"좀 이상한걸, 가쓰모토?"

"그렇군요."

"두 사람은 그 뒤로도 매우 친해. 그건 나도 잘 알고 있지. 정말이라면 두 사람의 의가 상할지도 모를 일인데……."

"작은대감님, 가까스로 수수께끼가 풀렸습니다."

"허, 어떻게 풀렸느냐?"

"하야미즈는 작은대감님을 예수교인으로 만들고 싶겠지요."

"흥, 그래서 여러 사찰이며 신궁에 대한 축원은 미신이라고 했군."

"그리고 또 아에바 부인, 그녀도 어쩌면 예수교를 믿는지 모릅니다."

"그건 이상한데. 아에바는 반대했어. 사찰과 신사에 대한 시주를 중지하는 것을……".

가쓰모토는 허공을 노려보며 잠시 곰곰이 생각했다. 겨우 수수께끼가 풀려갔다. 이렇게 되면 아에바 부인의 신앙을 살며시 알아보는 수밖에 없다. 만일 그녀가 가슴에 십자가를 걸고 있다면 이것은 이번 기회에 히데요리를 자신의 신앙으로 끌어들이려는 선의에서 나온 획책이었는지도 모른다.

"좋습니다, 가쓰모토는 우선 아에바 님을 만나보겠습니다."

히데요리는 부역에 대해 아직 찬성이다. 따라서 이 일에 대한 설득은 필요 없었다. 단지 히데요리는 여자들이 불길을 올린 반대에 요도 마님까지 휩쓸려 들었으므로 망설이는 모양이다.

처음에 반대하고 나섰다는 아에바 부인은 요도 마님과 같은 아사이 가문 쪽 혈연, 두 사람 사이는 핏줄이 관련된 꽤 복잡한 관계였다. 요도 마님에게도 아에바 부인에게도 혈육으로서의 신뢰와 친근감에서 오는 질투와 경멸이 야릇하게 뒤섞여 있는 것 같았다. 어떤 때는 이해를 초월하는 주종이면서, 어떤 때는 모든 일에 서로 반발하는 기묘한 감정의 대립을 드러낸다.

"작은대감님, 이 일은 뜻밖에도 쉽게 해결될 것 같습니다."

가쓰모토는 일단 히데요리 앞을 물러 나와 내전으로 발을 옮겼다.

아에바 부인이 불씨라면 끄기 쉬우리라. 오랜 독신생활로 성미가 거세지만 그만큼 약한 점과 빈틈도 있을 것 같았다.

복도를 걸어가노라니 오늘은 신기하게도 요도 마님의 내전이 조용했다.

'방문객이 없는 모양이군.'

무리가 아니라고 여기면서도 일상생활이 차츰 화려해지고 방종으로 흐르는 게 가쓰모토로서는 더할 수 없이 걱정스러웠다.

그런 만큼 한시름 놓으면서 입구의 시녀에게 말을 걸었다.

"뜰의 햇볕이 포근하군."

시녀에게 전갈을 부탁하지 않고 이곳을 드나드는 이들의 수효가 요즘 부쩍 늘었다. 전에는 기시와다(岸和田) 성주 고이데 히데마사와 가쓰모토 둘뿐이었으나 지금은 10여 명에 이른다. 물론 그것은 요도 마님의 명령이었고, 그만큼 총애받는 자와 그렇지 않은 자의 구별을 차 시중하는 소년에 이르기까지 확실히 알게 하고 말았다.

요도 마님의 낮잠 시간이라면서 아에바 부인은 방에서 쉬고 있었다.

"어머나, 가타기리 님, 무슨 볼일이신지요?"

그의 얼굴을 보고 상대는 벌써 그 용건의 내용을 알아차린 눈치였다.

"방해되지 않을까요?"

"호호……가타기리 님이라면 설마 아무도 의심하는 이 없겠지요."

하녀에게 방석을 고쳐 깔게 하며 아에바 부인은 어느덧 경계하는 눈빛이 되었다.

"허허, 부인께서는 목에 진귀한 것을 걸고 계시군."

가쓰모토는 역시 그랬었구나 하고 고개를 끄덕였다.

"실은 나도 하야미즈 님의 권고를 받아 신앙을 바꿀까 하던 참이었소."

물론 거짓말이었다. 그 거짓말에 상대가 어떤 반응을 나타낼지 넌지시 살피는 솜씨가, 평화로운 세상이 되어 가쓰모토도 눈에 띄게 능란해져 있었다.

"어머나……그럼, 가타기리 님도!"

"그렇소. 인생은 진지하고 깨끗하게……나이를 먹은 탓일까."

그 한 마디로 아에바 부인은 금방 친밀하게 웃음 짓는 얼굴이 되었다. 미인이라고는 할 수 없으나 확실히 풍만하고 시원스럽다.

"그렇긴 하나 이상한걸. 내가 잘못 들은 것일까?"

가쓰모토는 일부러 과장되게 고개를 갸우뚱해 보였다.

"정말 이상하군."

"무엇이 이상한가요?"

아에바 부인은 경계를 푼 밝은 표정으로 그 낚싯바늘에 걸려들었다.

"역시 잘못 들은 걸 거야. 뭐냐 하면, 이번에 히데요리 님 입에서 여러 사찰과 신사에 대한 시주를 중지시킨다는 말이 나왔다면서요."

부인은 좀 긴장된 얼굴이 되었다.

"그건 저도 들었습니다만"

"그것을 맨 먼저 반대하신 게 부인이라는 소문이 들리더군요. 이상하지 않소…… 부인은 예수교 신자, 그렇다면 절이나 신사에 대한 시주 중지를 반대할 리 없을 텐데"

부인은 좀 난처한 듯 시선을 돌리고 눈을 깜박거렸다.

"나는 생모님의 무료함을 생각하여 그리 강력하게 이야기하지 않소만, 요즘 여러 사찰과 신사에 대한 이 가문의 시주는 정도가 좀 지나친 것 같소. 그 시주를 아깝게 여겨 가쓰모토는 예수교로 신앙을 바꾸라고 한다……는 둥 말을 들으면 억울한 일이라 말을 삼가고 있지만, 신앙은 마음의 구원으로서 충분한 게 아닐까요?"

"가타기리 님, 여러 사찰과 신사에 대한 시주를 중지해선 안 된다……고 내가 말했다는 걸 누구에게서 들으셨나요?"

"글쎄, 우라쿠 님이었나"

"사실 저는 시주 중지를 반대했어요"

"허, 그건 또 무슨 까닭으로? 어째서 예수교의 적에게 편드는 거요?"

"가타기리 님, 사정이 좀 있어서였지요"

"허, 더욱 뜻밖의 말을……들어봅시다"

"실은 이번에 슨푸에서 부역하라는 말씀이 있었다지요?"

"있었소. 확실한 일이오"

"그것을 지금의 도요토미 가문으로서는 결코 반대할 수 없을 테지요"

"음, 우선은 그럴 테지요. 반대하면 막부 명령을 거역하는 게 되니까"

"그러므로 부역을 따를 것인가 절에 대한 시주를 계속할 것인가 하는 이야기가 나왔을 때, 그 점을 고려해 여러 사찰과 신사의 시주는 중지할 수 없다고 일부러 말한 겁니다"

"이상한걸……? 알 것 같으면서도 모르겠는데"

"가타기리 님, 저는 그 중지 반대를 밀고 나갈 생각입니다. 당신은 물론 부역을 거절하다니 당치도 않다고 밀고 나가세요"

"더욱더 알 수 없는걸. 그렇게 되면 나와 부인은 작은대감님이며 생모님 앞에서 말다툼해야만 하오. 그러면 서로 난처할 텐데?"

시치미뗀 얼굴로 되묻자 부인은 비로소 생긋 웃었다.

"한편은 결코 거절할 수 없는 도요토미 가문의 흥망이 걸린 부역, 한편은 고작해야 미신……정말 효험이 있는지 어떨지도 모르는 미신이 이길 리 없지요. 저는 가타기리 님에게 말문이 막혀 입을 다물게 될 거예요…… 그래야만 비로소 작은 대감님도 생모님도 눈을 뜨시게 됩니다. 결코 천주님을 배신하는 게 아니지요."

가쓰모토는 마음속으로 어이없어하면서도 감탄했다.

'이것이 여인의 지혜로군……!'

그렇긴 하나 정말 오묘한 생각이었다. 이것도 시간을 주체할 수 없어서일까. 아에바 부인은 처음부터 부역을 거절할 수 없는 일로 예상하고 요도 마님이며 히데요리 앞에서 가쓰모토와 논쟁을 벌일 작정이었던 것이다. 그리고 자기가 패배해 보여 모자를 예수교에 접근시키려는 심려원모(深慮遠謀)였던 것이다.

이것은 과연 부인 한 사람의 지혜일까, 하야미즈며 성안의 다른 신도들 지혜도 포함되어 있는 것일까……?

가쓰모토는 일부러 고개를 크게 끄덕여 보였다.

"과연 납득할 만하오. 그렇게 하면 생모님과 히데요리 님도 참다운 신앙을 하게 될지도 모르지."

"게다가 숱한 시줏돈이 절약되고 슨푸와의 사이도 원만해집니다."

"참으로 놀라운 일이오. 부인은 뛰어난 재주꾼이구려. 우리들은 도저히 미치지 못하겠소."

"호호……그러시면 난처해요, 가타기리 님. 어디까지나 가타기리 님은 부역, 저는 시주로 밀지 않으면 일이 안 되지요."

"그렇다면 부역에 대해 결코 반대가 아니라는 뜻이오?"

"반대해서 좋은 일과 안 될 일이 있지요. 오늘의 도요토미 가문이 어찌 막부의 명을 거역할 수 있겠어요?"

"그 말을 듣고 안심했소. 어려운 일을 진심으로 반대하신 줄……생각하고 떨리는 가슴으로 찾아온 거요."

"호호……그 점이라면 걱정하지 마시고……."

"그럼, 만일 위에서 쌍방에 하문이 있으면 마음껏 다투어 보십시다."

가쓰모토는 야릇하게도 풀리지 않는 무거운 마음을 숨기며 일어났다.

부인은 그를 복도까지 배웅하며 다시 한번 들으라는 듯이 다짐 주었다.

"저는 시주 중지에 대해 반대입니다."

그 목소리는 오후의 한적한 복도에 크게 울리며 가쓰모토의 가슴에 감겨들었다.

'이 성은 너무 한가로운 여인들의 장난감이 되려 하고 있다……'

여기에는 새로이 개간할 전답도 없고, 무엇이 선정(善政)인지에 대한 비판도 근로도 존재하지 않는다. 그저 구름 위에 두둥실 뜬 따분하기 짝이 없는 천국이 되어 있다. 지금의 일본에 이런 곳이 있다는 게 이상스럽게 여겨지고 그것이 오히려 가쓰모토를 불안하게 했다.

'이건 대체 누가 만들어낸 공동(空洞)인 것일까……?'

일하지 않는 자는 먹지 말라는 엄격한 새로운 질서를 세운 이에야스가 다이코 전하의 자식이라 해서 여기에만 현실의 바람을 보내지 않기 때문이 아닐까……? 그렇다면 이에야스 또한 히데요리와 센히메를 나란히 놓고 남몰래 즐기는 의외로 엄하지 못한 사람이 아닐까.

가쓰모토는 요도 마님의 거실로 발길을 옮기며 중얼거렸다.

"아니, 그렇지 않아. 비록 이에야스가 달콤하게 제외해 놓더라도 현실의 바람이 여기만 피해 지나갈 리 없지."

요도 마님 거실 앞에 이르러 가쓰모토는 꺼리듯 옆방에 소리를 던졌다.

"누구 없느냐. 시녀들은 어디 있느냐."

구라노스케의 어머니 쇼에이니가 황급히 장지문을 열었다.

"쇼에이니 님, 생모님은 아직 깨어나시지 않습니까?"

가쓰모토가 거실의 기척에 귀 기울이며 묻자 쇼에이니는 사방을 꺼리는 목소리로 대답했다.

"네, 요즈음 기분이 언짢으시다면서 낮잠을 오래 주무십니다."

"그럼, 나중에 다시 올까?"

말하다가 가쓰모토는 고개를 저었다.

"아니, 빠를수록 좋아. 미안하지만 깨워주실 수 없을까요? 이제 일어나셔도 좋을 테지."

쇼에이니는 고개를 조금 갸웃하며 생각했으나 상대가 가쓰모토라면 거절할 수 없다는 듯 끄덕이며 침실로 들어갔다.

침실은 거실 안쪽에 있다. 이윽고 그 방향에서 헛기침 소리에 이어 요도 마님의 목소리가 들렸다.

"오, 깨워도 좋고말고. 아까부터 벌써 깨어 있었어."

그 목소리도 확실히 지난날의 요도 마님과 달라져 있었다. 체력을 주체하지 못해 카랑카랑하던 젊은 목소리가 요즈음은 지치고 가라앉은 느낌이다.

"가쓰모토, 무슨 사양이 필요하오. 자, 가까이."

"실례하겠습니다."

가쓰모토는 곧바로 거실에 들어가 흰 부채를 펴들었다.

"생모님, 요즈음 생모님에게 신앙을 바꾸라고 권하는 자가 없습니까?"

"뭐, 신앙을 바꾸라고……?"

"예, 예수교로 바꾸시면 어떠시냐고."

"호호……무슨 소리예요, 가쓰모토."

아무래도 요도 마님은 가쓰모토가 마님의 행실에 대해 간언하러 온 줄 아는 듯 갑자기 강한 대항의식을 미간에 그렸다.

"내가 어쨌다는 거요. 측근에 있는 사람을 좀 총애했다고 해서 그게 어떻소. 남자들 외도와 비교 좀 해 보오."

사실 이즈음은 남자가 측실을 두듯 미망인이 된 여주인이 젊은 사나이를 규방에 불러들이는 예는 얼마든지 있었고, 그것을 나무라는 자도 없었다.

가쓰모토는 당황했다. 그런 의미로 물은 게 아니다. 혹시 성안에 요도 마님의 종교까지 바꾸게 하려는 자가 없는지 탐지하려 했을 뿐인 것이다.

"참으로 황송합니다. 실은 작은대감님께 예수교를 권고하는 자가 있는 눈치라 생모님에게는 어떤지 여쭈어보았을 뿐입니다."

요도 마님은 의아스러운 얼굴이 되었다가 곧 불쾌한 긴장을 풀었다.

"나는 또 뭐라고! 그런 일이었나요? 호호……그것은 있을 수 없는 일이지요. 나는 다이코 전하와 마찬가지로 그 답답한 계율이 성미에 맞지 않아요. 그리고……."

말한 다음 살며시 가슴 앞에 손을 모아쥐었다.

"걱정이 많아 여러 사찰과 신사에 참배자를 보내고 있는 일을 그대도 잘 알잖아요."

"그렇습니까. 혹시나 하고 여쭈어본 것뿐…… 그런데 이번의 슨푸성 부역에 관한 일입니다만 생모님께서는 진심으로 반대하시는지 어떤지 가쓰모토에게 말씀해 주십시오……"

거기까지 말하자 요도 마님은 입에 손을 대고 쉿! 했다. 보니 쇼에이니가 눈을 가늘게 뜨고 두 사람의 대화를 듣고 있다.

"쇼에이니, 사카이에서 보내온 남만과자가 있었지. 그걸 대접하도록."

요도 마님은 쇼에이니를 자리에서 물러나게 하더니 한층 더 소리죽여 말했다.

"슨푸성 부역을 거절하면 큰일……이라고 말하는 것일 테지요?"

가쓰모토는 그 말에는 직접 대답하지 않고 말을 이었다.

"생모님 측근에 이상한 생각을 하는 자가 있는 것 같습니다."

"이상한 생각……이라니?"

"부역에 대해 거절할 수 없다, 그렇게 알면서도 반대한다, 그 목적은 실인즉 여러 사찰과 신사에 하시는 시주를 중지시키려는 데 있다고……"

가쓰모토는 대담하게 거기까지 말하고 요도 마님의 반응을 살폈다. 요도 마님은 이상스럽다는 듯 가쓰모토를 쏘아본 채 눈을 깜박거렸다.

"그건 대체 무슨 뜻이지요?"

"예, 여러 사찰 및 신사에 대한 축원 기도를 쓸데없는 미신이라고 믿는 사람의 생각인가 싶습니다."

그러나 상대는 아직 납득한 눈치가 아니다. 아니, 이 정도의 말로는 모르리라……고 알면서도 가쓰모토는 일부러 서두르지 않았다. 말을 서둘러 상대의 성미를 건드리면 통할 이야기도 통하지 않게 된다.

요도 마님은 잠시 사이를 두고 말을 이었다.

"가쓰모토 님, 부역에 대한 일, 나는 모르는 것으로 하고 그대 임의대로 추진시켜 주오. 그래서 쇼에이니를 물리쳤지…… 알아듣겠지요? 오고쇼에게는 의리를 지켜야 할 테니."

가쓰모토는 뜻하지 않은 말을 듣고 황급히 한무릎 나앉았다.

"그래도……그래도 괜찮겠습니까?"

요도 마님은 무엇을 꺼리는지 다시 사방을 둘러보며 고개를 끄덕였다.

"내가 이에야스 님에게 심한 미움을 품고 있다……는 소문이 세상에 자자하다면서요? 당치도 않은 소리지……슨푸성이 완성되면 나는 한 번 찾아가 볼 생각도 있어요."

가쓰모토는 더욱 뜻밖의 말을 듣고 그만 시선을 내리깔고 말았다.

'대체 본심에서 우러나온 말일까……?'

섣불리 맞장구쳤다가 여기에도 또한 아에바 부인 같은 깊은 뜻을 지닌 함정이 있다면 어떻게 할 것인가.

"가쓰모토, 저는 곰곰이 생각했어요."

"예……?"

"히데타다 님이 상경했을 때 작은대감을 교토에 보내지 않은 것은 내 잘못, 나는 죄 많은 여자였어요……."

요도 마님의 술회에는 어쩐지 거짓이 없어 보인다. 말투와 표정에 기질이 드세면서도 고독한 여인의 진정이 넘치고 있다.

가쓰모토는 숨죽이며 고개를 끄덕였다.

"어제 오랜만에 소쿤이 찾아와 나에게 들려주었어요. 이에야스 님은 센히메의 안부를 묻기 전에 으레 내가 잘 있느냐고 묻는다더군요. 그런데 나는 좁은 소견으로……."

정말로 뉘우치고 있는 모양이다. 두 눈이 불그레해지며 목소리까지 가늘게 떨렸다.

가쓰모토는 저도 모르게 그만 가슴이 뜨거워졌다. 여인들 불행의 대부분은 상대의 마음을 독차지하려는 치우친 애정의 강렬함에 있다고 가쓰모토는 보고 있다. 그것은 기질이 드셀수록 격심하고 강렬하다. 요도 마님이 성질을 부리며 다른 사람에게 고약하게 굴 때면 그러한 여인의 숙명이 역력히 드러나 보인다. 다이코에 대해서도 그랬지만, 히데요리와 이에야스에 대해서도 예외가 아니었다. 아니, 남자뿐 아니라 시녀에 이르기까지 그녀에게서 멀어지는 것을 용서하려 하지 않았다.

그러므로 이제 이 술회를 들으니 애처롭기만 했다. 이에야스가 그녀에게 호의를 보였다고 들으면 뉘우치고, 그 반대의 경우에는 곧 격렬한 분노를 나타낸다.

가쓰모토는 오늘은 벌써 그의 목적을 이루었다. 의외로 순순히 부역에 대해 그의 임의대로 처리하라는 승낙을 받은 것이다. 그러나 가쓰모토는, 그것이 사실은 중신으로서 해야 할 당연한 일이며 요도 마님이 일일이 참견하는 건 잘못이라고 잘라 말하지 못했다. 그런 의미에서 가쓰모토는 이미 성격적으로 요도 마님에게 짓눌리고 있었다.

"가쓰모토 님, 이러면 되겠지요. 그 대신 여러 사찰과 신사에 대한 시주는 못 본 척해 주세요. 우대신 히데요리와의 약속이니."

가쓰모토는 아에바 부인에 대해 좀 더 자세히 말할 작정이었으나 단념했다. 요도 마님에게 그럴 필요는 없을 것 같다.

"이제 안심했습니다. 충분히 생모님 뜻이 통하도록 주선하겠습니다."

"쉬, 쇼에이니가 돌아온 모양이에요."

또 눈짓으로 제지되어 가쓰모토는 웃으면서 어제 왔다는 소쿤에게로 화제를 옮겼다.

"소쿤 님은 이곳에 이따금 옵니까? 저는 요즈음 통 못만났습니다만."

"오랜만에 찾아왔기에 작은대감님도 청해 한잔 나누고 돌려보냈지요. 참, 쇼에이니가 가져온 저 남만과자를 소쿤이 몹시 칭찬했어요. 입안에서 봄눈처럼 녹는 그 풍미가 아주 좋다면서."

기분 좋을 때의 요도 마님은 나무랄 데 없는 분인데…… 가쓰모토는 이 착함이 해가 지날수록 이 여인의 품위가 될 듯하여 경건하게 과자를 하나 집어 들었다. 과자는 과연 맛좋았다.

"어때요, 차만으로는 흡족하지 않지요. 술을 한 잔 드릴까요……?"

"아닙니다. 그만두십시오…… 아직 할 일이 남았으니."

그 바로 얼마 뒤였다. 최근 사카이로 들어온 포르투갈 배며 포도주 종류가 많다는 등 이야기하고 있는데, 기무라 시게요시의 아들 시게나리가 허둥지둥 달려와 히데요리가 갑작스럽게 열이 나기 시작했다고 알려왔다…….

"아룁니다. 작은대감님께서 가타기리 님과 대담하신 뒤 기분이 언짢으시다면서 잠자리에 드셨는데, 그 뒤 갑자기 열이 나시며 마마일 염려가 있다고 합니다."

"뭐라고, 마마!"

가쓰모토는 저도 모르게 흰 부채를 떨어뜨렸다. 그럴 것이었다. 바로 얼마 전 그것이 시중에서 유행하고 있다고 서로 이야기했었는데…….

처녀 아내

사람들이 저마다 경험하는 시간의 흐름만큼 그 내용이 기괴하고 차이 많은 것도 없다. 사람들은 저마다의 경험을 각자의 인생이라고 부르며, 똑같은 세월의 흐름 속에 있으면서도 얼굴이 서로 다른 것같이 전혀 다른 내용을 지니게 된다.

오사카성 안에 '히데요리 님 병환' 소식이 퍼지자 사람들은 깜짝 놀라 자신의 처지와 입장을 생각했다.

"대체 무슨 병일까요?"

"천연두랍니다."

"어머나, 천연두라고요! 그럼, 생명에 지장 없을까요?"

묻는 사람도 답하는 사람도 결코 히데요리가 무사하기를 염원하지 않는 박정한 사람이라고는 할 수 없었다. 그러나 사람들은 그즈음의 천연두가 얼마나 사망률 높은 무서운 병인지 잘 알고 있었다. 열 사람 가운데 여덟까지는 살아날 수 없으며, 다행히 살아난 사람도 다시 이전 얼굴로 돌아갈 수 없는 것으로 알고 있다. 그러므로 시동과 시녀들은 무엇보다도 먼저 병이 회복된 뒤 히데요리 얼굴의 곰보를 두려워했는지도 모른다. 그러나 어른들 걱정은 대개 히데요리의 죽음에 관한 것 같았다.

"히데요리의 죽음—"

그것은 같은 오사카성 안에서 그를 섬기는 사람들 신상에 천태만상의 헤아릴 수 없는 변화를 미치기 때문이리라.

가타기리 가쓰모토는 곧 본성 한 구역을 푸른 대나무 울타리로 막아 출입을 엄하게 차단하고, 히데요시의 마지막 맥을 짚었던 의원들에게 차례로 사자를 달려 보냈다. 물론 의원만 의지한 게 아니고 요도 마님은 사방의 여러 사찰로 청원을 보냈고, 성안 여기저기에서 목욕재계며 백일기도며 온갖 비방 등이 동원되었다. 그러면서도 모두들 '죽음'에 대한 공포에서 벗어나지 못했다.

아무튼 다이코의 단 하나뿐인 핏줄이다. 그것이 허황하게 사라진다면 이 오사카성은 어떻게 되는가? 측근의 시동이며 시녀가 일을 그만두고 떠나면 그만……인 간단한 게 아니었다.

당장 양자를 세우지 않으면 막부의 손이 곧바로 뻗쳐올 것이다. 이에야스와 히데타다의 온정도 히데요리 때문에 기대할 수 있는 것인데 그 중심을 잃은 뒤 무엇이 남겠는가…… 가문의 단절이냐, 아니면 도쿠가와 가문의 가신이 성주대리로 올 것인가. 요도 마님은 어떻게 되고, 7인조는 또 어떻게 되는가? 거기서 발생될 공포며 상상도 갖가지였으니 그 동요가 세상에 드러나 보이지 않을 리 없었고, 순식간에 시름에 싸여 겉으로는 하나인 것 같지만 거기서 나타나는 움직임과 궁리는 전혀 달랐다.

우선 맨 먼저 에도로 가던 길이라면서 후쿠시마 마사노리가 문병하러 달려왔다. 물론 병실에는 들지 못하여 요도 마님을 만나 서로 눈물을 흘렸으며, 규슈 영주 다카하시 모토타네(高橋元種)가 나타나 둘이 함께 성안의 오다 쓰네마사 저택을 방문해 몇 시간 밀담한 뒤 물러갔다.

그리고 잇따라 후시미성에서 이에야스의 중신 오쿠보 다다치카가 병문안 사자로 온다는 기별이 있었다. 그 병문안은 오사카성 중신들에게 몹시 낭패감을 느끼게 했다. 가타기리 가쓰모토는 이미 만일에 경우에 대한 대비와 전염 위험성을 고려해 중신들마저 히데요리에게 가까이 가지 못하게 했고, 성안에 들어온 의사도 다시 밖으로 내보내지 않았다. 이러할 때 혼다 마사노부와 어깨를 겨루는 이에야스의 중신 오쿠보 다다치카가 찾아온다. 이것은 단순한 병문안이라기보다 만일의 경우 어떻게 할 것인지 살피러 오는 게 아닐까……라고 추측해도 결코 이상하지 않은 염려였다.

오다 쓰네마사의 저택에 오노 하루나가, 하야미즈 가이, 호리 히데마사가 모여 이 성에서 으뜸가는 장로격인 오다 우라쿠를 불러야 하지 않겠느냐고 했을 때는 그들의 가슴속에도 벌써 만일에 경우에 대한 복안이 저마다 서 있는 것 같았다.

사람 좋은 오다 쓰네마사는 곧 우라쿠를 불러, 여전히 비뚤어진 태도의 그를 앞에 두고 바로 비밀회의를 시작했다.

"가쓰모토 님이 우리들을 병실에 접근시키지 않는 것은 만일의 경우 서거를 감추기 위한 준비인 듯한데 어떻게 생각하시는지?"

오노 하루나가가 입을 열자 하야미즈 가이가 곧 응수했다.

"물론 저도 그렇게 생각합니다. 그래서 만일의 경우 가쓰모토 님이 어떻게 할 작정인지 아우되시는 사다타카 님에게 은밀히 물었더니 자신도 형님에게 물었다가 꾸중만 들었답니다."

"그런 말은 아직 입에 담지 마라, 요도 마님 귀에라도 들어가면 어떻게 할 작정이냐는 뜻이었다고 하셨지요."

옆에서 하야미즈 가이가 덧붙인 것은 동석한 우라쿠에게 빨리 사정을 알게 하여 자기들 의견을 들려주기 위해서였다.

하루나가가 그 뒤를 이었다.

"실은 만일 서거하시는 경우 곧바로 오고쇼에게 청해 지금 오와리와 기요스의 성주인 넷째 아드님 다다요시 님을 양자로 세우도록······하자는 후쿠시마 마사노리 님의 의견이었습니다만······실은 그 다다요시 님도 지금 앓아누워 계십니다."

우라쿠는 무뚝뚝한 표정으로 여러 사람의 얼굴을 흘끔흘끔 둘러보기만 했다.

"그래서 우리 세 사람이 여러 가지로 의논한 결과, 오쿠보 다다치카 님이 오셨을 때 선수를 써서 이 성에도 한 번 오신 적 있는 여섯째 아드님인 다다테루 님을 만일의 경우 양자로 주시도록 은밀히 부탁해 둘까 하고······."

여기까지 말하자 우라쿠가 불쑥 비꼬듯 되물었다.

"뭣 때문에?"

"물론 도요토미 가문의 존속을 위해서지요."

"그것만이 아니겠지. 도요토미 가문의 존속을 위해서라면 다이코가 한 번 양자로 삼았던 유키 히데야스 님에게 아드님이 있잖나?"

"그러나 히데야스 님은 오고쇼며 쇼군과 사이가 그리 좋지 않은 모양이므로."

우라쿠는 요즈음 기른 가느다란 턱수염을 만지작거리며 되물었다.

"그럼, 센히메는 어떻게 할 셈인가? 설마 아저씨인 다다테루 님과 혼인시킬 수야 없지."

"그렇군, 여자들의 불행은 더 마음 언짢아. 요도 마님은 그런대로 납득한다 해도 센히메의 일이 뒤에 남는군."

쓰네마사가 참견하자 우라쿠는 이것도 눈길로 흘끗 눌러버렸다.

"나는 다다테루 님을 맞이하는 데 찬성하지 못하겠다는 게 아니오. 그러나 너무 자기 속셈만 차리다가 중요한 것을 생각에서 빠뜨리지 말라고 주의 주는 거야."

"자기 속셈……?"

하루나가가 따지고 들자 우라쿠는 하야미즈 가이에게 눈길을 돌렸다.

"다다테루 님이라면 예수교 신자로 만들 수 있는 분……이라는 계산을 하고 있지 않단 말이오? 그분은 벌써 부인을 맞았소. 다테 마사무네 님 따님을. 이분은 호소가와 다다오키의 부인 가라시아 님처럼 열렬한 예수교 신자인 모양이던데?"

하야미즈 가이의 볼이 붉게 물들었다. 물론 수치심에서가 아니라 오히려 투지를 자극당한 그런 눈치였다.

"그럼, 부인이 예수교 신자이기 때문에 반대하신다는 말씀인가요?"

"음, 서두르지 마오. 만일의 경우 도요토미 가문의 존속이 먼저인가, 아니면 나 자신의 종교를 위해 움직여야 하는가 확실히 규정짓고 일을 시작해야지. 그보다도 만일의 경우 센히메를 어떻게 할 작정인지 오쿠보 님에게 똑똑히 말하지 않으면 오고쇼께서 불쾌하게 여기실 거야. 다다테루 님은 아드님이므로 귀여울 테지만 센히메는 손녀지. 손녀이므로 쇼군에 대한 의리도 있을 게고, 세상 체면도 있지."

하루나가가 중재하듯 맡고 나섰다.

"과연……그렇다면 우라쿠 님은 센히메 님에 대한 일을 잘 생각해 둔 경우 다다테루 님을 청하는 데 굳이 반대하지 않겠다는 말씀이오?"

우라쿠는 이번에는 비웃음을 지었다.

"또 한 가지 생각해 두지 않으면 난처해질 게 있지. 알겠소, 다다테루 님은 요도 마님과 완전한 남이오, 그렇지만 센히메는 마님의 조카딸이지. 어떻소? 조카딸을 쫓아내고 남을 맞아들이다니―피는 물보다 진하잖소."

"그 점이라면……"

하루나가는 말하려다가 입을 다물었다. 자기가 요도 마님의 총애를 받고 있는……규방의 정부로서 그녀를 납득시킬 자신이 있다……는 따위로 인식된다면 괴롭기 때문이었다.

"잘 알았습니다. 아무튼 그런 일이 없기를 빌지만, 오쿠보 님으로부터 질문받을 경우 대답할 수 있는 준비는 해두어야 할 것 같아서."

"잠깐, 그 전에 또 한 가지 있어."

"또 한 가지……?"

"가타기리 가쓰모토야. 가쓰모토에게 이의가 있는지 없는지 물어보아서 손발이 맞지 않는 모습을 오쿠보 님에게 결코 보여서는 안 되지."

바로 그때였다. 쓰네마사의 시동이 나타나 대청 가에 부복했다.

"아룁니다. 지금 센히메 님께서 사카에를 데리고 우라쿠 님을 뵈러 이곳에 오셨습니다."

"뭐, 센히메가……!"

쓰네마사가 놀라며 소리치자 순간 모두들 서로 얼굴을 마주 보았다.

우라쿠는 미간에 깊은 주름살을 지으며 고개를 갸웃거렸다.

"무슨 일일까, 이 늙은이한테……좋아, 드시게 해라."

일부러 찾아왔는데 거절할 이유는 전혀 없다. 우라쿠의 대답으로 센히메는 곧 여러 사람 앞으로 왔다. 놀라우리만큼 키가 자랐다. 물론 아직 부부생활을 할 만한 몸은 아니지만 부풀어 오르기 시작한 앞가슴의 굴곡은 어린아이라고만 할 수 없는 신선한 느낌이었다.

"센히메 님은 어떻게 지내셨습니까?"

우라쿠가 손을 잡듯이 하여 윗자리에 앉히자 센히메는 잔뜩 벼르고 온 듯 우라쿠에게 말했다.

"가쓰모토 님을 꾸짖어줘요. 가쓰모토는 센히메에게 작은대감 병문안을 못 하게 했어요."

"이런, 무슨 말씀을……마마라는 병은 전염병. 가쓰모토가 아니더라도 말리는 것은 당연한 일, 우라쿠도 가쓰모토와 같은 의견입니다."

아마도 그 말이 나오리라 생각하고 있었기 때문에 우라쿠는 대담하게 강경히 거절했다.

그러나 센히메는 상대의 말 같은 것은 전혀 들으려고도 하지 않았다.

"작은대감은 제 남편이 아닙니까? 병이 옮는 게 두려워서 아내가 남편의 병문 안도 안한다면 여자의 도리를 벗어난대요."

"그, 그런 말을 대체 누가 했습니까?"

"소쿤도 말하고 글씨 공부 때문에 오는 쇼사이도 말했어요. 아, 그리고 청지기 이시아미(石阿彌)도 그랬어요."

"그건 그 사람들이 마마가 얼마나 무서운 병인지 아직 잘 모르는 까닭입니다. 그렇잖소, 사카에 님? 만일……."

말하며 우라쿠는 좌중을 둘러보았으나 공교롭게도 여기 모인 사람 중에는 얽은 얼굴이 없었다.

"병문안하시다가 병이 옮으면 다행히 살아난다 해도 그 구슬 같은 얼굴이 짓밟힌 말똥처럼 되어버립니다. 그래도 센히메 님은 좋단 말이오?"

센히메는 간단히 고개를 저었다.

"걱정 말아요. 나한테는 마마가 옮지 않아요."

"허허, 어떻게 알 수 있습니까?"

"그렇지, 사카에? 나는 벌써 마당에 검은콩을 나이만큼 심어두었지?"

"아니, 뭐라고! 검은콩……?"

"그래요, 잘 볶아서 새까맣게 탄 콩이오."

"허허, 이런. 대체 무엇 때문에 그렇게 한 겁니까?"

"그 콩이 싹 날 때까지는 마마에 걸리지 않도록 빌었어요…… 그 콩을 심어두었으니 걱정 말아요."

기가 막혀 우라쿠는 사카에를 향해 돌아앉았다.

"사카에 님, 그대였겠지, 센히메 님에게 그런……?"

사카에로서는 뜻밖의 혐의였다. 과연 그녀는 히데요리의 딸을 낳았다. 그리고 함께 다시 센히메 곁으로 돌아가 그 딸을 기르고 있으며, 그 뒤로는 결코 히데요리의 부름에 응하지 않았다. 자기가 낳은 젖먹이는 10살인 센히메의 자식으로 키우고 있다. 그런 일에 대한 후회와 자책이 마음에서 떠날 날 없어 늘 조용히 여러 사람 그늘에서 살아가고 있다.

그것을 우라쿠는 오해하고 있는 눈치다. 사카에가 히데요리를 만나고 싶어 아무엇도 모르는 센히메를 선동하고 있다……고 보는 모양이다.

사카에가 고개 숙인 채 대답하지 않자 우라쿠는 다시 센히메 쪽으로 돌아앉았다.

"센히메 님은 그런 쓸데없는 방법이 들으리라고 생각하십니까? 새까맣게 볶은 콩은 물론 싹이 나지 않지요. 하지만 병자 옆에 가게 되면 그 얼굴에 불쑥 콩알이 생겨 얼굴 전체에 퍼져 죄어들어갑니다."

우라쿠는 필요 이상으로 얼굴을 일그러뜨리며 말했으나 센히메는 고개를 가로저을 따름이었다.

"그래도 좋아요. 나는 병문안을 해야겠어요."

"사카에 부인과 함께?"

"아니, 사카에는 그때 데리고 가지 않겠어요. 사카에는 작은대감의 아내가 아니니까."

"그럼, 혼자서 기어코 얼굴을 뵈러……?"

"그래요, 얼굴만 보아도 좋아요. 그리고 작은대감의 나이만큼 볶은 콩을 처마 끝에 심고 오면 되지요. 단지 그것만 하면 되니까 가쓰모토를 나무라주세요…… 네?"

사랑스럽게 고개를 갸웃거리자 우라쿠는 좀 난처해졌다.

"센히메 님은 그렇듯 작은대감이 좋소?"

센히메는 서슴지 않고 고개를 끄덕였다.

"센히메 님은 지금 작은대감에게 죄를 짓고 있대요."

"죄를 짓다니요……?"

"그래요. 내가 너무 어려서 아내이면서도 작은대감 옆에 가지 못해요. 그러므로 작은대감은 말할 수 없는 고생하신대요."

우라쿠는 어이가 없어 다시 한번 좌중을 둘러보고 사카에 부인을 돌아보았다.

"대체 누가 그런 말을……?"

"작은대감이 하신걸요……."

대답하고 잠시 생각하는 얼굴이 되더니 말을 이었다.

"그렇군, 어머님께서도 말씀하셨지. 빨리 자라서 센히메가 어린애를 낳아주지 않으면 큰일이라고 하셨어요."

우라쿠는 어쩔 줄 모르며 고개를 끄덕이다가 다시 가로젓기도 했는데⋯⋯아무튼 세상의 풍파가 미치지 않는 곳에서 자란다는 것은 기묘한 일이었다. 가르쳐준 일의 선악에 대해 비판할 수 없는 것은 고사하고라도, 이 세상의 상식적인 수치감이나 사양하는 마음과는 전혀 다른 감정과 감각을 지니게 되는 모양이다.

"그럼, 작은대감은 이따금 센히메 님 곁에 가시는 일이 있는 모양이군요."

"작은대감은 언제나 내게 친절하세요. 빨리 함께 살게 되도록 어서 크라고 말씀하시지요⋯⋯."

우라쿠는 급히 화제를 돌렸다.

"그러면 센히메 님은 무슨 일이 있어도 병문안을 단념하지 않으시겠다는 거로군요?"

"단념할 일이 아니지요. 병이 옮아와 죽더라도 할 일은 해야 해요. 지금 곧 저와 함께 가서 가쓰모토 님을 나무라주세요."

한번 말을 내놓은 이상 물러서려 하지 않는다. 아직 삶도 죽음도 사랑도 공포도 모르는 채 양지쪽에서 헤엄치고 있는 아름다운 한 마리의 금붕어에 지나지 않는다.

"그러시다면 한 번 안내하지요. 그리고 가쓰모토를 나무라보지요."

"그렇게 해줘요. 자, 가자, 사카에."

들뜬 마음으로 일어서면서 모든 사람들에게 눈인사를 했다.

"실례했어요. 여러분도 회복을 빌어줘요."

사람들은 모두 입을 모아 소리쳤다.

"예⋯⋯."

할 수 없이 일어나 걸어가면서 우라쿠는 가슴이 답답해져 오는데 어찌할 바 몰랐다. 인간의 생활이란 이 얼마나 귀찮은 거미줄에 얽혀 있는 것일까. 히데요리가 병났다⋯⋯는 그 일만으로 오사카성뿐만 아니라 일본 전국의 여기저기서 이상한 소동이 벌어지려는 눈치다. 모두가 진심으로 히데요리의 몸을 염려해서가 아니라 히데요리라는 장식품이 없어진다면 그 대신 무엇을 꾸며놓느냐는 걱정에 서이고 보니 이것은 결코 순수한 애정이라고만 할 수 없었다.

그런 점에서는 외곬으로 흐르는 센히메의 마음이 오히려 훨씬 많은 진실을 간직하고 있다. 병이 얼마나 무서운지 모르는 탓도 있겠지만 죽어도 좋으니 문병 가야겠다는 마음에 전혀 티를 찾아볼 수 없다.

"센히메 님, 가쓰모토에게 직접 따지기 전에 또 한 분 담판해 두어야 할 사람이 있을 것 같소."

"또 한 사람……누구지요?"

"어머님입니다. 그렇지, 이 우라쿠가 어머님에게 부탁해 드리지요. 그리고 어머님과 함께 둘이서 가쓰모토를 나무라지요."

"정말 그렇게 하는 게 좋겠네."

"아니, 가만있자."

우라쿠는 걸어가면서 차츰 안타까운 생각이 들었다. 상대가 순진할수록 병실에 들여보내서는 안 된다는 생각이 들었다. 우라쿠로서는 드문 일이었다. 아니, 이것이 진실한 우라쿠라고 해도 좋을 듯하다.

상대가 비꼬인 사람이라면 그 이상으로 애먹이고도 꿈쩍하지 않는 우라쿠였으나 청순하고 아름다운 것 앞에서는 농담 한마디 할 수 없게 되는 게 우라쿠의 본질인지도 모른다.

"센히메 님, 센히메 님은 또 한 가지 소중한 것을 잊고 계셨군요."

"소중한 것을……? 무엇을 잊어버렸을까?"

"그것은 작은대감 일이오. 어머님과 가쓰모토가 머리맡에 들어가도 좋다고 하시지만 만일 작은대감님이 그건 안 된다……고 하시는 경우를 아직 생각해 보지 않았군요."

"그렇지만 작은대감은 그런 말씀 안 해요. 나는 잘 알고 있는걸요."

"아니, 그것은 지레짐작이지요. 작은대감은 센히메 님을 사랑스럽고 소중한 존재로 생각하고 계시거든요. 그렇다면 만일 자기 병이 옮아 센히메 님이 앓게 된다면 큰일……이라고 생각해서서 못 오게 하시는 경우가 없을 거라고 할 수 없지요."

우라쿠의 말이 급소를 찌른 듯 센히메는 얼른 대답하지 못했다.

우라쿠는 일부러 뒤돌아보지 않고 부채로 햇빛을 가리면서 본성 모퉁이를 지나갔다.

"아무튼 모든 것은 어머님께 호소해 작은대감에게 여쭈어본 뒤의 일이니, 자, 빨리 가십시다."

센히메는 그 말에도 아직 대답이 없다. 어쩌면 히데요리가 만나지 않겠다고 거절하는 경우의 일이 무척 근심되기 시작했는지도 모른다. 우라쿠와 센히메와 사카에 부인은 말없이 내전으로 들어갔다.

사카에 부인을 대기실에 남겨두고 요도 마님의 방에 들어가니 가타기리 가쓰모토가 와 있고 아에바 부인, 오쿠라 부인, 쇼에이니 등이 얼굴을 맞대고 무언가 이야기하고 있는 중이었다.

"오, 우라쿠 님……."

쇼에이니가 뒤돌아보고 인사말을 던지자 그 뒤를 따르는 센히메를 본 가쓰모토가 당황해 꿇어엎드렸다.

"센히메 님도 함께 오셨군요."

"어머님, 안녕하셨어요."

센히메는 여느 때처럼 먼저 요도 부인한테 인사하고 당연한 일처럼 그 옆에 자리 잡고 앉았다.

"오, 센히메는 왜 또 이렇게 마구 돌아다니는 거지. 고약한 병이 나도는 때……."

요도 마님은 한마디 했지만 때가 때인 만큼 결코 못마땅한 기색은 아니었다.

"그대도 작은대감의 병환을 염려해 나왔겠군?"

센히메는 똑똑하게 대답했다.

"네. 무슨 일이 있어도 병문안 드려야겠는데 가쓰모토 님이 허락하지 않아요. 그래서 우라쿠 님한테 의논드리러 갔었어요."

지체 없이 우라쿠가 그 뒷말을 가로맡았다.

"아무도 가까이 못 하게 하는 게 좋은 병, 그러므로 가쓰모토가 못하시게 말리는 것은 당연한 이치라고 말씀드렸습니다만 듣지 않으시는군요. 남편 병환에 아내가 문안하지 못하다니 말이 되느냐, 비록 죽는 한이 있더라도 병문안하는 게 도리……라고 하시면서 가쓰모토를 나무라 달라는 말씀이십니다."

"원, 저런……센히메가 그런 소리를……?"

그 한 마디에 요도 마님의 눈은 새빨개졌다.

'그렇군, 여기 또 한 사람 아무 조건 없이 히데요리를 염려하는 분이 계셨구나…….'

우라쿠는 눈길을 피하면서 말했다.

"그래서 저는 가쓰모토의 말이 정당한지 아니면 센히메 님 말씀이 옳으신지 어머님께 여쭈어보자고……모셔왔지요. 가쓰모토가 잘못이었다면 어머님께서 나무라주십시오. 그리고 센히메 님을 히데요리 님 머리맡으로 모셔가십시오.”

이 말에 크게 감동 받은 듯 여인들 사이에 속삭임의 물결이 일었다.

가타기리 가쓰모토는 잠시 당황하는 모양이었다.

“참으로 지당하신 말씀…… 그러나 가쓰모토는 우라쿠 님께 좀 드릴 말씀이 있습니다. 우라쿠 님, 별실로…….”

“나를? 그러나 나한테는 안된다고 해도 쓸데없지.”

센히메 쪽을 흘끗 보면서 우라쿠는 말했다.

“어머님께서 어느 쪽 말이 옳다고 하실지 그것으로 결정되니까.”

그리고 자리에서 일어나 가쓰모토의 뒤를 따라 복도로 나갔다.

가쓰모토는 성급히 거실을 떠나 복도 한가운데에서 걸음을 멈추었다.

“우라쿠 님, 실은 작은대감의 병환은 천연두가 아니었소.”

“뭐, 뭐라고, 그럼……?”

“쉬…….”

가쓰모토는 사방을 둘러보았다.

“그런 결정이 내려진 것은 어제 일이오. 그러나 나는 생각했지요. 아직 얼마 동안 그대로 두고 성안의 인심 동향을 좀 살펴보자. 그도 그럴 것이, 작은대감이 돌아가실 것으로 지레짐작한 나머지 여러 사람들의 움직임이 엿보이오. 이것은 하늘의 혜택, 그 동향의 물결을 확인해 두지 않으면 안 될 듯싶어서.”

가쓰모토는 진지한 표정으로 다시 사방을 둘러보았다.

우라쿠는 어처구니가 없었다.

‘히데요리의 병은 천연두가 아니었구나……!’

그것은 생명에 별 지장이 없다는 뜻이며, 지금까지 그들이 떠들어댄 건 모두 헛소동이었던 게 된다.

그런 줄도 모르고 우라쿠 역시 사방으로 여러 사람들을 꾸짖고 돌아다녔던 게 아닌가. 항간에서 유행하는 악성병이 어째서 그리 쉽사리 성안으로 들어왔는가…… 이것은 성안의 풍기문란 때문이 아니고 무엇이냐. 무사들은 정체불명의 떠돌이며 장사꾼들을 예사로 가까이하고 여자 광대마저 끌어들이며 정신을 못 차린다. 시녀들도 마찬가지로 광대며 예능인들을 불러들여 색에 빠져 넋을 잃는 등……그 천벌이 작은대감 위에 떨어진 것이다……라고 요도 마님도 들으라는 듯이 떠들어대며 돌아다녔다.

'그런데 마마가 아니었단 말이지……!'

걸음을 멈춘 채 우라쿠는 웃음을 터뜨렸다.

"헛허허……가쓰모토, 그대는 고약한 사람이군."

"쉿……."

"아니, 그렇지 않을지도 모르겠는걸. 이 우라쿠도 똑같은 일을 했을는지 모르지. 일단 정말로 믿었다, 그런데 그 때문에 여러 가지 파동이 일어나고 그 파동이 점점 크게 소용돌이치기 시작할 때 그렇지 않다는 게 밝혀졌다…… 그렇게 되면 누구나 그대와 같은 장난기가 생길 테니까. 아니, 이것은 가쓰모토 그대처럼 고지식하게 인심의 동향을 살핀다고 하지 않고 자연의 익살로 여겨 재미있게 내버려 두는 거야."

"그런 말씀을 하시니 저도 마음이 후련해집니다. 아무튼 이로써 슨푸성 부역에 대한 일은 해결되었습니다."

"과연 이것은 작은대감의 운이 열리는 계기가 될지도 모르겠는데."

가쓰모토는 겸연쩍은 듯 말했다.

"그런데……이 일을 생모님이며 여러 사람들한테 언제 어떻게 발표해야 좋을지."

우라쿠는 다시 크게 웃어젖혔다.

"흐흐흐……이렇게 되면 나도 한몫 끼어서 다시 한번 헛대포를 쏘도록 해주지 않겠소? 정말 근래에 드문 멋진 연극거리인데."

"그 말씀은……?"

"여태껏 그대 혼자서 재미를 보았으니 이번에는 우라쿠가 즐겨야지. 자, 돌아가 한 번 공포를 쏘아보세."

우라쿠는 다시 한번 소리죽여 웃더니 곧 다시 엄숙한 얼굴이 되어 요도 마님의 거실로 돌아갔다.

거실에서는 모두들 긴장하여 숨죽인 채 기다리고 있었다.

들어서자마자 우라쿠는 자리에 앉기도 전에 대뜸 말했다.

"이거 큰일 났군! 작은대감은 벌써 십중팔구……아니, 그럴 것 없지. 이렇게 된 바에는 옳는 걸 가릴 계제가 아니오. 작은대감을 병문안하지 않으면 죽을 수도 없다는 사람이 있으니 먼저 센히메 님을 병문안하시게 한 뒤, 누구 할것없이 모두 문안드리도록 해야 하오. 그렇지요, 가쓰모토 님?"

"그, 그, 그렇습니다."

"그럼, 센히메 님, 우라쿠가 안내하지요. 모처럼 진심에서 우러나신 병문안이니 볼을 부비셔도 좋고 뭐든 하셔도 좋습니다."

"네, 그럼, 빨리……."

센히메는 활기 있게 일어났으나 요도 부인은 눈을 크게 뜬 채 얼어붙은 듯 꼼짝도 하지 않았다.

가쓰모토의 경우는 어디까지나 진지했으나 우라쿠는 완전한 장난이었다. 죽을 염려가 없는 줄 알게 된 다음이므로 한층 더 지독한 장난이 되었다. 우라쿠는 목석처럼 굳어 있는 요도 부인은 거들떠보지도 않고 센히메를 데리고 성큼 복도로 나갔다.

가쓰모토는 얼른 일어날 수 없어 한동안 서성거리다가 혼잣말을 했다.

"그렇지, 저도 입회해야. 실례—"

몹시 염려스러운 표정을 지으면서 도망쳤다.

그렇게 되자 그 뒤에는 물을 끼얹은 듯 조용해졌다.

"누구 없느냐. 저 새를 쫓아버려라. 귀찮아 못 견디겠구나."

소리 높은 요도 마님의 짜증에 모두들 깜짝 놀라 얼굴을 들어보니 분명 뜰에 참새떼들이 지저귀고 있다.

시녀 하나가 서둘러 일어나 탁탁 손뼉 치며 소리 질렀다.

"훠어이!"

그러나 사람을 두려워해 본 적 없는 성안의 참새들은 그 정도로 날아가지 않았다.

"훠어이……."

시녀가 또 한 번 소리 지르자 두 번째 짜증이 터졌다.

"귀찮다! 그냥 내버려 둬."

시녀들은 오히려 마음 놓았다. 어차피 기분 좋을 리 없다. 화낼 만큼 내게 해놓고 나서…… 그러나 뭐라고 위로할 방법이 있단 말인가……? 다시 한번 '히데요리'가 얼마나 큰 존재인지 모두들 깨닫게 되었다. 히데요리가 없으면……이 오사카

처녀 아내 307

성은 대체 어떤 뜻을 지니게 될 것인가……?

'다이코님의 단 하나뿐인 혈육……'

그것은 눈에 보이지 않으면서도 실은 이 성을 지탱하고 있는 모두였다. 후계자가 없으면 한 집안이 없어져 버린다는 것은 관념상의 생각이기도 하지만, 히데요리의 존재는 그보다 더 대단하다. 히데요리가 없다면 요도 마님도, 모든 사람의 꿈도, 생활도, 자랑도, 고집도, 대립도 흔적 없이 사라질 수밖에 없다.

지금까지 막대한 황금을 기증해 몇십 군데의 사찰을 수리하고 건립해 온 일은 대체 어떻게 되는 것일까…… 쇼에이니의 생각이 거기에 이르렀을 때 느닷없이 요도 마님이 경련하듯 울음을 터뜨렸다. 분명 똑같은 생각에 어머니로서의 애달픈 애정이 겹친 탓이리라.

"마님, 아직 희망이 완전히 없어진 건 아니니……"

아에바 부인이 가슴 위로 십자를 그으며 열심히 기도하기 시작했다.

"아에바, 그만둬요. 이젠 아무도 의지하지 않겠어."

"그렇다고 작은대감님을 그냥……"

"좋아! 신불이 모두 내게 등을 돌려도 좋아. 이젠 의지하지 않겠어. 아무도 믿지 않겠어……"

요도 마님은 부르짖더니 찢어질 듯 입술을 깨물며 다시 몸부림쳐 울부짖었다.

"이렇게 될 줄 알았더라면 방법은 얼마든지 있었는데. 오카메의 자식이든, 오만의 자식이든 얻어놓았더라면 좋았을걸……"

말하다 보니 역시 푸념이 이어졌다.

요도 부인의 가슴에 인생의 절박한 소슬바람을 불러일으켜 놓고 출입이 금지된 히데요리의 병실에서는 우라쿠가 흐뭇한 마음으로 장난의 그물을 더욱 크게 펼치고 있었다.

그는 센히메를 데리고 들어가 거기 있던 시의들을 곧 밖으로 내보냈다.

"자, 작은대감의 손을 꼭 잡으십시오. 그래야 작은대감의 고통이 센히메 님 몸으로 옮겨와 작은대감이 편해지실 겁니다."

장난하는 데도 인품이 나타나게 마련이다. 우라쿠는 요도 마님뿐 아니라 센히메에게까지 심술사나운 극한의 고통을 주어놓고 그 결과를 즐기려는 모양이었다.

센히메는 시키는 대로 히데요리의 손을 잡았다. 히데요리는 열이 내린 듯 수척해져 퀭한 눈으로 센히메를 멍하니 쳐다 본다.

"정신 차리세요. 네, 작은대감님."

어린 아내는 진지한 표정으로 그 눈동자 위로 얼굴을 가져갔다.

우라쿠가 다시 입을 놀렸다.

"좀 덜 아프시오? 센히메 님이 대신 아파지셨나요? 센히메 님이 고통스러워지는 만큼 작은대감은 낫는 겁니다."

센히메는 그 말대로 자기 심장의 고동 소리를 들어보려는 듯 숨을 죽였다. 자기 몸으로 히데요리의 고통을 헤아려보려고 애쓰는 모습이 못 견디게 애처로웠다.

"어떻습니까, 조금 괴로워지셨습니까?"

센히메는 안타까운 듯 고개를 저었다.

"흠, 아직 고통이 옮겨오지 않는군. 그럼, 센히메 님의 진심이 통하지 않는 건지도 모르겠군요."

"어떻게 하면 좋겠어요?"

이때 가타기리 가쓰모토가 들어왔으나 우라쿠는 쉿! 하고 그도 눌러버렸다.

"어떻습니까? 이제 차츰 고통스러워질 때가 되었을 텐데요?"

센히메의 눈동자에 눈물이 방울방울 맺혀 주르르 볼을 타고 흘러내렸다. 히데요리는 다시 눈을 감아버리고 말았다.

그런 두 사람의 모습을 우라쿠는 실눈을 뜨고 한동안 바라보다가 중얼거렸다.

"그렇군. 센히메 님은 볶은 콩을 가지고 오셨겠지요. 그렇지요?"

센히메는 고개를 끄덕이면서 한 손으로 가만히 가슴을 더듬었다.

"그 볶은 콩을 심으십시오. 아시겠습니까, 내 몸을 대신해도 좋으니 작은대감 목숨을 구해주십시오……라고 빌면서 심으셔야 합니다. 아니, 그렇게 빌면 이번에는 정말 센히메 님이 병날지도 모릅니다. 그러니 그렇게 돼도 좋다고 여기신다면 말입니다."

센히메는 한동안 우라쿠의 말뜻을 풀어보려는 듯 생각에 잠기더니 고개를 끄덕였다.

"센히메 님 쪽이 죽어도 좋으신가요?"

센히메는 심각한 얼굴로 다시 고개를 끄덕였다. 그리고 히데요리의 손에서 조용히 오른손을 떼더니 입을 굳게 다물고 새까맣게 볶은 콩을 꺼내 들었다.

"처마 밑에 심으면 되겠지요?"

우라쿠는 애처로운 듯 몸소 일어나 조용히 함께 마루로 나갔다.

"나이만큼 심는다……고 했지요?"

"네, 그건 벌써 세어놓았어요. 이 싹이 트지 않으면 도련님은 살아나는 거예요."

"아니, 그것만이 아니지요. 센히메 님이 대신 목숨을 바치겠다는 그 진심으로 병이 낫는 겁니다."

우라쿠는 드디어 센히메에게 지기 시작한 것 같았다.

센히메는 우라쿠가 내주는 칼끝으로 처마 밑에 구덩이를 파고 새까맣게 탄 콩을 한 알 한 알 심었다.

마음속으로 기도 말을 되풀이하는 듯 조그만 입술이 움직이다 말고 그럴 때마다 눈을 감았다.

"됐습니다. 모두 13알이군요. 자, 손을 씻으셔야지요."

어지간한 우라쿠도 의심할 줄 모르는 순진성에 손든 모양이다. 마루 끝에 서서 바라보는 그의 눈도 역시 붉게 물들어가고 있었다.

"이러면 정말 병환이 나으실까요?"

"낫고말고요……."

우라쿠는 센히메를 마루 위로 끌어 올려 손수 물통에서 바가지로 물을 퍼 끼얹어주었다.

"자, 이제 다시 한번 작은대감 손을 꼭 붙잡아드리시는 게 좋겠군요."

이쯤까지는 우라쿠의 장난도 아직 질이 나쁜 것은 아니었다. 그러나 센히메의 순진한 언동에 묘한 감동을 느끼고부터 더욱 비뚤어진 본바탕이 드러나기 시작했다.

센히메가 다시 히데요리의 손을 잡자 우라쿠는 가쓰모토의 귀에 입을 가져갔다.

"의원을 한 사람……다만 내 말에 고개만 끄덕이도록 하면 되오. 아무 말도 하지 말라고 엄숙히 일러 이리로 불러주오."

그리고는 거칠게 히데요리를 흔들어 눈을 뜨게 했다.

"작은대감! 오, 얼굴빛이 아주 놀랍도록 좋아지셨습니다. 이건 기적이로군! 기적이 일어났어. 어떻습니까, 뭐, 훨씬 편해졌다고요…… 그럴 겁니다. 좋습니다, 좀 일어나시는 게 좋겠습니다."

이렇듯 난폭한 노인은 다시 없을 것이다. 뭐가 뭔지 모르는 채 멍하니 있는 히데요리를 억지로 일으켜 앉혀놓고 그 등에 이불을 덮었다.

어쩌면 우라쿠의 몸에도 형 노부나가와 마찬가지로 생각나면 그냥 가만히 있지 못하는 색다른 사람 피가 흐르고 있는지도 모른다. 노부나가는 그것을 '천하포무'라는 목적에 집중시켜 밀고 나갔으나 우라쿠의 한평생에서는 그럴 필요가 없었다. 그러므로 그는 모든 사물을 비꼬고 인간의 약점과 우매함을 헐뜯으면서 겨우 만족을 얻으려는 것인지도 모른다.

우라쿠는 괴상한 소리를 질렀다.

"여, 시의 양반, 이리로 오오. 작은대감의 병세가 바뀌었소. 누구든 얼른 어머님께 기별하구려. 그렇다고 증세가 악화한 것은 아니야. 단번에 나아 버리셨으니까. 보시오, 이 생생한 얼굴빛을……"

그때는 벌써 의원 한 사람이 와 있었다. 눈앞에서 어쩔 줄 모르며 우물거리고 있는 의원에게 우라쿠는 사방이 찌렁찌렁 울리는 소리를 질러댔다.

"빨리 오오, 어서. 어떤가, 이 기적은……? 이래도 의원들은 마마에 걸려 중태라고 하겠나……? 천만에, 그렇지 않아. 확실히 나으셨단 말이야. 큰 기적이라고! 아무렴, 그렇고말고. 여부가 있나. 이건 모두 센히메 님의 정성이 통해서인 거야."

거기까지 말하고 우라쿠는 또 탈선했다. 생글생글 기뻐하며 히데요리를 들여다보고 있는 센히메가 갑자기 얄미워졌던 것이다.

"이거, 큰일 났군. 그 대신 센히메 님이 기절하셨어."

우라쿠처럼 극단적이지는 않더라도 사람은 누구나 얼마쯤 비뚤어진 데가 있는 법이다. 그러나 우라쿠는 좀 지나친 데가 있다. 센히메의 진지한 순정에 맞부딪쳐 그대로 확 열을 올리다가, 기뻐하는 것을 보자 이번에는 다시 밑바닥까지 끌어내리려 든다.

"이거, 안 되겠군. 어디 손을 내밀어보십시오. 아, 맥이 없다. 큰일 났군. 센히메 님의 숨이 끊어졌다."

우라쿠의 버릇을 잘 아는 어른이라면 웃어넘길 것이나, 상대는 우라쿠의 말에 완전히 말려들어 자신의 기도가 그대로 이루어진 것으로 믿고 있는 센히메였다.

순간 센히메는 히데요리의 손을 잡은 채 쓰러져버렸다.

"음."

"우라쿠 님, 무슨 일을……."

당황해 붙들어 일으키려는 가쓰모토를 뿌리치듯 말리고 우라쿠는 히데요리의 맥을 짚어보려는 의원을 꾸짖어댔다.

"바보 같은 놈! 병자는 이쪽이야. 빨리 정신차릴 약을 줘야지."

의원은 당황해 센히메를 붙들어 일으켜 맥을 짚으면서 호흡을 살리기 시작한다.

히데요리의 눈이 차츰 커지더니 센히메와 의원에게서 멈추었다.

우라쿠는 단정하게 자세를 가다듬고 포수에게 몰린 교활한 여우 같은 얼굴이 되었다. 요도 마님의 거실에서 쇄도해 올 발소리를 기다리고 있는 것이다.

"오, 들려오는군, 가쓰모토……."

"그렇군요, 시녀들도 모두 달려오는 모양인데."

"알겠지, 설명은 모두 내게 맡겨두오. 저들에게 사실을 이야기해 줘야 아무 소용도 없으니."

가쓰모토도 그런 생각이 들어 고개를 끄덕였다.

"의원들도 입을 열지 마라."

아무튼 마마가 아니라는 것을 한동안 숨겨둔 장본인은 가쓰모토이다. 그것을 우라쿠가 능란한 재치로 멋지게 마무리해 준다면 고지식한 가쓰모토로서는 큰 도움이 된다.

"뭐, 작은대감이 일어나셨다고……?"

어지러운 발소리가 들리고 이어 장지문이 열리는 순간 우라쿠는 꿇어엎드렸다.

"생모님, 축하드립니다. 있을 수 없는 기적이 일어났습니다."

요도 마님은 그 순간 자기 눈을 의심하는 듯 우뚝 서버렸다. 바로 조금 전 당장 숨을 거둘 것 같다는 말이 들려오던 히데요리가 일어나 앉아 자기를 쳐다보고 있으니 놀랄 수밖에 없었다.

"의원들 말로는 불과 한두 시간의 목숨……이라고 하므로 센히메 님에게 손을 잡아 드리도록 했습니다…… 그리고 센히메 님은 정성스럽게 비셨습니다. 내 몸에 병을 옮기시고 작은대감을 살려주소서, 라고……."

그 말을 듣자 요도 마님은 의원에게 안겨 있는 센히메를 바라보았다.

센히메는 정말로 핏기가 가신 채 헐떡이고 있다.

"생모님, 그렇게 서 계시지 마시고 이리로 좀 앉으십시오."

"으흑……."

별안간 목이 멘 요도 마님은 양쪽에 무릎 꿇고 있는 시녀들을 내려다보면서 그만 격렬하게 울음을 터뜨렸다.

우라쿠도 숨죽인 채 요도 마님으로부터 히데요리, 센히메, 시녀들을 차례로 둘러보고 있다. 그의 볼과 눈도 역시 붉게 물들기 시작하고 있다. 그로서도 아마 이 일이 참으로 기막히게 재미있는 인생 연극의 한 토막이었을 것이다. 그런 뜻에서 배우도, 구성도, 인생의 절박한 문제도 모두 갖추어진 완벽한 것이었다고 할 수 있었다.

요도 마님은 선 채로 울음을 터뜨리더니 이번에는 미친 듯 히데요리에게로 다가갔다. 동작도 목소리도 흥분해 히데요리를 붙잡더니 알아들을 수 없는 말을 마구 해댔다.

"신불은 역시 계시는 거야, 신불은……!"

아마도 여러 사찰에 대한 기원이 결코 헛된 일이 아니었다는 감회였을 것이다. 미련스럽게 같은 말을 되풀이하면서 히데요리의 볼에 자기 볼을 비벼댔다.

아에바 부인은 경건한 모습으로 십자를 그었고, 쇼에이니는 합장하여 염불을 외고 있다. 우라쿠는 웃음이 터질 것 같았다. 아마 아에바는 이를 하나님의 가호로 보고, 쇼에이니는 관세음의 자비로 받아들였을 것이다.

단 한 사람 가타기리 가쓰모토만이 몹시 침착하지 못해 보이는 것은 연출자로서 얼마쯤 고지식하기 때문이리라.

주연인 히데요리는 쾡한 눈길로 아직 센히메를 바라보고, 센히메는 의원에게 부축받은 채 거의 허탈상태에 빠진 얼굴빛이었다. 오다 우라쿠라는 한 장난꾸러기 노인이 그려낸 인생희극…… 인간이 이토록 갖가지 모습으로 자신의 알몸을 보여주었다고 한다면 우선 놀라운 효과였다고 할 수 있겠다.

얼마 뒤 요도 마님은 비로소 센히메의 존재를 깨달았다. 지금까지 그녀는 히데요리밖에 눈에 들어오지 않았고 히데요리밖에 마음에 없었던 모양이다.

"오, 센히메가……!"

말하면서 히데요리의 몸에서 손을 떼고 물었다.

"센히메가 어떻게 했다……고 말씀하신 것 같던데, 우라쿠 님?"

우라쿠는 드디어 자기가 나설 차례가 되었다고 생각하며 엄숙하게 자세를 가다듬었다.

"말씀드렸고말고요. 이 기적, 이 같은 기적을 우라쿠는 오늘날까지 본 적이 없습니다."

"센히메가 뭘 했다는 거요?"

"먼저 작은대감의 손을 잡으셨지요."

"그래서……."

"아, 그렇군. 처음에 이렇게 말씀하셨습니다. 800만 신령님, 작은대감 목숨을 제 목숨과 바꿔주십시오."

"그, 그때까지 작은대감은 중태에 빠져 있었단 말이지요."

"그렇습니다. 반쯤 숨이 넘어가 계셨지요. 그렇잖습니까, 가쓰모토 님?"

"그, 그랬습니다."

"그런데 센히메 님의 기도와 동시에 신비로운 보랏빛 구름……그렇습니다. 초록도 아니고 푸른색도 아니었지요. 엷은 보랏빛 구름이 연기처럼 정원에서 줄을 당기듯 획 흘러들어왔습니다."

"어머나, 보랏빛 구름이……!"

"그리고 천천히 소용돌이치면서 작은대감과 센히메 님의 몸을 감쌌지요. 그 순간 작은대감 입에서 으, 으, 으, 하는 소리가 흘러나왔습니다. 그랬지요, 가쓰모토 님?"

가쓰모토는 슬그머니 어깨를 늘어뜨리고 계면쩍은 듯 고개를 끄덕였다. 가타기리 가쓰모토는 우라쿠의 야유 섞인 장난기를 잘 알고 있었으나 이처럼 철저하고도 거침없는 거짓말의 천재일 줄은 생각지 못했다.

'이건 소로리 정도가 아니군…….'

단지 질색인 것은 그 어처구니없는 이야기의 말끝마다 하나하나 맞장구를 요구해 오는 일이었다.

물론 이것은 우라쿠 나름대로 하나의 훌륭한 성의 표시였다. 어떻게 해서든 센히메로 대표되는 오사카성 안의 도쿠가와 편과 화목하게 해주고 싶다는……

의향을 충분히 짐작하고도 남으므로 이야기를 중단시킬 수는 없었지만, 보랏빛 구름까지 끌어들이는 것은 정말이지 낯간지러운 일이었다.

이러한 가쓰모토의 모습 또한 우라쿠에게는 더욱 흥취를 돋우어주는 자료가 되었는지도 모른다. 그는 눈앞의 공간에 정말로 무언가 떠돌아다니는 것처럼 더욱 눈을 부라리며 말을 이었다.

"그것은 정말 설명할 수 없는 괴변이었지요. 작은대감이 으, 으, 으, 하고 신음소리를 내시는데 그 신음소리가 날 때마다 분홍물감을 물에 똑똑 떨어뜨리는 것처럼 혈색이 살아나고, 그때마다 센히메 님의 얼굴빛이 창백해지셨지요…… 아니, 바로 눈앞에서 대낮에 인간의 정기가 삽시간에 바뀌어버렸소…… 이런 일은 나도, 가쓰모토도 이 나이가 되도록 본 적이 없었소. 안 그렇소, 가쓰모토?"

"사……사……사실입니다."

"그러고 나서였지요. 센히메 님이 무슨 하늘의 소리를 들으셨던 게 틀림없습니다. 벌떡 일어서시더니 소리 없이 마당으로 내려가시더군요."

"저, 발소리도 없이 말인가요……?"

요도 마님은 살며시 옷깃을 여미며 되물었다.

"그렇습니다. 너무도 괴이한 일이라 망연해 있어 혹시 못 들었을지도 모르겠군요. 그러나 무엇보다도 확실한 증거는 저기 저처럼 흙을 판 자국이 있잖습니까?"

"아……저건 어떻게 된 거지?"

"저기다 잘 볶은 콩을 작은대감 나이만큼 심으시더군요. 그리고 그 콩의 싹이 돋을 때까지 다시는 작은대감께서 결코 마마에 걸리는 일이 없을 것……이라고 말하며 방으로 돌아오셨다……고 생각했는데, 어느새 작은대감이 벌떡 자리 위에 일어나 앉으시고, 대신 센히메 님은 그 자리에 털썩 쓰러져버리시더군요."

"어쩌면……!"

"우리들은 다시 생각해 볼 것도 없이 큰일 났다, 센히메 님의 지성이 하늘에 통해 작은대감의 생명을 건지셨는데 이대로 센히메 님을 돌아가시게 한대서야 말이 되느냐고 이번에는 나와 가쓰모토가 빌었습니다. 아니, 빌려고 해도 본디 신앙이 없던 위인들……두 사람은 당황해 반야심경을 외며 이번에는 우리들 목숨을 줄이시더라도 부디 센히메 님 목숨을……."

거기까지 말하자 어지간한 우라쿠도 얼마쯤 겸연쩍었던지 머리를 긁적이며 얼버무렸다.

"아니, 이 말은 하지 말걸 그랬군, 우리들 자랑이 되어버리니…… 아무튼 이제 센히메 님도 소생하시고 그때 여러분들이 들어 닥치셨던 거지요…… 이로써 도요토미 가문은 만만세, 우리들 눈이 미치지 못하는 곳에 은근하신 신불의 가호가 있습니다…… 이번에는 이 우라쿠 같은 신앙심 없는 위인도 믿을 수밖에 없어졌습니다."

우라쿠는 말하고 나서 다시 가쓰모토를 돌아보며 동의를 구했다.

"그렇지 않은가, 가쓰모토?"

그리고 움츠려 있는 가쓰모토를 보고 우라쿠는 과연 때를 놓치지 않았다.

"아 참, 잊어버렸군. 이건 우리들만 이렇듯 기뻐할 일이 아니야. 이 자리는 이제 마님께 맡기고, 나와 가쓰모토는 근심하고 있는 가신들에게 이 기쁨을 알려야지. 가쓰모토, 센히메 님을 모시고 곧 나가지. 센히메 님은 거실로 가서서 한동안 안정을."

아직도 멍하니 있는 센히메와 가쓰모토를 재촉해 성큼 복도로 나갔다. 그리고 센히메를 별실에서 기다리던 사카에 부인에게 맡기고 땀을 닦으며 가쓰모토의 사무실로 들어갔다.

"아, 이것으로 끝났군."

가쓰모토가 어이없어하며 앞에 앉자 우라쿠는 부지런히 부채질하며 말했다.

"가쓰모토."

"뭡니까?"

우라쿠는 정색하며 한마디 했다.

"나는 오늘부터 무슨 일이 있어도 그대를 믿지 않겠소."

가쓰모토는 자신의 맞장구 솜씨가 서툴렀던가 여기며 말했다.

"나는 힘껏 노력했는데……."

우라쿠는 거기에는 대답하지 않고 말을 이었다.

"그대는 정말 엄청난 거짓말쟁이야. 그 조작극을 웃지도 않고 척척 받아넘긴다는 것은 이만저만 검은 배짱이 아니거든. 나는 이제 결코 그대 말은 믿지 않을 테야. 아, 굉장한 솜씨였어."

"뭐, 뭐, 뭐라고요? 그럼, 웃었어야 좋았단 말입니까?"

"그게 아니야. 그대는 사람을 속이는 명인이라는 거지."

"무슨 말씀을. 그런 엄청난 거짓말을 늘어놓은 건 내가 아니라 귀하였소, 우라쿠 님."

"무섭구먼. 그런 엄청난 거짓말을 늘어놓지 않을 수 없게 만든 사람이 누군데. 정말 엄청난 위인이오, 가쓰모토는."

우라쿠는 차 시중꾼이 가져온 차를, 정색한 얼굴로 마시더니 다시 안하무인격인 태도로 이야기를 계속했다.

"나는 이제 언제 죽어도 한이 없어. 이만큼 배짱든든한 가쓰모토가 측근에 있는 한 히데요리 님도 그리 호락호락 속아 넘어가는 일은 없을 것이오. 간토 여우에 서쪽 너구리, 모두 덤벼들어도 그대와는 도저히 상대되지 않을 테니까. 앞으로도 잘 부탁드리오."

가쓰모토는 너무도 기가 막혀 벌어진 입이 다물어지지 않는 심정이었다. 모든 게 선의에서 나온 일인 줄 알지만 때때로 노여운 것은 끝없이 비꼬아대기 때문이었다.

"그럼, 우라쿠 님은 평소에도 이 가쓰모토가 하는 일이 못마땅하셨다는 말씀인가요."

"원, 천만에. 진심으로 감탄하고 있다는 말이오. 정말이오. 이건 그대의 지혜에서 나온 일이니 앞으로 볼 만할 거요."

"앞으로……?"

"그렇소. 작은주군이 돌아가실지……모른다는 일로 성안의 충신들이 모두 보기 좋게 속셈을 드러내 보였지. 이제부터 그 한 가지 한 가지를 검토해 본다면……가타기리 가쓰모토는 정말 나쁜 모사꾼일 거요. 이 우라쿠 같은 위인도 자칫 잘못했으면 꼬리털 수까지 알려질 뻔했지. 아하하……."

평화 지옥

할아버지 이에야스가 슨푸로 가고 나서부터 센히메는 오사카성 안 공기에 종잡을 수 없는 불안을 막연히 느끼기 시작했다. 어쩌면 그 무렵부터 이른바 사춘기에 들어서서 남편될 히데요리에게 특별한 감정을 품기 시작한 탓이었는지도 모른다.

그렇다고 확실히 단정해도 좋을 것 같다. 히데요리보다 한 살 위인 마쓰다이라 다다테루가 다테 마사무네의 딸 이로하히메를 부인으로 맞아 의좋은 부부생활로 들어갔다는 소문이 이따금 화제에 오르자, 센히메는 황홀하게 히데요리의 모습을 떠올리는 일이 많아졌다.

도쿠가와 가문에서 따라온 시녀들은 그 새로운 부부의 아름다움을 온갖 말로 표현했다. 어떤 이는 그림 같다고 했고, 어떤 이는 꽃을 나란히 놓은 것 같다고 형용했다. 어느 누구도 보고 온 것은 아니다. 모두들 저마다 공상을 이야기하는 데 지나지 않았으나 충분히 부러워할 만한 가치가 있는 일인 것 같았다.

센히메도 다다테루와 만난 적이 있다. 그래서 두 사람을 나란히 세워보니 이상하게도 다다테루보다 히데요리 편이 훨씬 고귀하고 아름다웠다. 단지 늠름한 느낌에 있어서는 좀 달랐다. 실은 늠름함이 좀 뒤떨어진다는 그 느낌이 센히메를 차츰 어른으로 만들었으며, 거기에서 어떤 종류의 불안과 불만이 싹텄는지도 모른다.

센히메 주변에서는 어쩐 일인지 오사카성보다도 에도, 미카와, 슨푸 등이 화제에 많이 올랐다. 그 가운데 특히 센히메를 불안하게 만든 것은, 슨푸로 은퇴한 할아버지가 고로타 이하 어린 세 아들들을 얼마나 엄격하게 키우고 있는지 모르겠다는 소문을 들었을 때부터였다.

고로타마루(尾張義直^{오와리 요시나})는 게이초 5년(1600)생으로 8살. 다음의 나가후쿠마루(紀伊賴宣^{기이 요리노부})는 두 살 아래인 6살. 그리고 막내 쓰루치요(水戸賴房^{미토 요리후사})는 5살이었는데, 이해 봄 이에야스의 애첩 오카쓰 부인의 양자가 되어 이미 히타치(常陸) 시모쓰마(下妻) 10만 석 영주였다. 물론 5살짜리 영주이므로 오카쓰 부인이며 고로타와 나가후쿠 두 형과 함께 슨푸에 있었으며, 8살인 고로타마루는 이해 죽은 형 다다요시의 기요스 옛 영지를 계승하여 고후 25만 석에서 오와리 영주가 되기로 정해졌고, 나가후쿠마루 또한 게이초 8년에 죽은 히타치 미토의 25만 석이었던 형 노부요시의 후계자였다.

센히메는 그러한 녹봉 따위에는 아무 흥미 없었으나 이 어린 세 삼촌들이 어떤 훈육을 받고 있는지에 대해서는 무관심할 수 없었다. 아니, 그것이 너무나 색다르고 엄격하여 더욱 관심이 생겼다고 해도 좋았다.

8살과 6살과 5살……아직 세 사람 모두 매사냥할 때 말을 타고 갈 수 없었다. 그래서 이에야스는 건장한 무사를 골라 어깨에 무등 태워 단련시킨다던가.

매사냥은 말할 것도 없이 무예를 단련하는 기회였고, 그 즐거움은 사냥이 끝난 뒤의 야외 취사에 있었다. 저마다 잡은 사냥 거리를 가지고 와서 큰 냄비에 넣어 끓여 먹는다. 그런데 그때 이에야스는 세 어린 삼촌에게 결코 그 즐거운 음식을 먹지 않는다고 했다…….

이 이야기를 처음 들었을 때 센히메는 할아버지의 머리가 이상한 게 아닐까 여겼다. 8살, 6살, 5살……이라면 아직 누구에게서나 귀여움받고 응석 부려도 좋을 나이라고 센히메는 생각했다. 말도 못 타는 어린아이들을 일부러 매사냥에 데리고 가면서 가장 큰 즐거움은 주지 않는다……는 것은 너무 잔혹하게 여겨져 곧 그 까닭을 시녀에게 물어보았다.

"할아버님은 아드님이 귀엽지 않으신 걸까요? 센히메에게는 그토록 좋으신 할아버님이셨는데."

그러자 시녀는 당치도 않다는 듯 고개 저으며 자세히 설명해 주었다.

사냥이 끝나고 저마다의 행동에 대한 논평이 있은 다음, 마침내 사냥 거리가 담긴 큰 냄비가 나란히 불 위에 걸리면 모두들 에워싸고 둥그렇게 앉는다…… 그러면 정면에 세 사람을 위한 조그만 걸상이 놓인다…….

센히메는 그 광경이 눈앞에 생생히 떠오르는 것 같았다.

거뭇하게 그을린 야전용 큰 냄비, 그 밑에서 활활 타오르는 새빨간 장작불. 그리고 토끼며 멧돼지며 산새 등 갖가지 고기가 많은 야채와 함께 큰 냄비에 넣어져 부글부글 끓기 시작한다.

이리 뛰고 저리 뛰고 난 다음이라 배가 한껏 고프리라. 그 후각을 물씬 찔러오는 맛있는 음식냄새…… 배 속에서 꾸르륵 소리가 날 게 틀림없다. 아마도 어린 세 삼촌들은 저도 모르게 몸을 내밀고 있으리라.

이윽고 그 음식이 야전용 나무 그릇에 담겨 나누어진다. 어린이들이 맨 먼저……라고 생각했는데, 세 어린 대장들에게는 결코 먹지 않는다는 말을 듣고 센히메는 물었다.

"야외에서의 음식은 어린이 몸에 좋지 않아서일까?"

"아니요, 두 사람이 먹다 한 사람이 죽어도 모를 만큼 맛있어요."

"그럼, 어째서 주지 않을까?"

"네, 고로타마루 님은 벌써 크게 자라셨지요. 하지만 막내 쓰루치요 님은 달라고 조르신답니다."

"그래도 주면 안 되는 것인가?"

"네, 수행하신 나루세 님과 안도 님 등이 꾸짖는답니다. 대장님이 맛있는 걸 먹으려 하는 비굴한 마음이 되면 안 된다고. 맛있는 건 부하에게 먹이는 것, 대장은 말린 밥이나 먹는 게 좋다고 말이지요."

센히메는 자신이 그곳에서 허리에 찬 자루에서 꺼낸 말린 밥만 받아든 것 같은 느낌이 들었다.

"아시겠어요. 이것은 물론 오고쇼님의 엄한 분부가 있기 때문이에요."

"하지만 너무 가엾어……."

"아니에요, 그건 오고쇼님이 진심으로 사랑하시기 때문이지요."

그 의미를 깨닫기까지 센히메는 며칠 걸렸다. 그리고 그것을 깨닫자 동시에 당황했다.

'만일 그런 게 정말 애정이라면, 히데요리 님은 누구에게서 사랑받고 있는 것일

까?'

인간의 불안이란 이상한 곳에서부터 스며드는 법이다.

히데요리는 현재 여느 영주로 치면 60여만 석. 고로타마루와 나가후쿠마루의 25만 석이나 쓰루치요의 10만 석에 비하면 훨씬 큰 영주였다. 따라서 엄격하게 훈육하는 게 애정의 표준이라면, 그들의 세 갑절 다섯 갑절은 엄격히 키워져야만 할 것이다.

그런데 대체 누가 히데요리에게 그런 걸 권한 일이 있을까. 아니, 히데요리뿐 아니라 센히메 자신도 할아버지에게서 정말로 사랑받지 못한 게 아니었을까.

"하지만 할아버님이 그토록 엄격히 훈육해도 만일 모두 비뚤어지는 일이 있다면……!"

센히메가 그 의문을 입에 올렸을 때 어떤 사람은 웃고 어떤 사람은 나무랐다. 오고쇼는 세 사람 가운데 만일 비뚤어져 영주 자격이 없는 자가 생기면, 서슴지 않고 그 자리에서 끌어내려 할복시킬 거라고 했다. 내 자식……이라는 이유만으로 많은 녹봉을 받는 영주로 만든다면, 오고쇼 자신의 양심이 납득하지 않는다. 그러므로 저마다 영주로 만들기에 앞서 그에 알맞은 인간으로 단련시킨다……는 데 무한한 애정이 있는 것이라고 설명했다.

"어린 분들에게 저마다 영지를 떼어주신 것은 오고쇼님의 연세를 생각해서이며, 이처럼 영지를 맡기기에 알맞은 인간이 되어달라는 진지한 부모의 기원이 담겨 있다고 생각됩니다."

이렇듯 설명하는 말이 이해되면 될수록 센히메의 쓸쓸함은 더해갔다.

센히메의 생각은 무슨 일이든 곧 히데요리에게로 이어져갔다. 히데요리가 키워지는 환경은 어떠한가…… 히데요시가 히데요리를 얼마나 사랑했느냐는 이야기는 온갖 사람들 입을 통해 되풀이 들었다. 그리고 히데요리는 당연히 천하의 주인이어야 한다는 비난 비슷한 비꼬움을 자주 들었다. 그러나 천하인으로 만들기 위한 진지한 교육은 과연 누가 했단 말인가…….

첫째로 히데요시가 한 것 같지는 않다. 감기들지 않도록, 울리지 않도록, 또는 넘어지지 않도록 하기 위한 걱정과 염려는 있었으리라. 그러나 그것만으로는 무사히 자라기는 할지언정 천하인의 자격과는 관계없지 않은가…….

"영주는 많은 백성을 맡게 되지요. 그 책임을 어린 마음에도 새겨주려고 맛있는 건 부하들에게, 그리고 대장은 말린 밥을……이라고 이르시며 실행하고 계신 게 틀림없어요."

센히메가 틈만 나면 히데요리의 거실을 찾게 된 것은 다만 사춘기에 들어섰기 때문만은 아니었다.

"가엾은 히데요리 님……."

히데요리의 밥상에는 언제나 3분의 2는 남겨질 만큼 진수성찬이 차려져 나왔다. 그리고 시녀와 시동들은 그것이 '천하인이 되실 분'에 알맞은 밥상이라고 믿고 있다.

하긴 그것으로 신체는 무럭무럭 자라리라. 하지만 천하인에 알맞은 알맹이인 정신면에서는 어떻게 될까?

'나만이라도 진지해져야지…….'

그것도 역시 사춘기 징조의 하나인 것일까…… 어디까지가 사랑의 눈뜸이고, 어디까지가 모성본능인지…… 그 구별은 확실치 않다. 하지만 센히메가 히데요리와 자기는 끊을 수 없는 인연으로 맺어졌다고 굳게 믿으며 조그마한 가슴에 수심의 등불을 켜간 것만은 의심할 데 없는 사실이었다.

어린 세 삼촌의 매사냥 이야기를 센히메가 히데요리에게 한 것은 들은 지 석 달쯤 지나서였다. 추위도 물러가고 차츰 봄의 입김이 느껴지는, 설한풍 속에서의 매사냥을 이에야스가 거의 중지하려는 계절로 접어들고 나서였다.

히데요리는 재미있는 듯 그 이야기를 듣고 나서 우선 칭찬했다.

"오고쇼님은 위대한 분이야!"

그런 다음 센히메를 몹시 슬프게 하는 비평을 덧붙였다.

"위대한 분이지만 요즈음은 좀 이상해. 모두들 하야시 도슌을 가까이하시는 게 좋지 않다고 말한다더군."

"어머나, 어째서일까요?"

"앞서 미우라 안진을 가까이하시어 스스로 장사꾼이 되시더니, 이번에는 도슌을 가까이하시어 학자가 되셨지. 이것저것 관심이 많으신 건 어떻든 몹시 거만해지셨다더군."

"하지만 도슌이라는 사람은 슨푸에서 에도로 보내져 아버님의 글 선생이 되셨다던데요?"

"하하……골칫덩이를 쫓아버려 잘되었군. 그러나 그가 남긴 영향이 어린 사람들을 괴롭히고 있지. 역시 도슌 탓이야."

그리고 무엇을 생각했는지 소리죽여 웃었다.

"왜 그러세요?"

"아냐, 오고쇼님도 이제 돌아가실 때가 되어 욕심이 많아졌다고 7인조들이 말하길래 야단쳤는데, 지금 그것이 문득 생각났어."

"할아버님이 돌아가실 때가……?"

"그렇지는 않아. 그건 그렇고 지난해 3월에서 4월에 걸쳐 오고쇼님이 후시미성에서 모은 금은을 슨푸로 보냈잖아."

"네, 분명히……하지만 그 황금 3만 냥과 은 1만3000관을 고스란히 아버님에게 주셨다던데요?"

"바로 그것이야. 그러므로 욕심이 많아진 건 아니라고 꾸짖었는데……후시미에 남겨두면 나에게 빼앗길까 봐 가져간 거라고 모두들 말했어."

"어머나……."

"나에게도 금은은 남아돌지. 그런데도 후시미성에서 실려 나가는 짐바리 수효까지 일부러 세어보고 알려온 자가 있어. 3월 23일에는 150바리, 윤4월 19일에는 80바리. 모두 230바리가 틀림없다고."

센히메는 차츰 초조해졌다. 그녀의 감동과 히데요리의 감동이 어우러지지 않았기 때문이었다.

"히데요리 님은 그런 일이 그토록 우스우셔요?"

"우습지 않은가, 죽음이 임박한 욕심……이라는 말. 실은 그러한 말을 듣는 이유가 전혀 없는 게 아니야. 왜냐하면 나한테도 금은을 소중히 하고 낭비를 삼가라…… 이를테면 절이며 신사에 주는 시주를 어지간히 하라는 거겠지. 세상 소문도 모르고 자신의 돈뿐 아니라 내 걱정까지 이것저것 하시는 거야. 죽을 때가되면 욕심이 많아진다는 게 사실인지도 몰라. 하하하……."

센히메는 적잖이 불쾌해졌다. 전 같으면 불쾌감을 느꼈을 때 숨기고 일어나면 그만이었다. 그런데 요즈음은 그 반대가 되고 말았다. 불쾌감에 끌려들기보다 그대로 버려둘 수 없다는 관심의 포로가 된다. 자개 화로에 쓸데없이 부젓가락을 찔러대며 아무 근심 걱정 없이 웃고 있는 히데요리가 세상에서 외톨이로 밀려난 비극의 사람인 것만 같아 견딜 수 없었다.

"그럼, 히데요리 님도 할아버님의 욕심은 돌아가실 때가 가까워졌기 때문······이라고 진심으로 생각하나요?"

"아니, 그렇지만은 않아. 그러나 제멋대로 하시는 분이야. 위대한 인물이란 모두 자기만 알지만."

"자기만 아는 일이란 어떤······?"

"처음에 오고쇼님은 나에게 말씀하셨지. 금은을 사장(死藏)시켜 두는 것은 좋지 않다. 백성들 사이에 유통되도록 조금은 내놓는 게 좋다고."

"그 말이라면 우라쿠 님에게서 들었어요."

"그런데 이번에는 낭비도 어지간히 하라니 늙은이 욕심이라는 소리를 듣는 거야. 나는 어느 쪽 말씀을 지켜야 좋다고 생각하나?"

센히메는 저도 모르게 목소리를 높여 말했다.

"히데요리 님! 그 일이라면 우라쿠 님이 몹시 감탄하고 계셨습니다."

"허, 그 심술쟁이가 오고쇼님을 칭찬하던가?"

"네, 처음에 할아버님이 그렇게 말씀하신 것은 금화며 은화가 모자라 곤란하셨을 때로······할아버님도 고토 미쓰쓰구(後藤光次)를 시켜 한 푼짜리 금화를 많이 만들어 세상에 내놓았대요. 그렇게 하지 않으면 백성들에게 필요한 물건이 유통되지 않는다고······ 그런데 지금은 좀 남아돌게 되었다, 남아돌면 물가가 너무 올라간다, 그래서 금화도 은화도 동전도 광에 쌓아두는 게 좋다······ 과연 오고쇼님은 그 사실을 잘 아신다고······."

히데요리는 손을 들어 가로막았다.

"하하······그대가 노여워할 일이 아니야. 나는 제멋대로라고 말했지 나쁘다고는 하지 않았어. 그대도 알고 있을 테지. 올 정월에 나는 일부러 슨푸까지 신년축하 사자를 보냈어······ 그대에게 소중한 할아버님은 히데요리에게도 아버님과 다름 없는 분이야."

이 말을 듣자 센히메는 아무 말도 할 수 없었다.

'무언가 부족하다······.'

아니, 그 부족한 게 엄한 가르침인 줄은 알겠는데 아무도 히데요리에게 그것을 주려고 하지 않는다······ 그렇게 생각만 해도 가슴이 쓰라리고 눈에 눈물이 어려왔다.

"왜 그래? 울 것까지는 없잖아."

"아니에요, 슬픈 게 아녜요."

"그럼, 성났나."

"아니에요, 기, 기, 기뻐서지요. 아니……저, 저, 걱정돼요."

"뭐가 걱정되나. 걱정이 있다면 말해 봐. 나는 그대와 한편이 아닌가."

"한편이 아니라……남편이지요."

"허……."

히데요리는 깜짝 놀란 듯 숨을 삼키고 센히메를 다시 보았다. 히데요리는 센히메의 입에서 '남편'이라는 말을 들을 줄은 몰랐다. 그래서 깜짝 놀라 다시 보니, 과연 그의 눈앞에 있는 것은 아직 어른은 아니지만 이미 어린 소녀도 아니었다. 인형이 지닌 교태 같은 것을 조그마한 몸집에 풍기기 시작하고 있다.

"그런가, 나는 그대의 남편인가?"

"그럼, 그렇지 않다……고 생각하고 계셨나요……?"

"아니, 물론 남편이지. 남편이지만……그러나 한편이라는 것도 거짓말은 아니야."

"네……."

센히메는 한숨 돌린 듯 고개를 끄덕이더니 자못 흐뭇해진 웃는 얼굴이 되었다. 교태도 수줍음도 아니다. 그런데도 볼에서 눈가에 걸쳐 발그레하게 물들고, 그것이 매우 순수한 아름다움으로 눈에 비쳤다.

"그런가, 나는 남편인가?"

"어머, 또 그런 말씀을……."

"그런데도 나는 그대에게 남편다운 일을 그리하고 있지 않아. 그렇다 해서 할아버님이 슨푸에서 고로타마루나 쓰루치요에게 하고 있는 것 같은 매정한 매질을 한다고는 생각지 않을 테지."

이 한 마디로 센히메의 볼이 다시 굳어졌다.

'역시 마음이 통하고 있지 않은 거야…….'

그러나 이 경우 알맞은 말로 자기 의사를 상대에게 전할 능력을 아직 갖고 있지 못했다.

"히데요리 님……."

"왜 그래? 또 시무룩한 얼굴이 되었군."

"할아버님은 입만 여시면 슨푸의 어린 삼촌들에게 이렇게 말씀하신답니다."

"뭐야, 또 할아버님인가."

"영주가 되면 무엇보다도 백성들이 우리 영주님이라며 자랑할 만한 영주가 되라고……."

"그건 누구나 하는 말이야. 가쓰모토도 그렇게 말했어."

"그리고 만일 백성들에게 원망받는 영주가 되면 빌기 위해 할복하라고, 할복의 예의를 가르쳤대요."

"허, 매우 엄격하시군."

"제가 그 이야기를 우라쿠 님에게 해드렸더니, 우라쿠 님은 그게 이에야스 정치라고 했어요. 할아버님은 영주나 무사들보다 백성들을 가장 사랑하는 정치를 하신대요. 새로운 포고령 가운데 영주가 나쁜 정치를 펴고 괴롭히면 백성이 직접 고발해도 좋다는 게 있대요."

"그대는 어째서 어려운 일에만 흥미를 갖나. 난 몰라, 그런 일은……."

센히메는 어른처럼 의젓하게 잘라 말했다.

"모른다고 해서 끝날 일이 아니에요. 만일 영내의 백성들에게서 가혹하게 공물을 거두어들이든가 해서 고발당하면, 고발한 백성도 벌 받지만 영주님도 영지를 몰수당한다……는 뜻이라고 우라쿠 님이……."

거기까지 말하자 히데요리는 느닷없이 센히메의 목에 팔을 감아 끌어당겨 볼을 부비며 그 입을 한 손으로 막았다.

"이제 그만둬. 우리 가문과 상관없는 이야기야. 우리 가문은 간파쿠가 될 수도 있는 집안이야."

그 말을 듣고 센히메도 고쳐 생각했다.

'그렇다, 이것은 히데요리 님과 상관없는 일 아닌가…….'

센히메의 조그만 두뇌로 판단하더라도 도요토미 가문은 여느 영주와 달랐다. 왜 그런지 확실히 알 수는 없었으나 이 성도, 성의 주인도 태어나면서부터 어떤 특수한 권력을 지녔다는 느낌이 들었다. 그러므로 자기도 이곳으로 시집와 있는 거라고…….

"센히메, 좀 더 가까이 와. 그대는 나를 염려해 주고 있어. 언제나……그러므로 히데요리도 그대를 위로해 주어야만 한다고 생각해."

"그건 저도 마찬가지예요."

천진난만하게 몸을 기대어가는 센히메의 어깨에 히데요리는 부드럽게 손을 놓았다. 아내라는 느낌은 역시 없었으나, 누이동생이 있다면 이처럼 사랑스럽지 않을까 하는 생각은 들었다.

"그대는 성안 사람들에게서 인질이라는 말을 못 들었나?"

"인질……?"

"그렇지, 만일 듣더라도 마음 쓸 것 없어. 그대와 히데요리는 이종사촌 간……무엇이고 쑥덕대는 게 아랫것들의 즐거움인 모양이야. 싸움이 없으니 모두 심심해하는 거야."

"네……."

"7인조만 해도 모이면 싸움 이야기지. 전에는 밤낮으로 무용담을 이야기했었는데 게이초 5년(1600)부터 벌써 10년 동안이나 싸움이 없어. 그래서 모두들 미칠 것 같다더군."

"그래서 인질 이야기가 나왔나요?"

"그렇지. 모두 옛날의 꿈같은 이야기를 계속 즐기고 있는 것 같아."

"어떻게요……?"

"싸움은 없어지지 않는다는 거야. 그것이 없으면 사는 보람이 없대. 이 세상에서 정말로 싸움이 없어진다면 무사란 필요 없게 되니까."

"네."

"그래서 모두들 싸움이 있을 거라고 그쪽으로 이야기를 몰아가며 스스로 위로하고 있지. 즉 그대의 할아버님이 언젠가 이 오사카성으로 쳐들어온다고."

"어머나, 할아버님이?"

"그렇지, 그 때문에 그대를 이 성에 인질로 보냈다, 겉으로는 천하님(다이코)의 유언을 지킨 듯 그대를 보내 안심시킨 다음 기습하려는 책략이라는 거야. 어때, 재미있는가?"

"호호……."

센히메는 아직 그 이야기는 들은 적 없었다. 실은 이러한 이야기가 7인조 무사들뿐 아니라 두 내전 시녀들의 화제에도 곧잘 오르고 있으나, 차마 그것만은 센히메의 귀에 속삭이는 이가 없었기 때문이다.

무리도 아니었다. 140년 동안 싸움이 그칠 날 없었던 일본에 10년 가까이 싸움이 그쳐 그것이 차츰 사라져갈 듯한 평화의 바다가 찬란하게 눈앞에 펼쳐져 오고 있다…… 그렇게 되면 무엇 때문에 칼을 차고 무엇 때문에 창을 손질하는 것인지 알 수 없는 공허감에 사로 잡힌다…….

센히메도 히데요리도 그런 의미에서는 '평화의 자식'이었다.

그러나 싸움이 인생의 모두였던 사람들에게는 10년 세월 동안 싸움이 전혀 없다는 것은 그들 상식으로는 생각할 수 없는 크나큰 이변이었을 게 틀림없다.

물론 2, 3년은 누구나 다 갈망하던 평화를 맞아 찬탄의 합창을 아끼지 않았다. 그것이 8년이 되고 9년이 되자 그 고마움은 엷어지고 내 몸이 아프지 않은 한 무언가 사건이 생겼으면 하고 무의식중에 자극을 구했다. 그런데 시대에는 더욱 단단하게 '평화'의 재갈이 물리고 있다. 그렇게 되면 사람들은 안심한 나머지 기이하고 과격한 꿈을 펼치게 되는 습성을 지녔다. 오사카성의 7인조가 기묘한 탁상공론인 전쟁 이야기에 흥미를 느끼기 시작한 것도 실은 한편으로 '이제 평화는 확고부동하다'는 안도감이 있기 때문인 것 같았다.

한참 동안 웃은 다음 센히메는 되물었다.

"그럼, 할아버님은 언제쯤 쳐들어오실까요?"

"아니, 공격받아선 안 되지. 그러므로 천하에 이름이 알려진 호걸 떠돌이무사들을 좀 더 많이 고용하고 인질인 그대에게 잔혹하게 대하라는 거야."

"어머나……!"

"오고쇼님은 그대가 귀여울 테지. 그러니 쳐들어와 봐라, 곧 센히메를 그냥 안둘 테다……라고 생각하는 듯 보여두면 안심된다고."

"호호……."

"웃지 마, 센히메. 이건 아직 한쪽 의견이야. 의견은 그밖에 또 있어."

"또……어떤 의견인가요?"

"이건 더욱 매서워. 오고쇼님은 처음부터 그대를 버릴 작정으로 인질로 보냈다…… 그러므로 그 같은 미적지근함으로는 안된다는 거야."

"그럼, 어떻게 하라는 건가요?"

"그게 재미있어. 어차피 오고쇼님이며 쇼군이 또 상경하실 때가 있을 테니 그때까지 의좋게 지내는 척 꾸미고 있다가 후시미성이나 니조 저택에 들어갔을 때 둘러싸고 쳐 없애버리는 게 상책이라고……."

거기까지 말하고 히데요리는 자기 무릎에 얹혀 있는 센히메의 손을 두 손바닥에 끼고 웃으며 말했다.

"그러니 할아버님이 고로타마루들에게 엄한 훈육을 한다는 이야기 따위는 그리하지 않는 게 좋을 거야. 그러면 그것 봐, 오고쇼님은 그처럼 냉혹한 사람이라고 그들을 기쁘게 만든단 말이야."

"어머……!"

"그러잖아도 오고쇼님은 자기 자식에게까지 냉혹해서 천벌이 내려 자식들이 모두 요절한다는 소문이 나 있어."

"자식들이 요절한다고……?"

"그렇지. 적자였던 노부야스 님은 우라쿠의 형님인 노부나가 공에게 할복을 명령받았다더군. 그리고 둘째 아들 유키 히데야스 님은 바로 얼마 전인 4월 8일에 돌아가셨지. 다섯째 아드님 노부요시 님은 게이초 8년(1603) 21살에, 넷째 아드님 다다요시 님은 게이초 12년(1607) 28살에……남은 것은 셋째 아드님인 쇼군과 여섯째 아드님 다다테루 님뿐이야."

거기까지 말하고 히데요리는 다시 웃었다.

"또 있다, 있어. 고로타마루와 나가후쿠마루와 쓰루치요…… 그렇지, 이들도 훌륭한 아들들이야."

센히메는 차츰 히데요리의 이야기에 끌려 들어갔다. 센히메를 둘러싼 시녀들의 이야기와 히데요리의 이야기는 내용이 전혀 달랐다. 아무 주장도 없이 단지 슨푸에 있는 어린 삼촌들의 훈육을 일소에 부쳤다면, 센히메의 드센 성미는 좀 더 거세게 반발했을 게 틀림없다. 그런데 히데요리에게는 그 나름대로의 생각이 있는 것 같았다. 결코 할아버지 이에야스에 대한 증오나 반감이 아니라 오히려 호의에서 출발하고 있는 것 같다.

"아무튼 그대는 나도 어린 삼촌들에게 지지 않도록 문무를 열심히 익히라고 말하는 것일 테지. 알고 있어."

그곳으로 사카에 부인이 두 사람의 흥을 깨지 않도록 살며시 다과를 날라왔다. 아마 사카에 부인은 두 사람 곁에 그것을 놓고 그대로 나가버릴 작정이었으리라. 그런데 기분이 풀린 센히메가 쾌활한 표정으로 말을 걸었다.

"아, 사카에, 그대도 이리 와요."

"네……네."

"오늘은 좋은 말씀을 들었어. 그대도 듣고 증인이 되어주오."

"증인……이라니 무언가 약속하셨나요?"

"대감님이 누구에게도 지지 않도록 문무를 열심히 익히시겠다고 하셨어."

"네, 참으로 고마우신 말씀, 잊지 않겠어요."

"그대는 나에게 소중한 신하야. 그대가 나를 대신해 대감님 아이를 낳아주었지."

그것이 결코 비꼬는 말로 들리지는 않았으나 사카에 부인은 황급히 얼굴을 숙였다.

히데요리 쪽은 뜻밖일 만큼 태연하게 시치미떼고 있다. 본디 그러한 일에 죄악감 따위를 그리 느낄 필요 없는 환경에 있기 때문이리라.

그러자 센히메가 다시 명랑한 목소리로 질문을 던졌다.

"사카에, 그대도 심심한가?"

센히메의 질문이 너무 갑작스러웠으므로 사카에 부인은 되묻지 않을 수 없었다.

"심심……하냐고요?"

"그렇지…… 인간이란 심심하면 좋지 않은 일을 생각하게 돼. 되도록 심심하지 않게 지내는 게 좋아."

부인으로서는 이 순진한 한 마디가 꺼림칙한 자신의 과거를 비꼬는 것처럼 들렸다.

사카에 부인은 히데요리의 딸을 낳았다. 그리고 그 딸은 벌써 아장아장 걸음마를 하고 있다. 딸이고 또 그 출생이 너무 빨라 아무렇게나 이름 지어 히데요리의 내전에서는 '오타이 님'이라고 불렸으며 사카에 부인 말고도 두 유모가 딸려 있었다. 오타이의 '타이'는 천하태평의 타이(泰)라고 말하는 사람도 있고, 또 사정은 어떻든 다이코 전하의 손녀이니 '썩어도 타이(鯛 ; 도미)'라는 말의 그 타이라고 시녀들은 수군거렸다.

어쨌든 그 딸의 출생은 센히메에 대해 더할 데 없이 얼굴 붉어지는 사건이었다.

지금까지는 아직 아무렇지 않게 여기더라도 이윽고 성인이 되어 느낄 감정이 어떠할지 생각하면 부인은 언제나 바늘방석에 앉혀진 듯한 마음을 어쩔 수 없었다. 그 센히메가 요즈음 눈에 띄게 성장하고 있다. 그리고 느닷없이 심심하게 지내는 것은 좋지 않다……는 말을 했으니 가슴이 내려앉는 것도 무리가 아니었다.

사카에 부인은 살며시 히데요리의 눈치를 보면서 머뭇머뭇 탐색하는 투의 대답을 던져보았다.

"사카에는 그리 심심하다고 여기지 않습니다만……."

센히메는 무엇을 생각하는지 명랑하게 고개를 끄덕였다.

"그래, 그거 다행이구나! 그대가 그리 심심하지 않다면 오타이 님은 오늘부터 내가 맡아서 키우겠어."

사카에 부인은 아직 그 말뜻을 헤아리지 못했다.

"저 작은마님이 오타이 님을 손수……?"

말하다가 다시 얼굴이 새빨개졌다.

'센히메 님 내부의 여성이 마침내 눈뜨기 시작한 것이다…….'

그래서 자기를 히데요리 옆에 두는 게 마음에 걸리기 시작한 게 틀림없다.

'오타이 님을 손수 기르겠다……는 구실로 차츰 나를 내쫓으려는 것……이라면…….'

곰곰이 앞뒤를 맞춰 생각하려고 했을 때 고개를 갸우뚱하며 센히메는 또 거침없이 말했다.

"나는 이따금 심심해. 이건 좋지 않아. 오타이 님은 내가 길러야 해. 어머니는 나니까."

"어머……!"

"히데요리 님도 반대하지 않으실 테지요."

"응, 반대하지 않아. 하지만 그대가 그 일을 할 수 있을까?"

히데요리 또한 능청스러운 표정이었다.

"그렇게 하는 게 아내의 의무, 어머니의 의무예요. 히데요리 님이 문무를 열심히 익히신다면 저도 한가롭게 있을 수 없지요."

사카에 부인은 한숨 돌렸다. 그러나 동시에 눈앞이 흐려지면서 순식간에 자기 무릎이 보이지 않게 되었다…… 화기애애……하다고도 할 수 있는 이 광경. 어디에도 악의 같은 것은 티끌만큼도 없으므로 악인이 있을 리 없다. 그러면서도 묘하게 무언가 불안스럽다…… 물론 사카에 부인은 센히메가 여인으로서의 의지가 뚜렷해질 때 스스로 물러가리라 마음먹고 있었다.

약혼자인 자야 시로지로는 지금 교토나 오사카보다 주로 나가사키에 머물며 이에야스의 무역 총대리인 형식으로 무역선 개척과 감독에 전념하고 있다. 이따금 성에 오는 사카이 사람들 이야기로는, 나가사키에서의 그 지위가 이에야스의 측실 오나쓰 부인의 오빠인 나가사키 행정관 하세가와 후지히로보다 높다고 했다. 직책명을 남만식으로 부르고 싶어 하는 요즈음의 사카이 사람들 버릇을 흉내 내어 말한다면, 이따금 하는 금화 주조 및 수납을 일임받고 있는 고토 쇼자부로는 재무장관, 자야 시로지로는 상공장관이라고 할 수 있었다.

'남자에게는 사업이 있다……'

그런 의미로 그들은 여명(黎明)을 맞은 사나이 중의 사나이들로서 밤의 규방 같은 것은 잊어버리고 자기 직책에 몰두해 있다.

물론 그러한 신흥계급은 그들뿐만이 아니다. 요도야 가이안(淀屋介庵), 가메야 에이닌(龜屋榮任), 스미노쿠라 요이치 등 외에 오쓰 지방관인 스에요시 간베에 등이 비와 호수로 연결된 교토, 오사카에서 사카이까지의 경제권을 그대로 세계에 연결시키려고 밤낮없이 분주했다.

그 대신……정치에 무관심한 전국의 영주들과, 그 녹봉으로 살아가는 싸움밖에 모르는 무사들은 멍하니 한가로워졌다. 그들 가운데 겨우 얼마 안 되는 사람들이 관리로서 서투른 주판알을 굴리고 있으나, 그들의 주판은 모자라는 것은 모자라는 대로이며 생산 면에서는 눈뜬장님이나 다름 없었다.

따라서 이들은 몹시 따분해하고 있었다. 깨닫고 보니 그 가장 따분한 꼭대기에 얄궂게도 오사카성이 시대에 뒤진 채 떠받들어지고 있다. 사카에 부인으로서는 그 뒤처진 한적함이 실은 커다란 불안이고 반대로 하나의 구원이기도 했는데…….

'슬슬 바람이 불기 시작했다……'

센히메마저 움직이려 든다면 드디어 오사카성은 새 시대의 바람이 불어 닥칠 창문이 될지도 모른다.

'센히메 님 마음에는 질투나 적의가 털끝만큼도 없는 모양이다……'

그렇게 되면 사카에 부인 또한 오랫동안 침체한 기분을 내던지고 히데요리와 센히메를 위해…… 아니, 이에야스도 히데타다도 은근히 그 앞날을 마음에 두고 있는 오사카를 위해 일해야만 된다는 느낌이 들었다.

"왜 그래, 그대는 울고 있지 않은가! 오타이 님을 내주기가……?"

"아닙니다! 아닙니다!"

의아스런 듯 다시 물으려 하는 센히메를 사카에 부인은 부르짖듯 가로막았다.

"기뻐서 그러는 거예요, 작은대감님의 약속이며 센히메 님의 각오가……이제 사카에도 열심히 일하겠어요! 열심히 충성 바쳐 이 성에 새로운 바람이 시원하게 불도록 하겠어요."

힘차게 말하는 사카에 부인의 말을 히데요리도 센히메도 만족스러운 듯 듣고 있다. 두 사람은 아직 부인의 마음속에 그늘 짓고 있는 섬세한 감정까지 알 리 없었다.

그 곳에 시동 기무라 시게나리가 들어왔다.

"아룁니다. 아카시 가몬 님께서 문안 인사 오셨습니다. 안내해 드릴까요?"

히데요리는 사카에 부인을 흘끗 쳐다보았다. 사카에 부인이 옆에 있으면 아직 의지하려는 버릇이 있다. 사카에 부인은 한시름 놓은 얼굴이 되어 히데요리에게 살그머니 고개를 끄덕여 주었다.

히데요리는 담담하게 말했다.

"좋아, 또 무언가 재미있는 세상 이야기를 들려주려고 왔는지도 모른다. 센히메 님도 함께 계시다고……말하여 들여보내."

"그럼, 이곳으로 안내해 드리겠습니다."

시게나리가 나가자 좌중의 이야기가 잠시 끊어졌다.

아카시 가몬 역시 전에는 영주였으나 지금은 떠돌이무사. 그러나 늘 깔끔한 옷차림의 열성적인 예수교 신자……라고 사카에 부인은 믿고 있었으며 히데요리의 신임도 두터웠다.

"모시고 왔습니다."

시게나리의 뒤를 따라 가몬과 하야미즈가 장지문가에 앉아 절했다.

"작은대감님께서는 언제나 변함없으신……."

가몬이 말하는 것을 히데요리는 가볍게 가로막았다.

"가까이 오너라. 그렇긴 하나 그대의 인사말은 여전히 틀려."

"황송합니다."

"알겠나, 나는 작은대감이 아니야. 작은대감이란 아버님이 계시고서의 존칭, 히데요리는 이 성의 주인이야."

"더욱 황송할 따름입니다. 그만 입버릇이 되어서……."

"하하……꾸짖는 게 아니다. 어떤가, 그대가 기른다는 공작새는 잘 자라고 있나?"

"예, 아주 원기 왕성합니다만 아직 알을 낳지 않습니다. 알을 낳으면 곧 새끼를 얻어 바치겠습니다."

"좋아, 난 본 적 있지만 센히메가 아직 못 보았으므로 물어본 거야."

"예……예, 언젠가 센히메 님께도 보여드리겠습니다."

"그런데 요즈음 무언가 색다른 이야기가 없나?"

"글쎄……없는 건 아니지만, 이건 좀 작은……아니, 대감님에게는……."

"들려줄 수 없다는 건가."

"예, 아닙니다…… 말씀드릴 수 없다……고 말할 것까지는 없습니다만, 좀 불쾌하실 일이 아닌가 싶어서."

"무슨 일인가, 말해 봐."

"예……예, 실은 머지않은 장래에 우리나라로 또 염려되는 배가 올지도 모른다……는 소문입니다."

"뭐, 염려되는 배라고……?"

"예, 오고쇼님 측근의 미우라 안진이 마침내 홍모국 배를 불렀다고 합니다."

"홍모국 배를?"

"예, 그 네덜란드 배가 아닙니다. 그의 조국 영국에서 세계의 바다를 노략질하고 다니는 해적들을 불렀다는 겁니다."

사카에 부인은 놀라며 가몬을 쳐다보고 히데요리를 쳐다보았다.

"허, 그 영국인가 하는 홍모국의 해적은 강한가?"

가몬이 무슨 생각으로 그러한 이야기를 시작했는지 사카에 부인은 어렴풋이 짐작되었으나 히데요리는 철없는 흥미뿐이었다.

"예, 강하지만 남만에게는 당하지 못한답니다…… 그런데 그 골치 아픈 난폭자들을 일부러 불러들인다면 큰일입니다."

"그렇다면 안진은 그 해적을 불러들여 일본에서 남만인을 내쫓겠다는 건가?"

가몬은 단정한 얼굴을 일그러뜨리고 좌중을 둘러보았다.

"안진이 이 나라에 표류해 왔을 때, 신부들은 그를 엄중히 벌하도록 그즈음 내 대신이었던 오고쇼님에게 거듭거듭 탄원했었습니다. 언젠가 반드시 이러한 일이 생기지 않을까 염려해서였지요."

"하하……걱정할 것 없어. 오고쇼님은 홍모국 따위를 겁내지 않으므로 허락하셨을 거야."

"그러니 사양하는 게 당연하리라고……."

강한 말투로 이야기하다가 가몬은 말꼬리를 부드럽혔다.

"인간이란 고향을 좀처럼 잊기 어려운지, 미우라 안진은 오고쇼님에게 영지와 아내까지 하사받았으면서도 뒤로는 영국 배에 뻔질나게 편지를 보내고 있었답니다."

"허, 안진은 배를 직접 만들 수 있다던데 어째서였을까."

"역시 남만국 배가 무서워서였을 테지요. 그가 자기 혼자 바다로 나가 보았자 도중에서 배가 격침될 것은 뻔한 일…… 그러므로 머지않아 저희 나라 해적선을 불러올 것……이라고 생각한 대로 되었지요."

"과연……자기편을 일본에 부른 셈인가."

"예, 다만 자신이 고향에 돌아가기 위해서일 뿐이라면 문제가 안 됩니다만, 홍모인 해적들은 성질이 사납고 잔혹하여 순순히 안진을 데리고 돌아갈 무리가 아니라는 소문이 자자합니다."

"그렇다면 유별나게 싸움을 좋아한다는 건가?"

"예, 그들도 좋아하지만 그 해적들의 여두목도 말할 수 없이 난폭한 걸 좋아한다고 합니다."

"뭐, 여두목……?"

"예, 좋은 말로 표현하면 여왕님인데 그 여두목에게 충성을 바친답시고 남만국 사람들의 뱃짐을 뺏고 배를 노략질하고 영토를 짓밟으며 닥치는 대로 난폭한 짓을 한답니다…… 게다가 간사한 꾀가 많아 반드시 오고쇼님에게 아첨하여 일본에 큰 풍파를 일으킬 것……이라면서 신부들은 모두 경계하고 있지요……."

거기까지 듣더니 히데요리는 눈을 빛내며 웃기 시작했다.

"참으로 재미있군. 그럼, 홍모인을 사로잡아 어느 쪽이 센지 이 성에서 씨름을 시켜보면 어떨까?"

"농담 말씀을……씨름쯤으로 무사하다면 좋겠습니다만, 그들 배에는 대포가 많이 실려 있어 요도 강 어귀로 침입해 들어온다면 작은대감님……아니, 대감님 도 웃어넘길 수만은 없을 것이며……."

히데요리는 다시 밝게 웃으며 가로막았다.

"너무 놀라게 하지 마라."

홍모초(紅毛草)

　여기는 에도의 니혼바시에 가까운 안진 거리(按針町). 안진 거리는 말할 것도 없이 영국인 윌리엄 아담스인 미우라 안진에게 하사한 저택이 자리한 곳에 붙여진 거리 이름이며, 그 리프데호의 선장이던 얀요스도 이웃에 정착해 살고 있어 그곳은 야에스 거리(八重洲町)라 불린다. 그 얀요스의 하인이 편지를 가져와 안진은 지금 거실에서 펴보고 있는 참이었다.

　요즈음 안진은 머리털과 눈빛은 다르지만 생활도 차림도 완전히 일본인이었다. 아니, 여느 일본인보다 더욱 일본인답다고 해도 지나친 말이 아니다. 수수한 고풍적인 차림으로 단정히 앉아 있는 모습은 바닷바람에 머리털이 붉게 바랜 에도 언저리의 선주처럼 보였다. 안진이 자진해 일부러 이런 옛 무사 같은 차림을 하게 된 것은 첫째는 이에야스를, 또 하나는 처자를 안심시키기 위해서였다.

　이에야스는 안진의 가슴속 깊이 숨겨져 있는 강한 고향 생각을 꿰뚫어 보고 만날 때마다 반드시 물었다.

　"어떤가, 돌아가고 싶은가?"

　이런 질문을 받으면 안진은 차마 돌아가고 싶다고 할 수가 없었다.

　"모든 게 운명이니 언젠가는 돌아갈 때가 있겠지요."

　처자의 경우에는 더욱 뼈저린 마음이 들었다. 이에야스가 중매한 마고메 가게유의 딸이던 그의 아내는 벌써 두 아이를 낳았다. 맏아들은 조셉, 딸은 스잔나라고 불렀다. 그것은 아마 그가 고향인 영국에 남겨두고 온 아이들 이름과 같은 듯했다. 처자는 지금 물론 영지인 미우라 반도에 있다. 미우라 반도에 있는 그의 저택은 안진 거리의 집보다 훨씬 조용하고 넓었다. 이곳보다 사람들 이목도 번거롭지 않았다.

아무튼 무사의 딸이 일본에 온 홍모인의 아내가 된 것은 처음이므로. 대체 어떤 아이가 생겨날까 하는 호기심이 에도 장안 건달들의 관심사였으며, 그 관심은 어쩔 수 없이 안진이 과연 그 일본인 처자를 평생 거느릴 것이냐 아니냐는 소문을 낳게 했다. 누가 그런 말을 했는지 건달들은 안진에게 고향에 처자가 있으며 그 고향으로 무척 돌아가고 싶어 한다는 것도 잘 알고 있었다.

"언젠가는 배를 만들어 타고 돌아간대."

"그렇게 되면 그 눈빛이 다른 아들과 딸은 후레자식이 되는군. 불쌍하게 되겠는걸."

안진은 그런 말이 처자들 귀에 들어가지 않도록 무척 애쓰며, 의복도 일상생활도 일부러 일본인답게 행동했다. 그들을 안심시킴으로써 자기 마음의 상처도 건드리지 않으려는 계산에서였다.

그 안진이 지금 이에야스에게 명령받은 두 번째 선박을 이즈의 이토(伊東)에서 만들고 있다. 그것은 돛대가 세 개 달린 서양식 120톤 범선으로 머지않아 아사쿠사 강으로 몰고 올 예정이었다.

그런데 오늘 밤 얀요스의 편지에 의하면, 그는 그 배로 귀국할 허가를 얻었다고 한다…… 그것을 읽자 안진은 잊고 있던 고향 생각이 다시 세차게 불타오르는 것을 느꼈다.

"그렇구나, 얀요스는 기어코 귀국하겠다고 청원했군."

귀국하겠다는 청을 넣어 허락 내렸다……는 일만으로 벌써 그 희망이 이루어졌다고 여기는 것은 빠르다. 그즈음 항해가 그토록 안전하다면 그들은 이 낯선 타국에서 고향 생각에 사로잡혀 있을 필요가 없는 것이다. 게이초 5년(1600) 봄 그들이 분고 해변에 구사일생으로 표류해 온 사실이 벌써 항해의 어려움을 증명하고도 남는다. 해상에는 폭풍우라는 자연의 위협 외에 해적과 질병도 있었다. 게다가 요즈음은 다시 신구 두 세력으로 크게 갈라진 유럽의 '싸움'이라는 위험이 이미 널리 퍼지고 말았다.

그렇지 않다면 안진 역시 포르투갈 배에 편승해 벌써 일본을 떠났을 것이다.

일본에 찾아오는 배 주인이며 선장을 동지로 삼는 것은 쉬운 일이었다. 어떤 종류의 선물……구리든 은이든 좀 많이 주겠다고 언약하면 곧 배에 태워줄 테지만, 그 뒤 결코 안심할 수만은 없었다. 항구마다 신구 양교국 대립이 험악해져 영국인이라는 이유만으로 몰매 맞아 죽을 위험성이 있다.

그런 위험을 벗어나려면 상당한 무력을 지닌 영국이나 네덜란드 함대가 일본에 찾아올 날을 기다리든가, 아니면 만들어서 타고 갈 수밖에 도리 없었다.

안진은 그 희망을 숨기고 벌써 한 척의 배를 만들었다. 그리고 지금 두 번째 배를……물론 이것은 이에야스의 배였다. 이에야스는 이 배로 안진을 루손이나 멕시코에 사자로 파견할 모양이다. 그것을 눈치채고 얀요스는 이에야스에게 일본을 떠나고 싶다고 청원한 게 틀림없다.

얀요스는 선장, 안진은 항해사로서 일본에 표류해온 지 어느덧 9년…… 얀요스는 그 배가 어느 곳에 닿든 거기서 다시 배편을 구하여 고국으로 돌아갈 작정이었다. 지금 네덜란드는 일본인이 자카르타라고 부르는 자바섬에 근거지를 가지고 있다. 거기까지만 가면 얀요스의 희망은 이루어질 가능성이 있지만, 가는 곳이 루손이나 멕시코라면 일본을 떠나는 것일 뿐 고국에서 더욱 멀어지게 된다.

얀요스의 편지를 읽고 나자 안진은 붓을 들어 회답을 썼다. 책상 앞에 단정히 앉아 모국어로 글을 쓰려니 쓸쓸함이 처량하게 가슴을 때렸다.

'반대해도 헛일일지 모르겠다…….'

자네 심정을 모르는 바 아니네. 그러나 여태까지도 기다려 왔잖은가. 조금만 더 안전한 기회를 기다려 보세. 영국 해군도 이제 일본을 찾아올 게 틀림없으니까. 헛된 일이라고 여기면서도 일본에 영국인이 있다는 편지를 나는 늘 자바에 계속 띄우고 있네. 그것을 본 사람이 모르는 척할 리는 없다고 생각하네…….

안진이 편지를 다 쓰고 났을 때, 젊은 무사 산주로(三十郎)가 손님이 왔다고 알렸다. 손님은 오쿠보 나가야스였다.

사실 안진은 누구 손에 들어갈지 모를 편지를 몇 해 동안 계속 써왔다. 네덜란드와 긴밀히 손잡은 영국인이 이윽고 동양으로 항로를 넓혀 찾아올 날이 머지않다…… 아니, 반드시 영국인이 아니고 네덜란드인이라도 좋다. 네덜란드 배는 이미 희망봉을 돌아 인도를 지나 자바의 벤텀이라는 곳까지 진출해 있으니…… 그들이 일본의 분고 해변에 밀려온 날로부터 포르투갈과 스페인 선교사들에게 박해당한 일, 이에야스에 의해 구조된 일, 그리고 그 뒤 일본에서 어떤 대우를 받고 있는지에 이르기까지 자세하게 편지에 썼다.

물론 그것은 지금도 그 책상 위에 허무하게 쌓여 있다. 네덜란드 배도, 영국 배도 아직 일본에 찾아오지 않았다. 포르투갈 배와 스페인 배만 왔었다.

그러나 그는 결코 실망하지 않았다. 일본인보다 더한 끈질긴 인내로 언젠가는 동포가 일본에 찾아올 것이라는 희망을 가지고 그날에 대비하고 있다.

그는 슨푸성 안에서 오쿠보 나가야스에게 문득 그 이야기를 한 적이 있었다. 나가야스 역시 해외에 대해 큰 관심을 품고 있다……고 느꼈으며, 규슈의 예수교 영주들에게 널리 얼굴이 알려진 나가야스가 귀국할 때 도움될 듯한 기분이 들었기 때문이었다.

그 나가야스가 찾아온 것이다.

"내가 에도로 온 일을 비밀로 하고 있었는데……."

젊은 무사에게 중얼거리며 안진은 책상 위를 정리하고 나서 보료를 매만진 뒤 손님이 들어오기를 기다렸다.

나가야스는 명랑하게 젊은 무사와 이야기하면서 들어와 단정하게 앉아 있는 안진을 보자 말했다.

"허, 나는 안진 님 댁은 틀림없이 진기한 외국 물건으로 꾸며져 있을 줄 알았는데 뜻밖에도 조촐한 살림살이군그래. 음, 과연……."

선 채로 나직이 신음한 다음 다시 명랑하게 웃었다.

"이렇게 하지 않으면 오랜 세월 일본에서 배겨낼 수 없을지도 모르지. 안진 님은 완전히 일본인이 되려시는 모양이지요?"

"오쿠보 님, 한동안 뵙지 못했습니다만, 별일 없으셨는지요……?"

"하하……그런 딱딱한 인사는 부디 그만두십시오. 귀하가 완전한 일본인이 되려는 심정을 뒤집어보면 그만큼 쓸쓸하기 때문이겠지요. 어떻소, 아직도 고향의 그, 뭐라더라, 메리라는 부인 꿈을 이따금 꾸시는지요?"

"허, 참으로 죄송합니다. 오쿠보 님은 어떻게 그런 일까지 아시는지……?"

"하하……그밖에도 여러 가지로 많이 알지요. 스페인과 영국의 사이가 나빠진 원인도."

"허, 오쿠보 님은 그것을 어떻게 보십니까?"

"사랑의 쟁탈전쯤으로 봅니다. 영국의 엘리자베스 여왕에게, 스페인의 펠리페 2세가 홀딱 반했다더군요. 그래서 결혼을 청하자 기질 센 이 처녀 여왕님이 내 배우자는 영국이다……라며 딱지 놓으셨다고요. 어떻습니까, 나가야스도 제법 잘 알지요?"

나가야스가 나타나자 집 안이 단번에 명랑해졌다. 안진도 웃었다.

"오쿠보 님은 돈 로드리고한테 온갖 질문을 하신 모양이지요?"

나가야스도 그것을 숨기려 하지 않았다.

"그래요? 내가 알아낸 곳을 아시는 모양이군…… 그럼, 화제를 바꾸기로 하지요."

돈 로드리고는 스페인인으로 전 필리핀 태수였다. 그는 임기를 마치고 루손에서 멕시코로 가던 도중 심한 폭풍우를 만나 지난해……즉 게이초 13년(1608) 7월 25일, 가즈사의 이와다(岩和田) 언저리로 태풍에 떠내려와 지금 일본에 머물며 보호받고 있다.

그 난파 때 36명이 익사하고 나머지 350명쯤 되는 선원들은 돈 로드리고와 함께 구조되어 우라가(浦賀)로 옮겨져 귀국하기 위해 배를 만들고 있는 중이었다. 이즈의 금광에 있는 나가야스가 그 기회를 놓칠 리 없어 직접 그 조선 현장으로 가서 여러 가지 새로운 지식을 알아온 게 틀림없다.

"실은 안진 님, 저는 오늘 귀하에게 두 가지 큰 소식을 알리러 왔소."

"허, 두 가지 큰 소식……길보입니까, 흉보입니까?"

"글쎄요, 그건 귀하의 마음 여하에 따라 길보도 되고 흉보도 되겠지요."

"빨리 듣고 싶군요."

젊은 무사가 날라온 차를 나가야스 앞에 놓고 안진은 자세를 가다듬었다.

"하하……역시 궁금하신 모양이군. 하나는 네덜란드 배가 일본에 온다는 소식입니다."

"뭐, 네덜란드 배가……?"

"네덜란드는 여전히 포르투갈을 원수처럼 여겨 마카오에서 일본으로 오는 상선을 나포하려 추격해 오고 있지요. 그러므로 일본이 만일 포르투갈 배의 입항을 허락한다면 추격해 온 네덜란드 배와 항구 안에서 싸움이 벌어질 거라는 정보입니다."

"흠, 그것을 누구한테 들으셨습니까?"

"규슈의 어떤 영주에게 왔던 당나라 배 선장에게서 나온 말이지요."

나가야스는 그 이상은 모른다는 듯 고개 저으며 다음 이야기를 시작했다.

"또 한 가지는, 귀하가 만드신 배와 귀하의 운명에 관계있는 문제요. 어떻습니까, 안진 님. 귀하가 만든 배 이름은 정해졌나요?"

"예, 산 보나반츄르호. 어설픈 일본 이름보다는 그게 좋겠다고 오고쇼님 허락을 얻었습니다."

"하하……이제 알았소!"

"무엇을 아셨다는 말씀인지요."

"안진 님, 귀하 덕택에 일본에도 서양식 범선을 만들 수 있는 배 목수들이 꽤 많이 생겼다고 생각하시오?"

"흠……그건 틀림없지요."

"그 가운데 한 사람이 돈 로드리고의 귀국을 위한 배를 만들고 있는 현장을 보러 가서……말하기를 이래서는 배가 안 될 거라고……."

"허……."

"덩치만 컸지 내용이 엉터리니, 바다에 띄우면 에도까지도 못 갈 것이라고……이렇게 되면, 귀하가 만드신 배는 어떻게 되리라 여기시오?"

나가야스는 목소리를 낮추며 똑바로 바라보았다.

돈 로드리고는 스페인령 멕시코로 가던 길이었다. 그 배가 이와와다에서 좌초해 크게 파손된 것을 우라가까지 끌어갔지만, 도저히 수선할 수 있는 상태가 아니었다. 그래서 결국 남아 있는 선박 도구 등을 최대한 활용해 새로이 배를 만들기로 했는데, 루손에서 로드리고가 데려온 배목수의 솜씨가 미숙해 도중의 침수 처리 정도는 할 수 있더라도 태평양을 건널 만한 튼튼한 배는 만들어질 것 같지 않다……고 나가야스는 말하는 것이다.

"오고쇼님이 로드리고를 각별히 돌봐주시는 것은 안진 님도 아시겠지요?"

"그렇습니다. 일시동인(一視同仁), 적의 없는 자는 보호해 준다시며 우리들이 표류해 왔을 때와 똑같이 돌봐주고 계십니다."

안진이 진지하게 대답하자 나가야스는 싱글벙글하면서 손을 내저었다.

"안진 님은 예절 바르시군요. 아주 고지식하게 말씀하시는데요. 확실히 그렇습니다. 오고쇼님의 방침은 언제나 일시동인이오…… 그러나 그 일시동인 이면에는 다른 목적도 있지요."

"……."

"그렇듯 얼굴을 찌푸리지 마시오. 나는 터놓고 이야기하는 것이니까. 우리나라와 멕시코와의 교역……은 포르투갈령 마카오에서 오는 배보다 훨씬 적소. 즉 오고쇼님은 스페인의 펠리페 대왕과 어떻게든 좀 가까이해 보려 생각하고 계시오. 그러니 로드리고들의 이번 조난은 정말 좋은 기회지요."

"……."

"아시겠습니까, 350명이나 되는 사람들을 친절하게 구조해 보내준다……면 저쪽도 고맙게 여기겠지요. 그런데 자재를 대주어 만들게 한 배가 도저히 쓸 만한 게 못 된다면 오고쇼님이 어떻게 생각하시겠소? 쓸 만한 배를 만들 때까지 내버려 둘 것인가, 아니면 안진 님이 만든, 뭐라셨소, 산 보나반츄르호라는 그 배로 돌려보내 줘야겠다고 생각하실지……."

"그러면 오쿠보 님은, 오고쇼님이 저에게 돈 로드리고를 멕시코까지 보내주라……고 분부하실 거라고 여기십니까?"

"그렇게 안 될까요, 안진 님?"

"하지만 저는 그들이 미워하는 자가 아닙니까……?"

나가야스는 크게 손을 내저었다.

"아니, 그렇지 않습니다! 안진 님은 영국인으로서 네덜란드 배를 타고 오셨습니다. 그러나 이번에는 사정이 전혀 다르지요. 안진 님은 일본 오고쇼님의 사신이며, 더욱이 그들을 도와 돌려보내 주는 구세주지요. 그러므로 그들도 미워할 수 없으며, 폭력을 쓸 리 없습니다. 어쩌면 이 일로 안진 님과 스페인 사이에 화해가 이루어져 안진 님은 어느 나라 배를 타든 안전하게 세계를 돌아다닐 수 있게……될지도 모르지요."

안진은 진지하게 생각에 잠기면서 날카롭게 추궁했다.

"음. 그래서 내가 오고쇼님 분부대로 멕시코에 가게 된다……면 오쿠보 님은 무슨 특별한 볼일이라도 있으신지요?"

그리고 무릎 위의 손을 다시 바로 놓았다.

오쿠보 나가야스는 몸을 앞으로 내밀었다.

"하하……안진 님 관찰은 날카롭구려. 바로 그렇소…… 만일 귀하가 멕시코로 가시게 된다면 실은 한 가지 부탁할 일이 있지요."

"아직 결정되지도 않았는데 묻기 뭣합니다만, 그게 대체 무엇입니까?"

"하나는, 광맥 탐색에 정통한 그 나라 사람을 두셋 채용해 데려와 달라는 것. 나의 충성을 충실히 하기 위한 소중하고 공식적인 부탁이지요."

"음."

"또 하나는 멕시코의 은광 및 그 밖의 이익 분할제도에 대해 조사해 주셨으면 하는 거요."

"이익분할……이라니요……?"

"광산의 수확에 대한 이익분할제도가 예전부터 있었습니다. 영주며 권력자는 몇 할, 현장채굴자 즉 덕대는 몇 할이라는 식으로 말이지요."

"아, 그거로군요."

"그렇지요. 파서 나올지 안 나올지 알 수 없는 광산이므로, 말하자면 위험부담 을 피하려는 권력자의 교활한 생각에서 나온 것이지만……."

"오쿠보 님, 그 분할제도를 조사하셔서 어떻게 하시려는 건지요?"

"하하……더욱 날카로운 질문이군요. 현재 일본에서 이만한 이야기에 이런 질 문을 할 분은 안진 님 외에 없을 겁니다. 아니, 분명하게 털어놓지요. 즉 일본 덕 대의 분배율이 외국에 비해 너무 적다면 오고쇼에게 여쭈어 늘려달라고 할 작 정……이라는 참으로 치사한 생각이지만, 실은 그게 아니오. 외국의 분배율에 따 라 오쿠보 나가야스, 일본의 광산가들을 인솔하여 온 세계 광산에 도전해 보고 싶은 거요."

"흠, 과연……."

"아시겠소. 안진 님이 뭐라시든 현재 세계의 바다에서는 아직 포르투갈, 스페인 의 구교측 세력이 크오. 그렇다고 우리들이 영국이나 네덜란드를 결코 소홀하게 여기는 것은 아니오. 이 점에서는 우리들도 똑같이 오고쇼님의 일시동인……아니, 오고쇼님의 방침을 더 확대해 세계의 바다로 진출하는 이상, 금은이 쏟아져 나오는 산을 여기저기 소유하고 있다면 얼마나 좋을까, 뭐니뭐니해도 교역품 가운데 가장 중요시되는 것은 황금과 백은⋯⋯안진 님은 그렇게 생각지 않으십니까?"

"음."

안진은 똑바로 앉아서 신음할 뿐 갑자기 대답할 수가 없었다. 나가야스의 말대로 유럽인이 온갖 위험을 무릅쓰고 세계의 바다로 진출한 것도 실은 금은을 찾아서라고 할 수 있다. 그 때문에 얼마나 많은 사람들이 서로 죽이고 죽고 물에 빠져 사라진 것일까⋯⋯.

나가야스는 안진이 자기 말에 감탄한 것을 눈치채자 더욱 신이 나서 허풍치기 시작했다.

"이건 비밀이지만, 나는 땅속의 금은을 냄새로 알아내는 힘을 지녔소. 그러므로 세계 어느 곳에 가더라도 꼭 냄새를 맡아낸단 말씀이오. 하하⋯⋯그렇게 되면 황금섬 지팡구에서 나타난 나가야스는 모든 것을 황금으로 만들어버리는 희대의 마술사도 되겠지요. 어떻습니까, 재미있는 이야기가 아닐까요?"

미우라 안진은 파란 눈으로 지그시 나가야스를 지켜보았다. 안진은 온 세계 가지각색의 인간들을 접해왔다. 인간을 사로잡는 요소의 정체가 무엇인지 너무나 잘 알고 있다.

탐욕과 성욕을 빼면 인간을 미치게 하는 가장 큰 것은 역시 황금이다. 그 황금에 대해 일본인들은 의외로 담담했다. 안진을 지금까지 일본에 머물게 한 진정한 원인은, 세키가하라 싸움이 벌어지려는 중대한 시기에 이에야스가 선뜻 내준 황금 5만 냥의 매력이었다 해도 지나친 말이 아니다⋯⋯.

그 뒤 이에야스를 관찰해보니 이에야스는 결코 낭비가가 아니었다. 그 생활은 안진 자신이 본받을 만큼 아주 겸손했다. 그런데 필요한 때는 놀랄 만큼 큰돈을 아끼지 않는다. 이번에 건조한 120톤의 산 보나반츄르호에도 이에야스는 전혀 돈을 아끼지 않았다. 돈 로드리고에 대해서도 마찬가지로, 어떤 종류의 이상을 위해서는 황금을 아끼지 않는⋯⋯것이 일본인 특색의 하나가 아닐까⋯⋯생각하고 있을 때 오쿠보 나가야스가 이런 말을 해온 것이다.

'규모가 크다⋯⋯.'

유럽에는 그 옛날 누군가가 감추었거나 간직해 두었다고 전해지는 보물찾기에 목숨 건 이들이 숱하게 있었지만, 나가야스처럼 세계 곳곳에서 광산을 해 보겠다는 인물은 아직 만난 적 없었다. 무엇보다도 땅속에 광물로 매장되어 있는 금은을 노리는 일은 너무도 느긋한 간접적인 보물찾기라 파도 나오지 않으면 헛수고가 아니냐는 절망감이 먼저 사람을 사로잡기 때문일 것이다.

"어떻습니까, 내 이야기를 못 믿겠습니까. 이 오쿠보 나가야스는 오고쇼님께 발탁된 뒤 벌써 18군데 남짓 지하의 황금을 찾아내 지금도 날마다 금고에 거둬들이고 있소. 그러나 이것만으로는 재미없습니다. 이제 앞으로는 일본인도 세계의 바다로 진출할 겁니다. 그래서 여기저기 정박하는 곳마다 황금이 산출될 광산을 마련하여 교역의 손을 뻗어 나가는……것이 진정한 준비가 아닐까요."

잠시 뒤 안진은 바싹 마른 혀를 축이며 말했다.

"오쿠보 님, 저에 대한 귀하의 부탁은 광산 이율분할제도를 조사해 보고 오라는……그것뿐만은 아닐 테지요?"

"하하……놀랐는데요! 바로 그렇습니다. 그러나 앞으로의 일에 대해 귀하가 흥미를 느끼지 않는다면, 털어놓아도 헛일일 테니 우선 그 흥미가 있는지 없는지 알아보려 한 겁니다."

"그러시면 이 안진에게 대체 무엇을 하라는 말씀이신지?"

"아니, 뭐, 각별한 것은 없소. 오고쇼님께 바치는 것과 같은 성실성으로 우리들에게도 귀하의 지혜를 빌려주시겠는지……하는 것뿐입니다."

나가야스는 잠시 말을 멈추고 냉정하게 안진의 표정을 살피기 시작했다.

안진이 줄곧 신경 쓰고 있는 것은 나가야스 착상의 기발성과 과장성만이 아니었다. 그가 처음에 말한 '네덜란드 배가 온다……'는 한 마디가 가슴에 큰 충격을 준 채 남아 있다. 지금의 나가야스쯤 되는 지위와 권세라면, 그 네덜란드 배를 쫓아버릴 수도 몰래 정박시킬 수도 있을 것이다. 그리고 그것은 안진의 운명을 다시 한번 유럽과 연결지을 수도 단절할 수도 있는 힘을 지닌 것 같았기 때문이었다.

"오쿠보 님, 안진은 오쿠보 님을 오고쇼님의 얻기 어려운 충신으로 믿겠습니다."

"그럼, 내 꿈에 협력해 주시겠다는 말씀입니까……?"

"그 대신……저도 오쿠보 님께 부탁드릴 말씀이 있습니다."

안진은 곧 교환조건을 내놓는 자신을 부끄럽게 여기는 듯했다.

"알겠소, 동지라면 어떤 협력도 아끼지 않는 게 오쿠보 나가야스, 무엇이든 말씀하십시오."

"조금 전에 네덜란드 배가 머잖아 포르투갈 배를 뒤쫓아 일본으로 온다고 하셨지요……."

"그렇소, 마카오에서 온 당나라 사람의 기별로…… 나는 히라도(平戶), 나가사키는 물론 분고, 하카타, 사카이, 해외로부터의 기별이 하나 빠짐없이 내 귀에 들어오도록 해놓았지요."

"만일 그 네덜란드 배가 일본에 나타나면 곧바로 쫓아내지 말고 어디서 보호해 주시도록 손쓰실 수 있을까요."

나가야스는 유쾌한 듯이 웃었다.

"하하……인간에게는 저마다 맹점이 있는 법이오. 그런 일이라면 오고쇼님께 말씀드리면 단번에 일본 전국 영주들에게 명령내릴 수 있는 일……안진 님은 그것을 청원할 수 없다는 말씀인가요?"

안진은 얼굴이 빨개지며 고개를 끄덕였다. 바로 나가야스의 지적대로였다. 이미 산 보나반츄르호라는 배가 완성되어 있다. 그러잖아도 이에야스는 안진이 유럽으로 달아나 돌아가지 않을까 은근히 신경 쓰고 있다. 그런 때이므로 영국과 동맹관계인 네덜란드 배를 고대하고 있다……는 심정을 드러내 보이고 싶지 않았고 또 알게 해서 걱정을 끼친다면 예의가 아니다.

"안진 님, 안심하시오. 쫓겨오는 게 포르투갈 배라면, 쫓아오는 배도 전혀 엉뚱한 곳으로 들이닥치지는 않을 거요. 아마 히라도겠지요. 어떻습니까, 그쪽으로 내가 적절히 연락해 놓을 테니 안진 님은 포르투갈 배를 기다리는 척하며 네덜란드와 연락하고 오시면……?"

"그, 그런 일은 오고쇼님에게……."

"아니, 그렇지 않소. 오고쇼님은 일시동인이라 신구 양교국과 사귀려는 생각이시오. 귀하가 히라도에 가 있을 때 우연히 네덜란드 배가 들어왔다고 하면……기뻐하실지언정 노하지는 않으실 거요…… 네덜란드 배를 타고 그대로 일본을 떠나는 일이 있다면 이야기가 달라지겠지만."

결국 미우라 안진은 오쿠보 나가야스가 뭔가 커다란 대가를 원하고 있다……고 느끼면서도 그의 제의에 따르는 수밖에 없었다. 그만큼 나가야스가 가져온 '머잖아 네덜란드 배가 일본에 온다……'는 정보는 그의 향수에 불을 지르는 큰 유혹이었다.

"그럼, 네덜란드 배가 규슈에 왔을 때 매정하게 쫓아내지 않도록 오쿠보 님께 서 여러 영주들에게 넌지시 부탁해 주시겠습니까?"

나가야스는 가슴을 탁 치며 고개를 끄덕였다.

"동지를 위해, 아주 쉬운 일이오."

"그럼, 저도 다시 여쭈어보겠습니다. 이 미우라 안진, 오쿠보 님을 위해 어떤 활 동을 하면 되겠습니까?"

나가야스는 너털웃음을 지으며 눈을 좁혔다.

"과연 안진 님은 이야기가 빠르오. 즉 이로써 우리 둘의 계약……안진 님이 곧 잘 말씀하시는 계약이 성립된 셈이군요."

"아니, 아직 어떤 활동을 해야 좋을지 말씀하시지 않았습니다."

"쉬운 일입니다."

다시 한번 나가야스는 덮어씌우듯 한마디 하고 나서 품 안으로 손을 집어넣어 조그마한 두루마리를 하나 꺼냈다.

"자, 여기에 서명한 뒤 일본식으로 혈판(血判)을 찍어 주시도록."

"혈판……말입니까?"

"그렇습니다. 연판장이라는 것으로, 일본에서는 배반하면 안 될 소중한 계약에 이것을 쓰지요."

"호……."

안진은 신기한 듯 그 두루마리를 펼쳐보았다. 맨 첫머리에 누군지 몹시 세련된 필적으로 씌어 있다.

"우리는 천지신명 앞에 맹세코 마쓰다이라 다다테루를 맹주로 하여 오쿠보 나 가야스의 계획에 의한 일본 100년의 발전을 도모하기로 동의하노라. 반드시 배반 하지 않을 것을 연판장에 아래와 같이 서명함."

그리고 맨 먼저 마쓰다이라 다다테루의 서명 혈판이 있고 다음에 오쿠보 다다 치카, 아리마 하루노부, 이나 다다마사(伊奈忠正 : 무사시(武藏) 고 노스(鴻巣) 성주), 이시카와 야스나가(石 川康長 : 신슈(信州) 후카 시(深志) 성주), 이시카와 가즈노리(石川數矩 : 신슈 지쿠마 (筑摩) 성주), 도미타 노부다카(富田信 高 : 이요(伊豫) 우와지 마(宇和島) 성주), 다카하시 모토타네(高橋元種 : 휴가(日向) 노베 오카(延岡) 성주) 등의 이름이 나열되어 있 었다.

나가야스는 가슴을 젖히 듯하며 말했다.

"어떻소, 일본에도 큰 꿈을 품는 자가 결코 적지 않지요. 머잖아 여기에 일본 전국 영주들의 혈판을 모조리 찍게 해서 다함께 세계의 바다로 진출해 갈 겁니다. 그렇게 되면 안진 님이 곧잘 말씀하시던 북쪽 바다에서 영국으로의 항로도 반드시 실현해 보이겠습니다. 자, 여기에 혈판을 찍어 주시도록……."

안진은 아직도 감탄하고 있다.

"허……그럼, 여기에 서명하면 저는 무엇을 해야 합니까?"

"우선 서명하십시오. 그것만으로도 이 연판장의 신용이 나타난단 말씀이오. 오쿠보 나가야스의 꿈은 온 세계를 두루 돌아다닌 미우라 안진이 봐도 전혀 실현 불가능한 일이 아니라는……."

"과연, 이제 납득됩니다. 그럼……."

안진은 붓을 들어 서명했다. 안진이 서명을 끝내고 단도를 뽑아 혈판을 찍을 때까지 나가야스는 입을 꽉 다문 채 숨죽이고 있었다. 그리고 안진이 연판장을 나가야스 앞으로 밀어놓자 진심으로 유쾌한 듯 웃으며 그것을 말기 시작했다.

"정말 고맙습니다. 이로써 이 연판장이 올바른 게 되었습니다. 개중에는 소견좁은 자가 있어 내 꿈을 단순한 허풍으로밖에 생각지 않거든. 그런 이들도 이것을 보면 납득하겠지요."

"오쿠보 님은 이상한 분이군요."

"하하……세상을 좀 넓게 보는 눈을 가졌을 뿐이지요. 아시겠습니까, 안진 님. 여기에 서명한 이상 신교, 구교의 구별 같은 것에 구애되어 양쪽 싸움에 가담한다는 것은 당치도 않습니다."

"그렇겠지요."

"아니, 그런 각오 없이는 세계의 바다를 자유롭게 헤엄칠 수 없소. 즉 오쿠보 나가야스의 눈에는 엘리자베스도 펠리페도 없소. 모두 서로 마음이 통해야만 할 일시동인의 동포요. 그런 심정으로 여러 가지 지혜를 빌려주시기 바라오."

"오쿠보 님, 아까 그 연판장이라는 것에 마쓰다이라 다다테루 님을 맹주로 하여……라고 되어 있었지요……?"

"그렇소. 일본이 세계의 바다로 진출하여 곳곳에 기항처(寄港處)를 가지게 된다면 쇼군님만으로는 손이 모자라오. 그래서 쇼군님께는 오로지 나라 안 일만 전담케 하시는 거요."

"과연."

"그리고 교역 및 그에 관계된 외국과의 절충은 우리 주군, 쇼군의 아우님이신 다다테루 님께 맡기는 거지요. 외교대신 같은 것으로 만들 생각이오."

"그것참, 묘안이군요. 그래야 하겠지요. 잘 알았습니다."

"그럼, 오고쇼님 명령만 있다면 귀하는 어느 곳, 어떤 나라 사람과도 절충하실 것……으로 알고 돌아가도 좋겠지요?"

"미우라 안진은 약속을 어기는 자가 아닙니다."

"하하……실례했습니다. 아참, 이것은 내가 이즈 광산에서 발견한 황금인데 선물로 드리겠습니다."

그리고는 주먹만 하게 싸인 비단보자기를 펼쳐 다다미 위에 놓았다. 눈부시게 빛나는 황금 닭이었다.

"이런 귀중한 것을……!"

"사양하실 것 없습니다."

나가야스는 급히 일어섰다.

"이 코가 한 번 씰룩거리며 냄새 맡으면 당장 튀어나오는 닭이지요."

"그러나 이것은……."

"하하……지팡구 섬은 모두 황금으로 되어 있다는 마르코 폴로의 전설을 안진 님은 믿지 않으십니까. 그건 잘못된 생각이오. 그럼, 이만 실례!"

멍하니 앉아 있는 안진을 남겨놓고 거침없이 현관으로 나가버린다. 한동안 넋 잃고 황금 닭을 바라보다가 안진은 황급히 나가야스를 배웅했다.

나가야스는 벌써 젊은 무사가 내놓은 짚신을 신고 타고 왔던 가마 쪽으로 가고 있었다.

가마가 미우라 안진의 저택 대문을 나서자 나가야스는 말했다.

"아사쿠사 병원……."

그리고 성급하게 덧붙였다.

"거지병원. 천민병원 말이야, 소텔로가 운영하고 있는."

가마꾼 외에 창잡이와 신발잡이 둘을 따르게 했을 뿐, 나가야스로서는 드물게 조촐한 행차였다. 그래서 가는 곳을 미리 알려놓지 않은 모양이다.

아사쿠사 병원이라는 말을 듣자 가마 앞채잡이는 얼굴을 찌푸렸다. 소텔로가 박애병원이라 부르는 아사쿠사 병원은 일반 백성들에게 그리 평판 좋지 않았다. 그 원인을 오쿠보 나가야스는 잘 알고 있었다. 어떤 병원이든 개업 당시에는 세상에 알려지지 않은 탓으로 횅뎅그렁한 게 보통이다. 그런데 아사쿠사 병원은 개업하자마자 문전성시를 이루어 환자들이 밀어닥쳤다. 더욱이 대개 누추한 차림의 사람들로 일반백성들이 아니었다. 단자에몬(彈左衛門) 지배 아래의 천민들로, 조사해 보니 그들은 일당 20푼씩 받고 모여든 환자를 끌어들이기 위한 앞잡이라는 게 밝혀졌다.

"정말 소텔로가 할 만한 수법이군……."

그는 천민과 빈민을 혼동했다. 그리고 그들이 신의 이름으로 그 가난한 사람들의 동지로서 정치의 눈길이 미치지 않는 곳까지 인간애를 보급시키려 얼마나 노력하는지 막부에 보이려 한 것이다.

물론 이 천민 행렬은 이튿날 행정관리들에 의해 해산당했다. 개중에는 일당을 받은 사실을 부정하고 피부병 치료를 받았다고 주장하는 자가 있어 조사해 보니, 종기며 부르튼 피부에 유황가루를 탄 뿌연 물을 그 위에 발라준 것으로 밝혀졌다.

그래서 근처 아사쿠사 사 스님 가운데 유황가루를 조그만 봉지에 넣어 나눠 주는 자까지 나타나기도 했다.

"일본의 관세음보살님도 효험이 있다."

어지간한 소텔로도 천민이란 어떤 종류의 사회적 제재를 받는 특수한 계층임을 몰랐던 모양이다. 그런 사람들이 한길에 모이는 것을 막부가 좋아할 리 없다. 백성들도 물론 깜짝 놀라 오히려 발길이 멀어졌다.

그러나 지금 사람들이 전혀 오지 않는 것은 아니었다. 한 번 일당을 받았거나 무료치료를 받은 재미를 잊을 수 없어 천민들은 병자가 생기면 달려왔고, 정말 곤궁에 빠진 사람들은 얼굴을 가리다시피 하여 문을 들어선다.

단지 소텔로가 생각했던 만큼 막부의 고관들이 그를 칭찬하거나 고마워하지 않을 뿐 병원 설립 의의가 전혀 없는 것은 아니었다. 그렇게 되자 소텔로는 다시 전략을 바꾸었다. 이즈음 소텔로는 선교사들과 더불어 치료가 어려운 병자, 중환자들을 찾고 있다. 어떻게든 연줄을 구하여 영주, 직속무장, 부자, 큰 장사꾼들까지 찾아다닌다.

"여기, 이러이러한 환자가 있다고 들었습니다만……."

없다고 하면, 잘못들은 이야기였던가 하고 공손하게 물러선다. 이것이 소문난 환자가 늘고 있다고 한다…….

가마 속에서 그런 일들을 생각하면서 나가야스는 히죽 웃었다.

남만 반딧불

아사쿠사 병원에 가마가 도착한 것은 이미 한낮이 지나서였다.

이른 아침부터 찾아오는 환자들의 모습은 없었고 문 안에 나란히 심은 버드나무 가지가 바람에 조용히 흔들거리고 있다. 건물의 겉모습은 별다른 게 없다. 입구 지붕 위에 문장처럼 십자가가 세워져 있을 뿐이었다.

나가야스가 가마에서 내리는 동안 창잡이 시동이 현관 안으로 들어서면서 큰 소리로 안내를 청했다.

"여봐라! 오쿠보 나가야스 님께서 원장을 뵙고자 하오."

희고 긴 수술복을 입은 작은 꼽추 사나이가 나왔는데 물론 일본사람이었다.

"그 오쿠보 님이 어디 편찮으십니까?"

나가야스는 짚신을 신고 현관 앞에 선 채로 그 말을 들었다.

창잡이는 답답한 듯 혀를 찼다.

"아니, 오쿠보 님을 모른단 말인가? 원장님이 아시니 전하기만 하면 돼. 오쿠보 나가야스 님이라고."

사나이는 입속으로 투덜대면서 그대로 안으로 사라졌다. 환자가 아니면 이리로 오지 말라……고나 하는 듯한 모습이었다.

나가야스는 창잡이에게 한마디 했다.

"좀처럼 나오지 않는군. 소텔로란 놈 또 장사하러 거리에 나가고 없는지도 모르지."

창잡이는 조금 머리를 숙여 보였다.

"나리, 오늘은 묘한 곳에만 들르시는군요."

"그렇다. 나는 지금 두 동강 난 유럽을 하나로 만들어 써먹을 수 있는지 없는지 대장장이 같은 일을 시험하고 있는 거야."

"두 조각으로 깨진 찻잔……말입니까?"

"아니, 찻잔이 아니라 유럽이다. 니치렌 종과 정토종 말이야."

"예……."

사도섬 태생인 창잡이는 고개를 흔들면서 입을 다물었다. 자기로서는 알 수 있는 일이 못 된다는 것을 알고 단념해 버린 모양이다.

"그렇지만 안진이건 소텔로건 미운 데는 없는 사나이지. 본디 아주 착한……그래, 하나님의 자식이니까."

창잡이는 대답하지 않는다. 그는 다시 텅 빈 현관 안을 들여다보는 듯한 자세로 발소리가 돌아오기를 기다리고 있다.

"그 착한 인간들이 자기만 옳고 자기만 잘났다고 생각해서 이따금 맞부딪치곤 하지만, 말을 해보면 알아들을 생물이지."

"대감, 나오는 모양입니다."

"그래? 일본인 의원인지도 모르겠구나."

"한 사람이 아닙니다. 아, 신부며 여자들을 거느리고 텁석부리들이 떼 지어 나옵니다."

"좋아, 그 텁석부리 가운데 머리가 가장 많이 벗어진 것이 소텔로야."

창잡이를 대신해 안을 들여다본 나가야스는 웃었다.

"흐흐……."

가짜 천민 환자들에게 질린 모양이리라. 소텔로는 어마어마하게 종자들을 거느리고 예의 바른 표정으로 배를 쑥 내밀고 걸어온다.

"아, 오쿠보 나가야스 님, 잘 오셨습니다."

소텔로의 일본말은 다라니경(陀羅尼經)이라도 읊듯 혓바닥이 잘 돌아가지 않는다.

"아, 그냥 신발을 신으신 채 들어오십시오."

그리고는 아주 점잖은 몸짓으로 몸을 돌려 더욱 가슴을 펴고 안으로 향했다.

나가야스는 시키는 대로 여러 사람으로부터 공손한 인사를 받으며 그 뒤를 따랐다.

'역시 피는 속일 수 없는 모양이로군⋯⋯.'

미우라 안진은 본디 서민의 자식인 듯했으나 소텔로는 그렇지 않은 모양이다. 그는 아버지가 유력한 정치가이며 명예로운 세비아 시 참의원이었다는 사실을 자랑스럽게 들려준 일이 있다.

그러므로 일본에서의 두 사람 생활방식은 극단적으로 달랐다. 안진은 어디까지나 소박한 일본사람이 되려 노력했고, 소텔로는 끝까지 위엄을 갖춘 스페인 사람이기를 원했다.

아마도 그는 안진처럼 서원으로 꾸민 거실에서 살거나 차를 즐기지는 않을 것⋯⋯이라고 생각하며 짚신을 신은 채 들어가 보니 예배당 옆에 자리한 그의 거실은 자단목 의자가 놓인 남만식 방이었다. 벽에는 남만 그림, 엷은 천을 깐 침대 위에는 방장이 둘러지고 그 옆에 세계지도가 걸려 있다. 탁상의 꽃꽂이 통은 두툼하게 빛나는 유리였다.

그 테이블 앞에 서서 소텔로는 사람들을 소개했다.

"우리 병원의 귀한 의사 불기리오입니다. 그리고 다음은 무니요스 신부님, 다음은 바르나바 신부님, 다음은 일본 의사 요하네스, 다음이 간호부장 마리아입니다."

그들은 저마다 이름이 불릴 때마다 의젓한 몸짓으로 머리를 숙였으나, 나가야스는 가볍게 고개를 끄덕였을 뿐 답례하지 않았다. 그는 일부러 거만스럽게 간호부장이라는 여인을 쏘아보았다. 소텔로가 다테 마사무네에게 바친 눈이 푸른 여인과 이 여인 중 어느 쪽이 미인인지 비교해 본 것이다.

나가야스는 생각했다.

'이쪽이 더 매력 있는걸.'

이것은 그로서는 결코 무의미한 관찰이 아니었다. 나가야스는 인간의 성직 같은 것을 믿지 않는다. 그래서 소텔로가 아름다운 쪽을 마사무네에게 바쳤는지, 아니면 아름다운 쪽을 자기 곁에 남겨두고 좀 못한 편을 바쳤는지 판단해 볼 심산인 것이다.

그러고 보면 마사무네와 소텔로의 교제도 재미있었다. 마사무네는 유례없이 거만한 위인이고, 소텔로 역시 그보다 더한 권위주의자이고 보니 옆에서 보고 있노라면 웃음이 터질 지경이었다.

마사무네는 소텔로를 몹시 만나고 싶어 했다. 물론 바라는 것은 교역의 이익이고, 그 때문에 외국 사정을 알고 싶은 것이지만…… 그래서 시녀를 급한 환자로 꾸며 한밤중에 소텔로와 불기리오를 저택으로 불러대는 복잡한 연극을 연출한 것이다.

그리고 그 결과 병자가 완쾌했다고 하며 이번에는 마사무네 편에서 금은에다 계절에 따른 옷과 비단 몇 필을 덧붙인 선물을 보냈다. 그러나 소텔로는 받지 않았다.

"저는 오직 도를 위해 일할 따름입니다."

그리고 오히려 빵 50개와 투명한 양초 30자루, 정자향(丁字香) 3근, 후추 3근을 증정했다. 그 여우와 너구리의 한쪽 두목인 소텔로를 나가야스는 지금 놀려볼 셈인 것이다.

병원간부 소개가 끝나자 방 안에는 소텔로 외에 일본인 의사와 간호부장 두 사람이 남았다. 좌우에 앉은 그들은 소텔로의 위엄을 더하기 위한 장식물처럼 보였다.

소텔로 역시 일본말을 유창하게 한다. 통역의 필요는 전혀 없다.

나가야스는 우선 거창하게 말문을 열었다.

"오늘 찾아온 것은 다른 일이 아니오. 세계의 바다를 귀하는 과연 누구 소유로 생각하고 계시는지 그걸 물어보러 왔소."

소텔로 또한 곧바로 대답했다.

"그 질문, 영광으로 생각합니다. 말할 것도 없이 세계의 바다는 스페인과 포르투갈 것입니다. 많은 일본인들이 아직 모르고 있지만 1494년, 일본의 메이오(明應) 3년에 로마 법왕 알렉산드로 6세가 결정하신 일입니다."

"호, 어떻게 결정하셨는지 후학을 위해 듣고 싶군요."

"바로 대서양 중앙을 남북으로 지른 자오선……정확하게 말씀드려 벨데 섬 서쪽 370마일의 자오선을 양국 세력 범위의 경계선으로 정한 겁니다. 포르투갈 사람은 늘 이 선에서 동쪽으로 가서 아프리카 남쪽 끝 희망봉을 돌아 인도의 고아로 항해하여 다시 인도차이나의 말라카로 나가 마카오로부터 일본의 히라도, 나가사키로 항해할 것……이에 대해 스페인 사람은 경계선에서 서쪽으로 향하여 서인도제도의 쿠바로 항해하여 북미의 새로운 스페인인 멕시코로 가고 남미의 마젤란 해협을 거쳐 태평양으로 나와 마리아나 제도로 항해해 다시 필리핀의 마닐라로 가다가 거기서 히라도, 나가사키로 와서 포르투갈과 만나게 되는 셈이지요."

그는 거침없이 침대 옆의 세계지도를 돌아보고 말채찍으로 가리키면서 설명했다.

오쿠보 나가야스는 웃으며 말했다.

"그렇다면 둥근 세계의 그 해상권은 지금도 송두리째 두 나라 것이라는 건가요?"

"그렇지요. 우리들은 로마 교황 아래에서 성직을 맡은 몸이므로 이 결정을 존중하지 않으면 안 됩니다. 또 두 나라 왕이신 펠리페 대왕도 이 결정을 지키려 하고 계십니다."

"그럼, 지금 세계 바다에 진출해 있는 영국과 네덜란드의 배는 모두 부정한 해적이 되는 거군요?"

"그렇지요…… 일본도 오고쇼 이에야스 님이 그 일에 대해 분명한 외교관례를 만드셨지요. 게이초 8년(1603)에 네덜란드 해적들이 마카오에서 항해해 오던 포르투갈 배를 습격해 송두리째 약탈한 일이 있습니다. 실은 그 빼앗긴 배에 우리 선교사들 봉급이 실려 있었지요. 그 일을 오고쇼께 말씀드렸더니 오고쇼는 곧 350테일의 봉급에 다시 5000테일의 거금을 보태 내리시어 선교사들의 포교를 도우셨습니다. 이건 상대인 네덜란드가 옳지 못했음을 인정하신 전례입니다."

발음은 분명하지 않았으나 두뇌에 한 점의 흐림도 없는 유창한 소텔로의 답변은, 옛 무사를 연상시키는 듯한 미우라 안진의 서투른 말과 대조적이었다.

나가야스는 더욱 투지가 솟아올랐다. 상대의 말이 끝나기를 기다려 나가야스는 다시 히죽 웃었다.

"그렇다면 오고쇼 이에야스 님이 세계의 바다를 좀 갖고 싶다고……만일 그런 희망을 가지시는 경우에는 어떻게 하면 좋을까요…… 영국의 빅토리아 여왕처럼 일전을 벌여 이기는 수밖에 다른 도리가 없을까요. 아무튼 지금은 영국 배도 네덜란드 배도 유유히 두 나라의 바다를 침범하고 있으니 말이오."

이번에도 소텔로는 지체 없이 응했다.

"그 일에 대해서라면 펠리페 대왕께 곧바로 동맹을 청하시는 게 좋겠지요. 아니, 대왕님만으로 안심되지 않는다면 미력하나마 제가 로마 법왕께 알선해 드려도 좋습니다."

나가야스는 웃음을 터뜨리며 손을 흔들었다. 이렇게 하는 것이 소텔로의 과장된 자존심을 가장 짓밟아주는 일임을 잘 알고서 하는 장난이었다.

"아니, 오쿠보 님은 왜 웃으시는지요?"

"하하……신부님은 자기 생각에 도취해 버린 분 같군. 오고쇼는 귀하보다 좀 더 생각이 깊소. 펠리페 대왕에게 동맹을 청한다는 것은 멕시코처럼, 쿠바처럼, 필리핀처럼 대왕에게 나라를 바치는 일임을 잘 알고 계시지요."

순간 소텔로는 얼굴빛이 달라졌다.

"이거 참, 뜻밖의 말씀을 듣겠군요!"

"하하……그럼, 그 뜻밖의 사실을 조금만 더 말해 드리지요. 실은 게이초 10년(1605)에 오고쇼는 필리핀 태수에게 친서를 보내 좀 더 많이 교역하고 싶은데, 근래 스페인으로부터 오는 배가 줄어든 건 어찌 된 까닭인지…… 그런 뜻으로, 새로운 스페인인 멕시코에서 필리핀으로 대체 어떤 물품이 실려 오는지 그 품명을 정중하게 물어본 일이 있었소."

"무엇을 싣고 온다는 대답이었던가요."

"하하……이건 천하의 소텔로 님도 미처 생각지 못한 일일 거요. 그때 태수의 대답은, 실어오는 것은 군사뿐…… 하하하……그래서 산 프란시스칸 파인 귀하를 오고쇼께서는 처음부터 이들도 군사가 아닐까 하는 경계의 눈으로 보시게 되었던 거요. 일이란 모름지기 그 맨 처음이 중요하니까요, 하하하……."

소텔로는 당황해 양옆의 두 사람에게 물러가도록 명했다.

"당신들은 오랜만에 오신 오쿠보 나가야스 님 식사 준비를 해주오."

그리고 둘만이 되자 이번에는 소텔로도 웃었다.

"오쿠보 님."

"뭐요."

"귀하는 나에게 친구로서 숨김없는 사실을 알려주었습니다. 고맙습니다."

"아직 감사하기는 좀 이를 텐데, 소텔로 님."

"아니, 그렇지 않소. 오고쇼의 목적은 저로서도 잘 알 수 있습니다. 오고쇼께서 각별히 높은 견식을 가지신 건 아니며, 바라시는 것은 다만 교역의 이득뿐임을."

"하하……실로 그렇소. 마치 소텔로 님이 일본의 대주교가 되고 싶다…… 그렇게 되면 태수며 총독 이상의 권력을 가질 수 있다는 생각을 골똘히 하는 것과 마찬가지로 말이지요."

소텔로의 얼굴이 다시금 새파래졌다.

소텔로는 기다리지 못하고 탁상 위의 종을 두들겼다. 이번에는 어린 소년이 나타났다.

"커피를 가져오너라."

그러고 나서 다시 한동안 말없이 나가야스를 지켜보고 있다.

나가야스는 한층 더 거북스럽게 윗몸을 흔들어대며 코털을 뽑기 시작했다. 이것도 소텔로를 흥분시켜 그로 하여금 속을 털어놓도록 하려는 작전의 일부임에 틀림없다.

소텔로는 말했다.

"오쿠보 님, 귀하는 이 소텔로에게 대체 뭘 요구하시는 겁니까?"

"뭐든지 요구하면 순순히 줄 양반이오, 귀하가?"

"그럼, 뭔가 교환조건이라도?"

"그렇소. 귀하가 지금까지의 포르투갈계 제주이트 선교사들과는 아주 다른 대성인……이라는 사실은 이 나가야스도 승인하지요. 아무튼 이 병원은 결코 나쁜 게 아니니까."

"그렇습니다. 이것이야말로 우리들이 목숨을 건 성스러운 사업입니다."

"좋소, 그것도 인정하지요. 그 대신 세계의 바다는 스페인과 포르투갈 것……이라는 터무니없는 바보 같은 소리는 하지 말아야지요."

"음."

"지금 여기 앉아 있어도 나는 덴쇼 16년(1590)에 스페인 대함대가 영불 해협에서 영국 해군에게 어떤 참패를 당했는지 정도는 알고 있으니까요."

"그럴 테지요. 미우라 안진이 오고쇼 곁에 있으니까요."

"병선 129척, 대포 3000문, 수병 2만 명, 육군 3만4000명을 태우고 출격했던 스페인 대함대는 겨우 30척의 영국 함대와 7일 밤낮으로 격렬하게 싸운 끝에 3분의 1로 줄어들었소…… 그 뒤 영국이 세계의 바다로 진출했지요. 그런데 아이들한테 옛이야기라도 들려주듯 세계의 바다는 스페인과 포르투갈……."

"잠깐, 오쿠보 님. 나는 아직 귀하의 조건을 듣지 못했습니다. 그걸 들려주시기 바랍니다."

"좋소, 말하지요. 며칠 안으로 이곳 일본에 네덜란드 배도 영국 배도 올 거요."

"역시 그렇군요."

"오고쇼께서는 그들 배에 대해 차별하지 않으실 방침이오."

"음."

"물론 나도 귀하나 귀국 배에 대해 영국이며 네덜란드가 일본 항구에서 폭력을 쓰는 일이 없도록 힘쓰겠소. 그다음은 귀하의 솜씨 여하에 달려 있소."

"말씀하시는 뜻은 잘 알겠습니다."

"그렇다면 나에게도 조건이 하나 있소. 귀국 사람으로서 오고쇼를 배알하는 이에게 오고쇼께서 만일 광산의 이익분할 비율을 물어보는 경우가 있다면……."

"이익분할 비율 말씀이지요."

"그렇소. 그때는 6대 4가 최저이고 보통 7대 3이라고 대답하게 해주시오. 즉 오고쇼의 몫은 3이고 덕대의 몫이 7이라고 말이오."

소텔로는 나가야스의 말뜻을 곧 알아차릴 수 없었던 모양이다. 세계 해상권 이야기로부터 별안간 광산의 이익분할로 옮겨갔으니 무리도 아니다. 그는 나가야스를 한참 바라본 뒤 자기 무릎을 탁 쳤다.

나가야스는 다시 언제나의 미소를 띠며 물었다.

"아셨소?"

소텔로는 다시 한번 무릎을 치면서 고개를 끄덕였다.

"황송합니다! 귀하는 세바스찬 비스카이노 장군이 온다는 것을 대체 어디서 들었습니까? 아는 건 우리들뿐일 텐데."

"여자는 마물(魔物)이라는 속담이 일본에 있지요. 어떤 여자에게서 새어 나온 거요."

나가야스는 그 여인의 이름은 굳이 말하지 않았지만, 눈빛이 다른 다테 마사무네의 소실한테서 알아낸 것이었다.

"음, 이상한 일도 있군요."

소텔로는 또 크게 신음을 냈으나 그때 커피가 왔으므로 다시 거만한 태도로 돌아가 우선 점잖게 커피를 권했다.

"알았습니다. 만일 오고쇼 이에야스 님이 스페인과 멕시코에서 광산기사를 구하여 광산업을 하신다고 합시다…… 그때 스페인의 조건은 산출되는 금은의 7부가 스페인 쪽 몫이 되고 남은 3부가 오고쇼의 몫이 된다는 거지요?"

나가야스는 진지하게 고개를 끄덕였다.

"아마 오고쇼는 이번에 오신다는 비스카이노 장군에게 그것을 물어보실 거요. 그때 7대 3이라고 확실하게 대답해 주도록 부탁하오."

할 말을 분명히 해버린 뒤 다시 단둘이 되자 나가야스는 무릎 위로 다리를 포개어 자세를 편안히 했다.

"소텔로 님, 귀하는 대체 뭘 생각하고 세바스찬 비스카이노 장군을 일부러 불러들이는 거요. 이젠 내게 숨길 것 없잖소?"

"무슨 말씀을. 우리에게 무슨 다른 생각이 있겠습니까. 스페인의 전 필리핀 태수 돈 로드리고가 일본 신세를 많이 졌지요. 그 답례로 누구든 상당한 신분을 가진 자를 파견하시는 게 마땅하다는 생각으로 알선한 데 지나지 않습니다."

"하하……아직도 숨기시는 모양인데, 비스카이노 장군은 그토록 대왕의 신임이 두터우신 분인가요?"

묻는 말투가 기분 나쁜 듯 소텔로의 색다른 눈동자가 다급하게 깜박였다.

"그것도 벌써 아십니까, 오쿠보 님은?"

"내 귀는 지옥의 귀라서 지옥 옥졸들의 밀담까지도 똑똑하게 들려 질색일 정도요."

소텔로는 혀를 차며 손가락을 튕겼다.

"숨기지 않겠소! 사실 비스카이노 장군은 마르코 폴로의 견문기를 보고 보물을 찾으러 오는 겁니다. 요즘 스페인 사람들은 그런 일이 아니면 나서지 않거든요. 게으른 버릇이 생겨서요. 그렇지 않고는 영국과 네덜란드를 이길 수 없으니 소텔로도 힘듭니다."

마침내 소텔로는 나가야스에게 모든 것을 털어놓기 시작했다. 나가야스는 이것으로 소텔로 방문의 목적을 달성했다. 아니, 세바스찬 비스카이노 장군이라는 어마어마한 스페인 사람이 일본에 나타나는 수수께끼도 완전히 풀린 것이다.

소텔로의 참된 목적은 일본의 대주교가 되는 것……인 모양이다. 그 목적을 이루기 위해서는 아무래도 오고쇼 이에야스가 좋아할 교역량을 늘려 일본사람들의 환심을 사야만 한다.

그 점에서 스페인 사람들은 지금까지 일본사람들에 대해 너무나 도도했다. 그래서 돈 로드리고 일행 350여 명이 구조된 일을 계기로 이에 대한 사례 형식으로 알맞은 인물이 일본에 와주었으면 했던 것이다…….

그러나 높은 지위에 있는 이들은 아무도 오고 싶어 하지 않는다. 단지 세바스찬 비스카이노 장군이라는 군인 출신의 사나이만이 줄곧 일본에 오고 싶어 했다. 말할 것도 없이 마르코 폴로의 그 《동방견문기》에 있는 황금섬 지팡구 기록사에 모험심이 솟아난 결과였다.

《동방견문기》에는 지팡구에 관해 다음과 같이 소개되어 있다.

"지팡구는 태평양 동쪽에 자리한 섬나라로 대륙(중국)에서 1만5000리. 땅이 넓고 백성들 살빛이 희고 개명했으며 자연생산물이 풍부하다. 그들의 종교는 우상숭배로 독립된 정치단체를 가졌으며 예로부터 오늘날까지 외국의 통치를 받은 일이 없다. 이 나라에는 황금이 굉장히 많아 거의 무진장이다. 국왕이 수출을 엄중히 금하고, 대륙에서 멀리 떨어진 관계로 외국상인들의 왕래가 드물기 때문이다. 이 나라에 가면 왕궁이 광대하고 화려하며 장엄한 모습이 특히 사람 눈을 놀라게 한다. 왕궁 지붕에는 서양제국의 사원이 연판으로 덮인 것같이 황금판으로 덮였으며 바닥에도 황금을 깔고 창문에도 황금을 사용하여 구조가 아름답고 그 값어치는 우리들이 도저히 상상조차 할 수 없을 정도로 막대하다……."

마르코 폴로는 가마쿠라 시대인 분에이(文永) 11년(1274)에 원(元)나라 수도 연경(燕京)에 와서 10여 년 머물다 고안(弘安) 4년(1281)에 이탈리아로 돌아갔으니, 당시의 집권자 호조 도키무네(北條時宗)가 몽골 사신을 벤 일이라든지 10여만 대군을 태운 원나라 대선박이 하카타 앞바다에서 물러간 것도 알고 있을 터였다. 그렇기로서니 지붕에서 마룻바닥까지 황금으로 되어 있다는 것은 얼마나 어처구니없는 이야기란 말인가.

물론 비스카이노 장군도 그대로 받아들인 것은 아니고, 이런 막대한 황금이 일본에 있다는 건 일본 열도 가운데 굉장한 황금섬이 숨겨져 있을 거라고 상상한 듯했다. 아니, 그보다 앞서 그런 꿈을 꾼 위인이 있어 그 황금섬 지도라는 게 존재하며 그것을 장군이 은밀히 손에 넣은 모양이다. 그 황금섬을 찾으러 온다……는 것을 알고 그에게 돈 로드리고 이하 선원들이 구조된 데 대한 사례의 사절 임무를 겸하도록 한 것이니 정말 엄청난 계획이었다.

"오쿠보 님 말씀은 잘 알았습니다. 그런데 이 소텔로도 오쿠보 님께 한 가지 부탁드릴 일이 있습니다."

소텔로가 말을 꺼내자 나가야스는 거만하게 손을 저었다.

"그건 굳이 말하지 않아도 좋습니다, 소텔로 님."

"글쎄, 소텔로는 아직 아무것도 말하지 않았는데……."

"말하지 않아도 충분히 알고 있소. 즉 비스카이노 장군이 일본에 오셨을 때 국빈으로서 오고쇼님과 대면할 수 있도록 해달라는 말이지요."

"황송합니다."

소텔로는 대답과 달리 의자에 등을 기대며 가슴을 젖혔다.

"모처럼의 귀한 손님, 그렇게 하는 편이 오고쇼께도 이익이 되실 겁니다."

"소텔로 님, 그건 좀 모자라는 생각인데요."

"그러시다면……?"

"오고쇼께서 국빈으로 정중하게 접대하게 되면 그 장군님께서 나중에 보물찾기가 거북해지지 않을까 여겨지는데 그래도 상관없단 말씀인가요?"

"음."

"오고쇼와 비스카이노 장군님이 정식으로 대면하고 나서 작은 배로 섬을 찾아다니게 되면……즉 보물찾기를 시작하게 된다면 스페인의 위신이 땅에 떨어지지 않을까 여겨지는데 어떻게 생각하시오."

그러자 소텔로는 가슴을 젖힌 채 다시 싱긋 웃었다.

"오쿠보 님, 귀하는 산에 대해서는 밝지만, 바다에는 어두우신 모양이군요."

"그럴까요."

"실은 보물찾기 작업의 편의를 얻기 위해 반드시 국빈이 되었으면……하는 게 장군의 희망입니다."

"허."

"이 국빈은 아마 오고쇼님께 이렇게 말할 겁니다…… 이제부터 두 나라 사이의 교역선을 부쩍 늘리기 위해 우선 이 근해의 측량을 허락해 주십시오……라고. 좋은 항구도 발견하고, 폭풍우를 만났을 때 피난처가 어디 있는지, 또는 암초며 얕은 곳 등의 장애물이 어디에 있는지 그런 것들을 두 나라 공동이익을 위해 자세히 조사해 드린다고……하지 않으면 보물찾기를 할 수 없으니까요."

소텔로는 의기양양하게 나가야스를 내려다보았다.

나가야스는 당황했다. 소텔로의 두뇌회전은 나가야스와 대결해도 전혀 손색없었다.

"과연, 두 나라 공동이익을 위해 측량하겠다고 나오신다는 말이로군."

"그렇지요, 일본에는 육지의 그림지도는 있어도 바다지도는 아직 없는 것 같더군요. 세계의 바다를 제패할 자라면 바다지도쯤은 가져야 합니다. 그런 면에서는 역시 스페인 사람이 얼마쯤 나은 데가 있지요. 어떻습니까, 이것으로 국빈대우를 해주십사는 이유를 납득하시겠습니까?"

"알았소!"

이번에는 나가야스가 시원하게 끄덕였다. 내려친 장검은 재빨리 피해두어야 안심이다.

"그런데 그 장군님은 대체 얼마 동안 일본에 체류하실 예정인지……라고 묻는 것은 실은 일본에 진짜 황금섬이 전혀 없는 것도 아니니까요. 사정 여하에 따라서는 이 나가야스가 한두 개 증정하지 못할 것도 없소."

뜻밖의 제안에 소텔로는 잠시 고개를 갸우뚱했다.

'또 뭔가 조건이 나올 모양이로군…….'

그런 생각을 했음이 틀림없다. 번뜩이는 머리 정수리에 그림자가 비친 것 같았다.

"오쿠보 님, 귀하는 설마 비스카이노 장군을 사도섬으로 안내할 작정은 아니시겠지요?"

"하하……소텔로 님은 저 황금섬을 국빈께 보여줄 작정입니까?"

"아니, 장군은 보물찾기에 정신없는 분이니 자칫 잘못 인도하다가는 땅 밑의 보화를 귀하보다 더 정확하게 발견할지도 모르니까요."

"허……그래서……?"

"계속 일본에 머물러 있고 싶다……고 나오면 이 소텔로가 곤란해지니 말씀입니다."

"과연, 소텔로 님은 일본의 대주교가 소원…… 그러니 비스카이노 장군이 오래 머물면 방해가 되겠지요."

"오쿠보 님, 국빈이란 지겹도록 오래 머무는 게 아닙니다."

나가야스는 거침없이 웃었다.

"그렇게 되면 꼬리가 잡히나요, 보물찾기의? 그렇다면 그건 그만두어도 좋소. 그러나 부지런히 여기저기 측량만 하고 돌아다니다가 빈털터리로 헛수고만 한다면 비스카이노가 가엾지 않습니까?"

"그런 염려라면 제게도 생각이 있습니다. 국빈으로서 에도에 적당히 머문 다음 센다이로 옮기게 할 작정이니까요."

"허, 마사무네 님을 구워삶았군."

"아니, 마사무네 님 역시 신지식에 굶주리고 계셔서 꼭 보내 달라는 부탁을 하셨지요."

그리고 무슨 생각을 했는지 소텔로의 눈빛이 이상하게 변했다. 사로잡힌 여우를 방망이로 위협하면 곧잘 이런 눈빛이 되는데……하고 나가야스는 생각했다.

"오쿠보 님."

"무서운 눈을 하시는군, 뭡니까?"

"세상에 묘한 소문이 떠돌고 있는 걸 아시는지요?"

"묘한 소문이라니……?"

"사도섬 금광에서 요즘 황금 산출고가 크게 줄었다면서요?"

"마사무네 님에게서 그런 말도 들었소?"

"아니, 마사무네 님만이라고 할 수는 없습니다. 하지만 사도섬의 황금 산출고가 정말 줄어들었습니까?"

"그건 대체 무슨 뜻이오, 소텔로 님?"

"세상에서는 오쿠보 님이 농간부리고 있다고 수군거린다는군요."

"뭐, 농간을……?"

"그렇습니다. 일본에서는 그것을 횡령이라고 한다면서요. 즉 파낸 황금을 사장하거나 어떤 광맥을 제쳐놓고 파고들어 가는 것도 마찬가지로 횡령…… 그런 말을 하는 자가 나타나기 시작하면 위험합니다. 충분히 조심하시도록……."

나가야스는 온몸에 소름이 오싹 끼쳤다. 여느 사람이 말하는 게 아니다. 세계를 제집 쏘다니듯 하는 금발 구미호가 무서운 눈초리로 일부러 말해주는 것이다.

'고약한 말을 꺼내는 놈이로군…….'

의사 불기리오가 식사준비가 되었음을 알려왔다.

소텔로는 아마 오쿠보 나가야스가 더 이상 함부로 방자하게 지껄이지 못하도록 입을 봉해버릴 작정으로 꺼낸 말일 것이다. 그렇기로서니 땅속의 광맥을 일부러 제쳐놓고 파고들어 간다는 것은 온당하지 못하다.

이에야스는 그 점에서 전문가가 아니다. 누군가의 입으로 그런 소문을 듣게 되면 의심을 품을 것이다.

'무서운 놈이군, 소텔로라는 사나이는……!'

그런 생각을 했을 때 소텔로는 유유히 의자에서 일어났다.

"그럼, 식당으로 가시도록."

그리고 아무 일 없었던 듯한 표정으로 앞서 걸어간다.

'뭐라고 한 번 보복해 주지 않으면'

그러나 나가야스의 불안은 얼마 안 되어 다른 불안으로 바뀌었다. 회식 도중에 뜻하지 않은 기별이 왔기 때문이었다. 다름 아니다. 돈 로드리고가 건조 중이던 배가 큰 파도에 휩쓸려 흔적도 없이 떠내려가는 바람에, 로드리고가 에도로 와서 쇼군 히데타다를 만난 뒤 다시 슨푸로 가서 이에야스에게 탄원하여 미우라 안진이 만든 120톤 범선을 빌리게 될 것이라는 소식이었다. 알려온 사람은 루이 소텔로의 동지이며 심복이기도 한 선교사 알론소 무니요스였다.

무니요스는 쇼군 히데타다의 보좌역을 맡고 있는 늙은 곤스케로부터 들었다면서 아주 낭패한 빛으로 나가야스가 앉아 있는 것도 깨닫지 못하는 듯 성급히 말했다.

물론 나가야스로서는 그들의 말을 그대로 이해할 수 없었지만 늙은 곤스케란 혼다 마사노부를 가리키고, 아담스는 안진의 이름인 것을 알 수 있었다. 거기다 오고쇼와 그 아들 이름이 나오고 보니 가만히 있을 나가야스가 아니었다.

"정말 큰일이군요, 소텔로 님."

일부러 목소리를 떨어뜨려 이야기하자 소텔로는 숨길 도리 없다고 여겨 사실대로 사정을 이야기하기 시작했다.

"로드리고 총독은 비할 데 없는 사교가시지요. 외교관 가운데서도 유명한 분이므로 여러 가지 필요상 오고쇼께서 포섭하시려고 합니다."

소텔로는 사정을 말한 뒤 몹시 난처한 표정으로 한숨을 내쉬었다. 나가야스도 그 처지를 잘 알 수 있었다.

소텔로는 이에야스가 각별히 예수교 포교를 환영하고 있는 게 아니고 실은 스페인, 멕시코, 필리핀 등과의 무역량을 늘리려는 목적을 가졌음을 잘 알고 있다. 따라서 교역이라는 미끼는 소텔로에게 있어 가장 소중한 포교의 무기였다. 그런데 전 필리핀 태수로서 외교 수완이 능란한 로드리고가 나타나 포교와는 관계없이 교역이야기만 추진해 버린다면 그의 입장은 완전히 허공에 떠버린다.

"이건 내 예상보다 빠르군."

오쿠보 나가야스로서도 그것은 하나의 염려거리였다. 그도 그럴 것이 이에야스가 로드리고를 접견하게 되면 반드시 광산에 대해 물을 게 틀림없기 때문이었다.

"폭풍우가 비스카이노보다 빨랐던가. 그럼, 나도 이쯤에서 실례해야겠소. 여러 가지 타합할 일이 있으니까."

나가야스는 재치있게 꾸며대고 자리를 떴다.

나가야스가 돌아가자 소텔로와 무니요스는 이마를 맞대고 협의하기 시작했다.

그들 역시 전 필리핀 태수 돈 로드리고의 조선(造船)에 대해서는 처음부터 두려움을 느끼고 있었다. 그러나 이렇듯 빨리 일이 허물어질 것으로는 생각지 못했다. 경우에 따라서는 조선에 자신 없는 배 목수가 일부러 파도에 휩쓸리게 해버린 것인지도 모른다.

아니, 돈 로드리고 자신이 이미 준공된 미우라 안진의 120톤짜리 배가 있다는 것을 알고 생각을 바꾸었는지도 모른다. 아무튼 태평양을 건너 멕시코까지 가려는 게 아닌가. 더욱이 타고 갈 사람은 로드리고 자신이니 위험한 배에 타고 싶지 않을 것은 뻔한 일이다.

그렇기로서니 돈 로드리고가 갑자기 쇼군 히데타다와 오고쇼 이에야스에게 배알을 청했다는 사실은 큰 타격이었다. 물론 안진이 건조한 배를 빌리러 가는 것이므로 로드리고는 실행 가능성은 생각지 않고 이에야스가 내놓는 조건을 점잖게 받아들일 것이 분명하다.

그렇게 되면 일부러 여기에 병원까지 세워 일본 조정을 설복시키려 안간힘을 다하고 있는 소텔로의 계획에 커다란 차질이 생기게 된다. 소텔로는 막부 요인들에게 언제나 정직하게 스페인의 사정을 말해 주지 않았기 때문이다.

"팔짱만 끼고 있을 때가 아니오."

"물론이지."

소텔로는 한동안 팔짱을 낀 채 생각에 잠긴 다음 무니요스에게 일렀다.

"그렇군. 당신은 한 걸음 앞서 슨푸로 떠나주오. 내가 편지를 쓸 테니 그걸 가지고 오고쇼의 신하이신 젊은 곤스케 님을 로드리고보다 먼저 만나주오."

젊은 곤스케 님……은 말할 것도 없이 혼다 마사즈미였다.

"곤스케 님을 만나 로드리고가 약속을 지켜 우리 두 사람도 같은 배에 타고 멕시코로 가는 것을 허락해 주시도록 청원하는 거야."

"그러나 우리 두 사람이 다 일본을 비우면……?"

"그럴 수는 없지. 그때가 되어 누구 한 사람 병이 났다면 될 게 아닌가. 이 소텔로가 그렇게 될 거요. 귀하는 그곳에 한번 가고 싶다고 말했었잖소."

무니요스는 눈을 크게 뜨고 소텔로의 말뜻을 분석했다.

먼저 이에야스의 신임이 두터운 혼다 마사즈미를 만나 로드리고는 귀국하고 싶은 일념 때문에 어쩌면 무책임한 점이 있을지도 모른다, 그렇게 되면 자기네들이 일본과 신자들을 배반하는 꼴이 된다, 그러니 두 사람이 함께 같은 배로 멕시코에 가서 그의 약속을 착실하게 실행시키겠다……고 말하면 마사즈미도, 이에야스도 기꺼이 동의할 것이 틀림없다.

그런 뒤 한 사람은 병이 났다고 하여 에도에 남는다……면 볼모도 되므로 오히려 진실성을 띠게 된다.

"좋습니다. 제가 곧 슨푸로 떠나지요."

무니요스는 힘차게 소텔로에게 절했다.

이에야스 외교

전 필리핀 태수 돈 로드리고가 에도에서 쇼군 히데타다와 면회하고 외교에 관한 일은 슨푸의 오고쇼 이에야스와 직접 담판하겠다며 육로로 떠났다는 소식이 이르렀을 때, 일본 쪽 관계자들은 거의 슨푸에 모여 있었다.

통역은 처음으로 이 만남을 알선한 안진이 담당할 예정이었으나 도중에 선교사 알론소 무니요스로 바뀌었다. 소텔로의 은밀한 명을 받고 슨푸로 간 무니요스가 혼다 마사즈미를 만나 넌지시 귀띔한 결과였으리라.

나가야스는 사가미 도이산(土井山) 광산을 시찰하기 전에 이에야스의 지시를 받고 싶다는 명목으로 왔고, 다테 마사무네는 마쓰시마에 즈이간사(瑞嚴寺)를 건립하고 싶다고 이 역시 '문안 인사……'라면서 와 있었다. 이에야스는 이 무렵부터 자신의 지시가 없는 주고쿠 길목의 성 공사에 불쾌한 빛을 보이기 시작하고 있다. 그것을 재빨리 눈치챈 마사무네는 즈이간사의 대토목공사가 어디까지나 신앙적인 것이며 군사적 의미는 없다고 양해시켜 놓으려는 의미도 있었다.

이리하여 관계자들이 모인 슨푸에 로드리고가 나타난 것은 게이초 14년(1609) 9월 첫 무렵. 이해 8월 20일 완성된 슨푸성 7층 천수각은 이에야스로서는 꽤 큰 맘 먹고 부린 사치였으나, 로드리고의 눈에 과연 어떻게 비쳤을 것인지……? 로드리고의 보고서 첫머리에 다음과 같이 적혀 있다.

(전략) 에도에서 스루가로 갔다(히데타다와 만난 뒤). 황태자(히데타다)의 거처

가 훨씬 훌륭하다. 에도 인구는 15만, 스루가는 10만이라고 한다. 건축물도 에도 쪽이 훨씬 아름답고 화려하다. 스루가에 도착한 다음 날, 황제(이에야스)는 내가 묵고 있는 무사 집으로 대신(혼다 마사즈미)을 보내 의복 12벌과 칼 4자루를 선물로 주면서 그 사명을 간곡히 전했다.

(중략) 오후 2시가 되자 총을 휴대한 200여 호위병과 나를 태울 가마가 왔으므로, 나는 올라타 꽤 먼 거리를 지나 성의 해자에 도착했다. 이때 성안에서 급히 다리를 올렸으나 호위무사가 신호하자 곧 다시 내렸으며, 한 장교가 소총수 30명을 거느리고 마중해 견고한 철문 앞에 이르렀다.

호령 소리와 더불어 그 문이 열리고 안에도 역시 총을 가진 200명의 군사가 정렬하여 나를 영접했다. 장교는 나를 인도하여 그 사이를 지났으며 500걸음쯤 간 다음 도개교가 있는 다른 해자에 도착했다.

나를 안내한 장교는 여기서 다른 자에게 나를 인계했고, 또 다른 문이 나를 위해 열렸다. 그 두 번째 문 안에는 소총수가 얼마쯤 섞인 창부대가 정렬해 있었다. 이곳에서부터 정중한 경례를 받으며 궁전 복도에 이르렀는데, 복도와 첫째 방에 소총수를 합하여 1000여 명의 경비병 모습이 보였다. 거기서 다시 여덟 번째, 아홉 번째 방을 지나……

(중략) 천장은 금색이 찬란하고, 벽에는 스페인에서 수입하는 병풍그림과 비슷하나 그보다 교묘한 그림이 있었다. 황제의 좌석으로부터 두 방 떨어진 곳에서 두 대신이 나를 맞아 잠시 쉬라고 했다……"

여기서도 이에야스는 외교의 어마어마한 권력자였음을 잘 알 수 있다. 주권자로서의 접견방법과 영접절차 등에 관한 조언은 물론 미우라 안진이 했으며, 그는 어디까지나 이에야스의 위엄을 보이려 고심했다. 여기서 그들 눈에 이에야스가 어떻게 비칠 것인지는 안진 자신의 운명과도 결코 관계없지 않았다. 현재 세계에서 으뜸가는 강국 스페인 고관의 눈에 비치는 일본의 주권자는 그 고문으로서 측근에 있는 영국인 윌리엄 아담스의 가치를 그대로 결정하기 때문이었으리라.

접견실로 마련된 큰 회의실 다음 방에 돈 로드리고를 기다리게 하고, 마사즈미는 이에야스한테 이 남만인이 와 있음을 알렸다.

그다음 일은 다시 로드리고의 보고서를 빌리기로 하자.

대신은 황제에게 나의 도착을 알리러 들어갔다가 15분쯤 뒤 다시 나타나 말하기를, 일본에 있어 전례 없이 명예로운 대우가 주어질 것이니 만족하고 또 안심하며 어전으로 나아가라고 말했다. 나는 시키는 대로 안에 들어갔다. 널찍한 실내 중앙에 세 개의 층계가 있는 한 장소가 마련되어 그 위에 의자 두 개가 놓여 있었다. 스페인이라면 도금한 물건이었을 테지만, 이곳은 일본이니 순금으로 만들었으리라.

황제는 그 뒤의 녹색 비단 같은 둥근 의자에 앉았는데, 금색 버선에 역시 녹색 비단옷을 입은 활달한 태도로 칼을 두 개 차고 머리는 상투로 짜올리고 있었다. 나이는 6, 70살쯤 된 뚱뚱한 몸집으로 존경할 만한 노인이었다.

(중략) 나는 가까이 가서 그 손에 입맞추려 했으나 금지되어 있었으므로 여섯 내지 여덟 걸음쯤 되는 앞에 멈춰섰다.

그는 나에게 그의 의자와 같은, 오른쪽에서 여섯 걸음 떨어진 의자에 앉아 모자를 쓰도록 손으로 신호했다. 그리고 다시 나를 쳐다본 다음 손뼉을 두 번 쳐서 의자 뒤쪽에 10명인지 20명인지 나란히 엎드려 있는 사람들 중에서 한 신하를 불렀다. 그 신하는 앞으로 나와 명을 받더니 내 옆에 앉은 대신 한 사람을 손짓해 불렀다…….

이리하여 이에야스와 로드리고의 문답은 우선 이에야스가 마사즈미에게 말하고, 마사즈미는 격자창 안에 대기한 무니요스에게 전하고, 무니요스는 보이지 않는 곳에서 로드리고에게 말한다……는 거추장스러운 방법으로 시작되었다. 로드리고의 말도 무니요스와 마사즈미의 입을 거치지 않으면 이에야스에게 전달되지 않는다.

이에야스는 전달하는 자에게 처음부터 명령투로 말했다.

"나는 이 자를 보았다. 기뻐한다고 전하라."

마사즈미가 꿇어엎드려 무니요스에게 그것을 전하자, 이윽고 돌고 돌아 대답이 되돌아왔다.

"저도 황제를 뵈어 영광으로 생각합니다."

"무사는 바다 위의 불행쯤으로 마음을 상심해선 안 된다. 여러 가지 고생도 했을 테지만 걱정할 필요 없다. 그대에게 소원이 있다면 스페인 국왕과 마찬가지로 내가 들어줄 테니 사양말고 말하라."

이에야스는 언제나의 버릇대로 벌써 로드리고에게 설교하는 말투였다.

로드리고는 화려한 예복이 잘 어울리는 후리후리한 몸집으로 남만인 중에서도 한층 뛰어난 귀족 풍모의 소유자였으나, 키가 작달막하고 뚱뚱한 이에야스 역시 조금도 못나 보이지 않았다. 듬직하게 의자에 자리 잡고 앉아 뿌리가 단단히 내린 큰 바위처럼 보인다. 더구나 짧은 문답 사이 세계 으뜸가는 왕자(王者)라고 그들이 뽐내는 펠리페 대왕을 친구로 다루며 조금도 꿀리는 태도를 보이지 않았다.

그 의미로는 뛰어난 왕의 태도여서 아래쪽에 대기한 미우라 안진을 몇 번이고 감탄시켰다.

처음에 커 보였던 로드리고는 차츰 작아 보이기 시작했다. 그리고 스스로도 확실히 느낀 것이리라, 말투까지 눈에 띄게 공손해졌다.

나는 대답하려고 일어났으나 앉은 채로 있어도 좋다고 그는 말했다. 나는 그 명대로 앉아서 대답했다. 지난날의 손실과 어려움이 나를 우울하게 만든 것은 사실이지만, 이렇듯 강대한 왕 앞에 나올 수 있었다는 것은 최대의 불행을 감소시킬 만한 가치가 있다.

보고서 속에서 그는 몹시 외교적이었다. 이에야스는 그 허세가 딱해 보였던 것이리라.

"사양할 것 없다. 소원하는 바를 말해라. 나는 그리 무서운 인간이 아니다."

그날 돈 로드리고가 이에야스에게 청한 세 가지 희망은 다음과 같다.

첫째, 일본의 제주이트(포르투갈 계통) 신부 및 신도들을 학대하는 일 없이 일본 각 파의 승려와 마찬가지로 안전을 보장하고 자유롭게 종교를 펴나가도록 허락할 것.

둘째, 어떤 항구건 일본으로 들어오려고 하는 네덜란드 해적은 모두 스페인 국왕의 적이므로 전하 같으신 대왕이 도둑을 보호한다는 것은 옳지 않으니 입항하면 곧 내쫓을 것.

셋째, 스페인 국왕과의 친교를 계속하고, 마닐라에서 일본으로 오는 여러 선박을 후하게 대접해 줄 것.

이에야스는 듣고 나서 쓴웃음 지으며 마사즈미에게 말했다.

"아직도 진짜 용건은 말하지 않는구나. 그러나 오늘은 이쯤 해도 좋을 테지. 선물을 내리고 성안 구경을 시킨 다음 돌려보내라. 수고했다."

이리하여 이에야스와 돈 로드리고의 회견은 끝났고, 그 뒤 로드리고와 마사즈미의 절충이 있었다.

로드리고의 직접 목적은 미우라 안진이 만든 배로 태평양을 건너 멕시코로 가겠다는 것이었다. 그는 그 말을 하기 전에 안진이 무얼 생각하고 있으며, 이에야스가 스페인에 대해 과연 호의를 가졌는지 우선 탐지해야 한다고 생각했을 게 틀림없다.

이에야스가 그의 세 조항에 대한 회답과 함께 가능하면 멕시코에서 광산기사 150명, 어려우면 적어도 50명은 보내 달라고 마사즈미를 통해 제안한 것은 알현이 있은 지 이틀 뒤의 일이었다. 이에야스의 의견은 슨푸의 안도 나오쓰구 저택에서 혼다 마사즈미, 미우라 안진, 알론소 무니요스, 오쿠보 나가야스 등이 함께 자리한 가운데 전해졌다.

로드리고와의 회견이 끝나면 이에야스는 오랜만에 에도로 가서 어머니를 위해 고이시카와(小石川)에 건립하기로 되어 있는 덴즈사의 규모를 결정하기로 되어있다.

마사즈미는 나가야스며 무니요스에게 말했다.

"아마 오랫동안 마음에 두고 계셨겠지요. 덴즈사 건립으로 요즈음 기분이 퍽 좋으신 걸 보니."

무니요스가 통역한 이에야스의 정식 회답은 매우 간결했다.

첫째, 스페인 계통인 산 프란시스칸파는 물론 포르투갈 계통인 제주이트 선교사도 박해하지 않고 일본에 거주시킨다.

둘째, 네덜란드인이 해적이라는 것은 이에야스가 관여할 일이 아니다.

셋째, 스페인 같은 강대한 나라의 왕과 친교 맺는 일은 이에야스가 원하는 바이므로, 일본을 찾아오는 왕의 여러 배에 되도록 편의를 준다……

이렇게 회답한 다음, 덧붙여 광산기술자에 대한 이야기를 꺼냈던 것이다. 이 광산기사에 대해서는 게이초 7년(1602) 스페인 선교사 헬로니모가 일본에 왔을 때 말이 있었던 일로 이에야스는 그 독촉 형식으로 말했는데, 이에 대해 돈 로드리고는 과연 뭐라고 대답했을까…… 언어가 통하지 않으므로 정확히는 알 수 없으나, 무니요스가 통역하여 설명한 것에 의하면 이렇게 제안했다고 한다.

"일본 황제는 차라리 펠리페 대왕과 협동으로 일본 광산을 경영하시면 어떻겠습니까?"

그 경우 파내는 광산기사 쪽에 산출량의 반을 주고 나머지 반을 이에야스와 펠리페가 나누게 될 테지만, 그러려면 그 담당자를 일본에 파견하여 맡기도록 한다……는 이야기였다.

이 말은 듣고 나가야스는 싱글벙글 웃었다. 이 일은 그 자리에서 물론 기록되었으므로 마사즈미로부터 이에야스에게 전해졌지만, 이에야스는 자기 몫이 2할 5부라면 그런 조건에 응할 리 없었다.

로드리고와 이에야스의 측근 사이에 친밀감이 생기자 로드리고는 차츰 교만한 조건을 내세우기도 했다. 그 점에 있어 그는 과연 그즈음 일류 외교관이었다고 하겠다. 처음에는 다만 선교사를 박해하지 말아 달라는 희망뿐이더니 스페인인이면 어느 파 선교사든 마음대로 포교하게 해주고, 또 스페인과 국교를 맺었으니만큼 네덜란드인은 단호히 추방시켜 달라고 요구했다.

마사즈미가 그것을 전할 때마다 이에야스는 쓴웃음 지을 뿐 그는 나름대로 전혀 다른 생각을 하는 눈치였다.

"배는 빌려주어야겠지."

로드리고에게 안진이 만든 120톤짜리 배를 빌려주리라는 것은 이에야스의 측근 사람이면 이미 누구도 의심하는 자가 없었다. 그래서 마사즈미 등은 로드리고가 그런 요구를 해올 것에 대비해 안진이며 무니요스에게 유럽에서의 전례를 슬그머니 물어보기까지 했다.

그런데 로드리고가 좀처럼 그 눈치를 보이지 않자 이에야스는 서슴지 않고 다른 제의를 했다.

"마사즈미, 로드리고는 솔직하게 배를 빌려달라고 하지 못하는군."

"예, 그것이 유럽의 줄다리기 외교라는 건지도 모르지요. 이번에는 일본에 거주하는 스페인 사람에 대해서는 스페인 왕이 재판권을 가지고 대감님은 범죄자를 임의로 처벌하지 못한다……는 등 처음부터 그러한 교섭을 위해 파견되어 온 것처럼 거만 떨고 있습니다."

"하하……재미있구나. 하긴 넘어져도 그냥 넘어지지 않는다는 속담이 일본에도 있으니까. 그러나 언제까지 끌 수도 없겠지. 슬슬 이쪽의 조건을 제시해 볼까?"

"하지만 그러면……."

"염려 마라. 상대의 헛소리를 봉쇄하는 거야."

"헛소리……?"

"그렇지. 이쪽에서 만만하게 대하면 점점 기승해 오는 것 같다. 그쪽이 남만식이라면 일본에는 이에야스식이 있다. 그걸 알려주는 게 앞날을 위해 좋을 것 같아."

마사즈미는 이에야스의 말뜻을 이해할 수 없어 고개를 갸우뚱했다. 로드리고가 좀처럼 배를 빌려달라고 하지 못하는 것은 아마도 막대한 배 값을 내고 사라는 말을 경계해서리라. 게다가 선원이며 배 목수를 일본에서 태우고 가야 한다면, 그 고용조건 역시 골치 아픈 문제가 된다. 그래서 이것저것 외교수단을 부리며 말할 시기를 노리고 있다……고 보므로 이에야스식이라는 게 마음에 걸렸다.

"그럼, 대감님은 로드리고에게 다시 한번 배를 만들라고……."

이에야스는 쓴웃음 지었다.

"그렇지 않아. 그 주위에 배를 만들 줄 아는 자가 없다는 건 이미 밝혀진 사실이야. 그래서 나는 펠리페 대왕인가 하는 사람의 가신인 멕시코 태수에게 사자를 보내야겠어."

"대감님 편에서 사자를……?"

"그렇지. 소텔로와 무니요스를 보내면 되겠지. 그들에게 멕시코와 일본의 무역조건을 이것저것 적어서 보내는 거야."

"그럼, 돈 로드리고는 어떻게 되는 겁니까?"

"가는 길에 태워 보내지."

"표류자로서……?"

"본디 표류자로 대우했었다. 그것이 제법 외교가로 둔갑했어. 하하……그러므로 본디의 신분을 깨우쳐 보내주면 돼. 그편이 로드리고도 쓸데없는 생각을 하지 않게 되어 좋을 거야."

"그러나 소텔로와 무니요스가 만일 그대로……?"

"돌아오지 않는다면 그것도 좋아. 배를 태워 추방시킨 셈 치는 거지. 두 번째로는 네덜란드인을 처벌하라는 그 말투가 난 불쾌해."

마사즈미는 숨죽이고 이에야스를 다시 보았다.

솔직히 말해 마사즈미도 로드리고의 외교술에 적잖은 불쾌감을 느끼고 있었다. 본디 루손에서 멕시코로 가다가 가즈사 이와와다에 표류해 온 로드리고가 아니던가. 그런데 오타키성(大多喜城) 성주 혼다 다다토모(本多忠朝)의 보호를 받으면서 분고에 가면 스페인 배편이 있을 거라며 긴 여행을 하고 되돌아와 이즈에서 배를 만드는 등 어지간히 성가시게 굴고 있었던 것이다.

만일 다이코였다면 이러한 행동을 묵인하지 않았으리라.

그리고 배를 빌리러 왔으면서도 분수를 모르는 잠꼬대 같은 소리까지 늘어놓기 시작하여 마음속으로 조마조마하던 참이었다.

"일본 거주 스페인 재판권은 펠리페 왕에게 있으며 일본에 없다……"

그런데 이에야스는 그리 노여워하지 않고 저쪽이 남만식으로 대한다면 이쪽은 이에야스식으로 대하겠다며 웃고 있다…… 이쯤 큰 배짱이 아니면 과연 세계를 상대로 무역할 수 없을지도 모른다. 로드리고가 의기양양하여 외교 솜씨를 부린다고 자부하는 동안 이에야스는 그 솜씨를 꺾을 방법을 생각했으니 이 얼마나 큰 두 사람의 두뇌 차이일까.

"그럼, 대감님은 소텔로도 무니요스도 가고 싶으면 가고, 오고 싶으면 와도 좋다는……생각입니까?"

"그렇지. 그러나 분명 돌아올 거야. 그들이 이에야스의 사자로서 로드리고 이하 조난자를 호송해 보내주는 거야. 따라서 로드리고보다 훨씬 유리한 입장이 될 수 있지."

"과연."

"그대 저택에 로드리고와 무니요스를 불러, 로드리고 앞에서 무니요스에게 이렇게 결정되었으니 그대와 소텔로 두 사람이 이에야스의 사자를 맡아주겠느냐고 물어보도록 해라."

"물론 선뜻 승낙할 것으로 여겨집니다만……"

"그럴 테지. 승낙하면 그 자리에서 결정해 버려. 나머지는 안진과 의논해 출발 날짜를 정하는 거야."

"……"

"알겠느냐. 저편의 태수가 좋아할 만한 선물을 가득 실어주어라."

"예······예."

"내 방법이 이해되느냐?"

"대감님이 하시는 일이라면······."

"인간은 가장 많은 인간을 기쁘게 해주는 자가 가장 크게 영화를 누리는 법이야. 로드리고처럼 그 근본을 망각한 술책은 머잖아 온세계의 미움을 받게 될 거야. 하하······그렇다고 해서 로드리고를 구박하자는 말은 아니고 어디까지나 표류자로 대우해 줘라. 다른 300명도 마찬가지로."

마사즈미는 이에야스의 말에 용솟음치는 감격을 느끼고 집으로 물러갔다.

돈 로드리고는 마사즈미에게 불려왔다.

"우리 대감님께서는 알론소 무니요스와 루이 소텔로 두 사람을 사자로 명하여 멕시코에 배를 보내기로 했소. 그러므로 그대도 표류자들을 데리고 그 배를 타도록······."

그 선언에 돈 로드리고는 아뿔싸 하는 얼굴이 되었다.

"무슨 말씀이신지? 무니요스와 소텔로를 사자로 하여······그렇게 하여 과연 안전한 항해를 할 수 있을까요?"

마사즈미는 일부러 냉담한 태도로 말했다.

"걱정되신다면 타시지 않아도 좋소. 어쨌든 우리 배가 가면 펠리페 대왕은 충성스러운 귀하를 위해 곧 마중하는 군함을 보내리다."

이 무렵에는 마사즈미 또한 스페인 해군이 배가 모자라 얼마나 곤란을 겪는지쯤은 벌써 눈치채고 있었다.

"어떠시오! 대감님 호의를 받으시겠소, 아니면 사양하겠소?"

여기서 로드리고는 이에야스에게 완전히 선수를 뺏기고 있었다. 그는 배를 빌려달라고 청하기 전에 너무 충실한 외교관인 체했던 것이다. 배를 빌리는 삯을 깎으려 했을 뿐 아니라 네덜란드며 영국을 일본에 가까이하지 못하게 하려 했고 치외법권을 주장하기도 했으므로······그런 만큼 외교실패를 판단하는 데도 민감했다.

"아닙니다. 강대하신 황제가 하시는 일, 설마 솜씨에 자신 없는 선원으로 항해를 내보내지는 않으실 테지요. 저도 기꺼이 그 배를 타겠습니다."

그것을 통역한 다음 무니요스는 마사즈미의 귀에 속삭였다.

"이 결정은 역시 미우라 안진 님의 지혜입니까?"

마사즈미는 싱글벙글 웃으면서 고개를 저었다.

"어떻소, 오고쇼님의 제안이 그대들 마음에 든 것 같은데?"

"오고쇼님의……?"

"그렇소. 그대에게 통역시킨 것이니 그 의미를 모르고 상대에게 말했다고는 못할 거요."

"의미를 모르고……라니요?"

"그대와 소텔로가 오고쇼님 사자로 멕시코에 간다는 거요."

"그야 벌써……"

무니요스는 얼굴이 벌게지며 이마의 땀을 닦았다. 그들의 위험마저 이 결정으로 무사히 순풍 속에 배를 저어나간 꼴이 되었다.

"오고쇼님은 참으로 위대한 분입니다."

"소텔로에게도 이의 없을 테지."

"예……예, 소텔로 님은 요즘 건강이 좋지 않으나 이 결정을 기꺼이 받아들일 게 틀림없습니다."

"그럼, 그 일은 그대가 잘 전하도록…… 곧 선원의 인선을 끝내고 다시 에도에서 연락할 테지만."

이리하여 로드리고의 송환방침이 결정되고, 드디어 이에야스와 펠리페 3세의 영토 멕시코 사이에 새로운 교섭의 길이 열리게 되었다.

게이초 14년(1609)은 이에야스에게도 일본에도 여러 가지 의미로 잊기 어려운 해가 되었다. 그 전해부터 이듬해까지 3년 동안 이에야스의……아니, 중세 일본인의 개척정신이 더욱 힘차게 바다로 향해 불타올랐는데, 그 중심은 역시 이 해였다.

조선의 부산포에 일본인 거류지 왜관(倭館)이 다시 생기게 된 것도 이 해였고, 시마즈 이에히사(島津家久)가 류큐 평정을 마사즈미에게 보고하고 영지로 인정한다는 이에야스의 승낙을 받은 것도 이해 5월 끝 무렵이었다.

조선왕과 기유조약(己酉條約)을 맺은 것이 7월 4일.

네덜란드 국왕에게서 통상을 청하는 편지를 받고 히라도를 무역항으로 지정한 것도 이 해였고, 명나라 배가 10척이나 무리 지어 사쓰마에 무역하러 온 것도 이 해였다.

그러므로 사쓰마뿐 아니라 대영주들의 눈이 한결같이 해외로 돌려졌다 해도 지나친 말이 아니다.

다테 마사무네가 눈빛이 다른 측실을 가진 것도 결코 호색이나 호기심 때문만이 아니었고, 가가의 마에다 가문이 다카야마 우콘이나 나이토 조안 등을 은밀히 우대하며 보호하고 있었던 것도 그들의 깨끗한 신앙을 인정해서만은 아니었다.

"시대가 바뀌었다……."

이미 지난 날처럼 약육강식이 무사의 신조라고 떠벌이며 사나운 폭력에만 의존할 때는 지나갔다. 이에야스의 무력과 높은 인망이 새로운 국가건설의 초석이 되어 제자리를 잡으면서 자연히 눈돌릴 곳이 달라졌다고 해도 좋았다.

이에야스는 물론 그러한 움직임을 기뻐했다. 아니, 그렇게 함으로써 국내통일을 굳건한 것으로 만들려고 솔선수범해 왔다.

이리하여 일본인 손으로 만들어진 배가 처음으로 태평양을 건너가기 위한 모든 준비를 갖추고 안진호가 에도 항을 떠난 것은 게이초 15년(1610) 6월 13일, 무사히 그 목적을 이루고 캘리포니아주 마턴첼에 도착한 것이 9월 11일로 그 배를 타고 간 일본인은 배를 지휘한 무사와 선원들뿐만이 아니었다. 교토의 슈야 릿세이(朱屋立淸), 다나카 가쓰스케(田中勝助) 등 장사치도 23명이나 타고 있었다. 새로운 시대의 일본인 눈이 얼마나 줄기차게 세계로 뻗고 있었는지 참으로 상상을 초월한 일이었다.

이때 일본에서 스페인 국왕에게 보낸 외교문서가 스페인의 세비야시 인도문서관에 지금도 보관되어 있다.

스페인 국왕과 우사이 테이 레르마 전하의 노비스판에서 일본까지 상선 도해령(渡海令)이 내려진 것을, 전 루손 태수(돈 로드리고)가 알려왔음. 일본 땅 어느 항구에 기항해도 이의 없음을 알리고자 이에 갑옷 5벌을 보내는 바임. 자세한 일은 프라이 아로스 무니요스 신부와 프라이 루이스 소텔로에게 물을 것.
　　　　　　　　　　일본국 세이이타이쇼군 미나모토 히데타다(源秀忠)

이에야스는 은퇴했으므로 히데타다가 보내는 것으로 하고, 로드리고의 이름도 문서에 있으나 자세한 일은 무니요스와 소텔로에게 물으라고 하는 등 이에야스다운 치밀함이 엿보이는 문서이다.

로드리고의 일기에는 같은 내용이 과장되게 씌어 있다. 황제(이에야스)가 스페인 국왕에게 사신을 보냈으며, 그 인선을 로드리고에게 부탁하여 무니요스를 지명했다고.

무니요스 혼자서 가게 된 것은 소텔로가 병으로 가지 못하게 된 바로 뒤의 일로, 소텔로는 처음부터 일본을 떠날 생각이 없었다. 그에게 있어 불구대천의 원수인 네덜란드 배가 처음으로 일본에 와서 히라고 항구에 들어올 것을 허락받았고 또 영국배도 온다고 하므로 일본을 떠날 수 없었다. 미우라 안진인 윌리엄 아담스가 영국과 네덜란드 쪽 사람이라는 경계심이 소텔로의 가슴에 크게 자리 잡고 있었다.

이렇듯 여러 가지 의혹과 체면과 희망을 싣고 일본을 떠난 안진호가 캘리포니아의 마턴첼에서 멕시코의 아카풀코에 도착하여 과연 어떤 역할을 했고, 어떤 의미를 지니게 되었을까? 이 배를 타고 태평양을 건너갔던 교토 상인 슈야 릿세이가 많은 비단을 가지고 돌아오기는 했으나 돈벌이는 그리 신통치 못했다고 《가이반 통서(外蕃通書)》에 기록되어 있다.

'일본인의 항해는 쓸모없는 일…….'

이 기록으로 미루어 상인들 눈에는 멕시코 무역의 전망이 그리 밝지 못했던 것 같다. 그럴 만도 했다. 스페인 왕국은 이미 몰락의 길로 접어들었고, 그들이 일본에 바라는 것은 황금섬 지팡구의 전설에 바탕한 노골적인 일확천금의 꿈이었으니까…….

슈야 릿세이며 다나카 가쓰스케 등과 함께 갔던 고토 쇼사부로는 게이초 6년(1611)에 귀국하면서 포도주와 모직물을 많이 가져왔는데, 이것을 보면 안진호는 태평양을 무사히 왕복하고 일본에 돌아온 모양이다. 따라서 이 항해는 많은 의미에서 일본의 역사를 장식할 만했지만, 안타깝게도 그 뒤 계속된 쇄국정책으로 한 줄의 일기조차 남아 있지 않다. 물론 누군가가 이에야스에게 상세하게 보고하고, 이에야스 또한 멕시코 사정이며 태평양 항해의 어려움을 잘 인식하여 답례사절로 온 비스카이노 장군을 맞이했을 터인데…….

비스카이노는 게이초 16년(1611) 여름 일본에 와서 6월 20일 슨푸성에서 이에야스를 만났다. 로드리고를 돌려 보내준 답례로 그는 시계와 비단 우비와 포도주를 비롯하여 스페인 국왕과 왕비 및 황태자의 초상화를 이에야스에게 선물했다.

이에야스는 그 답례품을 기꺼이 받았고, 비스카이노 장군의 일본연안 측량 신청을 쾌히 허락했다. 그가 황금섬을 탐험할 목적으로 일본에 온 것을 잘 알면서도, 나가사키에서 우라가로 오는 동안 폭풍우를 만나 피난항을 찾고 싶다는 그의 말을 그대로 받아들였다. 그런 의미에서 이에야스는 실로 너구리였다.

비스카이노 장군은 일본에서 건너가 있던 다나카 가쓰스케를 동반하고 왔는데, 그가 원하는 대로 일본연안 측량을 하도록 이에야스가 허락한 데 대해 네덜란드인과 영국인이 줄곧 중상모략한 듯하다. 비스카이노는 그의 보고서에 이렇게 쓰고 있다.

나는 이 땅의 예수교인으로부터 이런 말을 들었다. 일본에 머물고 있는 영국인 및 네덜란드 인은 나의 항해목적이 금은의 발견이라고 황제(이에야스)와 황태자(히데타다)에게 고했다. 또 스페인인은 싸움을 좋아하고 능란하여 대함대를 거느리고 공격할 것이므로 유럽에서는 해안측량을 결코 허락하지 않는다고.

황제는 이에 답하기를, 허락하지 않는 것은 두려워함과 같다. 스페인이 싸우려 한다면 얼마든지 오라. 두려울 것 없다……

비스카이노 자신이 기록한 것이니 이러한 이에야스의 말을 그에게 해준 사람이 있었던 게 틀림없다. 어쩌면 '이 땅의 한 예수교인'이란 소텔로일지도 모른다. 비스카이노에게 황금섬 탐험을 허락하더라도 일본에 대해 특별한 야심을 품게 하거나 그의 본심을 털어놓게 할 정도로 믿어서는 안 된다고 소텔로는 처음부터 말하고 있었다.

비스카이노의 보고서 가운데 이에야스의 외교방침을 충분히 엿보게 하는 점이 있다는 것은 재미있는 일이다. 이에야스는 교역과 광산개발 사업을 통해 사람들 눈을 새로운 방향으로 돌리려 했다. 오늘날 말로 표현한다면 정경(政經) 분리방침을 지니면서 무력면에서는 자신만만하게 대처하고 있었다.

그러나 그것은 아직 뒷날의 이야기……

게이초 14년(1609) 초겨울, 이에야스는 소텔로와 무니요스를 사자로 삼아 돈 로드리고를 돌려보내는 안진 호의 출항을 결정하자, 그 길로 슨푸를 떠나 에도로 향했다. 생모 덴즈인의 명복을 빌고 사원 건립을 지시하기 위해서였다.

　수행한 사람은 안도 나오쓰구와 다케코시 마사노부. 아직 둘 다 이에야스 슬하에서 훈육 중인, 다음 대를 짊어질 젊은이들이었다.

　물론 이에야스는 가마, 두 젊은이는 말을 탔으며, 그 밖의 호위는 도보무사 몇이 고작이었다. 그리 서두를 것 없는 여행으로 440리 26정의 거리를 열흘 가까이 걸려서 가며 도중의 견문을 그대로 교훈으로 삼는 수학여행이라고 해도 좋았다.

　그들이 절반쯤 가던 도중 하코네 신사 경내에서 새삼 스루가의 후지산을 바라보던 어느 날 오후였다.

　안도 나오쓰구가 무슨 생각을 했는지 문득 이에야스에게 물었다.

　"오고쇼님, 이제부터의 세상은 아주 달라지겠지요."

　"달라지다니……?"

　"이윽고 이 일본에 스페인 사람이며 네덜란드 사람들뿐 아니라 온 세계 사람들이 와서 살게 되지 않을까요?"

　자못 불안해하는 나오쓰구의 질문이었다. 그 질문이 당돌했으므로 다케코시는 고개를 갸웃하며 이에야스와 나오쓰구를 번갈아 보았다.

　"글쎄, 그런 날이 오지 않는다고 할 수 없지. 나오쓰구는 불안한가?"

　"예, 아닙니다…… 만일 그런 일이 있더라도 천하는 아무 일 없이 다스려질까요?"

　"하하……그대는 요즈음 남만인이랑 홍모인을 너무 만났구나."

　이에야스는 웃으면서 정면의 푸른 하늘에 솟아 있는 후지산을 가리켰다.

　"저것을 보아라, 저것을……."

　"예……."

　"높고 뛰어난 것은 어디서 바라보든 변함없잖느냐?"

　나오쓰구는 시키는 대로 호수 건너편의 후지산을 쳐다보았으나, 그는 아직 거기에서 이에야스의 말뜻을 알아낼 만한 나이가 못되었다.

　"나오쓰구도 다케코시도 듣거라. 내가 은퇴할 성으로 왜 슨푸를 선택했는지 아느냐?"

"그것은 간토, 간사이를 억누를 만한 요지이므로……."

말하려다가 다케코시는 입을 다물었다. 나오쓰구가 조심스럽게 물었다.

"후지산이 있어서입니까?"

"허, 후지산이 있으면 마음도 정신도 높아진다고 생각하느냐?"

"예……? 예."

이에야스는 가볍게 웃었다.

"그렇다면 그것으로 좋아. 그뿐이야. 에도에 도착하면 다시 한번 후지산을 볼까. 스루가의 후지, 가이의 후지, 하코네의 후지, 에도의 후지……."

"어디서 보아도 아름다운 모습은 변함없습니다."

다케코시가 그 뒤를 이어 다시 고개를 크게 끄덕였다. 아무래도 그는 그 나름으로 무언가 느낀 눈치였다.

"다케코시, 알았느냐?"

"예, 알 듯……합니다."

이에야스는 천천히 웃으며 고개를 저었다.

"어디서 보든 변함없는 후지……그런 게 아니야. 저 후지산이 바로 이 이에야스에게 세계의 바다로 진출할 각오를 가르쳐주었다는 거야."

"……."

"저 후지를 어디서 보든 같다고 해선 안 되지. 잘 보고 또 보아라. 가까운 후지, 중간쯤의 후지, 먼 후지, 아침의 후지, 한낮의 후지, 해 질 무렵의 후지……바라보이는 모습이 천태만태야."

"그러나……언제 어디서 보든 아름답다고 생각됩니다만."

"하하……다케코시는 팔방미인이 좋은 모양이로군."

"그래서는 안 됩니까?"

"안되지."

엄격히 말하고 이에야스는 또 웃었다.

"어디서 보나 아름답다……는 것에는 그리 이의가 없지만……그래, 이것은 이번 여행의 숙제로 남기자. 에도에 닿을 때까지 생각해 보도록. 내가 후지의 모습을 보고 어째서 세계에 진출할 각오를 가르침 받았는지, 가르침을 준 게 무엇이었는지……."

나오쓰구와 다케코시는 다시 살며시 얼굴을 마주 보고 입을 다물었다.

고개 마루턱의 추위는 나무그림자에 서리를 품은 채 벌써 살갗에 파고들었다.

신관(神官)이 땅바닥에 한 무릎을 꿇고 주종의 대화에 귀 기울이고 있는 것을 깨닫고 이에야스는 걸상에서 일어났다.

"안에서 차나 한잔 대접받을까."

방울숲

　다케코시 마사노부도, 안도 나오쓰구도 하코네에서 오다와라로 나올 때까지 이에야스가 내놓은 후지산 문제에 사로잡혀 있었다. 이상하게도 이에야스가 무슨 문제를 내면 그것에 대답할 수 있을 때까지 두 사람 모두 주문에 걸린 것같이 되었다.

　이에야스는 그것이 즐거워 못 견디겠는지 이따금 생각난 듯 허점을 찔러온다. 그러나 이번에는 에도 어귀인 스즈가모리(鈴森)에 접어들 때까지 끝내 후지 산 이야기는 나오지 않았다.

　스즈가모리를 지나면 시나가와 주막거리는 바로 코 앞이다. 이전에는 이 언저리까지 히데타다가 곧잘 마중 나왔으나, 쇼군직을 물려준 뒤로는 이에야스가 금했다. 효도는 인륜의 으뜸가는 미덕이지만 공과 사의 구별은 엄격해야 한다.

　"쇼군이 아비를 마중하러 나온다는 것을 알고 불칙한 짓을 꾀하는 자가 있다면 부자가 함께 위험을 당할지도 모른다. 백성들에게도 폐가 될 테니 직접 마중 나오는 것은 그만두도록."

　솔밭에서 휴식하며 에도 앞바다 경치를 구경하고 행렬을 정비하는 습관만은 그대로였으나 마중 나오는 것은 중지되었다. 그래서 다케코시와 안도는 오모리(大森)에서 행렬의 선봉이 되어 스즈가모리 해변에 있는 휴식소의 준비상황을 검토하기로 했다.

　"다케코시, 그 뒤 후지산 이야기는 다시 나오지 않았지?"

"그래, 언제 나오더라도 나는 이제 결코 놀라지 않겠네……."

"하하……다케코시가 놀라는 것은 스즈가모리에서 갈아탈 말일까."

"농담하지 마."

다케코시는 웃으면서 말머리를 나란히 했다.

"그런데 그 쇼지 진에몬 녀석이 기어코 저 해변을 스즈가모리(방울숲)라고 이름 지었지 뭔가."

"글쎄 말이야, 그곳에 처음으로 오고쇼님을 쉬시게 한 것이 덴쇼(1573~1591) 연간이었다던가."

"세키가하라 때도 기녀들을 데려다 접대했었지. 아니, 그것이 스즈가모리라는 이름의 원인이 되었다더군."

"다케코시는 아주 훤하군그래. 그럼, 처음에는 스즈가모리라고 부르지 않았단 말인가?"

"그렇다니까. 툭하면 상어가 나와 상어해변……이라고 불리고 있었지. 그런데 쇼지 진에몬이 거기서 오고쇼님을 접대한 소문이 퍼져 영주며 직속 무장들이 모두 쉬게 되었다더군. 그렇게 되자 진에몬이 재빨리 거기에 눈독 들인 거지."

"진에몬의 본거지는 시내의 제니가메 다리(錢甁橋) 언저리잖나."

"그렇지. 그런데 이 해변도 돈벌이가 된다는 것을 알고 우선 여름 한 철 갈대 발을 친 찻집부터 시작했어. 여느 때는 인적없는 갯벌의 솔밭, 기녀들이 나무 그 늘에서 손님에게 별안간 소리 지르면 모두들 깜짝 놀라 도망쳤다지. 도둑이나 강도인 줄 알고서."

"결국 도둑임에는 틀림없지, 자고로 계집들이란."

"그 폐단을 없애기 위해 계집들 허리에 말방울을 달게 한 쇼지 진에몬이라는 자는 제법 멋쟁이가 아닌가……."

"과연, 그래서 스즈가모리란 말인가."

"모르는 척하다니…… 안도 나오쓰구는 고약한 사나이야."

두 사람이 함께 웃어젖혔을 때였다. 별안간 그들 귀에 방울소리가 들려왔다.

"이상한데……?"

나오쓰구가 먼저 말을 멈추면서 귀 기울였다.

"이건 손님을 부르는 방울소리가 아닌데."

"흥."

역시 말을 멈춘 다케코시는 상대가 자기를 속이려는 게 아닌가 하고 귀기울였다. 그러자 이번에는 방울소리가 분명 이쪽을 향해 달려온다.

"나타났어, 다케코시."

"틀림없어. 확실히 계집이야. 그런데 저 달리는 발소리가 아무래도 심상치 않은 걸. 누구한테 쫓기고 있는지도 모르겠어."

"아룁니다!"

"뭐냐?"

두 사람은 긴장된 소리로 입을 모아 되묻고 나서 서로 얼굴을 마주 보았다.

소나무 뒤에서 후닥닥 달려 나온 것은 틀림없이 이 고장 명물인 붉은 앞치마에 말방울을 두 개씩 매단 젊은 여자……그것도 둘이나 앞에 나타났으므로, 틀림없는 손님을 끄는 기녀……곧 쇼지 진에몬이 짜낸 새로운 수법이라고 생각했다.

"오늘은 너희와 장난할 틈이 없다. 오고쇼님 선발대로 쉴 장소를 돌아보는 중이야."

다케코시가 일부러 엄격한 태도로 말하자 한 여자가 재빠르게 대답했다.

"잘 알고 있습니다. 오늘 오고쇼님 행차가 이 해변을 지나가신다는 것을 알고서 기다리고 있던 참이에요."

"뭐? 기다리고 있었다고."

"네, 이 행차 가운데 안도 나오쓰구 님이라는 분이 계시지 않는지요?"

나오쓰구는 깜짝 놀라 다케코시를 돌아보았다. 다케코시는 빙그레 웃으며 말했다.

"있다면 만나고 싶단 말이지? 그대는 안도의 단골…… 그렇다면 가마쿠라의 온천 여자군그래?"

"아니, 아니에요. 그런 여자는 아니에요."

말을 듣고 보니 정말 좀 이상한 것 같다. 단골계집이라면 안도 나오쓰구가 눈앞에 있는 것을 모를 리 없다.

"그럼, 그대는 누구인가?"

"네……네, 후지(富士)라고 해요."

"후지……이봐, 정말 괴상한 이름의 여자가 나타났는데."

다케코시는 다시 한번 나오쓰구를 돌아보았다.

"우리는 그 후지 때문에 하코네에서 여기까지 오면서 고생했다. 그런데 또 후지라……그래, 그 천하 제일가는 후지 아가씨가 안도 나오쓰구에게 무슨 볼일이 있단 말인가?"

"전해드리고 싶은 편지를 가져왔습니다."

"허, 그럼, 그대는 나오쓰구의 소문을 듣고 사모했군?"

"네……네."

"허나 좀 잘못 생각했어. 안도 나오쓰구는 과연 나무랄 데 없는 사내지만 잘생기지는 못했어. 아마 나보다 훨씬 풍채가 뒤떨어질 거야. 몸집이 작고, 눈알은 크고, 입을 벌리면 말솜씨는 제법이지만, 계집들한테는 실속없는 오입쟁이거든. 그래도 편지를 주고 싶은가?"

"네……네."

여자가 진지하게 두 손을 짚고 고개를 끄덕이므로 어지간한 다케코시도 고개를 저으며 물러섰다.

"여보게, 자네가 상대하게. 나는 못 당하겠어. 벅찬 계집이니 조심해 덤벼."

나오쓰구는 얼마쯤 상기된 얼굴에 미심스러운 긴장감을 보이면서 여자들에게 한 걸음 다가섰다.

"안도 나오쓰구는 바로 나인데, 후지라고 했나?"

"아, 당신께서……!"

여인은 부랴부랴 품 안에서 편지를 한 통 꺼내 들고는 다시 두 사람을 번갈아 보았다.

"분명 틀림없습니까? 이 편지는 소중한 주인의 명에 의해 전해드립니다."

"뭐, 주인의 명?"

나오쓰구는 아직 손을 내밀지 않았다.

"그대 주인이라면 쇼지 말인가?"

"아닙니다. 오쿠보 나가야스 님의 내실로 혼아미 고에쓰 님의 친척되시는 분입니다."

"뭐, 혼아미 고에쓰의……아, 이제 생각나는군. 알겠다. 오코 님 말이지?"

"네……네, 지금 에도에 오셔서 쇼지 님 댁에 머물고 계십니다. 저희들은 그 오코 님 시녀입니다."

"그래? 오코 님은 지금 어디에 계시는가? 전에는 아마도 사도섬에 계시다는 말을 들었는데."

"네, 지금은 사도섬에서 하치오지로 돌아가 계십니다."

이야기가 뜻밖의 방향으로 빗나가기 시작했으므로 다케코시는 말했다.

"안도 님, 내가 먼저 가서 쉬실 곳을 마련하겠네. 볼일을 끝내고 오게."

이렇게 한마디 하고 다케코시는 가버렸다.

나오쓰구는 말에서 내려 여인이 내미는 편지를 받았다. 받을 사람의 이름도 보낸 이의 이름도 없었다. 미롱지를 옆으로 여덟 겹으로 접어 봉함이라고 씌어 있을 따름이었다.

"그런가, 오코 님이……."

나오쓰구가 오코를 안 것은 이에야스와 함께 후시미에 있던 무렵으로 교토 행정장관 이타쿠라 가쓰시게가 연 다회에서였다. 아니, 그 뒤에도 오코와 서너 번 만난 일이 있다. 자야 댁에서도 만났고 고에쓰 댁에서도 만났다. 약삭빠르게 기발한 말을 잘하는 여인으로 두려움이 전혀 없어 보였다. 그러면서도 자연스럽게 행동하여 늘 아랫사람들 가운데에서 눈에 확 띄는 한 점의 색채였다. 그 오코가 이런 곳에서 나오쓰구를 기다리게 한 것은 대체 무엇 때문일까……?

'오고쇼님께 뭔가 호소할 일이라도 있는 건가.'

나오쓰구는 선 채로 서둘러 편지 겉봉을 뜯었다.

급히 아룁니다. 천하의 잘못된 일 세 가지를, 구면을 생각해 알려드리고 싶습니다. 첫째는, 사도섬에 대한 일. 둘째는 부슈(武州)에 대한 일. 셋째는 무쓰(陸奧)에 대한 일. 모든 것은 후지가 말씀드릴 것입니다.

무례함을 용서 바라며, 오코…….

안에도 받을 사람의 이름이 없고, 편지 글씨를 처음 보는 나오쓰구로서는 과연 혼아미 고에쓰의 외사촌 누이 필적인지 아닌지도 판별할 수 없었다.

"자세한 것은 그대에게 들으라고 했는데, 너는 이 편지 내용을 알고 가져왔느냐."

"네……."

"좋아, 들어보자. 말해 봐."

나오쓰구는 말고삐를 소나무 가지에 걸어놓고 가까운 그루터기에 걸터앉았다. 그러자 후지와 함께 온 여자는 좀 떨어진 곳에 감시하듯 섰다.

나오쓰구는 나무 사이로 새어드는 햇빛에 실눈 짓고 사방을 한 바퀴 둘러본 다음 물었다.

"여기 첫째는 사도섬에 대한 일이라고 씌어 있다. 그래, 무슨 일이냐?"

"네, 사도섬 광산의 금산출량이 요즈음 적어졌다는 말씀입니다."

"그렇지. 그래서 둘러보러 올봄에 일부러 오쿠보 님을 보냈을 정도니까."

"그런데, 그 금산출량은 조금도 줄지 않았을 터……라는 말씀만 여쭈라고 분부하셨습니다."

"뭣이, 금산출량이 줄지 않았다고……?"

"그 밖의 것은 모릅니다. 단지 그것만 말씀드리라는 분부이므로."

"음."

나오쓰구의 눈이 야릇한 빛을 띠기 시작했다. 사도섬의 금은 채굴량이 요 1, 2년 사이에 부쩍 줄어들었다. 그리고 그 원인을 조사하기 위해 파견한 오쿠보 나가야스는 광맥이 엄청나게 빗나가버려 큰 기대는 걸 수 없겠다고 보고했다. 그런데 실은 그렇지 않다고 암시하는 것이다.

'오코는 나가야스의 사사로운 횡령을 고발하려는 것일까.'

"그럼, 부슈에 대한 둘째 일이란?"

"네, 황금저장고는 말씀드릴 것도 없고……."

"황금저장고는 말할 것도 없다……?"

"12곳 쌀 곳간 바닥이 모두 금과 은으로."

"뭣이! 그, 그, 그것도, 그것만 말하라던가?"

"네……저는 뭐가 뭔지 도무지 알 수 없습니다만."

"셋째로 무쓰에 대한 일이란?"

나오쓰구는 이상하리만큼 흥분되었다. 물론 후지도 모를 리 없다. 이것이 사실이라면 어마어마한 횡령에 대한 폭로가 아닌가. 사도섬에서 황금산출량이 줄어들었다는 것은 거짓말이며, 부슈 하치오지의 오쿠보 나가야스의 진막에 숱한 금은이 은닉되어 있다는 말이다.

"셋째는…… 장인과 사위가 함께 배를 타고 소원하던 첫 번째 꿈인 세계의 바다로 진출한다고 합니다."

"뭐, 뭣이? 장인과 사위가 함께 배를 타고, 첫 번째 꿈인 세계의 바다로 진출한다고? 흠, 장인과 사위가……!"

다시 한번 상대의 말을 입속에서 되풀이하고 물었다.

"그래, 너는 어째서 하치오지에서 나와버렸나?"

"……네, 도련님께 사모의 글을 드렸다가 윗분에게 들켰습니다."

"도련님……이라면, 나가야스 님 아들 말인가?"

"네."

"그 아들은 몇 살인가?"

"14살입니다."

"그래서 쫓겨나 쇼지한테 와서 온천 기녀가 되려고 한 건가?"

"그렇습니다."

"모두 오코 님 지시겠지?"

"네. 아니, 막상 그 일이 있고 보니 저도 교토로 돌아가고 싶어졌기 때문입니다."

"교토로 돌아간다고. 준비는 되어 있나?"

여인은 힘없이 고개를 저었다.

"언젠가 교토에서 내려오는 여인극단이라도 있으면 섞여서 갈까 합니다."

감시를 맡은 여인은 열성적인 뒷모습으로 줄곧 사방을 살펴보고 있다.

나오쓰구는 이상한 초조감으로 가슴이 가득 찼다. 물어보고 싶은 것, 알고 싶은 것들이 목구멍까지 꽉 찼으면서도 말로 할 수 없는 안타까움이었다. 상대가 무엇을 호소하려는 것인지 이미 짐작하고도 남음이 있다.

오쿠보 나가야스와 마쓰다이라 다다테루는 이에야스가 딸려준 집정과 주군의 관계이고, 다다테루와 다테 마사무네는 장인과 사위 사이다. 그 연결의 맨처음에 위치하는 나가야스가 막부의 금광감독관으로서 어마어마한 수량의 금은을 은닉했다고 한다…… 그것뿐이라면 문제는 간단하다.

나가야스는 태평시대에 드문 수완가로 순풍에 돛을 단 듯 출세한 자수성가자. 따라서 동지도 많고 질투하는 자도 많다. 게다가 광산 일은 산출량에 비례한 할

당제이므로 그의 몫도 결코 적은 수량이 아닐 것이다. 부슈 하치오지 곳간 마루 밑이 금은으로 가득하다는 것은, 그 할당액의 축적에 깜짝 놀란 자들의 중상에 지나지 않을지도 모른다.

그런데 세 번째의 무쓰에 대한 일이 되고 보면 이야기가 복잡해진다. 다테 마사무네가 마쓰다이라 다다테루와 짜고 세계의 바다로 진출해 이에야스며 히데타다와 별도로 대규모 해외무역을 꾀하고 있다…… 그 교역에 필요한 금은을 비밀명령을 받은 오쿠보 나가야스가 금광산출량을 속이면서까지 축적하고 있다고 한다면 참으로 어마어마한 사건이 아닐 수 없다.

내용에 따라서는 모반도 되고, 손댈 수 없는 문중 소동으로까지 발전할지도 모른다. 이에야스의 여섯째아들 다다테루는 지금 쇼군 히데타다의 바로 아래 동생이기 때문이다. 둘째 아들 유키 히데야스가 지난봄 4월 8일에 에치젠에서 죽어 세상에 이상한 소문이 퍼지고 있다. 한번 다이코의 양자가 되었던 히데야스가 동생 히데요리를 동정하여 쇼군에게 사사건건 거역하므로 독살당한 것 같다는 소문이었다. 물론 아무 근거도 없는 이야기였지만 다섯째아들 노부요시와 넷째아들 다다요시가 모두 연달아 죽은 뒤여서 지금 살아 있는 것은 셋째아들인 쇼군 히데타다와 여섯째아들 다다테루로, 그다음은 아주 어린 고로타마루들밖에 남지 않았다.

그러므로 만약 다다테루가 그러한 계략의 소용돌이에 말려들었다는 소문이 사실이라면, 히데타다는 물론 그 측근들이 가만있을 리 없다. 게다가 다테 마사무네는 히데요시 이래의 조심해야 할 인물이라고 일본 전국에 소문이 파다한 모략의 명장인 것이다.

나오쓰구는 지그시 여자를 지켜보며 말했다.

"너는 아무것도 모른다고 했지만…… 이건 모르면서 호소한 일로 끝나버릴 게 아니다. 알겠나, 오쿠보 나가야스는 어떻든 다다테루 님은 오고쇼님의 아들이며, 그 생모님은 지금도 오고쇼님을 모시고 계신 자아 부인이야"

"네, 하지만 그런 일은 조금도……."

"네가 그렇게 말하는 것은 사건의 중대성을 충분히 알면서 상관 않으려는 증거이지. 잘 듣거라, 이 나오쓰구가 너에게 두세 가지 물어볼 것이 있다. 알고 있는 사실은 숨김없이 대답하도록. 그렇지 않으면 나는 너와 오코 님을 끝내 처치해 버리지 않으면 안 될지 모르니까."

후지라는 여인은 나오쓰구의 말에 그리 놀라는 것 같지도 않았다. 급작스러운 일이라 어쩌면 말뜻을 잘 못 알아들었는지도 모른다.

"오코 님이 너에게 이 편지를 부탁한 심정은, 말할 것도 없이 이 나오쓰구가 오고쇼님께 말씀드려주기 바라기 때문일 거다. 그렇지 않은가?"

"네……"

"그러나 이것은 섣불리 말씀드릴 수 없는 일이야."

"……그, 그럴까요."

"물론이지. 잘 생각해봐. 이것은 오고쇼님 부자 사이에도, 쇼군댁 형제 사이에도 크게 금이 가는 일인데 말씀드려놓고 나서 잘못되었다고 끝날 일이 아니거든."

"그건 저도……"

"이를테면 내가 혼다 마사즈미 님께 이 전갈을 부탁드린다고 하자. 그렇게 되면 혼다 님은 오고쇼님께 말씀드리기 전에 먼저 너와 오코 님을 베어버리라고 할 게 틀림없어. 소문이 퍼지면 큰일이니까. 우선 베어놓고 나서 은밀하게 나가야스의 신변을 탐색하기 시작하겠지."

"어머나……!"

"그래서 묻는 거야, 알겠나? 오코 님은 요즘 나가야스 님과 사이좋은가?"

후지는 깜짝 놀라는 눈치였으나 조용히 고개 저으며 눈을 내리깔았다.

"그렇겠지. 사이좋게 지낼 때면 여자가 남편 험담을 하지 않지."

"하지만……그것은……"

"괜찮아, 내가 묻는 말에만 대답하면 돼. 어때, 하치오지 진막에 다테 님 가신이 출입하더냐?"

후지는 다시 조용히 고개를 저었다.

"그럼, 또 한 가지, 곳간 마루 밑은 모두 금은……이라고 씌었는데, 오코 님은 그걸 어떻게 조사했지? 아니, 어떻게 아신다고 생각하느냐?"

"네, 그것은 대감님이 취하셨을 때 말씀하시더라고……"

"좋아, 열두 곳간의 마루 밑이 모두 금은……대체 그런 엄청나게 많은 금은을 나가야스 님이 어떻게 하치오지까지 운반했다고 생각하나? 사람 눈에 띄지 않도록 그 많은 황금을 운반할 수는 없다고 생각하는데……"

"바로 그 말씀이에요!"

별안간 여인은 큰소리를 지르고 사방을 둘러보았다.

"그때 마님이 놀라셨던 것을 저도 잘 알고 있습니다. 아시다시피 대감님 행차는 일본에서 으뜸가는 화려한 행렬……."

"흠, 언제나 계집들을 거느린 어마어마한 행차여서 세상에서는 부산하고 화려한 행차를 말할 때 나가야스 님 행차 같다고 할 정도니까…… 그러나 그것은 광산에서 벌이하는 기녀들을 데리고 다니기 때문이 아닌가?"

"그 기녀의 짐으로 보이는 옷 궤짝들이 실은 황금으로 가득 차 있었답니다…… 그것을 마님께서 아시고 놀라셨지요."

"뭐, 여자들 짐이 모두……!"

"네……네, 광산에 기녀들이 없으면 안 된다며 처음부터 행차를 어마어마하게 꾸민 것은 언젠가 금은을 운반해 낼 준비였다……고, 마님은 말씀하셨습니다."

후지는 차츰 볼이 상기되며 숨을 할딱였다.

나오쓰구는 아직 반신반의했다. 그가 상상한 것처럼 오쿠보 나가야스와 오코의 사이는 화목하지 못한 듯하다. 나가야스의 축첩 호색은 천하가 다 아는 일이다. 오코 같은 기질 센 여인이 그 숱한 첩들 틈바구니에서 다소곳이 애무의 순서를 기다리는 따분한 생활에 만족할 리 없었다. 따라서 그 불평불만이 증오나 반발형태로 폭발한다면 어떤 탈선을 할지 모른다…… 그 탈선과 광란의 앞잡이가 되어 조종당한다면 정말 웃음거리가 아닐 수 없다. 그러나 후지의 말이 마음에 걸린다. 계집들을 거느린 나가야스의 행렬은 처음부터 금은을 은닉할 속셈이 있어서 한 위장이라고 한다…… 그리고 보니 계집들의 옷상자며 궤짝은 금은을 운반하는 데 안성맞춤일지도 모른다.

"오코 님이 그 궤짝 안에 든 금은을 발견한 게 언제쯤 일인가."

"네, 사도섬에서 하치오지로 옮길 때였습니다."

"오코 님이 어찌하여 그 안을 보게 되었나?"

"네, 나카센도 산길에서 운반하던 인부가 넘어지면서 마님 옷 궤짝을 떨어뜨렸을 때의 일이었습니다. 속에서 의복과 섞여 황금 보따리가 잔뜩 나왔답니다…… 대감님은 엄하게 누설을 금지하셨대요……."

"좋아, 이제 됐어. 그대들은 오고쇼님께서 이곳을 지나가실 때 방울을 울리며 차대접해야 할 테니 이젠 가보도록 해라."

"네."

"아니, 잠깐. 알겠나, 옷 궤짝에서 금덩어리가 굴러 나왔다……는 건 거짓말이 아니겠지? 그러나 그 황금덩어리가 과연 사사로이 횡령한 것인지, 아니면 정당하게 나눠 받은 덕대 몫인지 그 분간이 어렵단 말이다. 그러니 이 사건은 당분간 혼다 님에게도 비밀로 하고 이 나오쓰구의 가슴속에만 담아두겠다. 그러니 너도 결코 입 밖에 내면 안 돼. 알겠나, 엉뚱한 데서 발설했다가는 그 피해가 너한테 미치게 된다."

여인은 말없이 몸을 떨었다. 나오쓰구가 말한 '처치당한다'는 말뜻을 그제야 겨우 깨달은 모양이다.

"좋아, 이제 됐어. 돌아가라……."

두 여인이 눈짓하고 짤랑짤랑 방울소리를 내며 사라지자 나오쓰구는 팔짱낀 채 눈을 감고 생각에 잠겼다.

'오고쇼 이에야스에게 곧바로 알려서는 안 될 일……적어도 맏아들, 둘째, 넷째, 다섯째 아들을 잃은 이에야스는 남은 다다테루 님에게 아버지로서의 희망을 크게 걸고 있다…….'

그 다다테루가 장인 다테 마사무네며 오쿠보 나가야스와 결탁해 쇼군의 방침과는 전혀 다른 길을 가려 한다……는 사실은, 이에야스의 나이를 생각하면 차마 알려줄 수 없는 참혹한 생각이 든다.

—이에야스는 이미 68살의 고령이다. 인생 50년이라는 평균수명으로 볼 때 18년이나 더 산 셈이다. 따라서 앞으로 그리 오래 살지 못한다……는 상식적인 해석은 누구에게나 금방 떠오르는 계산이었다.

그런데 그 이에야스가 세상 떠난 뒤 쇼군과 다다테루 사이에 싸움이 벌어질 징조가 보인다면, 이에야스 한평생의 마지막 장에 이르러 서글픈 비극이 벌어지게 된다. 이렇게 생각하자 나오쓰구는 금방 그 자리를 떠날 수 없었다.

'그렇다, 이것은 아직 아무에게도 발설해서는 안 될 일이다…….'

그러나 이야기 속에 등장하는 인물들이 어쩌면 이렇듯 마음에 걸리도록 근사하게 배치되어 있단 말인가. 다테 마사무네라는 커다란 흑막 앞에 이에야스의 여섯째아들 마쓰다이라 다다테루와 당대 으뜸가는 재주꾼 오쿠보 나가야스를 앞히고 보니 참말 멋진 무대 진용이 된다.

이에야스가 세상 떠난 뒤 만일 이 세 사람이 물샐틈없이 손잡고 쇼군 히데타다에게 맞선다면 과연 어떻게 될 것일까? 쇼군은 물론 대대로 내려오는 영주 가신들과 직속무장 8만 기가 총력을 다하여 이들을 토벌하기 위해 일어설 것이다. 그러면 그쪽도 가만히 있을 리 없으며 외부 영주들에게 곧바로 격문을 돌려 세키가하라 때 서군보다 더한 단결을 굳히려 할 것이다.

'그렇게 되면 맨 먼저 포섭해야 할 대상은 누구일까? 시마즈, 모리, 우에스기, 아사노, 가토, 마에다……'

생각하다가 나오쓰구는 온몸에 소름이 끼쳤다. 또 하나 중요한 거점이 남아 있다.

'그렇다, 오사카성의 히데요리 님이다……!'

세키가하라 때 히데요리는 철없는 어린아이였지만 지금은 다다테루와 같은 또래 젊은이가 되었다. 아니, 그것만이 아니다. 히데요리는 쇼군 히데타다의 사위이다. 다테 마사무네와 오쿠보 나가야스가 맨 먼저 이곳에 손쓸 것은 불을 보기보다도 훤한 일이었다. 세키가하라 때는 이에야스라는 우뚝 치솟은 거인이 있어 외부 영주들에게 냉정한 실력비교의 계산을 강요할 수 있었지만, 히데타다에게 이에야스 정도의 실력을 기대할 수 있을지 어떨지?

한쪽에 다테 마사무네가 있고, 도요토미 히데요리가 있고, 다시 쇼군의 아우 마쓰다이라 다다테루가 있다는 것을 안다면 외부 영주들의 계산은 세키가하라 때와 완전히 반대로 나오지 않을까……? 만약 반대로 나온다면 그것은 이에야스가 죽고 없다……는 사실이 가장 큰 원인이 될 터인데…….

'그렇다! 세키가하라 때와는 안과 겉의 관계가 될 것이다……'

그때는 다테 마사무네가 어디까지나 이에야스에게 밀착해 있었으므로 우에스기 세력이 꼼짝도 못 했다. 그것이 이번에는 거꾸로 된다. 게다가 서쪽의 여러 영주들 가운데 모리, 시마즈 같이 겉으로는 어떻든 속으로 '두고 보자'며 투지를 억누르고 기회를 노리는 자가 결코 적지 않다.

'그런 계획이 있는 것을 알면 세키가하라 때 멸망된 여러 영주의 떠돌이무사들이 앞다투어 오사카성으로 달려갈 것이다……'

생각하다가 나오쓰구는 자신의 공상을 세차게 털어버렸다. 모든 것은 오코의 성격에서 나온 드센 여자의 투기심에 의한 괴상한 호소가 기점이 된 망상 아닌가……

'어쨌든 기분 나쁜 망상이다……'

그는 허둥지둥 일어나 소나무 가지에서 말고삐를 풀었다. 차츰 바다도 하늘도 활짝 개고, 이에야스의 행렬이 벌써 가까운 곳까지 다가온 기척이므로 나오쓰구는 세차게 고개 저으며 말에 올라 채찍질을 했다.

작은 초록상자

이에야스가 에도에 오자 다테 마사무네는 거의 날마다 성으로 와서 둘이 자주 잡담을 나누었다. 혼쇼(本所) 방면의 매사냥이며 고이시카와(小石川)의 덴즈사 공사장에도 수행하며 대대로 내려오는 가신 이상으로 친밀하게 접근했다.

쇼군 히데타다도 겉으로는 기뻐하는 듯 보였지만 속으로는 어떨지……? 마사무네는 히데타다가 자기에 대한 경계심을 아직 완전히 버렸다고 생각지 않았다. 그래서 히데타다 앞에 나갈 때면 주로 일본의 교역에 대해서만 언급했다. 교역은 이에야스의 생각에 의한 부국책이며, 그것을 논하는 그는 이에야스 정책의 도취자이며 찬동자이기 때문이었다.

그는 오늘 이에야스를 방문하고 돌아가는 길에 일부러 히데타다에게도 얼굴을 내밀었다.

"돈 로드리고는 역시 일본이 만든 배로 태평양을 건너게 된 모양이더군요. 일본에서 만든 선박으로 태평양을 건너간다……면 충분히 조심해야 하겠지요."

히데타다는 그 말뜻을 알아들을 수 없어 왜 그런지 되물었다.

"일본의 배 목수도 세계의 바다를 거침없이 타고 돌아다닐 범선을 만들 수 있게 됐다……는 사실은 앞으로 여러 영주들이 다투어 큰 배를 건조해 마음대로 교역을 시작할 수 있다는 게 될 터인데요."

그 말만으로도 히데타다가 위정자(爲政者)로서 어떤 불안을 느끼며 무엇을 하려는지 마사무네는 잘 알 수 있었다.

그리고 나서 마사무네는 이에야스와 의논한 일을 또 한 가지 털어놓았다.

"로드리고나 소텔로가 하는 말이 믿을 수 있을 것 같기도 하고 없을 것 같기도 하고……아니, 그들로서는 진실을 말하고 있겠지요. 그러나 그들의 견문은 이미 낡았습니다…… 그러니 초점이 빗나간다면 일이 우습게 되지요. 그러므로 범선을 건조할 수 있는 배목수를 모두 모아 리쿠젠의 쓰키노우라에서 또 한 척 훌륭한 배를 만들게 하여 믿을 수 있는 일본인을 태워 직접 유럽으로 파견해 보면 어떨까 하는 겁니다. 오고쇼님은 이 이야기에 퍽 관심을 보이십니다. 만일 실현된다면 쇼군께서도 아무쪼록."

이렇듯 범선을 건조할 수 있는 배 목수를 한군데 모아놓으면 여러 영주들의 선박 건조와 이 때문에 일어나는 혼란을 통제할 수 있음을 은근히 비추고 물러났다.

저택에 돌아와 시마즈 가문에서 보내온 사쓰마의 쌈지담배를 한 대 피우고 났을 때 오쿠보 나가야스가 찾아왔다.

나가야스는 여전히 가벼운 농담으로 가신들을 웃기면서 나타나 마사무네의 얼굴을 보자 정중하게 자줏빛 비단보자기에서 그 연판장을 꺼내 마사무네 앞에 내놓았다.

"마사무네 님, 재미있게 되었습니다. 오사카성 안에 이렇듯 많은 동지가 생겼습니다. 한 번 보시지요."

마사무네는 말없이 담뱃대를 시녀에게 건네주고 나서 분명 불쾌한 표정으로 그 두루마리를 나가야스한테 밀어놓았다.

"나가야스, 그대는 좋은 육감을 갖고 계시오. 그 육감은 좋지만 좀 지나치게 떠벌인단 말이오."

마사무네는 나가야스를 보는 것도 보지 않는 것도 아닌……눈길로 말 속에 칼날을 품었다.

"무릇 연판장이란 서로 목숨을 건 소중한 서약에 쓰이는 거요. 그런데 그대의 것은 그렇지 않거든."

나가야스는 별안간 한 대 얻어맞은 느낌이 들어 그 역시 노골적으로 불쾌한 표정을 보이며 되물었다.

"허, 그럼……어떻다는 겁니까."

"그대의 연판장은 다분히 장난스러워. 저마다 솜씨껏 싸워 이겨서 땅을 차지하던 전국시대가 아니므로 서로 뜻을 합쳐 세계의 바다로 진출하자……는 취지는 결코 나쁘지 않소."

"취지가 나쁜 일을 이 나가야스가 이처럼 열심히 할 까닭이 없잖습니까. 이것은 어디까지나 오고쇼님 뜻을 받든 하나의 충성입니다."

"바로 그거요. 그렇다면 이런 연판장 같은 것을 만드는 게 아니오. 연판장이란 예로부터 어두운 그림자가 깃든 음모를 할 때 쓰이지요. 그대에게 그런 생각이 없더라도 오쿠보 나가야스가 연판장을 가지고 돌아다닌다는 말이 나면 남들은 곧 바로 반역을 떠올릴 거요."

"허, 마사무네 님은 지금 와서 새삼스럽게 그런 말을 하십니까."

"내 생각은 예나 지금이나 다름없소. 나는 처음부터 서명하지 않았고 보고 싶지도 않소. 속으로 늘 못마땅하게 생각하고 있으니까."

"흠."

나가야스는 더욱 험악한 표정이 되어 두루마리를 비단보자기에 싸서 품 안에 깊숙이 집어넣었다.

"해로운 말은 하지 않소. 연판장이니 뭐니 하지 말고 어떤 취지서……정도로 보이도록 상자 같은 데 넣어 보관하는 게 좋을 거요."

마사무네는 그 말을 하고 손뼉 쳐 시녀를 불렀다.

"오래간만이다. 나가야스와 한잔하겠다, 주안상을."

늘 그렇듯 시비할 겨를을 주지 않는 충고와 친근감을 나타내는 산뜻한 방법이었다.

오쿠보 나가야스는 빙긋 웃으며 자기 앞에 놓인 담배합을 끌어당기고 마사무네 등 뒤의 벽으로 눈길을 옮겼다. 거기에는 가노 모토노부(狩野元信)가 그린 독수리 한 마리가 노송나무 가지에 앉아 눈을 번뜩이고 있다.

"마사무네 님."

"왜 그러시오."

"대감도 심술이 대단하신 분이군요."

"천만에. 사람이 너무 좋다 보니 마에다 님의 반밖에 안 되는 녹봉……여기저기 눈치나 살피며 위축되어 있지."

"오쿠보 나가야스도 마사무네 님의 속셈 정도는 읽고 있습니다. 대감은 오늘까지 얼마만큼의 영주들이 이 연판장에 혈판을 찍을까 충분히 관심을 가지고 계셨을 텐데요?"

"그야 그렇지, 취미로. 세계정세를 아는 이가 오늘날 일본에 얼마나 있을까……하는 건 확실히 흥미로운 일이지."

"그런데 오늘 갑자기 그런 말씀을 하시니……대체 무슨 일이 생겼습니까? 이 나가야스, 마음에 좀 걸립니다. 말씀처럼 이 두루마리는……."

나가야스는 가슴을 가볍게 두들겨 보이며 말을 이었다.

"세계 일주를 뜻하는 취지서……소텔로에게서 얻은 초록보석이 있으니 그 보석을 박은 자개상자라도 만들게 하여 넣어두겠습니다. 그러나 그것만으로는 이 나가야스에게 납득되지 않는 일이 있습니다."

"그렇게 하는 게 좋겠지. 초록보석상자……좋은 생각이군."

마사무네는 상대의 입을 막아버리려고 다시 덧붙였다.

"뭣하면 내가 갖고 있는 붉은 보석을 그대에게 주어도 좋소. 진귀한 상자가 되겠군."

"마사무네 님."

"또, 뭐 할 말이 있소?"

"독수리가 늙었다 해서 솔개가 되었다는 이야기는 아직 듣지 못했습니다."

나가야스는 한무릎 앞으로 몸을 내밀 듯하며 담뱃대로 재떨이를 두들겼다.

"오쿠보 나가야스는 마사무네라는 큰 독수리가 등 뒤에 있다……고 생각하여 조그만 때까치 몸으로 이리저리 날아다녔던 겁니다."

"허……."

"그런데 갑자기 몹시 경계하시다니. 아니, 처음부터 그런 속셈이셨는지도 모르지요……그러나 아무튼 실망했습니다."

"나가야스."

"뭔가 있다……고 생각하는 것은 나가야스의 지레짐작일까요."

"음."

마사무네는 나직이 신음을 내며 고개를 크게 끄덕였다.

"전혀 아무 일도 없었다……고는 할 수 없지."

"무슨 일이 있었는지 들려주셨으면."

"그러나……말해도 소용없을 거요. 당신은 정말 눈치가 빠르군."

그때 시녀들이 주안상을 들여와 두 사람의 대화는 잠시 멈춰졌다.

한 시녀가 마사무네에 이어 나가야스의 잔에 술을 따르고 나자 마사무네는 일렀다.

"그렇군. 쓰바키(椿) 부인을 불러라. 나가야스가 오랜만에 얼굴이 보고 싶다는 군…… 그렇지, 쓰바키가 들어오거든 너희들은 물러가 있거라. 그게 좋아."

쓰바키 부인이란 소텔로가 소개한 남만 여인이었다. 이 여인에게 마사무네는 아직 일본말을 가르쳐주지 않았다고 한다. 그 자신이 익힌 짧은 포르투갈 말로 가까스로 의사소통을 한다…… 그도 그럴 것이 이 여인에게 기밀이 누설되는 것을 염려한 마사무네 특유의 조심성에서……라고 나가야스는 보고 있다.

지금 그 여인을 부르는 것은 비밀을 지키기 위해서리라.

시녀가 쓰바키 부인을 데려다 놓고 나가자 오쿠보 나가야스는 흥 하고 코웃음 쳤다. 그것은 어떤 의미로 마사무네에 대한 도전이었다.

"쓰바키 부인도 일본 옷을 입으시니 아주 훌륭하시군요."

전설에 나오는 구미호와 꼭 닮았다고 하려 했으나 차마 그 말은 할 수 없었다. 아니, 못하게 한 것은, 홑옷을 슬쩍 걸친 모습의 남만 여인이 야릇하리만큼 풍염한 매력으로 나가야스의 관능을 자극했기 때문인지도 모른다.

"이 여자는 알아듣지 못하니 기탄없이 이야기할 수 있지."

마사무네는 할미꽃 자수가 가득한 홑옷을 어깨에서 허리까지 걸친 쓰바키 부인을 바라보면서 나가야스를 향해 잔을 받으라고 손짓했다.

나가야스는 마사무네의 잔을 공손하게 받쳐들었다. 그러나 마음속으로는 그냥 물러갈 나가야스가 아니다……라는 투지가 마음 한구석에서 울컥울컥 묘한 소용돌이를 일으키며 치밀고 있었다.

"마사무네 님, 이제 술 따르는 사람도 바뀌었으니 아까 그 말씀으로 돌아갔으면 합니다."

"나가야스, 오고쇼님에게서 뭔가 마음에 걸리는 말을 들은 적 없나?"

"전혀……."

"그래, 그렇다면 내 억측……인지도 모르겠군."

"무슨 일이 있었습니까?"

"그대의 광산 왕복행렬을 본 적이 있느냐고 물으셨어."

"이 나가야스의 행렬을……?"

"그렇지. 아직 본 적 없지만 소문은 들었다고 말씀드렸지."

"허……그랬더니 오고쇼님은……오고쇼님은 뭐라고 하셨습니까?"

"못 봤다면 좋아……라고 가볍게 말씀하신 뒤 나가야스는 무슨 일에나 사치를 좋아해 큰일이라……고 중얼거리셨어."

"큰일이라고……?"

"나가야스."

"뭡니까?"

"에치고에서 사도섬 금광까지 요즈음 금은생산량이 줄어들었다고 그대는 말했지?"

"그것도 실은 저 큰 독수리와 관계있는 일이지요."

무슨 생각을 했는지 나가야스는 난데없이 마사무네의 등 뒤에 있는 독수리 그림을 가리켜 보였다.

"다다테루 님은 머잖아 에치고의 다카다(高田)를 합하여 50여만 석의 대영주가 됩니다."

"음."

"아시는 바와 같이 그 땅은 우에스기 가문의 영지 이동 뒤 지력의 쇠퇴가 심해진 데다 눈 피해가 많은 지방…… 겉보기 녹봉은 도요토미 가문 다음가는 대영주……가 되시지만 축성이나 그 밖의 다른 비용이 예사롭지 않을 듯하여……."

기운 내어 말하자 마사무네는 손을 들어 가로막았다.

"논밭이 메말라 있으니 산이라도 살찌게 해두겠다는……그런 궁리는 좋지 않아."

"좋지 않다니……."

"다다테루 님은 내 사위야. 충분히 북쪽을 제압할 수 있는 훌륭한 축성이 되도록…… 그대는 아까 큰 독수리라고 했잖나? 큰 독수리가 함께 있으면서 소소한 장난을 했다면 듣기에도 좋지 않아."

"음."

나가야스는 저도 모르게 잔을 딸그락 내려놓고 어깨를 으쓱했다.

"말씀하시는 것 하나하나가 거꾸로 됐군요."

"그런가? 나는 전혀 변함없는데. 이를테면 에치고로부터 사도섬까지의 광맥이 빗나가고……있는 경우에는 더욱 근신하는 게 좋지. 하늘의 뜻에 어긋날 때…… 라고 생각하여 조심해야지."

나가야스는 그 한 마디로 겨우 마사무네의 속셈을 읽어냈다. 마사무네는 왠지 나가야스를 경계하기 시작했다. 이에야스에게서 행렬이 사치스럽다는 말을 듣고 부터 나가야스가 부정을 저지르고 있지 않은가……하는 의심을 시작했는지도 모른다.

그렇다면 그것은 있을 수 없는 일이었다. 나가야스의 눈으로 보면 이에야스가 경계하는 것은 마사무네 쪽이고, 신용 받고 있는 것은 자기 쪽이었다. 이에야스가 무엇 때문에 다다테루의 아내를 다테 가문에서 맞아들였는가? 그것이 바로 마사무네를 경계하고 있다는 증거 아니던가. 마사무네가 많은 자녀들 가운데 정실이 낳은 맏딸 이로하히메를 얼마나 사랑하는지 이에야스는 잘 알고 있었다. 그 사랑하는 딸을 다다테루의 아내로 달라고 한 것은, 센히메를 오사카성으로 보낸 대신 그만한 가치 있는 인질을 다테 가문으로부터도 받아두겠다는 계산이었음에 틀림없다.

그리고 다다테루 곁에 마사무네의 지략에 버금갈……아니, 마사무네가 무엇을 궁리하더라도 그것을 꿰뚫어 볼 수 있을 만한 자를 붙여두지 않으면 안심할 수 없다고 해서 일부러 나가야스를 집정으로 뽑은 게 아니었던가…….

그동안 나가야스는 분명 마사무네에게 매혹되고 있었다. 그것은 어디까지나 마사무네가 나가야스를 존중해 주기 때문이었다. 그런데 그 마사무네가 이상하게도 자신을 경계하며 일일이 잔소리 같은 말을 하기 시작하는 것은 얼마나 기묘한 착각인가.

"마사무네 님."

"자, 더 들게."

"저희 주군 다다테루 님께서 머잖아 50여만 석의 영주가 되시는 사실을 대감께서도 알고 계시겠지요?"

"그렇지, 오고쇼님과 쇼군께서 넌지시 말씀하시더군."

"그래서 대감께서는 큰 독수리의 기세가 좀 꺾이신 모양이지요."

"나가야스, 이건 중요한 일이야. 물론 다카다에 견고한 성을 쌓는 것은 북쪽의 나와 우에스기를 누르기 위해서이고, 호쿠리쿠의 가나자와를 위압하기 위해서겠지."

"하하……장인을 누르기 위해 사위님을……?"

"그렇지. 그리고 축성 때는 아마 이 마사무네에게 경계 책정이며 감독을 하라고 하실 테지. 이것은 내 충성심을 추호도 의심하지 않는……그러나 실제로는 의혹의 이면이야……."

나가야스는 벙글벙글 웃었다. 사실 그럴 것이다. 이에야스는 의심스러운 사람에게 먼저 믿음의 무거운 짐을 지워 결국 나쁜 속셈을 폭로하게 하는 솜씨가 뛰어나다.

"마사무네 님, 그런 일이라면 이제 와서 새삼 그런 말씀을 하시지 않아도 저희 주군과의 혼담이 벌써 그 일이었지요……."

"그러니 나도 이번에는 어떻게든 오고쇼님 신임에 보답해야 할 형편이야."

"그러니 이 나가야스에게 너무 가까이 오지 말라는 말씀을 하고 싶으신 모양이군요."

나가야스가 매섭게 핀잔하듯 말대답하자 마사무네는 시원스럽게 그 말에 동의했다.

"나가야스 님! 잘 말했어. 그 말이야! 나와 그대가 요즈음 차츰 멀어진……것으로 남들에게 보여달라는 거야."

"더욱……뜻밖의 말씀만 듣습니다. 그렇다면 제게 무언가 불미스러운 허물이라도 있어 가까운 시일에 파면된다는 겁니까? 잘 생각해봐 주십시오. 이 나가야스는 오고쇼님이 택해 다다테루 님 옆에 두신 집정입니다."

나가야스는 뜻하지 않게 큰소리를 지르고 황급히 사방을 돌아보았다. 그만큼 마사무네의 말은 그에게 뜻밖의 놀라움이었던 것이다…….

마사무네는 무엇을 생각하는지 아직 알 수 없는, 언제나의 그 무표정한 냉정함으로 돌아가 술을 마시기 시작했다. 나가야스가 조급해 하는 것을 확인하고 반대로 침착해 보이려는 것인지도 모른다.

"마사무네 님, 나가야스에게 아직 감추고 계신 게 있는 듯하군요."

나가야스는 이마에 밴 땀을 살며시 훔쳐내고 말을 이었다.

"나가야스와 마사무네 님 사이가 요즈음 차츰 멀어졌다……는 따위로 일이 끝날 만한 사이는 아니지요. 건방진 말씀이지만 오고쇼님이며 쇼군님이 나가야스를 멀리……하는 형편이 된다면 그것은 다테 가문이 기울어질 만큼 대풍이 휘몰아칠 때……라고 생각하시지 않습니까?"

"흠, 공동운명이란 말인가."

"웃을 일이 아닙니다. 이를테면 나가야스가 사사로운 부정을 저질렀다고 합시다. 사도섬에서 일부러 엉뚱하게 광맥을 파거나 화려한 행렬을 꾸며 여자들 짐속에 금은을 감추어 운반했다……고 해도 좋습니다."

"아니, 게다가 또 하나 아까의 그 연판장이 있지, 나가야스."

"그것도 있지요, 좋습니다. 의심스러운 조목이 세 가지 네 가지 겹쳐 세상 소문이 된다면 쇼군님이며 오고쇼님이 어떻게 받아들이실 것인가……?"

"……"

"나가야스놈, 드디어 마사무네에게 속아 넘어갔구나. 그것은 큰 독수리와 때까치의 차이……우선 경계하고 주목받는 것은 대감님 쪽일 겁니다."

마사무네는 부라린 눈으로 나가야스를 쳐다보며 계속 술만 마셨다.

"큰 독수리니 외눈박이 용이니 할 만큼 무서운 어른께서 그 정도 계산이 없으실 리 없겠지요. 나가야스 놈이 마사무네의 지령을 받아 금은을 가로챘다지……아니, 언젠가는 사위 다다테루를 내세워 본디의 성품대로 한바탕 벌일 마음으로 있을 거라고……나가야스는 때까치 정도의 푼수로 큰 독수리를 협박해 보려는 생각 따위 이슬 한 방울 만큼도 없습니다. 그러나 무언가 큰일이 일어난 것을 감추기만 하신다면 꼼짝할 수가 없지요."

"……"

"꼼짝할 수 없다고 해서 살아 있는 한 날개마저 놀리지 않고 가만히 있어서는 안 되지요. 그래서 나가야스는 생각합니다……어떻게 하면 내 몸이 바람을 맞아 떨어지지 않고 견딜 수 있을까……방법은 단 하나……처음부터 명령받은 외눈박이 용의 감시역할을 상기할 것……그리하여 우선 쇼군님 의심을 풀기 위해 큰 독수리님 주변의 일들을 이것저것 보고한다……"

마사무네가 갑자기 소리죽여 웃었다.

"웃어서 되겠습니까, 마사무네 님?"

"이야기가 재미있어지는데 참을 수 있는가. 어때, 이 마사무네 신변에서 쇼군께서 기뻐할 만한 비밀이 발견될 것 같나?"

"발견되겠지요."

나가야스는 대담하게 웃으려 했으나 볼이 자꾸만 굳어졌다.

"대감님이 다다테루 님 부인에게 예수교 신앙을 권한 비밀 하나만으로도 쇼군 가문에서는 깜짝 놀랄 것입니다."

마사무네의 눈이 다시 흘끔 날카롭게 나가야스에게 던져졌다.

"대감님은 소텔로와 나가야스의 사이를 잊고 계시는 모양이군요."

나가야스는 정면으로 마사무네에게 한판 도전할 뜻이 슬금슬금 생긴 모양이다. 그 눈이 차츰 붉어지고 입술은 빛을 잃어갔다.

"소텔로는 마사무네 님보다 이 나가야스에게 말하는 편이 더 보람 있다고 생각한 모양입니다. 아니, 어쩌면 나가야스를 마사무네 님의 둘도 없는 심복으로 알고 고백했는지도 모릅니다."

"나가야스, 그 이야기는 이쯤에서 그만두는 게 어떨까."

"모처럼 여기까지 온 재미있는 이야기……나가야스의 안주로 삼고 싶습니다."

"흠."

"소텔로는 이런 말을 했습니다. 일본에서 가장 사려 깊으신 분은 오고쇼님……이라고 생각했는데 그렇지 않다, 오고쇼님에 못지않는 분이 또 한 분 계시다고……."

"아부야, 그는 아첨 잘하는 엉터리 신부야."

"천만의 말씀. 그 고백을 듣고 이 나가야스는 온몸이 얼어붙는 것 같았습니다. 과연 지혜로운 사람이라고……."

"……."

"일본에서 지금 천하를 뒤엎는다면 그 방법은 오직 하나, 유럽의 바람을 이용할 수밖에 없다……는 말을 들었을 때 나가야스는 무슨 말인지 몰랐습니다……그런데 예수교를 이용하는 거라고……소텔로는 분연히 큰소리칩니다. 산 프란시스카파 선교사가 모조리 편든다면 일본 천하를 뒤엎는 데 오래 걸리지 않는다고……착안하여 마사무네 님은 우선 따님을 신자로 만드셨다. 물론 영지에 예수교를 퍼뜨려 천하를 뺏는 싸움에 나서셨을 때 백성들이며 무사들의 반란을 막는 게 그 목적……그 말을 들었을 때 노부나가 공 시대의 잇코종 반란을 떠올리며 머리가 수그러졌습니다.

소텔로는 그 무렵의 혼간사 주지로 들어앉을 속셈……아니, 온 일본 땅을 예수교라는 강한 띠로 묶어 그 속에 오사카의 히데요리 님과 에도의 다다테루라는 보석을 눈부시게 박아놓고……신도들을 선동해 예수교도 아닌 영주의 땅에 저마다 무서운 반란을 일으키게 한다. 물론 그와 반대로 편들고 있는 예수교도 영주들 영내에서는 상하가 일치해 뜻을 모아 싸움을 돕는다……그들로서는 이 싸움이 잇코 반란 때 이상의 성전(聖戰)이 되는 것이니까. 그렇게 되면 적과 자기 편의 치안은 하늘과 땅 차이. 거기에 또 하나, 소텔로 등의 청으로 대포를 즐비하게 세운 펠리페 대왕의 군함이 잇따라 나타나……일본을 가볍게 포연으로 휩쌌을 때 천하의 주인은 누가 될까……도요토미 히데요리일까, 아니면 도쿠가와 다다테루일까, 아니면 다테 마사무네일까……?"

거기까지 말하고 나가야스는 비로소 다시 웃을 수 있었다.

"하하……이것이 소텔로가 오쿠보 나가야스에게 말한 큰 독수리의 꿈입니다. 그런데 그 큰 독수리가 요즈음 와서 얼마쯤 난처해진 모양이군요. 물론 큰 독수리에게 깊은 신앙 따위는 없습니다. 다만 독수리가 하늘을 날아보겠다는 야망뿐…… 그런데 천만뜻밖에도 이로하히메 님의 신앙이 일편단심이라 큰 독수리가 쩔쩔매고 있다더군요."

이쯤에서 당연히 마사무네가 뭐라고 해야 하는데……하고 나가야스는 생각했다. 그러나 마사무네는 아무 말이 없다. 알고 보니 앉아서 자는 척하고 있는 모양이었다.

나가야스는 상대가 시치미떼는 것을 알아차리자 자기가 먼저 쓰바키 부인에게 잔을 내밀어 술을 청했다. 눈빛이 다른 여인은 너무나 지루해 거의 졸고 있다. 마사무네는 이 여자를 다루지 못하여 때때로 아사쿠사 병원에서 의사 불기리오를 불러들여 예수교 감사기도와 치료를 부탁하고 있다……는 것을 생각하자 나가야스는 한결 마음이 편해졌다.

사람이란 얼마나 묘한 것인가. 여자를 좋아하고, 권력을 좋아하고, 술을 좋아하고, 돈을 좋아하고, 게다가 '하나님' 같은 엄청난 존재까지도 좋아하니 손도 못

댈 생물인 것 같다.

"쓰바키 부인, 대감님께서는 자는 체하시는 모양인데. 어떻습니까, 요즈음 지병인 울화증은……?"

그 질문을 하고 나서 나가야스는 웃었다.

"하하……"

상대는 자기에게 말을 건넨 줄 알고 얌전히 고개를 갸웃했지만, 말은 전혀 통하지 않는다. 깜박거리는 눈이 새끼 곰 눈처럼 예뻤다.

'외눈박이 용이 드디어 잠든 흉내를 내게 되었구나……'

이렇게 되면 마사무네가 완전히 진 게 아닌가. 나가야스가 한 말이 비록 마사무네가 전혀 모르는 일이라고 해도 좋다. 마사무네의 속셈이 그렇다고 소텔로가 말하더라……고 일러주기만 해도 이에야스는 물론 쇼군 히데타다도 망설일 게 분명하다. 이 꼼꼼한 제2대 쇼군은 그러잖아도 오사카의 동향에 신경을 곤두세우고 다다테루의 평판에 마음 쓰기도 한다…… 시치미떼고 있지만 마사무네는 그런 계산을 못 할 인물이 아니다.

'소텔로는 입이 가벼운 녀석이구나……'

후회를 씹으며 그 대책을 강구하고 있는 게 틀림없다. 그 생각을 하자 잠든 척하는 마사무네가 눈을 뜨고 나면 뭐라고 할 것인지, 나가야스는 심술궂은 재미가 느껴졌다.

마사무네는 갑자기 눈을 떴다.

"오, 이거 실례했군."

"나가야스의 말 따위는 들으시지도 않는 모양이지요."

"그래, 그게 좋겠군. 아무것도 듣지 않았어."

"그럼, 나가야스에게 새삼 주실 말씀은?"

"아무것도 없어. 자, 더 드시오."

"아무것도 없다니요……?"

"그렇지, 나는 꿈과 현실이 분간되지 않는 심정이야. 다만 나는 그대에게 충고 따위는 하지 않을 작정이오."

"그러시면 이 나가야스를 버리실 작정입니까……?"

"그렇지는 않아. 그대 생각은 나보다 훨씬 크고 날카롭소. 큰 독수리는 그대이고 나는 참새야. 큰 숲 안에서 짹짹거리는 얼빠진 참새지."

"흠, 과연 훌륭한 광대이십니다. 그냥 끝장낼 심산이시군……"

"그렇지. 다 끝났어. 그대가 작은 초록상자를 가져왔다, 그 작은 상자 속에서 오색 연기가 허공으로 피어올랐다…… 그리고 그것이 사라져간 곳에 지저분한 애꾸눈 영감이 한 사람 멍하니 앉아 있었다…… 어떻소, 나가야스 님, 그쯤이 꿈에서 깨어난 참모습이 아닐까. 나는 쓸쓸해지는군."

마사무네는 다시 자기 잔을 훌쩍 비우고 나가야스에게 내밀었다.

승리에 취한 나가야스의 기분 밑바닥에 묘하게도 견딜 수 없는 망설임이 남았다. 지나쳤다고는 생각하지 않는다. 마사무네의 뱃속에는 몇 겹으로 뚜껑 덮인 야심의 상자가 숨겨져 있다.

"이게 뭔가?"

그 상자 속을 들여다보고 분명하게 한 번 더 다짐해 두지 않으면 어디서 배반당하게 될지 모른다. 더욱이 이 야심의 상자는 마사무네가 살아 있는 한 아무리 태워버리려 해도 안 되고 묻어버릴 수도 없는 태어날 때부터 몸에 밴 숙명의 작은 상자인 것이다.

그런데……오늘 밤의 마사무네는 너무도 어처구니없이 항복한 것처럼 꾸미고 슬쩍 피해 버린다.

"항복이오. 이제 그 이야기는 그만두지."

그렇게 말하는 것 같기도 하고, 모호하게 몸을 피하여 이렇게 말하며 손을 끊은 것같이도 여겨진다.

"그대는 그걸 가지고 나를 협박하는군. 그러므로 진심을 고백할 수가 없는 거야."

나가야스는 말했다.

"마사무네 님, 귀하께서는 광대 기질이 좀 지나치십니다."

"무슨 말인가, 나가야스?"

"시치미떼시는 것 말입니다. 그렇듯 깨끗이 시치미떼시면 이 나가야스는 손을 끊으시는 줄로 성급하게 생각해 쇼군 가문으로 황급히 달려갈 기분이 될지도 모르지요."

"그, 그건 곤란해. 꿈과 현실의 이야기 매듭은 어디까지나 가려놓고 해줘야지."

"그런 말씀을……! 자신은 아무 말도 안 하시면서 나가야스에게는 속셈을 다 털어놓게 할 작정이십니까?"

"나가야스, 그토록 마음에 걸린다면 말을 해볼까?"

"그것 보십시오. 나가야스는 그 말씀을 기다리고 있었던 겁니다."

"실은 다다테루의 아내인 내 딸에게서 마음에 걸리는 전갈이 왔소."

"이로하히메 님에게서……."

"그렇소. 분명하지는 않지만, 그대가 광산에서 부리고 있었다는 여자가 이로하히메 곁으로 뛰어들어 터무니없는 소리를 호소했다더군."

"광산에 있던 여자들이……?"

"그렇소. 딸이 알려온 대로 말해 주지. 그 여자의 말에 의하면 그대가 머잖아 다다테루 님을 천하의 주인으로 세우려고 그날을 위한 준비로 군비를 모으고 있다는 말을 했다는 거요. 그다음은 그대의 말과 같은 내용이오. 화려한 행렬의 여자들 짐꾸러미에 실은 군비가 숨겨져 있다고. 이로하히메는 마음에 걸려 다다테루가 그런 의심을 받지 않도록 부디 조심해 달라고 말해 왔어……."

나가야스는 마음 놓았다. 마사무네의 얼굴은 비로소 진지하게 비밀을 털어놓는 사람의 얼굴이 되었다.

"그 일입니까?"

"충분히 마음 써야 하겠지만, 소문이란 한 번 남의 흥밋거리가 되고 나면 그 뒤 저마다의 꿈으로 연결되어 여러 가지 크기로 부풀어 오르거든. 아까 그대가 말한 소텔로의 이야기처럼."

나가야스는 웃기 시작했다.

"핫하하……그 일이라면 염려하지 마십시오. 뭉개버릴 수단은 얼마든지 있습니다. 하하……그런 소문을 믿으시고 그 때문에 멀리 해달라는 것입니까? 떠들썩하기만 했지 별것 없군요. 잘 알았습니다. 하하……."

마사무네는 여전히 뭐가 뭔지 모르는 채 술을 권하고 나가야스를 돌려보냈다.

돌아갈 무렵 나가야스는 언제나처럼 꽤 낙천적이 되었다. 여자들 짐 속에서 떨어진 황금 따위에는 얼마든지 변명할 방법이 있다고 말했다. 여자들 가운데는 광산촌에서 웃음을 팔아 막대한 금은을 벌고 돌아오는 여자들이 많다. 이다음에 그런 여자들의 짐짝을 도중의 사람 눈 많은 곳에서 일부러 뒤집어 보여준다. 그렇게 되면 사람들의 호기심이 부러워하는 심리로 방향을 바꾸어갈 것이다.

"광산에는 산녀(山女)들이 있는데 그들은 모두 산에 정착해 유복하게 살고 있지요. 그 이야기를 선전하면 호색가들은 금광 광부를 지망해서라기보다 산녀를 낚으려고 산으로 기어드는 일이 유행할지도 모르지요"

그런 소리를 하면서 웃어댔다. 연판장은 마사무네의 충고에 따라 작은 상자에 넣어 결코 오해가 생기지 않도록 주의하겠다는 말을 하고 돌아갔다.

나가야스를 돌려보내고 나서 마사무네는 왠지 한숨이 나왔다. 그의 눈으로 보면 나가야스는 아직 마음 놓을 수 없는 장난꾸러기같이 여겨진다. 결코 악인도 아니고, 믿는 상대를 배신할 것 같은 불성실한 사나이도 아니다.

'인간으로는 다이코 히데요시와 닮은 성격……'

그러므로 마사무네는 재미있게 여기며 경계도 하고 있었다.

오늘 나가야스는 끝내 마사무네의 본심을 모르고 돌아갔다. 마사무네가 그의 기분을 상하게 할 말을 일부러 한 것은 실은 간단한 이유에서였다. 다름 아니라 그 연판장에 서명하기 싫어서였다. 오늘쯤 그가 짓궂게 달려들면 거절할 이유가 전혀 없었다. 마사무네 자신이 권해서 만든 연판장이었으므로…… 나가야스도 그 일을 잊지 않고 있었으나 감정이 몹시 상한 듯 이야기가 도중에 다른 데로 흘러버렸다. 아니, 그렇게 되도록 마사무네가 꾸민 것이었다.

마사무네가 나가야스를 이용하면서도 경계하는 이유는 또 하나 있었다. 혼아미 고에쓰와 연고 있는 자가 나가야스의 처첩 가운데 한 사람 있기 때문이었다. 마사무네의 눈으로 볼 때 혼아미 고에쓰는 아비인 고지 때부터 도쿠가와 가문의 첩자라 해도 과언이 아니었다. 본인이 그렇게 알고 있는지 어떤지는 모르나 아비도 자식도 일본의 모든 영주들 집을 출입하면서 이에야스에게만 공공연히 각별한 존경을 나타냈다.

그래서 마사무네는 문제의 오코라는 여성을 남몰래 탐색시켜 보았다. 오코라는 그 여인은 보기 드물게 성깔있는 여자……라기보다 강한 개성을 지녔다는 편이 좋을지도 모른다. 이 여인은 철들 때부터 사촌 고에쓰에게 남몰래 연정을 품고 있었던 모양이다. 그런데 부모는 오코의 언니를 고에쓰에게 시집보냈다. 그때부터 오코는 상식으로 헤아리기 어려운 걸음걸이를 인생길에 나타내기 시작했다…… 그런데 최근 그 오코의 언니, 곧 고에쓰의 아내가 죽었다……

지금 오코의 마음속에는 격렬한 혼란이 일고 있을 터였다. 그리하여 아마 헤아리기 어려운 인생의 무상과 집념 속에서 몸부림치고 있을 것이다. 어차피 먼저 죽을 바에야 자기가 고에쓰의 아내가 되었더라면 좋았을걸⋯⋯하는 여인의 집념의 불길은 사나이의 야심처럼 그리 쉽사리 사라지는 게 아니다. 그런데다 이렇게 되고 보니 나가야스에게 몸을 맡기고 그 곁에 있는 자신의 몸이 저주스러워진 것이었다.

'그런 데서 위기가 싹튼다⋯⋯.'

나가야스는 아무것도 감추지 못하는 성품이다. 거기다 예사로 주량을 넘겨 마시는 버릇이 있다. 취하면 생각지도 않은 일까지 마구 지껄여대고 그 큰소리 밑바닥에서 즐기는, 무장과는 전혀 다른 곳에 몸을 두는 사나이다. 무장이 목숨을 거는 곳은 싸움터지만, 전쟁에 목숨을 걸 줄 모르는 나가야스는 술자리에 목숨 걸고 있는가 염려될 만큼 술잔 그늘에서 격렬하게 싸움질하는 버릇을 지녔다. 그러므로 나가야스에게 부정한 일이 있다면 오코는 알 것이고, 연판장에 대해서도 알고 있을 게 틀림없다.

게다가 또 하나 염려되는 것은 요즈음 혼아미 가문의 사정이었다. 혼아미 가문은 본가와 분가가 지금까지 하나였다. 고에쓰의 어머니 묘슈가 고지를 남편으로 맞아 어린 동생을 도우며 집안을 결속시키고 있었다. 그리하여 고에쓰의 아내로 묘슈의 조카를 맞고 본가인 동생에게 고에쓰의 누이를 시집보내는 집안 혼사가 계속되었다. 그런데 고지가 죽고 이제 또 고에쓰의 아내가 죽어 그 둘을 잇는 유대가 차츰 약해지고 있다.

게다가 본가의 현재 주인이 귀찮은 소리를 해대는 모양이다.

"도검 제작 및 감정은 본가의 직업이니 감정서 같은 것을 함부로 만들지 말도록."

이것은 우선 이치에 닿는 말이다. 그래서 결벽성을 지닌 고에쓰는 본업을 떠나 살고 싶어진 모양으로, 가가의 마에다 도시나가로부터 얼마쯤 녹봉을 받아 현재 생활의 전환을 계획하고 있는 모양⋯⋯이라는 보고였다.

그렇게 되면 나가야스 곁에 있는 오코는 더욱 초조해질 것이다.

'내가 집에 그냥 있었다면⋯⋯.'

아무리 드센 여인이라도 이런 생각을 하는 게 당연한 일이다. 만일 오코가 출가했다가 돌아온 채 그대로 집에 있었다면, 묘슈도 본가의 주인인 오코의 오빠도 두말없이 오코를 고에쓰의 후처로 들여보내 두 집이 그대로 하나가 될 수 있었을지도 모른다……

마사무네는 손뼉 쳐 시녀를 불러 술을 더 가져오게 했다. 여전히 무표정한 바윗덩어리 같은 마사무네였지만 속으로 마음 놓았는지도 모른다.

'아무튼 나가야스도 오코라는 여인도 좀 더 경계해야 한다……'

만일 오코가 나가야스 곁에서 도망쳐 교토로 나가 고에쓰에게 묘한 보고라도 한다면 성가스러운 파문이 일 것 같았기 때문이다.

여인의 가을

오코는 그날도 하루 종일 화로 곁을 떠나지 않고 말없이 앉아 보자기에 수놓고 있었다. 이 기술을 오코는 고모 묘슈에게서 배웠다.

혼아미 고에쓰의 어머니 묘슈는 아직 건강하게 교토에 살아 있었으나 60살을 넘은 지금까지도 결코 명주옷을 입으려 하지 않았다. 삼베나 무명 말고는 몸에 걸치지 않았으며, 그 이상의 사치를 하는 것은 니치렌 대사의 뜻에 어긋나는 일이라고 했다.

남편 고지와 아들 고에쓰가 전국의 영주들 집을 드나들어 하사품이며 선물을 받아 오는데 그중에는 물론 명주도 많았다. 묘슈는 그 가운데 안감과 겉감을 골라 보자기를 하나하나 만들었다. 그리고 그것을 드나드는 모든 상민이며 직공들에게 나눠주었다.

오코가 그 이유를 물었을 때 묘슈는 부지런히 바늘을 놀리며 설명했다.

"사람이란 혼자 살아가는 게 아니야. 혼아미 가문의 솜씨를 인정받아 얻은 값 있는 물건이니 우리만 가진다면 밑에서 일하는 이들의 고생과 수고한 대가를 가로채는 것이 돼. 남의 수고를 횡령하는 자들을 대사님께서 벌하시지 않고 두겠느냐. 그러니 이 묘슈의 감사를 곁들여 나눠줘야지."

묘슈는 소나무며 대나무며 매화를 즐겨 수놓았다. 모든 일에 대해 감사한다는 의미였다.

그러나 오코가 지금 명주에 수놓고 있는 것은 소나무, 대나무, 매화 따위가 아나라 주로 가을풀이었다. 그 가운데서도 도라지며 부용꽃을 주로 하여 마타리며 갈대를 다룬 게 많았다. 오코는 이들 가을풀을 수놓은 보자기를 유품으로 만들 생각이었다. 물론 묘슈의 일을 생각하며 착안한 것으로, 그 마음속에는 인생에서 가을바람을 느끼기 시작한 여인의 구슬픈 그늘이 수놓이고 있었다.

오코는 이제야 사촌오빠 고에쓰를 자신이 얼마나 사랑하고 있었는지 알게 되었다. 그 고에쓰를 언니에게 빼앗겼다……고 오코는 처음에 생각했었다. 물론 빼앗긴 게 아니고 그야말로 인연의 실이 엉켜 있었다고 나중에는 납득했지만…… 그 고에쓰에게 시집간 언니가 죽었다는 기별이 있었다. 더욱이 언니의 죽음을 계기로 혼아미 가문이 둘로 나뉘어 따로따로 살게 되었다는 소식도 함께 사도섬으로 전해졌다.

오코가 스스로도 놀랄 만큼 인생의 긴장을 잃어간 것은 그 소식이 오고부터였다. 오코는 아버지 고세쓰와 고종사촌 오빠 고에쓰는 언제나 같은 이해 속에 사는 한 가족이라고 믿어왔다. 그런데 그렇지 않았던 모양이다…… 그렇게 깨달은 때부터 자기의 삶이 무의미하게 느껴졌다.

'모두 하나인 줄 알고 내가 언니에게 양보했는데……'

집안사람들이 어울려 살아가려면 누구든 소아(小我)를 죽이지 않으면 안 된다…… 그런데 그 집안사람들이 세상의 흔한 이해관계로 뿔뿔이 헤어져 버리게 되었다…… 그렇게 되면 오코의 희생은 무엇이었단 말인가……?

오코는 그 뒤 나가야스에게 사도에서 철수하자고 세차게 요구했다. 나가야스에게는 정실이 없다. 자기가 그 자리에 앉아 본다면 혹시 마음의 안정이 얻어질는지……?

그런 타산이 어딘가에 있었으나 하치오지의 그의 처소에 도착하자 그것도 산산이 허물어져 버렸다. 나가야스는 여행하며 노는 사나이지 집에서 함께 살 상대가 못 되었다. 그의 분방하고 재미있는 성격도, 활달한 공상도 모두 놀아나는 상대에게만 비춰지는 특이한 광선이었을 뿐, 처소에 돌아온 총감독관 오쿠보 나가야스는 실로 옹색하고 소심하며 사대주의적인 하찮은 폭군에 지나지 않았다.

안에서나 밖에서나 똑같은 점이라고는 오직 주정뿐이었다. 그 주정도 밖에서는 하늘을 날 것 같은 재미로 나타났으나 내 집에서는 땅 밑으로 기어들어 모래를 헤아리는 것 같은 침울한 성격으로 폭발했다. 측실들은 이를테면 12필의 마구간 말과 같은 구속을 받고, 계집종이며 하인에 이르기까지 사람이 달라진 것 같은 허례(虛禮)를 강요했다.

'역시 옹졸한 소견머리의 자수성가자에 지나지 않는 게 아닐까······.'

생각하지 않으려 해도 싫증 나는 것은, 아무 표리 없는 혼아미 고에쓰의 생활을 보아온 탓인지도 모른다. 고에쓰는 편협한 면은 있어도 언제나 일본에서 가장 올바르고 고결한 인간이 되려 애쓰며 살아가고 있다. 그런데 나가야스는 그 거짓됨이 또렷이 들여다보인다. 진심으로 인간을 사랑할 뜻은 없고, 더러운 세상을 교묘히 헤엄쳐 나가려 버둥거리는 묘한 오기만 보였다.

'하치오지로 온 건 잘못이었어······.'

특별히 누구에게 신경 써야 할 일은 없었으나 오쿠보 나가야스는 남편으로 존경하고 감격할 수 있는 상대가 못 되었다. 아니, 직접적으로는 하치오지로 왔기 때문에 고에쓰와의 거리도, 나가야스와의 거리도 더욱 멀어진 것처럼 느껴졌다.

'만일 사도섬에 있었다면 가가로 옮겨간 고에쓰에게도 달려갈 기회가 있지 않았을까?'

그리하여 두어 달 전부터 보자기를 만들기 시작했다. 사치스러운 의복에 집착을 잃은 것도 하나의 원인이었으나 '내 생애도 이로써 종점에 가까웠다······.'는 기분으로 새삼스럽게 고모 묘슈의 순결한 마음이 그리워진 것도 사실이었다.

거기에 드물게도 나가야스가 찾아왔다.

"오코, 오코, 아직 깨어 있나?"

취한 모양이다. 하기야 취한 때가 아니면 이 처소의 여자들을 거들떠보지도 않는 나가야스였지만······거리낌 없이 장지문을 열자 연시 냄새 같은 술 내음이 물씬 났다.

"이런, 나리께서 납시는데 어서 오십시오 하고 왜 두 손을 짚지 않나? 요즈음 내 집안의 예의범절이 문란해졌으니 어떻게 된 거야."

오코는 들은 대로 두 손을 짚고 도전하듯 차디차게 대꾸했다.

"어서 오십시오. 그런데 무슨 볼일이세요?"

나가야스는 혀를 차면서 성큼성큼 들어왔다.

"허, 냉랭한 인사로군······."

"냉랭한 것은 나리도 마찬가지. 이것이 나리와 저의 모습이라고 이제야 겨우 깨달았습니다."

두 손을 짚은 채 내뱉는 말대꾸에는 여전히 변함없는 매서움을 품고 있다.

나가야스는 선 채로 입을 쭈뼛하고 눈을 가늘게 뜨며 뜨거운 술기운을 내뿜었다.

"음, 그대는 이 나가야스에게 싫증 난 모양이로군."

"아니, 싫증 났다……기보다 다 알고 보니 맥이 풀려버렸습니다."

"맥이 풀려버렸다고? 거북스러운 말을 잘도 지껄여대는 여자로군. 화가 치밀게."

"화나셨다면 처분대로. 그럴 셈으로 오코는 이렇듯 유품을 많이 만들었어요. 계집종으로부터 친척들에게까지 부디 이 보자기를 나눠주셨으면 합니다."

"그게 그대의 유언인가?"

"네, 이런 일은 빠를수록 좋겠지요. 준비되어 있으니 나리는 언제든 화내실 수 있습니다."

"음."

다시 한번 기묘한 신음을 내며 나가야스는 오코 곁에 주저앉았다.

"과연 오코는 저 고집쟁이 고에쓰 집안사람답군. 말하는 게 하나하나 가시 돋쳐 있어."

"아니, 고에쓰는 외고집쟁이가 아니에요. 나리께서 이상하신 거지요."

오코는 역겨운 심정을 토해내고 나자 가까스로 호흡이 편해졌는지 보일 듯 말 듯 웃었다.

나가야스는 연이어 혀를 찼다.

"세상에 오래 데리고 산 여편네만큼 처치곤란한 것은 없어. 대들기나 하고 앞도 내다볼 줄 모르면서 멋도 없거든."

"그걸 세상에서는 맛없다……고도 합니다. 용건은? 만일 용서하신다면 수놓으면서 말씀듣겠습니다……."

"마음대로 해도 좋아. 그러나 오코, 어지간한 그대도 오늘 밤은 나를 잘못 봤어."

"그럴까요. 아무튼 나리의 울화통에 걸려들어 칼에 베여 저승에 가려는 오코, 그리 잘못 보지 않았을 것으로 생각합니다만……."

"오코, 난 말이야, 오늘 저녁 오랜만에 그대에게 청이 있어서 왔어."

"이것 참, 드문 일이군요. 부탁에 따라서는 저도 순순히 복종하지요. 아무튼 말씀해 보세요."

"아직 화내고 있는가? 소견 좁은 여자로군."

미리 명령해 두었던 듯 그때 세 여인이 술상과 주전자를 들고 들어왔다.

오코는 그들을 무시했다. 여인 가운데 두 사람은 분명 나가야스의 손이 닿은 처녀로, 그것도 겨우 잠시 동안……그런 점에서는 유곽에서고 내 집에서고 가리지 않는 나가야스였기 때문이었다.

"우선 한 잔 마셔. 오늘 밤 이야기는 좀 복잡해."

오코가 다시 손을 움직이기 시작하는 것을 보고 나가야스는 난폭하게 그 헝겊을 떨쳐버리고 술상을 통째로 오코에게 밀어붙였다.

"너희들은 물러가 있거라. 그렇지, 나는 오늘 밤 여기서 자겠다. 잠자리 준비를 하고 물러가라."

그리고는 오코의 코끝에 잔을 들이밀었다.

"오코, 그대가 예쁜 상자를 두 개 만들어주었으면 좋겠어. 그대는 고에쓰 집안 사람이니 그림이며 칠과 세공에 훤하겠지?"

"상자를……?"

"그렇다, 문갑만 한 크기면 돼. 아니, 문갑보다 좀 더 깊게, 자질구레한 머리장식 같은 것을 넣을 수 있는 아름다운 상자를 두 개 만들어 주었으면 좋겠어. 알겠나, 물론 그 한 개는 그대에게 주겠다. 다른 한 개는 내가 소중히 갖겠어. ……그렇지, 그대의 유품……이 나가야스에게 주는 유품이라 생각하고 만들어주어도 좋아."

"아니, 그런 상자를 무엇에 쓰시려고요?"

"어떤 소중한 것을 넣어두려고. 금은을 마음껏 써도 좋아. 자개를 써도 좋고 외국에서 건너온 납을 써도 좋아. 그리고 이 초록구슬을 그 한가운데에 별처럼 한 개 박아넣도록……."

그렇게 말하고 나가야스는 품 안을 뒤져 반짝거리는 초록구슬 두 개를 다다미 위에 떨구었다.

오코는 손을 내밀지 않았다. 나가야스의 말이 너무도 엉뚱하여 무슨 생각인지 알 수 없어서였다.

"참으로 훌륭한 비취로군요."

"비취가 아냐. 소텔로가 준 구슬로, 에메랄드라는 거야."

"소텔로가 이걸……?"

"그래. 이 구슬은 이 세상에서 가장 사랑하는 사람과 나눠갖는 게 좋다더군. 이것으로 상자를 만들어 그대와 내가 하나씩 갖지……하하……어때, 아직 기분이 풀리지 않나?"

오코는 다시 한번 고개를 갸우뚱했다.

이제는 나가야스의 혀끝에 놀아날 정도로 호락호락한 오코가 아니었다.

'뭐, 오코와 귀중한 구슬을 한 개씩 나눠 갖는다는 따위 소리로…….'

그렇기로서니 이 보석으로 꾸민 아름다운 자개상자를 둘 만든다……는 것은 대체 무엇을 뜻하는 걸까……? 어차피 그 꿈의 연속인 일이려니 했으나 아무리 생각해도 엉뚱한 일이었다.

"뭘 생각하고 있나? 손으로 집어들어 이 아름다운 구슬을 보란 말이야. 이건 아무 데나 있는 구슬이 아냐."

"무엇을 넣는 상자인가요?"

"뭘 넣느냐고……? 가장 중요한 것을……."

말하려다가 나가야스는 입을 다물었다.

"넣는 물건에 따라 무늬도 달라지고 밑의 칠도 정해지지요. 그걸 말하지 않으면 그만두겠어요. 오코가 만든 게 두고두고 웃음거리가 된다면 못 견딜 일이니까요."

그러자 나가야스는 다시 한번 낮은 신음을 내며 다다미 위에 있는 보석을 주워들었다. 참으로 아름답고 광택 좋은, 아침 햇빛을 받은 고구마 잎끝의 이슬을 그냥 주워올린 것 같은 구슬이었다.

나가야스는 왼쪽 손바닥에 놓인 보석을 바라보면서 잔을 비웠다.

"그래, 무엇을 넣는지 말하지 않으면 만들지 않겠다는 말인가. 이전의 오코 같으면 두말없이 고백하겠지만 요즈음의 오코는……."

"못 믿겠다는 말씀인가요……?"

"적의를 품고 있어. 어쩌면 그 유품인 보자기를 만들고 나서 나를 죽일 생각인지도 모르지."

"호호……그만한 용기가 있다면 이렇듯 나리 눈앞에서 유품을 만들지도 않을 겁니다. 오코는 이제 여자의 마지막이 다가왔다……는 생각으로 시들어가는 준비를 하고 있는 거예요."

"여자로서의 마지막이라…… 흥, 그럴 리 있나. 언제나 무언가 생각하며 꿈꾸는 여자야, 그대는……."

"그토록 의심스러운 여자에게 귀중한 상자 따위를 만들게 할 필요가 없지요. 그런 일을 잘하는 이에게 송두리째 맡기시는 게 좋아요."

"오코."

"뭐지요?"

"한 번 더 그대는 옛날의 오코로 돌아갈 뜻이 없나?"

"옛날의 오코라니요……?"

"내게 반해 있던 무렵의 오코 말이야."

"참 우습군요. 싫증 내어 귀찮아하신 건 나리 쪽이 아닌가요?"

"그건 어느 쪽인들 상관없어. 나는 오늘 실은 오랜만에 마사무네 님 집에서 대접받고 왔어."

"그것과 그 보석을 박아 만들 상자와 무슨 상관있나요?"

"있다……면 있고, 없다……면 없지……."

"말씀하시는 게 좋겠어요. 옛날의 대감답게……그러면 저도 다시 옛날의 오코로 돌아갈지 모르지요."

나가야스는 눈을 치켜뜨고 오코를 똑바로 바라보더니 다시 손바닥 위의 보석으로 시선을 떨구었다.

'뭔가 있구나……심상치 않다……!'

나가야스에게 가끔 나타나는 고독의 깊이에는 상대를 똑같은 외로움으로 끌어들이는 무언가가 있다. 그 고독의 호리병박이 오늘 밤도 입을 벌리고 있는 것 같았다.

"오코, 나는 그대가 좋아."

"흥."

"좋지만 두렵기도 해. 아니, 그대가 두려운 게 아니야. 그대 배후에 있는 혼아미 고에쓰가 두려운 거야."

"……"

"그대도 그걸 잘 알고 있어. 그대의 눈이 그걸 말해 주고 있지. 내 입장에서 말한다면 고에쓰는 미치광이야. 집념을 갖기 시작하면 생각을 돌리지 않는 사나이지…… 고에쓰는 나를 경계하고 있어. 나를 일본과 도쿠가와 가문을 그르치게 하는 경박한 사나이로 경계하고 있지……그러나 그 고에쓰도 가가로 의지하러 갔다지…… 그토록 사이좋았던 이타쿠라 님과도 헤어져서 말이야……."

"그게 이 초록구슬이며 상자와 무슨 상관있나요?"

"우선 들어봐. 고에쓰가 교토에 없으니……상자 안에 넣어둘 물건을 그대에게 고백해도 괜찮겠지……라는 말을 하려는 걸 모르겠나?"

그리고 나가야스는 다시 문득 입을 다물고 생각에 잠겼다.

오코의 눈이 반짝반짝 빛을 내뿜기 시작했다. 나가야스의 예사롭지 않은 태도와 아울러 소텔로의 이름이 나오고 다테 마사무네의 이름이 나오기도 하고……아니, 그뿐 아니라 오코가 다시 마음쓰고 있는 고에쓰가 가가로 간 일로부터 가장 사이좋게 지냈던 교토 행정장관 이타쿠라 가쓰시게의 이름까지 들춰내니 더욱 예삿일이 아니었다. 나가야스가 만들어달라는 상자가 이들과 관련된 것이라면 그냥 흘러들어 넘길 수 없는 일이 아닌가…….

잠시 뒤 나가야스는 술잔과 보석을 번갈아 노려보면서 다시 말했다.

"사람은 누구나 좋고 싫은 게 있는 법이지. 그러나 고에쓰는 한 번 싫으면 그 싫은 곡절만 부지런히 캐내려 하지. 그런 눈으로 집요하게 노려보면 어떤 인간에게도 결점이 있게 마련이야."

"……."

"고에쓰는 내게 가까이 오는 사람들을 모두 경계하고, 내가 하는 일을 모두 감시할 생각으로 있어. 그런 눈으로 볼 경우 10리총을 쌓으면 싸울 때 군량의 필요량을 계산하기 위한 것으로 보이고, 길을 만들면 적을 끌어들이기 위한 것으로 보이지. 내가 금은을 좀 운반하면 불법으로 사사로운 이익을 꾀하는 것으로 보이고, 영주들과 가까이하면 요란스럽게 모의를 하고 있는 것으로 보인다. 그래서 나는 본의 아니게 그대를 멀리하는 결과가 되어버렸어."

오코는 가만히 듣고 있었다. 나가야스의 말 가운데에는 얼마쯤 진실도 있으나 그 이상의 과장이 늘 따르기 마련이었다.

"알겠나, 오코. 나는 그대 같은 여자가 좋아. 남녀 사이도 일종의 싸움, 그대의 굴하지 않는 재기가 내 피를 젊게 해주지. 상대로 부족함이 없는 여자…… 그러나 고에쓰는 무서워. 고에쓰는 교토 행정장관 이타쿠라와도 사이좋고, 후시미 행정관 고보리(小堀)와도 사이좋고, 상인대표 자야와도 사이좋고, 사카이 행정관 나루세와도 사이좋아. 게다가 오고쇼님 마음을 꽉 쥐고 있지. 만일 고에쓰가 오쿠보 나가야스를 조심하십시오……라고 한마디 한다면 이 나가야스는 당장 목이 날아갈 거야."

오코는 갑자기 큰소리로 웃기 시작했다.

'이제 실토하는 것 같구나……'

그런 생각을 하자 우스우면서도 나가야스가 좀 가엾어졌다. 물론 나가야스와 오코의 사이가 나빠진 것은 그런 일뿐만이 아니다. 오코는 나가야스가 몹시 취한 끝에 하는 사나운 교접에 용서할 수 없는 불결함을 느끼고 있었으며, 나가야스는 오코의 반항에 술기운도 깨고 쩔쩔매기도 하다 보니 이렇게 된 것이었다.

'그러나 분명 고에쓰의 일도 관계있겠지……'

"무엇이 우스운가? 그대는 내가 두려워하는 걸 모르겠나?"

"알겠어요. 잘 알았으니 만들어달라는 상자이야기나 빨리 털어놓으세요."

"오코."

"뭔가요?"

"그대는 내가 고백해도 다른 데 말하지 않겠다고 맹세해 주겠나?"

"나리는 가끔 이상한 말씀을 하시는군요. 오코가 만일 큰일을 누설시킬 것 같으시면 두말 못하게 베어버리면 되잖아요. 오코는 나리가 기르고 있는 한 마리 벌레에 지나지 않아요."

"그래? 그럼, 그 벌레가 광우리 안에서 도망가려 하지 않는단 말이지?"

나가야스는 한 번 더 다짐하고 다시 잔을 비웠다.

"고백하지. 실은 그 상자 안에 이걸 넣어두고 싶어."

나가야스는 초록구슬을 무릎 앞에 다시 놓고, 품 속에 두 손을 집어넣었다. 꺼낸 것은 바로 그 연판장. 나가야스는 술에 취한 손짓으로 끈을 풀어 던지듯 오코 앞에 그것을 펼쳤다.

오코는 일부러 무시하는 척하면서 그 위로 시선을 던지다가 하마터면 고함지를 뻔했다. 거기에는 마쓰다이라 다다테루를 필두로 오쿠보 다다요 이하 여러 사람들의 서명이 죽 씌어 있지 않는가…….

"이건 대체 무슨 장난……! 그래, 장난이지요?"

애써 태연하게 물으려 했지만 저도 모르게 그 말소리가 떨려나왔다. 영주들 가운데에는 고에쓰가 가장 경계하던 다카야마 우콘이며 나이토 조안의 이름까지도 분명 있었다.

"어때, 놀랐나……?"

나가야스는 이미 각오를 정한 것처럼 태연히 그것을 집어들었다.

"실은 오늘 여기에 마사무네 님 서명을 얻어 끝내려고 생각했었지…… 그런데, 그런데…….."

"마사무네 님이 거절하셨나요?"

나가야스는 내뱉듯 말했다.

"바로 그래. 마사무네는 떨고 있었어. 이것은 도쿠가와 가문에 대한 반역 연판장……이라고 오해받는다, 그러니 사람들 눈에 띄지 않게 단단히 봉해두는 게 좋다고……하지만 봐, 이게 어디 반역 연판장인가? 온 일본 유지들이 손을 맞잡고 힘을 합쳐 세계의 바다로 진출하자……고 맹세하는 글이 똑똑히 씌어 있지."

"그 연판장을 봉해 넣기 위한 상자를 오코에게 만들라는 거군요?"

"그렇지……그런 말을 듣고 보니 나도 좀 무서워졌단 말이야. 과연 이것으로 현재의 쇼군 히데타다 님 천하라면 감히 뒤엎을 수도 있겠다고 알았기 때문이야."

"……."

"오고쇼님은 뭐니 뭐니 해도 벌써 나이를 잡수셨지. 오고쇼님이 돌아가신 뒤 지금의 쇼군이 만일 우리들 의견에 반대하여 교역을 엄격히 하고 네덜란드와 영국이 오는 것을 기다려도 좋다……고 말하게 된다면, 아니, 그렇게 말할 것 같은 분위기가 있으므로 소텔로는 필사적이지. 히데타다 님도 어쩐지 소텔로보다 미우라 안진을 더 믿으시는 모양이니까."

"……."

"그렇게 된다면 쇼군을 물리치고 제3대 쇼군에 우리 주군, 동생되시는 다다테루 님을 세운다면 천하에 별 혼란이 없을 것이다…… 아니, 그편이 훨씬 안전……하리라고 나는 보는데 마사무네는 그렇지 않았어. 자기 사위를 세워 천하를 뒤집으려고 꾀한다……는 혐의를 받아서는 큰일이라고 생각했겠지. 서명은커녕 자칫

하면 나 한 사람에게 죄를 뒤집어씌워 밀고라도 할 것 같았어. 그래서 나도 돌아오는 길에 여러 가지로 생각한 거야."

오코는 저도 모르게 한숨을 크게 내쉬었다. 지금 나가야스가 말한 일에 오사카성의 히데요리가 가담한다면 고에쓰가 상상하던 가장 나쁜 사태가 되는 것이다.

"그래서……그래서 어떻게 되었다는 말씀인가요?"

마침내 오코도 나가야스에게 재촉하지 않을 수 없었다.

나가야스는 뜻밖에도 차분히 기운이 빠진 말투로 말했다.

"뭘, 이 나가야스가 꿈을 버리면 그만이지. 나도 여러 가지 인생의 곡절을 겪고 아무튼 출세했어. 아마 세상 사람들은 나를 부러워할 거야. 나로서는 한없이 쓸쓸하지만 지금 마사무네와 다투어 반역자라는 이름을 듣고 싶지는 않아."

"그렇지요……."

나가야스의 얼굴에 갑자기 나이만큼 주름과 늙음이 나타나 보이는 것 같아 오코는 구슬픔을 느꼈다.

나가야스는 다시 술잔을 기울였다.

"그러나 분해! 돈 로드리고가 남만국에서의 분배비율을 자세히 들려주었어."

"……."

"그 나라 사람들이 우리나라에 와서 금광을 판다면, 오고쇼님이나 막부의 총수입은 산출량의 4분지 1이라는 거야. 반은 광맥잡이가 갖고, 나머지 반은 오고쇼와 펠리페 대왕이 반씩 나눠 갖지…… 그만한 일을 나는 훌륭히 해냈어. 따라서 내가 오고쇼님이며 쇼군의 세 배를 가져도 이상할 것 없지. 그런데 나는 그러지 않았어. 세 배는커녕 금고에 넣은 금은의 절반쯤……그것도 뒷날 세계의 바다로 진출하기 위해 부지런히 이리로 실어나른 것뿐이야. 그러나 쓸데없는 소문이 난다면 천하를 뒤집어엎으려고 사욕을 취했다고 할 거야…… 단념했어. 내 꿈은 이쯤에서 덮어두고 나는 기껏 총감독관으로서 죽어가는 거지. 이 가슴의 큰 꿈은 먼 뒷날의 이야깃거리로 덮어두는 거야…… 그런 상자니 훌륭하게 만들어 거기다 넣고 싶군."

그리고 나가야스는 정말로 잔 속에 눈물을 뚝뚝 떨어뜨렸다. 오코는 이 눈물에도 그리 간단히 속아 넘어가지 않았다.

'술버릇 탓도 있다……'

그러나 그것만은 아닌 모양이다. 그만한 몽상가가 꿈을 버리지 않으면 안 되게 된 쓸쓸함 또한 작은 것은 아닐 거라고, 자신의 기질이 드센 만큼 동정할 마음이 들었다.

"나리 말씀은 잘 알아들었으니 오코가 정성을 다해 그 상자를 만들어드리지요."

"만들어주겠느냐?"

"오코의 빗이며 꽃비녀를 담는 상자……라고 하며 두 개 만들게 하겠어요. 나리는 나머지 한 개를 제게 주시겠다……고 하셨지요. 그건 단지 입을 막기 위해서 하시는 말씀이신가요?"

"아니, 그건 내가 그대에게 주는 선물이야."

"그밖에 무슨 뜻이……?"

"이 나가야스가 기념으로 보내는……그대에의 사과와 애정의 표시라고 생각해주지 않겠나?"

오코는 실망했다. 나가야스는 역시 묘하게 사람을 홀리려는 말밖에 못 하는 모양이다.

오코가 새삼스럽게 그것을 물은 것은, 또 하나의 상자에 연판장 사본을 넣어 아예 다테 마사무네에게 보내주었으면……하고 생각했기 때문이었다. 마사무네의 서명을 맨 끝에 가짜로 써넣고 그것을 가만히 보내두는……정도의 일을 하지 않으면 마사무네의 입을 봉할 수 없을 것……이라고 생각했는데, 나가야스에게 그럴 뜻이 없다면 굳이 말할 것 없었다.

오코는 비로소 식은 술잔에 입술을 갖다 댔다.

나가야스가 말한 대로 오코도 예사 여인이 아니었다. 오코가 만일 남자였다면 혼아미 고에쓰의 사촌동생으로 고에쓰와 함께 니치렌 수도자가 되어 굉장히 결벽한 설법을 펴고 있을 게 분명하다.

그러나 오코는 역시 여러 가지 번뇌를 갖도록 태어난 여자였다. 그리고 그 여자가 자신의 모습에서 말할 수 없이 쓸쓸한 가을바람을 느끼고 있다…… 그리하여 나가야스가 괴상한 인간인 줄 알면서도 차츰 그 입장에 동정을 품기 시작했다.

오코는 말없이 나가야스의 손에서 보석을 받아들고 둘둘 말아진 연판장의 치수를 손으로 재면서 말했다.

"폭은 문갑 정도로 하면 되겠군요……."

"승낙했지, 오코."

"그럴 셈으로 나리는 말을 꺼내셨잖아요. 그 대신 한 개는 분명 이 오코가 가지겠어요."

"다짐할 것까지도 없지. 알겠나, 연분이 있어 그대 남편이 된 오쿠보 나가야스쯤 되는 사나이가 그 평생의 일곱 빛깔 꿈을 봉해 넣는 상자다. 100년 뒤……아니, 300년, 500년 뒤의 세상에 가서도 정말 훌륭하다고 놀랄 만한 것으로 부탁한다."

오코는 그때 마음속으로 두 개의 상자 가운데 한쪽의 용도를 이미 생각하고 있었다. 남만풍으로 자물쇠가 잠기는 상자가 좋겠다. 그리고 거기에 자물쇠를 잠가 오코도 이 세상에 남길 유품으로 삼을 것이다…….

'그렇다면 그 속에 대체 무엇을 넣어서 남기면 좋을까……?'

사람의 구원은 역시 언제든 생각을 꿈속으로 가져갈 수 있다는 데 있는 것 같다. 오코는 만들기 전부터 벌써 그것을 생각하고 있었다. 그러자 눈앞에 나가야스와의 지난날 갈등까지 봄 안개 속에 피어오르는 한 송이 꽃처럼 여겨진다…….

그날 밤 나가야스는 여느 때처럼 주정하지 않았다. 어느 구석엔가 엄숙하게 마음에 걸리는 일 역시 있었던 모양이다. 오랜만에 오코 곁에서 자면서 보기 드물게 차분하고 점잖게 있다가 날이 밝자 소중한 듯 그 두루마리를 품속에 넣고 나갔다.

나가야스가 그녀 방에서 나가자 오코는 덧문을 열고 밖을 내다보았다.

이상한 일이었다. 한 번 생각하기 시작하자 머릿속에서 계속 빙글빙글 돌고 있다.

'나는 무엇을 남기고 갈까……?'

밖에는 새벽달이 있었으나 그 으스름 달빛도 서리도 오코의 눈에는 보이지 않았다. 지고 나면 꽃이라고도 할 수 없는 마타리꽃 한 줄기에 지나지 않는 가을 여인이, 이 세상에 단 하나 살아 있었던 증거품을 남기려니 끝없이 생각이 이어졌다.

'그렇군, 자식을 낳지 못한 여자이기 때문인지도 모른다…….'

자식을 남길 수 있다면 가장 큰 유품이 될 텐데 오코에게는 그것이 없다. 그 생각을 한 순간 오코의 얼굴에 야릇한 미소가 떠올랐다.

'살아 있는 유품인 자식을 남길 수 없다…… 그 대신 인간에게 무시당하지 않을 운명을 지닌 상자를 낳아주겠다……'

오코는 급히 덧문을 닫고 서둘러 잠자리로 돌아왔다.

그리고 곧바로 일어나 하얀 잠옷을 입은 채 이번에는 책상 앞에 앉았다. 등잔을 끌어 당겨놓고 먹을 갈아 까맣게 물들인 앞니로 붓끝을 잘근잘근 깨물고 있는 동안 야릇하게 가슴이 고동치기 시작했다.

'아무것도 낳지 못하는 여인……'

그런 생각을 했던 것은 큰 잘못인 듯했다. 나가야스에게는 다른 여인들이 낳은 자식들이 있었지만, 그 자식들에 못지않은 운명을 작은 상자에 주는 일은 결코 불가능하지 않다고 생각했다.

오코는 필묵 준비가 끝나자 들뜬 마음으로 일어나 문갑을 뒤지기 시작했다. 거기에는 오코의 형부뻘인 다와라야(俵屋)가 보내준 편지지가 들어 있었다…….

다와라야는 소타쓰(宗達)라는 교토의 가난한 토산물 그림쟁이였다. 그도 역시 겉으로는 온순하나 속으로는 매서운 고집이 있어, 장인 고사쓰……오코의 아버지가 보내는 돈을 일체 받지 않고 혼자서 선물용 부채에 부지런히 그림을 그리며 살아가고 있었다.

그런 다와라야 소타쓰가 절친한 종이상인 도베에(藤兵衛)에게 만들게 한, 얇은 종이에 고사리며 노루 따위 그림을 그려 넣어 10장씩 묶음으로 파는 편지지가 지방에서 온 구경꾼들에게 평판이 좋다면서 보내왔었는데 그것을 생각해낸 것이다…….

"이 종이는 벌레먹지 않아 몇백 년이라도 보존할 수 있다……"

다와라야는 자기 그림보다도 종이 자랑을 많이 쓰고, 이런 부채그림 외에 농사 수입도 늘었으니 안심하라는 뜻으로 물건을 보내왔던 것이다.

그 종이를 꺼내 오코는 열심히 붓을 달렸다.

작은 초록상자의 유래

이 작은 상자를 만든 이는 오코라는 교토 태생 여자입니다. 오코는 도검 감정가 혼아미 고에쓰에게 연모의 정을 품고 있으면서 지난해 오쿠보 나가야스의 아내가 된 불행한 사람입니다. 나가야스가 이 상자의 제작을 명한 것은 게

이초 14년(1609)이 저물어갈 무렵으로, 또 하나 똑같은 모습의 형제가 있습니다. 형인 그 상자는 나가야스가 소유하고, 그 속에 중요한 연판장이 봉인되어 있을 것입니다.

이 연판장에는 다테 마사무네도 당연히 서명하기로 되어 있었으나 이를 거절했으므로 나가야스는 세상의 이목을 꺼려…….

여기까지 쓰고 오코는 잠시 붓을 놓았다.

'오로지 사실만을 자세하게 써서 남기자.'

그런 생각으로 쓰기 시작했으나 매우 어려웠다. 이것을 기록해 남기려는 오코의 뜻이 잘 전해질 것 같지 않았다.

"그렇지, 차라리 고에쓰에게 보내는 연문(戀文) 형식으로 써서 남기자."

오코는 살며시 가슴을 가라앉히며 눈을 감았다. 그러자 새삼스럽게 첫사랑 무렵의 애처로운 자기 모습이 떠올라 숨이 막혔다.

밖에는 벌써 작은 새들이 떠들썩하게 지저귀고 있다. 오코는 일어나 덧문을 열어젖혔다. 부드러운 아침 햇살이 비쳐들자 지금까지의 추억이 그대로 어렴풋이 지워질 것만 같아 불안했으나, 신중하게 생각을 가다듬어야 한다고 마음먹었다.

'자식 없는 여인이 자식 대신 낳아서 남기고 가는 추억의 작은 상자…….'

착상은 기발했으나 언젠가 그 상자가 열려져 밝은 햇빛 아래에서 낯선 사람들에게 읽혀질 때……만일 문맥에 흐트러짐이라도 있다면 비웃음을 살 뿐 아니라 상자 그 자체의 운명에도 큰 영향을 주게 될 것이다.

'작은 상자도 훌륭하지만 이것을 쓴…….'

여인 생애의 구슬픔이 때의 흐름을 초월해 절절히 느껴지게 된다.

"그렇지, 시조도 한 수 덧붙여야겠다……."

책상 앞으로 돌아오니 소타쓰가 그린 그림 무늬도 음미해 볼 필요가 있을 것 같았다. 소타쓰는 즐겨 은박으로 고사리 밑그림을 그렸지만, 은은 나중에 먹보다 더욱 검어진다. 정성 들여 쓰지 않으면 가나(假名 ; 한자의 일부를 따서 만든 일본의 독특한 음절문자)로 쓴 부분은 읽어내기 힘들지도 모른다.

'고에쓰의 필적 교본이라도 받아둘 것을…….'

고에쓰의 필적은 영주며 귀족들이 한결같이 칭찬해 마지않을 만큼 뛰어났지만,

오코의 글씨는 초라하게 말라버린 나팔꽃 줄기를 연상케 했다.

'서두를 것 없다. 글씨연습부터 하자……'

그렇게 생각하자 마음이 가벼워졌다. 상자무늬를 이것저것 고르고 그 바탕그림을 그려 넣어 보석이며 자개의 위치를 정하려면 아직 꽤 시일이 걸린다…… 그동안 진정 후회 없는 노력을 여기에 쏟는 것이다…….

시녀 하나가 세숫물을 받쳐들고 들어왔다.

"일어나셨습니까?"

"그렇군, 마음도 손도 깨끗이 하고 시작해야 할 중요한 출산일이었지."

"네……뭐라고 하셨어요?"

"호호……나도 이제부터 아기를 낳겠단 말이야."

"저, 마님이 아기를?"

"그래, 하지만 낳을 때는 아무에게도 보이지 않고 혼자서 살그머니."

시녀는 깜짝 놀란 듯 고개를 갸우뚱한 채 급히 침구 곁에 붉은 양탄자를 깔고 대야에 물을 부었다.

"그렇군, 이를 검게 물들일 약도 준비해다오. 어머니가 되려면 몸치장도 해야지."

"어머니가 되려면……?"

"그래, 모두들 넋을 잃고 바라볼 만큼 아름다운 아기를 낳을 거야."

"네……그게, 그게 좋겠습니다."

"호호……너도 재미있는 처녀야. 아는 것처럼 대답하는군."

"네……네, 그래도 전혀 몰랐어요. 마님께서 아기를 가지신 줄은……."

고후 무사의 딸이라는 그 시녀가 정색하고 고개를 갸우뚱하는 것을 보자 오코는 또 소리 내 웃었다. 웃으면서 왠지 짜릿하게 가슴이 메면서 자꾸만 눈물이 나올 것 같았다.

창을 열다

오쿠보 나가야스의 꿈이 마사무네의 경계심에 부딪혀 주저앉아버렸을 때 미우라 안진의 꿈은 큰 결실을 보고 있었다.

이에야스가 즐겨 맞아들인 것은 포르투갈과 스페인 계통 사람들뿐이 아니었다. 그는 겐키 3년(1572)에 스페인으로부터 독립한 네덜란드와도, 스페인 왕 펠리페 2세의 대해군을 격파한 영국과도 공평하게 국교를 맺기 바랐다.

그 가운데 하나인 네덜란드와의 국교가 게이초 14년(1609)에 마침내 트이게 되었으니 그 기쁨이 매우 컸다. 물론 그동안 여러 가지로 두 나라 사이를 알선한 것은 미우라 안진인 윌리엄 아담스로, 이 무렵 그는 이미 진심으로 이에야스를 존경하는 일본인 미우라 안진이 되어버렸다 해도 과언이 아니었다.

오고쇼님께서 나를 극진히 대접하여 영국의 귀족에게 비길 만한 지위를 주시어 8, 90명의 백성을 종복으로 내려주셨다. 이같이 귀한 지위를 외국인에게 준 것은 내가 처음인 듯하다.

내가 이처럼 신임을 얻었으므로 전에 나를 적대시하던 포르투갈, 스페인 등의 사람들이 크게 놀라 모두들 아부하며 벗으로 사귀기를 바란다. 나는 원한을 풀고 그들을 위해 온 힘을 기울이고 있다……

언젠가 영국인 손에 들어갈 것을 바라며 계속 써나간 《아담스 서한》에 그는 자신의 감사를 그대로 기록해 남기고 있다. 이에야스의 개항이 경서의 가르침대로 공평한 '사해(四海)형제' 사상에 있다는 데 감화받아 그 자신도 어느새 사사로운 원한을 버리고 포르투갈 인이며 스페인인들과 사귀기 시작했음을 잘 알 수 있다. 생각하면 사람과 사람 사이의 교제 또한 미묘하게도 마음가짐에 달렸음을 잘 알 수 있어 재미있다.

이리하여 포르투갈과 스페인에 이어 네덜란드 사람이 일본에 왔다. 아니, 네덜란드인으로 일본 땅을 처음 밟은 것은 안진과 함께 표류해 온 얀 요스와 야코브 콰케르나크 선장이었는데……그 가운데 콰케르나크가 게이초 10년(1605)에 이에야스의 허락을 얻어 선원인 상트폴드와 함께 파탄(太泥 ; 인도중서부)으로 돌아가, 그곳에서 이에야스와 통상할 뜻이 있음을 보고한 것이 이 해 네덜란드 배가 히라도로 온 직접적인 원인이 된 것이다.

히라도에 처음 들어온 네덜란드 배로부터 승무원 쟈크 스펙스가 슨푸로 선물을 가지고 왔을 때의 일을 혼다 마사즈미는 스덴(崇傳) 스님에게 다음과 같이 알려서 회답을 쓰도록 명했다.

네덜란드에서 온 서한을 올렸습니다. 저쪽 나라 글이므로 보고도 알 수가 없었습니다. 통역에게 풀어서 말하게 한바, 입항을 허락하시면 앞으로도 배를 보내 왕래하고 싶다고 했습니다. 순금 술잔 둘, 실 350근, 납 3000근, 상아 두 대를 보내왔으니 답장을 써 보내야 할 것입니다.

그리하여 스덴은 바로 이에야스의 뜻을 받아 답장을 써서 일본과 네덜란드 300년 국교의 실마리가 풀려간 것이다.

미우라 안진이 어느덧 감화를 받아 사사로운 원한을 버릴 정도였으니 이에야스의 입장과 태도는 결코 편협한 게 아니었다. 물론 그 배경에 침략은 용서치 않는다는 자신감이 엄연히 있었음은 말할 것도 없다.

외교담당이기도 했던 곤치인(金地院) 스덴은 이에야스의 뜻을 받아 곧 네덜란드 국왕에게 보내는 답서를 썼다.

일본 국주(國主) 미나모토 이에야스 답서.

네덜란드 국왕 전하, 멀리서 보내주신 서신을 보니 바로 가까이에서 존안을 대하는 것 같습니다. 더욱이 네 가지 선물을 보내주셔서 매우 기쁩니다. 앞서 귀국이 보내신 병선 및 대장과 병졸 등 여러 군사들이 우리나라 히라도에 도착하여 우리와 화친동맹을 맺은 것은 특히 내가 바라던 바였습니다. 두 나라가 뜻을 함께 한다면 몇만 리 멀리 떨어져 있다고 하나 해마다 서로 오가는 데 무슨 일이 있겠습니까. 우리나라는 무도(無道)를 바로잡아 유도(有道)로 이끌고 있습니다. 그러므로 항해하는 상인들이 안전할 것은 의심할 바 없습니다. 귀국에서 사람을 보내 우리나라에 상주시킨다면 관사를 지을 토지며 선착할 항구는 귀국의 뜻에 맡도록 분할해 드리겠습니다. 앞으로 국교를 더욱 두텁게 하십시다. 그 밖의 일은 선장이 구두로 보고할 것입니다. 때는 바야흐로 가을 하늘에 늦더위가 매우 심합니다. 삼가 올립니다.

원문은 한문이지만 그 속에 담긴 이에야스의 뜻이 아무튼 300년 동안 두 나라 사이에 지켜져 내려왔다는 것은, 약속의 존엄을 도의로 지켜낼 수 있는 인간 역사상의 한 자랑이 아니겠는가. 결국 교류에는 길이 있고, 이것을 어기지 않으려고만 하면 명맥을 유지할 수 있다는 하나의 증명이 된……첫 번째 서한이었다.

이 새로운 바람이 일본 국내에 아무 바람도 일으키지 않고 그냥 지나갈 리 없다.

미우라 안진은 애써 그들과 공평하게 교제하려 노력했지만 포르투갈 인이며 스페인인들은 그렇게 받아들이지 않았다. 《일본 예수교회 연보》에 기록된 바에 의하면 다음과 같다.

네덜란드 인은 두 척의 큰 배를 완전히 무장하여 포르투갈 선을 노획하러 왔으나, 우리 배는 마카오 항 정박 중에 이 통지를 받고 미리 서둘러 출항해 신의 은혜로 적을 피하여 무사히 나가사키 항에 도착했다. 네덜란드 선은 일본 땅이 바라보이는 곳까지 뒤쫓아왔으나 끝내 맞닥뜨리지 못하여 노획할 희망을 버리고 항로를 바꾸어 히라도로 가서 석 달 동안 머물며 오고쇼를 만나 후한 대접을 받았다. 이리하여 그 땅에 상인을 머물게 해두고 우리 배의 귀항을 기다렸다가 앞서 오고쇼와 약속한 대로 상품을 싣고 다시 오겠다며 출항했다…….

이 둘을 비교해 본다면 일본 쪽의 의사는 어떻든 그들의 증오는 쇼와(昭和 ; 1926~1989) 시대 동서 두 세력의 모습 그대로 일본 근해에서 불길을 더하고 있었음을 알 수 있다. 그러한 점에서 미우라 안진은 꽤 정의감이 강한 호인인 듯한 느낌이 없지 않다.

안진은 자신이 사사로운 원한을 잊고 그들을 대하면 그들 또한 자연히 자기와 친숙해질 것이라고 생각하고 있었으며, 이에야스는 이른바 '일시동인(一視同仁)'의 취지 아래 어떤 나라와도 공평한 통상을 바란다는 입장을 취했다.

일본에서는 이미 전쟁에 의한 쟁탈은 '용서받지 못할 생활'로 엄숙하게 과거로 밀려가버렸다. 영주들은 일단 막부의 신하로서 통제에 순종하고 유교를 받들어 그 도의의 규율 밖으로 나가는 것을 두려워하게 되었다.

그런데 유럽은 아직 거기까지 이르지 못했다. 구세력인 스페인, 포르투갈과 신흥세력인 영국, 네덜란드 사이에 전쟁이라는 실력행사가 당연한 일로 여겨지며 서로 물어뜯고 있었다. 어느 편이 도의적으로 진보된 세계인지 말할 필요도 없으리라.

이에야스는 모든 사람이 원하는 '태평세상'의 실현자로서, 마침내 유럽을 남만(南쪽의 야만국)이라고 부를 만큼 거리를 만들어놓고 말았다……는 게 현실이었다. 미우라 안진의 호인다움도 어쩌면 그러한 이에야스 곁에 오래 있었던 탓인지도 모른다. 사람의 성장은 교제하는 사람들 수준에 영향받지 않을 수 없기 때문이다.

그즈음 네덜란드와 영국에 대한 스페인과 포르투갈 사람들의 적의와 증오가 얼마나 격렬했는지는 다음 글로 더욱 뚜렷이 알 수 있을 것이다.

위 두 척의 배(네덜란드 선박)가 일본 히라도에 입항한 뒤 그 모반인(네덜란드인)들을 결코 환영하지 말며 나가사키 언저리에 머물게도 하지 말라는 뜻을 일본 군주(이에야스)에게 설득했으며, 그들의 성질을 설명하여 해적이나 다를 바 없어 일본에 크게 이익될 상업에 방해될 것은 물론이요 또한 전에 마카오 선박을 나포한 것처럼 앞으로도 그 두 배는 나쁜 짓을 계속할 것이니 출항을 허가하지 않도록 청했다. 그러나 군주는 지난해 이 나라에 난파한 네덜란드 선원으로서 그 뒤 일본에 머물고 있는 자(미우라 안진)의 말을 잘못 받아들여 이익을 꾀하고 아울러 여러 나라 사람이 일본에 오는 것을 보고 싶다는 희망과 더불어, 포르투갈 선박이 마카오에서 수입하는 것과 같은 중국 상품을 그 배로 싣고 오겠다는 네덜란드인의 말에 미혹되어 귀족과 백성들은 하나같이 해적으로 여기는 이들이 잘 대접받는 것을 불쾌해하고 있음에도 불구하고 그들을 후대하여 4척으로 일본과 통상할 것 및 무역관 건축을 허락했다……

이상은 그즈음 나가사키에 있던 선교사가 스페인 왕 앞으로 보낸 편지의 한 구절로, 미우라 안진뿐 아니라 이에야스의 공평한 국교가 그들로서는 견딜 수 없이 노여운 일이었던 사실을 잘 알 수 있다. 따라서 돈 로드리고며 소텔로가 내심 안진을 얼마나 훼방하고 이에야스의 공평함을 답답해했는지 상상할 수 있을 것이다.

게다가 소텔로며 로드리고와 연락하고 있는 세바스찬 비스카이노 장군이 멕시코에서 와서 부지런히 이에야스와의 접근을 시도하기 시작했다.

그렇게 되니 다테 마사무네가 오쿠보 나가야스를 일단 경계하는 것도 당연한 일이었다.

마사무네와 이에야스는 해외지식을 구하는 출처가 달랐다. 그 일을 그리 오랫동안 깨닫지 못할 마사무네가 아니었다. 그가 소텔로에게서 얻은 지식에 의하면 로마 교황을 중심으로 한 예수교 세력과 스페인, 포르투갈 두 나라 왕인 펠리페 3세의 세력은 굉장히 강대한 것 같았다.

그럴 수밖에 없었다. 일본에 가까운 필리핀과 마카오 그리고 멕시코도 모두 그들 세력 아래 있었으며, 네덜란드와 영국은 게이초 14년(1609)까지 아직 그 나라 이름을 겨우 들을 수 있을 정도였으니까…….

그러나 미우라 안진을 출처로 한 이에야스의 해외지식은 한층 넓었다. 네덜란드, 영국 등 신흥세력은 벌써 인도로부터 말레이반도를 거쳐 자바섬의 파탄까지 미치고 있다. 이들은 곧 대만으로 해서 일본에 올 것이다…… 따라서 어디까지나 정치와 경제를 분리해 그 두 세력과 평등한 관계를 맺고 부국책을 펴나가야 한다고 내다보았다.

그 두 사람 사이에서 오쿠보 나가야스의 견식은 분방한 꿈에서 우러나온 만

큰 얼마쯤 공상기가 있었다. 그는 이에야스의 무력에 자기가 파낸 금은과 활달하고 예민한 이에야스의 후계자를 더하여 세계 바다로 진출해 나가며 두려움 없이 그 둘을 잘 조정해 나가면 일본이 7대양의 패자가 될 수 있다…… 아니, 그렇게 되도록 키를 잡아야 한다고 생각하고 있었다.

이렇듯 저마다 다른 세 사람의 입장은, 네덜란드 선박의 내항과 더불어 한 번 시들어가던 히라도항구를 본거지로 삼아 무역관이 상설되자 조금씩 미묘한 변화를 보이게 되었다.

오고쇼는 안진의 전망이 정확했다고 여기며 영국도 히라도에 오도록 해야겠다고 생각했고, 소텔로에게서 네덜란드와 영국의 해적활동을 계속 듣고 있던 마사무네는 경계심을 가지게 되었다.

'나가야스를 따라 함부로 경솔한 말을 해선 안되겠군.'

당연한 결과로 그는 나가야스가 품은 세계웅비의 꿈같은 이야기에 서명을 거부하게 되었다.

그러던 어느 날 마사무네의 고개를 갸웃거리게 하는 소식이 난데없이 또 들어왔다. 소텔로가 히라도로 밀행시켰던 예수교 신자 소베에(宗兵衛)라는 사나이가 온 것이다.

이 사나이에게도 남만풍 세례명이 있었으나 마사무네는 잊어버렸고 기억해 두려고도 하지 않았다. 나가토 태생인 이 사나이는 소텔로의 심부름으로 마사무네에게 몇 번 왔으므로 얼굴만은 잘 기억하고 있다.

소베에는 히비야(日比谷)에 있는 다테 저택으로 오자 후추를 드리고 싶다면서 마사무네 앞으로 나와, 네덜란드 선박이 얼마나 불법적이며 무엇을 팔고 앞으로 무엇을 가져와 장사하려고 하는지 마사무네에게 차례차례 보고했다.

"히라도에 오게 된 네덜란드 무역관장은 쟈크 스펙스라는 나쁜 사나이입니다."

소베에는 종교적인 증오감을 얼굴에 가득 드러내 보이며 큰 머리를 흔들었다.

"오고쇼님은 욕심이 지나치시다……고 나가사키의 주교님도 몹시 노여워하고 계십니다…… 예, 이러다가는 언젠가 하느님의 벌을 면치 못할 거라고 하십니다."

마사무네는 듣는지 안 듣는지 알 수 없는 표정으로 상대하고 있었으나, 이에야스에 대한 좋지 않은 소리에는 얼굴을 찌푸리며 나무랐다.

"신부가 하는 말 따위는 그만둬. 그런데 그 무역관은 넓이가 어느 정도인가?"

"예, 관원 5명에 통역 한 사람뿐입니다. 불이 나도 타지 않는 창고가 딸린 80평 남짓한 건물이지요. 물론 앞으로 자꾸 크게 개조될 겁니다. 아무튼 그들은 훔쳐 온 상품을 팔므로 밑천이 들지 않으니까요."

"훔치는 걸 네가 보았느냐?"

마사무네는 날카롭게 찔러보았으나 상대는 광신적인 눈길을 보낼 뿐 전혀 야유로 느끼지 않았다.

"아니, 먼 해상에서 훔치기 때문에 볼 수는 없지요. 그러나 훔친 물건이므로 값싸게 팔아도 손해가 없습니다. 예……이번 장사의 주된 상품은 생사(生絲)로 그 대금은 1만 5231굴덴, 그리고 납 100덩이는 무게로 2025파운드. 게다가 저도 가져와 대감님께 드린 후추 1만 2000비코르와 현금 300레알이랍니다."

"흠, 남만 단위는 전혀 모르겠구먼."

"그건 저도 마찬가지입니다. 그러나 아무튼 괘씸한 일입니다. 그들은 히라도 영주 마쓰라 호인(松浦法印) 님과 아드님 다카노부(隆信)공, 또 마쓰구라 시게마사(松倉重正) 님과 행정관에게도 뇌물을 보냈습니다."

"뇌물이라……나도 그대에게서 후추 한 자루를 받았지."

"그런……후추 따윈 그냥 바치는 것입니다…… 그들은 네 분에게 저마다 총과 생사와 비단과 수자직(繻子織) 등을 보내 기만했습니다. 예, 그뿐 아닙니다. 미우라 안진은……대감 쪽에서 어떻게 하실 수 없겠습니까?"

"안진도 불법을 저질렀는가."

"아니, 그는 극악한 자여서 좀처럼 꼬리를 잡을 수 없습니다. 하지만 그놈 꾀가 아니고서야 어찌 나가사키의 행정관에게까지 뇌물을 보낼 수 있겠습니까? 분명 안진의 꾀입니다."

"나가사키 행정관이라면 하세가와 후지히로 말인가?"

"예……그 행정관의 누이동생이 오고쇼의 측실인 모양입니다. 실로 하느님을 두려워하지 않는 불법……이라고 신부님이 몹시 노여워하십니다."

"노여워하겠지. 행정관에게까지 뇌물을 보냈으니까. 이제부터 포르투갈이며 스페인 선주들도 모두 선물을 해야 하겠군. 대단한 불법이지."

"그렇습니다. 남만 분들은 하느님의 구원을 널리 전하려 애쓰고 계시는데, 홍모인들은 인간을 지옥에 떨어뜨리고 뇌물을 주는 습성이나 기르고 있으니…… 이를테면 하느님의 방해만 되는 거지요."

"그 하느님의 방해꾼, 나가사키 행정관에게는 무엇을 보냈는가?"

"예, 유리병에 든 올리브 기름, 브랜디라는 술, 총 한 벌, 납 15덩이, 그리고 붉은 모직물을 6에일 반 보냈습니다. 아무튼 밑천 안들이고 대담하게 아부했습지요…… 예."

듣고 있는 동안 마사무네는 몇 번이나 미심쩍은 일에 맞닥뜨렸다. 그 둘의 증오가 이처럼 격렬할 줄이야……? 그 증오의 원인은 대체 무엇일까?

소베에의 말을 듣고 보니 그들이 말하는 주교라는 자는 이에야스에게 심한 반감을 품고 있는 모양이다. 경우에 따라서는 신부들 생활비가 그들의 통상이익에서 나오고 있어 네덜란드 선박의 내항은 그러한 수입의 길을 봉쇄하기 때문인지도 몰랐다.

아니, 어쩌면 네덜란드가 정말로 해상에서 해적행위를 하고 있는지도 모른다……는 기분도 들었다. 만약 그렇다면 소텔로의 말은 거짓이 된다. 그의 말에 의하면 펠리페 대왕은 지금도 7대양을 압도할 만한 대해군을 가졌으며 로마 법황과 더불어 종교와 군사 두 면에 걸친 절대 권력자여야 했다. 그런데 일본 근해에서 나가사키 행정관에게까지 뇌물을 주며 아부를 일삼을 정도로 얌전한 네덜란드 배에게 싣고 있는 화물을 빼앗기고도 가만히 있는 것은 어떻게 된 일일까.

'네덜란드가 두려워하지 않는 펠리페 대왕이라면 말이 안 된다……'

"그러면 네덜란드 배는 도둑질한 물건을 값싸게 일본에 팔고 있다……는 말인가?"

"바로 그렇습니다. 아무튼 밑천이 들지 않은 물건이니까요."

"어떤가, 그 남만인 신부가 화내는 건 값싸게 팔았기 때문인가, 아니면 해상에서 도둑행위를 한 일인가?"

"물론 둘 다지요. 아니, 불법을 저지른 그런 도적들을 가까이하는 오고쇼도 불법…… 말하자면 모든 게 불법이라고 노여워하시는 셈입니다……."

"흠, 그 불법을 돕고 있는 안진을 합치면 사방팔방이 다 불법이겠군."

"예, 말씀대로입니다. 이번에 영국까지 불러들인다면 이 일본은 암흑천지가 되는 겁니다."

"어떤가 소베에, 그 주교님에게 청해 네덜란드를 토벌하게 한다면……? 그편이 오고쇼를 원망하기보다 지름길이지. 스페인 대왕은 세계에서 가장 강한 해군을 가지고 있잖나?"

이 말을 하고 마사무네는 문득 후회했다. 이런 무리들에게 쓸데없는 말을 해버린 것이다.

"그 일입니다."

"그 일이라니······?"

"주교님도 그 생각을 하고 계십니다. 그러나 거기에 불을 붙일 자가 나타나야 합니다."

"호, 불을?"

"아시겠지요······."

그리고 소베에는 왠지 언짢은 미소를 흘끗 보였다.

"저는 다시 히라도에서 나가사키 쪽으로 갑니다마는 도중에 오사카성에 들러 성안 신자들에게 이 사방팔방의 불법적인 일을 자세히 설명할 작정입니다. 아니, 이 문제로 주교님과 신부님들이 의지하고 있는 분은 오사카성과 대감님뿐입니다."

이번에는 마사무네의 외눈이 크게 뜨여졌다. 이것은 그냥 들어넘길 수 없는 말이었다. 그들도 역시 스페인 왕의 도움을 청하려는 생각을 이미 하고 있다····· 아니, 그뿐이라면 그들의 꿈으로 듣고 흘려버려도 좋다. 그러나 그 도움에 오사카의 히데요리 존재를 결부시키고, 나아가 마사무네까지 편으로 알고 있다면 충분히 경계해야 할 필요가 있었다.

'그러잖아도 나가야스가 이상한 연판장을 가지고 다녀간 뒤인데······.'

어떤 젊은 사람 입을 통해 이런 일이 이에야스나 히데타다의 귀에 들어간다면 무슨 오해를 받게 될지 모른다.

마사무네가 보기에 외부 영주 가운데 이에야스 부자가 가장 신임하고 있는 것은 도도 다카토라였다. 그는 이에야스가 히데요시의 청을 받아들여 처음 상경했을 때부터 절친하게 지냈으며 그 뒤로도 예사롭지 않은 사이였다. 그다음으로 신임받고 있는 것은 마사무네 자신.

이에야스가 가장 싫어하는 것은 시국의 흐름을 보지 못하는 우둔함····· 이에야스는 그 점에 이상하리만큼 날카로운 감각을 갖고 있다. 고생한 자가 고생을 모르는 자들을 싫어하듯 이에야스도 앞을 내다보지 못하는 자를 경멸하는 것으로만 그치지 않는 성품을 지니고 있다……고 마사무네는 생각한다.

그리고 시대를 내다보는 그 재능에 있어 외눈이지만 자신이 이에야스보다 얼마쯤 낫다고도 자부하고 있다. 이에야스가 세키가하라에서의 일전을 결심했던 때도, 인질제도를 완화시켜 에도 저택을 짓게 했을 때도, 에도성 개축도, 도시 건설도 이에야스보다 한 걸음 앞선 진언을 해왔다.

말하자면 여섯째아들 다다테루의 장인으로서 선견과 성의를 지닌 소중한 친척에 알맞은 신임을 받고 있는 셈이다. 그런데 예수교 신·구 양파 싸움 따위에 휘말려 오사카와 짜고 일을 도모한다……고 알려진다면 후세까지 웃음거리가 되며 여태껏 지녀온 자존심의 파멸이었다.

"소베에, 그대는 묘한 소리를 하는군."

"예……무슨 불쾌하신 일이 있습니까?"

"그렇다 뿐인가. 나는 네덜란드가 그처럼 질 나쁜 해적이라면 스페인 왕에게 청해서 퇴치해 달라고 하는 게 좋겠다고 했지, 오사카를 그 소동에 휘몰아 넣으려고는 안 했어."

"이거 참, 죄송합니다. 그러나 종문(宗門)의 큰일이 되고 보면 신자들이 가만히 있지 않을 거라고 말씀드린 겁니다. 예, 오사카성에는 신자들이 많으므로……."

"얼빠진 놈! 그것과 이건 뜻이 달라. 다테 마사무네는 오고쇼님과 함께 어떻게 하면 태평시대를 이룰까 뼈를 갈며 일해온 자다. 일본을 시끄럽게 하는 불칙스러운 자가 있다면 용서하지 않겠다."

"그건 벌써 충분히 알고 있습니다. 그러나 대감님, 네덜란드와 영국 등이 뻔뻔스럽게 일본에 드나들게 된다면 싫어하시는 그런 소동이 일어날 것이라……고 말씀드리는 겁니다. 아무튼 지금 하느님의 종들이 6, 70만은 될 겁니다. 그러니 소란을 피우지 않도록……."

"물러가라! 그대 말은 더 이상 듣기 싫다."

마사무네는 큰소리치려고 했으나 말끝은 뜻밖에도 가냘픈 위로 말이 되어 있었다.

소베에가 물러가자 마사무네는 쓸쓸한 표정으로 말했다.

"저자에게 노자로 쓰라며 황금을 좀 주어라."

그러나 머릿속으로는 벌써 전혀 다른 일을 생각하고 있었다.

'무슨 수를 써두어야겠군……'

소베에는 정말로 오사카에 들러 저런 식으로 말할 것이다. 그에 대해 신자들이 어떤 반응을 보일 것인가……? 충분히 흥미 있는 일이긴 하나, 그 속에 마사무네가 끼어 있다는 말이라도 난다면 일이 우스꽝스러워진다.

'그렇다! 교토 행정장관 이타쿠라 가쓰시게에게 편지라도 해둬야겠군.'

예수교 신자들이 네덜란드 선박이 오는 것을 싫어하여 서로 모여 불온한 움직임을 꾀할 분위기가 있소. 그 가운데 한 사람이 내게 들렀기에 나무라서 보냈으나 이 자가 혹시 교토나 오사카성 안의 신자들을 방문할지 모르겠소. 두려워할 것까지는 없으나 조심하시기를…….

이렇게 띄워 보낸다면 혹시 말 가운데 마사무네의 이름이 나오더라도 흘려버릴 것이다.

'그리고 또 하나……'

역시 신년인사차 슨푸의 이에야스도 한 번 방문해야지…… 생각했다.

'조심해 두는 게 좋으니까.'

마사무네가 지금 특히 주의를 기울이고 있는 일은 이에야스의 죽음이었다.

이에야스는 비록 해로울지라도 실력이 있다고 보면 반드시 활용하려 든다. 그렇지 않고는 신불에게 죄송하다는 투의 고지식한 취향을 갖고 있다.

그러나 쇼군 히데타다는 그렇지 않다. 이에야스가 신불을 숭상하듯 히데타다는 '이에야스를 숭상했다. 자기 기량이 아버지보다 못하다고 단정하며 이에야스를 절대적인 존재로 여기고 있다. 노부나가의 자식이 노부나가에 미치지 못하고, 신겐의 자식이 신겐에 미치지 못하고, 요시모토의 자식이 요시모토에 미치지 못한 실례를 자세하게 보아온 결과인지도 몰랐다. 결국 히데타다는 우쭐했던 이마가와 우지자네며 다케다 가쓰요리며 노부카쓰가 되어서는 안 되겠다는 자기 경계로 어느덧 아버지를 절대적으로 생각하게 되었다……고 마사무네는 해석하고 있다.

따라서 이에야스가 만일 이런 말을 남긴다면 돌이킬 수 없는 일이 된다.

"다테 마사무네는 나니까 써먹었지만 내가 죽거든 경계하라."

히데타다는 그 한 마디를 밤낮으로 머릿속에 되풀이하며 드디어 결점을 찾아낼 게 분명하다. 그와 반대로 이런 말을 남기게 한다면 철벽같은 강점이 될 것이다.

"마사무네는 우리 가문을 위해 잘 섬겨주었다. 그대 대에도 소홀히 생각하지 마라."

그러므로 성급한 무리들은 부지런히 히데타다의 눈치를 살피기 시작했지만, 마사무네는 그것을 잘 가려서 생각했다. 이에야스 6부에 히데타다 4부…… 우선 새해에 이에야스를 방문하고 나서, 이에야스의 의견은 이러이러하다고 히데타다에게 말해준다. 그러면 마사무네는 호의에 넘치는 조언자 모습을 갖출 수 있게 된다.

'그렇지. 저 유럽 두 종파 사이의 불화를 역시 내 입으로 이에야스 귀에 넣어줘야지.'

마사무네는 천천히 일어났다.

저택의 연말 대청소가 시작될 무렵이었다. 마사무네는 이에야스로부터 하사받은 네 저택 가운데 어디론가 피해 갈 작정이었다.

인생완성

　게이초 15년(1610) 봄을 맞은 이에야스는 슨푸에 있는 가신들의 신년하례를 받은 다음 안도 나오쓰구와 나루세 마사나리에게 남으라고 했다. 두 사람은 좀 뜻밖으로 여겼으나, 이에야스는 이제부터 다실에서 그들을 대접하겠다고 했다.

　두 사람은 얼굴을 마주 보았다. 물론 거절할 수 없다. 어쨌든 여느 때와 다른 이상한 일로 여겨졌다. 신년하례가 끝나면 언제나 바로 집으로 돌아가 가족의 세배를 받도록 하라, 그것이 집안을 잘 이끌어가는 가장 중요한 일이라면서 쫓아보내듯 물러가게 하는 게 이에야스의 관습이었다. 그런데 일부러 다실로 오라고 했으니 무언가 중대한 이야기가 있음이 분명했다.

　'정초부터 거실에서 사람을 물리칠 수 없을 테니까.'

　그렇게 해석하며 두 사람은 다실에 나가 불을 피워 방을 따뜻하게 해놓고 기다렸다.

　이에야스는 곧 나타났다. 69살이 되어 눈에 띄게 늙어 보인다.

　"나오쓰구와 나 사이도 꽤 오래됐군. 그대를 처음 데려간 싸움터가 어디였던가?"

　"예, 아네강 전투입니다."

　"그랬지…… 아네강 전투 무렵에는 아직 고로타마루만 한 아이였었는데 지금은 마사즈미와 함께 슨푸의 기둥이야."

　그리고 이번에는 나루세 마사나리에게로 시선을 옮겼다.

"마사나리도 오랫동안 사카이에서 수고했지. 교토에서는 그대를 훌륭한 행정관이라고 부르며 아쉬워한다지?"

"황송합니다."

"술이 나올 거야. 추우면 이야기할 수 없으니까."

두 사람은 더욱 긴장했다. 결코 불평하지 않는 대신 좀처럼 가신들을 칭찬하지도 않는 이에야스가 오늘은 사람이 달라진 것처럼 말한다. 마음 놓고 우쭐하다가는 언제 엄한 말을 들을지 몰랐다.

"편한 자세로 있게. 다실에 들어오면 아래위가 없다. 나도 드디어 70살에 손닿을 나이가 되고 보니 감개무량해. 쇼군에게 가문을 물려준 게 64살, 그 무렵에는 오늘까지 살아 있을 줄 생각지도 못했어."

"무엇보다 건강하셔서 다행입니다. 장년들도 아직 당하지 못합니다."

"나오쓰구가 겉치레 인사를 하는군."

그리고 다시 마사나리에게로 눈길을 돌렸다.

"그대는 사카이에서 참선을 꽤 했다지? 가쓰시게한테 들었네. 그대 입버릇이 뭐라더라…… 죽고 사는 것은 나도 모르고 부처 역시 모른다……고 한다며?"

"이것 참, 더욱 황송합니다."

"아니, 황송할 것 없어. 분명히 그렇지. 이 세상에 왜 왔는지, 왜 이 세상을 떠나게 되는지 아무도 몰라. 부처도 틀림없이 마찬가지일 거야."

"예……."

"그런데 똑똑한 듯이 내가 죽을 곳을 안다……는 따위로 말하다니 건방진 소리지."

"옳은 말씀이십니다."

"그대들은 아직 괜찮아. 나쯤 되면 이제 언제 가도 후회없다……고 할 만한데, 좀처럼 그렇게 되지 않는군. 그래서 나는 선(禪)을 하지 않고 염불을 하지."

두 사람은 또다시 얼굴을 살피며 마주 보았다. 이런 말을 하고 싶어서 일부러 다실로 데려왔을까……하는 시선의 교환이었다. 장수된 사람은 물새는 배를 타고 불타는 집에 앉은 마음가짐이 중요하다고, 크나큰 바위처럼 의연히 지내온 이에야스가 대체 무엇 때문에 이 같은 넋두리 비슷한 말을 입에 담는가……?

두 사람은 생각했다.

'반드시 뭔가 있다……'

시동이 주안상을 날라왔다. 정초의 상차림이 아니고 다실에 어울리는 소박한 것이었다. 국도 여느 때의 토끼가 아닌 학인 것 같았다.

"자, 들게. 내가 술을 따르지."

"황송합니다, 그렇게까지."

"아니, 죄송스러운 건 나야. 생각해 보면 그대들이 있어서 내가 있는 거지. 그대들의 지혜로 한 일까지 칭찬받는 건 내 몫이었어. 부탁한다. 들게나."

"들겠습니다."

"들겠습니다."

"그런데 나는 뜻밖에도 천수(天壽)를 얻어 올해도 이렇듯 그대들에게 무리한 말을 하게 되는군. 감사한 일이겠지."

"예……."

"그렇다 해서 신불에게만 응석 부릴 수가 없어. 그렇지, 나오쓰구부터 말해주겠나. 만일 내 수명이 올해 다한다면 그 안에 꼭 해둘 일이 뭘까?"

나오쓰구는 빙그레 웃었다. 슬슬 나오는구나 생각하니 겨우 안심되는 느낌이었다.

"그건 오고쇼님께서 잘 아실 텐데요."

"그러지 마라. 그래서야 이야기가 되나. 세상에서 본다면 나는 제멋대로 구는 늙은이일 테지."

"아니, 더없이 엄격하게 자신을 다스리는 도사이시지요."

"그렇지 않아. 나는 기요스의 다다요시 뒤를 잇게 한 고로타마루에게 올해 나고야에 성을 지어주겠다. 이 공사는 대대로 내려오는 가신이 아닌 영주에게 명할 작정이야. 마에다, 이케다, 두 가토, 후쿠시마, 야마노우치, 모리, 하치스카, 이코마, 기노시타, 다케나카, 가나모리, 이나바……."

잔을 내려놓고 손가락을 꼽으며 말을 이었다.

"후쿠시마는 화를 버럭버럭 내고 있지. 에도성이나 슨푸성 공사는 천하의 정치를 하는 곳이니 어쩔 수 없다지만 60살 가까이 되어서 낳은 서자의 심부름까지 시키는 건 못 견디겠다고."

"예, 그 일은 듣고 있습니다."

"가토 기요마사가 그것을 나무랐다는 말도 들었는가?"

"예, 들었습니다. 그게 싫으면 영지로 돌아가 거병하라고 기요마사 님이 말했다더군요."

"그래. 하지만 나는 그일뿐만 아니라, 다다테루에게 60만 석을 주어 에치고의 다카다에 성을 쌓게 하려고 해. 그쪽 공사는 다테, 우에스기, 사타케, 모가미 등 동쪽 사람들이 할 거야."

"그것도 듣고 있습니다."

"그리고 나가후쿠마루 말인데, 8살로 지난해 슨푸의 15만 석 영주가 되었지. 세상에서는 나를 몹시도 제멋대로인 늙은이로 볼 거야. 그런데도 가까이 있는 그대들에게서는 한 마디도 간언을 못 들었으니 어찌 된 일인가. 자, 들게."

두 사람은 저도 모르게 목을 움츠릴 뻔하다가 황급히 잔을 내밀었다.

'드디어 오늘 대접의 정체를 알 것 같군.'

시험 삼아 묻는 말이라면 대답에 궁한 나오쓰구도 마사나리도 아니다.

먼저 마사나리가 입을 뗐다.

"저희들이 간언하다니…… 천부당한 말씀. 오고쇼님에게는 저희들이 비난할 만한 일이 티끌만치도 없습니다. 그렇지요, 안도 님? 핏줄이신 아드님들, 다다테루 님이며 고로타마루 님이 50만 석, 60만 석이라면 과연 큰 녹이지만 오사카의 히데요리 님과 큰 차이가 있습니다. 오사카의 히데요리 님이 65만 7400석이니 이것을 꺼려 대영주와 비슷한 녹봉으로 하신 거지요."

안도 나오쓰구가 뒤를 이었다.

"그 일로 마사나리와 이야기한 적 있습니다. 다이코 전하가 오다 노부카쓰에게 준 기후의 녹봉이 13만 5000석……그보다 52만 2400석 많다. 이것이 대감과 다이코 전하의 차이…… 아니, 다이코 전하에 대한 의리값일까 하고……."

"그래? 그렇게 해석하는가."

이에야스는 중얼거리며 잔을 입으로 가져갔다. 대답이 어쩐지 이에야스의 마음에 차지 않는 모양이다. 두 사람은 다시 마주 보고 조금씩 서로 고개를 저었다.

"어쩐지 잘못 짚은 듯하다……."

두 사람 모두 이에야스가 무엇을 말하려는지 모르겠다는 표정의 눈맞춤이었다.

마사나리가 말했다.

"그러고 보니 네덜란드와 스페인은 우리 생각보다 더 사이 나쁜 모양이지요. 스페인 계통 선교사는 입만 열면 네덜란드를 해적이라 부르고, 네덜란드 쪽에서는 스페인을 나라도둑이라고 합니다."

"음."

"저쪽의 난세는 아직 끝나지 않았습니다. 일본보다 꽤 늦은 모양이지요."

"음."

"해상에서 맞부닥치면 정말이지 눈이 시뻘게져 싸운다고 합니다."

"음."

이에야스가 이야기 속으로 전혀 끌려 들어오지 않자 마사나리 또한 입을 다물 수밖에 없었다.

안도 나오쓰구는 지난해 늦가을 방울숲에서 만난 여인의 얼굴을 떠올리며 말을 꺼냈다.

"오고쇼님, 얼마 전 나가야스가 아프다는 말을 들었는데 괜찮을까요?"

그때 일은 이에야스에게 반 농담처럼 귀띔했었다. 어쩌면 그 나가야스의 일이 아닌가 싶어서 탐색해 본 것이다. 그러나 이에야스는 무슨 생각을 하는지 거기에도 각별한 흥미를 보이지 않았다.

"자, 좀 더 들게. 오늘은 격식을 차리지 않아도 좋으니까."

"예, 벌써 실컷……."

"뭘, 그러지 말고 어서 들게."

"그럼, 한 잔만 더……."

"그대들은 어려운 소리만 하면 굳어버리는군."

"그렇다고 함부로 버릇없이 굴 수는 없지 않겠습니까?"

"그도 그렇지만 마음을 편안히 할 때는 풀어놔야지. 좀 따뜻해지면 나는 아베강(阿部川) 거리(유곽촌)에 가서 여자들 춤 구경이나 하고 올 작정이야."

이쯤 되자 두 사람은 또 얼굴을 마주 보지 않을 수 없었다. 싸움이나 정치 이야기면 모르되 일부러 두 사람만 불러 유녀이야기라니 어찌 된 일일까?

두 사람이 실컷 대접받고 물러나는 도중의 길목에서 나루세 마사나리가 안도 나오쓰구의 귀에 입을 대고 속삭였다.

"오고쇼님께서 뜻밖의 걱정이 계신지도 모르겠는걸……."

나오쓰구는 휘청거리는 걸음걸이를 바로 잡듯하면서 되물었다.

"뜻밖의 걱정이라니 무슨 말인가?"

사방은 이미 어두워지기 시작하여 하얀 안개가 벌거숭이 정원수를 묵화처럼 흐릿하게 만들고 있다.

"혹시 병에 걸리시지……않았나 하고 나는 문득 상상해 봤지."

"병……이라니!"

"요즈음 대유행인 남만창(南蠻瘡)……"

안도 나오쓰구는 깜짝 놀랐다.

"뭔가 짚이는 데가 있나?"

"그렇네. 대감은 그 방면에 대단히 왕성하시지. 아베강 거리 여자를 성안으로 불러들이신 적이 있어."

"마사나리 님!"

"뭐요, 그렇듯 무서운 눈으로?"

"어찌 그토록 더러운 상상을 한단 말인가. 그건 젊은 무사들이 아베강 거리로 너무 쏘다니므로 오고쇼님께서 쓰시는 고육지책이야."

"하하……그런 상상도 할 수 있지. 오고쇼님께 단골여자가 있다면 섣불리 발을 들여놓을 수 없으니까."

"그게 아니라고 생각하나?"

"뭘, 그렇게 정색할 것 없어. 이를테면 그런 깊은 생각이 있어서 부르셨다……해도 남만창이 옮지 말라는 법은 없지 않나?"

"그럼, 됐어. 정초부터 입씨름은 삼가지. 만약 그런 이야기라면 굳이 우리를 부르실 것 없지. 의사가 얼마든지 있으니까."

그렇게 말하고 마사나리는 머리를 긁적였다. 아무리 나이가 많아 부끄럽기로서니 의사를 제쳐놓고 두 사람에게 약을 구하라고 할 리 없었기 때문이다. 아무튼 뭔가 의논하려다 끝내 말을 꺼내는 것을 중단한 모양이다.

두 사람은 마루노우치에 있는 자기 집으로 돌아가 그날은 그냥 그것으로 끝났다.

그리고 그다음 다음날 두 사람은 다시 다실로 불려갔다. 이번에 나온 요리는 눈이 휘둥그레질 만큼 호화로웠다. 도미 소금구이에 학 국, 두 상에는 멧새며 참

마며 연근조림도 있었다. 게다가 내놓은 술은 네덜란드에서 선사한 브랜디였다.

"자, 마음 편히 마시게. 이 술이 싫으면 청주도 여기 있어."

이쯤 되자 두 사람은 또 저마다 이에야스의 용건을 상상하지 않을 수 없었다.

'어쩌면 대영주 가운데 누군가 없애버리려고 생각하는 자가 있어 그 사자로 가라는 게 아닐까……?'

안도 나오쓰구는 그렇게 생각했고, 마사나리는 이렇게 생각했다.

'흠, 어쩌면 젊은 측실을 하사하시려는 건지도 모르겠는걸.'

그러고 보면 이에야스는 젊은 측실을 때때로 남에게 주겠다고 하는 버릇이 있었고, 한 번 주었다가 도로 가져간 예도 있다.

그러나—

그날도 뭔가 말할 듯 부지런히 두 사람을 대접하면서도 이에야스는 끝내 아무 말 하지 않았다.

그들이 이에야스의 속뜻을 눈치채고 저도 모르는 사이 얼굴을 마주 쳐다본 채 대기실로 돌아간 것은 그다음 다음날, 그러니까 5일이 되어 세 번째로 다실에 초청받았을 때였다. 그때도 두 사람이 대기실에서 돌아갈 준비를 하고 있는데 시동이 나타나 말했다.

"오고쇼님이 두 분을 대접하시겠답니다. 다실로 건너오시기 바랍니다."

그 말을 들은 순간 두 사람 모두 무언가 무시무시한 요술에 걸린 것 같은 느낌이었다.

'또……?'

의문과 놀라움이 깃들 틈도 없이 그들은 자리를 떠나 복도로 나갔다. 그리고 너덧 걸음 걸어가다가 미리 말해 두기라도 한 것처럼 멈춰 섰을 때, 나오쓰구가 먼저 마사나리의 소매를 끌고 대기실로 다시 돌아왔다.

두 사람은 급히 되돌아가 잔뜩 긴장한 표정으로 마주 보았다.

"마사나리 님, 알 것 같군."

"흠, 나도."

"안도 님, 뭐라고 생각하나?"

"고로타 님과 나가후쿠마루 님에 관계된 일이 아닐까?"

"그렇게 생각했나?"

"마사나리도 같은 생각이군."

서로 확인하고서 두 사람은 마주 노려보았다.

"어떻게 하지, 마사나리 님?"

"어떻게 하지, 나오쓰구 님?"

그리고 그대로 잠시 동안 입을 다물고 말았다. 그 생각이 맞는다면 두 사람에게 있어 말할 수 없이 중요한 일이었다.

이에야스는 자기가 죽기 전에 꼭 처리해야 할 일이 있다고 했다. 그 가운데 새해에 11살 되는 아홉째아들 고로타마루와 9살 되는 열째아들 나가후쿠마루의 일이 마음에 걸리는 것 가운데 한 가지임은 이미 알려져 있다.

그러므로 고로타마루에게는 지금 나고야성을 세워주려 하고, 나가후쿠마루에게는 슨푸 가운데서 50만 석을 주기로 결정하고 있다. 그러나 녹봉 배당만으로 끝나는 일이 아니었다. 여섯째아들 다다테루의 집정으로 오쿠보 나가야스를 붙여둔 것처럼 고로타마루며 나가후쿠마루에게도 든든한 중신을 딸려둘 필요가 있었다. 만일 두 사람이 그 자리에 뽑힌다면 이것은 새로운 질서 아래에서 실로 중대한 뜻을 가지게 된다.

현재 이에야스의 측근을 맡고 있는 혼다 마사즈미는 영주로 승진하여 시모쓰케(下野) 고야마의 3만3000석을 다스리는 조정의 신하가 되어 있다. 이 경우 막부의 통제 아래 있다고는 하나 조정의 직접적인 신하이다. 그런데 고로타마루며 나가후쿠마루의 가신이 되면 그 조정 신하의 부하인 배신(陪臣)으로 떨어져 버린다. 그것이 두 사람의 대뿐 아니라 자자손손 계속되어갈 것이니 말하자면 사회적 출세의 싹을 잘리는 거나 마찬가지였다.

나오쓰구가 다시 질문을 던졌다.

"어떻게 하지?"

"글쎄, 어떻게 하나?"

마사나리는 얼굴을 일그러뜨리며 되묻고 그 길로 자리에서 일어나 복도로 나갔다.

걸으면서 나오쓰구가 말했다.

"말 옆에서 전사하라면…… 생각할 여지가 없지. 기꺼이 나는 죽겠어. 그러나 자자손손 배신이 된다면 영주들은 물론 직속무장들에게도 얼굴을 들지 못하게 돼."

나루세 마사나리는 웃었다.

"그걸 모르는 오고쇼님이 아니지. 이제 겨우 알았다…… 그토록 말하기 힘든 듯 머뭇거리셨던 이유를."

"그래, 맡겠다고 마음을 정했나?"

"그리 쉽사리 정할 수 있나. 배신의 자손은 쇼군님 앞에도 못 나가고 마사즈미의 자손 앞에 얼굴을 쳐들고 말도 못 하게 되지."

"흠. 그럼, 어떻게 할까? 좀 더 의논하고 갈까."

"아니, 이대로 그냥 가자. 그리고 오고쇼님이 어떻게 나오는지 보는 거야. 경우에 따라서 나는 할복할지도 몰라."

"과연, 이것은 다만 우리들 목숨을 달라는 정도의 일이 아니야. 자손들 운명에 관한 어려운 문제지."

"그쯤 알면 충분해. 오고쇼께서 하시는 말씀이 납득되지 않으면 할복한다고 정하고 깨끗이 한 번 당해보세."

그리고 나오쓰구는 입을 다물었다.

이리하여 두 사람이 다시 다실 안으로 들어서자 이에야스는 싱글벙글 웃는 얼굴로 맞았다.

"오늘 자야와 하세가와 후지히로에게서 진기한 외국물건이 와서 함께 맛볼까 하고 생각했지. 고래를 절인 거라나."

상차림은 먼저보다 더 호화로웠으며 두 개의 상 곁에 무언가 단단한 두부 같은 것이 품위 있게 백지 위에 놓여 있었다.

"어때, 그 흰 반죽 같은 게 뭔지 알고 있나?"

"전혀……."

"그럴 거야. 그것은 후지히로가 나가사키에서 보내준 거야. 설이기도 하여 아마 술안주려니 생각하고 한번 슬쩍 맛보았지."

"맛이 어떻습니까?"

"그 물건 이름은 비누라고 하는데, 입에 넣어보고 깜짝 놀랐지. 미끌미끌하고 거품만 자꾸 나오지 않겠나? 거기에 안진이 와서 당황해하며 내 입을 씻어내게 했지."

"그러시면……?"

"먹는 게 아니었어. 그건 얼굴이나 손발을 씻는, 우리나라의 겨주머니 대신이라는 걸 알았지. 과연 더운물에 그것을 문질러 얼굴이며 손발을 씻어보니 때와 기름이 거품과 함께 깨끗이 지워지더군. 그대들도 시험 삼아 써보는 게 좋을 거야."

그 말을 들은 안도 나오쓰구는 살며시 그것을 손바닥에 놓고 바라보았으나, 젊은 마사나리는 성큼 그 비누를 깨물었다.

"이봐, 마사나리, 먹는 게 아니라고 했잖나."

이에야스가 황급히 말리자 마사나리는 어깨를 으쓱 추켜올렸다.

"얼굴이나 손발을 씻는 데 사용하여 기름때가 빠진다면 먹어서 마음을 씻어도 지장 없겠지요, 오고쇼님! 자, 이것으로 마음도 말끔히 씻었습니다. 이런저런 요리 대접보다 용건을 분명히 말씀해 주십시오."

이에야스는 당황한 나머지 두 사람에게서 시선을 돌렸다.

"오고쇼님께서는 저희들에게 뭔가 하시고 싶은 말씀이 있을 터, 그런데 사흘 동안 대접만 하시고 전혀 말씀을 않으시니 모처럼의 음식도 맛이 없어집니다."

마사나리가 입을 떼자 나오쓰구도 곧 그 뒤를 이었다.

"무슨 일에나 사려깊으신 오고쇼님이시니 가만히 말씀하실 때까지 기다리는 것이 지당……하고 생각했습니다만, 더 이상 기다릴 수 없을 것 같습니다."

"그런가, 그대들에게도 그렇게 보였는가?"

이에야스는 마음 놓고 한숨 섞인 말투로 중얼거리며 얼굴을 돌리고 살며시 눈두덩을 눌렀다.

'울고 있다…….'

마사나리와 나오쓰구는 놀란 심정으로 서로 얼굴을 마주 보며 고개를 끄덕였다.

둑을 허물어뜨릴 기세로 마사나리가 말하기 시작했다.

"오고쇼님! 그 용건이란 고로타마루 님과 나가후쿠마루 님에게 관련된 일이 아닙니까? 그렇다면 분명하게 그렇다고 말씀해 주십시오. 저희들이 할 수 있는 일이라면 하고, 할 수 없으면 없다고 대답드릴 각오가 충분히 되어 있습니다."

"그런가, 미안하게 됐군. 이건 간단히 꺼낼 수 있는 이야기가 아니야."

이에야스는 다시 웃는 얼굴이 되었다.

"정치란 하나의 악이야. 70살이 되어가는……죽음의 문을 가까이 바라보고…… 나는 그것을 절실히 통감했다."

"정치는 악……."

"그렇지. 모든 사람들 저마다의 행복을 보증하고 싶다고 바라는 건 어디까지나 탁상공론이고, 실제로는 모든 면에 희생과 불평이 나오기 마련이야. 그들의 희생에 눈물을 감추고 대결을 강요하며, 악명을 스스로 둘러쓰고 저주나 원한도 자신이 맡는 각오가 없어서는 안 된다고 깨달았다."

"대감님, 그것과 이 일이 무슨 상관있습니까? 대감님과 자제분들 사이의 일…… 결국 도쿠가와 가문 내부의 일이 아닌지."

"마사나리, 그렇지 않아. 도쿠가와 가문도 도요토미 가문도 저마다 흩어져 있는 게 아니고, 인간세계라는 큰 약속 속에서만 살 수 있도록 허락받은 존재거든."

"그렇……겠지만, 그러나……."

"잠깐 기다려. 내가 정월 초하루에 그대들에게 말했지. 알겠나, 다이코만 한 분도 돌아가실 무렵에는 넋두리하시며 자식을 부탁한다고 되풀이 말씀하셨어. 나도 그렇게 되었다…… 그래서 고로타마루며 나가후쿠마루……아니, 또 하나 쓰루치요가 있지. 그들에게 50만 석이나 되는 큰 녹을 주며 실로 제멋대로 굴었다…… 그 일에 대해 아무도 내게 간언하려고 하지 않는 건 왜냐고 그대들을 나무랐던 거야."

이에야스는 분명 그런 말을 했었다. 그러나 천하를 훌륭히 평정하고 태평성세를 이룬 이에야스가 다음으로 가문의 번영을 꾀하는 것은 당연한 일이라고 여겨 굳이 의견다운 말을 입에 담지 않았던 것이다.

"어떤가, 그대들은 이에야스도 다이코와 똑같이 미련해져서 천하의 일과 사사로운 일을 혼동하고 있다고 생각지 않는가…… 아니, 생각할 거야. 그런데도 입을 다물고 있다. 그래서 나도 더욱 말하기가 거북해졌지."

마사나리가 다시 칼을 휘두르듯 되물었다.

"오고쇼님! 만일 오고쇼님께서 천하의 일과 사사로운 일을 혼동하고 계시다……는 간언을 드린다면 어떻게 하시렵니까?"

"그렇게 말해주었다면 꺼내기 쉬웠다고 하잖나. 그것은 그대들의 뛰어난 기량을 내가 가장 잘 알고 있기 때문이야."

"저희들의 기량을……?"

"그렇다, 그대들의 기량은 결코 도이 도시카쓰나 혼다 마사즈미에게 뒤지지 않는다. 에도의 중심에 서서 훌륭히 일본을 짊어질 수 있는 이들……이라고 생각했기 때문에 고로타마루며 나가후쿠마루의 일을 생각하기 전까지, 나는 그대들을 저마다 영주로 승진시킬 셈이었다."

그리고 이에야스는 다시금 두 사람을 번갈아 보았다.

"거기에 나의 미련이나 넋두리라고 오인될 만한 한 가지 생각이 떠오른 거야. 세상을 아무리 널리 바라보아도 이렇다 할 인물이 사실 적다. 그래서 차라리 고로타마루며 나가후쿠마루를 중요한 요소요소에 배치해 두고 다음 시대의 공과(功過)를 아울러 우리 가문이 짊어져야 하지 않을까 하는 생각이야…… 알겠나, 이 생각 자체가 벌써 내 자식을 귀여워하는 군소리가 아니냐고 누가 나무라주리라……는 기대를 은근히 해왔지. 그런데 아무도 말하는 이가 없다. 아무도 말을 꺼내지 않는데 내가 먼저 말했다가는 아전인수 격으로 선수치는 것…… 그래서 사실은 그대들 두 사람을 불러 부탁하려 했던 거야."

두 사람은 다시 얼굴을 마주 보았다. 역시 그들의 추측이 맞은 모양이다.

"그런데 말을 꺼내려 하니 이번에는 그대들이 가련해진다. 훌륭한 대영주가 될 기량을 지녔으면서 배신(陪臣)이라니…… 아니, 그대들은 내가 부탁하면 싫다고 못 하리라. 그러나 그 아들 손자들도 똑같은 입장으로 신분상에 큰 차이가 생기니……부탁해선 안 될 무리한 일이 아닐까…… 그런 망설임이 끝내 그대들의 힐문을 받게 된 원인이 된 거야."

"……"

"어떤가, 이렇듯 물어오니 이제 감출 수도 없군. 마사나리는 고로타마루, 나오쓰구는 나가후쿠마루 곁에 있어 주지 않겠나? 물론 대대로 소홀히 대하지 않도록 내가 쇼군에게 잘 말해 놓겠지만……"

"……"

"그렇지, 두 사람이 의논해다오. 그리고 이것이 나의 사사로운 마음이며 넋두리로 여겨지면 거절해도 좋다. 나도 말하지 않은 것으로 여기고, 그대들도 듣지 않은 것으로 하겠다."

그리고 이에야스는 슬며시 그곳을 떠나려고 했다. 젊은 마사나리가 황급히 붙들었다.

"오고쇼님! 기다리십시오."

"그렇다면 의논할 필요도 없단 말인가?"

"아니, 오고쇼님께서 거기까지 털어놓으시는데 안 계신 곳에서 의논할 수 없습니다. 오고쇼님께서도 여기 계시면서 들어주십시오."

"허, 나도 여기서 들으란 말인가?"

"예, 그런데 안도 님."

마사나리는 흥분한 듯 나오쓰구를 향해 고쳐앉아 달려들 것 같은 눈매로 조용히 물었다.

"할복인지 맡겠는지, 우선 귀하의 뜻부터 듣고 싶소. 그대는 고로타마루에게, 그대는 나가후쿠마루에게…… 이렇게 분부하시면 될 것을 오고쇼님은 말을 못 꺼내셔서 세 번이나 초대하셨소. 안도 님, 어떻게 할까요?"

말투는 의논조였으나 마사나리의 마음은 벌써 정해진 모양이다. 눈도 얼굴도 감격에 떨고 있다.

'맡지 않을 수 있는가……!'

나오쓰구도 가슴이 울컥 뜨거워졌지만 가까스로 누르고 자세를 고쳤다.

"오고쇼님……"

"음, 생각대로 말해도 좋다."

"저희 두 사람이 고로타마루 님과 나가후쿠마루 님 곁으로 가야 하는……것은 물론 천하를 위해서겠지요?"

이에야스는 소박하게 얼굴을 붉혔다.

"그런 말은 낯간지럽다. 내 생각이 천하태평이라는 것에서 떠난다면 흔해 빠진 군소리 많은 늙은이와 같다……는 반성을 하는 셈으로 있지만, 그대들 눈에 어떻게 비칠지는 다른 문제야."

"……"

"나는 평화를 위해 이 포석이 필요하다고 생각하여 요소요소에 어린 아들을 둘 마음이 되었어. 그러나 솔직히 말해 어린 그들을 믿고서 그럴 마음이 된 건 아니야…… 어린 그들의 현우(賢愚)나 힘은 미지수지. 미지수지만 성격과 기질을 고려해 고로타마루에게는 마사나리의 기량을 보태고, 나가후쿠마루에게는 나오쓰구의 기량을 보탠다면 공과를 모두 한 가문이 맡을 수 있지 않을까 생각한 거야."

거기까지 말하고 이에야스는 곁에 두었던 붉은 비단에 싼 것을 집어 무릎 위에 얹었다.

"그렇지, 말뿐이 아니야. 실은 여기에 두 자루의 단도를 첫날부터 가져왔다. 만일 그대들이 그럴 마음으로 맡아준 때에 주려고⋯⋯이쪽은 마사무네, 이쪽은 나가미쓰(長光)다."

"그걸 저희들에게 주십니까?"

"주는 게 아냐. 맡기는 거지."

이에야스는 오히려 담담한 표정이 되었다.

"둘 다 각별히 어리석게 태어났다고는 여기지 않으나 아직은 미지수인 어린아이야. 만일 그대들의 훈계에도 불구하고, 난(亂)을 꾀하거나 일으키려고 하면 이 단도로 나 대신 찔러주면 좋겠다⋯⋯는 부탁을 하려고. 어떤가, 이것 역시 늙은이의 군소리일까?"

견디다 못해 나오쓰구가 불렀다.

"마사나리 님! 오고쇼님은 우리들에게 두 분의 생명을 맡긴다고 하시오. 우리들에게 대신 두 분을 기르라고 하시오⋯⋯."

뭔가 말하려다가 마사나리는 격렬하게 부르짖었다.

"으⋯⋯이, 이처럼 신임받고 사퇴할 수는 없지, 안도 님."

"아니, 잘 의논들 해보게. 나는 아직 그 말은 꺼내놓지 않았어."

나오쓰구는 갑자기 꿇어엎드렸다.

"오고쇼님! 마사나리도 각오한 것 같습니다. 두 사람 기꺼이 뜻대로 따르겠습니다. 자자손손 맹세코 이⋯⋯이 충성심을 잊지 않도록 하겠습니다."

그 말을 하고 두 손을 짚은 채 격렬하게 어깨를 흔들며 울기 시작했다.

이에야스는 잠시 망연한 듯 두 사람을 쳐다보았다. 그가 여러 각도로 반성하면서도 두 사람에게 말을 꺼내지 못해 망설이던 것은 사실이었다.

고로타마루에게는 이미 사부로 히라이와 시치노스케를 딸려놓았다. 그러나 시치노스케는 이에야스가 슨푸에 인질로 있을 때부터 수행했던 자로 젊은 고로타마루를 훈육하는 데 너무 연로한 느낌이 있었다. 이에야스는 자신의 수명을 스스로 염려하다 보니 시치노스케가 먼저 갈지 자기가 먼저 갈지⋯⋯ 알 수 없게 되었다. 그렇다면 고로타마루에게는 따로 튼튼한 부목(副木)을 갖다 대야 했다. 나가후쿠마루에게도 마찬가지 뜻으로 미즈노 시게나카(水野重仲)를 딸려두었다. 그러나 그는 겨우 히타치 안에서 5만 석 녹봉을 받는 정도였다.

그 두 사람에게 50만 석이나 되는 일본 땅 요지를 맡긴다면 그 구상은 자연히 보강되어야 할 성질의 일이었다. 영주로 봉하면 '이에야스의 아들'이라는 한 개인인 동시에 봉건시대의 엄격한 규율을 받들며 살아야 할 공직의 사람이기도 하기 때문이었다. 그래서 고로타마루에게는 나루세 마사나리, 나가후쿠마루에게는 안도 나오쓰구. 마음속으로 생각해 보았으나, 그들의 기량을 떠올리면 신불을 두려워하지 않는 너무도 제멋대로인 생각같이 여겨져 망설인 것이다. 그들 역시 이에야스에게는 사랑하는 자식과도 같은 기량 있는 인물들…… 그런 애정과 반성이 말을 해야 할지 말지 끊임없이 망설이게 한 원인이었다.

"그래, 들어주겠나……?"

그 말을 했을 때 두 사람은 이미 심한 격정에서 냉정한 모습으로 되돌아와 있었다.

"그대들은 자자손손이라고 했지?"

마사나리가 대답했다.

"예, 그랬습니다."

"그럼, 이에야스는 그대들에게 자자손손까지 빚이 생긴 셈이군. 나는 그 사실을 엄숙하게 생각하여 죽기 전에 가훈으로 남겨두지. 하지만 그대들 또한 여느 영주와는 비교도 안 될 만큼 엄한 법도를 남겨야 할 거야."

"그 일은 충분히 알고 있습니다."

"고로타마루며 나가후쿠마루에게 불법이 있을 경우만이 아니다. 그 아들, 그 손자에게도 불법이 있을 때는 그대들의 아들이며 손자들이 이를 찔러야 한다……는 정도의 기풍을 계속 이어갈 수 있도록 교육해야 하는데, 그래도 되겠나?"

"이 나라를 전란 속에 빠뜨리지 않기 위해……그것도 분명 이해하고 있습니다."

"고맙다……."

갑자기 이에야스는 목이 메었다. 주름살로 덮인 두 눈에서 바위로 흘러내리는 맑은 물 같은 눈물이 뚝뚝 흘러내렸다.

"신불에게 응석부려 내가 한 가지 허락을 얻어낸 것 같군…… 그럼, 두 사람에게 이 단도를 맡기지. 자, 알겠나, 누가 난리를 꾀하거나 막을 수 없다고 생각할 때는 주저하지 마라."

그리고 이에야스는 두 손에 단도를 한 자루씩 쥐고 내밀며 젖은 눈을 확 부릅 떴다. 인간이란 역시 감정에 좌우되는 동물인 모양이다. 곰곰이 생각해 보면 이에 야스의 희망도, 그 희망에 감동해 버린 그들의 약속도 꽤 무리한 일이었다. 자손 들 생활까지도 조상들이 규정한다는 것은 역시 하나의 아집인지 모른다. 그러나 사람은 자신을 믿어주는 이를 위해 기꺼이 죽을 수 있는 마음을 없애지 못하는 모양이다. 그것은 하나의 아름다운 '의지'라고 생각해도 좋을지 모른다. 두 사람 은 단도를 한 자루씩 받아들고 맑은 표정으로 돌아왔다.

"이로써 내 마음에 걸렸던 한 가지 일이 사라졌다. 자, 모두 함께 들자."

"오고쇼님! 저희들도 이로써 마음이 가뿐해졌습니다. 그러지 않은가, 안도 님?"

"지금이니 말씀드립니다만, 저희들도 범부(凡夫)이므로 오고쇼님께서 어느 정도 의 영주로 승격시켜 주실지…… 쓸데없는 망상을 한 적 있었습니다. 그러한 잘못 이 이로써 깨끗이…… 다음에는 무엇을 생각하고 연구해야 하는지 완전히 결심 이 섰습니다."

나오쓰구도 자신의 잔을 내밀어 이에야스의 술을 받았다.

"그렇습니다. 이렇게 되었으니 내일 바로 고로타마루 님에게 오고쇼님 결정을 하명하시기 바랍니다."

"그렇지, 그들에게는 하루하루가 소중하니까."

"그리고 또 한 가지, 조금 전 이로써 마음에 걸렸던 한 가지 일이 사라졌다…… 고 하셨지요?"

"그렇게 말했지……"

"그 하나……라는 것이 염려됩니다. 그렇다면 그 밖에 또 몇 가지가 있습니까?"

"하하……마사나리의 외고집이 나타났군. 그렇다. 이에야스는 범부 중에서도 대범부야. 걱정거리를 아직 산더미처럼 갖고 있지."

"산더미처럼……이면 곤란합니다."

"곤란하지만 실제로 있는 것이니 하는 수 없지."

"농담 마시고 마음에 걸리는 그 일 한두 가지를 후학을 위해 더 들려주실 수 없겠습니까?"

"좋지. 그 한 가지는 이에야스에게 양자뻘 되는 히데요리 님 일이다."

"과연……"

마사나리는 고개를 끄덕이며 나오쓰구를 쳐다보았다.

"사카이에서 슨푸로 오기 전부터 저도 그것이 염려거리가 아닐까……하고 남몰래 생각했습니다."

"나는 가까운 날에 히데요리 님을 한 번 만날 작정이야."

"슨푸로 부르시렵니까."

"아니, 그래선 안 되지. 저편에는 아직 시대의 흐름을 못 보는 자들이 있으니까."

"그러면 오고쇼님께서 교토로 가신단 말씀입니까?"

"그렇지. 가지 않으면 다이코에게 미안해. 얼마나 기량 있는 자로 자라날지……기량에 따라 대해 다오, 알았습니다라는 게 두 사람의 약속이었어. 이 약속을 이행하지 않는다면 저승에 가서 다이코와 다투게 되겠지."

이에야스는 완전히 유쾌해져서 웃음소리가 한결 밝아졌다.

나오쓰구와 마사나리도 잠시 차분한 마음이 되었다.

'진정 천명을 생각하며 이 세상일을 완성하실 모양이다.'

그들로서는 아직 그러한 심경은 알 수 없었다. 그러나 이에야스는 이미 그 한 마디, 한 동작이 모두 유언인 모양이다.

"저는 교토에 있을 때 가끔 오사카성을 방문하고, 히데요리 님은 가련한 분……이라고 느낄 때가 있었습니다. 오사카에는 진정으로 히데요리 님을 사랑하는 분이 없는 줄 여깁니다."

마사나리가 고지식한 표정으로 말하자 이에야스는 한 마디로 부정했다.

"그럴 리 없어. 가토 기요마사도, 아사노 유키나가도 있지. 다만 그들을 따뜻이 맞아들이려는 공기가 없을 뿐이야."

"그 원인이 무엇일까요?"

마사나리는 자기 의견을 말하기 전에 이에야스의 견해를 캐묻고 싶었다.

그러나 이에야스는 웃으며 되물었다.

"남에게 묻지 말고 그대 생각을 그대로 말해 봐. 그렇지, 나오쓰구."

"예, 마사나리는 가끔 히데요리 님이며 그 생모님을 찾아뵈었으니 그 원인이 무엇인지도 당연히 알고 있을 겁니다."

"그렇지, 알지 못할 마사나리가 아니지. 그래서 그 단도를 맡긴 건데."

마사나리는 옆머리를 긁으며 한 번 더 소중한 듯이 단도를 받쳐들었다.

"문제는 이처럼 단도를 맡길 만한 부하를 못 가졌다는 말로 그치지만, 가토와 아사노 두 분마저도 성에 자주 나타나면 생모님께서 싫어하십니다."

"어째서 그럴까?"

"그보다도 생모님께서 싫어하신다……는 것을 알고 은근히 싫어하도록 꾸며대는 기묘한 충성분자가 생모님 측근에 있습니다. 그도 그럴 것이 가토와 아사노 모두 고다이인이 길러낸 이들, 결국 고다이인 편이며 생모님 편이 아니라……는 편견에서인 것 같습니다."

"무서운 일이로군. 세키가하라 이전의 미쓰나리와 일곱 장수 사이의 반목이 묘한 곳에 아직도 살아남아 원한을 만들고 있어."

이에야스는 고개를 끄덕이며 잔을 거듭했다.

"그대들은 내가 아들들에게 결코 히데요리보다 많은 녹봉을 주지 않는다는 사실을 꿰뚫어 보았다. 어떤가, 그 단도를 맡긴 것은 어떻게 하면 태평세대를 계속시킬까 생각 끝에 얻은 궁리의 결과다, 만일 그대들이 나라면 히데요리를 어떻게 하겠나……? 지금처럼 그대로 가만히 두겠는가, 아니면 녹봉을 더 주겠는가. 측근 가운데 누구를 중용하고 누구를 멀리해야 하는가. 그리고 역시 한 자루의 단도를 맡겨 곁에 둔다면 누구로 하겠는가? 생각한 그대로 한번 말해 보지 않겠나. 이번에는 나오쓰구부터."

나오쓰구는 좀 놀란 듯 말했다.

"저부터…… 대부분 남의 말로 들은 겁니다만, 우선 귀족으로서 간파쿠의 지위를 유지하고 또한 대영주이며 쇼군의 친척 되는 가문으로서 앞으로 오랜 안태(安泰)의 기초를 튼튼히 하려 한다……면 우선 생모님과 히데요리 님을 떼어놓아야 한다고 생각합니다."

그 말을 하고 가만히 이에야스의 반응을 살폈다.

"역시 떼어놓지 않으면 그다음 돌을 놓을 수 없다는 생각이군."

이에야스가 되묻자 나오쓰구는 단호하게 잘라 말했다.

"그렇습니다."

"생모님으로 하여금 측근의 충성분자들을 이끌고 다른 곳으로 옮기시게 하지 않고는 참다운 충신이 접근할 수 없습니다. 생모님의 애정을 의심하는 건 아니지만 이 일이 이루어지지 않으면 무엇을 말씀드려도 허사일 겁니다."

"흠, 요도 마님이 만일 그 일을 승낙하신다면……그다음에는?"

"예, 마사나리와 평소 늘 하는 이야기입니다만 공경 우두머리로서 오사카성을 나와 교토보다 더 오래된 도성으로 옮기시도록 청합니다."

"음, 야마토로 말이지."

"예, 야마토에는 왕실이며 공경들과 인연 깊은 왕릉과 사찰이 많습니다. 그러한 제례에 마음 쓰시면서 친척 영주로 계시면 아직 온당치 못한 마음을 품고 있는 옛 공경들도 나쁜 짓을 못 할 겁니다. 그렇게 되면 가문의 품격은 쇼군 가문보다 높으니 일단 도요토미 가문의 면목도 서지요……그때 가서 만약 뜻이 계시다면 3만 석이나 5만 석쯤 더 주시어 옛 신하들에게 성 건축을 분부하시는 겁니다."

꼼꼼하게 말하고 나서 당황하며 나오쓰구는 웃음지었다.

"아니, 상대에게 받아들일 마음이 없다면 이루지 못할 꿈…… 그렇잖나, 마사나리?"

마사나리도 맞장구쳤다.

"물론입니다."

이 일은 그들 사이에 때때로 화제가 되었던 모양이다.

"이 마사나리가 만일 히데요리 님 측근이라면 그 어마어마한 사찰에의 시주를 그만두고 그 돈으로 궁궐을 본딴 아주 새로운 무방비 성채를 건축하겠다고 말씀드린 겁니다. 즉 군비를 떠나 제사와 덕의(德義)로 임하는 자의 궁전 말입니다. 무(武)에 관한 일은 모두 쇼군에게 맡기고 진실로 대궐의 뜻을 자기 뜻으로 삼아 살아간다…… 그렇게 되면 아무 데도 적이 없으므로 멸망할 리 없습니다…… 옛 날 같으면 꿈속의 또 꿈일 테지만 지금은 쇼군의 사위로서 충분히 할 수 있는 세 상입니다. 그러면 천하의 대란을 바라는 난세의 생존자인 위태로운 야심가들도 가까이하지 않겠지요. 완전히 새로운 태평시대를 장식하는 꿈의 궁전이 하나 더 늘어나는 것이니까요."

마사나리는 차츰 취기가 도는 듯 눈을 가늘게 뜨고 무언가 뒤쫓는 듯한 얼굴이 되었다.

이에야스도 이 두 사람의 생각에 꽤 마음이 움직이는 모양이다.

"과연……! 역시 그대들은 내일 일을 생각할 줄 아는 이들이군. 그런가……이야기를 듣고 있는 동안 히데요리 님이 보고 싶어졌다."

마사나리는 몸을 앞으로 내밀었다.

"그것도 좋겠지요. 오고쇼님께서 직접 히데요리 님에게 그 말씀을 하신다면 그야말로 눈물을 흘리며 기뻐하실 겁니다. 어떻습니까, 봄날에는 교토 쪽으로 납시는 것이."

그러자 이에야스는 쓸쓸히 웃으며 고개 저었다.

"역시 젊군, 마사나리는."

"그러시면 그리 간단히 상경하실 수 없습니까?"

마사나리는 머리를 긁적이며 입을 다물었다.

이에야스는 오히려 즐거운 듯이 말했다.

"그럼, 그리 간단하게는 못가지. 내가 갑자기 히데요리를 만나고 싶다며 슨푸를 떠나면 큰일 났다고 여기며 칼을 빼들고 떠들어댈 이들이 먼저 나타날 거야. 알겠나."

"하긴······그런 분위기는 분명 있습니다. 그래서 염려하고 계셨군요."

이에야스는 고개를 끄덕이면서 나오쓰구에게로 눈길을 옮겼다.

"어떤가, 나오쓰구, 무언가 좋은 생각이 없나? 내가 히데요리 님을 보고 싶어한다······는 마음이 순순히 통할 수 있는 방법이."

나오쓰구는 생각 깊게 한 마디 한 마디 잘라말했다.

"전혀 없다······고도 할 수 없지요."

"허, 그대는 평소 생각해 둔 게 있는 모양이로군."

"예, 저는 실은 생모님을 에도로 모실 방법이 없을까 여러모로 생각해 본 적 있습니다. 히데요리 님과 생모님을 떼어놓는 게······역시 으뜸인 줄 알므로."

"과연, 그 생각의 원인은 알았다. 그럼, 어떻게 해야 하나?"

"쇼군님과 마님에게 청해서."

"허, 다쓰 부인에게?"

"뭐니해도 마님과 오사카의 생모님은 피를 나눈 자매입니다. 마님께서 진실을 털어놓으시면 오고쇼님 뜻이 그대로 오사카에 전해지지 않을까······."

"흠, 그것도 분명 한 방법이로군."

"이 나오쓰구는 마님께서 직접 생모님을 에도로 초청하셔서 도요토미 가문의 영속 방법을 충분히 말씀드리게 할 생각이었습니다만, 그건 그렇고 오고쇼님께서 마지막으로 교토 지방에 납시며 가시는 길에 히데요리 님을 만나고 싶어 하시니 뵐 수 있도록……주선해 주신다면 엉뚱한 오해 같은 건 없으리라고 여깁니다만……."

"과연……그럼, 한번 부탁해 볼까, 다쓰 마님에게?"

이에야스는 뒤이어 마사나리를 보았다.

"마사나리는 쇼군에게 세배하러 간다고 했었지. 아니, 내가 볼 때 다쓰 부인은 인간으로서 요도 마님보다 하나 위야. 요도 마님이 각별히 뒤떨어진다는 게 아니라 겪은 고생이 다른 탓이겠지. 그래도 다케치요 님 교육방법에 소홀함이 있어서는 안 될 듯싶어, 내가 늘 생각하는 육아주의법을 적어두었다. 그걸 갖고 가서 다쓰 부인에게 전해 주지 않겠나."

"알겠습니다. 분부시라면 내일 고로타마루 님을 뵙고, 바로 그 길로 쇼군님 댁에 가서 고로타마루 님 곁으로 간다고 보고드리겠습니다."

"그렇지. 그렇게 해다오."

이에야스는 나이 들면서 성질이 급해졌다. 나오쓰구의 청이 매우 마음에 드는 모양이었다.

"다쓰 부인에게 넌지시……내가 히데요리 님을 몹시 보고 싶어 하고 있으며, 물론 도요토미 가문의 장래를 위한 중요한 일이라……고 해주겠나?"

세 사람은 드물게 오후 10시 가까이 이야기를 주고받은 뒤 헤어졌다.

두 사람이 돌아가자 이에야스는 시동들 도움을 받으며 침소에 들었으나 그날 밤 좀처럼 잠들지 못했다. 사람은 드디어 인생의 마무리 단계에 들어가면 생각나는 일이 너무 많아 깜짝 놀라게 된다.

'인사를 다 하여 천명을 기다린다…….'

말로 하면 다만 그뿐이었으나 과연 인사를 다 했느냐는 문제가 되면 끝없는 미망의 씨가 있었다.

히데타다는 우선 나무랄 데 없는 제2대라고 생각되었다. 그러나 그의 장남 다케치요는 도무지 알 수 없다. 그렇다 해서 가문 계승 문제에 있어 됨됨이에 따라서……라고 정할 수는 없다. 난세라면 기량대로, 힘대로 살아남겠지만 태평성대가 되면 그럴 수 없다. 장유(長幼)의 차례를 굳건히 세워두지 않으면 뛰어난 동생이 태어날 때마다 소동이 일어난다. 그런 일을 고려하여 상속문제와 육아관계를 어머니로서 어떻게 생각하며 처리해 나가야 하는지 이에야스는 생각나는 대로 적어 다쓰 부인에게 보내려고 한 것이다.

'그것을 들려 보내, 그 길로 요도 마님에게 나와 히데요리를 만나게 해주도록 청한다'

그러면 요도 부인도 히데요리를 슨푸로 보낼지 모른다. 보낼 때는 어떤 대접을 하여 영주들에게 시범을 보여야 할까……?

"아니, 슨푸까지는 결코 보내지 않을 거야……."

그러면 마지막으로 한 번 더 상경해 후시미성이나 니조 저택에서 만나게 되겠지. 다쓰 부인뿐 아니라 고다이인도 중재할 테니 만의 하나라도 못만나게 되는 일은 없을 거야…….

"그러나 잠깐"

전에 쇼군이 상경했을 때도 이에야스의 처음 예상으로는 히데요리가 기꺼이 나올 줄 알았는데 누군가의 반대로 중지되었다.

"그렇다면 이번에도 그런 일이 결코 없으리라 여기는 건 잘못이겠지."

그럴 경우 뒤에 어떤 영향이 미칠 것인가?

저쪽에서 오지 않는다면 이에야스에 대한 의심에서거나, 아니면 히데요리가 16살 때 천하를 넘겨달라는 등 다이코의 마음이 어지러워진 뒤의 풍문을 믿는 자들의 어린이 같은 원한에 의해서리라.

"가만있자. 이건 함부로 말을 꺼내지 않는 게 나을지도 모른다……."

적어도 이에야스의 측근들은 이에야스가 얼마나 고지식하게 히데요리의 장래를 생각하는지 잘 알고 있다. 개중에는 그 때문에 노여워하는 단순한 자들도 없지 않다. 이에야스가 마지막으로 히데요리를 만나러 일부러 상경한다는데 핑계대며 나오지 않는다……면 그야말로 가신들이 용서할 수 없다며 화낼지도 모른다…….

그러한 일들이 마구 상념을 휘저어 오전 2시에 야경꾼이 나다닐 때까지 이에야스는 잠을 이루지 못했다.

"그렇지, 이렇듯 나 혼자서만 생각할 것 없다. 마사나리의 생각도 있을 테고, 다쓰 부인도 그 이상으로 생각이 깊다. 그들의 생각을 들어보기로 하자……."

그렇게 정하고 이에야스는 잠들었다.

진한 피 묽은 피

　나루세 마사나리가 에도 본성 내전으로 쇼군 히데타다의 부인을 찾아간 것은 1월 11일이었다.

　그날 다쓰 부인은 몸소 부엌으로 나가 떡잔치 준비를 지휘하고 있었다. 요즈음 성안 여인들의 풍속이 날로 화려해진다. 이로 말미암아 내전의 비용이 늘고 일군들 수도 불어나므로 다쓰 부인은 진두지휘하여 검소함의 모범을 보이고 있었다……

　"비록 쇼군이라고 해도 나라의 재산을 맡아가지고 있는 것에 불과하다. 결코 낭비해서는 안 된다. 절약해서 쓰도록."

　지금까지 소금으로 간을 맞추던 팥떡을 올해는 달게 만들자고 슨푸에서 검은 설탕이 하사되었다. 그 설탕을 낭비하지 않기 위해 자신이 몇 번이나 맛보았다. 이에야스는 그것을 다쓰 부인의 미덕이라고 인정했고, 다쓰 부인 또한 해가 갈수록 이에야스를 존경하게 되었다.

　내전에서는 다쓰 부인과 다케치요의 유모 오후쿠 부인(뒷날의 가스가 쓰보네(春日局))이 뜻이 맞지 않는다는 소문이 있었다. 그것은 주로 다쓰의 이러한 조처 때문이었다.

　지난날 여자의 불행을 샅샅이 맛보며 살아온 만큼 지금은 천하를 손에 넣은 히데타다의 정실부인이지만 분명 소박하고 화려함이 없었다. 히데타다는 다쓰 부인을 꺼려 측실 하나도 둘 생각을 하지 않았다. 여인들은 이런저런 상상을 했으나 히데타다는 뜻밖에도 이 부인 한 사람으로 만족하고 있는지도 모른다고 마사나리는 생각했다.

마사나리가 다쓰 부인의 거실로 들어가 신년인사와 함께 이에야스가 보낸 육아주의법을 쓴 두루마리를 건네자, 다쓰 부인은 공손히 자리에서 물러앉아 두 손으로 받들어 선반 위에 얹어놓고 돌아왔다. 그 동작은 젊고 화사함 대신 '정숙'함이 기품을 더하여 무르익은 느낌이었다.

'오사카의 생모님과는 대체 어느 쪽이 미인일까……'

젊을 때는 비교도 안 될 것같이 여겨졌었는데 이제는 어느 쪽이라고 단정할 수 없었다.

'여인은 역시 남편 지위에 따라 아름다워지기도 시들기도 하는 모양이다.'

마사나리가 그런 감회에 젖어 있을 때 눈부실 만큼 품위를 갖춘 귀부인이 자기 앞에 의젓하게 앉았다.

"마사나리 님, 오늘은 달콤한 팥떡을 대접하겠어요. 이 맛을 잘 기억해 두었다가 오고쇼님께 감사드려 주어요. 모두들 기뻐하며 먹었다고."

"참으로 황송합니다. 결코 소홀히 먹지 않겠습니다."

위압감을 느끼며 머리를 조아리고 마사나리는 이에야스가 히데요리와 만나기를 간절히 바라고 있다는 뜻을 전했다.

"히데요리 님이 어떻게 자라셨는지, 생각해 보면 햇수로 벌써 7년이나 못 만나셨습니다. 그렇다 해서 슨푸로 납시게 할 수도 없고……"

자세한 사정을 전하자 다쓰 부인은 잠시 미간을 찌푸리며 고개를 갸우뚱했다.

"그러고 보니 쇼군께서 상경했을 때도 그랬지요."

마사나리가 무엇을 요구하고 있는지 이미 알아차린 모양이었다.

"마님은 생모님의 혈육이어서 그 성품을 잘 아시고 고생도 하신 분이니 무슨 좋은 생각이 있을지 모르겠다, 새해 인사가 끝나거든 살며시 물어보는 게 좋을 것……이라고 오고쇼님께서 말씀하셨습니다."

마사나리가 드디어 이야기의 핵심으로 들어가자 다쓰 부인은 생각에 잠겼다.

"성품이 좀 드센 분이니까……"

물론 요도 마님을 가리켜서 하는 말이리라. 그러나 곧 밝게 미간을 펴고 말했다.

"그것은 도요토미 가문이며 히데요리 님과 센히메를 위해서도 아주 중요한 일…… 아무 생각이 없다면 며느리로서 오고쇼님께 죄송하지요."

"아니, 그렇듯 어렵게 생각하시지 않아도……."

다쓰 부인은 주의 깊게 고개를 갸웃하며 미소를 머금었다.

"그렇지 않아요…… 오사카성 안에서는 올해 드디어 에도에서 히데요리 님에게 천하를 넘겨줄 거라는 말이 나돌고, 그렇게 믿는 사람도 있대요."

"물론 있을지도 모르지요. 우리 가문에서도 오고쇼님은 오사카를 언제 폐하실 작정이실까…… 저희에게 물어보는 직속무사들이 있을 정도니까."

"우물 안 개구리랄까…… 그런 자들에게 충동질 받을 만큼 어리석은 언니라고 는 여기지 않지만……."

다쓰 부인은 다시 한번 갸우뚱하며 한숨을 쉬고 조그맣게 무릎을 쳤다.

"그렇지!"

"뭔가 좋은 생각이라도……?"

"그래요! 나 말고 또 한 분…… 아니, 두 분의 힘을 합친다면……."

"두 분……이라고요?"

"그 한 분은 교고쿠 다카쓰구 님의 미망인…… 말하자면 내 친언니 조코인(常高院)이지요."

"아, 조코인 님……!"

마사나리도 앵무새처럼 따라 말하며 무릎을 쳤다.

요도 마님과 조코인과 다쓰 부인은 오다니 성 함락 때부터 전란 속에서 함께 살아남은 세 자매가 아니던가…….

교고쿠 다카쓰구는 세키가하라 싸움 때 도쿠가와 편에서 오쓰 성을 지키다가 다치바나 무네시게에게 성을 넘기고 한 번 패했지만, 그 뒤 이에야스에게 불려 나와 와카사의 오바마에서 9만2000석 영지를 받았다…… 그 다카쓰구는 지난해 5월 3일 오바마에서 세상 떠나 미망인 조코인은 지금 교토 니시노도인(西洞院)의 저택에서 머리를 내리고 살고 있다.

'그렇군, 다쓰히메라고 불렸던 다쓰 부인과 다카히메였던 조코인 님 두 분이 말한다면 요도 마님의 마음도 날이 서지 않을지 모른다……'

그런 생각을 하고 있는데 다쓰 부인이 다시 말했다.

"또 한 분은, 다카쓰구 님 누이 교고쿠 부인."

"아, 교고쿠 부인도……!"

교고쿠 부인은 요도 마님과 히데요시의 사랑을 다투었던 측실이었다. 히데요시 생전에 두 사람은 사이좋지 않았던 모양이다. 그러나 히데요시가 죽자 같은 운명의 여인으로서 미움보다 그리움이 앞서 때때로 부르기도 하고 찾아오기도 하며 지낸다는 말이 있다.

"조코인과 교고쿠 부인이 내가 말하더라고 전하면 언니도 마음을 풀지 않을 수 없을 거예요. 그렇지, 내가 조코인에게 심부름을 보내겠어요."

나루세 마사나리는 마음속으로 생각했다.

'과연, 좋은 생각……'

사실과 다른 정보로 요도 마님이 비록 이에야스며 에도에 대해 강한 반감을 품고 있다 하더라도 혈육인 두 동생과, 아사이 가문과 혈연 있는 다이코의 측실 교고쿠 부인 세 사람이 설득한다면 적어도 오해만은 풀 것……이라고 생각했다.

다쓰 부인은 웃으며 다시 말했다.

"오사카의 생모님은……젊을 때부터 한번 말을 꺼내면 그 일에 구애받지만 본디 정직하고 대쪽 같은 성품을 지닌 분……오고쇼님의 심정을 모르실 분이 아니라고 생각해요."

마사나리는 얼른 머리를 숙였다.

"저는 슨푸에 돌아가 희소식을 기다리겠습니다."

마님이 얼마나 조심성 깊은지. 친언니인 다카쓰구의 미망인뿐 아니라, 죽은 다카쓰구의 누이동생 교고쿠 부인까지 보내겠다는……이 조심성은 다쓰 부인이 드디어 이에야스를 닮아가는 게 아닌가 하는 생각마저 들게 했다. 만일 요도 마님이 교고쿠 가문에 대한 대우만이라도 냉정하게 생각해 봐준다면 이에야스가 히데요시에게 얼마나 의리를 지키고 있는지 이해할 수 있을 것이다.

교고쿠 씨는 록가쿠 씨와 함께 오미의 미나모토 씨 사사키 일족의 직속으로, 다카쓰구의 아버지 다카요시(高吉) 시대에 요도 마님의 아버지 아사이 나가마사에게 영지를 빼앗겨 다카쓰구는 어릴 적부터 몇 번이나 몸 둘 곳 없는 괴로움을 겪었다. 그것을 이에야스가 늘 보호해 온 것은 다카쓰구의 누이 교고쿠 부인이 히데요시의 애첩이었고, 요도 마님의 동생이 다카쓰구에게 출가했기 때문이었다.

물론 히데타다와 다쓰 부인의 경우처럼 히데요시 자신이 시집보냈으며, 이에야스는 히데요시가 맺어준 그 인연을 어디까지나 존중해 왔다. 교고쿠 일족에게는 그것이 잘 알려져 있을 터⋯⋯라고 다쓰 부인은 꿰뚫어 보고 이번 일을 맡은 게 분명했다.

마사나리가 관례대로 찬술과 떡을 대접받고 물러가자 다쓰 부인은 곧 민부쿄 (民部卿) 부인을 불러 나들이 준비를 시켰다.

이런 일은 빠를수록 좋다. 정월에는 아무리 부자연스러운 방문도 '신년축하'라는 명목에 어울린다.

"수고스럽지만 교토의 니시노토인까지 신년인사를 다녀오렴"

민부쿄 부인은 그 말만으로도 교고쿠 가문의 미망인 조코인을 방문한다는 걸 알아차렸다. 교고쿠 가문의 부인에게서도 지금은 행복한 아우 다쓰 부인에게로 해마다 정중한 신년인사 사자가 왔던 것이다.

"해가 바뀌면 탈상 되니 조코인을 만나거든 무엇보다도 미망인이 된 적적함을 잘 위로해 드리도록"

우선 그렇게 말하고 나서 그 심부름의 뜻을 찬찬히 납득시켰다. 막상 말을 꺼내고 보니 뻔한 일인데도 참으로 어려웠다. 민부쿄 부인은 마음속으로 이미 도요토미 가문과 도쿠가 가문은 사이좋지 않다⋯⋯고 단정하고 있는 것 같았다.

무리도 아니다⋯⋯라고 다쓰 부인은 생각했다. 온갖 모략을 다 하여 부자며 형제도 마음을 주지 않던 난세가 바로 엊그제까지의 세계였다. 그러므로 사람의 사고방식 자체가 이상해져 아직 정상으로 돌아오지 않은 부분이 많았다.

'나 역시 가난한 공경의 미망인인 채로 있었다면 아무것도 믿지 않았을지 모른다⋯⋯.'

사실 두 번째로 출가했던 히데요시의 양자 히데카쓰(秀勝; 노부나가 의 친아들)가 죽은 뒤 자신의 생애도 이제 끝났다⋯⋯ 인생이란 어찌 이토록 참혹한 고문장(拷問場)인가 여기며 인간도 세상도 저주해 마지않았다. 그런데 세 번째 남편마저 죽고 또다시 나이 아래인 히데타다에게 억지로 시집오게 되었을 때는 이미 반쯤 죽어버린 심정이었다. 그런데 그 강제적인 히데요시의 계책이 실로 다쓰 부인의 생활을 꽃피우게 만들지 않았던가⋯⋯.

처음에 다쓰 부인은 망연해하기도 하고 반항심에서 일부러 히데타다에게 질투심을 노골적으로 드러내기도 했다.

'어느 때나 인간은 만족하는 경우가 없는 모양이다…….'

그러나 단념하고 있던 아들 다케치요와 구니마쓰가 잇따라 태어나자 다쓰 부인도 생각이 달라지지 않을 수 없었다. 이에야스가 곧잘 입에 올리는 '신불'의 존재가 거짓이 아닌 것처럼 느껴지기 시작했다. 그녀가 그때까지 겪은 여러 가지 불행이 모두 특별한 뜻을 지니고 되살아났다. 시련……과거의 불행은 그 문을 통과한 사람에게만 주어지는 엄청나게 큰 행운의 전주곡이라는 생각이 들었다.

그 무렵부터 다쓰 부인은 이에야스에게 참되게 다가가며 존경하기 시작했다. 이에야스는 그 신불의 시련을 견디어온 현실의 인물이 아닌가…….

아니, 이에야스뿐 아니라 그 무렵부터 다쓰 부인은 남편 히데타다도 진지하게 다시 보게 되었다. 그때까지는 남자들의 방탕 앞에 심술사납게 질투심의 그물을 펼치고 손도 발도 못 내놓게 하려는 얄궂은 투지가 있었지만 이제 와서는 그것도 존경으로 바뀌었다. 지금 세상에서는 보기 드문 히데타다의 일부일처에 가까운 깨끗한 몸가짐은 아내의 질투를 두려워해서만이 아님을 알게 된 것이다.

이에야스가 유교로 새 질서를 이루어 태평성대를 유지하려고 결심했을 때, 히데타다는 그것을 실천하려고 했다.

"유교에 의한 새 질서……가 완성되면 일본은 동방의 군자 나라가 될 거야. 모든 사람을 성자로 만드는……그 이상은 아름다워. 나는 아버지에게 미치지 못하는 아들이야. 그런 만큼 아버지의 이상만이라도 엄격하게 지키며 살아가고 싶군."

히데타다가 자주 입에 올리는 그 말이 그녀 가슴에 스르르 파고들게 되었다.

'그렇다, 쇼군은 나를 꺼리며 사시는 분이 아니었다…….'

그 뒤부터 다쓰 부인의 일상생활로부터 피부 빛까지 달라지기 시작했다.

그런 다쓰 부인인 만큼 이에야스가 깊이 생각하여 베푸는 오사카에의 호의……를 큰언니 요도 마님에게 알려주고 싶은 마음이 간절했다…….

다쓰 부인은 언니 조코인 앞으로 보내는 자세한 편지를 써서 민부쿄 부인에게 주며 다시 주의 말을 덧붙였다.

"이젠 요도 마님도 쇼군께서 상경하실 때와 같은 일은 하지 않으실 거야. 세상에서는 그때 일에 이상하게 꼬리를 달아 에도와 오사카의 사이가 정말로 나쁜 것처럼 말을 퍼뜨리지만 전혀 근거 없는 일이야."

민부쿄 부인은 바로 대답하지 않았다. 그녀 자신, 가신들이며 직속무사들에게서 갖가지 귓속말을 듣고 있음이 분명하다.

다쓰 부인은 환하게 웃었다.

"그대도 그렇지 않다고 생각하는군. 사이가 나빠 싸운다면 세상 사람들은 훨씬 더 재미있겠지…… 하지만 우리 자매로서는 난처한 일이야. 내가 그러더라고 조코인이며 교고쿠 부인에게도 말씀드려다오."

"네, 잘 말씀드리겠습니다만……."

"나는 두 언니와 함께 에치고의 기타노쇼에서 피신할 때 우리처럼 불운한 자매가 이 세상에 또 있을까 하고 이루 말할 수 없이 한탄했었지."

"참으로……그때 일은 지금 생각해도 눈물이 나와 못 견디겠어요. 오다니에서도 기타노쇼에서도……."

"그런데 그 자매가 낳은 자식들이 하나는 섭정 간파쿠, 하나는 뒷날 쇼군이 되어 일본을 짊어진다……는 앞날이 정해져 있으니 얼마나 신기하고 행운인가."

"네……네, 그건 저도 그렇게 생각합니다만……."

"오사카의 생모님은 그렇게 생각하지 않으신단 말인가?"

"네, 아니……그래야 할 줄 압니다만, 그러나……지난번 쇼군께서 상경하셨을 때 일도 있으니……."

"호호……심부름가는 그대의 마음이 그래서야 안 되지. 만약 상대에게 오해가 있다면 풀어주겠다……는 마음으로 가야 해."

"네."

"그대가 직접 생모님을 설득해야 할 일은 없을 거야. 조코인이 교고쿠 부인과 함께 그대를 데리고 가서 설득할 테지. 그대는 조코인에게 말하면 돼. 다쓰도 바로 최근까지 죄송스럽지만 오고쇼님을 냉정한 시아버님……이라고 생각했었다고."

"네……."

"그런데 그렇지 않았어. 사람은 언제나 자라는 것…… 오고쇼님은 그것을 잘 아시고, 다쓰도 머잖아 깨닫게 될 테니 그때 타이르자고 내가 자라기를 가만히 기다려주신 분이었어…… 그 증거로 육아법에 이르기까지 이렇듯 긴 주의서를 주셨단 말이야."

"그야 물론 오고쇼님 애정은……."

"바로 그거야. 그걸 조코인 님에게 잘 말씀드리도록. 그런 오고쇼님도 요즈음은 한결 늙으셔서 내게 대한 교훈마저도 하나하나가 유언같이 되었어. 그리하여 올해에는 히데요리 님을 보고 싶어 하시지. 만일 상경하시면 쾌히 만나 뵙도록…… 그래, 생모님도 함께 만나 뵈면 오고쇼님이 얼마나 기뻐하실지……모른다고 말해다오."

말하는 동안 다쓰 부인의 눈에 정말로 눈물이 어렸다.

"오고쇼님이 만약 히데요리 님을 미워하신다면 지난번에도 무엇 하러 일부러 다다테루 님을 오사카에 보내셨겠나. 말할 것도 없이 생모님이며 주위 사람들이 반성할 날을 기다리시는 심정에서였을 거야. 반성하면 다시 사이좋게 해나가려고, 일부러 다다테루 님을 보내서 유감이 없도록 주선하셨어. 그렇듯 관대한 분이 예나 지금이나 우리 주변에 달리 계셨던가, 하고 그대 자신이 먼저 그 일을 잘 납득하고 가다오."

다쓰 부인이 차분히 설득하자 민부쿄 부인은 울음을 터뜨렸다.

"잘 알았습니다. 사람이란 정말 언제나 같다고는 할 수 없지요. 그 성장을 조용히 기다려 주시다니…… 그야말로 신불 같은 마음입니다."

"그래, 그런 마음을 지니신 분이 가까이 계신다는 건, 사실 우리 자매들에겐 크나큰 행운이었어."

"정말 그렇습니다."

"오고쇼님께서 이 세상에 계시지 않았다면 맨 먼저 교고쿠 가문이 없어졌을 거야."

"그렇습니다."

"다음에는 세키가하라 때 도요토미 가문도 박살 났겠지. 그렇게 되지 않게 한 것도 오고쇼님의 계책. 그리고 나 역시 그토록 고마우신 시아버님을 가져 오늘의 행복을 만난 거지. 알겠나, 이런 일들을 조코인 님에게 잘 말해 다오. 아사이 가문의 세 자매를 지켜주는 참된 수호신은 오고쇼님이셨다고 다쓰는 밤낮으로 슨푸에 계신 분에게 합장한다고……."

그것은 요즈음 다쓰 부인의 추호도 거짓 없는 심경이었다.

처음에는 그녀도 이에야스를, 바닥을 알 수 없는 차고 흐린 묵은 늪처럼 생각했었다. 그런데 감정을 표면에 드러내지 않는 그 무시무시함은, 사람은 죽을 때까지 성장한다고 믿는 이에야스 특유의 인간관에서 비롯된 겸손과 위로에서 오는 '인내'임을 알았다.

며느리인 그녀에게까지 여러 가지로 참아온 이에야스인데 어찌 요도 마님이며 히데요리에게 그렇지 않을 리 있겠는가.

"오사카가 가깝다면 나는 당장에라도 직접 가서 요도 마님에게 부탁드리겠어. 언니 자식의 장래도 내 자식의 장래도 격의 없이 끝까지 염려해 주시는 오고쇼……이제 오래 사시지 못할 분이니 어떻게든 즐겁게 해드려 달라고……."

"조코인 님에게 잘 말씀드려 마님의 마음이 오사카성에 통하도록 저도 목숨을 걸고 힘쓰겠습니다."

"그리고 오사카로 함께 가서 만일 센히메 측근자로부터 좋지 않은 말을 듣더라도 노여워하지 마라."

"네……네."

"센히메 일은 센히메 일……이번에는 우리 자매를 위해서 말이야."

"네, 마음 깊이 새기고 가겠습니다."

"우리 자매들을 위한 일이 바로 나의 시아버님에 대한 보답이 된다는 소중한 의리……이것을 완수하지 못하면 이 다쓰는 몹쓸 사람이 될 거야. 잘 부탁해."

민부쿄 부인은 다음 날 바로 에도를 떠나 교토로 향했다…….

그녀를 교토에 보내면서 다쓰 부인은 당연히 쇼군 히데타다의 허락을 청했다. 이에야스가 나루세 마사나리를 보내 뜻을 알려온 일인 것을 알자 히데타다는 아무 이의 없었다.

그러나 그것을 들은 도이 도시카쓰는 가만히 있을 수 없었다.

"오고쇼님께서 그런 일을……."

도시카쓰는 정치적인 중요문제를 맡은 자로서 그 일에 대해 히데타다만큼 무심할 수 없었던 것이다. 이에야스는 이미 충분히 마음 썼지만 그도 또한 이 일이 성과를 얻지 못할 경우의 영향을 염려한 것이다.

모든 게 여인들끼리 한 의논……이라고 끝내버리기에는 이에야스와 히데요리의 대면은 실로 중대한 일이었다. 도요토미 가문의 은혜를 입은 영주들 가운데 아직 16살이 되면 천하를 히데요리에게……라는 꿈을 꾸고 있는 자들이 없지 않다. 그럴 리 없다는 것을 잘 알면서도 모두들 한결같이 흥미를 가지고 있다.

'오고쇼는 대체 그 일을 히데요리에게 어떻게 이야기할까?'

그런 때 이에야스가 히데요리를 만나고 싶어 한다는 것은 시기로 보아 좋지 않았다.

'오고쇼님도 늙으셨구나……'

노망기있는 푸념을 가장 싫어하는 이에야스가 자신의 일은 깨닫지 못한단 말인가?

도이 도시카쓰는 판단했다.

'아니, 그럴 리 없다……오고쇼님께서는 히데요리의 기량을 살펴 이쯤에서 오사카성에서 몰아내려고 결심하신 게 틀림없다……'

아무튼 막부로서는 히데요리를 그대로 오사카성에 둘 수 없었다. 그 가장 큰 이유는 전설 같은 풍문에 기인 된 것이었는데, 그 전설이 마음 놓을 수 없는 폭풍을 안고 올 듯했다.

그 하나는 오사카성이 난공불락의 성이라는 점이었다. 이미 총만이 아니고 천수각을 날려버릴 만큼 위력 센 대포가 나타나 난공불락이란 옛이야기에 지나지 않지만, 그러나 세키가하라 이래의 떠돌이무사들은 아직 그것을 믿고 있다.

또 하나는 다이코가 남긴 황금이었다. 그것마저도 수없이 많은 사찰의 보수며 건축으로 이미 바닥을 드러내고 있지만, 떠돌이무사들이며 일반 백성들은 오사카성 안에 황금이 열리는 나무라도 있는 줄 알고 있다.

이 두 가지가 도이 도시카쓰의 마음에 걸렸다.

그런데 이에야스가 히데요리를 만나고 싶어 한다……는 소문이 전해진다면 잠든 자식을 일부러 깨워 일으키는 결과가 될 것이다.

"드디어 에도에서 어려운 문제를 들고나올 모양입니다……."

히데요리에게 천하를 돌려주리라고는 아무도 생각지 않으니 이에야스가 히데요리를 괴롭히려 한다고 여길 것이다.

'그냥 버려둘 수 없다……'

도이 도시카쓰는 요네자와 간베에(米澤勘兵衛)를 불러 민부쿄 부인을 뒤따르게 했다. 물론 부인을 훼방하려는 것은 아니었다. 부인이 도착하기 전에 교토로 보내 교토 행정장관 이타쿠라 가쓰시게를 시켜 엉뚱한 소문이 일지 않도록 조처하려는 것이었다.

"간베에 님, 교토 행정장관에게 오사카성으로 가서 신년인사를 드리는 척하며 가타기리 가쓰모토와 우라쿠를 만나도록 하오."

여기서도 신년인사는 좋은 구실이었다.

피의 농도로 보면 다쓰 부인의 혈육으로서의 감정과, 도이 도시카쓰의 정치적 배려 사이에 비교도 안될 차이가 있었다. 도시카쓰는 이 만남을 이에야스가 바란 게 아니고 히데요리 쪽에서 이에야스를 그리워해 청했다는 식으로 매듭짓고 싶었다. 그러한 생각은 말할 것도 없이 근본적인 정치상, 치안상의 필요에서 출발하고 있다.

"아무튼 히데요리를 오사카에서 나오게 해야 한다."

이에야스도 그 점에 있어서는 마찬가지였다. 다만 그 둘의 차이는 정치적인 필요에서와, 도요토미 가문의 영속을 위한 계획에서 우러난 애정의 차이였다.

도시카쓰는 요네자와 간베에에게 차근히 일러 바로 출발시켰다.

우선 이타쿠라 가쓰시게를 오사카성으로 보내 히데요리에게 신년인사를 드린 뒤 가타기리 가쓰모토와 오다 우라쿠를 만나 그들에게 히데요리의 영지이동을 은근히 승낙시켜 두려는 것이 그가 노리는 일이었다. 아니, 가쓰모토며 우라쿠에게 기회 있을 때마다 그런 뜻을 전해왔다. 따라서 그들로서도 생소한 문제는 아니었다.

"문제는 오고쇼님이 만나보고 싶어 하신다……는 소문이 일지 않도록. 그래서 세상이 떠들어대는 일이 있다면 손해 보는 건 히데요리 님이니."

도시카쓰는 집정답게 현실의 이해를 중심으로 말을 진행시켰다.

"그보다도 오고쇼님께서 나이 드셔서 히데요리 님이 문안드리기를 원하고 있다. 거기에 마님과 교고쿠 가문 미망인의 중재가 있어 아사이 가문 세 자매가 정답게 가족적인 만남을 가지게 되었다. 그리하여 화기애애한 가운데 영지이동 말이 나와 그것이 도요토미 가문의 영속을 위해 더욱 나으리라고 여겨져 결정……되는 게 천하를 위해 바람직하다. 아니, 그렇게 해야만 된다고 나는 굳게 믿고 있어. 또한 영지이동에 필요한 공사도 있다면 누가 반대하겠나. 이 경우 나고야성과 달리 대 이은 영주들에게 돕도록 명할 수도 있다. 그리고 공사가 끝났을 때 히데요리 님을 간파쿠로 천거한다면 그 무렵 센히메 님에게서 장남이 태어날지도 모르지. 아무튼 두 가문 사이에 풍파가 일지 않도록……."

그리고 도시카쓰는 덧붙였다.

"영지이동 뒤의 거성은, 오고쇼님의 마음은 어떻든 쇼군과 내 생각으로는 야마토의 고오리야마(郡山)를 염두에 두고 있다더라고 필요하면 이 말도 하시오."

요네자와 간베에는 그것을 머릿속에 똑똑히 새기고 갔으며, 도시카쓰로서는 그것이 최상의 방책이라고 자신하고 있었다.

대대로 내려오는 영주들이며 직속무장 가운데는 아직도 전국시대의 옛 사고방식이 뿌리내리고 있다.

"적은 빨리 쓰러뜨릴수록 상책."

그러나 새로운 질서가 수립된 오늘날 도요토미 가문은 이미 적이 아니다, 히데요시의 피와 이에야스의 피가 똑같은 목표인 '평화'라는 높은 이상 아래 섞여 있다…… 그러나 그 생각은 역시 정치가로서의 견해이며, 다쓰 부인의 그것과 같을지 어떤지……?

이리하여 무대는 오사카로 옮아갔다…….

시드는 미색(美色)

　사람은 태어난 달의 차이로 더위에 강한 체질과 추위에 강한 체질이 있는 모양이다. 요도 마님은 그 점에서 실로 계절과 보조가 맞는 체질이었다. 추운 계절이 오면 몸마저 홀쭉해지고 사고로부터 행동까지 몹시 소극성을 띠게 된다. 여름은 그 반대였다. 체내분비가 왕성해져 사고며 행동이 적극성을 띠게 된다. 따라서 한여름의 요도 마님을 만난 사람들에게는 마님이 위압적으로 다가오는 폭군처럼 보이고, 겨울의 마님은 자못 인생무상을 이해하는 조심스러운 환자처럼 보였다.

　그 요도 마님이 이른 봄 오사카성 내전에서 조용히 화로 곁에 앉아 있는 모습을 보면 히데요리는 못 견디게 애처로운 느낌이 들었다. 아니, 그 까닭은 히데요리 자신 무엇에든 반항하고 싶은 사춘기로부터 차츰 청년기의 분별심이 몸에 배기 시작한 데 있으리라……

　히데요리는 요즘 어머니에게 반항하지 않게 되었다. 측실도 오미쓰인 사카에 외에 이토 무사시(伊藤武藏)의 딸 지구사(千種) 한 사람만 늘었다. 그 지구사를 요도 마님이 측실로 들여놓았을 때 성안에 여러 가지 풍문이 떠돌았다.

　"요도 마님은 작은대감이 센히메 님에게 가까이 가시는 게 싫으신 거야."

　그 때문에 눈에 띄게 여성스러워진 센히메에게서 눈길을 돌리려고 일부러 자기 시녀 가운데에서 예쁜 지구사를 골라 권했다고 한다……

　물론 히데요리의 귀에도 그런 풍문이 안 들어갈 리 없었다. 그러나 히데요리는 웃으며 흘러들었다. 기회 있을 때마다 설득하는 가쓰모토의 말을 히데요리는 희미하게나마 알 것 같았다.

"항간에서는 도요토미 가문과 도쿠가와 가문이 사이 나빠 싸우도록 만들고 싶은 모양입니다. 그렇게 하지 않으면 재미없다……는 무책임한 구경꾼 심보…… 한 번 더 싸우지 않으면 자기들이 출세할 길 없다는 계산을 하고 있는 것이 떠돌이무사들. 그러므로 그런 소문이나 말 주문에 걸려들어서는 안 됩니다. 그러한 주문에 걸려 경솔하게 행동하면 손해 보는 건 이 가문뿐입니다."

그래서 요즈음 추위에 약한 어머니 곁으로 와서 이런저런 위로를 하고 돌아오는 게 히데요리의 기쁨 가운데 하나였다. 그런 때면 언제나 훈훈한 즐거움……또는 만족이 가슴에 감돈다.

'이것이 효심인지도 모른다.'

그러한 히데요리의 성장이 요도 마님의 마음속에도 그대로 스며들었다.

'어른이 되셨군…… 슬슬 센히메와 진짜 부부로 만들어줘야지……'

요도 마님은 심술궂은 내전의 소문에 전혀 아랑곳하지 않았다. 다만 주변에서 친숙한 사람들이 하나둘 죽어가는 게 못 견디게 쓸쓸하고 그것이 계절과 겹쳐 자신을 더 수척하게 하는 듯했다.

그러고 보니 소녀시절에 '멋있는 낭군……'이라고 생각한 적 있는 교고쿠 다카쓰구도 죽었고, '나는 히데요리의 형이오'라는 말을 언제나 입에 올리며 위로해 주던 에치젠의 히데야스도, 다이코의 총애를 겨루었던 가가 부인도 죽고 없었다…….

'사람은 언젠가 늙어 모두 이 세상에서 사라져가는 것……'

그것은 지금의 요도 마님에게 있어 시시각각으로 자신을 죽음과 연결되는 애처로운 반성의 하나였다.

'누가 먼저 가고 누가 남을지……?'

다만 조그만 시간의 차이일 뿐 누구나 죽음 밖으로 피할 수 없다……는 생각을 하면 하찮은 은애(恩愛)에의 집념 따위는 미련하기 짝이 없는 일로 여겨진다.

'이 손도, 발도, 무릎도, 뺨도 얼마 뒤에는 시체로 변할 것을……'

그런 마음으로 신년인사하러 오는 이들을 되도록 극진히 대하고 있는 요도 마님에게 뜻밖에도 교고쿠 다카쓰구의 미망인 조코인과 다카쓰구의 누이 교고쿠 부인이 찾아왔다. 히데요리의 시동 우두머리 기무라 시게나리의 어머니 우쿄(右京) 부인이 안내해 왔으며, 부인은 일부러 요도 마님에게 미리 전하지 않았다.

"마님, 뜻밖의 귀하신 손님께서 오셨습니다."

"뭐, 귀한 손님…… 그대는 호들갑을 떠는군……."

"알아맞혀 보셔요…… 누구이실까요."

"글쎄……대체 누가 오셨는데."

그때 벌써 머리를 내린 조코인이 기다리다 못해 모습을 나타내고 말았다.

"어머나……다카 님."

조코인의 윗몸을 밀듯이 잇따라 교고쿠 부인도 방 안으로 들어왔다.

"심기가 편치 못하시다고 들었는데 그렇지 않은 모양이지요. 예전보다 더 아름다우셔."

"오, 교고쿠 부인!"

"반갑습니다."

"어머나, 어서 와요."

이해관계를 초월할 때 여인의 인사는 소녀처럼 호들갑스럽고 정감어리다.

"생각나는군요, 저 후시미 때의 나날들이……."

"자, 잘 왔어요. 이리 들어와요."

"그런데 가가 부인은 돌아가셨다지요?"

"그래요.……다이코 전하께서 돌아가시자 그분만 냉큼 마데노코지 미치후사 공에게 재가하셔서 우리들이 부러워했었는데……."

"어제 지는 꽃, 내일 지는 꽃, 때는 달라도 모두 저마다."

"설인데 그런 말 하지 말아요. 다카 님도 올봄에는 탈상이니 우선 인사를 드려야지."

"이런 정신 좀 봐, 신년인사를 왔으면서…… 생모님, 축하드립니다."

두 사람은 황급히 요도 마님 앞에 두 손을 짚고 인사했다.

그때 이미 우쿄 부인의 모습은 그 곳에 없었다. 하객들 대접을 시녀들에게 명하고 있는 모양이다.

오정을 갓 지나 밖에는 햇볕이 내리쬐고 있지만 안은 기묘하게 설렁하니 추웠다.

"언니는 많이 야위셨군요…… 전에 뵈었을 때보다 홀쭉하신 게……."

"정말이지 한층 더 젊고 아름다워지셨어. 그렇지, 조코인 님."

교고쿠 부인의 말대로 조코인의 눈에도 분명 요도 마님은 야위어서 오히려 야릇한 요염함이 더해 보였다. 그러나 그녀는 왠지 입에 발린 소리 같아 그런 말은 할 수 없었다. 어쩌면 오노 하루나가와의 터무니없는 소문 따위를 들어서 망설여진 때문인지도 모른다. 그러고 보면 이 언니가 우쿄 부인의 아들 기무라 시게나리까지도 총애한다……는 소문이 나돌고 있다…….

"아무튼 몸을 소중히 하셔요. 우리가 이리로 온다는 걸 알고 에도의 마님께서도 안부 여쭈어달라시더군요. 나도 함께 가서 셋이 손을 맞잡고 조개껍질 맞추기 놀이를 하던 옛날을 추억하고 싶다고……."

말하면서 조코인은 언니의 모습을 주의 깊게 바라보았다.

"어머나, 다쓰 마님에게서도 소식 있었어?"

"네, 에도에서 교토 행정장관 저택으로 신년축하 심부름을 온 자가 있을 텐데, 대궐에서 인사가 끝나면 아마 이리로 오겠지요."

"에도에서 신년축하 사자가……."

문득 무언가 생각하는 얼굴이 되는 요도 마님에게 조코인은 다시 말했다.

"그러고 보니 슨푸의 오고쇼님도 이번 정월에는 꽤 쇠약해지신 모양이에요. 아무튼 나이가 나이이시니……."

"그렇겠지, 벌써 70살이 되셨으니."

"아니, 69살일 거예요."

조코인을 대신해 교고쿠 부인이 입을 여는 순간, 요도 마님은 장난꾸러기 소녀처럼 고개를 갸우뚱하며 얼굴을 붉혔다.

"참 다행이야. 오고쇼님 아내가 안 되어서……."

"어머나, 언니도."

"만일 그렇게 되었더라면 두 번째 이별이지. 남편은 한 사람으로 충분해. 천수를 다한 뒤의 이별이 있으니까."

조코인은 저도 모르게 안도의 숨을 내쉬었다. 이에야스와 요도 마님 사이에 한두 번 관계가 이루어졌다는 소문도 있었다. 아니, 요도 마님 쪽에서는 그대로 이에야스의 아내가 될 작정이었으나 이에야스가 고로타마루의 생모 오카메 부인이며 쓰루치요의 생모 오만만 가까이하여 사이가 나빠졌다고 믿고 있는 여인들이 지금도 적지 않다. 그러니만큼 지금의 그 말은 구원이 되었다.

'특별히 미워하지는 않는 모양이다……'

조코인은 교고쿠 부인과 흘끗 눈짓을 나누고 일부러 넌지시 물었다.

"그러고 보니 오고쇼가 가장 좋아한 여인은 누구였을까……?"

"저런, 조코인은 몰랐나요? 그건 여기 계신 요도 마님이야."

교고쿠 부인은 대뜸 말하고 목을 움츠리며 웃어 보였다.

"어머나, 교고쿠 님……무슨 말씀을……"

"사실이에요. 돌아가신 다이코 전하가 가장 좋아하신 분은 생모님의 어머님…… 그리고 오고쇼님이 가장 좋아하신 분은 요도 마님…… 남자분들은 묘하게 사양하는 데가 있어 진심으로 좋아하는 여자에게는 좀처럼 말을 못 건대요. 황송해서 손댈 수 없다……는 심정이므로 좋은 기회를 놓친다나요……"

"교고쿠 님은 누구에게서 그런 말을 들었지요?"

"다이코 전하에게서……"

교고쿠 부인은 시치미떼며 대답하고 황급히 입에 손을 갖다 댔다.

교고쿠 부인과 요도 마님은 곧잘 다이코의 총애를 겨루었었다. 때로는 부리는 사람들의 말다툼에까지 참견하여 둘이서 입씨름을 벌인 적도 있었다. 그러므로 교고쿠 부인은 뜨끔해 입에 손을 갖다 댄 것이지만 요도 마님은 가볍게 웃어넘겼다. 시간의 흐름이 두 여인의 생생한 감정을 멀리 떠내려 보내 공통되는 추억은 모두 그리운 옛 석양빛으로 물들여버렸다.

사이를 두지 않고 교고쿠 부인이 다그쳐 말했다.

"어때요, 요도 마님, 만일 오고쇼님 병세가 여의치 않아 마님이며 대감을 보고 싶다고 조르신다면 어떻게 하시겠어요?"

요도 마님은 몹시 놀란 것처럼 교고쿠 부인을 보고 이어 조코인에게로 시선을 옮겼다.

"조코인 님, 그토록 나쁘신가요, 오고쇼님 병세가……?"

"네, 아무튼 연세가 많으시니……"

요도 마님은 분명 당황했다. 그렇다기보다 틀림없는 불안의 빛을 떠올렸다는 게 옳았다.

"그 일에 대해서도 다쓰 마님 편지에 있었어."

"네, 대감과 마님을 한 번 더 만나고 싶다고 여느 때와 달리 특히 그리운 듯 말씀하시더랍니다."

교고쿠 부인이 다시 조코인의 말을 가로챘다.

"이미 운명……이라고 깨닫고 계신 게 아닐까? 그래도 다이코 전하보다 6살이나 장수하셨으니."

"호, 그러게……."

"만일 이승에서의 마지막으로……라고 말씀하시면 어쩌시겠어요, 마님은."

요도 마님은 눈을 크게 뜬 채 탄식했다.

"세상의 눈이 없다면……!"

"세상의 눈이라니……?"

"내가 슨푸로 달려간다면……무엇 때문인가 하고 또 소문이 될 테지. 대감이야 어떻든……."

"그럼, 대감님만 보내시겠어요?"

교고쿠 부인의 탐색하는 손길이 천연덕스럽게 상대의 심장에 육박했다.

"그건 물론……아니, 내가 말할 수는 없어. 히데요리 님도 이미 16살이 되셨으니까……."

"정말 그렇겠군. 벌써 훌륭한 이 성의 성주이시니 중신들이 결정할 일이군요."

거기까지 말하고 교고쿠 부인은 한 눈을 가늘게 떠서 조코인과 신호했다.

'이쯤 알아냈으니 나머지는 당신이……요도 마님은 오고쇼님에게 그리 적의를 갖고 있지 않군요…….'

그런 뜻의 시선교환이었다.

신호를 받은 조코인은 진지하게 목소리를 낮추었다.

"생모님, 대감님이 오고쇼님을 직접 찾아뵙도록 해야 하지 않겠어요? 만일 돌아가시게 된다면, 죽은 사람에게는 입이 없으니 오고쇼님 유언이라며 터무니없는 소리를 해올 도쿠가 가문 대대로 내려오는 가신들이 아주 없다고는 할 수 없을 테니까요."

요도 마님은 바로 대답하지 않았다. 여전히 미간에 불안한 빛이 짙은 채 잇달아 한숨 쉬었다.

"그래……그토록 편찮으신가요."

요도 마님이 다시 중얼거리자 교고쿠 부인은 냉담하게 잘라말했다.

"편찮으시지 않더라도 앞으로 얼마 못사실 나이……라면 한 번 신중히 생각해볼 일일 거예요. 오고쇼를 만나두는 게 좋을지, 아니면 가만히 있는 게 도요토미 가문에 이익될지. 오고쇼님이 돌아가신 뒤 어떤 말을 건네와도 상대하지 않고 견딜 만하다면 굳이 만날 필요 없겠지만……."

요도 마님은 그 말에는 대답하지 않고 입을 열었다.

"조코인은 어떻게 생각하나요. 역시 살아계실 때 대감과 만나게 하는 게 좋겠는지…… 아니, 그럴 때는 어떻게 하면 좋으리라고 생각하는지……."

조코인은 일부러 신중하게 고개를 갸우뚱했다.

"글쎄요…… 그렇다면 내가……에도의 마님에게 은근히 주선을 부탁하는 게 좋지 않을까요."

말을 끝내면서 교고쿠 부인에게로 시선을 옮겼다. 교고쿠 부인은 얼른 고개를 끄덕였다.

"그게 좋겠어요. 남을 사이에 두어 실없는 소문이 나기보다 혈육끼리 은밀하게 이야기하는 게 좋지요. 에도의 마님도 이곳 마님도 모두 아사이 가문 핏줄로 이어진 자매니까요."

"교고쿠 님."

"네, 무슨……."

"그럼, 이쪽에서 먼저 가타기리 가쓰모토를 문안 인사차 보낼까요."

"문안 인사……라기보다 신년인사가 좋겠지요. 저쪽에서 병환이라고 알려온 건 아니니까."

"그렇군요. 만일 병환이시더라도 어쩌면 비밀로 하고 있는지 모르지."

"그럼, 신년인사를 보내 슬그머니 병문안도 하게 한다…… 그게 중요하겠군! 모르는 동안에 돌아가셨다……고 한다면 실수가 되지요. 그래, 가쓰모토 님과도 오랜만이군. 차라리 우리가 왔다고 하며 가쓰모토 님과 우라쿠 님을 이 자리에 부르시는 게 어떨까요."

"과연, 그게 좋을지도 모르겠군요."

"병세에 대해서는 어쩌면 가쓰모토 님이 우리보다 더 잘 알지도 모르지요. 슨푸의 일이며 에도의 일들을 물론 이것저것 살펴두었을 테니까. 그렇지요, 조코인 님"

교고쿠 부인은 과연 다이코가 총애한 여인 가운데서도 뛰어난 재색을 지닌 소유자였던 만큼 이런 경우 야릇한 날카로움을 나타내 보인다.

"그렇군, 그게 좋겠어. 누구 없느냐"

요도 마님은 소리치며 성급하게 초인종을 울렸다.

"부르셨습니까?"

와타나베 구라노스케의 어머니 쇼에이니 여승이었다.

"오, 가타기리 가쓰모토 님과 우라쿠 님을 불러오도록 일러줘요. 교토에서 조코인과 교고쿠 부인이 오셔서 뵙고 싶어 하셔요. 집안사람들끼리 모이는 것이니 격식 없이 오시라고 전해 주오."

"알겠습니다"

그동안 교고쿠 부인과 조코인은 장난스럽게 또 시선을 주고받았다.

'잘됐다! 이러면 이야기가 본론으로 들어갈 수 있겠지……'

모든 게 도요토미 가문을 위하고, 요도 마님을 위하는 일이라고 생각하므로 진심으로 자랑스럽고 즐거웠다.

가쓰모토와 우라쿠가 앞서거니 뒤서거니 나타났을 때 요도 마님의 거실은 마치 봄날 같은 주연석이 되어 있었다. 세 여인은 눈언저리를 발그레 물들이고 오쿠라 부인과 쇼에이니가 함께 어울렸으며 우쿄 부인이 활기차게 술을 따르며 돌아갔다.

손님과 주인 사이에 상이 두 개 놓여 있다. 말할 것도 없이 우라쿠와 가쓰모토의 것이었다.

우라쿠는 인사에 앞서 눈을 크게 뜨며 농담했다.

"이거 참, 뜻밖에 할미벚꽃이 만발했군. 가쓰모토, 조심합시다. 자칫하면 잡아먹혀요."

가쓰모토는 우라쿠와 같을 수 없다. 우라쿠는 요도 마님이며 조코인의 숙부이지만 가쓰모토는 히데요리의 집정인 것이다.

"잘 오셨습니다. 조코인 님이며 교고쿠 부인께서 탈상하시는 봄, 우선 축하드립니다."

잔을 건네면서 요도 마님은 곧장 가쓰모토를 향해 고쳐앉았다.

"가쓰모토 님, 슨푸의 오고쇼님 기력이 시원치 않으시다는데, 그대에게 무슨 소식이 없었소?"

"예……그 일은, 교토 행정장관에게서…… 아니, 에도에서 요네자와 간베에 님이 신년인사차 상경하셨다니 그때 여러 가지 말씀이 있을 것으로 듣고 있습니다."

"어머나, 에도에서 신년축하 사자가…… 가쓰모토 님, 좀 늦었잖소."

"늦었다시면……?"

"그렇지, 요네자와가 도착하기 전에 그대가 슨푸로 신년인사를 가야 하잖소. 그렇지요, 우라쿠 님."

우라쿠는 웃으며 잔을 내려놓았다.

"가쓰모토, 생모님은 모처럼 오고쇼님 비위를 맞춰드리겠다……는 말씀이시오."

요도 마님은 시무룩해졌다.

"농담이 아니에요. 어떻든 오고쇼님은 다이코님을 대신해 히데요리 님을 지켜주신 소중한 은인이세요. 병환이신 줄 알면서 가만히 있다는 것은 몹시 불성실한 일. 가쓰모토 님은 어떻게 생각하나요."

그러자 가쓰모토보다 우라쿠가 또 먼저 입을 열었다.

"이건 여인네들의 의논이 이미 끝난 일로 아시구려. 그러나……어쨌든 지난번 쇼군 상경 때와는 분위기가 너무 다른데. 그 무렵에는 나도 고다이인도 그토록 권했건만 후시미성까지도 보내지 않았었지. 그런데 이번에는 소중한 은인이라나……단단히 생각해서 대답하는 게 좋겠는걸."

"우라쿠 님!"

"아이, 깜짝이야. 또 생모님 꾸중이 시작되는군."

"농담도 때가 있어요. 그 무렵에 나는 주위 사람들이 너무 떠들어대어 그만 제대로 생각하지 못한 거예요. 이번에는 달라요."

"호……이번에는 진심이고 그때는 본의가 아니게 거절하신 거군요……"

"그래요, 잘 생각해봐요. 도쿠가와 가문에서 오고쇼님 말고 누가 히데요리 님 장래를 염려해 주시겠소. 가신들은 기회만 오면……하고 매처럼 노리고 있지요. 그 오고쇼가 편찮으시다는 거예요."

말하며 요도 마님은 살며시 눈시울에 손가락을 갖다 댔다.

우라쿠의 마음은 기쁨으로 가득했다.

'이제 도요토미 가문이 편안해질 길이 열리겠구나……'

그러나 본심을 바로 드러내 보일 수는 없었다. 그는 언제나의 그 야유조 웃음으로 입을 일그러뜨렸다.

"그렇다면 히데타다 님은 어떻게 되는 거요. 오고쇼님은 히데요리 님 편이지만 쇼군은 중신들같이 방심할 수 없는 매란 말이오."

"누가 그런 말을 했나요. 다만 오고쇼님만큼 히데요리 님 일을 염려해 주지 않을 거라는 뜻이지요."

"하하……가쓰모토, 들었소. 지금 생모님의 판단을…… 사위이므로 아무래도 쇼군 쪽이 더 믿음직한 한편이라고 나는 여기는데 그대는 어떻게 생각하오?"

요도 마님이 신경질적으로 가로막았다.

"잠깐, 우라쿠 님. 속마음은 어떻든 오고쇼님과 쇼군은 가신들이 대하는 무게가 크게 다르오."

"과연……"

"쇼군이 비록 어떻게 생각하시든, 오고쇼님께서 돌아가신 뒤 오고쇼님 측근이 유언……이라고 들이대면 쇼군은 거절할 수 있는 분이 아니잖소."

"아, 그건 사실이지요…… 과연 그것까지 생각하신 뒤의 말씀입니까."

"그러니 우라쿠 님은 잠시 아무 말 마시고 술이나 잡수셔요. 나는 지금 가쓰모토 님에게 말하고 있으니까."

"예, 그럼, 첫 꾸중은 우선 이 정도로……"

우라쿠는 옆머리를 긁적이며 잔을 내밀었다.

"가쓰모토 님, 그대는 좀 더 빨리 새해 인사를 가도록 나와 히데요리 님에게 명받았는데 그만 늦어졌다고 말씀드려요."

"늦어진……그 이유는 제가 감기에 걸렸다고……?"

"아니지! 그 늦어진 이유로 특별한 사정을 꾸며대는 거요."

"늦어진 이유로 특별한 사정을……?"

"히데요리 님도 센히메 님도 이제 훌륭히 자라셨으니 올봄에 성혼시키라고 생모님께서 분부하셔서……"

"아, 과연!"

"아무리 집안의 성혼이라지만 한편은 도요토미 가문의 주인이고 한편은 쇼군님 따님인 만큼……택일 및 공경과 영주들에게 보내는 선물 결정을 하느라 늦어졌다고 하오."

가쓰모토는 저도 모르게 무릎 치며 신음을 냈다. 가쓰모토는 우라쿠보다 더 기쁘고 마음 놓였다.

'역시 요도 마님은 현부……'

아니, 본디 현부인이었던 만큼 까다롭기도 했다……고 생각하자 뜻하지 않게 눈물이 나올 듯했다.

"그대는 이의가 없는 모양이군."

"예, 무슨 이의가 있겠습니까. 말씀 하나하나가 지당하시고……오고쇼님에게 이보다 더 좋은 문안이 있겠습니까. 오고쇼님도 반드시 눈물 흘리며 기뻐하실 겁니다."

"그대도 그렇게 생각하나요."

요도 마님은 다시금 흐르는 눈물을 옷소매로 닦으며 잔을 내밀었다.

"자, 감기들면 안 돼요. 한 잔 더 들고 내가 한 나중 이야기를 잘 명심해 주오."

조코인도 교고쿠 부인도 얼굴을 마주 보며 마음 놓았다. 그들의 지혜에 요도 마님은 또 하나 아름다운 인정의 꽃을 더했다.

'히데요리와 센히메의 성혼식은 생각지도 못했어……'

그러고 보니 두 사람 다 자연스럽게 맺어져도 좋을 만큼 이미 성장했다. 이 말로 이에야스도 틀림없이 즐거운 상상을 하게 되리라.

'아니, 이에야스보다도 다쓰 마님이 더……'

우라쿠 역시 살머시 좌석을 때때로 둘러보며 보기 드물게 야유를 누르고 잔을 거듭하고 있다.

요도 마님은 가쓰모토에게 말했다.

"자, 죽 들이마시고 내 말을 들어줘요."

"예, 감사히 들겠습니다."

"나는 히데요리 님이 누구에게 모욕이라도 받게 되지 않을까 몹시 거세게 행동해 왔지만, 그것은 모두 뒤에 오고쇼님이 계시다……고 여겼기에 할 수 있는 일이었소. 그 은혜……그 그리운 정……결코 잊지 못하리라고."

"저, 오고쇼님에게 그렇게 말씀드릴까요?"

"그렇지. 내 말 그대로……그리고 젊은 두 사람을 위해 선물을 달라고 말씀드리는 거예요."

"대감님과 신부에게 선물을……."

"세상에서 말하는 인정서……도요토미 가문의 장래는 만만세라는 축하 말씀, 거기에 두 사람에 대한 훈계 말씀을 부디 보태주십사고 하는 거요."

난데없이 우라쿠가 웃었다.

"핫하하……."

웃었으나 이번에는 야유를 퍼붓지 않았다. 실은 우라쿠도 울음이 터질 듯했던 것이다.

"허, 훌륭하오! 과연 노부나가 공의 조카딸……아니, 아사이 나가마사의 유자녀다운 데가 있소. 두 사람의 혼사에 인정서……그보다 더 훌륭한 선물이 어디 있겠소. 생모님, 우라쿠도 그저 비뚤어진 자는 아니오. 감격하면 이처럼 눈물도 흘리고 콧물도 흘립니다. 아, 오늘 대접은 왜 이리 좋습니까, 술도 좋고 잔도 좋고……."

그리고 술을 따르러 온 우쿄 부인에게 팔을 뻗어 어깨를 툭 치며 말했다.

"나이 먹은 여인 또한 좋은걸. 그대의 아들 중에도 좋은 자가 있더군. 시게나리 말이오. 그 시게나리를 이런 때 가쓰모토에게 딸려 슨푸에 보내구려. 이 가운데서 내가 맨 먼저 이 세상을 하직할 거요. 생모님도, 그대도, 가쓰모토도 언제까지나 살아서 충성할 수는 없지…… 그렇게 되면 시게나리가 히데요리 님의 한 팔이 될 때가 올 거야…… 그때를 위해 조금이라도 세상 구경을 시켜야지…… 아, 감탄했소, 생모님!"

말하면서 우라쿠는 울고 웃으며 마시고 또 먹었다.

"호호……우라쿠 님은 언제나 젊은 기분이셔. 진짜 오사카 명물이야."

교고쿠 부인이 비로소 큰소리로 웃기 시작하자 조코인도 말했다.

"오사카 명물일 뿐인가, 다이코 전하가 계실 때부터 천하제일 명물이셨지."

요도 마님도 그만 웃음을 터뜨렸다. 우라쿠가 신이 나서 큰 눈알을 한쪽으로 모으며 술이 목에 걸린 듯한 시늉을 했기 때문이었다.

요도 마님 앞에서 물러나 오자 오다 우라쿠는 벌겋게 취기가 돈 얼굴로 가타기리 가쓰모토를 이끌었다.

"가쓰모토, 잠시 내 저택에 들러주겠나?"

조코인과 교고쿠 부인도 오늘 밤은 요도 마님 곁에서 지내고 사방은 벌써 밤기운이 짙어가고 있었다.

"저는 서둘러 슨푸에 신년인사를 가야 하므로……그 준비도 있지 않겠습니까?"

가쓰모토가 입을 열자 우라쿠는 가로막았다.

"그 준비지, 그 준비야. 준비를 위해 들러서 한 잔 더 하자고."

"더 이상 술을 하시면 몸에……."

"좋지. 우선 와보오. 다름 아니라, 사실은 그대가 기다리는 에도의 사자보다도 한 걸음 앞서 교토 행정장관이 내게 와 있소. 아니, 이렇듯 마음 놓인 적은 없소. 모두 그대의 꾸준했던 충성의 결실이오. 생각하면 우습군. 핫핫핫핫……."

여전히 높은 소리로 웃으면서 밤기운 속에 보이는 우라쿠의 눈에 반짝반짝 빛나는 게 보였다.

"허, 이타쿠라 가쓰시게 님이 와 계시던 말입니까?"

"그렇소. 가쓰모토, 다이코가 살아 계셨을 때에는 그대도 우라쿠도 바보 취급을 당했었지."

가쓰모토는 웃으며 어깨를 나란히 했다. 그러고 보니 분명 그러했다. 후쿠시마 마사노리며 가토 기요마사는 말할 것도 없고 가토 요시아키, 이시다 미쓰나리, 호리오, 호리, 와키사카 등도 모두 가타기리 가쓰모토보다 기량 있는 자로 여겨져 중용되었다.

"그대는 그래도 좀 낫지. 이 우라쿠 따위는 처음부터 다인으로 취급되며 도요토미 가문의 곡식이나 축내는 존재……로 여겨졌었어. 그렇잖나."

"사실 그런 느낌이 없지 않았지요……."

"그런데 지금은 어떤가. 그 바보 이외에 누가 진정으로 도요토미 가문을 위해 눈물을 흘리는가……."

그 말에 가쓰모토도 가슴이 뜨거워졌다.

"함께 가지요, 우라쿠 님, 바보끼리 한 잔 더 하자는 말씀을 듣고 보니 사양하지 못하겠군요."

"실인즉 이타쿠라로부터 들은 말이 있어. 어쩌면 이로써 바보의 임무를 끝낼 수 있을지 모르겠군. 요도 마님의 마음이 저렇듯 풀리다니……."

차돌을 밟으면서 성 모퉁이를 돌아나가자 두 사람은 어느새 어깨동무하듯 바싹 붙어 있었다. 발치는 아직 밝았지만 본성 구역을 나서자 무사 저택 창문마다 불빛이 점점이 비치고 있었다.

"자, 이로써 이타쿠라에게도 대답할 수 있게 되었소. 이타쿠라라는 사나이는 교활한데도 몰인정한 괴짜와 달리 말이 통하는 데가 있어."

가쓰모토는 우라쿠가 눈치채지 않게 눈물을 닦으며 맞장구쳤다.

"도쿠가와 가문 출신이면서도 그는 이미 결코 도요토미 가문의 적이 아니지요. 오고쇼님 뱃속을 가장 잘 이해하고 있는 사람인지도 모릅니다."

"어때, 가쓰모토, 취한 척하고 큰 연극을 한 번 해볼 생각 없나."

"큰 연극……이타쿠라 앞에서……."

"물론이지. 이타쿠라는 히데요리 님에게 이 성을 비우라고 하면서 어디로 가라고는 하지 않는단 말야. 그런데 에도의 쇼군 측근에서는 아마도 야마토의 고오리야마로 이미 결정 내린 모양이야. 고오리야마……라면 다이코의 동생 히데나가의 성이었지. 그렇게 되면 히데요리 님이……."

우라쿠의 저택 현관으로 가까이 오자 두 사람의 목소리가 어느덧 절로 낮아졌다……

"그래, 그 큰 연극이란?"

가쓰모토는 안에 이타쿠라 가쓰시게가 와 있다고 들었기 때문에 바로 신을 벗지 않았다. 우라쿠는 괴짜지만 어떤 뜻으로는 귀재이기도 하다. 그러므로 그가 무엇을 생각하는지 잘 알아놓고 이타쿠라와 만날 작정이었다.

"큰 연극이라지만 대수로운 건 아냐. 그대와 이 우라쿠가 요도 마님을 회유했다고 하는 거지."

"생모님을 회유……?"

"그렇지, 요도 마님은 오고쇼님 지지자다. 그 증거로 가쓰모토를 슨푸로 보낸다. 그렇게 되도록 우리들이 몹시 애썼는데 이에 대해 에도에서는 어떤 상을 주시겠는가……? 그렇게 말해 보는 거야. 그러면 이타쿠라도 반드시 속을 털어놓겠지. 오고쇼의 뱃속, 쇼군의 뱃속을 말이야."

거기까지 재빨리 말하고 우라쿠는 안으로 성큼성큼 들어가 버렸다.

가쓰모토는 좀 염려되었다. 그 정도의 연극으로 과연 저 신중한 이타쿠라 가쓰시게가 걸려들 것인지…… 그러나 아무튼 기회있을 때마다 에도의 본심을 살펴두지 않으면 곤란한 처지인 가쓰모토였다.

'해볼까……?'

그런 기분이 된 것은 이타쿠라가 기뻐할 일이 두 가지 있다……고 믿기 때문이리라. 하나는 슨푸로 가는 신년축하 사자, 그리고 또 하나는 히데요리와 센히메의 진짜 성혼이었다.

두 사람이 언제쯤 실질적인 부부가 되는가……하는 일이 실현되면 전혀 새로운 세계가 열릴지도 모른다. 이런 기대가 지금 명암처럼 두 가지 파문을 조용히 펼치고 있다. 두 사람의 사이가 좋아서 머잖아 세자가 태어나면 그것이 에도와의 연결 쐐기가 된다고 꿈꾸는 자…… 반대로 두 사람의 충돌을 표면화시켜 그로부터 두 가문의 새로운 대립이 시작될 것이라는 자…… 그 두 흐름 가운데에서 이타쿠라 가쓰시게가 전자에 속한다는 것만은 확실히 믿어도 좋았다.

우라쿠는 자기 거실에 들어가자 말했다.

"자리를 비워 참으로 실례했소. 마음으로 축하할 일이 있어 가쓰모토를 끌고 왔소. 가쓰모토가 생모님 분부로 슨푸를 향해 내일 아침 일찍 신년축하를 드리러 출발하게 되어 요네자와가 올 때는 성에 없을 거요."

이타쿠라 가쓰시게는 깜짝 놀란 듯 되물었다.

"허, 요도 마님이 신년인사 사자를 보내신다고요?"

그들 사이에도 이미 술상이 준비되어 잔을 주고받았던 모양이다. 그런데 요도 마님의 호출이 있어 손님 접대를 가신들에게 맡기고 잠시 자리를 비웠던 게 분명하다.

"새해 들어 처음 뵙는군요, 이타쿠라 님. 새해 복 많이 받으십시오."

"감사합니다, 역시 변함없이."

가쓰모토와 가쓰시게가 인사를 나누는 동안 우라쿠는 가만히 있을 수 없는 듯 그가 말한 큰 연극을 시작했다.

"이타쿠라 님, 나이가 약이오. 새해가 되니 생모님이 겨우 허영의 웃옷을 벗어던지셨어."

"허영의 웃옷을……?"

"하하……벗어던지고 보니 놀라자빠질 일이더군. 다름 아니라 생모님은 오고쇼 님에게 반해 있어요. 핫핫하하……"

이타쿠라 가쓰시게는 놀라며 우라쿠를 지켜보았다. 그 말뜻을 얼른 이해하지 못했음이 분명하다.

"생모님이……뭐라고……말씀하셨습니까?"

우라쿠는 이때라는 듯이 몸을 내밀었다.

"오고쇼님에게 반해 있었다……고 했소. 그렇지, 가쓰모토."

그렇게 되자 가쓰모토는 맞장구치지 않을 수 없게 되었다.

"사실……나도 깜짝 놀랐는데, 요도 마님이 가장 의지하고 계신 분은 나나 우 라쿠 님이 아니라 실은 오고쇼님이었습니다. 교고쿠 가문의 조코인 님이 오셔서 오고쇼님께서 몸이 불편하시다고 말씀드리자 제게 곧바로 가서 문안 인사를 드 리고 오라시는군요. 눈에 눈물이 가득해서 말입니다."

이타쿠라 가쓰시게는 진지한 얼굴로 고개를 끄덕였다. 오다 우라쿠는 곧 다시 가쓰모토의 말을 거들었다.

"가쓰모토는 겸손하게 말하는군. 생모님은 분명 말씀하셨소. 오고쇼님에게 만 일의 일이 있으면 큰일이라고 얼굴빛까지 달라지시면서……그렇게 되도록 만든 건 가쓰모토. 가쓰모토는 과연 도요토미 가문의 대들보요."

"흠, 그렇습니까. 그렇게 되어야만 한다고 두 가문을 위해 이 가쓰시게도 남몰 래 속을 태우고 있었습니다."

"그런데 이타쿠라 님, 그뿐만이 아니오. 오고쇼님에게 무엇보다도 좋은 선물이 또 있소."

"무엇보다도 좋은 선물?"

"히데요리 님과 센히메 님의 진짜 결혼……어떻소, 좋은 선물이지."

"그럼, 저, 그 일도 생모님이……"

"그렇소! 아직 좀 이르지 않겠느냐고 했지만 생모님은 들으시지 않소. 오고쇼님 이 마음 놓으시게 하려는 거지요. 날짜는 정월 안으로…… 이로써 두 가문 사이 의 안개가 깨끗이 개였소."

"음."

"어떻소, 이타쿠라 님. 이쯤 되었으니 에도에서 우리 두 사람에게 내리는 상을 좀 얻어주지 않겠소."

"상……?"

"그렇다고 봉록이나 감사장은 아니오. 하하……그밖에도 있겠지, 우리들이 좋아할 상이. 아니, 성안에 있는 쓰네마사도 더없이 좋아할 상……."

이 말을 듣고 이타쿠라 가쓰시게도 깨달은 모양이다. 눈 속에 커다란 흥분을 나타내 보이며 고개를 끄덕였다.

"좋습니다. 여러분이 반길 에도의 상……그것은 생모님과 히데요리 님이 한 성에 거처하셔서도 좋다는 보장이겠지요. 미급하지만 이 가쓰시게, 그 일을 쇼군께 전하도록 하겠소."

"와하하하……."

우라쿠는 어처구니없을 만큼 큰소리로 웃었다. 웃으면서 또다시 눈물과 콧물을 함께 줄줄 흘렸다.

"과연 이타쿠라 님이야! 이타쿠라 님은 대단해…… 아니, 웃지 말아 주오. 나는 노부나가의 어리석은 동생으로서 역시 요도 마님이 귀엽단 말이오. 그녀의 어미처럼……오이치 부인과 같은……참혹한 죽음은 시키고……싶지 않소. 이건 쓰네마사도 마찬가지일 거요…… 될 수 있으면 모자가 사이좋게 지내도록…… 하하……어리석은 숙부의……노부나가의 어리석은 동생의……단 한 가지 소원이오."

좌중이 갑자기 조용해졌다. 해는 벌써 완전히 저물어 촛불이 세 주객의 그림자에 야릇한 명암을 그려 넣고 있다.

울고 있는 것은 우라쿠만이 아니었다. 가쓰모토는 휴지로 줄곧 눈을 닦았고, 가쓰시게는 겉옷 무릎을 움켜쥐고 고개 숙인 채 어깨를 들먹이고 있다.

이 세 사람이 저마다 다른 각도에서 볼 때 '요도 마님'은 가슴 아프게 하는 불씨였다. 가쓰모토의 그것은 말할 나위도 없이 가문 안의 의사불통이었다. 요도 마님을 중심으로 한 오노 하루나가며 오쿠라 부인이며 쇼에이니 등 여인들 한 무리가 사사건건 히데요리의 측근과 대립하여 터무니없는 일로 물의를 일으키고 있다. 모든 게 그때그때 마음내키는 대로 내뱉는 요도 마님의 발언이 원인으로 더욱 깊이 파고들면 이에야스에 대한 열등감에서 나오는 대항의식이었다.

'드디어 깨달으셨구나……!'

그것만으로도 가쓰모토는 걷잡을 수 없이 울음이 복받쳤다…….

우라쿠의 눈물은 그 위에 혈육에의 애정이 더해져 있었다. 우라쿠는 에치젠의 기타노쇼에서 딸들을 떼어놓고 시바타 가쓰이에와 함께 불 속에서 죽어간 오이치 부인의 동생이다. 두 사람의 나이가 비슷한 만큼 누이와 동생 사이에 잊을 수 없는 공통의 추억이 얽혀 있는 게 분명했다.

다만 이타쿠라 가쓰시게의 입장은 전혀 달랐다. 이대로 둔다면 그는 이에야스가 애처로워 견딜 수 없었던 것이다……

이에야스의 입장은 노부나가에서 히데요시로 이어온 '태평성세'의 대사업을 완성하는 데 있다. 따라서 그 평화의 방해가 되는 것은 비록 자기 자식이라 할지라도 베어야 할 처지이며, 가까운 예로 장남 노부야스가 그로 말미암아 할복했다. 이번에도 오사카 쪽에서 어떻게 나오느냐에 따라 같은 슬픔을 되풀이하지 않으면 안 될 입장의 이에야스이다……

'정치라는 차디찬 계산에 의한 천하지배는 혈육이며 인정에 때때로 이빨을 드러내며 상극한다……'

그것을 늘 보아온 이타쿠라 가쓰시게로서는, 다이코의 두 가지 유언 사이에서 무엇을 취할지 괴로워할 이에야스를 또 본다는 것은 못 견딜 일이었다. 다이코 유언의 첫째는 말할 것도 없이 '천하태평'이었다. 그리고 또 한 가지는 '히데요리를 부탁한다'는 것이었다. 그러나 그 천하태평의 가장 큰 방해자가 만일 히데요리라면, 이에야스의 고통이 얼마나 심각한 게 될지 상상할 수 있다……

'그 가장 큰 장애가 하나 줄어든 모양이다.'

가쓰모토는 요도 마님이 그렇듯 솔직한 심정이 되었다면 도요토미 가문을 위해 어떤 노력도 아끼지 않겠다고 생각했다. 지금까지는 히데요리와 요도 마님을 따로 살게 하지 않으면 도저히 무사할 수 없을 것 같다고 생각했고, 에도의 방침도 그렇게 기울어가고 있었지만 그 걱정이 기우로 바뀌었다…… 그것만으로도 그는 충분히 기뻤다.

세 사람이 저마다의 감회를 품고 잠시 말없이 잔을 거듭한 뒤 우라쿠가 그답지 않게 차분한 말투로 말하기 시작했다.

"문제는, 요도 마님 마음속에 있었던 거요. 그 마음만 잔잔해진다면 일본에는 당분간 풍파의 씨가 없을 테지…… 생각하면서도 그렇게 하지 못한 초조감…… 아니, 내게는 역시 가련하고 불행한 조카딸이오."

이 감개에 가쓰모토도 가쓰시게도 동감이었지만 쉽사리 맞장구칠 수 없었다. 우라쿠의 애정을 안타까울 만큼 잘 알기 때문이었다.

"두 분께서도 마님을 용서해 주시오. 요도 마님의 입장, 요도 마님의 성품으로는 이제까지……그럴 수밖에 없었던 거요."

"그것은 모두 지나간 일…… 이제 그만두십시오, 우라쿠 님."

가쓰모토의 말에 우라쿠는 힘없이 웃었다.

"가쓰모토, 지나간 일이므로 말할 수 있는 거요. 요도 마님의 가련한 기세가 히데요리에게 얼마나 해를 미치는지 요도 마님은 잘 알고 있지…… 알면서도 어쩔 수 없는 기질의 뿌리…… 그것을 구원해 줄 명승은 그녀가 여태껏 섬겨온 열이 넘는 사찰에도 없었어."

"어쨌든 일이 이렇게 되었으니 생모님 기분을 위로해 드리기로 합시다."

가쓰시게는 그렇게 말하지 않을 수 없었다. 우라쿠도 위로해 주고 싶었으나 그보다도 이에야스가 안도할 일에 마음 놓였다.

지성이 통한다고 입만으로 설명하는 것은 쉽다. 그러나 인간이 지닌 기질과 기질의 격돌은……알면서도, 알면서도 어쩔 수 없는 업(業)을 그려간다.

'그 하나가 아마도 지금 풀린 모양이다.'

가쓰시게는 잔을 죽 비우고 우라쿠보다 먼저 가쓰모토에게 내밀었다.

"가타기리 님, 기쁠 때는 웃기로 합시다. 그대는 이 기쁜 일을 알리러 가는 사자이잖소."

가쓰모토는 황급히 지세를 바로 히여 잔을 받았다.

"이거 참, 감사하오. 그렇군, 그렇지! 웃읍시다, 우라쿠 님"

좌중은 다시 떠들썩해졌다.

그러나 그들의 기대는 과연 그대로 밝게 전개되어갈 것인지……? 이때 벌써 오사카성 안 한모퉁이에서는 다음의 태풍이 싹트기 시작하고 있었다.

다름이 아니다.

"오쿠보 나가야스, 뇌졸증으로 쓰러지다……."

뜻하지 않은 이 소식이 그의 사동으로부터 아카시 카몬을 통해 하야미즈 가이에게로 전해지려 하고 있었다.

아카시 가몬은 말할 것도 없이 나가야스의 꿈을 기록한 그 연판장에 이름을 함께 한 구교 신봉자…… 아니, 자신의 이름을 적어넣는 정도가 아니라 나가야스와는 전혀 다른 목적으로 히데요리를 비롯해 많은 예수교 영주들에게 서명을 청하며 돌아다닌 한 사람이었다. 따라서 나가야스가 쓰러졌다는 소식은 바로 큰 불안으로 연결되지 않을 수 없었다.

"연판장은 어떻게 되었는가?"

물론 거기에는 이에야스의 아들 마쓰다이라 다다테루의 서명도 있으며, 이것이 나가야스의 손에서 떠나면 어떤 폭약으로 바뀌어 새로운 풍파를 불러들일지 알 수 없었다.

물새

    마쓰다이라 다다테루는 자기와 동갑인 히데요리가 드디어 오는 3월에 센히메와 정식 부부가 된다는 소식을 어머니 자아 부인에게서 듣자 어쩐지 낯간지럽고 우스워 견딜 수 없었다.

    '그래, 히데요리도 마침내 나와 같은 경험을 하게 되는가.'

    겨우 어른이 된 남자로서 축하해야 할 일인지 거북스러움을 동정해야 할 일인지 알 수 없었다.

    "뭘 혼자서 웃고 계셔요?"

    그의 눈앞에 이미 야릇한 밧줄로 그를 묶어놓은 아내 이로하히메가 단정히 앉아 있었다.

    "아, 아무것도 아니오. 물새들이 너무나 정답게 어울려 헤엄치고 있기에 우스워서 말이오."

    스미다강을 향해 넓게 터놓은 방 안 주안상 앞에 느긋이 앉은 다다테루는 6자 가까운 체격으로 눈매도 뼈대도 벌써 훌륭한 젊은 주군의 모습이었다.

    다다테루는 물론 모른다. 그러나 이에야스의 측근이며 쇼군 히데타다의 중신들은 그를 보면 한결같이 말했다.

    "큰 아드님 노부야스 님을 꼭 닮으셨습니다."

    생모 자아 부인은 이 칭찬을 좋아하지 않았다. 노부야스는 불운한 쓰키야마 마님이 낳은 자식으로 노부나가에 의해 슬프게도 자결한 비화의 주인공이므로 그럴 것이다. 그러나 다다테루는 그런 일에 개의치 않았다. 아니, 오히려 자랑스러웠다. 노부야스는 성질이 급했지만 무용에 뛰어나고 기량도 아버지 못지않았다는 회고담을 자주 들었기 때문이다.

"그 형님이 살아 계셨다면 어떤 일을 하셨을까?"

그런 말을 하기도 하고 또 자기가 노부야스인 척하기도 했다.

"어쩌면 아버님이 너무 형님을 애석해하시므로 신불께서 긍휼히 여겨 다시 이 다다테루가 되어 태어나도록 하셨는지도 모른다."

그 말을 들으면 자아 부인은 기겁할 듯 놀라며 말렸다.

"그런 말을 결코 함부로 입에 담아선 안 돼요. 만일 쇼군이신 형님 귀에 들어간다면 어쩌겠어요?"

그러나 다다테루는 일소에 부쳤다.

"형님이 설마 내게 반역심이 있다고 생각하실까. 알았어, 알았어. 삼가지요."

그런 다다테루니만큼 다테 마사무네의 딸이 시집오기 전에 벌써 여성을 알고 있었다. 가신 구제 한자에몬(久世半左衛門)의 딸 오타케(阿竹)로, 그녀에게 손댈 때 다다테루는 큰 소리로 말했다.

"내가 여자와 교접을 해볼까 하는데 그대가 상대하겠나? 어떤가?"

그 일은 지금껏 여인들 사이에 이야깃거리가 되고 있다. 그런 다다테루에게 마사무네가 자랑하던 딸이며 예수교 신자인 부인이 엄격한 계율을 지니고 출가해왔다. 다다테루로서는 꽤 거북스럽고 난처했던 모양이다.

"물새가 함께 어울려 헤엄치는 게 어째서 우스우신지요?"

"흠, 나와 부인 같으니 말이지."

"그렇다면 조금도 우습지 않아요. 그 새들은 부부니까 함께 어울리겠지요."

"음, 그러면 히데요리도 슬슬 함께 어울려 가는 건가."

이로하히메는 그의 말에 진지한 표정으로 고개를 갸우뚱했다.

"다다테루 님의 말씀, 저는 이해하지 못하겠습니다."

"그래……어떻게 모르겠다는 거지?"

"히데요리 님이 부인과 어울리면 안 되나요?"

"아니, 좋지. 나는 괜찮아."

"제가 다다테루 님 마음을 말하는 게 아니에요. 히데요리 님……히데요리 님이 부인과 함께 어울리면 난처한 이유라도 있나요?"

"글쎄……있는지도 모르고 없을지도 모르겠는걸."

다다테루는 얼마쯤 다루기 힘든 듯했다.

"그보다도 부인은 저, 오쿠보 나가야스……나가야스가 좋은가, 어떤가?"

"다다테루 님의 가신들은 싫어도 좋아해야 한다고 생각합니다."

"그렇지, 바로 그거야. 히데요리 님도 센히메 님이 싫어도 좋아해야만 한다……는 생각을 하고 있는지 모르지."

"다다테루 님……!"

"뭐요?"

"다다테루 님도 저를 그렇게 생각하고 계셔요?"

"아……또 이야기가 내게로 돌아왔군…… 나는 달라……나는 그대가 가장 좋아."

그 말을 하고 나서 이번에는 움찔하며 이로하히메의 얼굴에 시선을 멈추었다.

"부인은……내가 남편이므로 싫어도 좋아해야만 한다……고 생각하나?"

그런 불안은 다다테루가 이미 이로하히메를 사랑하기 시작한 증거였지만 그녀는 그보다 훨씬 정직했다.

"싫은……건 아니지만 처음에는 무서운 분……이라고 생각했어요."

"무서운 분……? 내가?"

"네, 그 무서운 눈으로 쳐다보면 가슴의 고동이 멈추는 것 같았습니다. 하지만……."

"하지만……?"

"그런데도 무서운 분이 아니다, 마음속은 부드럽다고……."

"그래, 그 부드러움을 알았나……? 그렇다면 우선 기쁜 일이야."

이로하히메 뒤에서 시녀들이 고개 숙이고 소리죽여 웃었지만 다다테루는 그리 나무라지 않았다.

"히데요리 님은 나보다 키가 한 뼘이나 커서, 살만 찐다면 천하의 호걸이 될 풍모야."

"다다테루 님도 그렇게 보이셔요."

"그래. 그러나 솔직히 말한다면 센히메 님은 몸집이 너무 작아. 부인처럼 크고 예쁜 쪽이 난 좋아."

"다다테루 님!"

"뭐야."

"다다테루 님은 히데요리 님을 좋아하시지요?"

"싫지는 않아. 나이도 비슷하고."

"그렇지만 너무 좋아하시지 않는 게 좋을 거예요."

"그건 왜 그래?"

"에치젠의 히데야스 님은 생전에 사사건건 히데요리 님이 좋다고 하여 중신들이 싫어했답니다."

"누구에게 들었지?"

"친정아버님에게서요."

마사무네의 이름이 나오자 다다테루의 눈이 장난꾸러기처럼 휘둥그레졌다.

"장인은 아주 세심하신 분이시군. 날카로운 인물평을 하셨는걸."

다다테루는 재빨리 말의 복선을 깔아놓고 다시 물었다.

"어때, 다이코에 대해서는 뭐라고 평하시던가?"

"네."

이로하히메는 여전히 아무 의심도 하지 않는 태평스러운 표정으로 대답했다.

"부럽게 자라나신 분……이라고 하셨어요."

"뭐, 다이코가 부럽게 자랐다고……? 오와리 나카무라의 가난한 농가에서 태어나 어릴 때 이곳저곳 아이나 봐주던 다이코를 어째서 부러워하셨을까?"

"어린애는 업었어도 어깨에 아무 짐도 없었다. 그러니 홀가분해 마음대로 뛰어다녔다. 민들레꽃처럼 훨훨……그러니 한없이 부러운 분……이라고 하셨어요."

"민들레꽃처럼……?"

"네, 그에 비하면 이에야스 님이나 나는 태어날 때부터 가문과 부하의 운명이라는 피할 수 없는 무거운 짐을 짊어지게 되어 곁눈질 한 번 못하고 숨도 못 쉬셨다고요."

"그럼, 나에 대해서는 뭐라고 하셨소. 분명 그대에게 내 인물평을 했겠지?"

다다테루가 묻고 싶은 것은 실인즉 다이코의 인물평 따위가 아니라 사위인 자기에 대해 다테 마사무네가 딸에게 어떻게 말했는가 하는 일이었다.

이로하히메는 비로소 재미있다는 듯이 웃었다.

"무엇이 우스운가. 이 다다테루를 괴상한 사나이라고나 하셨나?"

"아니, 그렇지 않아요. 조금만 더 빨리 태어났더라면 좋았을 거라고 하셨어요."

"조금만 더 빨리……?"

"네, 그랬다면 지금쯤 형님인 쇼군을 턱으로 부리고 있을지도 모른다……고."

"음, 나쁘게 말하지는 않았군."

"네, 그 대신 칭찬한 것도 아니라……고 저는 생각했어요."

"어째서?"

"심심해서 언제 무슨 일을 저지를지 모른다고 하셨기 때문이에요. 오쿠보 나가야스 님과 대감을 합치면 여우를 천마에 태워 하늘로 날려보내는 일이 될 거야, 나는 어처구니없는 천마의 고삐를 맡았군 하시며 탄식하시더군요."

"뭐……뭐라고! 내가 천마……?"

"네, 나가야스는 그 위에 올라탄 여우랍니다."

"이로하히메!"

"네."

"그대는 그런 아버님의 비평이 틀렸다고 생각하지 않나?"

"글쎄요……?"

"글쎄요……라니, 맞는다고 생각하는군."

"맞는 것도 있어요. 그렇지만 맞지 않는 점도……."

"그만 됐어! 장인은 어째서 그렇게 말씀하셨을까?"

"아버님으로서는 힘겨운 데가 있다……고 보셨겠지요."

"흥, 어쨌든 그리 좋은 비평은 아니야. 다른 데서는 그런 말 하지 마."

쓸쓸한 얼굴로 잔을 들었을 때였다. 황급히 들어온 하나이 요시나리가 새파래진 얼굴로 다다테루 앞에 엎드렸다.

"주군! 사람을 물리쳐주십시오."

하나이 요시나리는 자아 부인의 딸을 아내로 맞았으며 지금 가이즈성 성주대리로 있는 중신이었다. 바야흐로 다다테루가 가와나카지마의 옛영지에 에치고의 후쿠시마 성주 호리 다다토시(堀忠俊)의 영지를 합쳐 60만 석의 대영주가 되어 타합차 그는 에도에 와 있었던 것이다.

에치고의 후쿠시마 성은 다카다에서 좀 떨어진 나오에쓰(直江津) 북쪽에 있었다. 그곳은 다이코의 옛 신하 호리 히데하루가 호쿠리쿠를 누르기 위해 주둔했던 곳으로, 지금의 영주 다다토시 대에 이르러 영내에 내분이 끊이지 않고 다다토시는 어려서 통치할 수 없다 하여 이와키(盤城)로 옮기고 마사무네의 사위 다다테루가 대신 다스리게 된 것이다. 그리하여 이제 60만 석의 대영주가 되어, 하나이 요시나리는 신슈의 가와나카지마에 남고 나가야스가 마사무네와 여러 가지 일로 의논해 새 정치의 터를 닦아야……했다.

그 요시나리가 얼굴빛이 달라져 사람을 물리치라고 하니 무언가 큰일이 일어난 모양이다. 요시나리의 첫마디에 여인들은 자리를 떴다.

다다테루는 태평스럽게 버티고 앉아 움직이려 하지 않는 이로하히메를 쳐다보며 말했다.

"무슨 일인가, 부인도 물러가는 게 좋겠나?"

"예……아니, 마님께서는 그대로 계시는 게 좋을 것 같습니다만……."

그는 이로하히메에게 사양하는 듯이 말꼬리를 흐렸다.

"실은 나가야스 님이 졸도해서 당분간 꼼짝도 못 한답니다."

"뭐, 나가야스가 졸도했다고?"

"예, 평소의 술이 과한 탓……그렇기로서니 에치고의 새 영지로 이전하시는 중요한 때에……큰일 났습니다."

"흠, 나가야스가, 하필이면."

"생명에는 이상 없겠지만, 일이 난처하게 되었다면서 오다와라의 오쿠보 님이 급히 알려왔습니다."

"난처한 일이라니, 병으로 쓰러진 것 외에 또 무슨 사정이 있단 말인가?"

"예."

"좋아, 말하라. 사양할 필요 없다. 이로하히메는 내 아내야."

"그것이……실은 연판장 때문입니다."

"뭐, 연판장……! 연판장이라니, 무슨 말인가?"

"나가야스 님이 생각해낸 세계의 바다로 나간다는……."

"아, 그것. 그게 어떻게 됐는데?"

"예, 오쿠보 다다치카 님을 비롯해 오사카성의 히데요리 님, 에치젠의 히데야스

님 등 모두 거기에 서명하셨지요. 그런데 그것에 대한 터무니없는 소문이 요즘 에도성에 나돈다고."

"어떤 소문인가?"

"예, 그것이……."

"사양할 것 없어. 말하라고 하잖나."

"그게 실은 매우 악의에 찬 소문으로…… 주군을 비롯해 서명한 분들이 현재의 쇼군 정치가 못마땅해 반역을 도모하려는 속셈…… 아니, 그런 연판장이 있다고 한다……는 소문이랍니다."

그 말을 듣자 다다테루는 비웃었다.

"뭐야, 시시하게. 겨우 그런 일이야…… 그따위 일보다 나가야스의 병은 재기할수 있나, 없나."

다다테루가 연판장에 대해 조금도 괘념치 않는 것을 알자 요시나리는 마음 놓이기도 하고 반대로 걱정되기도 했다.

'소문과 같은 일은 결코 없다……'

그런 생각과 동시에 사실 여부는 어떻든 이것이 어떤 일에 이용될 경우도 있으리라는 불안이 일었다.

"황송하오나 주군께서는 요즘 오쿠보와 혼다 두 노인 사이가 매우 나쁘다는말을 들으셨습니까?"

"마사노부 부자와 다다치카 말인가?"

"그렇습니다. 항간의 소문에 의하면 머지않아 격돌할 것이다, 조심해서 어느 편에도 가담하지 마라……는 등 몹시 경계하고 있답니다."

"그것과 이 다다테루가 무슨 상관있다는 건가? 나는 그대에게 나가야스의 병세를 묻고 있는 거야."

"황송하오나 저도 그 말씀에 대답하고 있는 겁니다. 오쿠보 나가야스 님은 아시는 바와 같이 오쿠보 다다치카 님의 추천으로 출세하셨습니다."

"아, 그 말인가?"

"그렇게 가볍게 말씀하시지 말고 잘 들어주기를…… 그래서 다다치카 님에게서 성(姓)까지 받은 사이, 만일 나가야스 님에게 무슨 실수라도 있다면 혼다 부자는 마침내 잘됐다며 다다치카 님 공격의 재료로 삼을 것입니다."

하나이 요시나리는 자신의 불안을 필요 이상으로 과장했다.

"제가 염려하는 건 그 한 가지입니다."

다다테루는 담담하게 고개를 끄덕였다.

"흠, 말하자면 나가야스가 병으로 쓰러졌다, 그때 연판장이 나타나 터무니없는 소문이 퍼진다면 다다치카가 난처해진다……는 거지?"

"무슨 말씀을. 만일 그 연판장이 그들 싸움의 불씨라도 된다면 난처해지는 건 다다치카 님뿐이 아닙니다. 주군도, 오사카의 히데요리 님도, 에치젠의 히데야스 님 성함도 모두 나옵니다."

"좋아, 좋아. 그때는 내가 모든 사람에게 직접 설명해 주지."

"주군!"

"뭐야, 기묘한 얼굴을 해가지고."

"다짐삼아 여쭈어둡니다만, 그 연판장을 이용해 한쪽 노신들을 없애버리려고 오사카 쪽과 결탁한 모반 연판장……이라고 소문낼 때는 어떻게 하실 셈입니까?"

"뭐, 내가 오사카와 짜고……."

거기까지 말하자 어지간히 대담한 다다테루도 얼굴이 좀 굳어졌다. 연판장에 무엇이 씌어 있었는지는 기억나지 않는다. 물론 반역이니 오사카와 결탁하느니 하는 따위의 생각이 있을 리 없었기 때문에 각별히 신경 쓰지 않고 있었다.

"흠, 그렇다면 나가야스가 병으로…… 아니, 죽을 경우도 있겠지. 그렇게 되면 죽은 자는 말을 못 할 터이니…… 역시 이상한 혐의를 받을 수도 있겠군……."

"주군! 그러니 은밀히 행차하셔서 하치오지까지 나가야스 님 병문안을 해주시기 바랍니다."

하나이 요시나리는 무뚝뚝하게 말하며 두 손을 짚었다.

"그래. 그렇게 되면 병문안이 먼저인가……."

다다테루는 얼마쯤 긴장하는 듯하더니 곧 태평스러운 얼굴로 되돌아갔다.

"하나이의 말에도 일리가 있군. 어때, 이로하히메, 하치오지에 가볼까? 부인 같으면 어떻게 하겠어?"

이로하히메 쪽이 다다테루보다 한결 대범했다.

"다다테루 님께서 데려가 주신다면……."

"그럼, 날씨도 날로 좋아지는 계절이니 여기저기 꽃구경이나 하면서 가볼까?"

그렇게 말하고 다다테루는 얼마쯤 엄숙한 얼굴이 되었다.

"이건 비밀이야, 요시나리. 겉으로는 어디까지나 나가야스의 병문안…… 마쓰다이라 다다테루는 가신을 지극히 생각하는 사나이다. 직속무장들이 아버님이나 형님에게 고자질하면 큰일이니까."

이 말은 이에야스의 얼굴을 상상하고서 한 핑계였지만 하나이 요시나리는 눈치채지 못했다. 그는 나가야스와 달리 한 가지 일을 생각하면 그것에만 매달리는 사나이였다.

"그럼, 나가야스를 병문안하신 뒤 그 연판장을 꼭 가져오십시오."

"그렇지만 나가야스가 어디에다 두었을지? 의식이 없다면 그렇게 할 수 없을걸."

"그런 때는 가족들을 시켜 찾아야겠지요."

"귀찮구나. 좋아, 그럼, 너도 함께 가자. 그대까지 데리고 간다……면 나가야스도 가족들도 기뻐할 거야."

다다테루는 연판장 따위는 그리 두려워하지 않고 있었다. 그는 다시 신이 나서 이로하히메를 돌아보았다.

"에치고 축성은 모두 장인 뜻대로 되겠군. 그편이 장인도 귀찮지 않아 좋겠지. 나가야스는 그래 봬도 다루기 힘들거든."

이로하히메는 그때 벌써 엉뚱한 일을 생각하는 모양이었다. 강 위로 지그시 시선을 던진 채 풍만한 볼에 봄비에 반짝이는 물결의 빛을 받고 있다.

다다테루는 그것이 몹시 아름답게 여겨졌다. 그러나 뭐라고 치하할 좋은 말이 떠오르지 않아 가만히 있었다.

갑자기 이로하히메가 취한 듯한 시선을 다다테루에게 보냈다.

"다다테루 님……다다테루 님도 저와 같은 신앙을 가지세요. 그러면 반드시 이대로 하느님 은혜가 계속될 거예요."

"뭐, 다다테루도 예수교인이 되라고……?"

"네, 저는 지금의 축복을 놓치기 싫어요."

"좋아, 가는 길에 그 일도 생각해 보지. 그러나 답은 그리 서두르지 마오. 슨푸의 아버님 신앙은 예사롭지 않거든. 요즘은 일과 염불 6만 번을 쓰시겠다고 날마다 틈만 나면 붓을 놀리신다더군…… 게다가 에치젠의 형님이 선사(禪寺)에 묻어 달라고 유언했는데도 우리들은 대대로 정토종이니 안된다며 다시 파묻으라고 하셨다는데……."

"어머, 그런……."

"그러니 서두르지 말라고 했지. 서둘러서 공연히 주목받을 건 없지."

다다테루로서는 지금이 한창인 인생의 봄이었다. 이로하히메는 문득 뭔가 말하려다 고쳐 생각하고 입을 다물었다.

"어째서 신앙문제로 그처럼 오고쇼님을 두려워해야 하나요?"

다다테루에게 그것을 물어보려다가 그만둔 것이다.

아버지 마사무네는 그 문제에 대해 늘 이에야스를 칭찬하고 있었다.

"자기 신앙을 측근에게 강요하지 않아. 그 점, 오고쇼는 훌륭해. 역시 고생하시면서 배운 겸손이시지."

믿고 안믿는 것은 이론이 아니므로 강요해서는 안 된다……는 아버지의 말이 겹쳐 이로하히메에게 작용했다.

'다다테루 님에게 억지로 권해서는 안 되는 것일까…….'

좋은 것을 권하는데 무엇을 꺼리는가, 얼마든지 권해도 좋다……는 젊음과, 그밖에 또 하나의 의문이 엉켜 든다.

마침내 이로하히메는 그 의문에 져버렸다.

"대감……오고쇼님 정도 되시는 분이 어째서 히데야스 님의 개장(改葬)을 명하셨을까요? 오고쇼님은 자신의 신앙을 남에게 억지로 권하시지 않는 분……이라고 들었는데."

다다테루는 재미있는 듯 웃었다.

"하하……히데야스 님은 아버님에게 남이 아니야. 자식이니까 그렇지."

"그럼, 자식에게는 억지로 권해도 괜찮다……고 다다테루 님도 생각하시나요?"

"아니지. 예수교를 권한 자가 어떤 실언을 했을 때 아버님은 이렇게 말씀하셨대."

"실언이라니요……?"

"다른 종교로는 천당에 가지 못합니다, 지옥에 떨어집니다, 라고 말했지. 그랬더니 아버님은 그렇다면 개종하지 못하겠다고 하셨어. 왜 그러냐……고 묻자 그 말대로라면 내 조상들은 대대로 지옥에 떨어졌을 게 아닌가, 그뿐 아니라 벌써 돌아가셨으니 황천에서는 개종도 못 할 터, 조상들이 모두 지옥에 있다면 이에야스도 지옥에 가지 않으면 효도할 수 없다, 나는 조상을 버릴 수 없다고 하셨단 말이야."

다다테루는 말하고 다시 한번 밝게 웃어젖혔다.

"그래서 에치젠의 형님에게도 조상들과 너무 떨어져 있지 말라……는 뜻으로 조심성 없는 변경을 나무라신 거겠지."

이로하히메는 다시 입을 다물었다. 그러나 그것으로 의혹과 불만이 사라진 것은 물론 아니었다. '조상들이 지옥에 떨어져 있으니 나도 지옥으로 가겠다'는 말은, 젊은 이로하히메로서는 그것이 상대에 대한 가벼운 야유로 생각되지 않고 어쩔 수 없는 노인의 고집같이 여겨져 더욱 이해할 수 없었다. 더욱이 그 말은 인정론으로나 효도론으로나 이론이 서 있다. 그래서 일단 입을 다물고 다시 다음 기회를 기다리려는 침묵이었다.

이번에는 다다테루 쪽에서 불렀다.

"이로하히메, 우리들이 정말로 일심동체의 부부가 되는 데는 시일이 얼마나 걸릴까?"

"글쎄요……."

"글쎄……라니, 아직도 우리 둘 사이에 이상한 틈이 있어?"

이로하히메는 자신에게 그런 느낌이 있으므로 당황하며 대답했다.

"그건……저, 나가야스 님 병문안을 하고 돌아올 무렵……그러니 저도 데려가 주세요."

진정한 광기

오코는 완성된 초록상자를 책상 위에 놓고 한참 동안 가는 글씨로 뭔가 썼다가 지우고 지웠다가 다시 쓰고 있다.

나가야스에게서 받은 보석을 공작새 깃에 박아넣은 초록상자는 눈부실 만큼 화려했다. 그 가운데 하나는 나가야스에게 주고 다른 하나는 약속대로 그녀가 가졌다. 서원 창살 사이로 비치는 햇빛을 받아 그것이 방 안 분위기를 한발 앞서 화창한 봄으로 만들고 있다.

그런데도 오코의 얼굴은 밝지 않았다.

'폐병에 걸렸구나……'

때때로 피섞인 가래가 나오고 그런 뒤에는 불쾌한 미열이 잇달아 잠을 방해했다. 언제나 깊이 잠들지 못하고 꿈속에서 뭔가에 쫓겨 다녔다…….

오코는 그것을 나가야스 탓으로 여겼다. 오쿠보 나가야스라는 사람은 혹시 이상한 괴물의 화신이 아닐까…… 요즘 현몽을 통해 그 정체를 알게 된 것 같았다. 다름 아닌 거대한 산거머리이다. 깊은 산 속을 걷노라면 산거머리가 물방울처럼 위에서 뚝뚝 떨어져 깜짝 놀라 정신을 차리고 보면 이미 사람의 피를 잔뜩 빨아 먹고 두꺼비처럼 부풀어 있다. 나가야스는 그런 무시무시하고 큰 산거머리가 아닐까?

그런 생각을 하자 나가야스의 행동은 사사건건 소름 끼쳤다. 그는 언제나 바다를 말하고 교역을 말하면서도 결코 산을 떠나지 않았다. 아니, 오히려 여기저기

산에 여자를 불러들여 그 피를 빨아먹고 나서는 죽여버리는 것 같았다…… 50명, 70명씩 그가 광산촌에 끌고 간 여자들 대부분이 송두리째 어디론지 사라져버리고 없기 때문이다…… 아니, 그런 묘한 느낌이 드는 것도 어쩌면 오코의 쇠약해진 체력에서 오는 공포 때문인지도 모른다…….

오코는 자기 눈에 보이지 않는 그러한 불안과 공포를 어떻게 해서든 기록으로 남겨두고 싶은 소원을 갖게 되었다. 상대는 오코가 늘 마음속에 지그시 감춰온 첫사랑 혼아미 고에쓰였으며, 지금까지 쓴 일기는 지금 눈앞에 놓인 작은 초록상자에 넣어두었다가 자기가 눈감을 때 고에쓰의 손에 들어가도록 해야겠다……는 심정이었다.

오코는 붓끝에 침을 발라 다시 써나갔다.

오늘 아침도 오코는 큰 산거머리 품에 안겨 소리도 지르지 못하고 생명의 불길이 줄어드는 것을 느꼈습니다. 이 산거머리는 무슨 생각에서인지 제게 초록상자를 준 다음 다음날 뇌졸중으로 쓰러져 자리에 누웠다고 가신들에게 알리게 했습니다. 그리고 밤마다 제 곁에 와서는 무서운 저주의 말을 내뱉습니다.

거기까지 쓰다가 오코는 다시 종이를 찢어버렸다. 왜냐하면 그 정도 문장으로는, 병을 핑계로 방에 틀어박혀 태연히 뭔가 기기묘묘하게 음모를 꾸미고 있는 나가야스의 무시무시함이 도저히 표현될 수 없다는 생각에서였다.

나가야스는 의사의 주의를 받았다고 하면서 일체 면회를 거절했다. 자기 거실에 마련한 병상에는 새하얀 잠옷만 이불 속에 눕혀둔 채 자신은 감색 승복에 같은 색깔 두건 차림의 괴상한 수도자 모습으로 이따금 오코의 방에 나타나곤 했다.

"오코, 내가 이 세상에서 가장 사랑하는 건 그대야. 그렇고말고! 여편네들은 저렇듯 많이 있지만 내 뜻을 아는 건 그대 한 사람뿐…… 나머지는 장식품에 지나지 않아."

그리고는 병이라고 하며 이렇게 쏘다니는 것을 결코 말해서는 안 된다……고 덧붙이는 것을 잊지 않았다.

그도 그럴 것이다. 나가야스가 뇌졸중으로 쓰러졌다⋯⋯는 통지는 지금 슨푸의 오고쇼로부터 에도의 쇼군, 사가미의 오쿠보 가문, 주인인 마쓰다이라 가문에도 알려져 있다.

'대체 뭘 생각하고 있는 것일까⋯⋯?'

문병을 와도 병실에 들이지 않아 이제는 정식으로 모두들 마님이라 부르는 이케다 부인마저 정말로 중병인 줄 알고 있는 모양이었다. 이케다 부인은 혼간사 겐뇨(顯如) 대사의 중신인 이케다 요리타쓰(池田賴龍)의 딸로 이케다 데루마사의 일족이다. 정실인 이케다 부인마저 꾀병임을 모르니 다른 측실이나 아이들이 거의 모르고 있는 것은 당연하다⋯⋯.

그리고 보니 이 집안 가족 구성의 복잡함에는 그저 놀라울 뿐이었다. 오코는 처음에 자기와 나이 비슷한 측실들이 낳은 어린아이들뿐인 줄 알았는데 벌써 훌륭히 성인이 된 아들 다섯에 딸이 둘 있었다.

'아니, 더 있을 게 분명해⋯⋯.'

같은 문중의 중신인 줄 알았던 오쿠보 도주로(大久保十郞)가 실은 나가야스의 장남이었다. 그는 신슈 마쓰모토(松本)에 있는 이시카와 야스나가(石川康長)의 딸을 아내로 맞아 하치오지 저택의 바깥일을 맡고 있었으며, 차남 게키(外記)의 아내는 묘하게도 콧대 높은 여인이라고 여겼더니 비젠 영주 이케다 데루마사의 셋째딸이었다.

바로 최근에야 알게 된 두 딸의 출가도 과연 나가야스다운 기기묘묘한 혼사였다. 나가야스는 이가 무리 두목인 핫토리 마사나리(服部正成)의 차남 마사시게(正重)를 맏사위로 삼았으며, 둘째딸은 오다 노부나가가 고슈를 손에 넣은 다음 대리로 고후에 둔 가와지리 히데타카를 노부나가가 죽자마자 반란일으켜 죽여 없앤 고슈 무사 미쓰이 주에몬(三井十右衛門)에게 시집보냈다. 즉 그의 수단은 슨푸며 에도며 다테 가문뿐만 아니라 혼간사며 비젠이며 이가 무리며 고슈 무사에까지 미치지 않는 곳이 없을 정도였다⋯⋯.

작은 초록상자가 다 만들어지자 나가야스는 갑자기 병으로 쓰러진 것처럼 하여 암약하기 시작했다. 상상되는 일은 첫째로 그 연판장의 처리일 것으로 짐작되었다.

마사무네로부터 은근히 주의받고부터 그도 역시 걱정된 모양이다. 하지만 아무리 그렇기로서니 수도승 같은 차림으로 남몰래 돌아다니다니 역시 섬뜩했다. 그리고 그동안에도 몸에 흘러넘치는 욕망의 배출구를 찾아 오코를 찾아왔다…….

오코는 다시 붓을 들고 새로 쓰기 시작했다. 그녀 마음에 비치는 나가야스의 이상한 짓을 그대로 쓴다면 오히려 자기가 미친 사람 취급받게 될까 두려웠고, 그렇다 해서 이렇듯 자세하게 사실을 나열하는 것은 실없는 일인 듯했다. 아무튼 거대한 산거머리 한 마리가 온몸의 피를 다 빨아먹을 때까지 자기를 놓아주지 않을 것은 알고 있었다. 왜냐하면 지금 측실 가운데 그의 기괴한 행동을 알고 있는 것은 오코뿐이기 때문이었다.

'죽일지도 모른다…….'

그 두려움도 차츰 겹쳐져왔다. 탐욕의 희생이 되는……것뿐 아니라 지금 하는 일이 끝나 나가야스가 병상으로 돌아가 사람들을 면회할 때가 되면 '비밀을 아는 여자는 살려둘 수 없다'고 하게 될 것 같았다.

그래서 서둘러 붓을 놀리려는데, 산거머리에게 오코로서도 아직 풀리지 않는 수수께끼가 수없이 엉겨 붙는다. 무엇보다도 나가야스는 밤마다 어디로 나다니는가 하는 의문이었다. 그래서 그녀도 잠자리에서 은밀히 물어본 일이 있다. 그러자 나가야스는 오코에게는 아무것도 감출 것 없다는 듯이 시원스럽게 말했다.

"새 금광을 파는 거야."

"어머나……어디서?"

"멀면 내가 피곤해서 되나. 바로 가까운 데에서 황금 냄새가 나서."

"바로 가까이라니요?"

"응, 구로카와(黑川) 골짜기야. 알겠나, 아직 말하지 마."

"구로카와 골짜기…… 그래, 그 산으로 직접 가시나요?"

나가야스는 오코를 경계하는 눈치도 보이지 않고 털어놓았다.

"그럼. 실은 이번 금광은 다케다 신겐 공이 생전에 파두었던 광맥이야. 그걸 일부러 조금만 파고 그냥 내버려 뒀던 거지……."

구로카와 골짜기란 분에이(文永) 시대(1264~1275) 니치렌 대사의 글에 '고슈 기타하라(北原)에 이르러 덴바(田波) 구로카와에서 설법 교화하다'라는 대목이 있다. 덴바는 야마나시군(山梨郡) 다마야마(玉山) 다이보사쓰 고개(大菩薩峠)를 말한다.

쓰루군(都留郡)과의 경계에 자리한 다마강(玉川) 수원지로 《가이국지(甲斐國誌)》에 이런 구절이 있다.

구로카와산은 그 북쪽에 있으며 야마나시군 오기와라 마을(萩原村)에서 5, 60리 떨어진 큰 산이다. 금광맥잡이가 많았다고 전한다.

그리고 보니 구로카와 골짜기로 사금을 얻기 위해 가는 아이들이 아직 있다는 이야기도 들었다.

그러나 그 금광을 다시 팔 결심을 했다 하더라도 나가야스는 어째서 꾀병을 부리면서까지 혼자 뛰어다녀야 하는가. 새로 금광을 판다는 것은 구실이며 그 작은 초록상자를 그 속에 감추려고 생각하는 게 아닐까? 그래서 슬며시 물어보았으나 나가야스는 그 말에는 대답하지 않았다.

"하하……작은 상자 따위는 이 일과 관계없어. 그건 광 속에 소중히 보관해 두었지."

나가야스는 그날 밤에도 새벽녘이 되어 홀연히 오코의 베갯머리에 서 있었다. 저택 안에 여러 비밀통로가 있어 복도로 오지 않을 때는 광 속에 만들어둔 층계로 내려왔다. 그 층계 위 중간 2층에는 오코가 부리는 어린 하녀들의 잠자리가 있었다. 지금은 물론 빈방으로 그 방에서 천장 위 처마를 따라 몇 줄기 출구가 있는 모양이었으나 오코는 무서워서 살펴보지도 않았다. 어디로 나가든 통로 따위는 모르는 게 상책이라는 경계심에서였다.

나가야스는 말했다.

"오코, 날 따뜻하게 해다오. 나는 그대에게만은 무리한 말을 할 권리가 있어. 그대만 의지하고 그대만 사랑하니까."

마음내키는 대로 지껄여대며 기어들어온 나가야스의 몸은 얼음처럼 차가웠다.

"어머……이토록 차다니. 이러면 몸에 해로워요."

"하하……몸이야 중병으로 거실에 누워 있지. 나도 무척이나 신기한 걸 좋아하나 봐."

할 수 없이 오코는 나가야스의 윗몸을 두 팔로 안아주었다. 미열이 있으므로 상대는 기분 좋았을 것이다. 그러나 오코는 부들부들 떨려오는 것을 참을 수 없었다.

"이런 무리를 하시다니…… 이 저택에서 대체 몇 사람이나 나리의 비밀을 알고 있나요?"

귓가에 입을 대고 속삭이자 나가야스는 대답했다.

"11명. 그러나 여인으로는 그대뿐이야. 그대만은 땅끝까지, 아니, 저 멀리 남쪽 바다 공작섬까지도 데리고 갈 작정이니까."

"공작섬이라니요……?"

"예를 들어 말한 거야. 그런 이름의 섬은 없어. 그대가 작은 상자에 그린 섬이지."

"그럼, 그 비밀을 아는 11명은요?"

"내 수족인 네 용장에 여섯 맹장. 거기에 나를 보탠 11명이지."

"그 11명이 밤중에 뭘 하세요?"

"까다롭군. 좋아, 그대에게는 숨기지 않겠다."

그리고 몸이 좀 따뜻해진 듯 나가야스는 소리 내 오코의 입술을 빨았다.

"그대는 내가 무엇을 운반했을 것 같나?"

"옛? 무엇을 운반……?"

이 운반했다는 말도 오코로서는 금시초문이었다. 나가야스도 바로 알아차린 모양이다.

"그래……거기까지는 아직 그대에게 말하지 않았던가?"

"네, 제게는 구로카와 골짜기에서 새로이 황금을 파낸다고 하셨어요."

"하하……그래. 아니, 그건 표면상의 구실이고 실은 그것만이 아니야."

"그럼, 어디로 무엇을 운반하고 계시는가요?"

그러자 나가야스는 자기 목을 살짝 두드려 보았다.

"아무 데도 말하지 마. 이것에 관계된 일이니. 장소는 구로카와 골짜기지만 목적은 정반대야."

그 말을 할 때 두 눈이 무서우리만큼 침착했다. 오코는 다시 소름이 끼쳤다.

'이번만은 뭔가 진실을 고백할 것 같구나…….'

그것을 듣는 게 오코로서 행복할지 불행할지는 판단할 도리가 없다. 그러나 이 산거머리의 정체를 끝까지 캐야겠다는 집념의 불은 끌 수 없었다.

"무엇 때문에 제가 말을……저의 목숨은 벌써 옛날부터 나리 것인데요."

"그 각오를 잘 알고 있으니 이렇게 그대 곁에만 오지."

나가야스는 재빨리 시치미떼고 그럴듯한 말로 얼버무렸다.

"실은 세상 돌아가는 모양이 좀 염려되어서 말이야. 지난해 연말 규슈의 어떤 영주가 포르투갈 배의 약탈에 격분해 그 배를 불태워버렸거든."

"그런 일이 있었나요?"

"그래, 그대에게는 자세한 이야기를 들려주지 않았지…… 실은 내가 서쪽의 어느 영주와 타합해 교역에 발을 좀 내디디고 있었어."

"어머나, 교역까지……!"

"그래. 마지막 꿈은 세계의 바다를 제패하는 것…… 팔짱만 끼고 있을 수 없지. 그런데 포르투갈 배가 마카오 언저리에서 이쪽의 짐을 빼앗고 선원을 몰살시켜 버렸어. 그 복수였지…… 아니, 내가 알았다면 말렸을 텐데 규슈 해변에 나타난 포르투갈 배를 보고 멋대로 복수해 버린 거야…… 오고쇼님 귀에는 아직 들어가지 않았지만 그 사건으로 내 은인 오쿠보 다다치카 님과 혼다 마사노부 부자 사이에 심한 반목이 생겼어."

"어머나……!"

"그들은 본디 도쿠가와 가문의 용호격인 두 중신, 한 번 사이가 나빠지면 끝없는 세력다툼이 되어가지…… 내게 연판장을 조심하라며 자신은 서명을 거부한 다테 마사무네의 뱃속은 그런 사정을 꿰뚫어 보았기 때문인 모양이야."

거기까지 말하고 나가야스는 다시 괘씸한 듯 입술을 일그러뜨리더니 소리 내 오코의 입술을 빨았다. 그때마다 오코는 기침이 터져 나올 것 같았지만 이야기가 뜻밖의 방향으로 발전해 가므로 숨죽이며 고개를 끄덕였다.

"다테 님은 과연 민감해. 그분의 움직임은 역시 주시해야 해. 그렇게 되자 나도 함부로 꿈 따위를 말하며 돌아다닐 수 없게 되었어. 오쿠보 당을 공격하려면 우선 눈독 들일 자는 이 나가야스…… 그래서 나는 구로카와 골짜기의 광산을 파는 게 아니라 거기에 일단 황금을 감출 마음이 된 거야."

"그럼……그럼……이 저택 금고에 있는 황금을 모두?"

"그렇지, 금고……라고 그대들은 생각하지만 실은 즐비하게 늘어선 쌀창고며 무기고 마루 밑도 모두 황금…… 물론 내 몫만이 아니야. 다다테루 님 몫도 있고 오쿠보와 이시카와 두 집안 것도 있어. 아무튼 세계의 바다로 나가도 황금교역에는 당분간 부족하지 않을 만큼 준비되어 있지."

"어머나……!"

"그런데 혼다 부자가 주목한다면 그대로 내버려 둘 수 없어. 만일 이 황금을 눈치채고 조사한다면 오쿠보 나가야스는 불측한 모반인……변명 따위도 할 수 없게 되니까."

나가야스는 말끝을 흐리고 한숨을 내쉬었다. 오코는 나가야스의 목에 두 팔을 감은 채 숨죽이고 있었다.

'거짓말이 아닌 모양이다…….'

사실 혼다 부자와 오쿠보 다다치카라는 두 실력자가 서로 반목하기 시작하여 격돌할 분위기가 된다면 가장 위태로운 사람은 나가야스였다. 그래서 나가야스는 작은 초록상자를 만들어 우선 연판장을 감추고, 위험이 절박함을 깨닫고 여태까지 축적해 온 황금을 다시 매장할 작정이 된 게 분명하다. 그리하여 그 장소를 다이보사쓰 산에서 가까운 구로카와 골짜기의 다케다 가문 옛 광산에 감출 작정이 되었다면 충분히 납득할 수 있는 이야기였다.

나가야스가 하는 일이니 아마 구로카와 골짜기의 금광을 새로 개척하기 위한 광구(鑛具)라고 꾸며대며 황금짐을 꾸렸을 것이다. 광 마루 밑에서 일정한 장소까지 포장해 반출시키면 나머지는 많은 인부들 손으로 목적지까지 저절로 쉽사리 옮겨질 터…….

"알겠나, 결코 남에게 말해선 안 돼. 말만 새나가지 않으면 언제든 도로 가져와 이 나라를 위해 훌륭하게 쓸 수 있는 거야……."

오코는 전율이 차츰 가라앉았다. 떨림이 멈추자 무서워졌다.

'인생이란 어쩌면 이렇듯 얄궂은 광대극 무대일까……!'

본디 광대였던 주베에. 세상을 비뚤어지게 보아온 사나이가 묘한 일로 이에야스에게 인정받아 순식간에 일본 전국의 금광을 파는 총감독이 되었다. 그러자 그 금광감독은 자기가 판 황금빛의 아름다움에 홀려 큰 꿈을 꾸게 되었다. 그리하여 '나가야스의 행렬'이라 일컬어질 만큼 대단한 행렬을 지어 산과 하치오지 사이를 오가며 부지런히 실어나른 금을 이제 다시 흙 속으로 돌려놓지 않으면 자기 목이 위태로워졌으니 이만큼 얄궂은 광대극 줄거리도 달리 없을 것이다. 뿐만 아니라 그것을 흙 속으로 돌려놓기 위해 금파는 귀신이라는 명인으로 칭찬받던 사나이가 뇌졸중으로 쓰러져 꼼짝도 못 한다고 꾸며대며 일하고 있다.

'본디 그만큼의 복과 운을 타고나지 못한 인간이 금을 지나치게 갖고 있는 것이다……'

그러고 보니 다이코도 그렇고, 오고쇼도 그렇지 않다고 할 수 없다.

"호호……"

견디다 못해 오코가 웃자 나가야스는 다시 무서운 얼굴이 되었다.

"쉿!"

"그럼, 나리는 그 매장 수배가 끝나면 거실의 병상으로 슬그머니 돌아가시겠군요."

"물론이지. 앞으로 2, 3일……"

나가야스는 조용히 머리를 들고 아무도 있을 리 없는 침실 안 사방을 둘러보았다.

"바로 완쾌 축하연을 벌이고 그때부터 구로카와 골짜기를 개척하는 거야. 그 무렵이면 그 언저리 산에 진달래가 활짝 피겠지. 그곳으로 모두 데려가 골짜기 가득히 좌석을 만들어놓고 마셔라 부어라 큰 잔치를 베푸는 거지……사실 그 산에서는 아직도 황금이 나오고 있어."

오코는 웃는 대신 허옇게 센 나가야스의 가슴털을 만지작거렸다. 오코로서는 그가 거대한 산거머리임과 동시에 왠지 우스꽝스러운 광대놀이에 나오는 영주 같다는 생각도 들었다.

오코는 그다음 날도 고에쓰 앞으로 보내는 편지인지 일기인지 분간할 수 없는 글을 부지런히 써나갔다.

생각해 보면 오쿠보 나가야스도 광대극의 우스꽝스러운 영주지만 오코 역시 어릿광대였다. 오코가 만일 나가야스 곁에서 도망치려고 계획한다면 못할 것도 없다. 그런데도 언제부터인지 이 거대한 산거머리의 손에서 빠져나갈 수 없다고 정해버리고 뜻밖에도 순순히 다가오는 파멸을 기다리고 있다. 어쩌면 나가야스의 육체에 연결되어 버린 화풀이로, 일부러 고에쓰의 환상을 그리며 자위하고 있는 것인지도 모른다.

오코는 생각했다.

'그래도 상관없어……'

이번에는 쓸 것이 많아졌다. 오쿠보 다다치카와 혼다 부자간의 싸움이란 뭘까? 규슈 어딘가에서 포르투갈 배를 불태워버렸다니 넌지시 암시만 해도 고에쓰는 이해할 게 분명하다.

"아, 그 사건."

만일 알지 못한다면 자야에게 물을 것이다. 아무튼 그것이 원인되어 오쿠보 나가야스는 막대한 황금을 감추게 되었다……는 사실만 적어넣었다.

"나가야스 님 말에 의하면, 막대한 황금을 땅속에 묻고 그 위에 진달래꽃을 가득 심으면 차츰 황금의 기운을 빨아들인 진달래는 얼마 뒤 검은 꽃을 피운답니다…… 구로카와 골짜기라는 이름도 실은 그 검은 진달래와 인연이 없는 게 아닌 모양으로……."

그렇게 써넣자 오코는 왠지 온몸에 소름이 끼쳤다. 여태껏 생각지도 못했던 한 가지 공포를 느낀 것이다.

"나가야스 님은 매장이 끝나면 호화스러운 산잔치를 벌인다는데…… 그때는 깊은 구로카와 골짜기 위에 좌석을 만든다고……?"

골짜기를 가득 메운 좌석…… 그것은 어쩌면 모두들 그 위에서 취흥에 겨워 있을 때 겨우살이 넝쿨풀로 만든 줄을 끊어 떨어뜨릴 셈이 아닌가……하는 예감이 문득 오코를 사로잡은 것이다…….

그러나 이 뜻밖의 상상은 곧 이 저택에 전해진 또 한 가지 소식으로 일단 관심권 밖으로 밀려났다. 그 소식이란 나가야스를 병문안하러 다다테루 부부가 하치오지까지 은밀히 행차하셨다는 것이다.

저택 안은 갑자기 소란스러운 분위기에 휩싸였다. 신슈 마쓰모토의 이시카와 야스나가의 딸을 아내로 맞고 있는 장남 도주로가 오코에게 나타나 말했다.

"오코 님께서도 접대하러 나오시도록."

"알겠습니다. 그런데 그건 나리 분부시겠지요?"

모르는 척하고 다짐해 보니 도주로는 잠시 당황하는 듯하더니 대답했다.

"말할 것도 없지요. 겉으로는 나리 병문안이 아니라 매사냥 온 길에 들르신 것……으로 하신다니 그렇게 아시기를."

도주로는 나가야스를 아버지라 부르지 않고 나리라고 불렀다.

'이 사람도 황금 매장에 대한 일을 알고 있는 모양이다…….'

오코는 정중하게 승낙하는 대답을 하여 도주로를 돌려보냈다. 그리고 쓰고 있던 일기를 재빨리 문갑 속에 집어넣고 시녀를 불러 옷을 갈아입었다.

뜻하지 않게 다다테루를 맞아 나가야스가 얼마나 당황하고 있을까 싶으니 오코의 가슴 고동이 야릇하게 높아진다…… 이 얼마나 얄궂은 일인가. 나가야스가 자기 꿈속에서 언제나 우상으로 정중히 모시고 있는 다다테루가 뜻하지 않는 곳에서 그의 큰 방해자로 모습을 나타냈으니…….

무엇보다도 나가야스는 과연 이 저택 안에 있는지……? 만일 그가 구로카와 골짜기에 가고 없다면 대체 어떤 인사를 할 셈인지.

다다테루는 아직 젊다. 게다가 기질이 억세다고 들었다.

"어수선한 병실로 드시게 하는 것은 실례가 될 터이므로……"

장남 도주로가 중태임을 구실삼아 적당히 사양한다 해도 과연 그것을 받아들일 것인지 어떤지?

"삼갈 것 없다. 일부러 왔으니 한 번 보고 돌아가기로 하지."

굳이 이렇게 말할 때는 어떻게 할 것인가? 아무튼 매사냥이라는 명목으로 하치오지까지 일부러 온 것이다. 다다테루가 진정 나가야스를 '좋은 집정'으로 신임하고 있다면 그들 사이에는 마땅히 남들이 넘겨볼 수 없는 애정도 있어야 했다.

물론 그 반대의 경우도 있으리라. 아버지가 딸려준 성가신 중신……이라고 경원하고 있다면 병문안도 아버지나 주위 사람들의 눈을 속이고 실은 놀이가 목적일 수도 있다. 어찌 되었건 다다테루의 갑작스러운 방문이 지금 나가야스가 하는 일에 큰 방해가 되는 것은 사실이었다.

'아마 다다테루가 없었다면 나가야스도 이렇듯 위험한 꿈은 꾸지 않았을 텐데…….'

그 생각을 하자 오코는 웃음이 치밀어올랐다.

'인생이란 어디까지 얄궂게 꼬여가는 것일까……!'

서둘러 화장을 고치고 옷치장이 끝났을 때 차남 게키가 또한 감정 없는 인형 같은 표정으로 들어왔다.

"다다테루 님이 곧 객실로 드십니다. 부인께서는 객실로 나오셔서 다다테루 님을 맞으시도록."

그 말만 하고 일어나려는 것을 오코는 황급히 불러세웠다.

"아, 잠깐······나리는 객실에서 다다테루 님을 뵈려고 하시나요?"

그렇게 물으면 저택에 있는지 어떤지 알 수 있으리라는 속셈으로 물으니 게키는 쓸쓸히 한마디 했다.

"뵙지 않을 겁니다. 중태시니까."

"그래도 다다테루 님이 굳이 머리맡으로 문병하시겠다고 할 때는?"

"그때는 할 수 없겠지요."

"그것은 병상에 드시도록 하시겠다는 말씀인가요."

"그렇지요. 병문안이니 다른 데 드시게 해서는 뜻이 없지요. 그때는 부인께서 병실로 안내하시도록."

시치미떼며 그 길로 일어나 가버렸다.

오코는 다시 고개를 갸우뚱했다.

'어쩌면 차남 게키에게는 비밀을 털어놓지 않은 게 아닐까······?'

어쨌든 객실로 맞아들이라니, 다다테루보다 늦으면 체면이 서지 않는다. 오코는 두 시녀를 데리고 바깥 객실로 급히 나갔다.

객실 장지문은 이미 열어 젖혀지고 윗자리에 눈부신 호랑이가죽과 팔걸이가 놓여 있다. 그러나 사람 그림자는 그녀 외에 아무도 없었다. 도주로도 게키도 하인들과 함께 현관 밖이나 대문 앞까지 마중 나가 있겠지만 부인들은 무엇을 하는지?

오코가 모르는 곳에서 나가야스가 정실이라고 부르는 듯한 이케다 부인은 혼간사 중신의 딸로 태어났으나 예수교 신자로 꽤 오래전부터 부부관계는 없는 모양이었다. 따라서 얼굴을 보이지 않는 것도 무리가 아니었으나, 이시카와 야스나가의 딸인 도주로의 아내며 이케다 데루마사의 딸인 게키의 아내는 당연히 나와서 맞아들이고 인사해야 할 것이다.

'나 이외의 사람을 내놓으면 기밀이 샐까 봐 조심하는 것일까······?'

그런 생각을 하니 나가야스가 진정 믿는 것은 자기뿐인지도 모른다······는 생각이 들어 콧등이 시큰했다.

오코는 시녀 하나를 부엌으로 보냈다. 접대 준비는 물론 중신들이 명해 두었겠지만 만일의 경우를 생각해 보낸 것이다.

그때 복도 끝에서 사람 소리와 발소리가 들려왔다. 남은 시녀를 재촉해 오코는 객실 앞을 가로막듯 복도에 꿇어엎드렸다.

젊음으로 터질 듯한 다다테루의 목소리가 들려왔다.

"그런가! 그토록 위독한가. 어째서 맨 먼저 알리지 않았느냐?"

"예, 염려를 끼쳐서는 안 된다며 의사의 전망이 확실해질 때까지는 알려드리지 마라⋯⋯고 아버님이 말씀하셔서."

"허, 그러면 말은 할 수 있군."

"예⋯⋯아니, 필담이었습니다."

"그럼, 우반신은 듣는군."

"왼손입니다."

처음 대답은 도주로, 다음에 황급히 왼손이라고 한 것은 동생 게키였다. 오코는 가슴이 두근거리며 온몸에 땀이 흘렀다. 잘 타합해둔 모양이다. 그렇다면 못 견디게 우스워야 할 텐데 우습기는커녕 자기 책임이기라도 되는 듯 당황되었다.

'내가 대체 이런!'

그만큼 미워하고 있었을 텐데⋯⋯라는 생각을 하면서 엎드려 있는 오코의 머리 위에서 전혀 뜻밖의 여인 목소리가 들렸다.

"폐를 끼치게 됐소. 어쨌든 뜻밖의 발병으로 무척 놀라셨지요?"

그것이 자기에게 던져진 소리인 줄 알고 오코는 한층 더 당황했다.

"황송하옵게도 문병까지 와주셔서 은혜가 지극하신 줄 압니다."

얼굴을 들었을 때는 이미 눈부신 금박 박힌 겉옷이 방 안으로 반쯤 들어가고 있었다.

'아, 이로하 마님도 함께 오셨구나⋯⋯대체 어떻게 되는 건가⋯⋯?'

어지간한 오코도 눈앞이 캄캄해졌다. 그녀가 마음을 가라앉히고 호랑이가죽 깔개 위에 앉은 여행복 차림의 다다테루 얼굴을 올려보았을 때는 벌써 이야기가 엉뚱한 곳으로 흐르고 있었다.

"여기서 잠시 숨을 돌리고 곧 병상으로 문병하기로 하자. 필담을 할 만하다면 이쪽 말을 알아듣겠지. 내가 왔으니 안내해 오겠다고 이르고 오라."

그러자 도주로보다 먼저 게키가 다시 대답했다.

"알겠습니다. 그럼, 여기서 잠시 휴식을."

오코는 넋을 잃고 도주로를 쳐다보았다. 도주로만은 나가야스가 병석에 있는지 어떤지를 알고 있다는 생각에서였다. 그런데 도주로는 아무 말도 하지 않는다. 게키가 나가는 것을 가만히 바라보고 시동이 날라온 차를 서툰 솜씨로 다다테루 앞으로 가져갔다.

"너무 갑작스레 오셔서……치우지도 못했습니다."

"염려 마라. 내가 놀랄 정도니, 가신들이 경황없는 것도 무리가 아니지. 나는 오는 도중 나가야스의 공적을 이로하히메에게 이것저것 말해주었다. 만일의 일이 생기면 가장 큰 영향을 받는 건 나일지도 몰라."

"고마우신 말씀, 아버님이 들으신다면……."

"아 참, 지금 생각났는데 그대 아내는 이시카와 야스나가의 딸이라며?"

"예……예."

"그리고 게키의 아내는 이케다 데루마사의 딸이라고?"

"그러면 전혀 남이 아니군. 그 일도 오는 길에 이야기했지만, 나보다 이로하히메가 더 잘 알고 알려주었지. 나도 세례받으라는 권유를 받고 있다."

"예……뭐라고 하셨습니까?"

"그대들은 특별히 염려할 것 없겠지. 예수교 말이야. 이시카와의 딸도 이케다의 딸도 모두 내 아내와 마찬가지로 독실한 예수교 신자라더군. 나는 오고쇼님이 저토록 염불에 열중하고 계시므로 좀 난처하지만 그대들은 일부일처의 깨끗한 생활이 좋을지도 모르지."

오코는 놀라며 다시금 이로하히메와 도주로를 쳐다보았다. 도주로의 얼굴에는 특별한 변화가 없는 것 같지만 이로하히메는 아주 만족스러운 표정이었다. 풍만한 볼……이라는 말이 그대로 어울리는 젊음이 넘치는 두 볼에 조그만 볼우물을 지으며 보일 듯 말 듯 갸웃거린 고개가 그대로 애교가 되었다.

그 순간 게키가 돌아와 언제나의 그 깡마른 나무껍질 같은 투로 말했다.

"아버님이 주군께 이것을 전하라고 하셨습니다."

내민 것은 부채에 무언가 거칠게 내려쓴 것이었다.

다다테루는 그것을 받아 고개를 끄덕이며 말없이 읽었다.

"너무 어지럽혀져 있으니 마님께서는 삼가시도록 써놓았다. 좋아, 나 혼자 가지. 오코 님……이란 그대인가?"

갑자기 말을 듣고 오코는 더욱 당황했다.

"나가야스도 내게 할 말이 있을 거야. 그대에게 안내시키고 자식들도 오지 말라고 했다. 안내를 부탁해."

다다테루는 짤막하게 말하고 그 부채를 세워 접어든 채 일어섰다. 오코에게는 생각할 겨를도 없었다. 아무튼 부채에 오코에게 안내시켜 다다테루 혼자 병실에 들라고⋯⋯씌어 있는 게 분명하다.

'무엇 때문에 그런⋯⋯?'

생각해 보려 했으나 다다테루의 시원스러운 동작이 그것을 용납하지 않았다.

"오코⋯⋯님이라고 했지?"

"네⋯⋯네."

"그대는 혼간사와 연고 있는 이케다 소생이라던데, 그런가?"

다다테루는 오코를 정실과 혼동해 일부러 친밀감을 드러내 보이려고 말한 듯했으나 오코는 그 말에 더욱 허둥거렸다.

"⋯⋯아니오. 저는 소, 소, 소실이므로⋯⋯."

"오, 그런가. 주로 그대가 간호하고 있는 모양이군. 그런데 어떤가, 나가야스가 다시 예전의 건강한 몸으로 돌아가 지배하는 땅을 여기저기 돌아다닐 수 있을까?"

"글쎄요, 그건⋯⋯."

"의사는 뭐라던가? 이 근방에 명의가 없다면 곧 돌아가 수배하지. 그렇지 않으면 차라리 아사쿠사 병원의 불기리오에게 보일까⋯⋯ 나가야스는 해외에 관련된 일을 좋아하니까, 뜻밖에 기뻐하며 그것을 바랄지도 모르지. 그렇군, 불기리오에게 보이도록 하자."

그 동안 두 사람은 벌써 복도를 건너 나가야스의 거실 앞에 이르렀다. 오코는 온몸에 땀이 배었다.

저처럼 부채에 왼손 글씨를 써서 보냈을 정도이니 나가야스가 병상에 돌아와 있는 것은 확실한 모양이다. 그러나 어떤 얼굴로 말 못 하는 흉내를 내며 누워 있을지⋯⋯? 그것을 생각하자 견딜 수 없었다.

"그렇다, 내게 안내를 명한 것은 도움을 청하고 있는 게 분명하다."

장지문을 열어 우선 다다테루를 안으로 들이고 둘러세운 병풍 안을 살며시 들여다본 오코는 아연해지고 말았다. 그곳에 나가야스의 모습은 없고 이부자리는 눈에 스며드는 듯한 흰 빛인 채 깔끔히 포개어져 있지 않는가…….

"이런, 나 때문에 일어났단 말인가."

다다테루도 고개를 조금 갸우뚱했다. 여기에 먼저보다 더한층 선명한 얼룩점을 가진 표범가죽이 깔리고 팔걸이가 놓인 것을 보더니 그대로 성큼성큼 그 위로 걸어가 빈 침구를 향해 털썩 주저앉았다.

순간 병풍 밖에서 또렷한 격식어린 목소리가 들렸다.

"주군, 잘 오셨습니다."

그리고 예복을 단정히 차려입은 나가야스가 모습을 나타냈다.

"아……!"

오코는 너무도 뜻밖의 일에 당황하여 한 발 물러서면서 그대로 사방을 살피는 자세가 되었다.

"어쩌자고 무리하게 일어난 거야. 일부러 옷까지 차려입고……."

거기까지 말하다가 다다테루도 눈치챈 모양이다.

"나가야스! 그대는 아프지 않군."

"그렇습니다."

나가야스는 태연히 겉옷 주름을 바로잡고 앉았다.

다다테루는 의표를 찔려 울부짖듯 신음했다.

"음!"

대체 무엇 때문에 꾀병을 부려야 할 필요가 있었던가…… 그것을 힐난하는 눈빛이었으나, 나가야스는 앉아서 엄숙하게 다다테루를 지켜보며 잠시 동안 입을 열지 않았다.

4, 5분 동안 서로 쏘아본 뒤, 젊은 다다테루가 큰소리로 말했다.

"나가야스, 사정을 말해 봐."

"말씀드리지 않으면 모르시겠습니까?"

"그럼, 꾀병도 나를 위해서란 말인가?"

"그렇습니다."

"닥쳐! 나는 세상을 기만하는 꾀병을 부려서까지 가신들을 움직이려 하지 않는다. 지나친 행동은 용납할 수 없다!"

"말대꾸 같습니다만."

"그래, 말해 봐."

"주군을 위해서라면 나가야스는 꾀병은커녕 죽은 흉내라도 내겠습니다!"

오코는 가까스로 두 사람에게서 살그머니 등을 돌려 입구와 좌우의 경계를 할 수 있는 자리로 물러났다.

"음."

또다시 다다테루는 말을 멈추었다. 격렬한 눈매로 나가야스를 상대하면서 그 나름대로 생각을 가다듬는 중이리라. 나가야스 쪽은 그것을 예상하고 물을 때까지 가만히 있을 셈인 것 같았다.

"나가야스, 대체 무슨 일이 일어났느냐?"

"아무 일도 일어나지 않았습니다. 일어난 뒤라면 늦지요."

"과연⋯⋯그렇다면 무엇이 일어나려고 하는지 그건 대답할 수 있겠지?"

"대답하겠습니다. 나가야스는 주군을 위하는 생각으로 교역을 좀 해보았습니다."

"교역을⋯⋯그 일 같으면 그리 문제될 것도 없지. 오고쇼님이 장려하시고 규슈 등지에서는 시마즈도, 가토도, 구로다도, 아리마도, 마쓰라도 모두 하고 있는 일이니."

"그런데 그것이 뜻밖에도 복잡한 일로 엉켜 들었습니다."

"허, 그 교역이란 대체 무엇을 팔고 어떤 물건을 구하려 한 것인가?"

"사는 것은 우선 제쳐놓고 황금과 도검류(刀劍類)를 팔아보았는데 아주 평판이 좋았습니다. 그래서 어떤 영주에게 부탁해 마카오로 보낸 배가 그만 해적에게 고스란히 습격당했습니다."

"뭐, 해적에게 습격당했다고!"

"예. 습격당했다는 것은 황금이며 일본의 무기가 그들이 탐내어 마지않던 물건들이라는 증거이므로 그것으로 됐다 싶어 나가야스는 여러모로 중재했지만, 관련된 영주는 분격한 나머지 포르투갈 배가 나가사키에 입항하자 습격해 보복했습니다."

"관련되었다는 영주는?"

"그것은 주군을 위해 지금 말씀드릴 수 없습니다."

"그렇다면 묻지 않겠다. 그러나 포르투갈 배에 보복했다니 해적은 포르투갈인이었겠군?"

"옳습니다."

나가야스는 또 간결하게 대답하고 덧붙였다.

"그래서 저는 병을 앓지 않으면 안 되게 되었습니다. 이 뜻밖의 일로 교역품목이 황금이었다는 게 새어나갔을 때 대비하기 위해 이 저택에서 황금을 옮겨내야 하는 일도 살펴주시기 바랍니다."

다다테루는 다시 침묵했다. 그에게는 아직 오쿠보 나가야스 정도의 인물을 평하여 그 공과를 판단할 만한 기량이 없었다. 따라서 소홀히 입을 열면 감정이 개입되거나 자기주장이 되어버린다. 그 때문에 늙은 아버지가 중신으로 파견해 보내신 것이다……라고 다다테루는 반성했다.

'아버님이 딸려주신 중신이므로 충분히 존중해야 한다…….'

이런 경우 존중은 동시에 '믿어야 한다…….'는 자계(自戒)로 직결되어 가는 게 당연한 귀결이었다.

"그런가? 그렇다면 그 포르투갈 배에 불 지른 영주……는 내가 모르는 편이 좋단 말이지?"

"그렇습니다. 만일 아시게 되면 주군의 명령으로 교역을 시도한 자……라는 의심을 받았을 때 일이 시끄러워집니다."

포르투갈 배와 분쟁을 일으킨 영주는 아리마 하루노부였으나, 나가야스는 끝내 그 이름을 밝히지 않았다. 만일 누설해서 젊은 다다테루가 분쟁에 휩쓸려들면 그 자신에게도 손해가 된다.

"그렇다면 내가 그대에게 물어볼 건 아무것도 없다…… 그대를 믿고 나는 그대가 정말로 중태라고 여기며 돌아가면 되는가."

"무슨 말씀. 주군이 병문안 오셔서 나가야스의 몸에 기적이 일어났다…… 적어도 이 하치오지 저택 안에서 제가 자유롭게 다녀도 좋을 만큼 해주시고 돌아가셨으면 합니다."

"뭐라고? 나더러 가만히 있지 말고 그대가 내 병문안을 받아 썩 나아졌다……고 말하며 돌아가란 말인가."

"주군……못하시겠습니까?"

"거짓말은 싫어. 난 못하겠다."

"말씀드립니다."

"뭐냐?"

"주군을 위해서라면 저는 죽는시늉이라도 내겠다고 말씀드렸지요."

"그러니 내게도 똑같은 짓을 하란 말인가."

"누가 같은 일을 하시라고 말씀드렸습니까? 나가야스는 주군이 완전히 성인이 되셨을 때, 오고쇼님의 아드님이며 쇼군의 동생으로서 일본의 여러 영주들 위에 어엿한 지위로 안정되시도록 재정상으로도 여러 가지 축적을 해왔습니다. 그런데 그 축적이 얼마쯤 지나쳤습니다. 지금 그 총액이 세상에 누설된다면 질시하는 자들로부터 갖가지 중상을 받게 될 겁니다."

"그러니 병으로 누운 척하고 그 황금을 다른 곳으로 옮기려는 건가?"

"아직 생각이 부족하십니다. 그만한 일이라면 나가야스가 병으로 쓰러졌으니 하는 불길한 거짓말을 퍼뜨리지 않습니다. 주군을 비롯해 중신들과 상의해 일을 할 겁니다. 그러나 그렇게 해서는 충성이 되지 않습니다. 만일의 경우 주군에게 피해가 미칠지도 모르니까요. 그래서 나가야스는 나가야스의 목숨뿐 아니라 일족의 목숨도 걸고 일이 터졌을 때는 나가야스가 혼자서 한 행위, 주군은 모르는 일로 하고 내 한 몸에 죄를 받을 각오……그래도 주군은 거짓말 따위 싫다고 하시렵니까?"

따지고 들자 다다테루는 똑바로 나가야스를 쏘아보았다.

"그럼, 어떻게 하면 좋겠나. 주제넘은 놈."

나가야스는 원망스러운 듯 다다테루를 응시하다가 얼마 뒤 눈을 내리깔고 눈물을 뚝뚝 흘렸다.

"과연 주제넘은 놈이었습니다. 이 나가야스가 제 생각대로 한 일이니 제 스스로 재치를 써야 하겠습니다. 오코, 눕혀다오. 주제넘은 놈인 오쿠보 나가야스는 분명 말을 못 하고 왼손으로 필담한다고 되어 있었지."

"네……네."

오코는 차마 여기서 입을 열 수가 없었다. 시키는 대로 일어나 나가야스의 옷을 벗겨주었다.

"그럼, 실례."

나가야스는 다다테루의 눈앞에서 거칠게 옷을 벗어 던지고 그대로 요 위에 벌렁 누워 내뱉듯 오코에게 말했다.

"벼루와 종이—"

그대로 눈을 감고 입을 한일자로 다물었다. 그것은 결코 평소의 말 많고 시원시원했던 나가야스가 아니라 칼을 뽑아들고 육박해 오는 것과도 같은 귀기(鬼氣) 어린 표정이었다.

"음."

다다테루의 이마에 불거진 핏줄이 두 줄이 되고 세 줄이 되었다. 나가야스는 이제 결코 움직이지 않을 것이다. 아니, 다시 일으켜 대답하게 하려면 아마 다다테루 편에서 손을 짚고 빌지 않으면 안 되리라.

"나가야스!"

나가야스는 살며시 눈을 뜨더니 왼손에 붓을 잡고 썼다.

"예—"

이만큼 사람을 무시하는 행동은 없으리라. 오코는 이같이 무서운 나가야스의 투지를 처음 보는 듯 가슴이 두근두근해졌다.

"그대는 내 한마디 말에 그토록 화나는가?"

또 붓을 들어 뻔뻔스럽게도 나가야스는 썼다.

"그렇습니다."

"이, 이, 일어나라, 나가야스!"

그러자 나가야스는 느릿느릿 일어났다. 그러나 대답은 여전히 왼손의 붓이 했다.

"신기한 일입니다. 주군 말씀을 들으니 이처럼 일어날 수가 있습니다. 아……감사합니다. 나무아미타불……."

젊은 다다테루의 무릎이 한 걸음 다다미 위를 기어갔다. 갑자기 그 손이 나가야스의 목덜미에 닿았다.

"이 녀석, 이 건방진 놈!"

잇따라 세 번 주먹이 어깨로 날았다. 바로 그 순간 나가야스는 얼굴을 쳐들고 빙긋 웃었다. 다다테루는 튕기듯 물러났다. 호흡이 몹시 거칠었다.

나가야스는 그 다다테루 앞에 또다시 태연하게 드러누웠다. 드러눕자 그대로 다시 눈을 감고 이번에는 오코도 부르지 않았다. 다다테루는 더이상 나가야스를 쳐다보지 않았다. 지그시 허공을 바라보며 자기 분노와 싸우고 있다. 물론 후회로 가슴이 멍들어 있으리라. 그렇기로서니 나가야스를 때린 것은 너무 성급했다. 지나친 감은 있어도 다다테루를 위한 일이 아니었다는 증거는 없다. 아니, 그보다도 더욱 다다테루를 난처하게 한 것은 이러한 결과를 어떻게 처리하느냐는 문제였다.

순간, 바로 그 순간이었다. 다시 드러누운 나가야스의 콧구멍에서 고요히 잠든 숨소리가 새어 나온 것은…… 다다테루는 깜짝 놀라 나가야스에게로 시선을 옮겼다. 자는 척하는 것일까? 그렇지 않으면 정말로 잠들었는지……? 어떻든 나가야스는 아직 조그만 다다테루의 인생 경험 항아리 속에 들어갈 인물이 아니었다.

"음!"

다다테루의 미간에 살기가 번쩍였다. 그 순간 오코가 말을 걸었다.

"잠시……."

그리고 다다테루 쪽으로 두세 걸음 무릎으로 나아가 말없이 한 손을 들어 시선을 출구로 향했다. 오코는 물론 지시할 수 없다. 그러나 그것은 분명 이렇게 말하는 듯했다.

"그대로 돌아가시도록."

그리고 뒷일은 오코에게 맡겨주시기를……하는 뜻의 애원으로 보였다.

다다테루는 떨기 시작했다. 잠자는 자를 그대로 벨 수는 없다. 아니, 만일 그런 일을 한다면 다다테루도 무사히 이 집을 나갈 수 없을 것이다. 공식적으로 나선 나들이가 아니고 어디까지나 적은 인원을 거느린 은밀한 행차이다. 게다가 오늘은 이로하히메도 따라와 있다.

오코는 다시 한번 한 손을 출구 쪽으로 쳐든 채 공손하게 절했다.

다다테루는 혀를 차며 말했다.

"좋아, 그대에게 맡기지. 내가 돌아간 뒤 눈을 뜬 나가야스는 완전히 나았다…… 말도 할 수 있게 되었다, 하하하……그렇게 된다면 좋을 테지."

"네……네."

"나는, 내가 병문안 갔더니 나가야스가 미친 듯 좋아하더라고 해두지."

결국 다다테루는 졌다. 아니, 인간적으로 다다테루와 나가야스는 아직 승부가 안된다. 다다테루는 성큼 일어나 손에 들고 있던 부채를 화난 듯이 그 장소에 내던지고 가슴을 젖히며 나가버렸다.

오코는 그 뒷모습이 객실로 향해 사라지는 것을 지켜보며 소리죽여 웃기 시작했다. 오쿠보 나가야스라는 사나이는 얼마나 대담한 면을 지녔는가.

'그는 역시 언제나 자신을 내던지고 사는 모험가일까……?'

귀 기울이니 여전히 똑같은 박자의 숨소리가 고요히 실내에 가득 찬다. 오코는 성큼성큼 베개맡으로 다가가 우뚝한 나가야스의 코를 비틀어 숨을 막았다. 나가야스의 몸이 비로소 꿈틀거리며 천천히 눈을 떴다.

"돌아갔나?"

"아시면서."

"그럼, 됐어. 그대도 배웅하는 게 좋아."

오코는 웃음을 터뜨리며 그대로 거실로 나갔다. 사정을 알고 있는 오코가 객실로 들어가자 다다테루는 눈길을 피했다.

객실에는 상이 나란히 놓여 있었다. 오코 외에 여자들 모습은 여전히 보이지 않는다. 시동이 공손히 다다테루 앞으로 잔을 가져가자 도주로가 술병을 받쳐든 또 하나의 시동에게 자기잔에 술 따르기를 재촉했다.

"맛을 보겠습니다."

그리고 그것을 단숨에 비워 보였다.

오코는 또 웃음이 터질 것만 같아 황망히 도주로 뒤로 숨듯이 앉았다.

땅울림

혼아미 고에쓰가 가가에서 직접 찻잔 등을 만들며 굽고 지낸 기간은 그리 오래지 않았다.

아버지 고지가 살아 있던 때부터 가가의 마에다 가문으로부터 200석씩 받았으며, 아버지가 세상떠난 뒤에도 고에쓰에게 같은 대우를 약속해 주었다. 그래서 본가와의 불쾌한 갈등을 피해 가나자와로 왔으나 막상 교토를 떠나니 고에쓰는 오히려 마음 놓이지 않았다. 아직 장인(匠人) 기질이 넘쳐서 그런지도 모른다. 이런 저런 세상일이 마음 쓰이고, 바람결에 들리는 갖가지 정보가 더한층 그를 초조하게 만들었다.

'역시 교토로 돌아가 귀를 곤두세우고 있는 편이 좋을지도 모른다…….'

도시나가는 때때로 그를 불러 풍류이야기 사이사이에 세상의 동향을 물어온다. 고에쓰의 성격으로는 그런 때 애매한 대답을 할 수 없었다.

"아리마 하루노부가 나가사키 행정관과 의논해 포르투갈 배에 불을 질렀다지."

그 이야기를 물어왔을 때 사실 고에쓰는 가슴이 덜컥 내려앉았다. 그런 이야기는 정말 아닌 밤중의 홍두깨였기 때문이다.

"포르투갈 인들은 선교사를 보내 먼저 토민들을 사귄 뒤 그 나라를 무력으로 점령한다지. 그 증거로 바다에 나가면 곧 해적질을 한다더군. 말하자면 아리마의 배가 어딘가에서 포르투갈 배에게 약탈되고 침몰당한 모양이야."

그 말을 듣고 그는 바로, 지금은 남보(南坊)라고 불리며 같은 가나자와 거리에 살고 있는 다카야마 우콘을 찾아가 보았다.

열렬한 예수교 구교 신자인 우콘이 이 사건을 과연 모르고 있었는지 어떤지? 우콘은 잘 알고 있었다. 그는 이 일을 신교파인 네덜란드며 영국이 마침내 미우라 안진을 통해 이에야스로 하여금 구교파 탄압을 결의시키는 첫 수단으로 해석하는 모양이었다. 과연 그것이 사실이라면 일본 국내에서도 머지않아 남만인과 홍모인의 싸움이 벌어진다는 답이 나온다. 그러나 가나자와에서의 우콘은 신앙과 다도이야기 외에 결코 하려 들지 않았다. 그는 자신의 신앙을 지키기 위해 다실로 피해 왔노라고 했다.

화경정적(和敬靜寂 ; 마음을 편안히 하고 남을 존중하며 조용하고 / 쓸쓸함을 즐겨 차 도구를 소리나지 않게 다룸)을 위주로 하는 소에키의 다도는 그에게 다다미 4장 반 크기의 기도소를 갖게 해주었다. 하나의 찻잔 소유에 녹봉을 다 털어 넣을 만큼 빗나간 이 길에서 오로지 참다운 다도와 신앙이 그를 위로해 주고 있다면서 이런 말도 했다.

"소에키 님이 좀 더 살아계셨더라면 선(禪)과 손을 끊고 예수교와 다도를 연결시켰을지도 모르지요."

그의 말에 의하면 죽은 가모 우지사토도 그리고 지금 오사카성에 있는 오다 우라쿠도 모두 본심은 예수교 신자이고 그밖에 마키무라 마사하루(牧村政治), 시바야마 겐모쓰(芝山監物), 후루타 오리베(古田織部), 호소카와 다다오키, 세타 가몬(瀬田掃部) 등은 물론 마에다 도시이에도 정말은 같은 생각을 갖고 있다고 한다.

"올바른 신앙만이 올바른 수양으로 통하는 것 같습니다."

그런 말까지 했지만 정치적인 일은 애써 피하려는 듯한 태도가 보였다.

'피하려 하는 게 수상하다……'

남보 우콘과 만난 일 또한 고에쓰를 교토로 돌아가게 한 원인의 하나가 되었다. 고에쓰는 우콘의 말에 이해되는 점도 있고 반발이 느껴지는 점도 있었다.

그는 대단한 결벽성을 지닌 이상가인 모양이다. 그 점에서 혼아미 고에쓰와 비슷한 인물인지도 모른다. 남보……곧 '남만류(南蠻流) 중'이라고 자칭할 만큼 예수교 신자로서 티끌만 한 빈틈도 없어 보였다. 그는 불교이야기, 신도(神道)이야기, 더욱이 선이야기 등에는 아예 귀도 기울이지 않았다. 어쩌면 그가 어느 때 만난 적 있는 승려가 몹시 타락한 파계승이었는지도 모른다. 그래서 그는 그 승려를 불교며 선이라고 결론지었는지도 모른다.

'내가 니치렌 대사에게 바치는 신앙은 그렇듯 편협한 게 아니야……'

고에쓰는 바로 그 일로 자신을 돌아보게 되었고 얼마쯤 부끄러운 점이 없지 않았다. 신앙은 사람들을 행복하게 하지만 맹목적으로도 만든다. 맹목적인 신앙은 미신에 빠지고, 곧 신앙하는 자에게 뼈아픈 배신으로 보답해 온다…… 그러나 문제는 그 열렬한 신앙을 가진 자가 종교의 위기를 깨달았을 때 어떻게 움직이는가에 있었다.

이를테면 오고쇼가 이렇게 말한다고 하자.

"니치렌 종을 탄압하라."

그런 때 고에쓰는 그 명령에 따를 수 있을지 없을지……?

'따를 리 없다!'

그렇다면 미우라 안진에 의해 자기 종교의 위기가 초래된다고 믿고 있는 우콘을 비롯한 수많은 예수교 신자들은 당연히 이에 승복할 리 없다는 답이 된다.

그 답이 확실해졌을 때 고에쓰는 가가에서 일어섰다. 일본인은 결코 예수교 신자뿐만이 아니라면 예수교 신·구 두 파의 대립항쟁으로 다른 일본사람들을 동란 속으로 휩쓸리게 한다는 것은 있을 수 없는 일이다…….

생각해 보면 자신과 본가 고사쓰와의 다툼 따위는 실로 니치렌 대사에게 부끄러운 아주 사소한 일이었다. 인간은 이러한 사소한 일을 초월해 보다 높은 진리를 향해 살아야만 사는 보람을 느낄 수 있다! 그런 생각을 하자 고에쓰는 곧 도시나가를 만나 다시 교토에서 살고 싶다고 고백했다.

도시나가는 대찬성이었다. 도시나가가 고에쓰의 생활을 원조하는 것은 이를테면 교토의 정보를 얻으려는 데 있으며 결코 그를 곁에 두려는 게 아니었다. 이리하여 고에쓰가 가가를 떠나 교토로 나갔을 때는 벌써 여름이었다.

"오래 찾아뵙지 못했습니다. 오랜 세월 교토에서 산 저에게는 왠지 시골 생활이 맞지 않습니다."

본가를 찾아갔을 때, 고에쓰는 외숙부 고사쓰로부터 그 아름다운 작은 초록 상자를 받았다. 하치오지에 있는 오코가 고에쓰에게 전해달라……며 보내와 가가로 가는 인편을 구하던 참이라고 고사쓰는 말했다.

"허, 이런 상자를 오코가……?"

고에쓰는 그 상자의 훌륭한 칠과 구도의 아름다움에 잠시 넋을 잃고 바라보았다.

"고에쓰, 실은 이 상자를 보내온 오코의 편지에 마음 꺼림칙한 게 있어 상자 안을 살펴보았지. 그런데 안에 아무것도 들어 있지 않았어."

어머니 묘슈의 동생 고사쓰는 역시 니치렌 신자로 세상의 여느 눈으로 보아서는 결코 불결한 인물이 아니었다. 고에쓰에게 보내온 물건 속을 살펴보았다는 말에 고에쓰는 울컥 치미는 게 있었으나 참고 되물었다.

"이 편지가 도착할 무렵 오코는 이 세상에 없을지도 모른다, 그러므로 이것이 도착하는 날을 내가 운명한 날로 여겨 공양을 부탁한다, 결코 더 이상 오쿠보 가문에 문의하거나 행방을 찾지 않도록…… 만일 그런 일을 한다면 오히려 우리 집안에 누가 미칠지도 모른다……는 내용의 편지였지."

"허……."

"오코는 자네도 알다시피 우리 집안의 말썽꾸러기…… 그러니 공양은 해주겠지만 오히려 마음 놓이는 느낌이야. 그대로 있다가는 무슨 짓을 할지 모르니까."

제법 성깔 있는 고사쓰는 거의 백발이 된 머리끝을 살며시 긁적였다.

"그러니 자네도 그냥 내버려 두게. 나는 누님에게도 말하지 않았어."

누님이란 고에쓰가 교토에 남겨둔 어머니 묘슈를 말한다. 고에쓰는 그때 아무 말도 하지 않고 물러 나왔다.

그 작은 상자는 결 고운 삼나무 상자에 단정히 넣어져 유서깊은 붉은 옛 비단 천에 싸여 있다. 그것을 안고 어머니를 맡겨둔 오가와 데미즈(小川出水)의 자야 시로지로 별장에 도착하자 그날은 책 선반에 올려둔 채 열어보려고도 하지 않았다.

자야는 그때 나가사키로 가고 없었으나 고에쓰가 교토에 돌아온 것을 알고 하이야 쇼에키(灰屋紹益), 스미노쿠라 소안(角倉素庵), 다와라야 소타쓰 등이 찾아와 저마다 오랫동안 소식 없었던 인사를 하고 돌아간 뒤, 이번에는 교토 행정장관 이타쿠라 가쓰시게가 와서 이야기 나누느라 고에쓰는 오코의 일을 생각할 겨를이 없었다. 그래도 가쓰시게에게는 넌지시 나가야스의 일을 물어보았다.

가쓰시게는 아무 일도 없는 듯이 대답했다.

"나가야스는 운이 센 사나이요. 올봄에 뇌졸중으로 쓰러졌다고 들어 이로써 은퇴하는가 했더니 다시 일어나 마지막 충성이라면서 고슈의 구로카와 골짜기 금광에 또 덤벼들어 원기 왕성하게 일한다더군."

그리고 목소리를 낮추어 나가사키 항구 밖에서 포르투갈 배를 불태운 사건을 조금 건드렸으나, 가가에서 들은 것과는 상당히 거리가 있었다. 가가에서는 아리마 하루노부가 마카오 근해에서 자기 무역선을 약탈한 보복으로 불태워버렸다는 소문이었는데, 불 지른 것은 하루노부가 아니라 포르투갈 배의 선장 자신이라고 한다.

"실은 아리마의 배에 엄청나게 많은 무기가 실려 있었으므로 이쪽에서 습격하기 전에 자기네 쪽에서 불태워버린 게 진상인 모양이오."

이타쿠라 가쓰시게는 그 말을 한 뒤 털어놓았다.

"그 일에 오쿠보 나가야스가 관련되었다는 소문이 나돌아 그걸 없애느라 난처해하고 있는 참이오."

고에쓰는 깜짝 놀라 되물었다.

"허, 나가야스가 포르투갈 배를 불태운 일에?"

"아니, 그게 아니오. 나가야스가 지금 세계로 일본의 무기를 내다팔면 반드시 환영받고 큰 돈벌이가 된다는 지혜를 빌려준 모양이오. 그런데 그대도 알다시피 오늘의 세계는 둘로 나뉘어 곳곳에서 싸우고 있소. 스페인, 포르투갈과 네덜란드, 영국 쪽으로 말이오…… 따라서 일본의 무기가 환영받는 것은 잘 알겠으나, 어느 편에 들어가느냐 하는 일은 남만과 홍모 사이에 사건이 되지요. 천축, 자카르타, 말레이로부터 필리핀이며 향료섬(香料島) 등 모든 곳에서 맹렬하게 다투고 있으니 말이오. 그래서 스페인 왕의 내명으로 포르투갈 배가 무기를 실은 일본선을 습격하게 된 거요. 그리고 단지 짐을 뺏었을 뿐 아니라 배를 가라앉히고 선원을 몰살하는 폭거를 감행한 모양이오. 그래서 아리마는 머리끝까지 화가 치밀었소…… 그런데 포르투갈 배는 모처럼 뺏은 무기가 다시 일본인 손에 의해 적에게 넘겨지면 지금까지의 고생이 물거품이 된다고 여겨 자기 쪽에서 배에 불 질러 짐과 함께 가라앉혀버렸지요. 이것이 오고쇼님 귀에 들어가지 말아야 할 터인데……."

이에야스의 방침은 어디까지나 평화로운 교역에 있고, 소동의 불씨를 뿌리는 무기 수출 따위는 말도 안 되는 일이었다. 게다가 저쪽에서 앞질러 배를 불태워버려 나가사키 행정관과 아리마 하루노부는 아주 난처해하고 있다.

"화물은 면사였다, 엄청난 면사를 싣고 왔는데 실은 일본 배에서 뺏은 것을 일본에 되팔러 온 것을 알게 되어 황급히 배를 불태웠다고 떠들어댄다는 거요."

가쓰시게는 고에쓰의 인물됨을 훤히 알므로 이에야스에게 직접 보고할 필요가 없는 것까지도 언제나 털어놓았다.

"허……하지만 얼마쯤 미심쩍은 데가 있는데요……?"

"어떤 점이 미심쩍소?"

"포르투갈 배가 일본의 무기를 강탈했다……는 데까지는 알 수 있습니다. 이것은 그들에게 과연 중대사, 자카르타나 샴이나 천축이나 필리핀의 반대세력 손에 들어간다면 분명 불리해지겠지요. 그러나 모처럼 빼앗은 그 무기를 어째서 다시 일본으로 싣고 왔는지…… 왜 위태로운 나가사키 항구로 들어왔는지…… 납득되지 않습니다."

가쓰시게는 이맛살을 찌푸리며 고개를 흔들었다.

"그 일 말인데, 어딘가로 운반하려다가 무슨 사정으로 나가사키에 들렀다……고 생각되지만, 세상 소문은 더욱 신기한 걸 좋아해서 말이오."

"세상 소문이라니……?"

"말하자면 스페인도 포르투갈도 일본에서의 일전을 이제 피할 수 없다, 그도 그럴 것이 오고쇼님도 쇼군님도 미우라 안진에게 속아 이미 어쩔 수 없는 네덜란드파와 영국파가 되어 있다고 본다는 거요. 그래서 오사카성으로 무기를 잔뜩 반입해 농성하여 일전을 벌이려 한다……즉 그 때문에 무기를 일부러 나가사키로 옮겨왔으며, 그것이 아리마 하루노부의 반감으로 탄로 날 듯하자 황급히 태워버렸다…… 그렇게 되어 오쿠보 나가야스도 히데요리 님도 모두 말려든다……는 난처한 소문이 나 있소."

"허……."

혼아미 고에쓰는 순간 숨을 멈추고 이타쿠라 가쓰시게를 쏘아보았다. 고에쓰 자신 그런 상상을 하고 몸을 떤 일이 있기 때문이었다.

"그러면 포르투갈 배는 일본 배로부터 뺏은 무기를 다시 일본으로 싣고 와 오사카성 안에 쌓아두려 했던 겁니까……?"

잠시 뒤 고에쓰가 되풀이 묻자 가쓰시게는 황급히 손을 저어 가로막았다.

"그렇듯 정해진 사실처럼 말하지 마시오. 그런 소문이 퍼져 난처하다는데."

"흠, 그러면 오사카성에는 포르투갈이며 스페인 편을 들어 네덜란드와 영국 편에 선 오고쇼님과 일전을 벌여도 좋다……고 생각하는 사람들이 있는 모양이지요?"

"바로 그 말이오. 이를테면 하느님을 위하는……일에 열심인 예수교도가 전혀 없는 건 아니지요. 포르투갈의 선교사들이 잘 포섭하면 이들이 그런 생각을 하지 않으리라고 할 수 없다……는 답이 나오므로 곤란한 거요."

"오사카성에 출입하는 선교사는 대체 누구입니까?"

"고에쓰 님에게는 감출 것 없지. 포를로라는 신부요. 그리고 어떤 선입관을 가지고 보면 오사카성 안의 중신들은 모두 이 신부와 관련 있지요."

"어……어……어떤 관련입니까?"

"신자인지, 아니면 후원자인지. 오다 우라쿠도, 가타기리 가쓰모토도, 아카시 가몬도, 하야미즈 가이도…… 아니, 개중에는 그들이 그런 사정을 은폐하려고 요도 마님에게 대불전 재건을 열심히 권한다는 말을 하는 자도 있소. 말하자면 대불전 재건 그늘에 숨어 오사카성을 예수교 구교 거점으로 삼으려 계획한다……는 게 소문의 뒷받침…… 우선 오사카성에는 지난해 돌려보낸 전 필리핀 총독 돈 로드리고들의 답례로 세바스찬 비스카이노 장군이라는 자가 올해 일본으로 온다……는 일까지 아는 자가 있어 소문내는 거요. 만일 오사카성이 남만인의 거점이 된다면, 스페인 대왕은 몇십 정의 대포를 실은 군함을 일본으로 잇따라 보낼 것……이라는데, 이것은 일본인들만의 소문이 아니라 그렇게 하는 게 스페인, 포르투갈…… 즉 남만인의 상투수단이라고 네덜란드 인도 말하고 있소. 나는 결코 그대로 받아들이지 않지만."

혼아미 고에쓰는 이타쿠라 가쓰시게의 인품을 잘 알고 있다. 결코 적당히 말하는 사람이 아니며, 비록 소문이라 할지라도 그가 그 일로 마음 아파하고 있는 것은 사실……이라고 판단해도 틀림없었다.

"그대가 교토로 돌아오니 실로 마음 놓이오. 자야도 스미노쿠라 요이치들도 그대를 인생의 스승으로 우러러보고 있으니 말이오. 그들에게서 뭔가 들을 만한 이야기라도 있거든 평화유지를 위해 슬쩍 알려주시오."

가쓰시게가 돌아가자 고에쓰는 잠시 망연히 앉아 있다가 불현듯 오코가 보냈다는 작은 초록상자가 생각났다.

'그렇다, 상자 안에 뭔가 감춰져 있는지도 모른다……'

고에쓰의 상상은 들어맞았다. 작은 상자의 뚜껑을 여니 속이 비어 있으나 귓가에 대고 흔들자 희미하게 종이 스치는 소리가 났다. 속은 비었으나 바닥이 이중으로 되어 있는 증거였다. 그래서 찬찬히 끈을 풀어 뚜껑이 덮히는 부분을 한 번 더 살펴보니 금붙이로 된 안쪽 상자가 소리 없이 열렸다.

"아……역시 그렇군!"

그 밑바닥에 고에쓰의 기억에도 있는 소타쓰가 팔던 선물용 그림종이가 가득 들어 있었다. 뿐만 아니라 그 한 장 한 장에 작고 가느다란 글이 잔뜩 적혀 있다. 저마다 쓴 날짜가 있고, 한 장의 종이 안에 때로는 '고에쓰 님'이라는 수신자의 이름이 두 번 세 번 씌어 있었다.

고에쓰는 숨죽이고 그것을 읽었다. 읽으면서 때로 얼굴을 붉히거나 혀를 찬 것은 오코가 어울리지 않게 고에쓰를 잊지 못할 첫사랑의 사람으로 감상을 엮어 넣은 부분이 나오기 때문이었다.

'그 여자……자기 생활에 불만을 느낄 때마다 난데없는 곳으로 달아나곤 했었군……'

고지식한 고에쓰는 오코가 자신을 진지하게 사랑했다는 말을 그대로 믿을 수 없었다. 처제가 형부를 연모한다……는 상상은 고에쓰에게 말하게 한다면 용서할 수 없는 부도덕한 일이다. 그러나 오코가 그에게 적의를 품는 대신 혈육으로서 의지한 심정은 잘 알 수 있었고 가련하게도 느껴졌다. 아무튼 오코는 고에쓰가 상상한 대로 오쿠보 나가야스와의 애욕생활에 그대로 빠져들 여인은 아니었던 모양이다. 미워하면서 사랑하고 사랑하면서 미워하는 여자의 숙명이 견딜 수 없이 애절하게 붓글씨에 아롱져 있었다.

다 읽을 때까지 두 시간 남짓 걸렸다. 그리고 오코가 고에쓰에게 호소하려는 게 무엇이었던가……? 그것을 냉정하게 되씹어보고 나서, 그러나 그리 놀라지 않았다. 오코의 수기를 읽기 전에 이타쿠라 가쓰시게를 만났기 때문인지도 모른다.

아무튼 오쿠보 나가야스는 다테 마사무네의 사위가 될 마쓰다이라 다다테루의 집정으로 승격했던 때부터 하나의 꿈을 발견했던 모양이다. 그 꿈은 아직 직제(職制)에도 없는 무역 총감독관이라는 지위에 다다테루를 올려놓고, 자기는 다테 마사무네와 함께 세계의 바다로 진출해 일곱 바다를 그 날개 아래 품어 활약하려고 생각했다. 그 꿈을 실현하기 위해 그는 해외에 어느 정도 연락망을 가진 예수교도 영주를 규합해 두려 생각하고 연판장을 만들었다. 아니, 그뿐만이 아니고 그때의 자금으로 쓰기 위해 곳곳의 금광에서 엄청난 양의 황금을 은밀히 하치오지로 옮겨놓은 모양이다.

그런데 도중에 다테 마사무네가 등을 돌렸다. 세상에 실없는 소문이 났기 때문⋯⋯이라고 오코는 썼다.

'그 소문이란 혹시 이타쿠라 가쓰시게가 말한 포르투갈 배를 불태운 일과 관계있는 것인지 아닌지⋯⋯?'

오코의 수기로는 그 일이 분명치 않았다⋯⋯ 마사무네와의 사이가 좋지 않게 되자 나가야스는 비로소 마사무네의 존재가 큰 것을 알아차린 듯⋯⋯하다고 오코는 쓰고 있다. 그때까지는 마사무네가 배후에 있어 꽤 신났던 모양이나 마사무네가 등 돌리자 처치 곤란한 적이 되었다.

아무튼 오고쇼도 쇼군도 마사무네라면 함부로 대하지 못한다. 게다가 또 나가야스의 주인인 다다테루의 장인이다. 이 장인이 만일 다다테루를 위해 나가야스는 그리 좋지 않은 집정이라고 오고쇼며 쇼군에게 이야기한다면 나가야스의 목이 언제 날아갈지 모른다. 사람좋은 나가야스는 마사무네가 등돌릴 때까지 그 일에 대해 생각이 미치지 못했던 모양이다.

뒷날의 활약을 위해 부지런히 황금을 축적했는데 무사무네는 말했다.

"반역의 준비로 보인다면 어떻게 하겠나?"

그 주의를 듣고 눈을 뜨게 되자 나가야스는 깜짝 놀라 자기 몸을 지키는 방향으로 시선을 돌렸다. 그렇게 되자 첫째로 방해된 것은 연판장⋯⋯ 둘째로 방해된 것은 축적한 황금⋯⋯이라고 오코는 기록하고 있다.

고에쓰는 생각했다.

'그럴지도 모른다⋯⋯.'

무릇 금광은 광맥잡이들에 의한 청부제이다. 광맥을 만났다든가 놓쳤다든가 하는 일은 여느 사람으로서 전혀 알 수 없었다. 따라서 금산출량의 증감은 나가야스의 지시에 따라 좌우된다. 따라서 나가야스가 고지식하게 축재하고 있었다 하더라도 의심받아 조사당하게 되면 변명의 여지가 없었다.

"그토록 화려한 생활을 하고도 그 거부를 쌓다니⋯⋯ 괘씸한 일이다."

그렇게 여겨진다면 실제로 화려한 생활을 해온 만큼 적은 미곡 수입밖에 없는 검소한 영주들은 모두 그런 기분이 되어 나가야스의 적이 될 것이다.

그래서 나가야스는 그 황금을 구로카와 골짜기의 옛 광산에 감출 계획을 세웠다. 자신은 뇌졸중으로 쓰러진 체하고 그동안 황금을 운반해 놓았다가 완쾌되었을 때 옛 광산을 다시 파들어간다. 그러면 꼭 필요한 경우 언제든 다시 파서 반출할 수 있고, 만일 일이 얽혀들어 하치오지의 저택 안을 조사당하더라도 거기에는 대단한 황금이 없으므로 문제 될 것 없다…….

오코는 그렇게 쓴 뒤 병중의 여자로 보이는 야릇한 감상을 적어넣고 있었다. 이를테면 그 비밀을 아는 사람은 오쿠보 가문 안에서 자기 하나……그러므로 나가야스가 진실로 믿고 있던 것은 오코뿐이었다……고 생각했는데, 그녀의 착각임을 깨달았다. 실제로 나가야스는 자기의 많은 측실 가운데 누구를 죽일까 궁리하다가 오코를 점찍은 모양이다. 그러므로 머지않아 자기는 구로카와 골짜기로 끌려가 아무도 모르게 살해될 것이다. 만일 오코가 가엾게 여겨지거든 고에쓰도 한 번 구로카와 골짜기를 찾아주기 바란다. 그것이 이른 봄이라면 내 피는 그 언저리의 진달래에 검은 꽃을 피워놓겠다……고 씌어 있었다.

고에쓰는 오코의 성격을 잘 안다고 생각하고 있었다. 지기 싫어하고 장난스러우며 엉뚱한 일을 좋아했다. 그런 만큼 오코에게 어울리지 않는 마지막 감상 따위에는 그리 마음 쓰지 않았다.

'검은 진달래꽃이 필 수 있나…….'

그러나 고에쓰에게 보내온 것과 같은 똑같은 상자에 나가야스가 연판장을 넣어 봉해 어딘가에 감춰두었다고 쓴 한 대목은 묘하게 마음에 걸렸다. 여느 사람이라면 그런 것은 깨끗이 태워버릴 게 분명하다. 그런데 나가야스의 기질로는 그렇게 할 수 없었던 것이리라.

그만큼 나가야스는 꿈에 살고 꿈을 좇는 인간이었다. 아마 그가 죽은 뒤 그가 어떤 이상을 품고 있었던지 남겨두려고 생각한 게 분명하다. 그것이 나가야스의 허영이며 또 열등감의 표현이라고도 할 수 있다.

'나는 단순한 광맥잡이나 광대가 아니었다…….'

거기까지 생각하자 고에쓰는 문득 또 하나의 불안에 마주쳤다. 그것은 나가야스가 포르투갈 배를 불태운 일에 관계 있는 것 같다고 한 이타쿠라 가쓰시게의 말이었다.

'나가야스의 꾀병은 어쩌면 황금을 은닉하는 것보다 그쪽의 일이 두려워 무언가 잔꾀 부렸던 게 아닐까……? 나가야스가 만일 무기를 오사카성에 쌓아두려 했다면 어떻게 될까……?'

이 상상은 너무나 엉뚱하다. 그러나 나가야스의 두뇌 움직임은 여느 사람과 좀 다른 데가 있다…… 그의 이상은 배를 타고 당당히 세계의 바다로 나가는 데 있다. 그것을 위해 포르투갈, 스페인 두 나라의 왕인 펠리페 3세와 화친을 맺어 둘 필요가 있다……고 생각한다면 그 교량 역할을 위해 오사카성에 드나드는 신부들에게 어떤 방법으로 접근하려 할지 몰랐다.

'그냥 내버려 둘 일이 아닌지도 모른다.'

고에쓰는 거기서 비로소 오코에게 편지를 쓸 마음이 들었다. 작은 초록상자를 받았다……고 노골적으로 쓰는 것은 좋지 않게 여겨져 넌지시 그 사연을 내비치어 썼다.

"나가야스 님이 교역에까지 손대셨다니 여러 가지 신기한 이야기가 있겠지. 틈틈이 그런 일도 알려주기 바란다."

그리고 그 편지를 봉했을 때 또 한 손님이 찾아왔다.

그 무렵 자야가 에도의 니혼바시에 지점을 내어 파발편이 종종 있었다.

"이 편지를 자야의 에도 가게에서 하치오지로 전해달라고 부탁해다오."

어머니가 부리는 하녀를 시켜 거기로 보내고 객실에 나갔다.

"오, 이게 누구야! 나야 남댁 아가씨 아닌가."

다만 사카이의 나야에서 왔다고 전갈받았기 때문에 점원이나 다른 누구인 줄 여겼는데, 뜻밖에도 오사카의 히데요리 곁에서 시중들던 오미쓰였다.

오미쓰는 머리 모양도 차림새도 상인 집 딸로 돌아와 공손히 인사했다.

"오랜만입니다. 아저씨께서 교토로 돌아오셨다고 들었으므로 우선 급히 뵙고 싶어서 왔습니다."

오미쓰는 이미 이전의 사카에 부인이 아니라 온몸에 반가움이 가득 어린 상인의 딸이었다.

"그대는 언제 그만두었나. 좀 여윈 것 같은데 혹시 몸이라도……?"

고에쓰는 손뼉 쳐 어머니 묘슈를 부르면서 저도 모르게 웃음 지은 얼굴이 되었다.

"네, 실은 올봄에 센히메 님과 대감님이 결혼하셨기 때문에."

"허, 두 분이……그래, 그랬구면."

"네, 사이좋으셔서 오사카성에 그야말로 오랜만에 봄이 돌아왔지요."

"그것참, 잘됐군. 수고 많았어……."

말하면서 고에쓰는 눈시울을 훔쳤다. 자야 시로지로의 약혼자였던 오미쓰에게 히데요리의 손이 닿아 아이를 낳은……뒤부터의 괴로움이 자기 일처럼 아프게 느껴졌기 때문이었다.

"그래, 생모님께서도 별고 없으신가?"

"많이 변하셨습니다."

"그래?"

"안심하셔요. 역시 나이 탓일까요. 말할 수 없이 상냥하신 좋은 어머님이 되셨어요."

"허, 그분이……."

"네, 게다가 센히메 님도 제가 낳은 지요히메(千代姬) 님을 양녀로 키워주시겠다고 고마우신 말씀을…… 아저씨, 오미쓰를 비끌어 맸던 쇠사슬은 깨끗이 끊어져 버렸습니다."

"다행이야! 그로써 수고의 보람이 있는 거지. 그래, 센히메 님 양녀로?"

"네, 그리고 그만둘 무렵 고마우신 말씀을…… 내가 너무 어려서 그대를 고생시켰어. 용서해 달라고……하시며……."

거기까지 말하고 오미쓰도 살며시 소매 끝으로 눈시울을 훔쳤다.

고에쓰는 다시 손뼉 쳐서 어머니를 불렀다.

"귀한 손님입니다. 차나 과자 준비는 나중에도 좋습니다. 빨리 오십시오."

단둘이서만 마주 보고 있으니 울음이 나올 것 같아 견딜 수 없었던 것이다. 생각해 보면 오미쓰로서는 실로 당치도 않은 재난…… 3대 자야가 현명했으니 망정이지, 히데요리에게 사랑받았다는 이유만으로 요도 마님에게 미움받고 노신들은 난처해하고 도쿠가와 가문에서 온 자들로부터 사사건건 적대시되는 입장이 되었다. 여간 마음 굳센 여인이 아니고는 그 무렵 자살했을 게 분명했다. 그런데 알맞은 기회에 몸을 빼고, 여위긴 했으나 여느 때처럼 건강하게 웃는 얼굴을 보여준 것이다.

"오! 이거 참."

차를 들고 들어온 어머니 묘슈도 눈이 둥그레져 문가에 우뚝 서버렸다.

"……오미쓰 님이었군!"

"할머님, 변함없으신 모습을 뵈니 무엇보다도 다행입니다."

"변함없다고……호호……너무 변했지. 이 백발을 봐. 검은 것은 이제 한 가닥도 없다니까."

어머니가 이야기에 끼어들었으므로 고에쓰는 황급히 휴지를 꺼내 코를 풀었다.

"이제부터는 종종 들르겠어요. 잠시 동안이었지만 그만두고 나와보니 세상이 송두리째 변한 것처럼 느껴져요."

오미쓰의 말에 묘슈는 여전히 멍한 모습으로 머리를 흔들었다.

"세상이야 조금도 변하지 않았지. 여전히 가난 귀신도 있고, 도둑님도 계시고, 저마다 가업에 열심이야."

"어머나, 할머님은 말씀도 잘하셔……."

"정말이야. 내가 변하는 건 좋지 않지만, 아들에게는 좀 변해 달라고 부탁하고 있는 참이야."

"어머, 아저씨에게……."

"그렇지. 여전히 목석같은 사나이, 며느리가 죽어도 아직 혼자야. 하이야 님 아드님께 요시노 다유(吉野大夫)를 중매했던 기분으로 자신도 어디서 유녀라도 하나 찾아온다면 좋겠는데……."

"아, 그러고 보니 아저씨께……위로 말씀도 드리지 못하고."

"어때, 오미쓰 님? 이 집 주인에게 알맞는 성품의 좋은 후처가 어디 없을까. 그렇지 않으면 이 할미가 이젠 허리가 아파서 말이오."

얼마 동안 말 상대가 없어 묘슈도 적적했던 것이리라. 줄곧 가볍게 입을 놀렸다.

고에쓰는 오코 이야기를 꺼내 볼까 하다가 그만두었다. 어머니 묘슈에게, 아들이 아직 죽은 아내의 모습을 쫓고 있다……는 생각을 하게 해서는 안 된다고 여긴 것이다.

"오래간만이야. 성안 이야기도 여러 가지 있겠지. 나는 곧 경단 준비를 해야지.

오미쓰 님은 경단을 좋아했지."

"네, 매우 좋아하지만……."

"괜찮아, 좋아하는 경단을 만들어주는 걸 이 할미는 매우 좋아하지."

나이 들었어도 묘슈는 아직 구석구석 미치는 위로의 마음을 잊지 않고 있었다. 그녀는 자야가 그 뒤 어떻게 지내는지 오미쓰가 물으러 온 것으로 아마 짐작한 게 틀림없다. 적당히 틈을 보아 다시 부엌으로 나갔다.

"오미쓰 님, 그대는 아까 생모님께서 변하셨다고 했지?"

"네, 참으로 많이 변하셨어요. 요즘은 나무랄 데 없는 어머님이세요."

"생모님을 변하게 한 원인은 나이 탓……뿐일까."

오미쓰는 잠시 응석 부리는 듯한 얼굴이 되어 고개를 저었다.

"허, 그러면 달리 생각나는 거라도……."

"네, 생모님께서도 결국 여자……라고 곰곰이 생각했어요."

"결국 여자……라니?"

"오고쇼님께서 친절하시게도 사자를 보내오셨어요. 아니, 편지도 보내셨지요…… 그래서 마음이 풀리신 걸 거예요."

"글쎄……나로선 전혀 알 수 없는 소리인걸. 그렇다면 오고쇼님은 여태껏 생모님에게 괴롭게 대하셨던가."

"호호……아저씨 같은 분도 여자 마음을 모르시는군요."

"그러면 다시 자세히……들려주었으면 좋겠구먼."

"요도 마님께서는 다른 여자로 말미암아 오고쇼님에게 버림받았다고 생각하셨던 모양이에요."

"다른 여자……라니……?"

"고다이인 님……호호……아저씨는 잘 아시는 줄 알았는데."

"뭐, 고다이인 님?"

고에쓰는 웃음을 터뜨릴 뻔했다. 그런 일이라면 들을 것도 없다. 자식을 낳지 못한 고다이인은 나이보다 분명 훨씬 젊어 보였지만 그렇다 해도 이미 연정 따위와는 먼 늙은 여자…… 오미쓰가 그런 일을 생각하고 있었던가 생각하자 그야말로 웃어주고 싶은 느낌이었다.

'너도 여자인가.'

그런데 오미쓰는 오히려 똑바로 고에쓰를 향해 자세를 바로 했다.

"아저씨, 다른 여자 때문에 버림받았다……고 제가 말한 뜻을 아저씨는 잘못 알아들으셨군요."

"하하……그런지도 모르지. 만일 생모님께서 정말로 그렇게 생각하셨다면 병이 라고밖에 할 수 없지."

"아니, 병이기는커녕 그것이 참된 여인의 모습이지요. 연정은 결코 아니에요. 오 고쇼님이 고다이인 님은 믿으시는데 생모님은 믿지 않으신다……는 생각을 골똘 히 하셨던 무렵의 생모님은 야차(夜叉)의 마음이 되셨어요."

"그렇다면 세상의 여느 질투는 아니었던가."

"그보다 더한 여자의 경쟁, 여자의 집념을 말하는 거예요. 오고쇼님은 아시다시 피 고다이인 님을 위해 두 번이나 절을 세워주시고, 쇼군 상경 때는 히데요리 님 을 고다이인의 아드님으로 후시미에 부르시려고 하셨어요."

"흠, 그 일 말인가……."

"아저씨, 그 일이 생모님에게 얼마나 미칠 듯한 외로움을 느끼게 하는지 남자 분들은 모르실 거예요. 실은 오미쓰도 지요 님을 낳고서야 비로소 알게 된 일입 니다."

"그렇다면 생모님의 그 방자함은 모두 자식을 빼앗기지 않으려는 어머니의 몸 부림이었다는 건가?"

"네, 그뿐만이 아닙니다. 생모님은 취하셨을 때 저에게 그만 털어놓으셨어요."

"그건……?"

"요도 마님은 몇 번이나 오고쇼님 곁으로 남몰래 가신 일이 있었대요. 오고쇼 님이 서쪽 성에 계실 적이겠지요."

"음."

"하지만 끝내 단념하도록 한 것은 히데요리 님…… 내 자식을 위해 귀신이나 뱀 이라도 되어야 할 몸이 연정에 미쳐 날뛸 수 있느냐고…… 그토록 생각하는 히데 요리 님도 세상의 의리로는 고다이인 님 자식이지요, 고다이인 님은 다이코 전하 의 정실부인이시니까요…… 그 정실부인에게는 상냥하게 대하고 자신에게는 괴롭 게 구는 오고쇼…… 그런 생각을 했을 때가 생모님의 지옥이었다고 생각해요."

고에쓰는 가볍게 눈을 감고 대답하지 않았다. 오미쓰도 역시 그 지옥을 거쳐

왔을 게 분명하다.

'그런가, 그런 뜻에서 그렇듯 난폭한 반항을 했었던가……!'

"아저씨, 사람 저마다의 참모습은 뜻하지 않은 곳에 있어요. 생모님께서 만일 다이코 전하의 정실부인이셨다면 전혀 다른 부덕을 지닌 분이 되셨겠지요……."

그럴지 모른다고 고에쓰도 생각했다.

'오코가 내 아내였더라면……'

오미쓰는 다시 말을 이었다. 고에쓰는 눈을 감은 채 얼굴이 붉어졌다.

"그리고 요도 마님은 이런 말씀도 하셨어요…… 지금에 와서 다이코 전하에게 단 한 가지 원망이 있다고……."

괴로운 성안의 일을 끝내고 오미쓰는 가슴에 쌓인 것을 모두 한꺼번에 토해버리고 싶은 모양이다.

"전하에게 원망……이라면 정실부인이 아니었던 일 말인가."

고에쓰가 되묻자 오미쓰는 묘한 미소를 지어 보이며 고개를 저었다.

"아니, 전하는 병중에 생모님께 그대는 젊으니 히데요리를 데리고 이에야스에게 시집가라……고 말씀하셨대요."

"그 일이라면 나도 들은 바 있지."

"생모님은 그래서 날마다 밤을 지새우며 생각했다고……말씀하셨어요."

"그것도 알 것 같군."

"그래서 가까스로 그럴 마음이 된 것은 7일이 지난 뒤…… 그런데 이미 전하는 그 일을 잊은 듯 입에 담지 않으셨으며 그뿐 아니라 이번에는 이시다 미쓰나리 님에게서 전혀 다른 말을 들었답니다."

"뭐라고 하셨는데?"

"전하의 유언이니, 마에다 님에게 재가하시라고……."

"그것도 들었어. 다이코 전하께서는 그때 이미 마음이 혼란하셨지……."

"그게 여자의 마음을 몰라준 단 하나의 원망……이라고 하셨어요. 어째서 그렇듯 함부로 말씀하셨는지, 그 때문에 요도 마님은 오고쇼님 앞에서 언제나 마음에 거리끼는 게 있어 내내 무심해질 수 없었다고."

"과연."

"하지만 그것도 이제는 옛이야기…… 고다이사 공사도 끝나고 히데요리 님과 다른 성에 살도록⋯⋯하라는 말도 나오지 않게 되었다⋯⋯ 무엇보다도 오고쇼님이 후시미에서 고다이인 님과 멀리 떨어진 슨푸로 옮기신 것이 생모님을 보살님으로 만드셨다⋯⋯고, 오미쓰는 자꾸 그런 기분이 드는군요."

그 일에 대해서는 고에쓰도 마음 놓였다. 만일 천하에 다시 싸움이 일어나는 날이 있다면 생모님의 모진 마음이 그 원인의 하나가 되리라⋯⋯고 전부터 생각하고 있었기 때문이었다.

"그래, 생모님이 그토록 변하셨나?"

"네, 그러므로 센히메 님도 반드시 행복하시겠지요."

"오미쓰 님, 그대에게 부탁이 있는데."

"저에게⋯⋯."

"그렇지, 변하신 생모님이며 센히메 님의 행복을 나와 그대는 튼튼히 지켜 드려야 하오."

"그건 벌써⋯⋯."

"그런데 이 고에쓰에게는 아직 무시무시한 땅울림이 들리는 것 같거든."

"땅울림⋯⋯?"

오미쓰는 이맛살을 모으며 귀 기울이는 얼굴이 되었다.

"어떤⋯⋯땅울림인가요?"

"아니, 땅울림이라기보다 바다울림⋯⋯이라는 편이 좋을지 모르겠군. 사카이로 돌아가면 그대는 다시 나야네 집 딸이 되지. 그대는 여러 바다의 온갖 배 소식을 듣게 될 거야. 그러니 아리마 가문에서 포르투갈 배를 불태웠다⋯⋯는 사건의 자세한 형편을 좀 알아봐 주지 않겠나. 아무래도 이 일이 마음 놓이지 않아. 수상한 연기가 피어오르고 있거든."

오미쓰는 다시 고개를 갸우뚱했다. 그 일에 대해 그녀는 아직 아무것도 듣지 못한 모양이다.

"아리마 가문에서 포르투갈 배를⋯⋯?"

"그렇지. 그것이 뜻밖에 태풍의 근원이 될 듯한⋯⋯기분이 자꾸만 들어."

"아저씨, 어째서인가요? 그렇지, 이야기 줄거리⋯⋯ 아니, 요점만이라도 들려주셨으면."

고에쓰는 고개를 끄덕였다. 요점을 들어두지 않으면 오미쓰가 그물을 칠 수 없으리라……고 생각했기 때문이다.

"이 사건의 가장 중요한 점은, 아리마 하루노부 님이 사사로운 울분에서 제멋대로 남만선을 공격했는가, 아니면 오고쇼님의 승낙을 얻어 싸우려고 결심했는가 하는 거야."

"그렇다면 그 점이 아직 분명하지 않다는 건가요?"

"그렇지. 나가사키 행정관도 관계있는 것 같다……고 짐작되지만, 그 나머지 일은……."

"그래서 오고쇼님 승낙을 얻지 않았다면……."

"그렇다면 그리 염려할 것 없겠지. 일본 대 포르투갈의 일이 되지 않고 끝나거든. 선장과 아리마의 싸움이 되는 거니까. 아리마 님에게 불법적인 일이 있다면 오고쇼님이 꾸짖는……정도로 끝날 거야."

"그럼, 그 반대 경우에는……?"

"그것이 내가 염려하는 일이지. 그대로 알고 있듯 지금 교역은 오고쇼님이 가장 바라고 있는 태평 일본의 대국책이거든. 그 일은 남만인이나 홍모인 쪽에서도 잘 알고 있어. 그 오고쇼님이 포르투갈 배를 불태우도록 승낙하셨다……면 그 일을 명하셨다고도 받아들일 수 있지 않겠나."

"물론 남만 쪽은 그렇게 받아들이겠지요."

"그것이야, 내가 염려하는 건……유럽은 지금 남만과 홍모로 완전히 둘로 나뉘어져 싸움이 한창이라거든."

"네, 스페인, 포르투갈 쪽과 네덜란드, 영국으로 갈라져서……."

"그 일이야. 그 싸움이 예사롭지 않은 모양이야. 같은 예수교이면서도 종파가 둘로 나뉘어 이 바다 저 섬에서 가는 곳마다 피를 흘리며 싸우는 모양이야."

"그 일은 저도 듣고 있습니다."

"바로 그거야. 그 싸움의 소용돌이 속에서 오고쇼님이 만일 남만선을 불태워라……고 명령하셨다면 남만 쪽에서 어떻게 받아들일까. 홍모인 미우라 안진이 드디어 오고쇼님을 부추겨 홍모 쪽에 편들게 했다…… 머지않아 남만인은 일본에서 추방되거나 전멸될 거라고 여기면……이 일은 이상한 모양으로 오고쇼님의 이상이며 우리들의 희망을 산산이 부숴버릴지도 모르는 대소동이 될 거야."

"어머나……."

"우리들이 오늘날까지 오고쇼님 편에서 미력을 다해온 것은 모두 평화로운 세상을 바라서였지. 전국 난세에 지쳤다, 이제 그 같은 악몽의 세계에는 진저리난다고……그런데 이제 일본에 가까스로 평화가 왔다 싶자 이번에는 남만인과 홍모인 싸움에 휘말려든다……면 대체 어떻게 되겠나. 온 일본 백성들의 소원은 대체 어떻게 될까."

고에쓰는 그답지 않게 흥분해 격렬하게 무릎을 쳤다.

오미쓰는 숨죽이고 고에쓰를 쏘아보았다. 고에쓰가 염려하는 뜻은 잘 알 수 있었다. 살펴봐달라는 이야기의 요점도 분명해졌다. 아니, 그보다 더 지금의 오미쓰에게 얽혀오는 것은 오사카성에 있는 요도 마님의 얼굴이었고 센히메와 지요히메의 얼굴이었다.

"아저씨, 만일 배를 불태운 일이 오고쇼님 뜻에서 나온 거라면 일본이 다시 난세가 된다……고 염려하시는 거지요……?"

고에쓰는 엄숙한 눈길로 고개를 끄덕였다.

오미쓰는 다시 자신의 불안을 털어내고 말했다.

"그리고……그리고 만일 그렇게 된다면 오사카와 에도의 싸움이 된다고 보시나요?"

고에쓰는 내뱉듯 대답했다.

"그래! 오고쇼님이 홍모 쪽으로 발을 내디뎠다면, 이에 대항하려는 남만 쪽이 일본에서 구하는 거점은 오사카 외에 없지."

"……"

"뿐만 아니라 지금 듣고 보니 그 오사카성은 오고쇼님의 인내가 겨우 결실을 맺어 봄바람이 불기 시작했다는데……."

"아저씨!"

"그러나 이 봄바람 부는 성은, 건물은 비할 데 없이 견고하지만 인물 배치 면에서는 무방비에 가까운 아녀자의 성……."

"……"

"그대도 나야 쇼안의 핏줄이므로 알겠지? 이 성의 봄바람을 없애서는 안 돼. 이 성에 봄바람이 불고 있는 한 교토나 긴키는 말할 것도 없고 온 일본 백성들이 모두 따스하지만……이곳에 괴상스러운 싸움바람이 몰아친다면 어떻게 되겠나……? 난 그게 염려되어 실은 가가에서 돌아온 거야. 조심이 으뜸이지……노부나가 님으로부터 다이코 전하를 거쳐 오고쇼님 대에 겨우 거머쥔 우리들의 평화…… 이것을 남만인이나 홍모인에게 빼앗겨도 좋은가.”

듣고 있는 동안 오미쓰의 몸도 떨리기 시작했다.

“잘 알았어요. 제가 사카이로 돌아가면 곧 나가사키로부터 오는 뱃군들에게 알아보지요. 여자인 제게도 이제 땅울림이 들려오는 것 같으니…….”

고에쓰는 고개를 조금 끄덕여 보였으나 그 흥분은 쉽사리 가시지 않았다.

‘진정으로 염려하고 있구나…….’

그렇게 생각하자 오미쓰의 가슴 고동도 새삼 빨라졌다.

‘일본인이 남만인과 홍모인의 두 파로 나뉘어 피를 흘린다…….’

그런 상상은 전혀 가공적인 것이 아니었다.

“옛날에는 소에키 님도 계셨고, 쇼안 님이며 소로리 신자에몬들처럼 다이코 곁에서 우리 동료들이 눈을 번뜩이고 있었지만 히데요리 님 곁에는…….”

잠시 뒤 고에쓰는 비로소 고개를 세게 흔들고 화제를 바꾸었다.

“그래, 내가 하고 싶은 말만 했군. 자야 님에게서는 소식이 있겠지.”

“네…….”

“그도 몹시 기다렸겠지. 그만두고 나왔다면 서두르는 게 좋을 거야.”

말하고는 가슴이 뜨끔했다. 이번에는 오미쓰의 얼굴에 오싹 소름이 끼칠 만큼 찬웃음이 얼어붙어 있었기 때문이다. 고에쓰는 오미쓰의 입가에 떠오른 웃음을 놓치지 않았다.

‘자야 님과의 사이에 뭔가 있다……!’

결코 좋은 일이 아니라……고 직감하면서도 그것을 바로 입에 담을 수가 없었다. 결혼이야기를 들은 오미쓰의 웃음은 그토록 차고 메마른 체념이 스며들어 있었다.

“아저씨, 그 일에 대해서도 말씀드릴 일이 있어요.”

“그 일이라니……?”

고에쓰는 일부러 가볍게 피하면서 오미쓰가 가련해 견딜 수 없었다.

“저는 자야의 아내는 되지 않겠다고 결심했어요.”

“뭐……그렇다면 그때의 약속을 어기겠단 말인가?”

"네."

오미쓰는 얼굴을 똑바로 들며 이번에는 환히 웃었다.

"약속은 지켜야 하는 것……이라고 처음에 저는 생각했지만, 지금은 약속 가운데 지켜서 될 약속과 안 될 약속이 있다……고 깨달았어요."

"그렇다면……자야의 지금 주인을 싫어하는 건 아니다……그러나 결혼은 그만둔다……아니, 그편이 자야의 행복……이라고 생각을 바꾸었다는 게 되는데……?"

"그렇습니다."

"오미쓰 님."

"네."

"그 사고방식이 옳은지 어떤지, 그리고 내가 그 사고방식에 찬성해야 할지 어떨지……유감스럽지만 지금 당장은 대답할 말이 없군."

"아저씨는 자야 님에게 어떤 공경님이 딸을 주고 싶어 하는 것을 모르시나요……?"

고에쓰는 목소리를 조금 높였다.

"그것과 이건 다르지! 약속이란 서로 대화하여 납득했을 때 성립하는 거야."

"그건……잘 알지만……."

"그렇다면 그대 혼자 해석으로 깨뜨려서는 안 되는 것…… 알겠나? 자야 님 의사도 충분히 확인해야지. 남자의 의지란 때로 타산을 초월하는 법. 그대의 계산이 반드시 상대를 위하는 위로가 되지 않을 경우도 있는 거야."

오미쓰는 흠칫하며 다시 고개를 숙이고 어깨를 늘어뜨렸다. 더 물을 필요도 없었다. 히데요리의 자식을 낳은 자신이 부끄러워 몸을 빼려고 생각했음이 분명하다. 그 생각은 여자로서는 바람직하고 상냥한 마음에 뿌리내린 겸손이라고 해도 좋다. 그러나 그것이 반드시 남자에게 그대로 통용된다고는 할 수 없었다.

자야 시로지로가 그런 일은 초월해 포근히 오미쓰를 안아 들이겠다고 한다면 어떻게 될까…… 이 소문은 자야 자신의 주변에도 널리 알려져 있다. 만일 지금 오미쓰 쪽에서 파혼한다면……자야의 마음뿐 아니라 체면까지도 상처 입을지 모른다…….

고에쓰는 말했다.

"그렇군! 지금의 포르투갈 배에 대한 일, 내게서 부탁받았다고 하며 나가사키에 있는 자야에게 물어봐 주지 않겠나? 그게 좋겠군! 그 대답 여하에 따라 약속을 지키는 게 좋을지 어떨지 생각해 보는 것도 보탬이 될 거야."

고에쓰의 말을 듣고 오미쓰는 살며시 눈물을 닦았다.

선진국 일본

세상은 겉으로 보기에 참으로 조용했다.

'이 정도면 평화가 이미 뿌리내렸다고 해도 좋다……'

그해(세이초15년(1610)), 무엇보다도 이에야스를 안심시킨 것은 오사카 쪽의 부드러워진 분위기였다. 정월 초에 가타기리 가쓰모토가 히데요리의 대리라기보다 요도 마님의 심부름으로 슨푸까지 새해인사를 와주었다. 그때 센히메와 히데요리를 봄부터 함께 지내게 하겠다고 했고 그대로 실행되었다.

2월 중 영주들에게 나고야 축성을 명한 결과도 만족할 만했다. 이 축성은 형 다다요시의 뒤를 이어 오와리의 영주가 된 고로타마루가 거성을 옮기는……뜻으로는 그리 해석되지 않았다. 세상에서는 이에야스가 나이들어 얻은 자식들을 몹시도 귀여워한다……는 소문이 나돌았고, 이에야스 자신도 그때까지 기요스성을 에워싼 고조강(五條川)의 홍수가 해마다 성의 기초를 파괴하기 때문……이라는 세상이 아는 흔한 핑계를 대었지만 목적은 전혀 다른 데 있었다.

일본에서는 이미 마음대로 성채를 증축하는 일이 금지되고 있다. 보수공사도 막부에 신고하게 해서 태평시대 일본의 수비에 필요하다고 생각되는 것 정도로 제한하도록 명하고 있다. 이것은 무엇보다도 백성의 경제사정을 고려하여 내린 조처였다. 저마다 자기 위세를 뽐내는 전국시대는 이미 아니다. 그러나 오랜 습관과 허영이 아직 남아 있어 함부로 성채 구축을 허락하면 그야말로 경쟁적으로 성을 쌓는 일이 벌어질 것이다. 그래서 개간과 수리와 민정의 충실을 장려하면서 축성 쪽은 금지했다.

"일단 유사시에는 언제든 그 지방으로 막부의 군사를 보내 지원할 터이니 그럴 필요가 없다."

세상이 전국시대와는 사정이 달라 영지를 가진 영주는 무력 제일주의보다 민정관으로서의 능력이 으뜸이다. 그렇다 해서 국방과 자치방위를 내버려 두어도 좋다는 것은 아니다. 종래의 개개 성채방비는 최소한도로 제한하고 몇 지역의 중심되는 요소요소에 오히려 전보다 거대한 막부 구원군을 수용하기에 충분하도록 완비된 성채가 없으면 안 된다.

그런 뜻으로 나고야는 도카이도의 중요한 곳에 자리한다. 그래서 지금 당연히 적극 절약시킨 비용으로 위풍당당한 성을 쌓아두는 게 중앙집권의 성공을 시위하는 요점이고 국가 백년대계이기도 했다.

따라서 세상 사람들이 뭐라든 고로타마루는 그곳에 잠시 장식해 두는 데 지나지 않고, 이곳의 참된 관리자는 이에야스의 엄격한 눈에 든 히라이와 시치노스케, 나루세 마사나리, 다케코시 마사노부 세 사람으로 그 가운데서도 특히 불측한 일이 있으면 이에야스를 대신해 고로타마루일지라도 찌르라고 밀명받고 있는 나루세 마사나리가 그 중심이었다.

이에야스가 이 축성을 마에다, 이케다, 아사노, 가토, 후쿠시마, 야마노우치, 모리, 가토(요시아키), 하치스카, 이코마, 기노시타, 다케나카, 가네모리, 이나바 등 동북지방을 제외한 거의 대부분의 영주들에게 할당해 명한 것은 말할 것도 없이 자신의 건국 이상과 새로운 질서가 영주들에게 얼마나 이해되었는지 시험하는 게 그 주된 목적이었는데 아무튼 잘 이해되어 공사가 착착 진행되었다…….

에치고 축성도 같은 뜻이었다. 지역적으로 보아 이곳을 도카이도 안쪽 방비의 요지로 삼고 마쓰다이라 다다테루를 두어 튼튼히 굳혀갈 셈이었다. 여기서는 2월 중에 벌써 시나노에서 후쿠시마 성으로 다다테루의 이전이 끝났다.

이곳도 실은 후쿠시마 성을 폐하고 다카다(高田)에 상당한 대규모 축성을 하고 싶었으나 자연조건이 간사이와는 아직 비교도 안 되는 동북 일본의 경제상태로는 아직 무리라고 판단되어 연기하기로 했다. 이쪽은 나고야 축성에 관련시키지 않은 간토로부터 오우 지방 영주들을 다테 마사무네를 중심으로 저마다 돕게 할 생각으로 쇼군 히데타다와 타합을 끝냈다.

지금 이에야스의 마음에 한 가닥의 불안을 남기고 있는 것은 사실 생각지도 못했던 대궐의 일이었다. 천황과 황태자 마사히토 친왕(政仁親王)과의 사이가 좋지 않아 그동안 여러 공경들이 끼어들어 하나의 가문 소동……이라는 분규를 일으키려 하고 있다. 노부나가 시대의 곤궁함에서 벗어나 공경들이 다시 저마다의 생각에 따라 옛날 꿈을 꾸기 시작한 데 원인이 있는 것 같았다.

　히데요시가 간파쿠에 올랐던 무렵에는 그에게 다섯 섭정 가문의 족보 하나를 물려줘도 좋다는 자까지 있었을 정도였는데, 그럭저럭 생활이 안정되자 히데요리가 우대신이 된 것을 못마땅하게 여기며 나라의 체통을 모욕하는 일이라는 토론까지 나오고 있는 모양이었다. 그러므로 히데요리가 공경으로 그들 위에 군림하여 막부의 친족 영주로서 60만 석의 영토와 무력을 아울러 소유한다면 그들로서는 가만히 보고 있을 수 없는 방해물일지도 모른다.

　"도요토미 가문은 본디 비천한 농사꾼 혈통이 아닌가. 그런데 무력을 믿고 세상에 나온 것이다. 무가정치 아래에서 무장영주로 있는 건 좋지만 공경으로서 높은 자리를 차지하고 대궐 일에 관여하는 것은 무엄하다."

　물론 드러내어 입에 담을 수 있는 일은 아니다. 그러므로 그 감정의 모닥불은 천황 부자의 불화라는 매우 우려할 만한 곳까지 연기가 뻗어갔다. 그 결과 고요제이 천황은 빨리 양위하고 싶다고 말했지만, 이에야스는 연기하도록 상주하여 이럭저럭 누르고 있다.

　'대궐의 분쟁만 없다면 나도 한 번 상경하고 싶은데……'

　마음에 걸리는 중대사는 대체로 해결되었다. 그래서 한 번 더 상경해 문안차 천황을 배알한다는 명목으로 실은 히데요리와 센히메, 그리고 요도 마님을 보고 싶었던 것이다.

　그러나 그 일은 함부로 실행할 수 없게 되었다. 지금 이에야스가 상경한다면 대궐에서는 그가 공경들 간섭에 착수했다고 할 것이고, 히데요리를 만난다면 더욱 무서운 반감이 히데요리의 몸에 덮씌워질지도 모르는 일이다.

　'모든 게 다 좋기란 좀처럼 있을 수 없는 일이로군.'

　그래서 히데요리와 센히메의 다정한 소꿉장난을 때때로 상상하며 상경은 일단 단념하기로 했다.

　그러던 중 나고야 축성에 힘 쏟고 있던 가토 기요마사가 갑자기 슨푸로 이에야스를 찾아왔다.

이에야스는 기뻐하며 이를 맞았다. 그의 눈에 비친 가토 기요마사는 무장으로도 훌륭했지만 민정관으로서도 충분한 실력을 갖고 있다. 결코 재기발랄하다고는 할 수 없었으나, 이시다 미쓰나리보다 훨씬 시국을 내다볼 줄 아는 눈도 지니고 있었다.

미쓰나리도 기요마사도 고집으로는 서로 뒤지지 않는다. 그러나 미쓰나리는 이른바 권력을 농락하는 유형의 날카로운 자이고, 기요마사는 그것을 극단적으로 싫어하는 성실형이었다. 따라서 기요마사는 어릴 때부터의 정의를 잊지 못하는 고다이인 쪽 사람으로 보였고 미쓰나리는 요도 마님 편으로 보여 그녀를 오히려 궁지로 몰아넣었었다.

"오, 잘 오셨소. 나고야 공사에 무슨 계획의 변화라도 생겼소?"

접견은 대개 접견실에서 이루어지며 문안온 영주와 이에야스의 거리가 '가까이'라 해도 6, 7칸은 떨어져 있는 게 보통이었으나 기요마사는 처음부터 이에야스의 거실로 안내되었다.

가까이 모시고 있는 것은 여전히 혼다 마사즈미. 그리고 그날은 나가후쿠마루에게 딸려진 안도 나오쓰구도 함께 있었다. 나가후쿠마루는 그즈음 스루가, 도토우미 50만 석 영주로 임명된 채 아직 슨푸의 아버지 곁에 있었기 때문이다.

기요마사는 여전히 자랑하는 수염으로 여윈 볼을 감추고 있었다. 아부를 가장 싫어하는 기요마사는 사람을 만나면 우선 그 수염을 가슴으로 쓰다듬어 내리며 아주 거만하게 위풍을 보였다. 말할 때도 큰기침을 한 번씩 하여 중후감을 드러내며 인사해 위협 같기도 하고 때로는 설교 같기도 했다.

"여느 때와 변함없으신 오고쇼님의 존안을 뵙고……."

"뭘 괜찮아. 그 수염의 공덕은 내가 잘 알고 있지. 이리 가까이 오도록."

앞으로 가까이 나와 고쳐앉더니 기요마사는 크게 웃었다.

"하하……오고쇼님께서는 오늘도 기요마사가 뭔가 불평하러 온 줄 아시고 조심하시는 모양입니다."

"불평하러 온 것 같지는 않군. 그대 웃음소리가 천장에 울리는 걸 보니."

"그렇습니다. 오고쇼님, 기요마사는 이번에 일생일대의 멋을 내렵니다. 여성 가극패들에게 지지 않는 멋을 나고야에서 내보이겠습니다."

"허, 재미있는 말이군. 그래, 어떤 생각을 했는가?"

"실은 이번에 오사카성으로 오랜만에 히데요리 님을 방문했습니다."

"그래, 센히메와 둘이 사이좋게 지내던가?"

"그 일에 대해 가쓰모토와 이것저것 이야기했습니다만, 오고쇼님 마음에 감동되어 눈물을 흘렸습니다."

"그런가……가쓰모토도 만났는가. 실은 설에 요도 마님이 문안 인사를 보내와 이번 봄만큼 마음 밝은 봄은 없었어. 그래, 가쓰모토가 그대에게 뭐라고 말하지 않던가?"

그것은 기요마사의 딸 야소히메(八十姬)를 아직 슨푸에 있는 나가후쿠마루와 약혼시켜 두고 싶다는 이야기였는데, 기요마사는 그 일은 못들은 듯 다시 말했다.

"그것과 또 한 가지, 저는 오사카에서 남만인을 만났습니다. 저도 오고쇼님 방침에 따라 교역을 해야 한다는 생각으로 남만인 신부 포를로라는 자를 만났는데, 그때 포를로가 뭐라고 말한 것 같습니까, 오고쇼님……."

그리고 기요마사는 또 가슴을 젖히고 수염을 쓸어내리며 목젖까지 보이도록 웃어댔다.

"그 신부가 무언가 말했나?"

이에야스도 팔걸이를 고쳐 가누고 몸을 내밀었다. 그도 심술궂은 데가 전혀 없다고 할 수 없다. 상대가 자세를 허물어뜨리면 더욱 위엄 부리고, 상대가 기요마사처럼 가슴을 펴면 앞으로 몸을 구부리며 무너진 모습을 한다. 마사즈미와 나오쓰구는 그 버릇을 잘 알므로 살며시 시선을 주고받으며 기요마사의 말을 기다렸다.

"오고쇼님께서는 지금 세계에서 가장 발전된 훌륭한 나라가 어디라고 생각하십니까?"

"글쎄, 세계에서 가장……귀찮은 것을 묻는군. 그 신부는 스페인 대왕이 다스리는 나라라고 자랑했겠지?"

기요마사는 고개를 크게 흔들며 무릎에 부채를 세우고 말했다.

"아니, 그렇지 않습니다."

보기 드물게 오늘은 소년처럼 장난스러운 눈빛이었다.

"허, 뭔가 아부를 했군. 전에도 에도에 있는 예수교 신자가 와서 이 슨푸를 세계 제2의 대도시라고 말했어."

기요마사는 기분이 썩 좋아 싱글벙글하기 시작했다.

"이런! 그럼, 세계 제1의 대도시는 어느 나라에 있습니까?"

"그게 에도라더군. 하하…… 에도가 제1, 슨푸가 제2, 그리고 교토, 오사카가 제3일까. 스페인에도 멕시코에도 유럽에도 이처럼 인가가 즐비하고 인구가 많은 도시는 없다더군. 물론 나는 아부로 들었지만."

"그런데 그것이 아부가 아닙니다."

"무슨 소리, 기요마사가 보고 온 것 같구먼?"

"보고 온 것이나 마찬가지. 포를로는 거짓말이나 아부하는 인간이 아닙니다. 그는 이렇게 말했습니다…… 현재 세계에서 가장 진보하고 태평한 나라는 일본이라고."

"허, 그대는 그걸 믿는군."

"말에 거짓이 없으므로 믿었습니다. 실은 지난 게이초 9년(1604) 8월, 그는 도요쿠니 신궁제를 보고 와서 이 태평스러움이 5, 6년쯤 계속되었으면 좋겠다고 생각했었답니다."

"음."

"남만과 홍모인 나라에서는 5년 동안 싸움이 없으면 축제를 연답니다. 그런데 일본에는 벌써 10년 동안이나 싸움이 없다. 싸움이 없으니 마을에 집들이 차츰 늘고, 백성들은 마음 놓고 생활을 즐긴다. 그런 뜻으로 보면 일본은 꽤 발전한 나라……라고 진심으로 말하고 있는 겁니다."

"그래서 그대는 뭘 하겠다는 거야. 일생일대의 멋을 부리겠다는 건……?"

기요마사는 가슴을 펴고 다시 부채를 고쳐세웠다.

"일본이 세계에서 으뜸가는 좋은 나라가 되었다…… 그렇다면 축하해야만 될 일일 겁니다."

"과연 그렇군!"

"이 기요마사도 아주 시골뜨기는 아닙니다. 그래서 나고야성에 돌며 나무를 운반할 때 지금까지 들어본 적 없을 만큼 화려한 행사를 벌일까 합니다. 말하자면 교토에서 하라 사부로자(原三郎左), 하야시 마타이치로(林又一郎) 패들에게 명해 유녀들을 몇백 명 불러오고 거기에 지금 유행 중인 여인가극 패들을 보태어

똑같은 의상을 입혀 이 기요마사가 직접 장단을 맞추어 목도를 메려고 합니다만, 이 일에 대해 이의가 없으신지요?"

그렇게 말하고 기요마사는 다시 가슴을 펴며 이에야스를 노려보았다.

이에야스는 순간 당황해 한 손을 귀에 갖다 댔다.

"기요마사 님, 뭐라고? 유녀들 선두에 서서 목도를 메겠다고!"

기요마사는 웃음 진 얼굴을 찌푸렸다.

"이의가 있으십니까?"

"아니, 이의가 있고 없고 간에 그게 진심인가?"

"뭣 때문에 기요마사가 슨푸까지 일부러 거짓말을 하러 오겠습니까. 일본이 태평스러운 나라가 된 축하이니 기요마사도 그 유녀들 무리에 섞여 같은 옷을 입고 춤추고 선창하면서 장단을 맞추어 보이렵니다. 저승에서 다이코 전하도 신명 나 달려 나오실 것 같은 축하잔치가 보고 싶어졌습니다. 그러나……"

기요마사는 또 수염을 훑어내렸다.

"오고쇼께서 반대……하신다면 단념하겠습니다만."

"흠."

"잘 생각하셔서 대답해 주시기를. 아시다시피 히데요리 님도 요도 마님도, 요즘 마음을 푸셔서 감사한 마음으로 대불전 재건을 시작하신다니…… 기요마사는 일생일대의 멋을……"

"알았소. 알았으니 우선 차나 드시오. 그래서 나고야 축성에 일생일대의 멋을 부려본다는 말이로군."

"물론입니다."

"그리고 보니 교토 유녀들 우두머리인 하라와 하야시도 전에는 다이코 전하의 말고삐를 잡았던 자들이었지."

"예, 태평시대가 된다……고 앞을 내다보고, 전하께 청원 올려 대뜸 유곽 허가를 받아 야나기 말 터에서 유녀들 우두머리로 들어앉은 선견 지명있는 자들. 그들이 한마디 하면 교토의 유녀들은 좋아라고 달려올 것입니다."

"그런가. 그렇다면 다이코 전하와도 전혀 인연 없는 행사는 아닌걸."

"오고쇼님."

"뭐요, 기요마사 님."

"제가 지금 오고쇼님의 눈치를 살펴 오사카의 일을 이것저것 잘……해주시기 바라는 따위의 속셈이 있어서라고 생각하시면 곤란합니다."

"저런, 누가 그런 소리를 했는가."

"그렇게 받아들이신다면 천만뜻밖의 일이므로, 만일 오고쇼님께서 허락해 주신다면 이 기요마사가 새삼 청할 일이 있어 그렇습니다."

"허……대체 무슨 일인가."

"아니, 우선 일생일대의 멋진 일에 찬성하시느냐 않느냐……는 것을 듣고 난 뒤가 아니면 말씀드릴 수 없습니다."

"좋아, 찬성하지. 이에야스는 실없는 낭비를 좋아하지 않아. 그러나 기요마사 님이 설마 뜻 없는 낭비로 백성들을 괴롭히는 어리석은 일은 하지 않겠지. 되도록 그 하라와 하야시를 쓰는 게 좋을걸. 이에야스는 찬성이야."

기요마사는 다시 격의 없이 웃었다.

"하하……절약에 대한 말씀이 나올 것으로 예상했었습니다. 하하……그래서 젊은이들은 오고쇼님을 거북해합니다. 그런데 오고쇼님, 이쯤에서부터 일이 얼마쯤 까다로워집니다."

"뭐, 까다로워진다고……?"

"예, 아무튼 일본이 세계 으뜸가는 나라가 되었음을 축하하는 일이므로 오고쇼님께서도 눈감아 주셔야겠습니다."

"나더러 금은을 내라는 말인가?"

"조금이 아닙니다. 산더미처럼 많이지요. 하하하……."

기요마사의 큰 웃음 앞에 이에야스는 또 고개를 갸우뚱했다.

'나쁜 일은 아닌 모양이다…….'

엄숙한 기요마사의 눈동자가 장난꾸러기 같은 빛을 담뿍 머금고 있다. 보기 드문 일이다. 뭔가 이에야스를 놀라게 하고 기쁘게 해주려는 악의 없는 장난 비슷한 계획이 마음에 있는 게 분명했다.

사실 이번 나고야성 공사에 보인 기요마사의 성의는 예사롭지 않았다. 축성을 명령받은 여러 영주들은 저마다 영지에서 수많은 인부들을 이끌고 나고야에 모여들어 야전진지처럼 막사를 지어 공사에 착수했다. 따라서 그들 중에는 여자들을 위협하고 술 취해 싸우기도 하여 인근의 농부며 장사치들로부터 빈축 받는 자들도 적지 않았다. 그러나 그 가운데 기요마사가 이끌고 온 '히고 일꾼들'만은 매우 평이 좋았다. 그들은 옛 나고야성 주변 구릉지대의 흙으로 골짜기며 낮은 땅을 메워주었다고 한다.

"내 성을 쌓는다고 생각해 보라. 이 낮은 땅을 그대로 두면 도카이도에서 으뜸가는 큰 성 아랫거리가 못된다. 방해되는 언덕이나 산을 뭉개어 땅을 고르게 해주도록."

그렇게 말하며 산을 허물고 골짜기를 메워 널찍한 평지를 조성해 주었다고 히라이와 시치노스케며 다섯 건축감독으로부터 감사하다는 전갈이 와 있다. 새로운 나고야성은 옛 성터인 가메오다이(龜尾台)를 중심으로 지진에도 견딜 수 있도록 지층 아래 암반이 펼쳐진 지대를 택해 건축감독으로 마키노 노부쓰구(牧野信次), 다키가와 다다유키(瀧川忠征), 사쿠마 마사자네(佐久間政實), 야마시로 구나이쇼(山城宮內少輔), 무라다 곤자에몬(村田權左衛門) 5명이 뽑혀 일하고 있는데 그들의 보고에도 기요마사의 지휘에 대한 감사가 반드시 적혀 있었다.

"히고 일꾼들의 활동에는 감탄했습니다. 규율이 뛰어납니다."

"히고 일꾼들이 수고를 아끼지 않고 골짜기며 낮은 땅을 메워주어 감사해하는 노래가 백성들 사이에 퍼지고 있습니다."

완고한 옛 미카와 무사인 히라이와 시치노스케도 칭찬했다.

"과연 이로써 지난 조선전쟁 때 히고 군이 강했던 이유를 잘 알았습니다. 기요마사는 사람쓰는 명수입니다."

그 기요마사가 어린아이처럼 눈을 빛내며 금은을 산더미만큼 내라……는 따위의 말을 하니 이에야스도 되도록 그 흥을 깨뜨리지 않으려고 생각했다.

"그런가. 그렇다면 절약가……라기보다 구두쇠로 이름난 이에야스에게 기요마사 님은 황금을 털러 왔단 말씀이오?"

"털러 온 게 아닙니다. 축하금 청구입니다."

"마찬가지지. 내는 쪽에서 보면 마찬가지야. 그대는 인색한 자의 마음을 모르는 모양이군."

기요마사는 또 즐거운 듯 웃었다.

"하하하……아무튼 오고쇼님이 세계 으뜸가는 나라를 만드신 축하입니다. 그 축하로 후세를 위해 쌓는 나고야성, 그 천수각은……이렇게 말씀드리는 제가 세계 으뜸가는 축성 명인이 틀림없다면 그에 알맞은 훌륭한 장식을 달지 않으면 후세 사람들에 대한 선물이 되지 않습니다."

이에야스는 의젓이 가슴을 젖힌 기요마사를 보고 있는 동안 문득 마음에 짚이는 것이 있었다. 일본이 세계 으뜸가는 나라가 된 데 대한 축하……그리고 자타가 모두 인정하는 축성의 명인 기요마사가 손대는 천수각…… 거기에 붙이는 장식이라면 큰 지붕에 꾸미는 '용마루'밖에 없다고, 누가 생각해도 그 한 가지 결론에 이르게 된다.

'그런가, 황금 용마루라도 올리려는 거로군.'

그러나 이에야스는 무릎을 치거나 먼저 말하지 않았다. 좀 더 기요마사를 즐겁게 해주고 싶었다. 일부러 다시 한번 고개를 갸우뚱하면서 말했다.

"저런, 더욱 묘한 말씀만 하시는군…… 다름 아닌 기요마사 님의 청…… 아니, 축하금 청구지. 지금까지의 정으로 봐서도 거절할 수 없어. 좋아, 눈감아주기로 하지."

"무사에게는 분명 두말이 없습니다."

"이에야스는 아직 거짓이나 불의와 인연 맺은 적이 없소."

"하하……이로써 정해졌군! 그럼, 말씀드리지요. 천수각 위에 울리는 용마루 말입니다. 세계 으뜸가는 성이라면 흙으로 구운 기와로는 안됩니다. 황금 용마루를 얹게 해주십시오."

이에야스는 눈을 크게 부릅떴다.

"뭐? 황금 용마루를……! 그, 그, 그건 큰일이야."

"안 된다는 말씀입니까?"

"황금……그런 건 실없는 사치……."

들으면서 안도 나오쓰구와 혼다 마사즈미는 숨을 죽였다. 그들로서는 아직 시치미떼는 이에야스의 마음속까지 꿰뚫어 볼 수 없다. 후시미성 천수각 기와에 황금 칠을 하게 한 다이코 히데요시의 사치를 이에야스가 은근히 비난한 일을 알고 있기 때문이었다. 어떤 때는 그 사치를 미워하여 하늘이 지진으로 벌했다……는 말까지 입에 담은 적 있었다. 그 이에야스를 향해 기요마사는 또 무슨 말을 할 것인지……?

그러나 한번 말을 꺼내면 기요마사도 뒤로 물러나지 않았다.

"용마루는 고작 둘뿐입니다. 큰 지붕을 모두 황금으로 하자는 것도 아니고……언젠가 금광감독 오쿠보 나가야스는 돈을 아낄 필요 없다, 황금은 기절할 만큼 있으니 얼마든지 써달라고 큰소리치더군요. 오고쇼님! 이것은 세계 으뜸가는 나라가 된 기념으로 하는 축성입니다."

"흠, 참으로 뜻하지 않는 일을 떠맡았군."

"떠맡으셨다…… 하하하……이것으로 결정되었습니다. 그럼, 곧 손수 잔을 내려주시기 바랍니다."

"그래, 그만한 성이라면 조그마한 용마루를 올릴 수도 없겠지. 기요마사에게 한 수 당했는걸."

기요마사는 보기 드물게 몸을 흔들어대며 좋아했다.

"하하……이로써 기요마사도 활개를 펴겠습니다. 몇천 냥이든 몇만 냥이든, 아무튼 오고쇼님쯤 되는 분에게 돈을 내게 했으니…… 후대까지 자랑거리가 되겠습니다. 왓핫하하……."

이에야스는 등을 나직이 구부리며 본심을 숨기고 부드럽게 말했다.

"기요마사 님, 하지만 그렇듯 그대만 기분 좋게 해줄 수는 없네. 나도 하나 부탁할 게 있어."

고지식한 기요마사는 흠칫하며 웃음을 거두었다.

"그럼, 오고쇼님 쪽에서도 이 기요마사에게 청하실 것이……."

기요마사는 적잖게 흥이 깨졌다. 이 정도의 청이라면 교환조건 따위 꺼내지 말고 시원스레 웃으며 납득해 주어도 좋을 것 같았다.

'지독히 수판셈이 능하신 분이야!'

그러나 이에야스는 기요마사의 긴장이 견딜 수 없이 재미있었다.

"기요마사 님은 설마 자신의 요구에는 억지 부리면서 이에야스의 요구를 들을 귀는 안가졌다……고 안 할 테지."

"대체……무슨?"

"들어줄 마음이 충분히 있단 말이오?"

"글쎄……아무튼 들은 다음 생각해 보지요."

"기요마사 님."

"뭡니까?"

"그대는 이에야스를 억지소리를 잘하는 사람으로 보시는 모양이군."

"아니, 결코 그렇지 않습니다. 오고쇼님은 많은 고생을 하신 분, 결코 무리한 말씀은 하시지 않는다고 생각하면서도 듣기 전에는 결코 가볍게 대답하지 않는 게 기요마사의 천성……으로 여기시고 용서하십시오."

이에야스는 우스워졌다. 기요마사의 이마에 벌써 아련히 핏기가 오르고 있다. 참으로 고지식한 성격이다.

"그런가. 그럼, 말하지."

"듣겠습니다."

"기요마사 님, 그대에게 따님이 있었지."

"딸이라시면 야소 말씀입니까?"

"오, 그래, 미우라 다메하루(三浦爲春)가 그대 저택에서 눈독 들이고 왔지. 분명 야소히메라고 했어."

"미우라 님이 제 딸한테 눈독을……?"

"그럼, 분명 눈독 들였지. 하지만 놀랄 건 없어. 미우라 자신이 설마 10살도 안 된 아이를 아내로 달라고 하지는 않을 테니까."

"하긴……."

"그가 반한 건 나가후쿠마루의 배필로였지. 어떨까, 나가후쿠마루도 올해부터 슨푸, 도토우미의 주인이니 요리노부라는 이름과 머지않아 관위도 받게 될 거야. 어떤가, 야소히메를 나가후쿠마루에게 주지 않겠나?"

이에야스는 일부러 고지식하게 눈을 치켜뜨고 쏘아보았다. 기요마사의 표정이 두세 번 바뀌었다. 잠시 난처한 빛도 보였지만 곧 웃음이 되었다.

"그럼, 오고쇼님의 요구란 딸아이입니까?"

"어울리지 않는 인연일까, 기요마사 님? 나가후쿠마루는 성품이 온화하고, 미즈노 시게나카(水野重仲)와 미우라 다메하루를 딸려 길렀으나 그것만으로는 아직 마음 놓이지 않아 저기 있는 안도 나오쓰구를 중신으로 딸려주기로 했지. 물론 둘 다 아직 어리니 약혼만 하기로 하고, 만일 승낙하시면 곧 택일해 미즈노나 미우라를 보내고 싶소. 기요마사 님 핏줄을 내 손자로 얻고 싶어 요구하는 거지. 나도 참 욕심쟁이야, 기요마사 님."

듣고 있는 동안 위엄있게 자세를 바로 한 옛 용장 기요마사의 눈에 엷게 눈물이 고였다. 기요마사로서는 전혀 예기치 못한 요구였다. 그렇게 되면 여기저기서 비난의 소리가 일어날 것이다.

"기요마사가 이에야스의 청을 들어 딸을 내주었다."

어쩌면 인질로 빼앗겼다고 보는 자도 있을 것이며 기요마사 역시 자기 보전을 위해 이에야스에게 꼬리친 사나이라고 혹평하는 자도 없지 않으리라. 그러나 기요마사의 성품은 그런 다른 사람들 생각 따위는 초월하고 있다.

'누가 뭐라고 해도 나는 자신의 소신을 관철한다······.'

기요마사는 두 눈에 괸 눈물을 감추려 하지도 않으며 이번에는 몹시 신중한 여느 때의 기요마사로 돌아와 있었다.

"그 일 같으면 사양하겠습니다. 이렇게 말씀드리는 것은, 이 혼담이 기요마사보다 오고쇼님에게 큰 손실······이라고 생각하는 까닭입니다."

"허······."

이에야스는 기요마사의 대답을 예상하고 있었던 듯 도무지 놀라는 기색이 없었다.

"내가 욕심내어 손해를 볼까?"

"예, 오고쇼님은 또 그 정략을 꺼냈다, 우선 기요마사를 휘감아 넣고 오사카에 뭔가 난제를 내놓으려는 건지도 모른다······는 소문이 난다면 큰 손해를 보실 겁니다."

"기요마사 님."

"뭡니까?"

"그대의 손익계산은 한쪽으로 너무 치우치는군. 이에야스는 그대에게서 사랑스러운 것을 빼고 싶은 생각뿐이오. 이건 몹쓸 악인의 계획이야."

"무슨 농담의 말씀을······기요마사는 딸보다 나가후쿠마루 님을 훨씬 더 좋아합니다. 딸을 아껴서 그러는 게 아닙니다."

"거짓말 마오. 눈에 넣어도 아프지 않을 거요. 그러니 꼭 달라는 거지. 그대는 내가 목숨 다음으로 소중하게 생각하는 황금을 빼앗으니, 이건 그 복수라고 여기는 게 좋을 거요."

그리고 이에야스는 나오쓰구를 돌아보았다.

"그대도 말하라, 미우라가 어떻게 야소히메에게 반했는지."

"예."

나오쓰구는 대뜸 기요마사 쪽으로 돌아앉았다. 그 순간 기요마사는 손을 들어 나오쓰구의 말을 가로막았다.

"안도 님, 알고 있습니다. 이제 말씀은 그만두시기 바랍니다."

이에야스는 그제야 소리높이 웃었다.

"그렇다면 승낙하시는 거지. 좋아, 이로써 정해졌다. 술을 마셔야지. 이의 없지요, 기요마사 님."

"예……예, 그렇게까지 말씀하시니……기요마사로서는 큰 행복입니다."

"어때, 크게 당했지? 황금을 뺏긴 채 그냥 돌려보낼 이에야스가 아니오. 그러나 기요마사 님, 이것으로 좋은 거요, 이것으로……."

기요마사는 대답 대신 또 가슴을 젖히며 이에야스를 쏘아보았다…… 그것은 마사즈미와 나오쓰구에게 야릇한 적의어린 무언의 자세로 보였다.

그때 시녀들이 세 개의 상을 받쳐들고 왔다.

기요마사가 다시 밝음을 되찾은 것은 잔이 두세 차례 돌고 난 뒤부터였다. 그때까지 뭔가 후회나 자책으로 괴로워하는 듯 보였기 때문에 마사즈미와 나오쓰구도 조심하며 접대했다.

그의 얼굴이 다시 밝아져 조선전쟁의 고심담 등을 한바탕 즐거운 듯 이야기하고 숙소인 세이간 사(誓願寺)로 돌아간 것은 오후 3시 무렵이었다.

기요마사가 물러가자 이에야스는 마사즈미에게 나고야성 설계도를 꺼내오게 하여 돋보기를 쓰고 한참 동안 들여다보았다. 그리고 성에 관해서는 달리 언급하지 않고 다시 도면을 접으며 누구에게랄 것도 없이 말했다.

"어떤가, 오늘 기요마사의 기분은?"

"처음에는 무척 사람이 달라진 것처럼 보였습니다. 일본이 세계 으뜸가는 나라가 되었다……는 말을 듣고 진심으로 기뻤던 모양이지요."

혼다 마사즈미가 말하자, 이에야스는 비로소 엄숙하게 얼굴을 들고 마사즈미와 나오쓰구를 번갈아 보았다.

"나오쓰구도 그렇게 생각하나? 나고야성에 황금 용마루를 올리는……게 일본이 세계 으뜸가는 나라가 된 기쁨 때문이라고."

"예, 그러나 반드시 그렇다고만은 할 수 없다……고 생각합니다."

"허, 그러면 무엇 때문이라고 생각하나?"

"물론 오사카와 우리 가문의 화합된 분위기……가 기뻐서일 거라고……."

"흠, 마사즈미는 어떤가?"

"안도 님 말씀대로, 가토 님 가슴속에서 히데요리 님은 떠나지 않을 겁니다. 따라서 오고쇼님과 같은 기쁨에 젖은 것으로 생각합니다."

"얕아."

"옛! 그뿐이 아닙니까?"

"또 한 가지 있어. 그것을 모르겠나?"

"또 한 가지."

두 사람은 입을 모아 중얼거리며 얼굴을 마주 보았다. 그러나 어느 쪽도 더 이상 무엇이 있는지 판단할 수 없었다.

"모르겠나, 황금 용마루는 어쩐지 네 개가 필요할 것 같군. 말하자면 두 개씩 두 짝이지."

"그 황금 용마루를……."

이에야스는 머리를 끄덕이고 나고야성 도면을 문갑에 넣었다.

"기요마사는 고지식한 사람이지만 생각은 결코 얕지 않아. 그도 그럴 것이, 언젠가는 히데요리 님이 오사카성을 나와야 한다고 내다보고 있거든."

마사즈미가 말했다.

"정말로 내다보고 있을까요?"

"내다보므로 교토 여자들을 데려와 목도를 메며 장단 맞추겠다는 거지."

두 사람은 또 슬그머니 마주 보았다.

"나고야 축성 공사에 아무 불평하지 않은 것도, 일생일대의 멋도, 황금 용마루도 모두 앞을 내다본 기요마사다운 전략이라고 생각하는 게 좋아."

나오쓰구가 조그만 소리로 외쳤다.

"아! 언젠가 히데요리 님의 새 성도 부역으로……라는 포석일까요."

나오쓰구가 그 말을 하는 것과 마사즈미가 무릎을 친 것이 같은 순간이었다. 두 사람에게 이에야스의 말뜻이 통한 모양이다. 두 사람은 이에야스가 무엇을 말하려 한 것인지 가까스로 알았다.

기요마사의 염두에서 떠나지 않는 히데요리……라는 것만으로는 아직 관찰이 부족했다. 기요마사는 곧 오사카성을 나가지 않으면 안 될 히데요리의 입장을 예견하고 있다. 그 옮아갈 곳은 나라일지, 고오리야마일지. 아니면 가까운 가즈사나 아와(安房) 언저리일지……? 어느 쪽이든 나고야성은 그때의 축성 선례가 되리라. 나고야성 천수각에 황금 용마루를 올려놓으면 히데요리의 성도 당연히 그에 못지않은 호화스러운 규모의 국가적인 역사(役事)가 되지 않으면 안 된다. 그것을 내다보고 몸소 일생일대의 멋을 부려보겠다고 한 것이리라.

"그렇군요, 이제 납득됩니다. 안도 님, 우리들 눈은 역시 한낱 구멍에 지나지 않았어."

마사즈미가 말하자 나오쓰구도 감탄하여 맞장구쳤다.

"과연 그런 속셈으로 일본이 세계 으뜸가는 나라가 되었다고 했는가……."

그 말에 이에야스는 다시 고개를 저었다.

"감탄하는 점이 얼마쯤 다르군."

"아직……틀립니까?"

"그대들 생각대로라면 황금 용마루도, 일생일대의 멋을 부리겠다는 신청도 모두 기요마사에게 이에야스가 한 방 먹은 게 되지."

"아……과연 그런 속셈이 있어서 열심히 애썼다고……."

"내 생각은 그게 아냐."

이에야스는 즐거운 듯 식후의 차를 마시면서 말을 이었다.

"나는 히데요리 님에 대한 기요마사의 성의와 통찰력을 높이 사는 거야. 알겠나, 만일 일본이 세계 으뜸가는 나라가 되려면, 거기에 사는 인간이 우선 세계 으뜸가는 기략과 식견을 지니지 않으면 안 되지."

"그건……분명 그렇군요! 멍청이들은 아무리 많이 있어도 세계 으뜸가는 나라가 될 수 없지요."

"그 말이야. 내가 그를 높이 산 것은……기요마사는 앞을 내다보는 눈이 있어. 그렇다 해서 이 눈만으로는 일류라고 할 수 없지."

"이 눈만으로는……?"

"그렇지. 아무리 앞을 내다볼 줄 아는 자라도 지성이 함께 따르지 않으면 위험한 허우적거림밖에 될 수 없어. 이시다 미쓰나리가 좋은 예였지. 다이코가 죽은 뒤 천하의 주인은 이에야스라고 잘 내다보았기 때문에 오히려 그 난리를 서둘러

일으켜 멸망해 간 거야…… 스스로 망할 때는 자기에게 가장 호의를 가진 귀중한 사람들을 송두리째 희생시키게 된다는 걸 깨닫지 못했어. 그렇게 되면 앞을 볼 줄 아는 눈이 없는 것보다 더 나빠."

"과연……."

"그런데 기요마사는 앞을 내다보고 우선 열심히 내 일에 협력한다. 협력은 정성의 표현…… 그렇게 되면 이에야스도 가만히 있을 수 없지. 이것이 지성으로 사람을 움직이는 좋은 일례야."

두 사람은 불현듯 자세를 가다듬고 얼굴을 마주 보았다.

"알겠지. 오늘의 약속, 이에야스가 비록 갑자기 세상 떠나는 일이 있더라도 마사즈미와 나오쓰구가 이 약속만은 지켜주어야 한다. 그것이 바로 기요마사가 말하는 세계 으뜸으로 나아가는 길이니 이것을 잊고 어찌 나라의 번영이 있겠나."

이에야스는 살며시 눈을 감고 조그마한 소리로 말했다.

"기요마사의 정성에 대하여 두 사람 가운데 누구든 언젠가 히데요리 님에게 말해주는 게 좋을 거야."

화성 목성

　게이초 15년(1610)은 이에야스도, 오사카성의 히데요리 모자도 실로 평온무사한 해였다.

　히데요리 모자는 교토에 있는 호코사 대불전 재건에 힘을 기울였고, 이에야스는 염원하던 상경은 못 했으나 나고야 축성 진행을 즐기고 차츰 늘어가는 교역선 수를 자신감과 만족감 속에 헤아리며 지낼 수 있었다.

　태평시대의 국가발전은 해외 진출밖에 없다. 해외 진출은 교역의 이익뿐 아니라 정치면에도 세 가지 직접적인 큰 효과가 있었다.

　그 하나는 사람들 사고방식을, 난폭한 칼부림이 무사의 관습이라는 전국(戰國)의 무법(無法)에서 멀리할 수 있다는 것이었다. 사람이 사람답게 사는 유교를 통한 수신제가(修身齊家) 방향으로 삶을 바꾸어간다. 그러려면 모두의 눈을 넓은 세계로 향하게 하는 일이 가장 효과적이었다.

　둘째로는 분로쿠 시대(1592~1596)에 9척이던 교역선 수가 지금 150척이나 되어 영웅심 넘치는 떠돌이무사들 가운데 해외로 나가는 자가 뚜렷이 늘어난 것이다. 그들이 아직 전국시대 폭행 버릇을 버리지 못하여 때때로 도항지에서 비난받을 일도 일으켰으나, 어쨌든 수많은 칼부림주의자인 실업자들에게 하나의 활로를 암시하게 된 효과 또한 결코 적은 게 아니었다.

　셋째는 교역에 의한 문화의 발달이 널리 인심에 미치는 좋은 영향이었다. 지(知)와 부(富)는 어떤 경우에나 화평스러운 바람을 불게 한다. 그리고 거기에서 저마다 분수에 알맞은 희망이며 꿈이 솟아오른다.

이에야스 자신도 그 꿈과 희망을 좇는 개척자 가운데 한 사람으로서 호코지 쇼타이며 곤치인(金地院) 스덴을 내세워 부지런히 새로운 교역 개척에 힘써 나갔다.

오랫동안 그 부활을 바라고 있던 명나라 광동(廣東)의 상인들에게 인가장을 발부해 무역을 허락한 것도 이 해였고, 샴 국왕에게 서한을 보내 친교의 길을 턴 것도 이 해였다.

안남(安南 ; 베트남) 국사(國使)를 사쓰마로 맞은 것도, 사쓰마의 시마즈 이에히사(島津家久)가 류큐 왕 쇼네이(尚寧)를 데리고 슨푸에서 에도로 나온 것도, 일본에서 처음으로 범선이 멕시코 항해에 성공한 것도, 명나라 복건성(福建省) 총독과 교역 인가제도 부흥을 꾀하게 된 것도 이 해였다.

이로써 이에야스의 정치는 아무튼 그 초석을 확실히 굳혔다.

노부나가의 천하포무 시대로부터 히데요시의 군국주의 시대 일을 생각하면 격세지감이 있다. 아무튼 유교를 교학(敎學)의 근본으로 삼는 평화스러운 봉건국가가 완성된 것이다.

기요마사가 말하는 세계 으뜸가는 나라라는 말에는 얼마쯤 과장이 있으나, 일본에 와 있는 선교사며 뱃군들이 자기 나라와의 통신 중에 일본과 이에야스를 대단히 칭찬하고 있는 것은 틀림없는 사실이었다.

그러는 동안 네덜란드 국왕의 국서 가운데 스페인과 포르투갈을 경계하라는 말이 있었으며, 또한 아리마 하루노부의 포프투갈 배를 불태운 사건이 한 가닥 구름을 끼게 했으나 그밖에는 순풍에 돛을 단 듯한 일본의 모습이라고 할 수 있었다.

그 일본의 융성을 상징하듯 나고야성이 도카이도 방면에 그 위용을 드러내었고 영주들은 다투어 에도에 그 처자들을 두게 되었다. 나고야 축성에는 계산을 떠난 가토 기요마사의 협력이 가장 두드러졌다. 그에게는 명령받은 부역의무를 마지못해 완수한다는 따위의 태도가 전혀 없었다. 그는 자진해 성아래 언덕을 뭉개어 넓은 성아랫거리가 들어설 기반을 마련해 주었다.

그리고 문제의 초석을 옮기는 '돌운반' 때도 실로 천하를 깜짝 놀라게 할 만큼 멋을 부렸다. 지난날 다이코의 말고삐잡이였던 하라 사부로자에몬과 하야시 마타이치로에게 명하여 로쿠조(六條)에서 뽑아 올린 예능인 백몇십 명을 동원시켰으며 이들을 따라온 미녀들이 모두 합하여 400명 넘었으므로 나고야 땅에 때아닌 백화만발의 꽃밭을 만들어냈다.

그즈음 예능인이란 단지 술자리의 기녀일 뿐 아니라 여인악극의 스승이기도 했다. 게이초 8년(1603), 이즈모의 오쿠니(阿國)가 악극춤을 시작하면서부터 유곽 여인들 사이에 차츰 침투되어 그녀들은 시조 강변에 가설극장을 꾸며 낮에는 요염한 무대를 보여주고 밤에는 손님을 끌어들이는 식으로 변화해 있었는데 그 인기인들이 한꺼번에 나고야에 몰려왔으니 그 뒤를 쫓는 구경꾼 수만도 굉장했다.

그들이 남장(男裝)하고 춤추며 아쓰타에서 실어온 돌을 끌었다. 그 선두에는 조선까지 용맹을 떨친 가토 기요마사가 자랑하는 수염을 바람에 나부끼며 붉은 비단옷에 큰 머리띠를 동여매고 돌 위에 올라타 선창했으니 실로 전대미문의 멋진 놀음이 분명했다.

"이로써 천하는 꿈쩍도 않겠구나."

"에도와 오사카가 잘 맞지 않는다……는 따위의 소문은 거짓말이야. 가토 기요마사 님까지 저렇듯 즐겁게 일하시잖나."

이것은 나고야에 모인 여러 영주들의 몇만이나 되는 인부들에게까지 영향을 주지 않을 수 없었다. 그리고 그 기요마사가 세우는 천수각에 황금 용마루가 오른다……고 하니 '태평' 시대의 도래를 알리는 뜻에서 뒷날 쇼와 시대의 올림픽에 못지않게 호화스러웠으리라.

개중에는 물론 다른 각도에서 보는 자가 전혀 없는 것도 아니었다. 예를 들면 구경하러 와 있던 사나다 유키무라는 이렇게 말했다.

"가토 기요마사가 잘도 하는군. 여승 같은 화려한 모습으로 돌이 작은 것을 감추고 있어."

오사카성 석축에 비해 나고야의 돌은 꽤 작으며, 그것을 눈치채지 못하게 화려한 여자들로 속임수를 썼다고 보는 것이었다.

가토 기요마사에게 과연 그런 생각까지 있었는지 어떤지?

"아니, 그런 생각은 없어. 히데요리 님이 소중하므로 사사로운 마음을 버리고 오고쇼님의 비위를 맞추고 있는 슬픈 모습이야."

당연히 그런 해석을 하는 자도 있었고, 또 심술궂게 빈정대는 자도 없지 않았다.

"기요마사 역시 자기 몸이 소중하지. 오고쇼님에게 주목받지 않으려고 어처구니없게도 로쿠조 계집들 같은 심보를 쓰다니."

그러나 이러한 비평들은 대세에 휘날려 세상 바람이 되지는 못했다. 일본 전국은 역시 백성들에게 안도감을 가져다주는 평화의 기풍으로 가득 차 있었다.

기요마사의 진심은 태평을 원하는 백성들의 기쁨 가운데 도요토미 가문 또한 번영하며 남아달라……는 정성을 품고 있는 게 틀림없다. 게다가 또 나고야 땅은 사실 그의 아버지이며 형이라고 여기는 다이코의 출생지에 가까워 그 언저리는 어린 기요마사의 꿈도 뿌려졌던 곳이 아니었던가…… 사람에게서 인정을 완전히 없앨 수는 없다. 그렇다면 나고야 축성이 기요마사에게는 그 땅에 잠든 조상의 넋에 비단옷을 입히는 공양의 뜻이 다분히 있다고 생각해도 좋으리라…….

이에야스도 물론 그런 미묘한 인간심리를 살피지 못하는 자가 아니었다. 그곳에 그가 지은 훌륭한 명성에 황금 용마루를 장식해 새로운 일본의 완성을 축하해 주는 게 지당하리라.

그 황금 암수 한 쌍의 용마루에는 약 2000닢의 금비늘이 있어 거기에 든 황금은 금화로 약 1만7975냥이라고 하여 백성들을 놀라게 했으며, 조금도 놀라지 않는 사람 가운데에는 한 번 쓰러졌으나 불사신처럼 재기해 다시 곳곳의 광산에 도전하고 있는 오쿠보 나가야스도 있었다. 그는 이 황금 용마루는 작다며 웃었다고 한다. 새로 완성된 일본은 지금 세계에서 으뜸가는 나라다. 스페인, 포르투갈 두 나라를 비롯한 멕시코, 필리핀의 대왕인 펠리페 3세도 슬슬 쇠퇴기를 맞고 있다. 따라서 이에야스, 히데타다를 정상으로 받들어 완성된 일본은 이윽고 그들을 능가할 날이 멀지 않으리라……고 큰소리쳐 황금섬 발견을 목표로 일본에 온 세바스찬 비스카이노 장군을 어리둥절하게 했다고 한다.

비스카이노 장군은 앞서 기록한 대로 전 필리핀 총독 돈 로드리고와 그 일행 350명의 표류자를 이에야스가 멕시코도 보내준 답례로 왔다는 게 표면상의 명분이었지만, 실은 그것을 구실삼아 마르코 폴로의 《동방견문록》에 의한 황금섬 일본 탐색을 위해 온 것이었다. 따라서 세계의 바다에 야심을 가진 나가야스는 이러한 황금광에게 황금으로 된 성을 보여 놀라게 해주고 싶었으리라.

"일본인의 생각은 아직 작아. 모두들 너무 소견이 좁아서 이 나가야스가 캐내는 황금을 잘 쓰지 못해."

이런 나가야스의 장담은 좀 지나치다 하더라도 이 황금 용마루 소문이 도요토미 가문의 대불전 재건에까지 사치한 바람을 불게 한 것은 부정할 수 없었다.

지금 오사카에는, 막부며 이에야스에게 대들려는 생각은 없다. 그러나 여기서도 인간에게서 인정을 떼어버릴 수는 없었다.

"아무튼 돌아가신 다이코님의 치욕이 되지 않게 세워야지……."

뒷날 이것이 비극의 초점이 되었으므로 이 무렵부터 무언가 음산한 그림자가 드리워진 듯 해석하기 쉽지만, 그런 것은 뒷날 억지로 갖다 붙인 데 지나지 않는다. 아무튼 게이초 15년(1610)은 신흥 일본의 봄바람이 따뜻하게 온 국토를 감싼 생기발랄한 해였다고 해도 좋다.

그러나 태평을 구가하는 백성의 생활과는 좀 떨어진 다른 곳에서 한 가지 예외가 일어나고 있었다. 다름 아닌 궁중의 풍파였다.

노부나가가 처음 상경했을 무렵 도성이 얼마나 황폐해 있었는지는 이미 기록했었다. 공경 가문은 도성에서 거의 피해버렸고, 잇따른 병화로 불탄 저택 터에 잡초가 우거지고, 그 속에 내던져진 시체가 풍기는 악취로 눈도 뜰 수 없는 형편이었다고…….

궁궐도 물론 예외가 아니어서 천황의 수라상도 못차리는 일이 있을 만큼의 참상이었다. 노부나가는 3000석쯤 어용지(御用地)를 확보했고, 히데요시는 그것을 6000석까지 늘렸다. 노부나가와 히데요시의 그 노력에 궁궐과 공경들이 얼마나 감사하며 도성으로 돌아왔을지 상상할 수 있다.

이에야스는 그것을 다시 1만 석으로 했다. 그 무렵부터 오히려 대궐 안에서 공경들이 눈에 띄게 풍기문란해져 천황을 괴롭히기 시작한 모양이다. 세상에서 흔히 말하는 목구멍만 넘기면 뜨거움을 잊는다는 비유의 싹틈이 이곳에도 있었다. 가까스로 살아남아 교토로 돌아온 공경들이 생활의 시름을 덜자 당연히 다음 욕망에 눈뜨게 되었다. 그 점은 궁궐이라고 해서 결코 일반사회와 다르지 않은 모양이었다. 헤아릴 정도밖에 남지 않았던 궁중사람들 수가 늘어나자 거기에 새로운 규율이 필요해졌는데, 오랫동안 여러 곳에 흩어져 피난 생활을 해온 사람들의 손발이 그리 간단하게 맞을 리 없었다.

그것이 하나의 문제가 되어 표면화된 것이 게이초 12년(1607) 궁궐 공경가문 청년들과 여관(女官)의 추행 사건이었다. 사람은 언제나 먼저 식(食)을 구하고 그것이 충족되면 이성(異性)을 찾는……당연한 일이, 법도를 떠난 방종으로 펼쳐지면 대인 감정을 엉망진창으로 만들게 된다.

고요제이 천황은 그 풍기문란에 격분하여 그 처분을 실력자인 이에야스에게 하명했다. 이것은 한편 매우 권위 잃은 처사였으나 계속된 난세의 뒤였으므로 천황께서도 어찌할 방법이 없었으리라. 공경들 스스로 궁중의 존엄이며 체면 유지에 대해 견식과 교양이 없이 자란 결과임에 틀림없다.

이에야스는 이들 공경을 엄벌에 처해 풍기를 바로잡도록 해야 한다고 답신했다. 가잔인 다다나가(花山院忠長), 아스카이 마사카타(飛鳥井雅賢), 오이미카도 요리쿠니(大炊御門賴國), 나카미카도 무네노부(中御門宗信) 등이 유배되었다.

이 일은 막부로 하여금 대궐에 간섭할 길을 천황이 직접 터놓은 결과가 되었다. 당연히 풍기문제와는 전혀 다른 대궐의 권위문제로서 궁궐 안에 대립의 씨를 뿌려갔다. 게이초 15년(1610)에 들어서 고요제이 천황이 퇴위를 자청한 것은 그 때문이었고, 이에야스가 연기하도록 주청했으나 끝내 그냥 넘어갈 수 없는 일이 되고 말았다. 그리하여 나고야성이 거의 완성된 이해 끝 무렵 천황의 퇴위는 결정적이 되었다.

천황은 다음 해 3월 27일에 고토히토 친왕에게 정식으로 양위했다.

이에야스는 이루지 못했던 상경을 그해 봄에 실현할 수 있게 되었다.

"퇴위는 섭섭한 일이나 새로운 천황의 즉위는 기쁜 일로……."

정치를 맡은 쇼군 히데타다가 당연히 상경해야 했으나 이에야스가 이를 대신하는 형국이 되었다. 건강이 좋지 않다고 벌써 소문났는데도 자신의 공적을 기요마사에게까지 찬양받으며 보기 드문 장수라고 축복받는 고희(古稀)를 맞은 이에야스였다. 새 천황의 즉위는 3월 27일, 즉위식은 4월 12일로 정해져 마지막 상경에 노후의 모든 즐거움을 재확인할 심정이 든 것은 오랜 고난의 고개를 다 오른 인간으로서 자연스러운 소망이었다.

이때 벌써 이에야스는 일과염불 6만 번의 비원을 세워 날마다 실행하고 있었다.

"하루 더 살면, 그 하루를 감사한다."

그것은 공을 이루고 이름을 떨친 인간이 당도하는 충실한 정적의 경지라고 해도 좋았다. 히데요시는 스스로 조선출병으로 그 경지를 맛보지 못하고 세상 떠났다. 아니, 그 종말을 확인하지 못하는 초조감 때문에 마음속의 고뇌와 비탄을 감추려고 오히려 요시노 여행이며 다이고 꽃놀이로 마음에도 없는 사치로운 행사 속에 몸부림치며 죽어갔다. 이에야스는 그보다 7살이나 장수했다. 그리고 이를 감사하기 위해 날마다 붓을 들어 '나무아미타불' 여섯 자를 계속 쓰고 있는 것이다.

"살아 있는 동안 6만 번, 과연 써나갈 수 있을지 어떨지……?"

그 계산은 사람으로서는 할 수 없다. 아무튼 여섯 자의 글자라도 6만 번이면 36만 자라는 방대한 숫자가 된다…… 200자 원고지 1800장에 해당한다. 그것을 가는 글씨로 일일이 죄의 소멸과 공양기도를 곁들여 모필로 정서하는 일이니. 예사 사람 같으면 처음부터 그 양에 압도되어 계획조차 하지 못하리라.

이에야스는 70살까지 살게 된 감사로 감히 이에 도전했다. 한 자에 한 번씩만 불러도 이 또한 글자의 수와 같이 36만 번이 된다. 쓰고 있는 동안 26살에 살해된 조부가 보이고, 24살에 숨진 아버지 얼굴이 나타난다. 불행한 아내였던 쓰키야마 부인도, 그 아들 노부야스도, 이마가와 요시모토도, 오다 노부나가도, 히데요시도, 가쓰요리도, 우지나오도……모두 슬픈 시대의 가련한 망령으로 눈앞에 떠올랐다. 어쩔 수 없이 죽인 무수한 적……싸움으로 아무 의미 없이 뜻밖의 재난을 당해 죽어간 많은 백성들……은 그를 위해 기꺼이 죽어준 많은 가신들보다 더 가련한 희생자처럼 느껴졌다.

"나무아미타불, 나무아미타불……."

이에야스가 70살까지 장수하여 이처럼 지금 그들의 영혼에게 공양할 수 있는 것은 결코 그 자신의 힘이나 공에 의한 게 아니다.

"자, 이 공양을 받아주오."

이에야스가 일과처럼 행하는 이 염불의 붓을 놓고 마지막 상경 차 슨푸를 떠난 것은 게이초 16년(1611) 3월 6일이었다.

무엇보다도 완성된 나고야성을 도중에 볼 수 있는 게 큰 기쁨이었고, 나아가 17일 교토에 이르러 니조 저택에 들자 바로 히데요리가 못 견디게 만나고 싶었다.

이에야스는 오다 우라쿠를 통해 그 뜻을 히데요리에게 전했다. 세상에서는 이에야스와 히데요리가 니조 저택에서 만난 이 회담을 우스꽝스럽게 저마다의 교양으로 윤색하여 어린애 장난 같은 소문을 퍼뜨렸다.

우선 가장 그럴듯한 설명은 이러했다.

"이로써 오고쇼는 도쿠가와와 도요토미 두 가문의 지위가 전도된 것을 천하 영주들에게 시위하려는 속셈이다."

그러나 이제 새삼스럽게 시위할 필요 따위는 전혀 없었다. 나고야 축성이 이미 그것을 증명하고도 남았기 때문이다.

개중에는 이에야스가 히데요리를 니조 저택으로 청해 독살하려는 게 틀림없다, 그러므로 요도 마님이 맹렬히 반대했다, 그러나 이미 천하의 움직임을 알고 있는 가토 기요마사며 아사노 요시나가 등이 타일러 승낙할 수밖에 없었다……는 등 아주 그럴듯하게 퍼뜨렸다. 지금 만일 그 요구를 거절하여 상경에 불응하면 이에야스는 오사카성으로 곧 군사를 보낼 것이다, 그래서 이에야스를 지지하는 고다이사의 기타노만도코로며 이에야스에게 내심 마음을 통하고 있는 오다 우라쿠와 가타기리 가쓰모토 등의 책동도 있어 요도 마님을 꼼짝 못 하게 눌렀다는 것이었다. 그편이 항간의 소문으로는 재미있었을 것이나 사정은 전혀 달랐다.

이에야스가 얼마나 히데요리를 만나고 싶어 하는지는 이미 제2대 쇼군 히데타다 부인으로부터 교고쿠 가문 후실 조코인이며 교고쿠 부인을 통해 요도 마님에게 알려져 그녀 역시 고대하고 있던 회담이었다.

다만 요도 마님이 염려하는 것은 이에야스가 아니라 도쿠가와 가신들의 감정이었다. 오사카성에 이에야스를 천하의 찬탈자로 생각하고 미워하는 미쓰나리 같은 고집쟁이가 아직 많이 있듯…… 도쿠가와 가문에도 도요토미 가문을 아직 세키가하라의 적으로 생각하고 미워하는 자들이 있지 않을까 하는 위구심이었다.

이에야스의 명을 받은 오다 우라쿠가 히데요리에게 그 뜻을 전하고 요도 마님에게 곧장 알렸을 때 그녀가 맨 먼저 물은 것은 이 한 마디였다.

"이번에도 고다이인이 대감 상경일을 입 밖에 냈는가요?"

"아니, 고다이인 님께서는 아무 말씀 없었습니다. 오고쇼님께서 친히, 잘 아시는 이타쿠라 님을 사자로 보내셨습니다."

"그런가요. 그렇다면 나도 상경하는 게 좋지 않을까요?"

우라쿠는 일부러 고지식한 표정으로 고개를 저었다.

"내막은 어떻든 새 천황 즉위를 위한 상경, 이번에는 삼가시는 게 좋을 것 같습니다."

"그래……여자가 나설 때가 아니란 말이지?"

"그렇지요……이번에는 가토 기요마사, 아사노 요시나가, 후쿠시마 마사노리, 이케다 데루마사 등 도요토미 가문과 연고 있는 옛 신하들을 거느리고 옛날의 이에야스 님과 우대신님 대면에 어울리는 위엄을 가다듬어 회담하는 게 대감님 장래를 위하는 일인 줄 압니다."

그 말을 듣자 요도 마님도 웃으며 고개를 끄덕였다.

"그렇군. 대감도 벌써 훌륭하게 장성하셨지요. 가쓰모토 님과 의논하시도록."

요도 마님은 마음속으로 이에야스를 만나고 싶어한다……고 우라쿠는 생각했다. 그러나 중요한 궁궐행사로 상경한 이에야스에게 너무 친숙함을 보이는 방문은 삼가야 할 것으로 판단되었다.

그는 한 마디 덧붙였다.

"이것은 예사 들놀이가 아니니까요. 게다가 오고쇼님은 어떻든 도쿠가와 가신들 가운데 오사카에 좋지 않은 생각을 가진 자도 있지요. 그러니 역시 엄숙하게 행렬을 차리셔야 할 겁니다."

가타기리 가쓰모토를 비롯하여 가토 기요마사와 아사노 요시나가가 불려온 다른 자리에서는, 일단 그런 엉뚱한 사람들이 나타날 경우에 대비하는 대책이 당연히 이루어졌다.

기요마사가 염려하는 것도 그런 엉뚱한 사람들의 출현이었다. 우선 세키가하라 때 후시미성에서 쓰러진 도쿠가와 가신들이 적지 않다. 그런 자들이 지금껏 엉뚱한 원한을 가슴에 불태우고 있다면, 이렇게 외치며 덤비는 자가 없으리라는 법도 없다.

"여기서 히데요리를 쓰러뜨리는 것이 도쿠가와 가문을 위한 일!"

그런 경우 자신과 요시나가는 목숨 바쳐 히데요리를 수호해야 한다.

"그러니 우리들은 걸어서 갑시다."

그리하여 배에서 내린 다음의 길은 도보로 정해졌다. 이것은 그즈음 무장으로서는 당연한 마음이며 특별히 비장한 각오 따위 필요하지 않았다. 그 증거로 후쿠시마 마사노리는 가토, 후쿠시마, 아사노, 이케다 등이 모두 모이면 수행인원이 너무 어마어마하다고 하며 삼갔다.

"나는 안가겠소. 그게 나아."

세상에서는 이 일을 또 우스꽝스럽게 소문냈다. 만일 니조 저택에서 일이 벌어 진다면 이에야스는 곧 군사를 이끌고 오사카성을 공격할 것이다. 그때는 후쿠시 마 마사노리 혼자 오사카를 지켜 밀어닥치는 대군을 막기 위해서라고⋯⋯.

이에야스는 그런 소문에 아랑곳하지 않았다. 게이초 14년(1609) 《당대기(當代記)》 에 이미 '요즘 슨푸의 오고쇼께서는 병환 중이며 맥이 약하실 뿐 아니라 눈이 흐 리시다'고 적혀 있듯 나무아미타불 정서를 하는 일이 가장 어울리는 상태로 히데 요리의 상경을 애타게 기다리고 있다.

그러나 그래서는 《삼국지》 같은 군담(軍談)에 어울리지 않는다. 일이 벌어지기 바라는 떠돌이무사들은 소문 자체를 즐기기 위해 제멋대로 기요마사의 심정을 비장하게 추측하고, 게으른 후쿠시마 마사노리를 마치 공명(孔明) 같은 책략인으 로 상상하기도 했다.

그런 가운데 고다이인이 게이준니를 아사노 요시나가에게 보내 한 가지 희망 을 전해온 것은 사실이었다. 히데요리가 상경할 때 아버지 히데요시의 혼백을 모 신 고다이사에 들러 자기에게도 얼굴을 보여줄 수 없는가 하는 것이었다.

아사노 요시나가가 의논해 오자 우라쿠는 거절했다.

"고다이인 님으로서는 무리가 아닌 청이나 거절하지 않으면 안 될 것이다."

고다이인 이름이 나오면 요도 마님은 아직 감정적이 될지도 모른다. 요도 마님 의 상경을 누르고 고다이사에 들르게 한다면 예사로이 끝날 일이 아니기 때문이 었다.

히데요리의 상경은 3월 28일로 정해졌다. 이에야스로서는 드물게 순서를 뒤바 꾼 결정이었다. 즉위식은 이미 4월 10일로 정해졌다. 그 일로 상경했으니 식전이 끝난 뒤 마땅히 개인적인 대면을 해야 하는 것이다. 그런데 그전에 만나겠다고 한 건 역시 노인의 성급함에서일 것이다.

이에야스는 이때 새 나고야성주인 고로타마루와 그 동생 나가후쿠마루를 데 리고 왔다. 고로타마루는 이때 12살, 나가후쿠마루는 10살의 소년이었다. 이에야 스가 기억하는 히데요리는 이 형제들 또래였을 때였다.

'그 히데요리가 19살이 되었다. 어떤 청년으로 자랐을까⋯⋯?'

두 소년을 생각하는 마음에 히데요리에 대한 기대가 겹쳐져 가슴이 조마조마 해진 것이리라. 아사노 요시나가는 그 이에야스에게, 고다이인이 히데요리를 만나고 싶다는 뜻을 전해왔으나 거절하지 않으면 안 되었던 사정을 이야기하고 대신 니조 저택에서 회담할 때 고다이인을 동석시켜 히데요리를 보여줄 수 없겠느냐고 말해 보냈다.

이에야스는 두말없이 승낙했다. 이번에 그가 고다이인을 통해 히데요리에게 상경을 재촉하지 않았던 것은 요도 마님의 심정을 고려해서였는데, 그 배려마저 잊고 있는 듯했다.

이리하여 히데요리는 3월 27일에 배로 오사카를 떠났다.

"할아버님에게 아무쪼록 평안하시라고 전해 주시기를."

센히메는 히데요리며 요도 마님만큼 조부에 대한 그리움을 나타내지 않았다. 이미 어릴 때의 기억이 흐릿해졌기 때문이리라.

히데요리를 수행한 자는 가타기리 가쓰모토, 오노 하루나가, 하야미즈 가이 등 7인조에 가토 기요마사, 아사노 요시나가 이하 30여 명이었다.

이들이 배를 함께 타고 후시미에 도착하자 가토 기요마사 저택에 들어갔다가 다음날인 28일 니조 저택으로 갔다. 기요마사가 병력 500명을 그 길목에 배치하여 경비하고, 그밖에는 이에야스의 명을 받아 이타쿠라 가쓰시게가 만반의 대비를 했다. 여기서도 세상의 소문은 색색으로 꽃을 피웠다. 병을 칭하고 오사카에 머문 후쿠시마 마사노리가 군사 1만을 모아 만일의 일에 대비했다는 것이다. 1만 군사가 시중을 서성대면 오사카 시민은 깜짝 놀라 피난하기 시작했을 것이다. 따라서 이것은 어디까지나 태평시대의 바람을 탄 재미있는 소문에 지나지 않았다.

히데요리를 니조 저택에 맞은 이에야스는 그런 소문에는 아랑곳없이 따사로운 표정으로 허둥지둥 자랑하는 안경을 집어들었다.

"오, 히데요리인가……!"

그때 히데요리는 6척 1치, 안내해 온 기요마사보다 훨씬 키가 컸고 젊음이 넘치는 몸집은 다다테루를 좀 더 살찌게 한 느낌이었다.

"놀라운데. 기요마사가 작아 보이다니. 자, 이리로! 이리로 나오너라."

니조 저택의 큰 접견실 윗자리 자기 곁에 방석을 깔게 하며 만면에 웃음을 띤 이에야스의 얼굴을 보자 기요마사조차 가슴에 드리워진 수염을 쓸어내리는 것을 잊을 정도로 두 볼을 허물어뜨렸다.

히데요리 또한 그리움이 북받쳐 올랐다. 예전에 에도 할아버지, 에도 할아버지,

하고 부르며 응석 부릴 때의 이에야스는 아직 머리며 눈썹이 검었었다. 그런데 지금은 새하얗게 변했다. 눈언저리에 둥글게 두드러진 주름살이 오고쇼라는 위엄스러운 호칭과는 반대로 친숙한 부드러움을 보이고 있다. 그리고 보니 턱 밑의 주름살도 이중으로 져서 살찐 할머니처럼 보이기도 했다.

"오고쇼님께서 건강이 그리 좋지 않으시다고 들어 속으로 염려했는데 원기 있는 모습을 뵈니 무엇보다도 기쁩니다."

말하면서 히데요리는 역시 에도 할아버지라고 부르지 않으면 자기 감정에 맞지 않는 기분이었다.

이에야스는 기성을 질렀다.

"호……!"

히데요리의 인사하는 모습이 더한층 세월의 흐름을 느끼게 했음이 분명하다. 이에야스는 울 것 같은 목소리로 고다이인을 돌아보았다.

"보십시오! 다이코 대신 잘 보십시오…… 이거 참, 나는 늙었군."

그 말을 듣고 비로소 히데요리는 이에야스 뒤쪽으로 비스듬히 고다이인과 두 소년이 앉아 있는 것을 깨달았다. 소년은 나가후쿠마루와 고로타마루였는데 히데요리는 그들이 누구인지 전혀 알 수 없었다.

히데요리는 당황해 고다이인에게 말을 걸었다.

"오, 어머님! 무사하신 얼굴을 뵈니 반갑습니다. 히데요리입니다."

고다이인은 그 말에 정중하게 답례했으나 말이 나오지 않았다. 그 대신 두건 밑에서 눈동자만이 젖어 빛났다.

큰 접견실에는 이에야스의 근시들과 고로타마루며 나가후쿠마루의 가신, 거기에 히데요리의 종자들이 즐비하게 앉아 있었으나 그들 사이에 와글대는 소리가 난 것은 나가후쿠마루와 고로타마루가 히데요리에게 인사한 뒤였다.

"자, 잔을 가져오너라. 이로써 이제 여한이 없다. 일부러 교토까지 온 보람이 있었다. 그렇군, 히데요리도 벌써 내가 오타카 성에 군량미를 넣었을 때와 같은 나이가 되었군그래."

이에야스가 그 버릇인 히데요리의 인물시험에 착수한 것은 그러고 나서였다. 그때까지는 역시 늙은이다운 감회가 앞서서 어지간한 이에야스도 자기를 잃고 있었다.

"그런데 히데요리는 어떤 무술을 잘하느냐?"

"예, 활을 좀 쏩니다."

"그거 좋군. 날마다 활터에서 쏘느냐?"

"아침마다 30개씩. 그 뒤 말을 타고 나서 센히메와 함께 아침을 듭니다."

"센히메와?"

이에야스는 크게 고개를 끄덕였다. 좀 얄미운 대답이었다.

'내가 센에 대해 물으려는 걸 눈치채고 있구나.'

"지금 무슨 책을 읽고 있느냐?"

"예,《정관정요(貞觀政要)》를."

"오, 좋은 책이지. 스승은 누구인가?"

"묘주인(妙壽院)의 스님을 오시게 하고 있습니다."

"그래, 히데요리는 어릴 때부터 글쓰기를 좋아했지……."

이에야스는 잇따라 질문을 던지고는 황급히 머리를 저었다. 어느덧 술상이 나와 있었기 때문이었다. 기요마사가 견디다 못해 눈시울에 주먹을 갖다댄 것은, 이에야스와 히데요리 사이에 격식대로 석 잔의 술이 오가고 이에야스가 의치(義齒) 이야기를 시작했을 때였다.

술상에 놓인 찐 도미를 이에야스는 자기 접시에도 나누게 하여 우선 그것을 입에 넣고 히데요리에게 권했다. 시험해 보았으니 들라……는 대신 입을 가리키며 씹어 보였다.

"어떤가, 히데요리, 나는 이처럼 이가 났구나."

"이가 다시 나……는 겁니까?"

그런 반문이 나올 것을 기대했던 듯 대답했다.

"하하……실은 산에 나 있는 이를 내 것으로 만들었단다."

"무슨 말씀입니까? 산에 난 이빨이라니요……?"

"회양목이지. 빗의 재료로 쓰이는 회양목으로 만든 이. 나가사키에 있는 자야 시로지로가 지난해 류큐 왕이 슨푸에 올 때 도사쿠(東作)라는 의치 세공인을 보내 석 달 걸려 만들어준 이지. 그것하고 이것, 이 안경……이건 홍모에서 건너온 옥으로, 세공은 역시 나가사키의 거북 뼈 장인이 했어…… 태평세월이란 별별 것을 다 만들어내거든."

이에야스가 일부러 입을 크게 벌려 의치를 손가락으로 살며시 두들겨 보이자 히데요리는 얼른 그것을 들여다보았다. 그 모습이 우스꽝스러워 마침내 기요마사는 웃음과 눈물을 한꺼번에 쏟아냈다.

세키가하라 싸움 이래 도요토미의 옛 신하들 사이에는 이에야스가 언제 히데요리 모자에게 어려운 문제를 들이밀 것인가 하는 불안이 언제나 있었다. 무리도 아니다. 그들이 살아온 시대에는 강자가 약자를 억눌러 그 영지며 재물을 약탈하는 게 상식이었다. 그것을 위해서는 어떤 농간과 책략도 뛰어난 전략으로 허용되었다. 노부나가도, 히데요시와 미쓰나리도……아니, 같은 규슈 땅에서도 구로다 조스이 등은 죽을 때까지 그것밖에 생각하지 않은 사나이였다. 그런데 이제 전혀 다른 시대가 되려 하고 있다…….

그런 생각을 했을 때 이에야스는 일부러 고로타마루를 불러 자기 안경을 히데요리의 손에 건네주었다.

"그것으로 손금을 보거라. 망원경과 같은 원리로 손금이 훨씬 크게 보인다. 눈이 흐려져 작은 글자를 쓸 수 없어 이것을 사용했더니 읽고 쓰기에 좋더구나. 그래서 부지런히 작은 글씨 정서에 6만 번 정도 힘쓰고 있지."

설명을 듣고 히데요리는 우선 손금을 보았다. 그리고 또 자기 눈에 써보더니 이번에는 황급히 벗어버렸다. 희미하게 흐려져 아무도 안 보였으므로 놀란 것이었다.

이에야스는 허허 웃었다.

"네 나이로는 쓰려 해도 눈에 무리……역시 나 정도 나이가 되어야지."

히데요리는 공손히 절하고 고로타마루의 손에 안경을 돌려준 다음 아주 감탄한 듯이 기요마사에게 말을 던졌다.

"할아범, 안경이 필요하지 않나? 이빨은 튼튼한 모양이지만."

기요마사는 가슴을 젖히며 수염을 쓰다듬었다. 그의 생애에 가장 자랑스러운 한순간의 표정이었다. 기요마사는 오늘의 이 광경을 히데요시의 영혼이 어디선가 보고 있는 것 같았다. 아니, 그가 여태껏 목숨 걸고 염불하던 법화경 공덕이 그대로 눈앞에 나타난 것 같았다. 그가 어머니며 누님으로도 생각해온 고다이인과 이에야스가 저토록 친숙해지다니…….

'보십시오, 이렇게 되었습니다…….'

그는 이날을 위해 이에야스의 눈치를 살폈고, 후쿠시마 마사노리며 아사노 요시나가를 나무라기도 했다. 자랑하는 수염만 해도 도쿠가와 가문 가신들에 대한 시위가 아니라고 할 수 없다. 그것은 다만 이에야스의 무력에 대한 경계와 두려움……에서만은 아니었다. 이에야스는 기요마사 자신도 아직 경험한 일 없는 '태평스러운 세계를 창조해 내려 하고 있는 것이다.

'전혀 만들어낼 수 없는 게 아닌지도 모른다……'

법화경 가운데에도 그런 생각의 뒷받침이 되는 게 있고 지난 역사에도 그런 시대는 있었던 것 같다.

'그렇다면 우선 이에야스의 노력을 믿고 협력하는 게 참된 무사의 의리일 것이다……'

그 의리를 다하지 않고 도요토미 가문의 번영만 바란다면 신앙과 양심이 허락하지 않는 결과가 된다……그런 생각으로 애써왔으며 마침내 그것이 틀림없다는 사실의 실증을 얻은 느낌이었다.

이에야스와 히데요리는 잔을 다섯 번 주고받은 다음 끝냈다. 그리고 이번에는 새삼스럽게 히데요리의 종자들이 별실에서 이에야스의 측근에게 저마다 대접받게 되었다. 그러나 이에야스는 아직 히데요리를 놓기 싫은 모양이다. 아니, 기요마사 자신도 같은 생각이었다.

고다이인과 히데요리와 이에야스와 자기만 환담할 수 있는 기회……그런 일은 두 번 다시 이 세상에서 있을 것 같지 않았다. 그래서 기요마사는 별실에서의 접대를 사양하고 그곳에 남았다.

양쪽의 무장들은 앞서거니 뒤서거니 큰 접견실로 나가고 대신 수많은 시녀들이 다시 상을 받쳐들고 들어왔다. 나가후쿠마루와 고로타마루도 아직 어리므로 별실로 보내지고 이런 때면 늘 곁에 있던 혼다 마사노부, 마사즈미 부자도 그때는 동석하지 않았다. 기요마사와 마사노부의 성격이 맞지 않는 것을 짐작하고 이에야스가 어쩌면 일부러 멀리했는지도 모른다.

상이 다 차려지자 또 술잔이 나왔다. 이번에는 기요마사 앞에도 곧바로 시녀가 술병을 받쳐들고 왔으나 본디 술이 약한 기요마사는 따르게만 해놓고 이에야스를 향해 반듯하게 고쳐앉았다.

"오늘은 기요마사의 생애에 두 번 다시 없을 좋은 날이었습니다. 진심으로 감사드립니다."

입만 열면 이 용장은 자세부터 위엄을 내세웠으나, 오늘은 다만 두 눈에 이슬이 가득 고였다.

여태껏 가만히 있던 고다이인이 기요마사의 눈물에 감격한 듯 입을 열었다.

"나도 그렇소. 참 좋았어요, 대감."

그것이 뒷날 큰 불행의 원인이 될 줄은 아무도 몰랐다. 고다이인은 가슴에 가득한 기쁨을 누르고 지금껏 삼가고 있었음이 분명했다. 일단 입을 열자 목소리마저 흥분에 들떴다.

"대감께서도 내가 얼마나 염려하고 있었는지 알 거요. 도요토미 가문이 대체어떻게 될 것인가……? 세상은 날로 태평스러워지는데 대감에게 만일의 일이라도일어난다면……그렇지만 이제 완전히 마음 놓았습니다. 참으로 훌륭하게 성장하신 모습, 이다음에도 오고쇼님이며 쇼군의 호의를 잊지 마시도록."

히데요리는 그 말에 몇 번이나 고개를 끄덕였다. 그는 결코 고다이인이 싫지않았다. 히데요리가 태어날 무렵 일부러 이세 신궁에 기원 드린 일도, 마마를 앓을 때의 대단했던 배려도 들어서 알고 있다. 아니, 그 이상으로 그 사실을 잊어서안 될 것은 고다이인이 자신의 정모(正母)라는 사실이었다. 다이코의 정실 기타노만도코로는 남편의 외아들로 히데요리가 태어나자 곧 아들로 삼았다. 이런 경우에는 양자라고 하지 않고 궁중을 본받아 정모 또는 생모라고 하며 그것을 엄격히 지킨다. 그런 만큼 그의 감정도 다른 사람을 대할 때와는 다른 것을 포함하고있었다.

"어머님 말씀 결코 소홀히 생각하지 않겠습니다. 뵙게 되어 히데요리도 기쁩니다."

"모두 오고쇼님이 주선하신 일……이렇게 뵈었으니 일부러 고다이사까지 오실것 없어요. 내가 아버님 영전에 오늘 일을 잘 보고하지요."

"그러시면 어머님께서는 저를 고다이사로……?"

그 말을 듣고 고다이인은 비로소 섬뜩했다. 아사노 요시나가를 통해 청을 넣어둔 그녀의 희망은 히데요리의 귀에 들어가지 않았던 모양이다. 그렇다면 그것은요도 마님을 꺼려서였으리라고 짐작할 수 있다.

"호호……아니, 만일 기요마사나 요시나가가 승낙한다면 말이지요. 그렇지만 됐어요, 이렇듯 듬직한 모습을 뵈었으니."

그리고 고다이인은 태연히 화제를 돌렸다.

"그러고 보니 센히메에게는 아직 아기 소식이 없나요? 이보다 더 큰 기쁨으로 이 여승도 첫 손자가 보고 싶군요."

히데요리는 이에야스를 흘끗 쳐다보고 얼굴이 붉어졌다.

"예, 아직……없습니다."

이에야스도 흠칫했다. 히데요리의 부끄러움이 젊은 부부의 사랑을 표현하고도 남는 것처럼 보였기 때문이다.

"히데요리, 센히메에게 좋은 아내가 되도록……이에야스가 일렀다고 전해다오."

"예."

"그리고 또 하나, 이건 중요한 일이니 고다이인 님과 기요마사 님 앞에서 기억해 주었으면 하는데."

"예, 무슨 일입니까?"

"다름 아니라 사람이 사람을 볼 때는 천성이 선하다고 보는 견해와 나쁘다고 보는 두 가지 견해가 있다는 거다. 그렇지요, 기요마사 님?"

기요마사는 갑자기 질문받고 다시 윗몸을 으쓱 세웠다.

'시작됐군, 설교하는 버릇이…….'

그러나 사실 이 말이 나오지 않고 헤어진다면 이 대면의 가치는 반감……이로써 됐다고 기요마사는 생각했다.

"물론 말씀대로 두 가지 견해가 있습니다."

히데요리는 진지한 얼굴로 이에야스를 바라보았다. 호의를 솔직하게 받아들이려는 참으로 젊은이다운 긴장이었다.

"히데요리, 이것은 이에야스가 70년 생애를 돌아보며 이것저것 생각을 거듭한 끝에 당도한 긴 인생의 답이다."

"예."

"사람이란 실은 태어날 때는 선인도 악인도 아닌 것 같다. 따라서 자신의 눈으로 선악을 결정해 버린다면 큰 과오를 초래하는 근원이 되지."

이에야스는 그 말을 하고 기요마사를 또 흘끗 보았다. 기요마사도 가슴을 젖히고 고개를 끄덕였다. 그로서는 이에야스가 이 손주사위에게 무엇을 선사하려는지 알 수 있을 것 같았다.

"악인이니 선인이니 하고 결정한 경우에는 반드시 그 바닥에 편견이 숨어 있다. 결국 자기에게 도움 되면 선인이라 하고, 불리할 때는 악인으로 정해버리지……"

히데요리는 잔을 내려놓았다.

"말씀대로……분명"

"그 편견을 버리고 보면 인간은 아무래도 모두 백지인 것 같아. 그런데 사귀는 사람, 놓여진 장소, 자기 욕망의 많고 적음에 따라 여러 가지로 채색되지. 가난한 상태로 버려두면 훔치게 되고, 여인 사이를 헤엄치게 하면 색에 빠지고, 불우한 데다 재주가 있으면 반란을 도모하고, 역량이 있는데도 일터가 없으면 난을 일으키지. 알겠느냐?"

"예"

"문제의 9할 9푼까지는 태생이 아니라 나중의 성장과 이해에 의해 결정된다. 그렇다 해서 물론 인연의 영향이 전혀 없는 건 아니지만……"

기요마사는 자세를 바로 한 채 우스워졌다. 히데요리가 진지하게 듣는 태도도 그러려니와 이에야스의 얼굴에 깃든 만족스러운 기분은 또 어떤가. 즐거워 못 견디겠는 듯 눈을 빛내기도 하고 주먹을 움켜쥐기도 한다. 어쩌면 이것이 70살에 이른 사람의 참된 보람인지도 모른다.

"그래서 나는 말을 남겨놓고 싶은 거다. 잘 들거라, 히데요리. 만약 네 신변이며 가문에 악인이 많아 보이면 그건 네 잘못이다. 네가 본디의 백지에 좋은 색칠을 해두지 않았던 결과라고 생각하는 게 좋아."

"예……옛."

"그리고 또 하나, 이건 몸을 위해서도 좋은 일이지…… 너는 우대신이야. 앞으로는 간파쿠가 되겠지. 그러나 단순한 공경이 아니라, 자신의 영지를 가진 영주이기도 하지."

"그렇습니다."

"그러니 때때로 매사냥을 나가거라. 실없는 살생이 목적이 아니고, 가는 길목에서 영내 백성들이 영주에게 어떤 인사를 하는지 잘 봐두기 위해서지."

"아, 과연……!"

"알겠느냐? 하하……이로써 나도 안심…… 만난 백성들의 인사로 자신의 정치가 올바른지 어떤지를 알 수 있다. 백성들이 자랑스러워하는 영주가 아니면 명군이라고 할 수 없지."

"옛."

"그럼, 됐어. 더 말할 게 없다. 부디 아까 인사시킨 고로타마루며 나가후쿠마루……그리고 다다테루 등과 명군이 되도록 경쟁해다오. 알겠느냐?"

—더 말할 게 없다.

그 말을 하고도 이에야스는 회식이 끝날 때까지 다시 너덧 가지 더 설교했다. 그리고 그때마다 고다이인이 곁에서 즐거운 듯 맞장구쳤다. 기요마사도 가슴이 뜨거워지며 고개를 끄덕였다. 이에야스의 교훈은 대부분 태평시대의 인간처세로, 모두 자신의 생활경험에 바탕한 살아 있는 가르침이었다.

성안의 풍기단속법.

오사카 시민통치법.

건강법으로부터 잠자는 일까지…… 상대에게 들을 마음이 없다면 꽤 끈덕지고 귀찮은 노파심이라고 해도 좋았다.

그런데도 기요마사는 그때마다 눈물이 나올 것 같았다.

'히데요리 님이 이처럼 끈덕진 사나이의 애정을 받아본 적이 있었을까…….'

히데요시의 생전은 제쳐두더라도 그 뒤에는 실상 이상한 고독의 밀림 속으로 내던져져 있었던 게 아니었을까……?

아무튼 이 회견은 기요마사의 눈으로 볼 때 더 이상 바랄 수 없는 대성공이었다. 이에야스가 노인의 성벽을 그대로 드러내어 대해준 것은 히데요리가 예상보다 이에야스의 마음에 들었다는 것으로 두 가문 사이에 이로써 큼직한 쐐기가 박힌 느낌이었다.

이에야스는 끝으로 히데요리가 떠날 때 한 마디 정치 냄새나는 말을 했다.

"공경들은 히데요리를 꽤 시기하고 있소. 그러므로 오늘의 방문답례로 고로타마루와 나가후쿠마루를 오사카로 보낼 테니 예의 바르게 대하여……공경들에게 분명하게 보여주어야만 하오."

그밖에는 눈에 넣어도 아프지 않을 손자사위와 조부 사이인 느낌이었다.

그 말에 기요마사는 농담으로 응했다.

"알겠습니다. 그러나 어린 두 분을 오사카로 보내시면 걱정되시지 않겠습니까?"

"무엇이 걱정인가…… 그럴 까닭이 없지."

"그렇다 해도 오사카에서는 후쿠시마 마사노리가 군사 1만으로 성을 굳게 지키며 도쿠가와 가문의 침입에 대비하고 있다던데요?"

이에야스는 의치를 빼고 입을 오므리며 웃었다.

"후쿠시마 마사노리에게 일러다오. 내 편은 12살인 고로타마루와 10살인 나가후쿠마루가 총대장이야. 1만이나 2만의 군사로는 맞설 수 없을 거야."

그리고 이에야스는 목소리를 낮추어 덧붙였다.

"그러고 보니 마사노리는 또 전쟁놀이를 할 셈으로 백성 다스리는 일을 게을리 하지는 않겠지?"

그것은 이에야스가 진심으로 하는 걱정인 듯했다. 거기서 기요마사는 또 농담을 했다.

"그런 마사노리에게 50만 석이나 되는 큰 녹을 주시다니 오고쇼님은 마음 놓을 수 없는 고약한 분입니다."

"저런, 묘한 소리를 하는군, 기요마사가."

"전쟁놀이를 좋아하는 장난꾸러기이므로 얼마 안 가 못 다스리겠다고 내던질 것이니 그때까지 잠시 맡겨두자고……."

이 농담으로는 기요마사가 완전히 이겼다. 이에야스는 깜짝 놀란 듯 주름 속에서 눈을 두리번거리며 말이 없었다.

이에야스와 히데요리의 대면은 매우 부드러웠으나 수행자 대접은 받는 쪽과 베푸는 쪽의 사람됨으로 말미암아 반드시 화기애애하다고만은 할 수 없었다. 이타쿠라 가쓰시게에게 접대받고 있는 가타기리 가쓰모토는 둘 다 속속들이 서로 아는 사이이므로 특별한 일이 없었지만, 아사노 요시나가와 오노 하루나가를 접대한 혼다 마사즈미 등의 자리는 꽤 공기가 험악했다. 마사즈미가 성질나는 대로 요시나가의 남만창이며 하루나가와 요도 마님 사이를 비꼬았기 때문이었다.

"아사노 님은 유녀를 너무 좋아해 여자 때문에 목숨을 잃을지도 모른다는 소문이 있으시다니 참으로 부럽습니다."

요즈음 병으로 괴로워하고 있는 요시나가는 눈을 부릅뜨며 되물었다.

"오고쇼님의 마음에 드신 마사즈미 님 말씀답지 않소. 오고쇼님은 아직도 왕성하셔서 때때로 슨푸의 유곽에서 유녀를 불러들여 노신다는데 그 진위를 어떤지요?"

"무슨……그런 일은 이미……."

"숨기지 마시오. 나는 아직 이처럼 코도 떨어지지 않고 오체도 만족……오고쇼 님은 코가 떨어져 죽은 히데야스 님의 아버님이니 아직 내가 미칠 바 못 되지."

그 말투가 너무도 과격해 하루나가는 쓸쓸하게 웃었다. 이런 경우의 실소는 성질이 거센 요시나가로서 용서할 수 없는 무례로 받아들여진 게 분명하다. 왜 웃느냐고 말하는 대신 요시나가는 잔뜩 비꼬았다.

"하루나가 님은 좋겠소. 병들 염려가 없으니까."

그 상대는 말할 나위도 없이 요도 마님을 가리키는 것이다. 그렇게 되자 하루나가도 가만히 있지 않았다. 아니, 술을 마셔서 벌써 감정이 격렬해졌다는 게 옳으리라.

"무슨 소리, 병이 안 걸리는 좋은 상대라니 누구를 말하는 거요?"

"누구냐……고 일부러 되물을 것까지도 없지요. 천하에 당당하게 알려진 정사가 아니오."

바로 정면에서 대들자 어지간한 하루나가도 입을 다물 수밖에 없었다.

'경우에 따라서는 이렇듯 싸움걸어 암살하려는 게 아닐까……?'

아무튼 분위기가 험악해졌으나 칼을 뽑을 만한 싸움은 없이 모두들 니조 저택을 나온 것은 어느덧 해가 저물 무렵…… 그리고 다시 후시미에서 어용선에 올랐을 때는 별이 반짝반짝 빛나고 있었다.

"자, 곧 배를 띄워라. 요도 마님이 기다리고 계실 거야."

이 최상의 성과를 빨리 들려주고 싶어 기요마사는 곧 배를 띄우게 했다. 이제 요도강을 내려가면 날이 밝을 무렵 오사카에 도착하리라.

배가 움직이기 시작하자 기요마사는 자신이 직접 배 안을 점검하고 히데요리 곁으로 왔다. 히데요리는 니조 저택에서 들은 이에야스의 말을 아직 되새기는 듯 별과 물결과 노 젓는 소리 가운데 호젓이 앉아 있다. 그 모습을 보고 있는 동안에도 기요마사는 눈물이 자꾸만 흘러 멈추지 않았다.

"이……이 늙은이는……이제 죽어도 여한이 없습니다."

히데요리는 깜짝 놀라 기요마사를 바라보았다. 배는 찰싹찰싹 물을 헤치며 내려가고 있었다.

경칩

요도 마님은 29일 새벽녘이 되어서야 깊은 잠에 빠졌다. 지난밤 센히메를 불러 놓고 성을 지키던 여자들과 늦게까지 이야기한 탓으로 모두들 돌아간 뒤 이상하게 잠이 오지 않아 새벽녘이 가까워 잠들었다.

결코 올해만의 일이 아니다. 해마다 이맘때가 되면 요도 마님은 잠들지 못하는 버릇이 있었다. 세상에서는 나무가 싹트는 계절이라고 한다. 나쁜 병이 있으면 이 계절에 병뿌리마저 머리를 쳐든다고 한다……

'나는 병이 아니다……'

해마다 겨울이 되면 얌전히 시들 것 같던 젊음이 꿈틀꿈틀 땅 위로 얼굴을 내미는…… 그러한 무르익은 청춘의 잠투정이었다. 그 대신 잠들면 눈뜨기가 아쉬웠다. 꿈과 현실과의 경계가 감미로운 봄 잠의 맛…… 그 경계에서 뭔가 와글거리는 사람들 소리를 들은 것 같았다.

'아, 대감이 무사히 돌아왔구나……'

그것을 현실로 느끼면서도 요도 마님은 일어나려고 하지 않았다. 물론 이번 상경에 대해 아무것도 염려하지 않았기 때문이다.

'내가 서둘러 마중 나가는 것보다 센히메가 맞는 게 더 좋아……'

그러한 생각도 어딘가에 있었다. 그러고 보니 지난밤 늦게까지 센히메를 붙들어놓고 이런저런 이야기를 했으며 센히메 역시 그녀에게 사랑스러운 혈육이었다.

센히메에게는 요도 마님이며 생모 다쓰 부인과 같은 거센 기질은 없지만, 얼굴이 놀랄 만큼 할머니 오이치를 닮았다. 가만히 눈을 내리깔고 남의 말에 귀 기울이는 모습은, 불행한 어미로서 자신을 억누르며 살다 간 에치젠 기타노쇼에서의 어머니가 이 세상에 다시 태어난 느낌을 요도 마님에게 주었다. 그리하여 요도 마님은 농담을 했다. 지금까지는 나이 먹어 죽어가는 게 즐거움의 하나였는데 어쩐지 그 즐거움이 없어질 것 같다고······.

"어머나, 누가 없앴을까요?"

"뻔한 일. 센히메가 없앴지. 지금까지는 저승에 가면 어머님을 뵐 수 있다고 여겼었는데, 어머님이 그대로 다시 태어나셨어. 그렇다면 저승에 안 계실 것 아닌가······."

그 말을 듣는 센히메의 긴 속눈썹 속 시선이 빨려들듯 요도 마님과 엇갈리며 잠시 무언가 생각하는 모습이었다. 그 얼굴도 눈도 입술도 남의 것은 하나도 없다······ 그런데 어째서 좀 더 상냥하게 대해주지 못했던가······ 그 생각이 들었을 때 센히메는 두려운 듯 살며시 두 손을 무릎에 내려놓았다.

"어머님, 용서하세요. 대신 언제까지나 제 곁에 오래 살아계셔 주세요."

그 말을 들었을 때 달려들어 꼭 껴안아 주고 싶은 사랑스러움을 느꼈다.

'그렇다, 히데요리 님은 벌써 어미 품을 떠났다. 센히메에게 사랑을 주어야지······.'

꿈과 현실 사이에서 그런 생각을 하며······ 그로부터 얼마나 시간이 흘렀는지 문득 다시 눈을 떴을 때 침실 입구를 등지고 누군가 앉아 있는 것을 느꼈다. 정신을 차리고 보니 오노 하루나가였다.

하루나가가 와 있는 것을 알고 요도 마님은 일단 다시 눈을 감았다. 묘하게도 하루나가의 얼굴이 희게 보인다. 그것은 경칩인 계절 탓일지도 모른다고 생각했다. 그보다도 침소에 자유롭게 출입할 수 있는 유일한 이성인 하루나가가 자기가 깨어나기를 얌전하게 기다리고 있는 것이 우스웠다.

'좀 더 가만히 있으면 어떡할까······.'

장난스럽게 문득 그런 생각을 했을 때 하루나가가 낮은 목소리로 입을 열었다.

"마님, 깨셨으면 그대로 들어주시겠습니까?"

"그대는 내가 깨어 있는 줄 알았소?"

하루나가는 쓸쓸하게 웃었다. 상대를 너무도 잘 알고 있는 두 사람끼리만 통하는 쓴웃음이었다.

"니조 저택에서의 면담은……잘 이루어졌겠지?"

하루나가는 그 물음에는 대답하지 않고 말했다.

"모레, 대감님 방문답례로 오고쇼님의 일곱째 아드님이신 나고야의 고로타마루 님과 여덟째 아드님 나가후쿠마루 님이 함께 오사카로 오십니다."

요도 마님도 비로소 이불 속에서 몸을 뒤척였다.

"그 어린 것 둘을……일부러 오사카에 보내신다고?"

그것은 이에야스가 히데요리의 방문을 얼마나 기뻐했는가 하는 증거……라는 생각이 들자 누운 채로 들을 수 없는 느낌이 들었다.

"예, 그런데 좀 난처한 일이 있습니다."

"난처한 일이라니? 아무것도 난처할 것 없소. 나와 센히메가 잘 데리고 놀다 보내지요."

오노 하루나가는 일부러 시선을 외면한 채 불쑥 말했다.

"그 두 분을 살려서 돌려보내지 말라……는 소리를 하는 자가 있습니다."

요도 마님은 이 말에 완전히 몸을 일으켰다.

"그……그건, 누가 그런……."

황급히 말하며 무릎 가의 옷을 여미고 다시 말했다.

"그럼, 대감이 혹시 니조 저택에서 모욕을 당하기라도……."

하루나가는 천천히 고개 저었으나 얼굴은 여전히 어둡고 우울했다.

"7인조들은 이번 대면도 오고쇼님의 본심에서가 아니라 역시 고다이인 님의 계획이었다고 보는 모양이며…… 그러고 보니 수행한 사람들도 가토, 아사노, 가타기리 등 모두 고다이인 님과 절친한 사람들뿐…… 게다가 고다이인 님은 처음부터 오고쇼님 곁에 앉아 계셨습니다."

"고다이인이?"

"그 말씀은 나중에 대감님으로부터 있겠지요. 아무튼 대감님과 오고쇼님과 기요마사와 고다이인 님만이 두 시간 남짓 환담…… 저희들은 멀리하여 별실에서 술을 내리셨지요…… 마님, 그 자리에서 아사노 님으로부터 이 하루나가는 큰 모욕을 받았습니다."

"그대가 모욕을?"

"아사노 님은 고다이인의 생질, 주연석상에서 일부러 마님의 총애를 입에 올려 모욕주니……하루나가도 사나이, 이제는 충성을 못 하겠습니다."

하루나가는 다시 차디찬 쓴웃음을 입가에 떠올리며 얼굴을 돌렸다. 하루나가는 아마도 자기 말이 요도 마님의 마음에 어떤 풍파를 일으키는지 그 반응을 확인할 속셈이리라.

요도 마님은 한참 동안 가만히 하루나가를 쏘아보았다. 하루나가는 얼굴을 돌린 채 혼잣말 같은 술회를 끊이지 않았다.

"7인조들은 모두, 이로써 이제 사정을 알았다, 모든 게 고다이인의 지시…… 대감님을 고다이인에게 접근시키고 마님을 이 성에서 쫓아내려는 게 분명하다고……."

"……."

"마님과 대감님을 우선 떼어놓고 그런 뒤 대감님을 농락해 이 오사카성을 막부 손아귀에 넣는다…… 말하자면 고다이인은 오사카성과 교환조건으로 도요토미 가문을 존속시켰다고 뽐내고 싶은 것이며, 모든 게 그 일을 위한 흥정임에 틀림없다……고 합니다."

"……."

"물론 저는 충고했습니다. 비록 그렇다 해도 상관없다, 마님이 쉽사리 대감님 곁을 떠나실 리 만무하다…… 그러나 그들은 그렇게 생각하지 않는 것 같습니다."

요도 마님은 견디다 못해 드디어 입을 열었다.

"그럼……어떻게……생각한다는 건가? 누가 뭐라든 내게는 나의 생각이 있다. 그러나 들을 건 들어보자. 그들은 뭐라고 하는가?"

"아까 말씀드린 대로 답례차 오시는 고로타마루 님을 무사히 돌려보내지 마라, 그러면 사건의 진상을 모두 알게 될 거라고 버티며 듣지 않습니다."

"무사히 돌려보내지 마라……니 어린 것들을 베라고 하던가?"

"그렇다고는 할 수 없지요. 그대로 잡아두면 일은 저절로 벌어진다…… 고다이인이 흥정하러 올 것인지? 아니면 처음부터 도쿠가와 군이 밀려올 것인지……."

"하루나가 님, 그래서 그대는 뭐라고 말했소?"

"제 말보다도 그들의 주장을 우선 좀 더 들어주시기를…… 결국 오고쇼님이며 고다이인 님에게 오사카성을 없애버릴 생각이 있다면 이쪽에도 각오가 있어야 하지 않는가……라고 합니다."

"얼빠진 소리! 지금의 오사카 인원으로 어찌 에도의 상대가 되겠나?"

"글쎄, 바로 그겁니다."

하루나가는 더욱 냉정하게 말소리를 낮추었다.

"모든 일은 마님과 대감님이 모르게 모의 된 것으로 하고 우선 두 분을 인질로 삼는다, 그러면 센히메 님을 합하여 인질은 세 명……이들을 단단히 붙들고 있으면 결코 이편에 불리하게 교섭되지는 않을 거라고 합니다."

"어머나……!"

"그들의 생각으로는 그런 뒤 최대한도의 조건을 승인케 하고 돌려보내도 손해 없다, 인질을 셋이나 잡아두면 저쪽에서 먼저 공격하는 일은 엄두도 낼 수 없다는 계획을 세운 것 같습니다."

"……."

"아무튼 그러면 상대의 뱃속을 싫어도 알 수 있게 된다, 고다이인이 오는지, 아니면 군사가 오는지……? 언젠가 일전을 벌여야 한다면 이쯤에서 부딪쳐 보자, 마님이나 대감님이 아닌 우리들이 해보는 거니까……라며 듣지 않습니다."

하루나가는 탄식하듯 말하고 비로소 요도 마님에게로 시선을 돌렸다. 마님은 어느덧 몸을 떨기 시작했다.

사람에게는 저마다의 맹점이 있다. 오노 하루나가의 가장 아픈 상처는 요도 마님의 사랑을 받는 그녀 쪽 사람이라는 사실이었다. 물론 세상에 그 예가 없는 일은 아니다. 남편이 세상떠난 뒤 일단 머리를 내렸으면서도 젊은 무사에게 잠자리 상대를 명한다. 남편이 생존 중이면 몰라도 그리 부정하거나 불륜이라고 생각하지 않는 시대이다. 다만 그럴 경우 사내는 결코 중신 대열에 끼어 정치며 군사 일에 입을 열 수가 없었다. 봉공하는 상대가 후실(後室)이므로 한층 낮은, 필요성을 인정받은 그늘의 존재로서 아름답게 차려입을 수는 있으나 마음속으로는 모두 대장부로서 있을 수 없는 일로 가벼이 여겨졌다.

그러나 오노 하루나가의 경우는 처음부터 달랐다. 히데요리의 측근으로서 영주격인 충성을 하고 있는 동안 요도 마님의 총애를 받게 된 것이다…… 따라서 현재의 오사카성에서 훌륭한 중신의 하나이면서 동시에 모르는 사람이 없는 요도 마님의 정부가 되어 있다. 그러므로 하루나가는 마음이 괴로워 그 일을 언급하는 자가 있으면 사람이 변한 듯 고집스러워졌다. 아마도 아사노 요시나가가 니조 저택에서 던진 야유는 그의 상처에 벌겋게 단 인두를 갖다 댄 게 틀림없다.

그리고 그 분노가 이번에는 요도 마님의 맹점을 찌르게 된 것이다. 요도 마님 앞에서는 '고다이인'이라는 말은 꺼내서는 안 되는 금기였다. 자신은 다이코의 측실이며, 세상 관습을 따르면 측실은 봉사인……자신이 낳은 자식이라도 그 자식이 정실과 연관 지어지면 내 자식이 아닌 주인 계보상의 사람이 되는 것이다. 그리고 그 관습은 영주들 가정에서 엄격하게 지켜지고 있다. 그런데도 도요토미 가문만은 고다이인이 다이코의 공양을 위해 성을 나간 것을 기화로 측실이 그대로 생모로 들어앉아 있다…… 그것은 누가 말하지 않아도 이단(異端)이라는 사실을 요도 마님 자신이 가장 잘 알고 있기 때문이었다.

이번 상경도 실은 고다이인의 간섭이었다고 하루나가는 말했다. 아니, 그 이상으로, 요도 마님을 쫓아내고 마치 성으로 돌아올 생각이 있는 듯 말했던 것이다…….

요도 마님은 한동안 몸을 부들부들 떨었다.

'그럴 리 없다…… 이것은 모두 이에야스의 청으로 이루어진 일이며, 다쓰 부인과 조코인이 중재한 결과이다…….'

애써 그렇게 생각했으나 그 장소에 친어머니인 척하는 고다이인이 있었다는 말을 듣자 피가 거꾸로 흐르는 것을 느꼈다.

'무엇 때문에 그 여자는……?'

그것은 하루나가의 선동에 질투심과 약점이 엉겨들어 차츰 그녀를 협박해 오는 감정의 불길이었다.

"하루나가 님, 지금 말에 과장은 없겠지요?"

"무슨 말씀을. 아사노 님이 저를 모욕했다는 이야기까지……무엇 때문에 말씀드릴 필요가 있겠습니까?"

"그런가요…… 그럼, 가토도 아사노도 모두 고다이인 편인가요……?"

봄이 되면 옛 상처의 감정도 다시 슬슬 구멍에서 기어 나오게 된다.

오노 하루나가는 자신의 분노에서 전혀 근거도 없는 말을 한 것은 아니었다. 돌아오는 어용선에서 7인조들은 분명 그런 말을 하고 있었다. 그들은 모두 요도 마님이 고다이인을 얼마나 싫어하는지 잘 알고 있었다. 이에야스와 함께 고다이인이 니조 저택의 상석에 나와 있던 일은 그들로서도 분명 뜻밖의 놀라움이었다. 쇼군 히데타다의 상경 때 히데요리에게 고다이인의 초청이 있었지만 끝내 이루어지지 않았던 것을 모두들 알고 있었기 때문이다.

게다가 또 하나 그들을 깜짝 놀라게 한 것은 이에야스가 태연히 어린 고로타마루와 나가후쿠마루를 오사카에 답례로 보낸다는 말이었다. 어떤 자는 그것을 이에야스의 노망이 아닌가 의심하고, 또 어떤 자는 오사카를 깔보는 대담함이라고 했다.

"오사카가 한낱 영주로 떨어졌다고 생각하는 거야. 저 늙은 너구리가 노망할 리 있나."

"그렇지만 만일 그 둘을 그대로 오사카에 억류시키면 어떻게 되는 건가?"

"그 일 말인데, 그런 대담한 수를 쓸 자는 하나도 없다……는 게 오고쇼 눈에 비친 지금의 오사카 모습이야."

"말하자면 가타기리 님이나 우라쿠 님도 완전히 도쿠가와 가문의 앞잡이가 되었다…… 내 집처럼 여겨도 별일 없으리라고 보인 건가."

그런 뒤 갑자기 두 사람을 그냥 돌려보내지 않으면 어떻게 되는가 하는 상상의 말을 더욱 덧붙인 건 하야미즈 가이였다. 그 상상은 지겨운 밤의 배 여행에 꼭 어울리는 화제였다.

"두 사람을 그대로 포로로 삼으면 센히메 님을 합쳐 세 사람이 되는군."

"한두 사람이라면 두말없이 쳐들어오겠지만 셋이나 되면 오고쇼도 그리 간단히 단념할 수 없지."

"그 세 사람을 붙들어놓고 무슨 교섭을 해야 하나……?"

그 말을 한 것도 하야미즈 가이였다.

"이건 한 번 생각해 볼 만한 문제야."

와타나베 구라노스케가 몸에 내밀자 그때부터 좌중에 살기 비슷한 긴장이 가득해지기 시작했다.

"첫째, 어떤 일이 있어도 돌아가신 다이코 전하께서 축성하신 오사카성만은 내놓지 않을 것."

"음, 그다음은?"

"둘째는, 히데요리 님에게 제3대 쇼군직을 계승시킬 것."

"그건 좀 무리일지 몰라. 대대로 쇼군직을 도요토미 가문과 도쿠가와 가문이 한 번씩 교대로……라면 싫다고 할 거야."

그때였다. 갑자기 하야미즈 가이가 소리죽여 말했다.

"여러분, 만일 세 사람을 태연히 죽일 셈으로 대군이 포위해 오면 어떻게 하겠소?"

순간 모두들 입을 다물고 얼굴을 마주 보았다. 이에야스는 어쩌면 그 정도의 결단을 내릴지도 모른다는 생각에서였다.

구라노스케가 대꾸했다.

"그때는 싸울 뿐이지."

"방법은 여러 가지 있소. 그렇지, 가이 님? 우선 전국의 예수교 영주들에게 격문을 돌리고, 나아가 일본에 있는 선교사를 모두 오사카성에 보호하는 거야."

무료한 밤의 배 여행을 하며 갖가지 예상과 방안이 쏟아져나왔다. 우선 답례차 오는 고로타마루와 나가후쿠마루를 포로로 잡아놓고 예수교 영주와 전국의 떠돌이무사들을 모은다.

"그래도 승산 없다고 생각되면 차라리 펠리페 대왕에게 원군을 청해볼까?"

그 말을 꺼낸 것은 와타나베 구라노스케였다. 물론 그 자리에서 생각한 게 분명하다. 그러나 그 말은 호리 쓰시마와 이토 무사시(伊藤武藏)마저 깜짝 놀라게 할 만큼 큰 흥분을 불러일으켰다. 아마 일본인이 생각하는 일에 유럽의 주권자까지 등장하게 된 데 대한 놀라움이었으리라.

하야미즈 가이는 눈을 빛냈다.

"그렇다! 결코 손이 미치지 못하는 일도 아니지. 연락해 줄 신부나 선교사는 얼마든지 있다. 이들을 사이에 넣어, 내버려 두면 네덜란드와 영국 두 나라에 의해 일본 예수교 구교는 근절된다…… 곧 원조를 바란다고 연락하면 전함 5척이나 7척……."

듣고 있는 동안 오노 하루나가는 두려워져 귀를 막고 싶었다. 그들의 공상과 자신의 불만이 이런 데서 하나가 된다면 그야말로 손댈 수 없는 큰불이 될지도 모른다. 과연 이를 계기로 배 안 화제의 불길은 더욱 크게 번졌다. 에도를 가상의 적으로 단정하고 타도하는 데 어떤 수단이 있을까에 대한 온갖 공상이 떠오른 것이었다.

우선 펠리페 3세의 군함 제공 가능성이 생겨 일을 꾸미게 되면, 역시 세키가하라 때의 편인 모리와 시마즈…… 그리고 도호쿠에서는 우에스기보다 다테에게 말해야 하리라는 것이었다.

다테 마사무네는 마쓰다이라 다다테루의 장인이며 이 사위는 요즘 마사무네와 부인의 영향을 받아 예수교도가 되어가고 있다. 그러므로 마쓰다이라 다다테루를 한편으로 끌어넣어 형을 대신해 쇼군직에 앉힐 듯 여기게 하면 도쿠가와 가문 또한 둘로 나뉘어 뜻밖의 약점을 드러낼 것이다.

모두가 입을 모아 말했다.

"그것참, 재미있는걸!"

"그 무렵에는 오고쇼도 벌써 살아 있지 않을 거야. 그렇게 된다면 이건 세키가하라의 재연이로군."

그러나 날이 밝기 시작하며 배가 오사카성 수로에 접어들 무렵에는 그들도 입을 다물고 꾸벅꾸벅 잠들었다. 공상은 역시 공상 이상의 아무것도 아니며 날이 새어 성안의 흙을 밟았을 때는 꿈과 함께 잊혀졌을 게 틀림없다.

그런 줄 알면서도 오노 하루나가는 오히려 요도 마님에게 이것을 호소할 심정이 되었다. 어째서일까? 마음 한구석에서 요도 마님 또한 괴롭혀주지 않고는 견딜 수 없는 이상한 충동에 지고 있는지도 몰랐다.

요도 마님은 갑자기 손뼉 쳐 옆방에 대기해 있는 시녀를 불렀다.

"누구 없느냐, 세숫물 가져오너라."

그리고 흥분한 모습으로 거울을 세우게 하여 웃통을 벗고 아침 화장을 시작했다.

요도 마님은 자신이 삼가한 이번 상경에 고다이인이 입회했다는 게 아무래도 불쾌하고 용서할 수 없는 일로 여겨졌다. 만일 그것이 그녀가 알지 못한 곳에서 처음부터 꾸며진 일이라면 어떻게 될까……?

'이것만은 확실히 하지 않고 버려둘 수 없는 일이다…….'

"하루나가 님은 물러가 쉬도록. 나는 우라쿠 님과 가쓰모토를 만나겠어요."

경대에 비친 하루나가에게 말하자 그마저 매우 싫게 보였다.

니조 저택에서 남만창에 걸린 아사노 요시나가로부터 모욕을 받았다고 한다…… 그렇다면 그 자리에서 왜 베어버리지 않았던가…… 그러나 그 일은 하루나가로서 무리였다. 천군만마 사이를 오간 아사노 요시나가 쪽이 하루나가보다 훨씬 완력이 뛰어나기 때문이었다.

아사노 요시나가가 만일 둘도 없는 히데요리 편이 아니라면 요도 마님은 벌써 그를 성에 가까이 오지 못하게 했을 것이다. 아니, 히데요리에 대한 충성도 실은 수상쩍으며 고다이인의 첩자인지도 모른다……

수면부족인 자신의 얼굴에 언제까지나 겹쳐오는 음울한 하루나가의 모습이 견딜 수 없어 드디어 신경질적인 소리를 질러버렸다.

"하루나가 님, 물러가라는데 안 들리나요? 답례사자를 어떻게 다룰지……는 히데요리 님이 하실 일. 대감은 이미 어리지 않습니다."

하루나가는 잠시 쓴웃음 짓고 그대로 거울 속에서 사라졌다. 그 쓴웃음도 총애를 믿고 요도 마님을 가벼이 보는 마음속이 드러나 보이는 듯하여 더욱 불쾌감이 겹쳤다.

시녀에게 머리를 빗게 하면서 요도 마님은 또 급하게 불러댔다.

"아에바 없나, 아에바 부인."

그 소리가 심상치 않은 것을 알고 아에바 부인과 우쿄 부인이 급히 침소로 들어왔다.

"오, 두 사람 다 왔군. 좋아요, 아에바는 우라쿠 님, 우쿄는 가쓰모토 님을 불러줘요."

이번에도 거울 속으로 명령했으며 두 사람은 급히 복도로 달려나갔다.

마루 덧문을 열어젖히니 비가 주룩주룩 뜰을 적시고 있었다. 시간은 벌써 오전 8시가 지났으리라. 아침 새소리는 뜰에 없었다. 요도 마님은 화장이 끝나고 옷을 갈아입을 때까지 한 마디도 말이 없었다. 심부름간 두 사람도 좀처럼 돌아오지 않았다. 어쩌면 모두들 히데요리 앞에 모여 고로타마루와 나가후쿠마루를 어떤 절차로 맞을까 하는 의논을 시작했는지도 모른다.

'이 성에서 나를 쫓아낸다고……?'

만일 이에야스가 그 일로 고다이인과 이마를 맞대고 협의했다면 어떻게 할까.

몸치장이 끝났다. 그러나 두 사람은 아직 돌아오지 않는다. 요도 마님은 큰 소리로 불러대며 거실로 옮겨갔다.

"누구 없느냐!"

그러자 거기에 쇼에이니가 환한 표정의 기요마사를 안내해 왔다.

"마님, 대감의 상경이 아무 탈 없이 끝났으니 축하드립니다."

기요마사는 말하면서 그 자리에 앉아 천천히 수염을 쓰다듬었다.

"오, 기요마사 님, 수고하셨소."

요도 마님은 성급히 기요마사에게 질문의 화살을 던졌다.

"니조 저택에서 그대와 대감님이 오고쇼님과 고다이인 님의 접대를 받았다지요?"

"예, 오고쇼님도 고다이인 님도 몹시 기분 좋으셔서 크게 자라신 대감님을 보시고 깜짝 놀라셨습니다."

"기요마사 님!"

"예."

"단지 그뿐이오, 이야기는……?"

기요마사는 고개를 조금 갸우뚱했다.

"아니오, 그밖에도 여러 가지 이야기가 나왔습니다. 그것을 말씀드리려고 문안 여쭈러……."

"기요마사 님, 고다이인 님이 그대에게 뭔가 청이 있다고는 하지 않았소?"

"그야……뵐 때마다 말씀하시지요. 대감님을 부탁한다, 도요토미 가문을 부탁한다고."

"그 도요토미 가문이라는 말이 수상쩍단 말이오. 고다이인은 어째서 그대와 대감님만 남겨놓고 다른 자들을 멀리했다고 생각하오? 뭔가 비밀이야기가 있었던 게 틀림없는데, 그게 무엇이었는지 들려줄 수 없소?"

기요마사의 얼굴에서 웃음이 사라졌다. 요도 마님의 질문에 엉뚱한 억측이 포함되어 있다고 느낀 모양이리라.

"글쎄요, 참으로 이상한 말씀. 저희들만 대접받은 것은 고다이인 님 지시가 아니라 오랜만에 친숙하게 환담하고 싶어 하신 오고쇼님 분부였습니다."

"그래요…… 그랬던가요, 겉으로는……그러나 그 친숙한 환담에 어째서 고다이인 님만 특별히 참가시켰는지…… 그대는 어떻게 생각하시오?"

"마님, 저는 그 질문의 뜻을 잘 모르겠습니다. 고다이인 님은 처음에 대감님이 고다이사까지 들러주셨으면 하고 희망하셨답니다."

"뭐, 일부러 고다이사까지……!"

"예, 아사노 요시나가를 통해 그 뜻을 청했습니다. 그러나 이 기요마사가 거절했습니다."

"호, 그대가 거절한……그 이유는?"

"그것은……오고쇼님과 중신들은 모두 화목하나 두 가문 안에 아직 오사카와 에도에도 원수라고 생각하는 이들이 적지 않습니다. 그래서 저도 저쪽 행정장관도 길목의 경비가 번거롭다고 여겼기 때문입니다."

그리고 기요마사는 다시 두어 가지 이유를 덧붙였다.

"그밖에도 이유가 있었습니다. 고다이인 님한테도 들른다……고 하게 되면 오랜만의 오고쇼님 상경을 맞아 이루어지는 대면이 겸사하여 하는 일처럼 들려 가볍게 여겨집니다. 또한 그만큼 여유 있는 상경이라면 궁궐 즉위식이 끝날 때까지 머무는 게 당연하다는 공경들의 비판도 나오지 않을 수 없다는 생각으로 거절 했는데, 고다이인 님이 대감을 보고 싶다며 오고쇼님에게 애원하셨나 봅니다. 그래서 동석이 허락되었지요…… 따라서 기뻐하시기는 했어도 각별한 비밀이야기 따위 나올 리 없었습니다."

요도 마님은 기요마사를 지그시 쏘아보듯 듣고 있더니 얼른 눈길을 돌려버 렸다. 볼과 이마에서 핏기가 가시고 입술 근육이 경련하고 있었다. 아마 요도 마님으로서는 기요마사의 조리 있는 대답이 오히려 이상하게 받아들여진 게 분명 하다.

"그랬던가…… 아사노는 거절당했다, 그러나 고다이인은 분명 동석을 허락받았 다…… 모든 게 잘 되어갔군요."

"예, 그렇습니다."

기요마사는 역시 독실한 니치렌 신자이니만큼 일단 성실하게 설명하지만 그것 이 통하지 않는 줄 알면 반대로 완고해진다. 그 완고함은 어딘지 혼아미 고에쓰 와 일맥상통한 데가 있으며 때로 도전적이기조차 했다. 이시다 미쓰나리와 평생 사이가 풀리지 않았던 것도 이 성격 탓이었지만…….

"마님, 마님께서는 이 기요마사의 처리에 무슨 불만이 있으십니까?"

"이런……누가 그런 말을 했나요?"

"기요마사는 실은……."

그는 볼을 벌겋게 물들이며 품속 깊숙이 손을 넣어 금무늬로 오동잎이 새겨진 단도 한 자루를 꺼냈다.

"이번 대감님 수행을 금생에서의 마지막 충성으로 여겨, 다이코 전하께서 시즈가타케 싸움 때 주신 이 단도를 가슴 깊이 간직하고 갔습니다."

말하면서 그것을 무릎 앞에 놓고 거만하게 수염을 쓸어내렸다.

"그 단도를……무엇 때문에 가져갔나요."

"만일 오고쇼님에게 도요토미 가문을 폐하려는 속셈이 보이면 그때는 찔러죽이고 함께 죽어버릴 각오였습니다."

"……."

"그렇다고 충성을 과시할 생각은 추호도 없습니다. 기요마사와 이 수염도 실은 제 몸의 쇠약을 감추어 도요토미 가문의 위풍을 보이려는 위장…… 그러나 이제는 가슴을 파고드는 병마를 이길 수 없습니다…… 그래서 이것이 마지막 충성이라고 마음에 정하고 갔습니다…… 그러나 이 기요마사의 눈에 비친 오고쇼님은 과연 다이코 전하께서 천하를 맡기실 만한 그릇이니만큼 도요토미 가문을 적으로 생각하는 따위의 좁은 소견은 추호도 없으셨고…… 고다이인 님의 애절한 소원을 잘 판단하시어 어떻게 하면 전하의 후손이 자랑스럽게 존속될지…… 내 몸처럼 염려하고 계신 것을 알았습니다…… 마님, 기요마사는 이 봉사를 마지막으로 영지로 돌아가 조용히 요양하고 싶습니다. 그러므로 감히 말씀드립니다! 만일 도요토미 가문을 멸망시키는 게 있다면 그것은 도쿠가와 가문이 아니라 도요토미 가문 내부에 있습니다. 이 기요마사의 마지막 말을 엄숙히 마음에 새겨주시면 감사하겠습니다."

말하는 쪽도 지나쳤다고 할 수 있다. 만일 요도 마님이 기분 좋을 때였다면 그의 성의는 그대로 상대의 가슴에 흘러들었을 것이다. 그러나 오늘 요도 마님은 전혀 반대의 상태였다. 기요마사의 말이 조리 있을수록 고다이인과 고다이인파인 기요마사와의 사이에 뭔가 큰 모략이 속삭여졌다는 착각에 빠져들었다.

"기요마사 님, 내게 할 말은 그뿐이오? 수고했소."

너무 심한 말에 기요마사는 요도 마님의 말을 그대로 되뇌며 아연히 상대를 올려다보았다.

"수고했소……."

요도 마님도 사양하는 기색이 전혀 없었다.

"수고했소……라고 했는데 기분 나쁘신가요, 기요마사 님? 다이코 전하의 유품인 단도를 가슴에 품고서까지 호위했다기에 말한 거요. 달리 잘 말할 수 있는 방법이 있다면 가르쳐주오."

기요마사는 갑자기 머리를 숙였다. 어깨가 심하게 떨리며 반듯이 앉은 무릎 위로 눈물이 뚝뚝 떨어졌다.

'어쩌면 후쿠시마 마사노리처럼 내가 나고야 축성에 열성적으로 일한 게 불만인지도 모른다……'

그는 그것이 고다이인에 대한 질투에서 온 것임을 깨닫지 못했다. 깨달았다면 고다이인의 간절한 청으로……라는 상대의 상처에 일부러 손톱을 세우는 말은 하지 않았을 게 분명하다.

"생모님, 두서없이 말씀드렸습니다. 용서하시기 바랍니다."

"……."

"기요마사는 이번이 오사카성을 마지막 보는 것……으로 알고 뜻밖에도 앞뒤를 잊었습니다."

"호, 그렇다면 오사카성이 머지않아 망해 없어진다는 건가요?"

"무슨 말씀을! 이 기요마사의 목숨이 지탱할 수 없다고……."

"호호……알았소. 나도 말이 심했던 것 같소. 아무튼 이번 일은 수고했어요. 영지로 돌아가시거든 아무쪼록 잘 요양하시도록."

"그럼, 이제……떠나겠습니다."

조금 전 이곳으로 들어올 때는 기요마사 쪽에서 이별잔을 청해 이런저런 뒷날의 일을 이야기할 작정이었다. 그런데 싸우고 헤어지는 건 아니지만 아무튼 마음의 소통이 없는 서먹서먹한 이별이 될 줄이야…….

요도 마님도 그 점에서는 마찬가지였다. 기요마사는 본디 곧이곧대로 말하는 사람, 아첨 따위는 못 하는 사나이…… 그것을 잘 알면서 감정이 내키는 대로 지나치게 다투어버렸다.

'그렇지만 달리 어쩌란 말인가?'

저렇듯 마귀 같은 얼굴로 오사카성을 마지막 보느니, 목숨을 지탱할 수 없느니 하고 엄청난…….

그러나 기요마사가 아직 눈물이 마르지 않은 얼굴로 다이코의 유품인 단도를 품 안에 도로 넣고 조용히 절하고 사라지자 야릇한 슬픔과 적적함이 가슴에 솟아올랐다.

'어쩌면 정말로 병이 무거운 게 아닐까……?'

아니, 그럴 리 없다.

"이것이 마지막 충성……."

그 말 속에 분명 다른 뜻이 있는 게 분명하다…….

기요마사가 나가자 안내해 왔던 쇼에이니가 그 뜻밖의 이야기 진행에 놀라 뒤쫓아나갔다.

혼자가 되자 요도 마님은 한동안 지그시 지붕 처마 끝의 빗소리에 귀를 기울였다. 순간 갑자기 우스워졌다.

"기요마사도 기요마사지만 나도 나로군."

사람 없는 방 가득히 울리는 웃음소리를 내다가 깜짝 놀랐다. 요도 마님은 자신의 감정이 때때로 스스로도 억누를 수 없게 되는 것을 알고 있었다.

'세상에서는 그렇듯 미쳐 날뛰는 것을 생리현상이라고 부른다…….'

그것을 알면서 일부러 그 미칠 듯한 물결 속에서 놀아나려고 하는 버릇이 있었다. 이것은 다이코가 살아 있을 때부터의 일로, 자극 없는 지루한 환경에 대한 젊음의 모반……이라고 어렴풋이 느끼고 있었다.

'그 버릇이 또 나오는 모양이다…….'

그러나 지금의 경우 내보낼 것은 내보내야 좋다……는 심술궂음으로 버려두어도 좋다고는 생각지 않았다. 이에야스가 진심으로 자기와 히데요리를 염려해 주든, 기요마사와 고다이인이 마음을 합쳐 자신을 오사카성에서 쫓아내려 책모 하든……어떻든 그것은 그녀의 운명을 좌우할 만큼 격렬한 바람임에 틀림없다.

"그렇다, 이대로 비뚤어져 웃고 있을 일이 아니다…… 비뚤어진 자는 우라쿠 한 사람으로 충분해."

소리 내 중얼거리고 팔걸이를 자기 앞으로 다시 놓았다. 차분히 생각하지 않으면 안 될 큰일이 미간 언저리에서 톡톡 불꽃을 튕기고 있는 것 같으면서도 사실 그 불이 나무에 붙지 않는 초조함이었다.

이에야스가 무슨 까닭으로 우라쿠나 하루나가를 멀리하고 고다이인과 히데요리를 단둘이 만나게 했을까?

　이 경우 기요마사와 이에야스는 두 사람의 말을 들은 증인…… 그 말을 들은 증인의 한 사람인 기요마사가 무슨 까닭으로 오사카성을 마지막으로 보는 거라고 했을까……?

　아니, 그보다도 고다이인의 조카 아사노 요시나가가 오노 하루나가를 일부러 모욕한 속셈은 무엇이었을까……?

　사람은 생각하는 힘을 부여받은 생물이다. 동시에 지나치게 생각하는 능력 또한 주어져 스스로를 불행하게 하는 생물이기도 하다.

　팔걸이에 턱을 괴고 생각하는 동안 요도 마님의 온몸은 차츰 땀으로 흠뻑 젖었다. 계절 탓만은 아니다. 조화를 잃은 피와 살 속 깊은 곳의 열기가 이성을 녹여 살갗 위로 기어 나오는 것 같은 불쾌한 온기……라고 느껴지자 섬뜩해지며 온몸에 소름이 끼쳤다. 아무 관련 없이 섬돌 밑 구멍에서 나오는 시꺼먼 뱀 대가리를 본 것 같은 느낌이 들었다.

　요도 마님은 몸을 일으켰다.

　"그렇다! 내가 이에야스 님을 한 번 만나면 돼!"

　이유는 어떻게든 붙일 수 있다. 나가후쿠마루와 고로타마루를 전송하기 위해서라고 해도 좋고, 호코사 대불전 공사를 보러 왔다고 해도 좋다. 아니, 그밖에도 이유는 아직 얼마든지 있었다. 절이며 신궁 참배를 핑계로 삼기에 부족한 교토가 아니다.

　"그렇다, 내가 직접 만나보자……누구에게 물어볼 것도 없어."

　소리 내 또 중얼거리고 성급하게 차탁자 위에 놓인 방울을 울렸다. 그러자 이미 그때 부름 받은 오다 우라쿠와 가타기리 가쓰모토가 히데요리의 거실에서 이곳으로 서둘러 오고 있던 중……두 사람의 얼굴은 무사히 돌아온 일을 축하하는 술로 둘 다 벌게져 있었다.

　요도 마님의 거실에서 다시 성급히 방울소리가 울렸다. 한 시녀가 우라쿠와 가쓰모토를 빨리 불러오라는 말을 다시 듣고 있는데 두 사람이 들어왔다.

　"왔습니다, 왔습니다."

　우라쿠는 장난스러운 몸짓으로 시녀보다 먼저 대답하며 안으로 들어왔다.

　"자, 가쓰모토, 여기서도 한잔하지. 아무튼 기쁜 일이야!"

말하면서 문득 얼굴을 들어 요도 마님을 바라보고, 우라쿠가 말한 것과 마님이 대답한 게 거의 동시였다.

"아니? 이상한데. 생모님 얼굴빛이 새파랗군."

"또 생리통……이라고 말하고 싶겠지요."

우라쿠는 딴청을 부렸다.

"아닙니다, 아니에요. 열은 없습니까? 감기 시초 같아 보이는데."

"그런 걱정은 필요없어요…… 그보다도 우라쿠 님, 가쓰모토 님, 잘 들어주어요. 이번에는 내가 상경하겠소."

가타기리 가쓰모토는 깜짝 놀랐다.

"상경……이라니요? 궁궐잔치라도 구경하실 셈입니까?"

"그렇지 않아요. 오고쇼님을 뵙기 위해서지요."

"오고쇼님을? 무엇 때문에? 볼일이 있으시다면 저희들이 가서……."

"가쓰모토!"

말을 끝까지 못 하게 하고 부르는 소리가 심상치 않았다. 우라쿠는 멍하니 입을 벌린 채 요도 마님 쪽을 바라보았다.

"그대들은 니조 저택에서 접대받으면서 대감이며 고다이인과 함께 동석을 허락받지 못했다는데 사실이오?"

"예……그렇지만 그것이 어떻다는 겁니까?"

"그러면 고다이인과 기요마사 사이에 무슨 말이 있었는지 모르겠구먼, 그렇지요?"

가쓰모토는 슬그머니 우라쿠를 돌아보았다. 우라쿠는 히죽 웃었다.

"이런, 무슨 말씀이신가 했더니……그 꾸중이셨군요. 모릅니다. 그렇지요, 없었던 자리의 말을 들을 수야 없지요. 그렇다면 그 자리에서 예사로 들어넘길 수 없는 말이라도 나왔단 말입니까?"

"우라쿠 님!"

"예."

"실없는 소리는 삼가세요. 그대들은 나이가 몇인가요?"

"이것 참, 죄송합니다. 그런데 나이가 어떻단 말씀입니까?"

"만일……."

요도 마님은 다시 문득 반성했다. 흥분해서는 안 된다. 아니, 흥분해서 떠들어대면 통할 이야기도 얽혀든다……는 생각을 하면서도 한 번 흥분된 목소리는 제자리로 돌아가지 않았다.

"만일……고다이인과 기요마사가 미리 의논하고 그대들 눈이 미치지 않는 곳에서 대감을 협박했다……면 어떻게 할 거요?"

우라쿠가 이번에는 배를 잡고 웃어댔다.

"가쓰모토, 이 얼마나 놀라운 말씀인가. 고다이인 님과 가토 기요마사가 대감을……."

그리고 얼른 표정을 바꾸었다.

"마님, 말씀을 삼가십시오. 고다이인 님은 대감의 어머님, 기요마사는 당대 으뜸가는 대감 편입니다."

우라쿠가 나무라는 뒤에서 가타기리 가쓰모토가 중재하려고 입을 열었다.

"그 일이라면 안심하시기 바랍니다…… 지금 대감님 앞에서 기요마사의 말이 나와 모두들 눈물을 흘렸습니다."

요도 마님은 입술을 일그러뜨리며 혀를 찼다.

"그렇다면 그대들도 다이코 전하로부터 받은 단도를 보았구먼. 그 단도가 내게는 연극처럼 여겨져 못 견디겠던데."

"아니오, 배 위에서 단도를 보신 건 대감님……대감님은 그때 저도 모르게 기요마사의 손을 받쳐들었다고 합니다. 그러자 그 손에 심한 열이 있었답니다…… 기요마사가 고다이인 님과 짜고 대감을 협박했다니…… 그럴 리 없습니다. 이것은 대감께 들으시면 잘 아실 일…… 오고쇼님도 크게 기뻐하셨지만 고다이인 님도 근래에 없는 즐거운 한때를……."

거기까지 말했을 때 우라쿠는 손을 들어 가쓰모토를 가로막았다.

"기다려, 가쓰모토…… 이쪽 말만 해서 해결 날 일이 아닌 것 같아. 생모님께서 무엇 때문에 상경하시겠다는 건지 그 까닭을 듣는 게 중요해."

그리고 언제나의 그 심술궂은 저자세로 요도 마님을 향해 앉았다.

"생모님은 아까 오고쇼님을 만나기 위해 상경하시겠다고 했지요?"

"오, 말하고말고. 내가 직접 만나지 않고는 안심할 수 없어요."

"가쓰모토, 들었소…… 우리들의 말 따위는 신용할 수 없으시다네…… 그럼, 다짐 삼아 물어보고 싶습니다. 무엇이 불안해 상경하시려는 겁니까?"

요도 마님은 말이 막혔다. 중신들을 제쳐놓고 자기가 직접 상경한다……는 것은 세상 관습에 맞지 않는 일임을 확실하게 알고 있기 때문이었다.

"그럼……그대들은 반대란 말이지?"

"무슨 말씀을. 반대나 찬성은커녕 불안해하는 이유를 아직 한 가지도 못 들었습니다. 그렇지, 가쓰모토?"

우라쿠는 이런 경우 요도 마님의 방자함을 누르는 것이 외숙부인 자신의 의무라고 생각한 모양이었다.

"그렇지, 무엇이 불안한지 말씀해 주십시오."

가쓰모토는 되도록 상대를 격분시키지 않으려고 정중히 머리 숙였다. 요도 마님은 더욱 할 말이 없었다. 우라쿠의 강함, 가쓰모토의 부드러움……이 심술궂게도 하나가 되어 자기 입을 틀어막는다.

우라쿠는 웃었다. 도전하는 것 같은 냉소였다.

"허허……아시겠소, 생모님. 나는 갠 날씨가 좋아서 되도록 비바람은 피하려 했는데……".

"……"

"인생이 권태롭다……고 생각되신다면 마음대로 하십시오. 말리지 않겠소. 상경하시는 것도 좋소. 그 대신 이 성으로 무사히 돌아올 수 있다고는 생각마시오……이 성에는 답례차 오실 고로타마루, 나가후쿠마루 두 분을 포로로 하겠다는 위태로운 생각을 하는 자들도 있으므로 인질교환이 될 테니까."

우라쿠의 독설은 언제나 상대의 입을 한 마디로 봉해 붙이지 않고는 멈추지 않았다. 그러나 그 신랄함도 그가 진심으로 사랑하는 조카딸에게는 통할 때도 있고 통하지 않을 때가 있다. 물론 예민함이 부족해 통하지 않는 것은 아니다. 처음부터 들을 생각이 없는 강렬한 자아가 모든 것을 거부하여 가까이할 수 없는 경우가 있는 것이다.

요도 마님의 눈이 이글이글 불타기 시작했다. 그 불길이 붉게 보일 때는 좋으나 오늘은 벌써 새파래져 있다. 그렇게 되면 우라쿠의 독설은 한층 더 독의 비중을 더해 간다.

"허, 안광이 새파래지셨소. 한동안 겨울잠 자던 악귀 기질이 슬슬 구멍에서 기어나온 증거로군. 봄이니 말이오…… 그것도 좋겠지."

"그것도 좋겠지……?"

아니나 다를까 요도 마님은 곧 물고 늘어졌다.

"그것도 좋겠지라니? 내가 성으로 돌아오지 못해도 좋다는 말인가?"

"그렇지요, 사람에게는 저마다 태어날 때 지닌 업이라는 게 있어서 그 업에는 이기지 못하는 법이오."

"우라쿠 님!"

"무슨 말이오."

"그렇다면……이유를 들을 필요가 없다, 내 마음대로 상경해도 좋다는 건지요."

"흥, 응석도 어지간히 하시지요. 나는 아직 찬부에 대해서는 질문받은 기억이 없소."

"그럼, 묻지요. 묻고말고. 상경해도 좋다고 생각하시오……?"

말이 미처 끝나기 전에 우라쿠는 격렬하게 일갈했다.

"동의하지 않소."

요도 마님은 흠칫 놀라 어깨를 들먹이며 입을 다물었다.

"이번의 대감님 상경이 대체 무엇 때문이었는지 생각하시오…… 오고쇼님의 극진한 소원으로 쇼군 부인을 비롯해 조코인으로부터 교고쿠 부인까지 이모저모로 마음 쓰신 회담…… 설마 잊지 않았겠지요……?"

"……."

"게다가 기요마사를 비롯하여 대감을 위하는 사람들이 만일의 경우에 대비하여 일부러 경호를 자청해 오셨소…… 그리고 그 회담이 아무 탈 없이 끝난 기쁜 날에 생모님 혼자 어찌 안절부절못하며 마음의 악귀를 드러내는 거요. 그런 악귀를 상대하는 일, 우라쿠도 가쓰모토도 아예 사양하겠소…… 그러나 다만 그런 게 아니다, 냉정히 생각해 보니 그래도 아직 불안이 남는다……는 생각이 있으시다면 상경한다고 외쳐대기 전에 중신들에게 상의하셔야지. 대감께서도 이미 훌륭한 성인…… 후견인이 필요 없는 이 성의 성주이시오…… 그 대감님 허락도 청하지 않고 생모님인들 함부로 외출하실 수 있으리라고 생각하시오……? 응석도 어지간히 하라는 건 이런 말이오."

오늘날 이만한 말을 할 수 있는 자는 오사카성에 오다 우라쿠밖에 없었다. 그러나 이처럼 엄격하게 나무라는 우라쿠에게도 한 가지 큰 결함이 없지 않았다. 그것은 무서운 독설 속에 역시 더없는 애정을 감추고 있다는 사실이다. 이 애정이 엄한 독설 속에서 금방 부드러움을 내보이는 것이었다.

그것을 상대 마음속의 악귀는 빤히 알고 있다. 요도 마님은 별안간 으흐흑 소리 내며 쓰러져 울었다.

"흥, 야릇한 풀피리 소리가 들리는군."

우라쿠는 입으로는 비웃었다…… 그러나 이 울음소리만큼 우라쿠를 혼란케 하는 것도 없었다. 그 소리 속에 전국이 앗아간 아사이 가문과 오다 가문의 비애와 쓸쓸함이 응결되어 있는 느낌이었다.

'가련한 조카……!'

남보다 강한 자아를 갖고 태어났으면서도 그것을 발산하지 못하고 젊은 몸으로 과부가 된 자차히메……! 이 여인이 나쁜 게 아니다. 이 여인 위에 온갖 숙연(宿緣)의 저주와 원한이 시꺼먼 까마귀가 되어 떼 지어 훨훨 날고 있다……는 생각을 하면, 우라쿠는 도저히 거리를 두고 지켜볼 수 없는 것이다.

"어지간히 하시오. 마님의 초조감을 모르는 게 아니오. 알면서도 어쩔 수 없는 일들이 이 세상에는 많소."

"아니……아니에요, 아무도 알아주려고 하지 않아요. 모두 나 하나를 꾸짖고 짓눌러 일을 끝내려는 거예요."

요도 마님은 더욱 격렬하게 울부짖었다. 우라쿠는 긴장된 표정으로 일어서려고 했다.

'이런 때는 버려둬야지…….'

분명 알면서도 그러나 내버려 두고 갈 수 없었다. 심하게 혀 차는 소리가 우라쿠의 입에서 잇따라 새어나왔다.

"생모님은……오고쇼님의 언질을 직접 받아두고 싶겠지요. 마님과 히데요리 님을 떼어놓지 않겠다는…… 그러나 그건 실없는 일이오. 처음부터 상대에게 그런 생각이 없는데 일부러 이쪽에서 말을 꺼내 어쩌겠다는 거요. 그렇게도 따로따로 사는 게 무서운가……하고 상대에게 일부러 생각할 여지를 줄 뿐이라는 걸 깨닫지 못하오. 그보다도 그런 건 당연한 일로 여기고 가만히 고로타마루 님과 나가후쿠마루 님을 환대해 돌려보내는 게 어른의 도리일 거요."

이런 경우 눈치 살피며 울음을 그치게 하는 것은 결코 요도 마님을 위하는 일이 아니다. 그렇게 하는 것은 더한층 방자함을 조장시키는 데 지나지 않는다……는 걸 알면서도 끝내 말이 부드러워지는 게 안타까웠다.

예상한 대로 요도 마님은 다시 얼굴을 쳐들고 우라쿠에게 달려들었다.

"그냥 들어넘길 수 없는 말씀! 그럼, 우라쿠 님과 가쓰모토 님은 어떤 서약서라도 받아왔다는 거요. 성도 안심, 내 몸도 안심이라고 오고쇼님께서 친히 쓰신 서약문, 자, 여기 내보여주오!"

"그런 서약문 같은 건……."

"그러니 염려된다는 것을 모르겠나요. 오고쇼님이 앞으로 몇 년을 살라고 생각하오. 말로 한 약속이 오고쇼님이 세상 떠난 뒤에도 지켜지리라고 여기나요. 자, 고다이인 앞에서 히데요리 님이 뭐라고 서약하셨는지 그걸 들려줘요…… 우라쿠 님도 가쓰모토 님도 그런 분위기를 짐작하고 냉큼 별실로 갔소…… 그대들은 그토록 별실의 술이 마시고 싶었던가요. 이래도 내 상경이 무리한 일이란 말이오……."

이번에는 우라쿠가 고개 숙이고 울기 시작했다. 이런 경우 우라쿠는 이미 독설가가 아니고 냉정한 간언자도 아니다. 전국의 저주 그림자에 야릇하게 조종되는 요도 마님과 같은 평범한 한 인간에 지나지 않았다.

"그것 보오! 역시 꺼림칙하니까 말이 막혀 우는 거지요."

우라쿠의 말대로 다시 땅 위로 기어 나온 요도 마님의 마음속 악귀는 어쩔 수 없는 모양이다…….

떠돌이 성자(聖者)

슨푸 거리에는 벌써 푸른 잎사귀가 무성했다. 후지산의 눈도 눈에 띄게 꼭대기로 가까워졌고, 행정관이며 금광감독관인 오쿠보 나가야스의 슨푸 저택에는 자랑하는 등꽃이 보랏빛 송이를 흔들흔들 늘어뜨리고 있었다.

이즈의 나와치(繩地) 금광에서 옮겨온 등꽃이다. 나가야스는 이것에 '고고(小督)'라는 이름을 붙여 사방 두 칸 반의 받침대를 만들어 올리면서 아끼고 있었다. 온갖 것을 미화시키지 않고는 못 견디는 나가야스는 이 등꽃의 보랏빛에서 헤이안(平安) 시대 여관(女官)들의 환상을 그리고 있는지도 모른다.

그 고고 그늘 아래 놓인 평상에 나가야스는 지금 시무룩하게 앉아 사람을 기다리고 있다. 거실에서 대면을 삼가야 할 무언가 불쾌한 용건이 그를 기다리고 있음이 분명했다.

그는 들고 온 호리병박에서 새파란 조개 잔에 술을 찰랑찰랑 따라 두어 잔 들이켰다. 그러나 석 잔째 따라서는 양탄자 위에 놓은 채 잊은 듯 허공만 쏘아보았다. 그리고 보니 이에야스가 없는 얼마 동안 일을 맡아 이곳에 머물고 있는 그에게 2, 3일 동안 온갖 손님이 다 찾아왔다.

색다른 사람은 에도 아사쿠사 병원에서 일부러 찾아온 루이 소텔로…… 소텔로는 그에게 아주 불쾌한 말을 하고 돌아갔다. 나가야스가 쇼군 히데타다로부터 몹시 주목받기 시작했다는 것이다. 그 원인 가운데 가장 큰 것은 지금 일본에 머물며 곳곳을 측량하고 돌아다니는 스페인의 비스카이노 장군 일이라고 했다. 그가 일본에 온 목적은 나가야스가 너무도 잘 알고 있다. 겉으로는 지난해 멕시코로 돌려보내준 돈 로드리고 이하 350여 명의 표류자에 대한 사례……라지만 실은 보물을 찾으러 온 것이다. 비스카이노 장군은 일본 근해에 마르코 폴로의 《동방견문록》에 쓰인 황금섬이 숨어 있다고 아직 믿고 있다. 아마도 그 섬을 발견하여 막대한 재산을 쥘 때까지 그는 일본을 떠나지 않으리라……고 소텔로는 말했다.

그는 지난가을 먼저 슨푸로 와서 이에야스를 만났다. 그 뒤 에도로 가서 쇼군 히데타다에게 인사한 뒤 지금은 우라가(浦賀)에 머물고 있는데, 소텔로는 아마도 그 비스카이노에게 불려가 그의 황당무계한 야심을 확인하고 온 모양이었다.

소텔로는 말했다.

"내버려 두면 큰일입니다. 비스카이노는 저를 협박했습니다. 제게 우라가에서 멕시코로 가는 배를 타라고 했지요. 저는 물론 탈 작정입니다. 그 배를 타고 멕시코에 가서 저쪽과 통상의 길을 트도록 오고쇼님과 쇼군님으로부터 명령받았으니까요."

그러한 사정도 역시 나가야스는 손바닥을 들여다보듯 잘 알고 있었다. 그도 그럴 것이 소텔로에게 그러한 무역로를 개척하도록 이에야스에게 진언한 사람이 다름 아닌 오쿠보 나가야스였기 때문이다. 그런데 비스카이노 장군은 바로 그 소텔로에게 배가 우라가를 떠나면 사카이 해안에 도착하기 전에 난파시킬 테니 그것을 오고쇼와 히데타다에게 교묘하게 설명해 당분간 출항할 수 없도록 계략을 꾸미라고 강요했다고 한다. 실로 어쩔 수 없었던 일이라고 변명하라는 그 강요의 뜻도 나가야스는 지나치리만큼 잘 알고 있다…….

소텔로는 말했다.

"비스카이노 장군에게는 멕시코로 돌아갈 생각이 전혀 없습니다. 그래서 배를 난파시켜 불가항력적인 일로 꾸며 그가 새로 설계한 배가 완성될 때까지……라는 구실을 만들어 체재기간을 연장하여 그동안 황금섬을 찾으면서 일본 근해를 모조리 측량할 작정인 겁니다. 저로서는 그것이 하느님도 용서치 않으실 악한 일로 여겨집니다."

소텔로에게서 이만큼 들으면 나가야스는 모든 사정을 이해할 수 있었다.

소텔로도 처음에는 분명 갖가지 의혹의 구름에 둘러싸인 괴인물이었다. 그러나 지금 나가야스는 그의 속셈을 소상히 알고 있다. 소텔로의 희망은 일본을 포함한 동양의 대사제(大司祭)가 되는 것이다. 그것은 일본만큼 그의 꿈을 부풀게 하는 데 알맞은 땅이 지상에 없기 때문이리라.

"흥, 하느님이 용서치 않는다고…… 그렇다면 다테 님께 파란 눈의 여인을 선사해 다처(多妻)를 권유한 것은 하느님도 눈감아준다는 거요."

나가야스가 웃으며 야유하자 소텔로는 언제나 그렇듯 선뜻 태도를 바꾸었다.

"이것은 나가야스 님 신변에도 미칠 위험한 불씨지요. 쇼군님은 안도 나오쓰구며 혼다 마사즈미 등에게 주의받아 당신을 경계하고 있습니다."

"참으로 놀라운 성자(聖者)로군. 그럼, 박애병원의 성자님은 이 나가야스더러 어떻게 하란 말이오?"

단숨에 따져묻자 얼굴빛도 바꾸지 않고 소텔로는 '두 가지 요구'를 꺼냈다. 그 하나는 지금 당장 혼다 마사즈미를 매장시키라는 것이었다. 안도 나오쓰구는 나가후쿠마루의 파견 중신으로 머지않아 측근에서 멀어진다. 그러나 혼다 마사즈미는 이에야스로부터 히데타다로 인계되어 반드시 측근에서 줄곧 위세를 떨칠 게 분명하다. 그렇게 되면 소텔로며 나가야스는 실각할 게 틀림없다. 정적은 모름지기 재빨리 눌러야 한다는 것이었다.

"그리고 둘째는?"

"저는 비스카이노 장군의 협박을 거절할 수 없는 처지요. 그러므로 배를 난파시켜 그의 측량을 허락해야 하는 셈인데, 이 난파의 비밀이 누설되었을 때 어떻게 하면 좋을지 그 타개책을 가르쳐주십시오."

그 말을 들었을 때는 어지간한 나가야스도 질려버렸다. 가르쳐달라는 말을 요구하는 형식으로 내놓는 관습은 일본에 없다. 생각해 보면 이것도 하나의 협박이었다. 가르쳐주지 않으면 자기도 나가야스를 불리하게 할 수 있다는……아무튼 지금의 루이 소텔로는 확고부동한 '에도의 성자'인 것이다.

그가 아사쿠사에 세운 병원은 처음에는 평민과 천민만 모여든 일종의 자선병원이었으나 차츰 남만 의학과 의약의 효과가 인정되어 지금은 영주들의 내전에도 여러 연줄로 들어가 있다. 따라서 그가 어디서 어떤 정보를 얻고 있는가에 따라 충분히 경계를 요하는 괴물이 되어버렸다.

나가야스는 선뜻 고개를 끄덕였다.

"좋소. 그럼, 난파사건이 발각되었을 때의 지혜를 줄까."

"역시 나가야스 님은 지혜로우시군요. 재상 그릇입니다."

소텔로는 다시 손바닥을 뒤집은 듯 비위 맞추는 말을 했으나 나가야스는 웃지 않았다.

"스페인 선 난파사건이 탄로 나면 다테 마사무네의 가슴으로 곧장 뛰어드시오…… 내가 잡히면 다다테루 님 부인에게까지 누가 미칩니다, 제발 중재해 주십사고…… 그렇군, 그 전에 부인의 알선으로 마사무네에게 고마우신 하느님 이야기나 한번 들려주시구려…… 그렇게 되면 마사무네는 반드시 쇼군에게 귀하의 구명을 해줄 거요."

"과연."

"하지만 그렇게 되면 귀하는 에도에 있을 수 없지. 아마 다테 가문에 맡겨지는……형식이 될 거요. 그렇게 되거든 센다이(仙台)에서 한동안 포교나 하시오. 하기야 이런 걱정은 할 필요가 없지. 넘어져도 그냥은 일어나지 않는 성자님이니 말이오, 귀하는……."

소텔로는 그 말이 납득된 듯 가져온 빵과 그 제조법을 기록한 선물을 두고 에도로 돌아갔다.

그때부터였다.

'혼다 마사즈미를 어떻게 실각시키느냐……?'

그것이 나가야스의 머리를 떠나지 않는 하나의 망집이 된 것은…….

천하가 태평해져도 적은 끊이지 않는다. 싸움터에서 서로 목을 베는 대신 정적이라는 야릇한 모습으로 슬금슬금 신변을 위협해 온다……지금 중신 중에서는 혼다 마사노부와 오쿠보 다다치카가 불화하여 서로 대립하는 것으로 알려져 있다. 그리고 그 마사노부의 아들 마사즈미와 다다치카에게 구원받아 출세한 나가야스는 당연히 쌍방의 뜻을 이어 서로 싸우지 않으면 안될 것으로 소문나 있다. 그런 소문을 퍼뜨리는 자가 있다……는 자체가 괴이한 일로, 그렇게 되면 소텔로의 말대로 주저없이 상대를 매장시킬 생각을 하지 않으면 안 된다……고 나가야스는 생각했다.

물론 나가야스 자신에게도 꺼림칙한 일이 전혀 없는 것은 아니다. 분명 유망한 광맥을 금은이 나오지 않는다며 봉해버린 곳도 있고, 나온 분량을 그대로 정직하게 보고했다고도 할 수 없었다.

'매장시킬 실마리를 찾는다면 지금이 절호의 기회인데……'

마사즈미가 이에야스를 따라 상경하여 드물게도 슨푸를 비우고 있다. 그때 마치 나가야스의 뱃속을 꿰뚫어 보는 듯 마사즈미 수하의 한 하급관리가 찾아왔다.

그의 이름은 마쓰오 마쓰주로(松尾松十郞)였다. 그는 마사즈미와 그의 가신 오카모토 다이하치(岡本大八)의 용서할 수 없는 음모를 알고 있으니 황금 10닢으로 사지 않겠느냐고 한 적이 있었다. 물론 나가야스는 꾸짖어 내쫓았다. 상대가 판 함정……이라고 경계해서였다.

그 마쓰주로가 오늘 또 찾아왔다. 황금 10닢이라고 노골적으로 말할 정도의 인물이니 5닢으로 깎겠다고 할 셈인지 아니면 무언가 덧붙여 이야기해줄 셈인지…… 아무튼 마음에 걸리는 상대이므로 이 등나무 그늘에서 만나보기로 했다.

"흥, 왔군."

씁쓸한 얼굴로 나가야스는 다시 잔을 들었다. 예전에 고슈 무사였다는 마쓰오 마쓰주로가 그의 집 젊은이에게 안내되어 광대뼈 솟은 얼굴로 연못가를 돌아온다. 마쓰주로라는 사나이는 얼굴빛이 몹시 나빴다. 얼굴은 그 정신상태와 결코 무관하지 않다.

나가야스는 해석했다.

'그리 건강하지 못한 모양이다……'

"오쿠보 님, 불쾌하시겠지요. 제 인상은 악상(惡相)이랍니다. 제게 가까이 오면 섬뜩하다……고 대놓고 말하는 자도 있습니다."

마쓰주로는 주근깨가 많고 턱이 모난 푸르죽죽한 얼굴을 나가야스에게 밀어대듯 하며 평상에 걸터앉았다.

"불쾌하신 문제는 빨리 해결하는 게 서로를 위하는 일입니다…… 어떻습니까, 혼다 마사즈미 님의 가신 오카모토 다이하치의 범죄를 황금 10닢에."

"대답은 하나야. 그런 건 내게 필요 없으니 다른 데 가보시지."

상대는 코끝으로 비웃었다.

"흥, 오카모토 다이하치 사건을 내버려 두면 오쿠보 님 목에 걸리는 오랏줄이 된다……고 생각됩니다만?"

"호, 그럼, 그 오랏줄만 사줄까? 그대 인상은 참으로 기분 나빠."

그러면서 나가야스는 품속에서 다른 잔을 하나 꺼내 상대 앞에 놓고 가만히 술을 따랐다. 상대는 머리를 꾸벅 숙여 보이고 그것을 집어들었다.

"오쿠보 님, 오쿠보 님은 오고쇼님이며 쇼군님이 허락하시지 않는 물건들을 실어내 남만국에 팔려고 하셨지요?"

"그랬던가, 우선 한 잔 들게."

"예……들겠습니다. 그것이 칼과 금은 종류였다는 사실을 오카모토 다이하치가 알고 있습니다."

"하하하……알고 있으면 어떤가. 그건 벌써 멀리 바닷물 속에 가라앉아버렸다. 다이하치 따위가 뭐라고 짖어대든 증거가 없어."

그러자 상대는 잔 그늘에서 눈을 치켜뜨고 히죽 웃었다.

"무엇이 우스운가. 그 정도의 일이 황금 10닢의 가치가 있다고 생각하나?"

"오쿠보 님, 다이하치가 그 일로 오쿠보 님께 뭘 뜯으러 왔습니까. 올 리 없지요. 그는 오쿠보 님에게 오지 않고 다른 데로 갔습니다."

"뭐, 다른 데……라니 누구 말인가?"

"오쿠보 님께서 잘 아시는 아리마 님께…… 그편이 빨리 돈이 되니까요."

"음."

나가야스는 비로소 상대의 얼굴을 정면으로 보았다. 아리마 하루노부는 버젓이 교역허가를 받고 있다. 그 배에 칼과 황금을 실어서 팔리는 반응을 보려고 한 것은 나가야스였다. 그러나 그 배가 마카오 언저리에서 포르투갈 배의 습격을 받아 짐을 빼앗기고 배는 불에 탔을 뿐 아니라 승무원은 모조리 바다에 빠져죽고 말았다.

아리마 하루노부는 그 원한을 풀기 위해 포르투갈 배가 나가사키에 들어오기를 기다려 싸움을 걸었다……선동한 것은 다름 아닌 나가야스. 나가야스는 포르투갈 배가 뺏은 짐을 그대로 싣고 있을 우려가 있다고 생각했기 때문이었다. 그런데 아리마 하루노부가 이를 습격하기 전에, 실은 포르투갈 배가 스스로 배에 불을 질러 자침(自沈)해 버렸다. 남방 여러 나라에서 갈망해 마지않는 일본의 도검과 황금이 실려 있었다는 증거였다.

"오쿠보 님, 오카모토 다이하치는 아리마 님을 협박하는 대신 칭찬했습니다. 칭찬해서 돈을 듬뿍 손에 넣었지요. 흐흐흐흐……나쁜 놈입니다, 다이하치는……"

"뭐, 오카모토 다이하치가 아리마 님을 칭찬했다……니 무슨 말이냐?"

오카모토 다이하치는 태생이 그리 좋지 않은 혼다 마사즈미의 가신이었다. 그가 무슨 비밀을 냄새 맡아 아리마 하루노부를 협박했다고 해서 그리 이상할 것은 없었다. 그러나 칭찬해서 돈을 뜯었다……면 나가야스도 되묻지 않을 수 없었다.

"그렇지요. 그는 저보다 머리가 좋은지도 모르겠습니다. 해적행위를 한 포르투갈 배를 불태워버린 것은 훌륭한 일……이로써 일본의 체면이 섰다고 하며 오고쇼님에게서 곧 포상이 있을 것이니 참으로 기쁜 일이라고 마구 칭찬했습니다."

나가야스는 잔을 손에 든 채 한참 동안 멍하니 있었다.

"모르시겠습니까. 이 아부가 어찌하여 막대한 돈이 되었는지를?"

상대는 다시 히죽히죽 웃으며 눈을 치켜떴다.

"그 칭찬을 저는 멋있다고 감탄했지요. 머지않아 포상이 있다……는 말을 들으면 아리마 님이 아니더라도 누구에게서 그걸 들었느냐고 되물을 것 아닙니까……?"

"음."

"바로 다이하치가 노린 점이었지요. 물론 혼다 마사즈미 님에게서 들었다고 했겠지요. 혼다 님은 아리마 님께서 더 희망하는 영지 같은 게 있느냐고 물으셨습니다, 라고."

나가야스의 눈이 불현듯 빛났다.

"과연 지나치게 나쁘군."

"오쿠보 님도 그렇게 생각하시지요. 아리마 님은 지금 나베시마의 영지가 되어 있는 후지쓰(藤津), 가레기네(彼杵), 기네시마(杵島) 세 곳은 아리마 가문 대대로 내려오던 영지, 그것을 돌려주시도록 마사즈미 님에게 잘 중재해 주지 않겠느냐고 스스로 그물에 걸려왔습니다. 거기서부터지요, 다이하치를 용서할 수 없는 것은……다이하치는 에도의 관리며 행정관들에게 뇌물을 보내야 한다며 괴상한 문서를 아리마 님에게 건네주고 백은 6000냥을 해 먹었답니다."

"뭐, 6000냥……?"

거기서 드디어 나가야스는 웃음을 터뜨렸다. 아리마 하루노부가 아무리 호인이라도 다이하치 따위의 말재주에 걸려 막대한 은을 내놓을 리 없다고 생각했기 때문이었다.

그런데 마쓰주로는 또 히죽히죽 웃으면서 조금도 동요하는 기색이 없었다.

"참으로 거짓말 같은 이야기지요…… 결국 오카모토 다이하치는 아리마 님이 만일 이 일을 오고쇼님이나 마사즈미에게 말할 것 같은 눈치가 보이면 이렇게 말해서 위협할 뱃심이었던 모양입니다."

"뭐, 뭐라고."

"오쿠보 님과 짜고 금지된 도검이며 황금을 밀수출해 한몫 잡으려 계획했던 건 어디의 누구였습니까……라고. 아니, 그뿐이라면 두려워할 것 없지요. 아리마 님이 억울하지만 어쩔 수 없다고 단념한다면…… 그러나 아리마 님은 왠지 오고쇼 님이 상경할 때 그 포상 일을 따질 모양…… 이래도 황금 10닢의 가치가 없다고 하십니까?"

오쿠보 나가야스는 순간 등골이 서늘해졌다. 이것은 황금 10닢 정도의 이야기가 아니었다. 그게 만일 사실이라면 자기 목이 날아가든가, 혼다 마사즈미의 목이 날아가든가 하는 문제가 되지 않을 수 없다…….

"어떻습니까. 아직 이해되지 않는 대목이 있으시다면 뭐든지 다시 설명해 올리겠습니다만……?"

나가야스는 마쓰주로의 얼굴이 갑자기 크게 자기 위로 덮쳐오는 것을 느꼈다.

'이놈이 어디서 이런 것을 살펴왔을까……!'

아니, 그보다도 문제는 옛 영지가 탐나 아리마 하루노부가 이 일을 정말로 보고할지도 모른다는 사실이었다. 그리고 이 사건이 만일 혼다 마사즈미의 손으로 가려진다면 어떻게 될까……? 마사즈미는 다이하치도 용서하지 않으리라. 그리고 아리마와 자기도 그의 손바닥 위에서 실컷 춤추게 되고 눈도 뜰 수 없는 엄벌을 받을 게 뻔하다.

'이건 황금 10닢 따위로 끝날 문제가 아닌걸.'

나가야스는 다시 상대의 잔에 술을 따라주었다.

"다짐 삼아 묻겠는데…… 내가 황금 10닢을 준다고 하자, 그러면 어떻게 된다는 건가? 피어오르던 연기가 사라진단 말인가?"

상대는 흠칫하며 똑바로 쳐다보았다. 아리마 하루노부가 공식적으로 포상 독촉을 한다면 이 공갈은 아무 뜻도 없게 된다……고 깨달은 것이리라.

"그, 그건……우선 알아두시면 오쿠보 님께서 대책을 세우실 테니까……."

"하하……그렇다면 계산이 틀렸어. 그대는 돈줄을 먼저 지껄여버렸다. 알겠나, 돈 같은 걸 내지 않아도 내 마음에는 벌써 대책이 세워졌다. 돈을 내면 흥정이 되어 오히려 귀찮아진다……고 한다면 어떻게 할 텐가?"

"오쿠보 님."

"뭔가. 자, 한 잔 비워. 바람이 차지는 것 같군."

"저는 아직도 오쿠보 님의 아픈 데를 알고 있습니다."

"그래, 그건 뭔가?"

"구로카와 골짜기의 광산에 대해서지요."

"호, 그곳은 전설에 따라 지난해 봄 손대 보았으나 역시 금은을 다 파내고 없기에 폐광해 버렸지."

"폐광하실 때 대감님은 좀 사나운 짓을 하셨더군요."

"호……사나운 짓이라니……뭘?"

"산제사 때 잘 단장한 여자들이며 집안사람이 아닌 광부들 170 내지 180명 정도를 한꺼번에 물속으로 떨어뜨린 모양이지요?"

"하하……무슨 소리야. 자네도 그때 사건을 내가 꾸며낸 일이라고 생각하는 모양이지? 그 일은 증인이 얼마든지 있어. 그건 중요한 칡덩굴이 벌레 먹어 썩어 있었기 때문이야…… 그 때문에 일어난 이상한 사고였지……."

"그런 핑계가 통하는 건 집 안에서만의 일. 그때 물에 빠진 오코 님이라는 여인의 유령이 밤마다 나타난다고 들었습니다만……?"

"마쓰주로라고 했지? 자넨 그따위 소문이나 믿고 나를 협박하러 왔나?"

"예, 저도 어쨌든 하급관리. 오쿠보 님께서 아무리 노여워하신들 함부로 죽이지는 못할 것이다……라는 계산으로 왔습니다만."

"음, 소송도 안 되고 죽이지도 못한다고 여기고 왔단 말이지……?"

"예."

"하지만 중요한 게 한 가지 빠져 있어."

나가야스는 웃으며 다시 상대에게 술을 권했다.

"한 가지 빠져 있다고요?"

마쓰주로는 여전히 푸르죽죽한 얼굴로 아주 맛있게 술을 들이켰다.

"그렇지, 소악당답게 이것저것 많이 주워댔지만 중요한 대목에서 한 가지 빠져 있다. 다름 아니라, 오쿠보 나가야스라는 사나이를 모른다는 거야. 나가야스는 그대가 위협한다고 해서 놀랄 자가 아니거든."

"그렇다면 도검을 판 일이며 구로카와 골짜기의 살인도?"

"그럼. 그 두 가지 일을 예사로 해치우는 인물…… 그런 걸 알면서 혼자 성큼성 큼 와서는 안 되지. 하하하……세상은 말할 거야, 불에 날아드는 여름벌레……하 긴 계절이 좀 이르군."

마쓰주로는 잔을 딸그락 내려놓고 옆머리를 긁었다.

"실은 그렇게 생각해서 동료에게 서류를 남겨두고 왔지요. 내가 돌아오지 않으 면 그것을 펼쳐볼 것입니다. 예, 수신인은 혼다 마사즈미 님…… 그 서류를 세상 에 못 나가게 하기 위해서는 제가 살아서 이곳을 나가야 합니다."

"호, 그러면 빠진 게 없단 말인가."

"예. 1치 벌레에도 5푼의 넋이 있다고, 아무리 미물이라도 그렇듯 목숨을 가벼 이 여겨서는 좋지 않습니다."

"그도 그렇군…… 하지만 그 서류도 뺏어낼 수단이 있지. 오카모토 다이하치에 게 네 범죄를 알고 있으니 뺏어오라……고 하면 좋아하며 도와줄 텐데, 어떤가?"

"오쿠보 님, 아무래도 오쿠보 님은 성질이 너무 난폭하신 것 같습니다. 세상에 서는 지는 게 이기는 거라는 말도 있습니다. 차라리 이 마쓰오 마쓰주로를 그대 로 포섭해 쓰실 마음은 없으십니까?"

"싫다……면 어쩔 테냐?"

"그때는 에도를 떠나겠습니다. 교토에 가서 이타쿠라 님에게 다시 써달라고 하 지요."

"그러고 보니 돈이 꽤 급하게 필요한 모양이군. 좋아. 그럼, 여기 5냥 있으니 네 게 빌려주지. 알겠나? 위협당해서 내놓는 게 아냐. 이걸 가지고 곧장 에도로 돌아 가는 게 좋아."

나가야스는 드디어 갓 구워낸 금화 5냥을 품 안에서 꺼내 휴지에 얹어 마쓰주 로 앞에 놓았다. 마쓰주로는 그리 고마워하는 얼굴은 아니었으나 그렇다고 마다 하지도 않았다.

"이것만으로도 어떻게 되겠지요. 그럼, 빌리겠습니다."

몇 잔을 들이켜도 전혀 붉어지지 않는 얼굴을 쳐들어 머리 위에 늘어진 등꽃을 한 송이 잘라 그것을 금화에 곁들여 품 안에 넣었다.

"좋은 꽃이군."

"마쓰주로, 멋있는 짓을 하는군. 등꽃 주인의 돈을 누구에게 구경시킬 셈인가?"

"아니요. 그저 꽃도둑은 도둑이 아니라기에."

"그럼, 됐어. 자, 한 잔 더 들이켜고 가게나."

"오쿠보 님."

"또 용건이 있나?"

"아까 말씀드린 유령이야기, 정말이지요?"

"유령이야기라니?"

"오코 님이라고 매우 마음에 드셨던 소실이었다지요. 그분을 구로카와 골짜기 산제사에서 깊은 물에 떨어뜨려 죽였다는 이야기 말입니다. 분명치는 않지만 그때 시체를 하류에서 건져 올려 묻은 곳에 검은 진달래가 피었다던가⋯⋯!"

그 말을 하고 마쓰주로는 표연히 일어섰다.

"잠깐, 마쓰주로⋯⋯."

불러세우려다가 나가야스는 고개를 저었다. 더 이상 구석구석 파고들면 자기 약점이 될지도 모른다. 그러나 한 마디 더 물어보고 싶었던 것도 사실이었다. 그것은 오카모토 다이하치에게 막대한 은을 사기당한 아리마 하루노부가 이 사건을 누구에게 호소할까⋯⋯하는 것이었다. 무릇 일을 처리하는 데는 두 가지 방법이 있다. 공격받고 대항하든가 선수 치는 것⋯⋯뿐이라고 나가야스는 생각했다.

마쓰주로는 어쩐지 구로카와 골짜기 사건도 냄새맡은 모양이다. 구로카와 골짜기의 옛금광에서 나가야스는 금을 판 게 아니라 가지고 있던 금을 숨겨둔 것이다. 따라서 이 일을 아는 자는 그대로 둘 수 없었다.

'그런 일은 상식이지. 신겐도 그러했고, 이와미며 에치고에서도 하는 일이다⋯⋯.'

깊은 산 계곡 위에 극단무대를 만들고 그 무대로부터 좌석을 한꺼번에 잘라 떨어뜨린다⋯⋯ 그 속에 우연히 내부사정을 너무나 잘 아는 오코도 섞여 있었다. 그리고 함께 죽었을 뿐.

마쓰주로가 비록 아무리 떠들어댄다 해도 문제 될 것은 없다. 누군가 물으면 분명 그런 일이 있었다고 하면 그뿐인 것이다.

"튼튼히 만들게 했는데 칡넝쿨을 휘감은 바위가 빠져서……"

어쩌면 희생자의 동료들 사이에 갈등이 일어 농간부린 놈이 있었는지도 모른다.

"천벌은 피할 수 없는 것, 그 놈도 함께 떨어져 죽은 모양이야."

남의 눈이 미치지 않는 곳에서 일어난 일이니 염려할 게 전혀 없다……고 나가야스는 생각한다. 그리하여 그는 마쓰주로를 그대로 돌려보내고 이번에는 오카모토 다이하치와 아리마 하루노부 사건……이라기보다 그 자신도 도검과 황금수출로 관련 있는 포르투갈 배를 불태운 사건 해결에 생각을 집중시켰다.

'마쓰주로라는 놈은 예상에서 몹시 어긋난 소리를 했는데……'

아리마 하루노부가 만일 이 사건에 대한 포상을 재촉한다면 먼저 누구에게 손쓸 것인가……? 그 대답은 간단했다. 혼다 마사즈미에게 공작할 게 틀림없다. 오카모토 다이하치는 그의 부하나 다름없는 신분인 것이다. 그렇게 되면 혼다 마사즈미는 깜짝 놀라리라. 마사즈미가 설마 다이하치 따위의 뇌물을 먹는 짓을 했을 리 없다.

'그러면 당연히 마사즈미의 기질이 문제가 된다……'

결국 아랫사람을 감싸며 사건을 교묘히 덮어버리려고 할까? 그렇지 않으면 자신의 결백을 증명하려고 오히려 더욱 엄하게 다이하치를 다스릴 것인가?

'마사즈미의 기질로는 뒷경우겠지……'

거기까지 생각하고 나가야스는 혼자서 고개를 크게 끄덕였다.

'그렇지. 그럴 때 소텔로를 써먹는 거야. 그 떠돌이 성자 놈은 아리마와 절친한 사이였잖나…… 그렇군, 사람은 저마다 쓸모 있는 거야.'

나가야스의 두뇌는 언제나 상대를 앞질러 공격하도록 돌아갔다.

악의 양심

나가야스의 두뇌에는 젊을 때부터 뱀이 두 마리 살고 있었다.

한 마리는 몹시 쾌활하고 선의에 넘친 무해무독하고 영험한 뱀이었다. 그에게 엄청난 황금운을 가져다주고, 아름다운 꿈을 보여주고, 그 꿈이 이루어질 길을 닦아주는 것은 이 뱀이다.

그런데 또 한 마리의 뱀은 욕심 사납고 집념이 강하여 남의 약점에 이빨을 세워 무서운 독을 뿜는다. 생존경쟁이 되면 이 뱀은 상대를 쓰러뜨리는 일에 아무 주저도 느끼지 않는다. 음흉한 눈을 뜨고 끊임없이 그 자신의 파멸을 바라면서 사방을 노려보는 것 같기도 했다.

지금 마쓰주로를 내보낸 오쿠보 나가야스의 두뇌에는 이 뱀이 높이 머리를 쳐들고 있다.

그는 소텔로를 통해 아리마 하루노부의 포상 재촉을 추진시키는 게 좋으리라고 생각했다. 아리마는 물론 소텔로를 보기 드문 성자로 여기고 있다. 그러므로 소텔로가 오카모토 다이하치 사건을 들은 것으로 하여 편지를 쓰게 한다.

그 편지는 다음과 같은 것이 되어야 한다……

최근에 슨푸에서 오쿠보 나가야스 님을 뵙고 오카모토 아무개의 사건을 들었습니다. 오카모토 아무개는 에도며 슨푸에서의 평판이 그리 좋지 않습니다. 그러므로 쓸데없는 일인 줄 압니다만 과연 포상 일이 사실인지 어떤지 혼다 마사즈미 님에게 직접 문의하시는 게 옳으리라고 생각됩니다. 만일 그것이 사실이라면 오쿠보 나가야스 님도 혼다 마사즈미 님과 함께 오고쇼님에게 조언하실 셈이오니 이 일도 일단 마음에 두시고 추진시키도록, 우선 서신으로…….

이 편지는 슨푸와 나가사키 행정관 사이를 오가는 배편으로 곧 도착할 것이다. 아리마 하루노부는 이 편지를 보면 아마 곧 혼다 마사즈미에게 독촉장을 내리라. 그때는 그가 오카모토 다이하치를 구하려 해도 이미 늦다. 왜냐하면 오쿠보 나가야스에게도 모든 것을 잘 부탁한다고 편지로 알려져 있기 때문이다.

나가야스는 마사즈미가 교토에서 돌아오는 것을 기다려 단 한마디만 하면 된다.

"오카모토에 대한 일은 어떻게 처리하시겠습니까?"

마사즈미는 나가야스의 입에서 사건이 누설되는 것을 겁내어 바로 이에야스에게 상신해 분부를 기다리는 형식을 취하지 않을 수 없게 된다…… 더욱이 오카모토 다이하치는 혼다 마사즈미의 부하이다. 그렇다면 그는 이 문제를 다스릴 지위에 앉을 수 없게 된다.

사건이 교역사업의 장래에 관련된 일이니 이에야스는 반드시 자신이 없는 동안 슨푸를 지킨 나가야스에게 의논할 게 틀림없다.

"나가야스, 어떻게 해야 할까?"

"이 일은 여러 가지 장애가 있을지도 모르니 이 나가야스, 슨푸에 좀 더 머물며 조사해 보고……."

이에야스는 두말없이 말하리라.

"그렇군, 그게 좋겠어. 그대에게 부탁한다."

그렇게 되면 그쯤에서 혼다 마사즈미의 약점이 뜻밖에 잡힐지 모른다…… 나가야스는 보랏빛 가득한 등꽃을 올려다보며 차츰 볼을 허물어뜨렸다.

나가야스는 자신에게 타일렀다.

'나는 결코 악인이 아니다……'

지금 만일 백은 6000냥이라는 거금이 오카모토 다이하치의 사복을 채웠을 뿐 아니라 혼다 마사즈미의 수중에 얼마쯤 흘러 들어갔다고 해도 그 때문에 마사즈미를 실각시키는 따위의 무자비한 일을 할 사나이는 아니다…… 어떤 사람에게

나 한두 가지 약점이며 상처가 있는 법이다.

"혼다 님, 염려 마십시오. 나가야스는 결코 대세를 보지 않고 흉도를 휘두르는 못난 사람이 아닙니다."

그리하여 되도록 죄는 오카모토 다이하치 한 사람이 지도록 설득한다. 오카모토 다이하치는 어차피 마쓰오 마쓰주로와 비슷한 소악당에 지나지 않을 것이다. 소악당에게는 그런 인간에게 알맞은 설득법이 있다.

이런 소악당은 앞으로도 수없이 세상에 배출될 게 틀림없다. 그들은 전국 난세에서도 그리 인간다운 짓을 하지 않았다. 싸움이 있을 때마다 민가에 밀려들어 약탈하거나 전사자들의 갑옷을 벗겨 살아가는 무리들이었다. 그들이 벌이를 하던 싸움터를 잃었으니 태평세상에서는 소악당으로 변모해 이리저리 협박이나 하며 살아가는 게 당연한 일…… 그런 놈들을 다루는 법을 몰라서는 안 되는 것이 지금부터의 세상이라고 나가야스는 해석하고 있다.

다만 문제는 아리마 하루노부였다. 아무리 선조 대대로 내려오던 옛 영지에 미련을 가졌다 하더라도 이름난 영주로서 좀 유치한 일을 했다. 본디 큰 공로……라고 할 만한 일도 못된다. 이에야스의 허가장을 가진 배가 해상에서 격침당했다…… 그 보복을 하려고 나가사키에 들어온 포르투갈 배를 습격했을 뿐인 일이 아닌가.

세상에서는 아리마가 용감하게 배를 불태운 것처럼 생각하고 있지만 사실은 짐을 조사당하지 않으려고 저편에서 스스로 배를 불태워 가라앉힌 것이다. 따라서 진상을 알게 되면 이에야스는 화낼지도 모른다. 공훈 운운하는 일은 어떻든 이른바 영주라는 자가 상이 탐나서 백은 6000냥을 사취당했다……면 무사답지 못한 소행이라고. 그러나 그때는 나가야스가 중재해 주면 된다. 할복……을 명하면 구명운동을 하고, 감금……된다면 자기의 하치오지 막사에라도 일단 맡았다가 나중에 손쓸 수 있으리라.

나가야스는 등나무 그늘에서 자랑하는 호리병을 흔들어보았다. 술은 이미 깨끗이 없어져 있었다.

"그럼, 슬슬 준비할까……."

우선 에도의 소텔로에게 파발마를 보내 편지 쓰게 하여 서둘러 아리마에게 보낸다. 그런 뒤 오랜만에 푹 쉬면서 이에야스가 돌아오기를 기다리면 된다.

'나는 아무도 미워하지 않는다. 다만 오카모토 다이하치만은 어쩔 수 없겠지. 그놈은 백은을 6000냥이나……나쁜 놈이야…….'

그는 결코 자신의 악을 헤아려보려고는 하지 않았다. 이것도 그의 머릿속에 서식하는 나쁜 뱀 탓이리라…….

나가야스는 소텔로를 통해 영지에 있는 아리마 하루노부에게 서한을 보내자 서둘러 에도로 연락하여 오카모토 다이하치를 슨푸로 불러오게 했다.

그것은 상경한 이에야스가 즉위식에 참석할 무렵으로, 그때부터 열흘쯤 이에야스는 교토에 머무른다. 궁궐의 풍기가 다시 문란해지지 않도록 3개 조항의 법을 정하고 나아가 긴키, 주고쿠, 시고쿠의 여러 영주들로부터 나라 안을 시끄럽게 하여 천황을 괴롭혀 드리지 않겠다는 서약서를 받고 귀로에 오른다.

도중에 당연히 완성된 나고야성에 들러 성주 고로타마루를 나루세 마사나리와 히라이와 시치노스케에게 인도하고 슨푸로 돌아오는 것은 5월 첫 무렵…… 그때까지 오카모토 다이하치 사건의 절차를 완전히 마련해 두려고 생각한 것이다.

'이미 오카모토 다이하치를 슨푸에 불러 조사했다……는 것을 알면 정적이라고 할 수 있는 혼다 마사즈미가 어떤 얼굴을 할까……?'

나가야스로서는 그것도 한 가지 즐거움이었음이 분명했다.

오카모토 다이하치는 허둥지둥 슨푸에 나타났다. 그 인물됨에 대한 나가야스의 예상은 아무래도 들어맞은 모양이다. 다이하치는 나가야스의 얼굴을 보자마자 자기가 먼저 정보를 팔려고 달려들었다.

"나가야스 님, 한 번 들어보실 만한 이야기가 있습니다."

"호, 들어볼 만한 이야기라고. 자네는 요즘 매우 유복해지고 교제도 넓은 모양이더군. 어떤 말을 듣고 왔나?"

"다름 아니라, 오고쇼님이 교토에서 돌아오시면 막부가 크게 흔들릴 만한 지진이 시작되리라는 소문입니다."

"흠……혼다 부자와 오쿠보 일당의 싸움이라도 벌어진단 말인가?"

"참으로 놀랍습니다. 총감독관쯤 되면 과연 귀도 빠르시군요."

그의 인상은 마쓰오 마쓰주로와 전혀 닮은 데가 없었다. 밝은 동안(童顔)에 목소리마저 시원스러웠다. 다만 어딘가 경솔해 보이고 이성이 결여된 듯 느껴졌지만 악인이라는 인상은 추호도 없었다.

'전혀 반성이 없는 놈인 것 같다…….'

나가야스는 그가 자기와 비슷한 인간이라고는 여기지 않았다.

"자네는 아무것도 모르고 온 모양이나, 실은 오늘부터 당분간 감옥에 들어가 있어줘야겠어. 그래서 부른 거야."

"예……감옥 말입니까, 제가?"

"물론, 전혀 기억이 없다……는 말을 하고 싶은 얼굴이지만 그대에게는 피할 수 없는 혐의가 걸려 있어."

"호……참으로 놀랍군요. 어떤 사건인지요?"

"어떤 사건……이라니 몇 개가 마음에 짚이는 모양이로군. 됐어, 어떤 경우든 오쿠보 나가야스는 약자편이야. 감추지 말고 고백해. 인생은 싸움터와 같아서 잔재주는 오히려 손해야. 목숨을 버려야만 살아날 수 있지…… 나도 고생을 실컷 하며 살아온 몸이야."

나가야스의 말에 오카모토 다이하치는 곧 황송스러운 얼굴이 되었다. 아무래도 소악당……이라기보다 선량하고 쾌활한 낙천가인 모양이다. 이를테면 악과 선을 구별하지 못하고 그저 명랑하게 세상을 헤엄쳐 다니며 물을 흐리게 하는 비단잉어 같은 사나이……라고 나가야스는 판단했다.

그러고 보니 오카모토 다이하치는 몸매도 훌륭하고 소지품도 사치스러웠다. 허리에 찬 크고 작은 두 자루의 칼로부터 인장주머니에 이르기까지 눈에 띄지 않게 돈을 들이고 있다. 일반 백성이라면 악극패나 된 듯한 기분으로 여유 있게 화려한 몸치장을 할 테지만 절약과 검소가 미덕인 무사이므로 어쩔 수 없이 이 정도로 자제하고 있는 것이리라.

"다이하치라고 했지? 그대는 아리마 하루노부를 어디서 알게 되었나?"

"아……그 일이라면……아리마 님은 나가사키에서 알게 되었습니다. 예, 혼다 님 명령으로 그 포르투갈 배를 불태운 사건에 대해 듣기 위해 갔던 겁니다."

"그때 아리마 님에게 그대의 장기인 들을 만한 이야기를 들려준 모양이지?"

그러자 다이하치는 비로소 소악당다운 얼굴을 흘끗 보였다.

"총감독관님."

"뭔가? 질문을 슬쩍 피하면 안 되지."

"총감독관님은 제 편……이라고 하셨지요."

"그렇지, 난 언제나 옳은 자의 편이니까."

"그렇다면 모든 것을 말씀드리지요. 아리마 님은 악당입니다. 용감하게 배를 불태웠다느니 했지만……그건 모두 거짓말이고, 배는 포르투갈 인 스스로 불태웠습니다."

"흠, 그래서……?"

"저는 악을 미워합니다! 아리마 님은 무사라고 할 수 없는 분…… 그래서 저는 이런 말을 해서 시험해 봤지요. 이번의 큰 공을 오고쇼님께서도 각별히 기뻐하셔서 아리마 님에게 뭔가 상을 주어야겠다……고 혼다 님께 말씀하셨다고."

나가야스는 고개를 끄덕이며 빙그레 웃었다. 묘한 데서 묘한 정의감이 묘한 덫에 걸린다고 절반은 감탄한 웃음이었다.

"그러자 아리마 님이 그 상이란 무엇일까 하고 캐묻기에 조롱해 줄 셈으로, 그건 아리마 가문이 빼앗긴 옛 영지일 거라고……말씀드렸지요."

"흠, 그랬더니 돌아올 때 아리마 님이 그대에게 뭘 주었지?"

이번에는 다이하치가 히죽 웃었다.

"벌써 다 아시는 모양이시니…… 예, 황금 3닢에 비단 1필, 그리고 산호 종류였습니다."

"그래서 그 맛을 보고, 이번에는 그대 편에서 협박했나?"

"총감독관님에게는 감출 수가 없군요."

다이하치는 아직 자기가 정말로 감옥에 들어가리라고는 생각지 않는 모양이었다. 죄의식 같은 게 전혀 없기 때문이리라.

"저는 악인을 협박하는 것은 협박이 아니라고 생각합니다. 아리마 님은 배를 불태우지도 않고서 마치 한 것처럼 하여 상을 받으려는 속셈……그편이 훨씬 나쁘지요. 그러므로 한 번 골려주려고 생각했습니다."

"그리고 뭔가 각서 같은 걸 아리마에게 줬지. 그대도 보통내기가 아니야."

"그렇습니다."

다이하치는 가슴을 젖히며 말했다.

"마사즈미 님의 가짜 각서를 주었지요. 그랬더니 글쎄 내놓지 뭡니까. 그 일을 하려면 여기저기 뇌물이 필요하겠지, 하고. 하하……백은으로 6000냥이나 내놨지요. 세상에는 묘한 돈줄도 있는가 봅니다……."

오쿠보 나가야스는 손뼉 쳐 상을 날라오게 했다. 그는 오카모토 다이하치에게 모두 실토하게 한 다음 하옥시켜 엄중히 죄인 취급할 작정이었기 때문에 이 사나이가 얼마쯤 가련해졌다. 감옥에 들어가면 이 사나이는 두 번 다시 햇빛을 보지 못하리라. 그래서 오늘 밤 공양하는 셈으로 대접하는 것이었으나 상대는 전혀 다른 의미로 해석했다. 아마 정적인 혼다 마사즈미 부자를 공격하기 위한 재료가 필요해 향연을 베푸는 줄 알고 있는 모양이다.

'사람은 우둔하게 태어나지 말아야지……'

자신만만한 나가야스는 마음속으로 동정하면서 상을 마주하고 잔을 채워 주었다.

"우선 한 잔 들면서 이야기하기로 하지."

"이것 참, 총감독관님께서 손수 따라주시니 황송합니다. 호, 좋은 술이군요."

"백은 6000냥. 어때, 모두 먹고 마시면 혓바닥도 살이 오를 텐데."

"뭘요, 저의 사치는 황금 속에 파묻혀 계시는 총감독관님에 비하면 실로 하잘것없습니다."

"그래서 그대는 혼다 마사즈미 님에게도 얼마쯤 상납했는가?"

그러자 다이하치는 문득 입에서 잔을 떼고 다시 의미 있는 미소를 머금었다.

"총감독관님, 이 일만은 제가 분명히 말씀드려 두어야겠습니다. 마사즈미 님은 전혀 모르시는 일로……."

"호, 거참 훌륭한 일이로군."

"예, 이러한 일로 위쪽에 폐를 끼친다면 사나이 의리가 서지 않습니다."

"그러나 다이하치, 아리마 쪽에서 마사노부 님에게 직접 그 일을 문의한다면 어떻게 되지?"

"하하하……아리마 님이 아무리 뻔뻔스러운 분이시더라도 설마 그런 일은…… 아니, 그런 말을 해온다면 모른다는 대답만으로 끝나는 거지요. 만일 그런 일이 있다면……저는 마사즈미 님에게 사정해 그렇게 대답해 주시도록 부탁드리겠습니다."

"과연……그러면 아리마는 당했구나 하고 후회하며 가만히 있을 거란 말이군."

"그럼요……일부러 그런 일을 호소하여 배를 불태운 일마저도 거짓이었다……

고 자기 얼굴에 똥칠할 사람이 어디 있겠습니까……? 게다가 저는 또 한 가지 아리마 님의 큰 비밀을 쥐고 있습니다."

"호, 그밖에도 말인가?"

"예, 아리마 님은 배를 불태운 사건을 저 말고도 또 자세하게 아는 나가사키 행정관 하세가와 후지히로를 죽이려 했습니다."

"뭐, 나가사키 행정관을!"

"예, 옛 영지를 되찾기 위해 방해되는 자는 그것이 아무리 오고쇼님이 총애하시는 오나쓰 부인의 오빠일지라도 죽이려 한다……는 범죄가 탄로 나면 어떻게 되겠습니까? 그러므로 제가 고발한다면 가문이 멸망되고 말겠지요. 백은 6000 냥이 아까워 자기 가문을 멸망시킨다……그렇게까지 어리석을까 생각하니 아리마 님이 좀 불쌍하군요. 하하하……."

"그런가, 그대의 사고방식도 과연 대단히 치밀하군그래. 됐어, 한 잔 더 들어라."

오카모토 다이하치는 두 볼을 앵두색으로 물들이며 참으로 태평스럽게 또 잔을 비웠다.

나가야스는 상대의 표정이 너무나 밝으므로 이따금 문득 불안해졌다.

'어쩌면 다이하치가 생각하는 대로 되지 않을까……?'

만일 그렇다면 혼다 마사즈미가 슨푸를 비운 동안 그의 부하를 체포하여 감금했다는 이유로 마사즈미의 날카로운 반격을 받지나 않을까?

'아니, 그럴 리 없다…….'

소텔로의 편지를 보고 아리마 하루노부는 반드시 마사즈미에게 문의할 마음이 들 것이다. 그리고 마사즈미에게만 아니라 친숙한 나가야스에게도 편지로 뭔가 말하지 않을 수 없을 것이다. 그 점, 손쓰기에 따라 나가야스가 다이하치에게 당하게 된다……는 일이 있어서야 할 말인가 하고 나가야스는 정신을 바싹 차렸다.

"그런가, 아리마 하루나가가 나가사키 행정관의 목숨도 노렸었군."

"사람이 욕심에 눈이 어둡기 시작하면 무섭더군요."

"그 일은 그대도 잘 기억해 둘 일이야. 하지만 그 정도의 비밀을 알면서 백은 6000냥으로 칼을 도로 꽂았는가?"

"예, 저는 이래 봬도 깨끗합니다……사람은 깨끗이 손을 떼는 시기가 중요하지요. 그건 그렇고 총감독관님은 혼다 부자가 어째서 정적인 오쿠보 님을 함정에 빠뜨리려 하시는지 아십니까?"

"오쿠보 님이라면 다다치카 님 말인가?"

"예, 오쿠보 다다치카 님……이분은 혼다 님 눈 위의 혹입니다."

"모르겠는걸. 무슨 일로 함정에 빠뜨리려고 하는지."

"하하……조심하셔야 합니다. 총감독관님의 비행을 열거해 실각시키려 하고 있습니다."

"뭐, 내 비행을……?"

"아니, 비행이 있다는 게 아닙니다. 만에 하나라도 그럴 리야 없겠지요. 그러나 저쪽에서는 그걸 노리고 있습니다. 총감독관님께서 지나치게 사치스럽다든가 광산을 오가는 행렬이 너무 거창하다는……말들이 줄곧 떠돌고 있는 건 사실이니."

"하하……그럴지도 모르지. 아무튼 나는 황금 속에서 산과 싸우는 사나이니까. 하지만 전쟁에 비한다면 행렬도 짐수레들도 빈약하지. 데리고 다니는 건 겨우 200명이나 300명 정도의 여자들이 주력이야."

"바로 그겁니다. 아름답게 치장한 여자들……이란 게 공연히 남자들의 질투를 불러일으키니까요. 설마 총감독관님 한 분이 모두 데리고 재미 보시는 것도 아니겠지요…… 하지만 세상 놈들, 놈팡이들은 그런 착각을 일으킵니다. 잘하는 짓이다……라는 선망에서 나오는 질투심은 뭔가 부정을 저지르고 있지는 않나……하고 터무니없는 증오가 될지도 모르지요. 충분히 조심하시는 게 좋습니다."

듣고 있는 동안 나가야스는 생각했다.

'이 일은 빨리 해치워야만 하겠구나.'

어쩌면 방어본능인지도 모른다. 어차피 저쪽이 그럴 작정이라면 이쪽에서 재빨리 이 큰 사건을 이용해 한발 앞서 마사즈미와 대결한다…… 그 일을 위해서는 나가야스의 이름으로 서둘러 아리마 하루노부를 슨푸로 호출해야 한다…… 이유는 오카모토 다이하치의 백은 6000냥 부정 입수에 대한 양자 대질이라고 하면 된다. 부재중의 대리인 그에게는 그러한 권력행사 위임도 당연히 있지 않은가…….

나가야스는 다시 다이하치의 잔을 채워 주었다.

"그런가? 혼다 님 부자는 그렇듯 쩨쩨한 일을 생각하고 계셨던가. 이를테면 그것이 사실이라고 하세, 그대가 판 정보가…… 그런 경우 이 나가야스는 어떻게 해야 좋을까? 이를테면 혼다 부자에 맞설 수단 말이야."

다이하치는 웃음을 띤 채 즐거운 듯 대답했다.

"그것은 제 입으로 말씀드릴 수 없습니다. 제가 말씀드릴 수 있는 것은 되도록 사이좋게 지내도록 하시라는 것뿐…… 아무튼 마사즈미 님의 두뇌는 무라마사(村正)의 칼보다 더 날카로워서 당대에는 그만큼 잘 듣는 칼이 없으므로."

"하하……그럼, 그대를 사이에 넣어 마사즈미 님께 황금산이나 선물할까? 그렇게 되면 그대도 백은 6000냥……정도가 아니지, 좋은 일거리가 생기는 거야."

다이하치는 가슴이 섬뜩한 모양이었다.

"무슨 말씀을! 저는 그런 속셈으로 말씀드린 게 아닙니다. 세상에는 용과 범이 싸우면 서로 상처만 입을 뿐……이라는 속담도 있습니다. 그보다도 당대를 대표할 만큼 슬기로우신 나가야스 님과 마사즈미 님이 서로 싸우게 된다면 그야말로 천하의 큰 손해……라고 여기므로 말씀드린 겁니다."

"다이하치."

"예……예."

"그대는 실로 선량한 악인이로군."

"그렇게……됩니까?"

"나는 그대 얼굴을 보고 있으니 눈물이 나올 것 같아."

"어째서……그렇습니까?"

"백은 6000냥을 착복할 때에도 처음에는 실로 그대다운 정의감에서였지?"

"옛, 그렇습니다."

"나쁜 것은 그대가 아니라 아리마 하루노부야, 그렇지?"

"물론입니다. 자신이 배를 불태우지도 않으면서 옛 영지 세 고을을 손에 넣겠다……고 생각하는 것이……."

"그렇지. 욕심 사나운 생각이야. 그러므로 꾸짖기만 했다면 하루노부는 평생 그대에게 머리를 들 수 없었을 텐데 그 뒤가 좋지 않았군……."

"그렇지만 그런 잘못된 생각을 골려주는 방법은 금은이라도 털어내는 수밖에 달리 없을 것입니다. 만일 제가 그 일을 고소했다 해도 신분이 달라 취급해 주지도 않았을 겁니다."

"그렇지. 그러니 나는 그대가 가련해서 울고 싶다는 거야. 6000냥을 착복했을 때는 분명 승리한 기분이었겠지⋯⋯?"

"총감독관님 앞입니다만, 가슴에 막혔던 게 쑥 내려가는 기분이었습니다."

"그렇게 생각하고 있으니 가련하다는 거야. 다이하치!"

"예⋯⋯옛."

"그대는 그 6000냥에 목을 팔아버렸어."

"옛?"

"아리마 하루노부는 그대에게 어떻게 속았는지 벌써 고소했다고 생각하는 게 좋을 거야."

"그⋯⋯그⋯⋯그런 어처구니없는 일을?"

"됐어, 됐어. 자, 그걸 쭉 들이키게. 오늘 밤은 천천히 식사해. 알겠나, 내일부터는 감옥이야."

오카모토의 얼굴이 단번에 굳어졌다. 핏기가 싹 가신다⋯⋯는 말이 있으나 그럴 여유도 없는 모양이다. 술에 취해 벌게진 얼굴이 벌건 채로 얼어붙었으니 세상에도 기묘한 표정이었다. 웃는 것 같기도, 우는 것 같기도, 어쩔 줄 모르는 것 같기도 했다.

"총감독관님⋯⋯."

"뭐냐, 다이하치."

"그러시면⋯⋯제가 들어왔을 때 하신 말씀⋯⋯은 농담이 아니셨군요?"

"농담⋯⋯무엇 때문에 지금 한창 세도가 당당한 혼다 마사즈미 님의 부하에게 농담하겠나? 내 손으로 이 사건을 다루지 않으면 안 되게 되었다. 그래서 그대를 에도에서 일부러 호출한 거야."

"⋯⋯."

"시 행정관에게 부탁할 수도 있었지만 그렇게 되면 그대가 불쌍하고 또 마사즈미 님에게도 난처한 일이 생길지 모른다. 그래서 내가 직접 조사하여 오고쇼님에게 보고드릴 거야⋯⋯ 이러는 편이 그대를 위해서나 하루노부를 위해서도 좋겠지?"

다이하치는 다시 아연한 표정으로 입을 다물어버렸다. 그렇게 된 줄도 모르고 스스로 모든 사실을 먼저 지껄여버렸다.

'모두 거짓말이었습니다!'

이제 와서 말한들 새삼스럽게 어떻게 될 것도 아니다. 이렇게 되면 만사 제쳐놓고 나가야스에게 매달릴 수밖에 없다……고 알면서도 갑자기 그것마저 생각나지 않는다.

이 방 주위에 어느덧 사람들이 몰려와 있는 듯했다. 그럴 것이었다. 두 사람만 있으면 만일 다이하치가 살기를 품었을 때 나가야스의 생명이 위태롭다……는 것쯤 3살 먹은 아이도 눈치챌 일이다.

"자, 다이하치, 그대도 사나이. 각오를 정하고 천천히 음식이나 들게."

"총감독관님……."

"그리고 가족에게 전할 말이나 그 6000냥의 용도 등으로 뭔가 이야기할 게 있으면 되도록 들어주겠다. 나가야스는 결코 그대를 미워하고 있지 않다."

"총감독관님! 이렇게 되고 보니 저로서 꼭 말씀드려야 할 일이 있습니다."

"호, 뭔가."

"그, 그 6000냥의 용도입니다. 저 혼자 다 쓴 게 아닙니다."

"그대 손으로 여기저기 나눠주었단 말인가?"

"예……저는 은밀히 이 일을, 실은……혼다 마사즈미 님에게도 말씀드렸습니다."

나가야스는 웃으며 다이하치를 나무랬다.

"다이하치…… 내가 그……일을 모르고 이 사건을 다스릴 거라고 생각하나? 마사즈미 님은 그대가 그 이야기를 했을 때 흠, 흠, 하고 흘려버렸겠지."

"바, 바로 그렇습니다."

"그럼, 됐어. 그러나 흠, 흠, 한 건 알았다는 게 아냐. 들은 듯 못들은 듯, 아는 듯 모르는 듯한 거지. 따라서 일이 잘못되었을 때는 반드시 모른다고 할 테니…… 그대가 가련하다……눈물이 날 것 같다고 내가 말한 것은 그뜻이야. 알겠나? 혼다 님은 본디 아리마 님과 사이가 나빠……그대는 그것도 모르고……."

그렇게 말하고 오쿠보 나가야스는 정말로 무릎에 눈물을 뚝뚝 떨어뜨리기 시작했다…….

양과 이리

그날 오미쓰는 지모리 신사 가까이 있는 나야의 은거 저택을 나섰다. 오랜만에 바다를 바라보면서 등대 가까이 걸어갔다.

요즘 사카이 항구에 들어오는 외국 배의 수가 부쩍 줄었다. 히라도, 나가사키, 그리고 하카타 일대의 번창이 오히려 이 사카이 해변을 쇠퇴하게 만드는 원인이 되었는지도 모른다. 일본배의 출입은 늘었지만 역시 외국 배의 출입이 없다면…….

그런 말이 나도는 요즘 난데없이 한 척의 서양 범선이 들어왔다.

'포르투갈일까, 아니면 홍모인인 영국일까, 네덜란드일까……?'

그것은 에도에서 가까운 우라가를 출항하여 멕시코로 돌아가던 배였다. 엔슈 앞바다에서 좌초해 노를 망가뜨려 하는 수 없이 입항해 온 것으로 알려졌다.

타고 있던 사람은 세바스찬 비스카이노 장군이라는 스페인 왕의 사신…… 물길 안내라는 명분으로 승선해 있던, 에도에서 박애병원을 경영하는 프란체스칸 파의 소텔로 신부가 몹시 난처해하고 있다는 이야기였다. 배를 다시 만들지 않으면 사절을 멕시코까지 돌려보낼 수 없는데 그 책임이 자기에게 있다고…….

그 배는 등대섬 오른쪽에 반쯤 기울어진 채 정박해 있었다. 타고 있던 비스카이노 장군과 소텔로는 이미 육로로 슨푸에 돌아갈 결심을 하고 여기까지 왔으니 오사카성의 히데요리 님을 배알하겠다며 사카이를 떠났다고 한다.

'수리해도 안될 만큼 큰 상처를 입었을까……?'

오미쓰는 고개를 조금 갸우뚱했을 뿐 그대로 해변가를 지나쳤다. 목적지는 야마토 다리에 가까운 찻집이었다. 거기서 오늘 혼아미 고에쓰의 부탁으로 나가사키에서 일어난 그 포르투갈 배를 불태운 사건과, 하치오지의 나가야스 저택에 있던 오코의 소식을 탐문하러 간 자야 시로지로의 첩자와 만나기로 되어 있었다.

첩자의 보고에 따라 그 길로 요도야의 배를 타고 교토의 고에쓰에게 갈 작정이었다. 오미쓰는 사방으로 창고가 즐비한 나야 해변을 빠져 야마토 다리로 나갔다. 목적지인 찻집에서는 인상이 몹시 좋지 않은 무사 하나가 흘끔흘끔 이쪽을 바라보며 차를 마시고 있었다.

오미쓰는 아무렇지도 않은 듯 그 건너편 평상에 걸터앉았다. 그리고는 고분고분한 말투로 말을 건넸다.

"여보세요, 주인, 자야의 점원이 나를 찾아오지 않았나요?"

그러자 인상이 좋지 않은 무사 차림의 건너편 손님이 눈인사하면서 말을 걸어왔다.

"혹시 나야의 오미쓰 님이 아니신가요?"

"그럼……댁이 자야 님의……?"

오미쓰는 미리 이야기를 듣지는 않았으나 상인 차림일 거라고 지레짐작하고 왔기 때문에 깜짝 놀랐다.

"예, 제가 자야의……이런 차림일 때는 마쓰오 마쓰주로라고 부릅니다. 전에는 나가사키 행정관의 포교 노릇을 한 사람입니다만."

"어머……."

"여기서 이야기해도 되겠습니까? 이야기가 좀 복잡합니다만……."

오미쓰는 흘긋 눈을 들어 다시 주인에게 말을 던졌다.

"주인님, 가게는 제가 잠시 봐드릴 테니, 우리 집에 가서 배에 까는 담요를 좀 갖다 주시지 않겠어요?"

"알겠습니다. 배 안에 까는 담요 말이지요?"

주인은 뭔가 밀담인 줄 짐작하고 잠시 사방을 훑어보더니 허리를 굽신하고 나갔다.

"자, 그러면 여기서 말씀을 들을까요?"

오미쓰는 무사 차림의 사나이 앞으로 담배통을 들고 가서 앉았다.

"오미쓰 님, 오쿠보 나가야스 님은 대단한 분이더군요."

"대단하다……면 아리마 님의 그 사건과 역시 관계있는 모양이군요."

"예, 그 사건의 발단이 된 일본 배에는 금지된 물건……이라기보다 참으로 곤란한 물건들이 실려 있었던 모양입니다. 말하자면 무기, 무구(武具) 따위입니다. 이것을 싣고 나가면 남쪽 나라에서 싸움이 일어난다, 평화로운 일본에는 불필요한 물건들이지만 무기 수출은 신불도 용서치 않으리라, 오고쇼의 귀에라도 들어가면 큰일……이라는 걸 나가야스는 잘 알고 있었던 모양입니다."

"그래요…… 무기를 수출하면 안 된다고 말이지요."

"그런데 포르투갈 배가 그걸 알고 마카오 앞바다에서 습격하여 짐을 뺏고 배를 격침시켰지요……."

"그 일은 저도 알고 있습니다. 그 보복으로 아리마 님이 포르투갈 배에 불을 질러버렸다지요."

"그렇게……세상에서는 알고 있습니다만 사실은 아리마 님이 습격해 오는 걸 알고 눈치 빠르게 포르투갈 배 쪽에서 배와 짐을 다 태워버린 것 같습니다."

"그렇다면 나가사키 행정관은 쇼군이며 오고쇼에게 허위보고를 한 게 되지 않나요?"

"그겁니다. 나가사키 행정관은 사건이 외국과의 문제인 만큼 지나치게 깊이 관여하고 싶지 않다, 그래서 사실을 알고 있었지만 아리마 님의 보고에 간섭을 삼갔다……는 형식이 되었지요. 그런데 그 뒤 이것을 일본의 위력을 보인 적절한 조치라고 하시며 오고쇼님께서 아리마 님을 크게 칭찬하셨다는 소문이 나돌았습니다."

"어머나…… 그런 소문이 어째서 났을까요?"

"아무래도……제 생각으로는 오쿠보 나가야스가 소문낸 게 아닐까…… 왜냐하면 나가야스로서는 그 배에 실었던 짐 문제가 있으니까요."

오미쓰는 길을 오가는 사람들에게 무심한 시선을 던진 채 고개를 끄덕였다. 아무튼 오미쓰가 따로 알아낸 바에 의하면 그 뒤 나가사키 행정관을 습격한 자객이 있었으며, 그 자객은 잡히자 아무 말 없이 혀를 깨물어 죽었다고 했다…… 지금 들은 말대로라면 그것도 아리마나 오쿠보의 부하라는 이야기가 될 것 같다.

"그 일에 대해 나가사키 행정관은 어떻게 생각하실까요?"

"예, 어쨌든 교역으로 새로운 길을 트려는 것이니 이루어질 때까지 온갖 일들이 일어나리라……고 하며 그리 마음 쓰지 않는 모양입니다……."

"그래요…… 수고하셨어요. 이로써 한 가지 사건은 알게 된 것 같습니다. 그러나……또 한 가지 혼아미 집안 따님에 대해 뭔가……?"

마쓰오 마쓰주로라고 자기소개를 한 무사는 아무 감흥도 없는 듯 하늘을 쳐다보며 말했다.

"예……그 오코 님……은 벌써 세상을 떠나신 모양입니다."

"오코 님이 돌아가셨다고요……?"

오미쓰는 목소리를 죽이며 마쓰주로를 돌아보았다. 그것은 혼아미 고에쓰가 중얼거리던 불안과 너무도 들어맞았다.

"설마 잘못 들은 것은……그런 소식은 본가에서도 전혀 들은 바가 없어요."

마쓰주로는 무슨 생각을 하는지 오미쓰에게로 시선을 돌리지 않았다.

"제 눈으로 돌아가시는 걸 본 것은 아닙니다. 그렇다고 제가 하치오지까지 일부러 가는 수고를 게을리한 것도 아니지요."

"그럼……?"

"하치오지의 오쿠보 님 가신들은 아시다시피 대부분 고슈 무사들입니다. 그것을 경계해서……라면 지나친 말이 되겠습니다만, 지금 나고야 성주이신 고로타마루 님의 성주대리이자 사부로 선발된 이누야마성(犬山城)의 히라이와 시치노스케 님……과 연관 있는 자가 몇 사람 섞여 있습니다. 그래서 저는 그를 찾아가, 오코 님 집안사람인데 은밀히 만나볼 일이 있어 교토에서 왔다고 했지요."

"그랬더니 그 사람이 돌아가셨다고 이야기하던가요?"

"아닙니다. 난 모른다, 나는 아무것도 모르지만 우리 집 하인 가운데 구로카와 골짜기의 금광에서 인부 노릇을 한 자가 하나 있다, 그자라면 알지도 모르겠다……고 말하며 불러주었지요."

"구로카와 골짜기 금광에서……"

"예, 그자의 입으로 오코 님도 산에서 제사 지낼 때의 기이한 사고로 행방불명……이라고 들었습니다. 좌석의 밧줄이 끊어져 200명쯤 되는 사람이 한꺼번에 골짜기 아래 물속에 떨어졌는데 하류로 떠내려온 시체는 그 반도 되지 않았다……고."

"그럼, 그대로 행방을 모른다는 건가요?"

"예, 십중팔구 죽었다……아니, 죽었다고 말하기 거북하므로 행방불명이라고……말하는 것으로 저는 받아들였습니다……."

오미쓰는 마쓰주로가 자신의 얼굴을 쳐다보지 않고 말하는 이유를 그제야 알았다. 마쓰주로는 좀 더 자세하게 뭔가 듣고 온 게 분명했다. 그 증거로 허공에 던진 시선이 부자연스러울 정도로 덤덤했다.

"그랬군요. 그럼, 그 행방을 찾아달라고 해도 방법이 없다고 하시겠군요?"

"예, 그 이상의 것은 아무도 모를 겁니다. 아마 오쿠보 나가야스 님 자신도."

"나가야스 님 자신이라니요……?"

"오미쓰 님, 만일 나가야스 님이 좌석의 밧줄을 끊게 했다……하더라도 알 수 없을 겁니다. 함께 골짜기 바닥으로 떨어진 것이 아니니까."

"어머나……."

"그래서 그때의 혼백들을 진막 한 모퉁이에 모셔둔 모양입니다…… 유족들에게 알릴 것 없다……고 한 것은 만에 하나라도 살아 있을……경우도 있을지 모르는데 구태여 죽었다고 단정하여 슬프게 할 것까지는 없다……는 것이 지혜자의 자비라고나 할까요…… 아무튼 나가야스 님 자신은 슨푸에 계시면서 맡은 바 소임을 열심히……."

그때 찻집 주인이 담요를 안고 돌아왔다. 나야 거리의 가게에서 가져온 것이리라.

"고마워요. 그것을 배에 깔아주세요."

오미쓰는 얼굴을 돌리며 일어났다.

오미쓰는 마쓰주로의 보고를 가지고 배를 타고 교토로 향했다.

그때 혼아미 고에쓰의 집에서는 고에쓰를 찾아온 스미노쿠라 요이치가 흥분한 태도로 아까부터 오사카성 안에서 보고 온 이야기를 계속하고 있었다.

"아무튼 양과 이리라는 느낌이었습니다."

요이치는 전에 야마토의 지방관으로 있었고, 요즘은 관허무역선의 숫자를 늘려 명실공히 신진 대실업가가 되었다. 그러나 고에쓰 앞에 있으면 어딘지 모르게 어린아이처럼 보였다. 마음속에 뭔가 응석 부리는 것이 있어서인지도 모른다.

그는 도요토미 가문의 연공미 일로 마침 오사카성에 들어갔다가 세바스찬 비스카이노 장군과 히데요리의 대면을 보고 와서 그 이야기를 고에쓰에게 들려주고 있는 참이었다.

"히데요리 님은 일본사람으로서는 보기 드물게 훌륭한 체격이지요. 그런데 비스카이노 장군과 소텔로 신부 사이에 끼어 있으니 조그맣게 보였습니다. 알현하는 사이의 거리가 아무래도 너무 가까웠어요. 오고쇼는 남만인이든 홍모인이든 결코 그토록 가까이 오게 하시지 않는 모양이신데……가까이 오게 하지 않고 윗자리에 있으면 사람의 눈이란 묘한 것, 윗자리 사람 쪽이 크게 보입니다. 그런데 가까이 있으니 이리와 양처럼 보이고 말았지요. 그렇게 되니 비스카이노 장군은 더욱 거만해지고 통역은 또 너무 굽실거리게 됩니다. 앞으로는 외국인과 만날 기회도 많아질 것이니 이런 경우의 예법도 처음부터 연구가 필요합니다."

오사카 쪽에서도 이 대면에 어떤 종류의 위엄을 보이려고 꽤 애쓴 모양이었다. 다이코가 자랑하던 대접견실에, 오사카에 머물고 있는 영주들의 가신을 총동원하여 즐비하게 앉혀놓았으나, 아무튼 비스카이노와 소텔로를 따라온 사카이와 교토와 오사카의 선교사들을 히데요리의 자리에 너무 접근시켰다……고 요이치는 분개하고 있다.

히데요리는 몸집이 큰 편이지만 우라쿠나 가쓰모토나 하루나가는 일본인 중에서도 그리 큰 편이 아니었다. 그런 사람들이 비스카이노의 6자 6치나 되는 거구와 그를 둘러싼 남만인 선교사들의 위풍에 압도되어 윗자리에 앉았으면서도 황송해 쩔쩔매는 듯 보였다는 것이다.

"그렇게 되면 사람이란 미묘하여 저편이 더욱 거드름을 피우게 되지요. 거드름을 피우게 되면 하지 않아도 될 말까지 큰 소리로 말하는 법. 게다가 비스카이노는 장군입니다. 아마 일본으로 말하자면 가토 기요마사 정도의 호걸일지도 모릅니다. 실컷 자기 나라 왕을 추켜세운 다음 일본에서 만약 예수교도를 탄압하는 일이 있다면, 우리는 언제든 대함대를 이끌고 와서 단숨에 격멸시키겠다고 큰소리치지 않겠습니까. 본디 그는 허풍선이처럼 보였지만, 그렇다 해도 무례하지요."

"허, 그런 말까지 했나?"

"그런 말……로 끝났으면 다행이지요. 접견실로 나오기에 앞서 누군가 고약한 아첨을 한 모양으로, 소텔로마저 새파랗게 질려서 말릴 정도의 말을 했습니다."

고에쓰는 조용히 찻주전자를 움직이면서 이마에 꿈틀꿈틀 힘줄을 곤두세웠다. 비스카이노의 무례함과 이를 용납한 오사카의 가신들에게 그의 성품으로서 격분을 느끼고 있는 게 분명했다……

고에쓰는 자신의 흥분이 부끄러웠다.

'이 나이에 스미노쿠라며 자야와 함께 젊은이처럼 흥분하다니……'

찻주전자를 내려놓고 조용히 찻잔을 요이치 앞으로 내밀었다.

"그런 이야기도 좋지만, 이건 모처럼 조케이(常慶)가 만들어 보내준 진귀한 찻잔이야. 우선 이것으로 목을 축이고 이야기하는 게 좋겠어."

"감사합니다. 이건 정말 조케이의 작품이군요. 모양이 한결 좋아졌습니다."

맛있게 차를 들고 나서 찻잔을 그대로 무릎 앞에 다시 놓았으나 찻잔을 감상하는 눈길이 아니었다.

"듣자니 오사카에서는 다이코 전하 서거 뒤 에도로부터 줄곧 압박을 받아 온 모양……"

"스미노쿠라 님, 그게 무슨 말이오?"

"아니, 비스카이노 장군이 한 말입니다."

"뭐, 비스카이노가……"

"예, 이 말에는 동행한 소텔로 신부도 눈을 휘둥그레 떴습니다. 소텔로는 어떻게든 오고쇼며 쇼군님에게 접근하려 하고 있으니 무리도 아니지요. 그래서 그는 비스카이노 장군의 무릎을 쿡쿡 찌르면서 발언에 조심하라고 주의주더군요. 저도 말석에서 그것을 보았습니다."

"음."

"그러자 비스카이노는 그 손을 거칠게 뿌리쳤습니다. 그리고 더욱 목소리를 높여 말했습니다. 만일 에도와의 사이에 곤란한 일이 있거든 곧 우리나라로 알려주시오, 언제든지 온힘을 다해 편들겠습니다. 마음을 크게 가지시도록…… 이런 말씀을 드리는 것은 히데요리 님도 우리와 같은 하느님의 아들이라고 보기 때문입니다……라고."

"그 말을 소텔로라는 사람이 통역했는가?"

"아닙니다, 소텔로를 제쳐놓고 포를로 신부에게 통역시켰습니다."

"히데요리 님은 뭐라고 하셨는가?"

"알았다, 알았어……라고만 하셨으나 역시 난처한 얼굴이 되어……"

"음."

"그때부터입니다. 신부들이 이구동성으로 네덜란드와 영국을 공격하기 시작한 것은…… 그들은 하느님도 사람도 용서하지 못할 흉악하기 이를 데 없는 해적이다, 에도의 쇼군이 이러한 자를 가까이하시는 것은 얼마나 잘못된 생각인가, 이야말로 일본을 멸망시킬 근원이 될 것이다, 그들이 만일 그대로 일본에 머물 것 같으면 히데요리 님은 궐기하여 에도와 일전을 벌여야 한다, 그때에는 모든 신자의 보호를 위해 스페인 대왕이 곧 대군을 파견해 이를 원조하는 데 인색하지 않을 거라고……."

고에쓰는 어느덧 무릎 위에 두 주먹을 놓고 부들부들 떨고 있었다. 이것도 그가 두려워하지 않았던 일은 아니다. 노부나가 시대에 일어났던 히에이산과 니치렌 종의 싸움이며 잇코종 신도의 반란 등은 결국 국내 문제였었다. 그러나 이렇듯 외부에서 들어온 예수교 종문의 싸움이 된다면 그 규모가 달라진다.

"그러면 비스카이노 장군인가 하는 자를 따라온 신부들은 처음부터 그 말을 할 작정으로 히데요리 님께 배알을 청했단 말인가."

"그러니 우선 고에쓰 님께 알려드리려고 왔지요."

"오사카의 중신들은 대체 무엇을 하고 계시던 말인가……."

고에쓰의 말은 단순한 비탄이 아니라 폐부를 도려내는 듯한 비난이 되어 있었다. 온갖 사람들이 온갖 입장에서 에도와 오사카의 문제를 염려하고 있다. 쓸데없는 일이라고 하면 그만이겠으나 또다시 전국(戰國)이 되지 않을까 하는 불안은 필요 이상으로 고에쓰를 안타깝고 노엽게 했다. 그런데 지금 입을 모아 네덜란드며 영국을 비난하는 구교 선교사들을 한데 모아 히데요리와 만나게 하다니, 얼마나 무신경한 중신들의 처사인가.

비스카이노 장군이라는 자는 꽤 허풍떠는 호인인 모양이다. 더구나 그의 목적이 무엇인지 일본 쪽에 이미 알려져 있지 않은가. 돈 로드리고를 송환한 데 대한 답례사절……이란 표면적인 구실, 실은 황금섬의 보물을 찾으러 온 능구렁이 군인이다. 그런 사람의 허풍을 과연 얼마나 믿을 수 있을 것인지…….

더구나 히라도에 네덜란드 상관(商館)이 생기고 영국 상관도 허가되자, 일본에 있는 구교 선교사들의 눈빛이 완전히 달라져 이를 공격하려고 일어난 때이다.

'그 정도의 일도 오사카의 중신들은 모른단 말인가?'

아마 그들은 이에야스가 곧 신교 포교를 허용하여 자비에르 이래의 구교 세력을 뿌리째 뽑아 일본에서 추방하려는 게 아닐까 하는 환상을 그려 배수진을 치려 생각한 것이리라. 하필이면 그런 사람들을 히데요리와 일부러 만나게 하다니……이것으로 고다이인이며 히데타다 부인이며 조코인 등 여자들의 노력은 물론 가토 기요마사의 고심도, 고에쓰 등 상인들이 차곡차곡 쌓아 올린 방파제도 또한 크게 무너지는 형편이 되지 않을까……?

"스미노쿠라 님, 이 일을 그대로 두어도 괜찮을까. 그대들 젊은이의 의견을 듣고 싶군."

"그것입니다, 고에쓰 님……저도 설마 오사카의 중신들이 이토록 무방비하달까 무신경하리라고는 생각지 못했습니다. 아니, 무방비나 무신경이 아니라 실은 그 대부분이 뱃속으로 계산하고 있는지도 모른다……는 생각을 해보았습니다만."

"뱃속으로 계산하다니……?"

"실은 가타기리 님이며 우라쿠 님이 구교 신자가 아닐까 하는 겁니다."

"설마 그럴 리가……."

그러나 고에쓰로서도 그런 일은 있을 수 없다고 일축해 버릴 수만은 없는 의혹이 남았다.

"만일 그렇다면 큰일이지요, 고에쓰 님……."

"음."

"도요토미 가문의 은혜를 생각하여 히데요리 님에게 쇼군직을 넘겨라……요즈음 이런 말을 하며 목숨걸 영주들은 아마 없겠지요. 그러나 종교라면 문제가 달라집니다. 오고쇼가 젊었을 때 대대로 내려온 가신들이 잇코종도 반란 때 반항한 일이 있었다더군요……아시겠습니까, 예수교 신자……라면 첫째로 도쿠가와 가문의 기둥인 오쿠보 다다치카 님이 있지요. 그리고 다테 마사무네……그 사위 마쓰다이라 다다테루……그리고 다카야마 우콘을 아직도 보호하고 있는 마에다 도시나가……."

스미노쿠라 요이치가 거기까지 말하자 듣기 겨운 듯 혼아미 고에쓰는 손을 흔들어 제지했다.

"그만! 그렇게 따지면 내일부터 일본은 당장 싸움터가 돼."

고에쓰는 격렬하게 고개를 흔들었다.

"오고쇼의 이상(理想)에 역시 무리가 있었다……고나 할까……."

그러면서 말끝을 의논투로 바꾸었다.

"오고쇼에게는 스페인도 네덜란드도 없어. 포르투갈도 영국도 없고……정치와 교역은 다르다……는 해석인데 그것으로는 해결되지 않는 걸까?"

"그러면 고에쓰 님은 일본도 이쯤에서 스페인을 택하든지, 아니면 네덜란드와 손잡든지…… 결국 어느 편이든 한쪽을 정하지 않으면 안 된다……는 생각이십니까?"

"아니, 그렇게 정해 놓고 말하는 건 아니네. 그대들의 생각, 그대들의 전망은 어떠냐고 백지상태에서 물어본 거야."

고에쓰가 가볍게 대답하자 스미노쿠라는 갑자기 엄숙한 얼굴로 말했다.

"저는 오고쇼님의 사고방식에 찬성입니다."

"그렇다면 역시 지금처럼 양쪽과 교역하는 편이 좋다는 건가?"

"물론 그것이 이상적입니다. 그러나 지금 이대로는 결코 잘 안 될 겁니다."

"잘 되지 않는 일에 찬성……이라면 앞뒤가 맞지 않는 이야기가 되는데."

"그러므로 양쪽과 원활히 교역을 계속하려면 한 가지 결단……한 가지 각오가 필요하다고 생각합니다."

"한 가지 결단이라……."

"예, 눈 딱 감고 히데요리 님을 오사카성에서 내쫓는 겁니다."

"무……무……무슨 말을 하는가? 도요토미 가문과 가까운 그대 입에서 어떻게 그런……."

"고에쓰 님, 우선 들어주십시오. 신앙이란 말이나 무역선으로는 쫓아낼 수 없는 것입니다……."

"음."

"무리하게 탄압한다 해도 아마 성공하지 못하리라……고 저는 봅니다. 그리고 한쪽을 탄압하면 탄압받는 쪽과는 국교를 계속할 수 없을 겁니다."

"그런 이치가 되는 건 확실하지만……."

"그러므로 양쪽과의 원활한 교역을 바란다면 그 양쪽의 어느 편에도 국내 소란의 원인이 될 만한 것…… 즉 거점이 될 만한 게 없도록 해두고 시작해야 하지 않을까요?"

"호……."

"그 점, 오고쇼님은 좀 욕심이 지나치십니다. 오사카도 귀여워해 주면서 스페인의 산물과 영국의 돈도 벌자······ 그렇게는 안 됩니다. 무언가 하나는 눈물을 머금고 버려야······한다면 이상을 좇기 위해 오사카를 버리지 않으면 안 됩니다······ 오사카라는 약점을 안은 채 양쪽과 교류한다면 머지않아 전국(戰國)으로 가는 뜻밖의 불씨가 안 되리라는 보장이 없지요······ 실은 오사카성에서 이번 일을 지켜보는 동안 그런 생각이 자꾸 들어 곧바로 고에쓰 님께 온 것입니다."

고에쓰는 아직 지그시 스미노쿠라를 쏘아보고 있다. 스미노쿠라 요이치의 입에서 이런 말을 들으리라고는 생각지도 못했다.

'그런가, 양쪽과 국교를 유지하기 위해서는 국내의 약점을 깨끗이 정리하지 않으면······.'

고에쓰에게는 완전히 새로운 시각이었다.

지은이

야마오카 소하치(山岡莊八)

그린이

기노시타 지카이(木下二介)

옮긴이

박재희(청춘사도대학교 일문학 전공) 김문운(니혼대학교 일문학 전공)
김영수(와세다대학교 일문학 전공) 문호(게이오대학교 일문학 전공)
유정(조치대학교 일문학 전공) 추영현(서울대학교 사회학 전공)
허문순(경남대학교 불교학 전공) 김인영(숙명여자대학교 미술학 전공)

도쿠가와 이에야스

대망 10

야마오카 소하치 지음/책임편집 박재희 추영현 김인영

1판 1쇄/1970. 4. 1

2판 1쇄/2005. 4. 1

2판 21쇄/2024. 1. 1

발행인 고윤주

발행처 동서문화사

창업 1956. 12. 12. 등록 16-3799

서울 중구 마른내로 144 동서빌딩 3층

☎ 546-0331~2 Fax. 545-0331

www.dongsuhbook.com

잘못된 책은 구입하신 곳에서 바꾸어드립니다.

＊

사업자등록번호 211-87-75330

ISBN 978-89-497-0313-8 04830

ISBN 978-89-497-0291-9 (세트)

葛飾北齋畫